SFV

THORNTON WILDER

DER ACHTE SCHÖPFUNGSTAG

ROMAN

S. FISCHER VERLAG

Übersetzt von
HERBERTH E. UND MARLYS HERLITSCHKA

Die amerikanische Originalausgabe erschien 1967
unter dem Titel *The Eighth Day*
Der deutsche Titel wurde vom S. Fischer Verlag gewählt

Gesamtherstellung: Thomas F. Salzer KG, Wien
Printed in Austria 1972
ISBN 3 10 392003 2

Für Isabel Wilder

PROLOG

Im Frühsommer 1902 stand John Barrington Ashley aus Coaltown, einem Bergwerksstädtchen im südlichen Illinois, wegen Mordes an Breckenridge Lansing, auch aus Coaltown, vor Gericht. Er wurde für schuldig befunden und zum Tod verurteilt. Fünf Tage später, um ein Uhr morgens am 22. Juli, einem Dienstag, entkam er seinen Wächtern aus dem Eisenbahnzug, der ihn an den Ort der Hinrichtung bringen sollte.

Das war der ›Fall Ashley‹, der im ganzen Mittelwesten beträchtlich viel Interesse, Entrüstung und Spott erregte. Niemand bezweifelte, daß Ashley absichtlich oder zufällig Lansing erschossen hatte, aber es herrschte allgemein das Gefühl, der Prozeß sei von einem senilen Richter, einer unfähigen Verteidigung und einer voreingenommenen Geschworenenbank verpfuscht worden – der ›Kohlenpott-Prozeß‹, der ›Kohlenloch-Prozeß‹. Als obendrein der verurteilte Mörder einer Eskorte von fünf Mann entkam – in Handschellen, Sträflingskleidung und mit kahlrasiertem Kopf – und in die leere Luft verschwand, war sogar der Staat Illinois selbst lächerlich gemacht. Ungefähr fünf Jahre später verlautbarte die Justizbehörde in Springfield, bisher unbekanntes Beweismaterial habe die völlige Unschuld Ashleys erwiesen.

Es war also in einer Kleinstadt des Mittelwestens in einem an sich unbedeutenden Fall zu einem Fehlurteil gekommen.

Ashley schoß Lansing in den Hinterkopf, während die beiden Männer auf dem Rasen hinter Lansings Haus bei ihrer gewohnten Sonntagnachmittagsschießübung waren. Nicht einmal die Verteidigung behauptete, die Tragödie sei bloß ein Unfall infolge technischer Mängel gewesen. Das Gewehr wurde im Beisein der Geschworenen mehrmals abgefeuert und erwies sich als in tadellosem Zustand. Ahsley war als hervorragend guter Schütze bekannt. Der Getroffene stand etwas vor und fünf Schritte links von Ashley. Es war ein wenig erstaunlich, daß das Geschoß oberhalb des linken Ohrs in Lansings Schädel eingedrungen war, aber es wurde angenommen, daß er soeben den Kopf gewendet hatte, um auf Geräusche zu horchen, die von einem Jugendfest im Gedächtnispark jenseits der Hecke herkamen. Ashley wich nie von seiner Behauptung ab, weder der Absicht noch der Tat nach schuldig zu sein, so lächerlich diese Behauptung auch war. Die einzigen Augenzeugen waren die Ehefrauen des Angeklagten und seines Opfers. Sie saßen nahebei unter den Graunußbäumen und bereiteten Limonade. Beide sagten aus, daß nur ein einziger Schuß abgefeuert worden war. Der Prozeß zog sich übermäßig in die Länge, weil einige Mitglieder des Gerichtshofs erkrankten und sich unter den Geschworenen und ihren Ersatzmännern sogar Todesfälle ereigneten. Zeitungsberichterstatter hoben die durch Ausbrüche von Gelächter verursachten Verzögerungen hervor, denn ein Unfugsteufel schien im Gerichtssaal sein Wesen zu treiben. Sprachliche Entgleisungen waren häufig. Beim Aufrufen der Zeugen kam es zu Namensverwechslungen. Richter Crittendens Hämmerchen zerbrach. Ein Reporter aus St. Louis nannte das Ganze einen »Hyänenschmaus«.

Daß kein Motiv für das Verbrechen festgestellt werden konnte, das war es, was eine so weitverbreitete Entrüstung hervorrief. Die Staatsanwaltschaft brachte zu viele Beweggründe vor, und kein einziger von ihnen war überzeugend. Coaltown jedoch war überzeugt, es wisse, warum Ashley Lansing getötet hatte, und die meisten Mitglieder des Gerichtshofs waren aus Coaltown. Jedermann wußte es und niemand erwähnte es. In Coaltown lassen sich bessere Leute nicht in Gespräche mit Fremden ein. Ashley tötete Lansing, weil Ahsley in Lansings Frau verliebt war, und die Geschworenen sandten ihn ohne Bedenken und einstimmig in den Tod, und dies, wie eine Chikagoer Zeitung schrieb, »mit schamloser Gemütsruhe«. Die Ermahnung, die der alte Richter Crittenden den Geschworenen in dieser Hinsicht zuteil werden ließ, hatte besonderes Gewicht; er trug ihnen – fast mit einem Blinzeln des Einverständnisses – auf, ihrer ernsten Pflicht zu genügen, und das taten sie. Für die Reporter von auswärts war der Prozeß eine Posse, und er wurde bald zu einem Skandal im ganzen obern Mississippital. Die Verteidigung tobte, die Zeitungen höhnten, Telegramme regneten auf den Gouverneurspalast in Springfield herab, aber Coaltown wußte, was es wußte. Dieses Stillschweigen über die sündigen Beziehungen zwischen John Ashley und Eustacia Lansing entsprang nicht etwa einem ritterlichen Wunsch, den guten Ruf einer Dame zu wahren; es gab einen stärkern Grund dafür. Kein Zeuge wagte diese Anschuldigung auszusprechen, weil kein Zeuge auch nur den geringsten Beweis besaß. Klatsch hatte sich zu Überzeugung verfestigt, wie Vorurteil sich zu selbstverständlicher Wahrheit verfestigt.

Eben in dem Augenblick, in dem die Entrüstung der Öffentlichkeit aufs höchste gestiegen war, entkam John Ashley seinen Wächtern. Flucht wird fast immer als ein Eingeständnis von Schuld ausgelegt, und Fragen nach dem Motiv der Tat wurden belanglos.

Es ist möglich, daß das Urteil weniger hart ausgefallen wäre, wenn Ashley sich im Gerichtssaal anders benommen hätte. Er zeigte keine Spur von Furcht. Er bot nicht das faszinierende Schauspiel zunehmender Angst und beginnender Reue. Er saß während der langen Verhandlungen gelassen zuhörend da, als erwartete er, das Verfahren werde seine mäßige Neugier, wer Breckenridge Lansing getötet habe, befriedigen. Aber freilich war er für die Einwohner von Coaltown schon immer ein absonderlicher Mensch gewesen. Er war gradezu ein Ausländer – das heißt, er kam aus dem Staat New York und sprach so, wie die Leute dort reden. Seine Frau, eine Deutsche, sprach auch so, aber mit ihrem eignen leichten Akzent. Ashley schien keinen Ehrgeiz zu besitzen. Er hatte fast zwanzig Jahre lang in der Bergwerkskanzlei für ein sehr kleines Gehalt gearbeitet – ein so kleines wie das des zweitbestbezahlten Geistlichen der Stadt – und war offenbar damit zufrieden gewesen. Er fiel sozusagen durch einen Mangel an auffälligen Eigenschaften auf. Er war weder dunkelhaarig noch blond, weder hochgewachsen noch klein, weder dick noch dünn, weder rege noch träge. Er besaß ein recht angenehmes Äußeres, das aber selten einen zweiten Blick auf sich zog. Ein Reporter aus Chikago bezeichnete ihn am Beginn des Prozesses wiederholt als »unsre uninteressante Hauptfigur«. (Später besann er sich anders – ein Mann, der in einem Prozeß, bei dem es um sein Leben geht, keine Ängstlichkeit zeigt, erweckt Interesse.) Frauen hatten Ashley gern, weil er sie gern hatte und weil er ein aufmerksamer Zuhörer war; Männer – ausgenommen die Obersteiger im Bergwerk – schenkten ihm wenig Beachtung, obgleich etwas in seiner schweigsamen Zurückhaltung bewirkte, daß sie sich beständig bemühten, Eindruck auf ihn zu machen.

Breckenridge Lansing war groß und breitschultrig und blond. Mit jovialer Freundschaftlichkeit zerbrach sein Händedruck jedermann fast die Finger. Sein Lachen war hemmungslos laut, und wenn er in Zorn geriet, hielt er sich nicht zurück. Er war gesellig; er gehörte jeder Loge, jedem Brüderorden und jedem Verein an, die es in dem Städtchen gab. Er liebte Rituale: Tränen kamen ihm leicht in die Augen – männliche Tränen; er schämte sich ihrer nicht, wenn er zum hundertstenmal gelobte, »den Brüdern Freundschaft bis in den Tod zu halten« und »tugendhaft in Gott zu wandeln und bereit zu sein, sein Leben für sein Land hinzugeben«. Es sind wahrhaftig solche Gelübde, die dem Leben eines Mannes Sinn verleihen! Er hatte seine kleinen Schwächen. Er verbrachte so manchen Abend in jenen Lokalen draußen an der River Road und kam erst im Morgengrauen heim. Das war nicht das Benehmen eines exemplarischen Familienvaters, und Mrs. Lansing mochte vielleicht einigen Grund haben, es übelzunehmen. Aber bei öffentlichen Anlässen – beim Fest der Freiwilligen Feuerwehr, bei der Schulschlußfeier – überhäufte er sie mit Aufmerksamkeiten und ließ alle sehen, wie stolz er auf sie war. Es war allgemein bekannt, daß er als Betriebsleiter der Gruben nichts taugte und sich selten vor elf Uhr in der Kanzlei blicken ließ. Als Vater hatte er sicherlich bei der Erziehung zweier seiner drei Kinder versagt. George galt als ein Wildling und ein ›Schrecken‹. Anne war ein gewinnendes Kind, das meistens durch Wutanfälle und Ungezogenheit gewann. Aber diese kleinen Unzulänglichkeiten Lansings waren verständlich. Mehrere von ihnen hatte er mit den angesehensten Bürgern der Stadt gemein. Er war wohlgelitten und ein munterer Gesellschafter. Was für einen prächtigen Prozeß hätte es gegeben, wenn es Lansing gewesen wäre, der Ashley erschoß! Wie er sich da in Szene gesetzt hätte! Die Stadt hätte dafür gesorgt, daß er zuerst tüchtig eingeschüchtert und geduckt worden wäre, und hätte ihn dann freigesprochen.

Dieser unbedeutende Fall in einer Kleinstadt des südlichen Illinois wäre vielleicht sogar noch früher in Vergessenheit geraten, wenn die Flucht des Verurteilten nicht von so geheimnisvollen Umständen begleitet gewesen wäre. Er selbst rührte keinen Finger. Er wurde befreit. Sechs Männer – als Eisenbahner gekleidet, die Gesichter mit angekohltem Kork geschwärzt – drangen in den verschlossenen Waggon ein. Sie zerschmetterten die Hängelampen, und ohne einen Schuß abzufeuern oder ein Wort zu äußern, überwältigten sie die Wächter und trugen den Häftling aus dem Zug. Zwei der Wächter gaben je einen Schuß ab, wagten dann aber keinen mehr aus Furcht, im Dunkeln einen der ihren zu treffen. Wer waren diese Männer, die ihr eignes Leben aufs Spiel setzten, um John Ashleys Leben zu retten? Gedungene Helfershelfer? Mrs. Ashley erklärte vor den Abgesandten der Justiz – der erbosten, gedemütigten Polizei – wiederholt, sie habe keine Ahnung, wer die Männer gewesen seien. Alles, was mit der Entführung zusammenhing, hatte etwas fast Furchteinflößendes – diese Energie, Geschicklichkeit und Genauigkeit, vor allem aber das völlige Schweigen und die Tatsache, daß die Retter unbewaffnet waren. Es war unheimlich; es war beinahe übernatürlich.

John Ashleys Prozeß und sein Entkommen gaben den Staat Illinois der Lächerlichkeit preis. Bis zur Zeit des Ersten Weltkriegs – der bewirkte, daß die Amerikaner im ganzen Land umherreisten und ihren Wohnsitz je nach Laune wechselten – glaubten alle, Mann, Weib und Kind, in der besten Stadt im besten Staat des besten Lands der Welt zu leben. Diese Überzeugung erfüllte sie mit einer gewissen Kraft, und die wurde noch verstärkt durch eine unablässige Geringschätzung aller benachbarten Städte, Staaten und Länder. Solcher Lokalstolz wurde schon den Kindern eingepflanzt, und kindliche Gefühle des Stolzes oder der Demütigung sind zählebig. Die Kinder wandten jenen Grundsatz sogar auf die Straße an, in der sie wohnten. Man konnte sie auf dem Rückweg von der Schule sagen hören: »Wenn ich in der Eichenstraße leben müßte, ich würde sterben!« »Na, jeder Mensch weiß, wer in der Ulmenstraße wohnt, ist verblö-ö-det. Ätsch!«

Oberst Stotz, der Oberstaatsanwalt von Illinois, gehörte zu den führenden Bürgern des größten Staats im größten Lande der Welt. Die Kuppel des Staatshauses (ehemals Abraham Lincolns Staatshaus), in welchem er seines Amtes waltete, war das sichtbare Symbol der Gerechtigkeit, Würde und Ordnung. Die Verachtung, die sich als Folge des ›Falls Ashley‹ während seiner vierten und letzten Amtsperiode über Illinois ergoß, verdüsterte ihm den hellsten Mittag und ließ einen Abgrund vor seinen Füßen klaffen. Er haßte schon den bloßen Namen Ashley und war entschlossen, den Verurteilten bis in die fernsten Winkel der Erde zu verfolgen.

An dem Montagvormittag nach Lansings Tod wurden die Ashleykinder aus der Schule genommen – zur großen Enttäuschung ihrer Mitschüler. Nur noch Sophia wurde in der Stadt gesehen, wenn sie an Stelle ihrer Mutter die Einkäufe für den Haushalt besorgte. Ella Gates spuckte ihr auf den Stufen vor dem Postamt ins Gesicht. Ashley verbot seinen Töchtern, in den Gerichtssaal zu kommen. Tag für Tag saß Roger, siebzehneinhalb Jahre alt, neben seiner Mutter im Zuhörerraum, und auch er brachte seine Mitbürger um jedes Schauspiel von Furcht. Wie Roger später sagte: »Mama zeigt erst, wenn alles schiefzugehn droht, was in ihr steckt.« Sie saß ein paar Schritte von der Anklagebank entfernt. Es betrübte sie, zu erkennen, daß Schlaflosigkeit ihre Wangen der Farbe beraubte. Jeden Morgen um acht Uhr dreißig rieb sie sie lange und heftig, um einen Anschein von Wohlbefinden und unerschütterlicher Zuversicht hervorzurufen.

Eine zusätzliche, die Ashleys betreffende wunderliche Tatsache kam während des Prozesses ans Licht: Niemand von den Verwandten Johns und Beatas erschien in der Stadt, um ihnen beizustehn oder sie zu trösten.

Mit der Zeit wurde die Geschichte zur Legende und wurde immer unrichtiger wiedererzählt. Es hieß, daß einige Verbrecher aus New York den Zug angehalten hätten; jedem seien von Ashleys Herzliebster, der Witwe des von ihm Ermordeten, tausend Dollar gezahlt worden. Oder daß Ashley, von seinem Sohn Roger unterstützt, sich mit Revolverschüssen durch einen Trupp von elf Wächtern den Weg in die Freiheit gebahnt habe. Sogar nachdem die Justizbehörde John Ashley von jeder Schuld freigesprochen hatte, gab es noch viele Leute, die blinzelnd in wissendem Ton sagten: »Hinter der Sache steckte so manches, was nie ans Licht kam.« Die Ashleykinder und die Lansingkinder verließen Coaltown eins nach dem andern. Dann zogen zuerst Mrs. Ashley und später Mrs. Lansing an die Küste des Pazifiks. Es schien, daß die Zeit allmählich die ganze unselige Geschichte tilgte, wie sie so viele andre getilgt hat. Aber nein!

Ungefähr neun Jahre später begannen die Leute wieder von dem ›Fall Ashley‹ zu reden. Journalisten und gewöhnliche Bürger, sogar Wissenschaftler suchten den Zeitschriftensaal öffentlicher Bibliotheken auf, um in Bänden vergilbender Zeitungen nachzulesen. Die Leute interessierten sich immer mehr für die ›Ashleykinder‹, deren jedes sich durch ein andres Lebenswerk sosehr auszeichnete. Jedermann interessierte sich für die ›Ashleykinder‹, ausgenommen die Ashleykinder selbst. Sie wurden Gegenstand dieser besonders lärmigen Art von Berühmtheit, die Menschen umgibt, welche sowohl bespöttelt als auch bewundert, angebetet und gehaßt werden. Sie erregten immer mehr Aufsehen, weil sie schon in so frühem Alter die allgemeine Aufmerksamkeit auf sich gezogen hatten und gewissermaßen vor einem Hintergrund von Tragik und Schmach gesehen wurden. Es wurde allgemein erkannt, daß sie eine Anzahl von Charakterzügen gemein hatten; allerdings wußten nur Leute, die sie in ihren frühen Jahren in Coaltown gekannt hatten – Dr. Gillies, Eustacia Lansing, Olga Doubkov – in welchem Ausmaß diese von den Eltern, besonders vom Vater, ererbt waren. Es fehlte ihnen jegliche Spur von Wetteifer und von dessen Begleiterscheinungen: Neid und Rachsucht, obzwar Lily und Roger in Berufen tätig waren, wo oft genug eine Krähe der andern ein Auge aushackt. Sie waren völlig unbefangen, beugten sich nie der Meinung andrer Leute und kannten keine Furcht, obzwar Constance mehr als zwei Jahre in Gefängnissen verbrachte – die Folge von sechs Verhaftungen in vier Ländern – und Roger daheim und im Ausland *in effigie* verbrannt wurde. Lily und Constance besaßen keine Eitelkeit, wenngleich sie zu den schönsten Frauen ihrer Zeit gehörten. Allen fehlte ein Sinn für Humor, aber mit den Jahren erwarben sie sich eine Schärfe der Ausdrucksweise, die Witzigkeit ähnelte, und ihre Aussprüche wurden vielfach zitiert. Sie hatten gar kein Selbstgefühl. Einige Leute, die sie am besten kannten, bezeichneten sie als »abstrakt«. Kein Wunder, daß sie ihren Zeitgenossen rätselhaft waren und diese ihnen verschiedentlich vorwarfen, rücksichtslos, selbstsüchtig, hartherzig, heuchlerisch und darauf aus zu sein, von sich reden zu machen. Sie hätten vielleicht noch stärkere Feindseligkeit erregt, wenn sie nicht auch etwas Absurdes gehabt hätten – etwas Naives, Lehrhaftes, Kleinstädtisches. Alle hatten sie große, abstehende Ohren (»Scheunentorflügel«) und große Füße – Himmelsgaben für Karikaturisten. Wenn Constance auf ihren endlosen Werbefeldzügen – Frauenstimmrecht, Heime für verwahrloste Kinder, Rechtsgleichheit der Ehefrau – die Stufen eines Podiums hinaufstieg (sie war besonders in Indien und Japan beliebt), erregte sie Lachstürme in der Menge; warum, das begriff sie nie.

So kam es, daß man schon 1910 und 1911 die Umstände des Falls Ashley zu studieren und Fragen aufzuwerfen begann – müßige oder wohlbedachte – über John und Beata Ashley und ihre Kinder, über Coaltown, über diese alten Preisrätsel Vererbung und Umwelt, Begabung und Talent, Schicksal und Zufall.

Dieser John Ashley – was war es denn in ihm, das (wie bei einem Helden der alten griechischen Tragödien) ein so seltsam gemischtes Schicksal über ihn brachte: unverdiente Bestrafung, eine ›wunderbare‹ Rettung, Verbannung und eine berühmte Nachkommenschaft?

Was war es in den Vorfahren und später im Familienleben der Ashleys, das diese geistige und seelische Energie nährte?

Was steckte in diesem Kangaheelatal als geographischem Mutterboden, als seelischem Klima, das solche außergewöhnliche Menschen formte?

Bestand ein Zusammenhang zwischen der Katastrophe, die beide Familien befiel, und diesen spätern Entwicklungen? Sind erlittenes Unrecht, Demütigung, Ächtung, Leid und bittere Not – sind sie ein Segen?

Es gibt nichts Interessanteres, als nachzuforschen, wie das Schöpferische sich in einem Menschen, in jedem Menschen auswirkt; wie der Geist, von Leidenschaft getrieben, sich geltend macht, wie er aufbaut und niederreißt; wie der Geist – diese späteste Manifestation des Lebens – Ausdruck findet im Staatsmann und Verbrecher, im Dichter und Bankier, im Straßenkehrer und in der Hausfrau, in Vater und Mutter; wie er Ordnung schafft oder Unheil wirkt; wie er seine Energien in Gruppen und Nationen konzentriert, sich zu Weißglut steigert und dann erschöpft in sich zusammensinkt; der Geist – der versklavt und mordet oder Gerechtigkeit und Schönheit verbreitet:

Pallas Athenes Athen, das gleich einem Leuchtturm auf einem Felsen Strahlen aussendet, die noch immer Rat haltende Männer erleuchten; Palästina, das tausend Jahre lang, gleich einem Geyser im Sand, ein Genie nach dem andern hervorbringt, so daß es bald niemand mehr auf Erden geben wird, der nicht von ihnen beeinflußt worden ist.

Gibt es immer mehr davon oder immer weniger?

Verhält sich das Gehirn neutral zwischen den zerstörerischen und den wohltätigen Kräften?

Wird es eines Tags zu einer ›Vergeistigung‹ der tierischen Natur des Menschen kommen?

Es wäre unsinnig, unsre Kinder aus dem Kangaheelatal mit den oben angeführten erhabenen Beispielen guten oder bösen Handelns zu vergleichen (schon jetzt, um die Mitte dieses unsres Jahrhunderts, sind sie fast ganz vergessen), aber:

Sie sind uns noch nahe.

Sie sind unsrer indiskreten Wißbegier erreichbar.

Der mittlere Teil von Coaltown ist lang und schmal und liegt zwischen zwei steilen Abbrüchen des Geländes. Da die Hauptstraße von Norden nach Südosten verläuft, empfängt sie wenig Sonnenschein. Viele der Einwohner sehen nur selten einen Sonnenaufgang oder Sonnenuntergang oder mehr als ein Stückchen eines Sternbilds. Am Nordende stehn der Bahnhof, das Rathaus, das Gerichtsgebäude, The Illinois Tavern, das einzige Hotel der Stadt, und das Haus der Ashleys, vor langer Zeit von Airlee

MacGregor erbaut und ›The Elms‹ genannt; am Südende liegen der Gedächtnispark mit seiner Statue eines Soldaten der Union, der Friedhof und das Haus Breckenridge Lansings, ›St. Kitts‹ – nach der Insel im Karibischen Meer benannt, auf der Eustacia Lansing geboren war. Diese beiden Häuser sind die einzigen in Coaltown, die von genug ebenem Grund umgeben sind, daß sich von ihnen sagen läßt, sie besitzen Gartenanlagen.

Ein träges Flüßchen, der Kangaheela, durchströmt das Tal auf der Ostseite der Hauptstraße; es erweitert sich hinter ›The Elms‹ und auch hinter ›St. Kitts‹ zu einem Teich. Die Stadt ist größer, als es den Anschein hat. Da ihr Mittelteil in ein schmales Tal gezwängt ist, thronen die Häuser vieler ihrer Bürger auf den umgebenden Anhöhen oder besäumen die nach Norden und Süden führenden Landstraßen. Die Bergleute wohnen in eignen Siedlungen auf Bluebell Ridge und Grimble Mountain. Sie haben ihre Kaufhäuser, die der Bergwerksgesellschaft gehören, ihre Schulen und ihre Kirchen. Sie kommen selten in die Stadt herunter. Coaltown hatte sich während des neunzehnten Jahrhunderts mehrmals vergrößert und wieder verkleinert. Die Gruben hatten einst mehr als dreitausend Männern und mehreren hundert Kindern Arbeit gegeben. Wellen von Einwanderern hatten sich für kurze Zeit in der Gegend niedergelassen und waren weitergezogen – Jäger und Fallensteller, religiöse Sekten, Bergleute aus Schlesien und ganze bäuerliche Gemeinschaften auf der Suche nach gutem Ackerland. Es gab nicht wenige verlassene Kirchen und Schulhäuser und Friedhöfe in dem nahen Hügelland und längs der River Road. Dr. Gillies schätzte, daß im Lauf der Zeiten rund hunderttausend Menschen in den zwei Landkreisen gelebt hatten; als er von den ausgedehnten Begräbnisstätten der Indianer in der Nähe von Goshen und Penniwick erfuhr, erhöhte er seine Schätzung.

Es mußte hier einmal ein großer seichter See gewesen sein, dem all der Sandstein seine Entstehung verdankte, aber das Land hob sich, und das meiste Wasser floß in den Ohio und den Mississippi ab. Es mußten riesige Wälder dagewesen sein, um all die viele Kohle zu erzeugen, und Jahrhunderte von Erdbeben mußten die Gesteinsschichten hochgeschoben und sie über die Wälder gefaltet haben wie Pfannkuchen über Konfitüre. Die großen, plumpen

Reptile waren nicht imstande gewesen, beizeiten davonzuwatscheln, und hinterließen ihre Abdrücke in Stein – man kann sie heute im Museum in Fort Barry sehen. Welche riesigen Zeiträume erforderlich sind, damit aus Marschland ein Wald werde! Die Professoren haben sie errechnet: soundso lange, bis die Gräser den Humus für die Sträucher liefern; soundso lange, bis die Sträucher den Bäumen eine Lebensmöglichkeit geben; soundso lange, bis die Sämlinge der Eichenfamilie unter dem schützenden Schatten der wilden Kirsche und des Ahorns Wurzel fassen und sie dann verdrängen; soundso lange, bis die weiße Eiche die rote ersetzt; und soundso lange bis zum majestätischen Auftreten der Buchenfamilie, die auf ihre günstige Stunde gewartet hat – gleichsam ein ewiger Krieg der Schößlinge. Zu dem mörderischen Lebenskampf der Pflanzen kam der der Tiere. Der Todesschrei des Rotwilds schrillte Schrecken durch den Wald, wenn die großen Katzen ihre Zähne in die Halsader schlugen; der Habicht trug in seinen Fängen die Schlange in die Lüfte, die in ihrem Gebiß eine Feldmaus hielt.

Dann kam der Mensch.

Einer der besterhaltenen ›Schildkrötenhügel‹ im ganzen Gebiet der Algonkins findet sich in der Nähe von Coaltown, in Goshen, und weiter nördlich sind drei prächtige ›Schlangenhügel‹ zu sehen. Zu unsrer Zeit hatte jeder aufgeweckte Junge seine Sammlung von indianischen Pfeilspitzen, Keulen und Äxten. Die Professoren streiten sich über den Grund der wiederholten Massenschlächtereien, denn es waren bemerkenswert friedliebende Stämme. Einer dieser Gelehrten schreibt sie der Gewohnheit der Exogamie zu – Angriffen auf Stämme mit andern Totems, um Bräute für ihre jungen Krieger zu rauben. Ein andrer ist jedoch der Meinung, diese Angriffe seien durch wirtschaftliche Nöte verursacht worden: Die Bleu Barrés hatten den Wildbestand ihres Gebiets erschöpft und waren gezwungen, in das Land der Kangaheelas einzufallen. Was immer der Grund, eine Untersuchung der Skelette in den verschiedenen Nekropolen enthüllt eine erschreckliche Zahl von Verstümmelungen.

Im Jahre 1907, lange nachdem diese Stämme bereits für ausgestorben galten, stieß ein Ethnologe bei seinen Streifzügen auf eine kleine Gemeinschaft von Kangaheelas, die in elenden Hütten bei Gilchrist's Ferry am Mississippi hausten und husteten, hundert Kilometer westlich von Coaltown. Es war schwer zu verstehn, wie sie sich am Leben erhielten; einige verkauften schlecht gemachte Mokassins, Pfeifen, Pfeile und Perlarbeiten in Ständen am Straßenrand. Mit Whisky traktiert, erzählte eines Abends ein alter Mann die Geschichte seines Stamms. Der wurde von den andern Stämmen um die Eleganz seiner Kleidung beneidet, um die Pracht seiner Tänze (Kangaheela bedeutet ›geheiligter Tanzboden‹), um seine Weisheit und seine Tüchtigkeit im Weissagen. Jeder Mann konnte, von seinem achtzehnten Jahr an, fehlerlos das ›Buch der Anfänge und Enden‹ hersagen, eine Deklamation, die, von Tänzen unterbrochen, zwei Nächte und zwei Tage dauerte. Die Kangaheelas waren berühmt für ihre Gastfreundschaft; stets wurden Plätze für Gäste aus andern Stämmen freigehalten, die vielleicht einen Teil des Textes verstanden. Das Ratsfeuer beleuchtete die Gesichter Tausender, die rings um den geheiligten Tanzboden saßen. Großartig war die erste Nacht – die Geschichte der Schöpfung mit ihrem ausführlichen Bericht über den Kampf der Sonne mit der Finsternis. Darauf folgte ein Bericht über die Geburt des ersten Menschen aus der Nase des Allvaters – die Geburt des ersten Kangaheelas. Ein Vormittag war einer Aufzählung der Gesetze und Tabus gewidmet, die der Allvater verordnet hatte – eine so alte Überlieferung, daß stellenweise der Wortlaut unverständlich und die Absicht nicht mehr deutbar war. Um Mittag begann der Rezitierende mit der Chronik und Genealogie der Helden und der Verräter – sie dauerte acht Stunden. Kurz vor der zweiten Mitternacht kam dann die Wiedergabe des ›Buchs der harten Prophezeiungen‹, die der Allvater über sie verhängt hatte, – drei Stunden der Demütigung und Bitternis. Die Sünden der Menschen hatten die Schönheit der Erde in einen Dunghaufen verwandelt. Bruder hatte Bruder erschlagen. Die geheiligte Pflicht der Fortpflanzung war von den Gedankenlosen zu einem Zeitvertreib gemacht worden. Der Allvater trägt in seinem Herzen alle Völker des Waldes, aber sie werden kriechen wie die Schlange; ihre Zahl wird verringert werden; der Jubel bei der Geburt eines Kindes wird geheuchelt sein.

Dann folgte ein langes Schweigen, endlich von Trommelschlägen und lauten Rufen unterbrochen, und es begann der Tanz der Kangaheelas, der Funke aus dem Flint, dem Allvater teuer wie sein eigenes Auge. Dies war der Tanz, der so vielfach nachgeahmt wurde. Sogar die Saysays in Michigan wurden aufgefordert, diesen Tanz in ihrer entarteten und kitschigen Version auf Weltausstellungen vorzuführen – Eintritt fünfzig Cent, Kinder die Hälfte. Am Schluß des Tanzes folgte wieder eine Stille, die Stille der Erwartung, des angehaltenen Atems. Der Sachem, der Häuptling, schien in die äußersten Bereiche seines Körpers hinabzutauchen; er sammelte sich; er erhob sich. Dies war das ›Buch der Verheißungen‹. Wer vermöchte das Tröstliche dieses großen Gesangs zu beschreiben? Die Betagten vergaßen ihre Gebrechen; den Knaben und Mädchen wurde erklärt, warum sie geboren worden und warum das Weltall in Bewegung gesetzt worden war. Es gab viele Völker auf der Erde – mehr Menschen, als es Blätter im Wald gab – aber aus allen hatte Er sich die Kangaheelas erwählt. Einst wird Er wiederkehren. Zu jenem Tag hin gilt es, den Pfad zu bahnen. Das Menschengeschlecht wird von einigen wenigen gerettet werden.

Soviel über die Indianer. Die Professoren schätzen, daß zu keiner Zeit mehr als dreitausend Kangaheelas am Leben waren.

Die Bleichgesichter kamen. Sie brachten ihren eignen Bericht über die Schöpfung mit, ihren Namen für den Allvater, ihre Gesetze und Tabus, ihre Liste der Helden und Verräter, ihre Last von Selbstvorwürfen, ihre Hoffnungen auf ein goldenes Zeitalter. Es gab bei ihnen sehr wenig Tanz, aber hübsch viel Musik, geistliche und weltliche. Sie brachten auch einen den Rothäuten unbekannten Hang zum Grübeln mit, dessen Ergebnisse nicht sehr exakt als Philosophie bezeichnet wurden. Alle Bürger, junge und alte, zerbrachen sich bisweilen den Kopf über Fragen nach dem Warum und Wozu und dem Sinn des Lebens und Sterbens – was Dr. Gillies die ›Vier-Uhr-morgens-Fragen‹ nannte. Dr. Gillies war der ausdrucksfähigste und aufreizendste Philosoph von Coaltown. In glattem Widerspruch zur Bibel glaubte er, daß die Erde in Millionen von Jahren entstanden sei und der Mensch von Du-weißt-schon-wem abstamme. Überdies sprach er von ernsten

Dingen auf eine Weise, daß seine Zuhörer sich verdutzt fragten, ob er spaße oder nicht. Eine erlesene Gruppe von Mitbürgern erinnerte sich noch lange einer Gelegenheit, bei der Dr. Gillies seiner spekulativen Denkweise die Zügel schießen ließ.

Das geschah an einem Neujahrsabend, aber nicht einfach an einem gewöhnlichen Neujahrsabend: Es war der 31. Dezember 1899 – der Vorabend eines neuen Jahrhunderts. Eine große Menschenmenge war vor dem Rathaus versammelt und wartete darauf, die Turmuhr schlagen zu hören. Die Stimmung war sehr gehoben, als erwarteten sie alle, daß der Himmel sich öffnen werde. Das 20. Jahrhundert würde das großartigste sein, das die Welt je gekannt hatte. Der Mensch würde fliegen; Tuberkulose, Diphtherie und Krebs würden ausgemerzt werden; es gäbe keine Kriege mehr. Das Land, der Staat, ja die Stadt, wo sie lebten, würden in dieser neuen Ära eine große und bedeutende Rolle spielen. Als die Uhr zu schlagen begann, weinten alle Frauen und sogar einige Männer. Plötzlich brachen alle in Gesang aus, aber was sie sangen, war nicht ›*Auld Lang Syne*‹, sondern ›*O God, our help in ages past*‹. Alsbald umarmten sie alle einander, sie küßten einander – etwas Unerhörtes, noch nie Dagewesenes. Breckenridge Lansing und Olga Sergeievna Doubkov – die einander haßten – küßten einander; John Ashley und Eustacia Lansing – die einander liebten – küßten einander das einzige Mal in ihrem Leben, und nur andeutungsweise. (Beata Ashley mied Zusammenkünfte; sie saß neben der hohen Standuhr daheim in ›The Elms‹, umgeben von ihren drei Töchtern: Lily, Sophia und Constance.) Roger Ashley (vierzehn Jahre und einundfünfzig Wochen alt) küßte Félicité Lansing, mit der er neun Jahre später verheiratet sein würde. George Lansing, fünfzehn, der Schrecken der Stadt, den die Bedeutsamkeit der Stunde mit Stummheit geschlagen und das Benehmen der Erwachsenen mit ehrfürchtiger Scheu erfüllt hatte, verbarg sich hinter seiner Mutter. (Große Künstler neigen dazu, in trübsinniger Gesellschaft überzusprudeln und sich inmitten allgemeiner Hochstimmung bedrückt zu fühlen.) Endlich zerstreute sich die Menge; etwa zwanzig Personen verweilten noch unterhalb der großen Uhr und trachteten weiterhin einer Gemütsbewegung Ausdruck zu geben, die allmählich einer nachdenklichen und zweiflerischen Stimmung wich. Sie begaben sich in die Illinois Tavern, um – so sagten sie – etwas Heißes zu trinken. Die jungen Mädchen wurden nach Hause geschickt. Die Gruppe betrat den Schankraum, in den nie ein weibliches Wesen eingelassen worden war und voraussichtlich während der nächsten hundert Jahre nie wieder eingelassen würde. Sie gingen alle in das den Honoratioren vorbehaltene Extrazimmer. Becher heißer Milch, heißen Grogs und ›Sally Crokers‹ (heißer Apfelwein, darin gewürzte Holzäpfel schwammen) wurden von Mr. Sorbey höchstpersönlich umhergereicht.

Breckenridge Lansing – wie stets in Gesellschaft in bester Form, der vollendete Gastgeber und als leitender Direktor des Bergwerks der erste Bürger der Stadt – ergriff im Namen aller Anwesenden das Wort.

»Dr. Gillies, sagen Sie uns doch, wie das neue Jahrhundert sein wird!«

Die Damen murmelten: »Ja!... Ja!... Sagen Sie uns Ihre Meinung!« Die Männer räusperten sich.

Dr. Gillies verzichtete auf bescheiden ablehnende Redensarten und begann:

»Die Natur schläft nie. Die Entwicklung des Lebens steht nie still. Die Schöpfung ist noch nicht zu Ende. Die Bibel sagt, Gott schuf den Menschen am sechsten Tag und ruhte dann, aber jeder dieser sechs Tage dauerte viele Millionen Jahre. Jener Ruhetag muß recht kurz gewesen sein. Der Mensch ist nicht ein Ende; er ist ein Anfang. Wir stehn am Beginn der zweiten Woche. Wir sind Kinder des achten Tags.«

Er beschrieb die Erde, bevor das Leben auf ihr erschien – die Millionen Jahre, während welcher Dampf aus brodelnden Gewässern aufstieg... das Getöse, die schrecklichen Stürme, die riesigen Wogen... das Getöse. Dann winzige, im Wasser schwebende Lebewesen, die die Meere füllten. Alle ohne Eigenbewegung... dann erwarb hier und da das eine und das andre die Fähigkeit, sich zum Licht hin, zur Nahrung hin zu bewegen. Im Präkambrium begann sich ein Nervensystem zu entwickeln; Flossen und Füße begannen im obern Devon genug Kraft zu erwerben, um auf trockenem Land zu schreiten; im Mesozoikum wurde das Blut wärmer.

Mitten im Mesozoikum wechselte Mr. Goodhue, der Leiter der Bankfiliale in Coaltown, einen empörten Blick mit seiner Frau. Sie standen auf und verließen den Raum hocherhobenen Haupts, den Blick geradeaus gerichtet. Evolution! Gottlose Evolution!

Dr. Gillies sprach weiter. Nachdem er die Pflanzen von den Tieren geschieden hatte, sandte er beide auf ihren langen Weg. Nach einigem Zögern trennten sich die Vögel von den Fischen. Die Insekten vervielfältigten sich. Dann kamen die Säugetiere und jener atemraubende Augenblick, als sie sich auf die Hinterbeine erhoben und ihre Vorderfüße für die verschiedenartigsten Betätigungen frei wurden.

»Das Leben! Warum Leben? Wozu? Zu welchem Ende? Etwas kam aus dem Urschlamm hervor. Wohin ging das?«

Er machte eine Pause. Sein Blick ruhte so eindringlich auf den beiden Knaben, daß sie sich zu einer Antwort gezwungen fühlten. »Zum Menschen«, murmelten sie.

»Ja«, sagte Dr. Gillies, »zu allerlei Arten von Menschen.«

Ein peinliches Unbehagen hatte sich der Anwesenden bemächtigt. Breckenridge Lansing, ein geübter Versammlungsleiter, ließ sich abermals im Namen aller vernehmen. »Sie haben unsre Frage nicht beantwortet, Dr. Gillies.«

»Ich habe den Grundriß für meine Antwort auf Ihre Frage gezeichnet. In diesem neuen Jahrhundert werden wir alle sehen können, daß der Mensch in ein neues Stadium seiner Entwicklung eintritt – der Mensch des achten Tags.«

Dr. Gillies log nach besten Kräften drauflos. Er hegte keinen Zweifel, daß das kommende Jahrhundert zu gräßlich sein werde, um auch nur dran zu denken – nämlich so wie alle frühern.

Dr. Gillies war der einzige in der ganzen Gesellschaft, der sich nicht in gehobener Stimmung fühlte. Er hatte an der Glückwünscherei und Umarmerei nicht teilgenommen. Um ein Viertel vor zwölf hatte er sich in das Hotel davongemacht und der alten Mrs. Billings, seiner langjährigen Patientin, einen Besuch abgestattet. Seine Seele (ein Wort, das er nur im Scherz gebrauchte) war voller Bitterkeit. Vor dreiundzwanzig Monaten hatte sein Sohn im Williams-College in Massachusetts bei einem Rodelunfall den Tod gefunden – Hector Gillies, der heute ins zwanzigste Jahrhundert hätte eintreten sollen, – sein andres Ich, sein erweitertes Ich, sein verlängerter Schatten. Dr. Gillies glaubte nicht an den Fortschritt, an eine bessere Zukunft der Menschheit. Er wußte mehr über Coaltown als irgendeiner der Einheimischen. (Wie er auch während der ersten dort verbrachten zehn Jahre seiner ärztlichen Praxis eine Menge über Terre Haute im Staat Indiana gewußt hatte.) Coaltown war nicht schlechter und nicht besser als jede andre Stadt. Jede Gemeinschaft ist ein Teil der riesigen Gesamtheit der Menschheit. Schneide diesem Breckenridge Lansing oder dem Kaiser von China den Bauch auf: du wirst die gleichen Eingeweide vorfinden. Wie der Teufel in der alten Erzählung magst du die Dächer von Coaltown oder Wladiwostok abheben, und du wirst dieselben Phrasen hören. Dr. Gillies' mitternächtliches Lesen der großen Geschichtsschreiber bestätigte ihm sein Gefühl, daß überall Coaltown ist – wenngleich sogar die größten Geschichtsschreiber ein Opfer der Verzerrung durch die abgelaufene Zeit werden; sie erhöhen oder erniedrigen nach ihrem Belieben. Es gibt keine goldenen Zeitalter, und es gibt keine finsteren. Es gibt nur die ozeanartige Eintönigkeit der Generationen von Menschen im abwechselnd schönen und schlechten Wetter.

Wie sähen das zwanzigste und die darauf folgenden Jahrhunderte aus?

Er log rundheraus, weil seine Augen auf Roger Ashley und George Lansing ruhten. Er sprach, wie er gesprochen hätte, wenn Hector dagewesen wäre. Es ist die Pflicht alter Männer, den jungen etwas vorzulügen. Die sollen nur schön ihre Enttäuschungen erleben, ihre Illusionen verlieren. Wir stärken, solange wir jung sind, unsre Seelen mit Hoffnung; die Stärke, die wir so erwerben, befähigt uns später, Verzweiflung zu ertragen, wie's einem Römer geziemt.

»Der neue Mensch ist im Entstehn. Die Natur schläft nie. Bisher hat der gelegentlich auftretende große Mann, das einsame Genie, die an seine Rockschöße sich klammernden Kinder der Furcht und Trägheit vorwärtsgezogen. Von nun an wird die ganze große Menge aus dem Höhlenbewohnerzustand herausgelangen...«

Oh, wie herrlich!

»... aus dem Höhlenbewohnerzustand, in dem die meisten Menschen noch immer kauern, voller Furcht vor Eindringlingen, ihre Besitztümer umklammernd, Sklaven ihrer Angst vor dem Donnergott, ihrer Angst vor den rachsüchtigen Toten, ihrer Angst vor der unbezähmbaren Bestie in ihnen selbst.«

Wie herrlich!

»Geist und Seele werden die nächste Sphäre des Menschentums sein. Die Menschheit macht ihre Erziehung durch. Was ist Erziehung, Roger? Was ist Erziehung, George? Sie ist die Brücke, auf der der Mensch aus seinem in sein Ich eingeschlossenen, nur auf sein Selbst bedachten Leben hinüberschreitet in ein Bewußtsein von der Gemeinschaft der ganzen Menschheit.«

Eine Anzahl seiner Zuhörer war schon bald in der beseligenden Luft des zwanzigsten Jahrhunderts eingeschlafen – aber nicht John Ashley und sein Sohn, nicht Eustacia Lansing und ihr Sohn.

Olga Doubkov ging zusammen mit Wilhelmina Thoms, Lansings Sekretärin in der Bergwerkskanzlei, nach Hause.

»Dr. Gillies glaubte selber nicht ein Wort davon«, sagte sie. »Ich schon ... Ich glaubte jedes Wort. Und mein Vater auch. Ich könnte mich nicht aufrecht halten, wenn ich's nicht glauben würde.«

Es ist nie befriedigend erklärt worden, warum die frühen Besiedler von Coaltown (oder Maple Bluffs, wie es zuerst hieß) sich zum Mittelpunkt und Kern ihres Wohngebiets eine sonnenlose Talenge wählten, wenn sie doch ihre Häuser, ihre erste Kirche und ihre erste Schule auf den offenen Wiesen nördlich oder südlich davon hätten bauen können. Das Städtchen lag an einem mäßig wichtigen Handelsweg. Den Wanderverkäufer gibt es noch immer. Coaltown war stets bei den Handlungsreisenden beliebt – zum Glück für Beata Ashley und ihre Kinder, als die Zeit dafür kam, – obwohl Fort Barry, fünfundvierzig Kilometer nördlich davon, und Summerville, sechzig Kilometer weiter südlich, größeren Verdienst boten. Die Illinois Tavern der Sorbeys, des Erbauers, des Sohns und des Enkels, behagte ihnen. Sie merkten in ihren Reiseplänen dort zwei Übernachtungen vor. Die Zimmer waren geräumig, die Mahlzeiten, zu fünfunddreißig Cent, reichlich. Die Holztäfelung und die Messingbeschläge in der Salonbar waren in Erwartung eines immer bessern Geschäftsgangs angebracht worden. Der anheimelnde Geruch von Sägespänen, verschüttetem Bier und Maiswhisky hieß den müden Wanderer willkommen. Allabendlich waren im Extrazimmer Kartenpartien in Gang. Es gab unentgeltliche Fahrgelegenheit zu einigen Etablissements ein paar Kilometer weiter südlich an der River Road – ›Hattie's Hitching Post‹ und ›Nicky's We Have It‹. Vertreter größerer Firmen (landwirtschaftliche Geräte und pharmazeutische Präparate en gros) kamen mit der Bahn; Handlungsreisende (Nähmaschinen, billiger Schmuck, Patentmedizinen und Küchenbedarf) im Kutschierwägelchen; die fliegenden Händler hielten am Straßenrand und schliefen unter ihrem Karren.

Mit der Entdeckung von Kohle kam schwarzer, grauer, gelber und weißer Staub; kam trübes Wasser in den Kangaheela; kam der erste und letzte reiche Mann der Stadt: Airlee MacGregor; kamen mehr Fremde – die Schlesier und Westvirginier, Miss Doubkovs Vater (ein exilierter russischer Fürst, sagten manche), John und Beata Ashley aus New York, die den ›New Yorker Dialekt‹ sprachen. Viele Vögel, Vierfüßler, Fische und Pflanzen zogen sich aus der Gegend zurück. Es wurde üblich, zu sagen, der Boden sei ›sauer‹. Es kamen auch Armut und Unruhe und drohende Gewalttätigkeit. Viele der Männer, die täglich zehn Stunden unter der Erde arbeiteten, schienen nicht imstande zu sein, eine zwölf- oder vierzehnköpfige Familie zu ernähren und zu kleiden, auch wenn jeden Samstagnachmittag ihre lieben Sprößlinge den eignen Wochenlohn in die Hand des Vaters legten. Schuhe spielten eine wichtige Rolle. Sie verfolgten einen solchen Mann bis in seine Träume. Sogar Pferde gingen beschuht. Ein Vater konnte seine Familie mit Bohnen, Kleie, Gemüsen, Äpfeln und dann und wann ein paar Stücken Speck ernähren. Aber es galt allgemein für ausgemacht, daß man nicht unbeschuht in die Kirche gehn könne. Darum mußten die Kinder turnusweise hingehn.

Einige Male in der zweiten Hälfte des neunzehnten Jahrhunderts hatte ein Aufstand in der Luft gelegen. Es gibt wenig so Entmutigendes wie einen unentschlossenen Streik. Die Streikenden waren schlecht geführt und schlecht organisiert. Die Fensterscheiben des Bergarbeiter-Kaufhauses wurden eingeschlagen, in der Werkskanzlei wurde alles zertrümmert. Eine Rotte Umherstreifender wurde auseinandergetrieben, nachdem sie den Lattenzaun um Airlee MacGregors Haus ausgerissen und die Krocketkugeln gegen die Haustür geschleudert hatte. (Während all des Lärms und des Splitterns von Holz saß der alte MacGregor im Vorderzimmer, sein Gewehr schußbereit, ein zürnender Moses.) Feiertagen wurde mit Befürchtungen entgegengesehen. Im Jahre 1897 untersagte der Bürgermeister wohlweislich den Aufmarsch am 4. Juli und die Festrede im Gedächtnispark. Die vierjährlichen Wahltage waren besonders gefürchtet. Die Bergleute kamen von den Anhöhen heruntergeschwärmt und machten ihrer lange gestauten Ohnmacht und Wut Luft. Wer am nächsten Tag nicht zur Arbeit erschien, dem zog die Betriebsverwaltung strikt eine Buße vom Lohn ab. Die Männer tranken und grölten die Nacht hindurch und begannen beim Morgengrauen die Hänge hinaufzustolpern; ihre Frauen lasen sie aus den Straßengräben auf. Im folgenden August wurden dann stets viele resigniert begrüßte Kinder geboren. Die Leute in Coaltown hatten seit Menschengedenken des Nachts ihre Türen verschlossen, und die Wohlhabenderen hatten mancherlei Verstärkungen und Barrikaden angebracht. Breckenridge Lansing war nicht der erste, der seine Familie dazu anhielt, sich im Gebrauch von Schußwaffen zu üben, wenngleich das von ihm als dem leitenden Direktor des Bergwerks zu erwarten gewesen wäre. Bei dem Mordprozeß rief es das Erstaunen der auswärtigen Reporter, aber nicht der Bürger von Coaltown hervor, daß er während seiner gewohnten Sonntagnachmittagsschießübung ermordet worden war.

Fünf Jahre nach dem notorischen Prozeß wurden die Gruben bei Coaltown stillgelegt – die ›Bluebell‹ und die ›Henrietta B. MacGregor‹. Die Qualität der Kohle war seit langem immer schlechter geworden, und nun verringerte sich auch die Quantität. Die Stadt schrumpfte. Die Familien des Verurteilten und des Ermordeten zogen weg. Ihre Häuser wechselten mehrmals die Besitzer. Sie trugen Tafeln, auf denen ›ZIMMER ZU VERMIETEN‹ und

›ZU VERKAUFEN‹ stand. Mit der Zeit aber wurden diese Tafeln unleserlich und fielen von den Mauern. Die zerbrochenen Fenster ließen Regen und Schnee ein. Vögel bauten ihre Nester im Oberstock und Erdgeschoß; die Lattenzäune lehnten über den Gehsteig wie sich überstürzende Wellen. Das Gartenhäuschen hinter ›The Elms‹ rutschte in den Teich. Im Herbst wurden Kinder von ihren Müttern ausgeschickt, die Nüsse von ›St. Kitts‹, die Kastanien von ›The Elms‹ einzusammeln.

Mit dem Aufhören jeder Tätigkeit im Bergwerk verbesserte sich die Luft. Zwar wagte es keine Hausfrau, weiße Gardinen an die Fenster zu hängen, aber 1910, bei der Schlußfeier der Mädchenmittelschule, trugen die Absolventinnen zum erstenmal weiße Kleider. Es gab weniger Jäger; Rehe, Füchse und Wachteln vermehrten sich beträchtlich. Streifenbarsche, Schwarzbäuche und Mulliganforellen stiegen in großer Zahl den Kangaheela aufwärts. Squawstrauch und Goldrute und Rotschlinge, die lange dieser Gegend ausgewichen waren, begannen nun von allen Seiten in sie vorzurücken.

Im Frühling füllte nach schweren Regengüssen oft ein seltsames Brausen die Luft. Die Hügel glichen Bienenwaben, so sehr waren sie von Stollen durchlöchert; die Erde über diesen stürzte mit einem Geräusch ein, das mehr wie ein Erdbeben als ein Erdrutsch klang. Die Stadtbewohner fuhren hinaus, um in diese unterirdischen Gewölbe hinunterzuspähen. Sie schienen eher Ruinen einer dahingeschwundenen Großartigkeit zu ähneln als Gefängnissen, wo so viele Menschen sich zwölf – später zehn – Stunden täglich abgeplagt hatten, so viele ihre Lungen herausgehustet und herausgespuckt hatten. Sogar kleine Jungen verstummten eingeschüchtert beim Anblick dieser langen Galerien und Arkaden, Rotunden und Thronsäle. Schon im folgenden Jahr verdeckten Geißblatt und wilder Wein die Eingänge zur Unterwelt. Die Fledermausbevölkerung nahm zu und kam, sobald der Abend dämmerte, in wirbelnden Wolken über dem Tal hervor.

Wie Dr. Gillies so gern sagte: »Die Natur schläft nie.«

Coaltown hat kein Postamt mehr. Die Post wird in einem Winkel von Mr. Bostwicks Krämerladen ausgeteilt. Der Sitz der Kreisbehörde ist nach Fort Barry verlegt worden.

I

›THE ELMS‹

1885–1905

›The Elms‹ waren, bis auf eines, das stattlichste Haus in Coaltown. Es war von Airlee MacGregor erbaut worden, als das Bergwerk von der Generaldirektion in Pittsburgh noch nicht so abhängig war und der ortsansässige Betriebsleiter auch für sich selbst Geld verdienen konnte. Er hatte die Schächte in den Gruben ›Bluebell‹ und ›Henrietta B. MacGregor‹ niedergebracht und war sehr reich geworden. John Ashley hätte es sich nie leisten können, das Haus glattweg zu kaufen. Er war bloß als Instandhaltungsingenieur nach Coaltown berufen worden, und der Ertrag der Gruben hatte damals schon nachgelassen. Es war seine Aufgabe, mit einem verknappten Etat einen in Verfall geratenen Bau auszubessern und zu stützen. Die Eigentümer hatten nicht vorhersehen können, daß seine Begabung grade im Erfinderischsein und im Improvisieren lag. Die Arbeit machte ihm viel Freude, obzwar sein Gehalt nur wenig mehr als ein Drittel des Gehalts Breckenridge Lansings, des Betriebsleiters, betrug. Ashley war arm und hätte das lächelnd zugegeben. Er hatte alles, was er brauchte, und mehr als das. Beata, seine Gattin, war eine äußerst tüchtige Hausfrau, und beide waren sie außerordentlich findig darin, alles Nötige anzuschaffen und Annehmlichkeiten zu ersinnen, die nur geringe oder gar keine Ausgaben erforderten. Er kam allmählich, durch halbjährliche Zahlungen, in den Besitz des Hauses. Es hatte lange leergestanden. Die Menschen im südlichen Illinois neigen nicht zum Aberglauben; sie sagten nicht, in dem Haus geistere es, aber es war bekannt, daß ›The Elms‹ dem Schicksal zum Trotz gebaut, haßerfüllt bewohnt und unter tragischen Umständen verlassen worden waren. In jedem größern Städtchen finden sich ein oder zwei solcher Häuser. John Ashley war abergläubischer als seine Nachbarn; er glaubte, ihn könne kein Unglück befallen. Er und Beata wohnten hier glücklich fast siebzehn Jahre lang.

Als Ashley 1885 das Haus zum erstenmal sah, weiteten sich seine Augen. Während er die Türstufen hinaufstieg und die Halle betrat, öffneten sich seine Lippen, sein Atem stockte, wie wenn wir versuchen, eine ferne Musik zu hören. Er schien das Haus schon einmal gesehen oder es geträumt zu haben. Eine breite Veranda umgab das Erdgeschoß auf drei Seiten; eine zweite Veranda ragte oberhalb der Eingangstür vor; ganz oben erhob sich eine Kuppel, in der ein Fernrohr aufgestellt gewesen war. Im Innern führte eine breite Treppe in die Eingangshalle herab; der Endpfosten des Geländers trug eine irisierende Glaskugel. Zur Rechten erstreckte sich ein großes Wohnzimmer durch die ganze Tiefe des Hauses. Zeitungen, schon zehn Jahre alt, waren über die Tische und Stühle gebreitet, über die abgenützten Sofas, über das alte Klavier. Hinter dem Haus lag eine ungepflegte Rasenfläche; Regen- und Schneefälle hatten die im Unkraut halb verborgenen Krocketkugeln entfärbt. Jenseits der Rasenfläche stand am Ufer eines Teichs ein Gartenhäuschen. In dem Ulmenhain zur Rechten zeigte sich ein großer Schuppen, den die Kinder dann das ›Regentagehaus‹ nannten; der diente später auch als Werkstatt für ihres Vaters ›Erfindungen‹ und ›Experimente‹. Ashley wußte, noch bevor er es alles erblickte, daß auch ein Hühnerstall, nun auf der einen Seite eingebrochen und dem Regen ausgesetzt, und ein kleiner Obstgarten vorhanden waren, Brombeersträucher und einige Kastanienbäume. Etwas wie ehrfürchtige Scheu ergriff ihn. Wer könnte reicher sein?

Aber es war Airlee MacGregors Traum, in den er eingetreten war. MacGregor hatte ihn in Erwartung einer großen Kinderschar gebaut. Es hätte Krocketpartien auf dem Rasen geben sollen, bis das schwindende Licht das junge Volk in das Gartenhäuschen triebe, wo dann zur Begleitung eines Banjo gesungen würde. Glühwürmchen würden umherschweben. Bei schlechtem Wetter gäbe es Karamellenziehen in der Küche und lärmende Spiele wie ›Schwarzer Peter‹ und ›Fingerhuterraten‹ im Wohnzimmer. Die Teppiche würden an die Wand gerollt und es würde getanzt werden – ›Virginia Reels‹ und ›Melissa, mache deinen Knicks‹. In klaren Nächten würden die Kinder in die Kuppel hinaufgeführt und eins nach dem andern hochgehoben werden, damit sie durch das Fernrohr gucken könnten. Nichts Langweiliges würde sich je auf dessen Linse zeigen, sondern der rötliche Mars und die Ringe des Saturns und die feierlich stimmenden Mondkrater.

Alles ging in Erfüllung, aber nicht für Airlee MacGregor. An Sonntagabenden, wenn die häusliche Hilfe ihre Schwester besuchen gegangen war, bereiteten Beata Ashley und Eustacia Lansing das Abendessen. »Kommt herein, Kinder, kommt zum Nachtmahl!« Hector Gillies, der Sohn des Arztes, lehrte Roger Ashley das Banjo spielen. Alle konnten sie singen, aber keins so wie Lily Ashley. Sie sang so schön, daß sie mit fünfzehn Jahren aufgefordert wurde, in der Kirche vor allen Leuten zu singen. Mit sechzehn sang sie ›*Home, Sweet Home*‹ beim Fest der Freiwilligen Feuerwehr; starke Männer schluchzten. Mrs. Lansing verbot den Kindern, ›Schwarzer Peter‹ und ›Domino‹ zu spielen, weil ihre beiden jüngsten, George und Anne, sich dabei (ihr kreolisches Blut war schuld) zu sehr aufregten und ungebärdig wurden. Nach dem Abendessen gingen Ashley und Lansing in das Regentagehaus, um an ihren Erfindungen von Schlössern und Schußwaffen zu arbeiten. Im Wohnzimmer wurde indessen vorgelesen – Odysseus und die Zyklopen, Robinson Crusoe und sein Diener Freitag, Gullivers Schiffbrüche und aus Tausendundeine Nacht. An andern Sonntagnachmittagen versammelten sich dieselben Kinder und dieselben Erwachsenen in ›St. Kitts‹. Zielscheiben für Schießübungen wurden aufgestellt – Breckenridge war ein großer Jäger vor dem Herrn – und die Männer und Knaben knallten drauf los und brachten die Hunde der Stadt zum Bellen. Nach dem Abendessen erzählte Eustacia Lansing gewöhnlich einige ihrer karibischen Eingeborenengeschichten. Ihre und die Ashleykinder konnten zwar Französisch, aber für andere schaltete sie geschickt eine Übersetzung ein. Sie wußte lebhaft zu erzählen, und die ganze Gesellschaft lauschte gespannt den Abenteuern von Père-Père Tortue und Dédenni Iguanou.

In ›The Elms‹ ging es alles in Erfüllung, aber nicht für Airlee MacGregor. Wenn er die Treppe entworfen hatte, damit sie die anmutige und vornehme Haltung seiner Frau zur Geltung bringe, so hatte sie ihren Zweck nicht erfüllt. Die unglückselige Mrs. MacGregor entwickelte bald eine Beleibtheit, wie ein Leben erzwungener Muße und unablässiger Beängstigung sie so oft mit sich bringt. Sie war nicht imstande, eine Treppe hinabzugehn, ohne das Geländer zu umklammern. Keine Bräute warfen ihre Buketts den unten sich hochstreckenden Händen zu. Bewundernswert war nur, wie die Treppe das Hinabtragen einer Folge von Särgen erleichterte. Beata Ashley aber schritt diese Treppe herab wie die Königin von Preußen, die der Gegenstand lebenslanger Bewunderung ihrer Mutter gewesen war, der geborenen Clotilde von Diehlen aus Hamburg und Hoboken, New Jersey. Es kam zwar zu keinen Ashley-Hochzeiten in ›The Elms‹, aber Lily, Sophia und Constance wurde beigebracht, die Treppe mit einem auf dem Kopf balancierten Atlas hinauf- und hinunterzugehn. Die irisierende Glaskugel spiegelte die Erfüllung des Traums, den ein andrer geträumt hatte.

Beide, Breckenridge Lansing und John Ashley, gerieten nach Coaltown, weil sie auf ihren frühern Posten versagt hatten. Sie wußten das nicht, ihre Frauen jedoch ahnten es. Lansing glaubte, er sei in eine bessere Stellung befördert worden; Ashley wußte, daß er in eine beglückendere versetzt worden war. John Ashley war in der Konstruktionsabteilung einer Firma in Toledo, Ohio, wo er neun Stunden täglich Werkzeugmaschinen hatte zeichnen müssen, immer unzufriedener geworden und empfand das Angebot, nach Coaltown zu gehn, als einen Glücksfall – so kärglich das Gehalt auch war. Als dem glänzendsten Absolventen seines Jahrgangs auf der Maschinenbauschule hatte es ihm freigestanden, unter den sich bietenden Gelegenheiten zu wählen. Er wählte den Posten in Toledo, weil er und seine Braut darauf aus waren, den Osten der Vereinigten Staaten hinter sich zu lassen, und weil der Posten ihm ein Betätigungsfeld für seine Erfindungsgabe zu bieten schien. Groß war seine Enttäuschung, als er entdeckte, man erwarte von ihm, den ganzen Tag lang auf ein und demselben Hocker vor ein und demselben Zeichenbrett zu sitzen und Maschinenteile zu zeichnen, die er spöttisch ›Backwerkformen‹ nannte. Wir werden später sehen, wie 1880 der vermeintlich dynamische junge Lansing im Alter von sechsundzwanzig Jahren aus den wichtigen Bureaus in Pittsburgh sanft auf das tote Geleise im Kangaheelatal abgeschoben wurde. Er war kein Bergingenieur; seine Arbeit sollte rein administrativ sein. Er war der ortsansässige Betriebsleiter.

In den Räumen der Generaldirektion in Pittsburgh sprach man von den Gruben bei Coaltown als dem ›Invalidenhaus‹. Der Ausdruck bezeichnete im Mittelwesten einen Auffangeimer für die Überalterten und die Untüchtigen. Ein erfolgreicher Landwirt, der mehrere Farmen besaß, sonderte eine von ihnen aus, auf die er alternde Arbeiter, alternde Pferde und alternde Maschinen sandte. Alle vier oder fünf Jahre griff der Verwaltungsrat von neuem die Frage auf, ob die Gruben nicht aufzulassen seien. Sie wiesen jedoch noch immer einen kleinen Nutzen aus; sie trugen berühmte Namen, und sie waren immerhin als ›Invalidenhaus‹ verwendbar. Sie wurden unter der Bedingung in Betrieb gehalten, daß keine Verbesserungen gemacht, keine Löhne erhöht und nur wenige dort Beschäftigte ersetzt würden. Auch Lansings Vorgänger, Cayley Debevoise, der Schwager eines Verwaltungsrats, war solch ein Ausschußstück gewesen. Ebenso wie Lansing war er mit Begeisterung für das Grubenfeld von Pittsburgh angestellt worden – »seit langem der beste junge Mann unter den Bewerbern«, »ein heller Kopf«, »voller Ideen«, »hat eine bezaubernde Frau«. Die Generaldirektion hätte die Anstellungsverträge jeden Augenblick kündigen können; statt dessen – vielleicht weil sie ihr schlechtes Urteilsvermögen nicht zugeben wollte – sandte sie die nicht mehr vielversprechenden jungen Männer nach Coaltown.

Wer also hielt das Bergwerk in Gang? Die Kanzlei auf der Anhöhe verfügte über vermutlich tüchtige Bergingenieure, aber auch diese waren ›Invalidenhäusler‹, bejahrt und der solchen Institutionen innewohnenden Trägheit unterworfen. Der Betrieb lief wie eine müde gewordene Uhr immer langsamer. Aber irgendwie brachte er es doch fertig, aus eigner Kraft ruckweise weiterzuholpern. Miss Thoms, die Gehilfin der einander folgenden Betriebsleiter, besprach sich mit den Obersteigern der verschiedenen Arbeitsstellen jeden Morgen um sieben Uhr, bevor diese einfuhren. Gemeinsam gelangten sie auf eine improvisatorische Weise zu den nötigen Entscheidungen. Die Maßnahmen, die sie trafen, wurden dann – um neun Uhr oder zehn Uhr – dem Betriebsleiter auf eine solche Art vorgetragen, daß sie ihm als seine eignen, soeben gehabten Einfälle erschienen. Jahrelang erhielt Miss Thoms sechzehn Dollar in der Woche. Wäre sie erkrankt, hätte es in dem Bergwerk ein Chaos gegeben, und sie wäre früher oder später im Armenhaus in Goshen gelandet.

Als Breckenridge Lansing die Nachfolge Cayley Debevoises antrat, schöpfte Miss Thoms Hoffnung; es hatte den Anschein, daß die Last von ihren Schultern genommen werden würde. Wenn Breckenridge Lansing etwas Neues begann, verfehlte er nie, am Anfang einen guten Eindruck zu machen. Dynamisch prüfte er die Bücher; dynamisch stieg er, ein einziges Mal, in die Eingeweide der Erde hinab. Er sprudelte förmlich über von guten Ideen. Er brachte es fertig, von allem, was er sah, entsetzt zu sein und gleichzeitig jedermann für die prächtige Arbeit, die geleistet wurde, zu loben. Bald aber kam die Wahrheit ans Licht: Lansing war nicht imstande, sich etwas von einem Tag auf den andern zu merken. Das Gedächtnis ist der Diener unsrer Interessen, und Lansings vornehmlichstes Interesse galt dem Eindruck, den er auf andre machte. Zahlen, Tabellen, Waggonladungen spenden keinen Beifall. Miss Thoms war bald wieder im Geschirr.

»Mr. Lansing, im Forbush-Stollen sind wir in Klutte geraten.«

»Was Sie nicht sagen!«

»Sie erinnern sich doch, daß Sie Sieben-B für recht aussichtsreich hielten? Glauben Sie nicht, es wäre eine gute Idee, Jeremiah anzuweisen, alle seine Leute dort einzusetzen?«

»Sehr gute Idee, Wilhelmina. Das wollen wir tun!«

»Mr. Lansing, Conrad hat wieder das Taumeln gehabt.« Männer, die seit Jahren täglich zehn Stunden auf den tiefern Sohlen gearbeitet haben, neigen dazu, plötzlich einzuschlafen; sie sinken wie betäubt zu Boden. Sie fürchten sich mehr vor diesen Erscheinungen als vor Unglücksfällen oder sogar der Schwindsucht. Wenn ein Bergmann anfängt, viermal im Tag das Taumeln zu haben, ist er schon auf dem Weg nach Goshen.

»Hm«, machte Lansing und kniff dabei abwägend die Augen zusammen.

»Also ich erinnere mich, Mr. Lansing, Sie sagten, der zweite Bragg-Junge sieht nach einem guten Arbeiter aus. Wir werden einen neuen Wagenstößer in der ›Bluebell‹ brauchen.«

»Genau der Richtige, Wilhelmina! Wir wollen's am schwarzen Brett anschlagen. Setzen Sie's auf, und ich werd's unterschreiben.«

Die schwarzen Bretter waren Lansings beachtlichster Beitrag zum Bergwerksbetrieb. Bald unterschrieb er fünfzehn Anschläge im Tag. Wenn es keine mehr zu unterschreiben gab, machte er ein Schläfchen auf dem Roßhaarsofa oder ging auf die Jagd.

Ashley war nur für kurze Zeit in das Bergwerk berufen worden, um dieses riesige, dem Zusammenbruch nahe Skelett zu flicken und abzustützen. Zwei Monate lang hielt er den Mund; er beobachtete bloß und horchte herum. Er verbrachte seine halbe Zeit, eine Grubenblende an der Stirn, unter der Erde. Die Förderkörbe wurden mittels altmodischer Winden und Flaschenzüge gehoben und gesenkt. Die Obersteiger waren nicht unintelligent, aber da sie so lange wie Maulwürfe gelebt hatten, war ihnen die Fähigkeit verlorengegangen, von zwei Übeln das kleinere zu wählen. Sobald sie ihre Schwierigkeiten Ashley vortrugen, lebte diese Fähigkeit wieder auf; sie sahen, welche Flöze in Klutte oder Letten ausgingen; sie waren bereit, neue Probebohrungen zu machen. Ashley sah überall Gefahren. Abgestumpft durch die Verhältnisse, unter denen sie lebten, waren die Grubenarbeiter zu der Annahme gelangt, daß die Fährlichkeiten des Bergbaus ein Ausdruck von Gottes Willen seien. Als Ashley endlich zu sprechen begann – mit einem »östlichen« Akzent, der ihnen fast unverständlich war, – galten seine ersten Vorschläge der Wetterführung. Er »verschwendete« Arbeitskräfte und Zeit darauf, Entlüftungsstollen anzulegen; er entwarf ein rohes System klappernder Ventilatoren, und die Betäubungsanfälle verringerten sich. Es folgte einiges Umgruppieren der Arbeiter, obgleich das nicht zu seinen Befugnissen gehörte; die fast Erblindeten, die Schwindsüchtigen, die rettungslosen ›Taumler‹ wurden in einen ›Invalidenschacht‹ geschickt. Er ließ die Schmiede wieder instand setzen; Hunte, Förderkörbe, Rahmen, Rätschen, Stößel, Gleise wurden brauchbarer gemacht. Das Skelett begann zu zucken und sich aufzurichten. Es war ein kränkelndes Bergwerk, doch es war nicht mehr sterbenskrank. Ashleys Gehalt wurde nie erhöht, aber er sorgte dafür, daß Miss Thoms als Entgelt für ihre Ratschläge eine Zulage von fünf Dollar wöchentlich erhielt. Lansing war entzückt über alle die brillanten Ideen, die täglich in seinem Geist aufblitzten; sie wurden am schwarzen Brett angeschlagen. Er fühlte, er könne es sich erlauben, nun öfter jagen zu gehn. Da er sich häufig noch spät nachts in den Lokalen an der River Road aufhielt, kam es zu vielen Nickerchen auf dem Roßhaarsofa. Ashley hatte keine Ahnung gehabt, daß Arbeit so abwechslungsreich sein und so unaufhörlich Improvisieren und Erfinden erfordern könne. Er stand jeden Morgen mit frischem Eifer auf. Bis an ihr Lebensende konnten sich seine Kinder erinnern, wie er vor dem Rasierspiegel gesungen hatte: »*Nita, Juanita*« und »*No gottee tickee, No gettee shirtee, At the Chinee laundryman's.*«

So kam es, daß John Ashley, ohne den Titel zu führen, der eigentliche Betriebsleiter war. Er lernte die Verfahren des Kohlenbergbaus von trefflichen Lehrmeistern – den Obersteigern in den Stollen und den emeritierten ›Invalidenhäusler‹-Ingenieuren, die ebenso eifrig andre an ihren Kenntnissen und Erfahrungen teilhaben ließen, wie sie sich von Verantwortung und Arbeit drückten. Diese Lage der Dinge dauerte fast siebzehn Jahre, während welcher die Jahresberichte vom fünften Jahr an einen kleinen, aber zunehmenden Reingewinn auszuweisen begannen. Und sie dauerte dank einer Art von Verschwörung, ursprünglich zwischen John Ashley und Miss Thoms, in die dann auch die Frauen der Arbeiter verwickelt waren. Nur ein John Ashley hätte sich so lange zu einer so schwierigen und sogar demütigenden Rolle hergeben können. Unangekränkelt von Ehrgeiz oder Neid, gleichgültig gegen Bewunderung oder Geringschätzung, völlig glücklich in seinem Familienleben in ›The Elms‹, war er der ›gute Geist‹ Breckenridge Lansings. Er tat nicht nur alles, was er vermochte, um die Untüchtigkeit seines Vorgesetzten vor der Bergwerksgesellschaft und der Öffentlichkeit zu bemänteln, er spielte auch den ältern Bruder dieses ältern Mannes. Er versuchte, Lansings Schroffheit gegenüber seiner Familie in ›St. Kitts‹ zu mildern und ihn von seinen Vergnügungen in den anrüchigen

Lokalen an der River Road und am Old Quarry Pond abzulenken. Er zog Lansing zu seinen ›Experimenten‹ heran und lobte dessen imaginäre Beiträge zu ihnen. Die prächtigen technischen Zeichnungen wurden mit ihrer beider vereinten Namen benannt: das »Lansing-Ashley Spiralschubschloß«, der »Ashley-Lansing St.-Kitts-Schlagbolzen«. Es war eine ausgeklügelte und großmütige Fiktion; früher oder später werden solche Fiktionen aufgedeckt.

Breckenridge Lansing wurde am Spätnachmittag des 4. Mai 1902 ermordet, und John Ashley wurde dafür, daß er ihn erschossen hatte, zum Tod verurteilt. Morde sind nichts Ungewöhnliches, aber manche erwecken mehr Interesse als andre. Daß jedoch ein zum Tod Verurteilter auf dem Weg zur Hinrichtung entkommt, ist etwas fast Unerhörtes. Eine gründliche Suche nach dem Entsprungenen wurde eingeleitet. Zunächst wurde eine Beschreibung, dann auch eine Abbildung einer verblaßten Photographie Ashleys in den Postämtern des ganzen Landes angeschlagen und eine große Geldsumme für Angaben ausgesetzt, die zu seiner neuerlichen Festnahme und zur Verhaftung seiner sechs geheimnisvollen Befreier führen würden. In der ganzen Gegend überstieg das Interesse für diese Befreier sogar das für Ashley. Jemand, der einem verurteilten Mörder zur Flucht verhilft, zieht sich selbst die Todesstrafe zu. Die sechs Männer mußten gut bezahlt worden sein, aber wo hätte Ashley das Geld hernehmen können? Doch die Umstände waren auch in andrer Hinsicht erstaunlich. Es wäre begreiflich gewesen, daß sechs gut bezahlte Banditen mit Revolverschüssen in einen verschlossenen Eisenbahnwaggon eindrangen – aber diese sechs Männer, als bei der Bahn bedienstete Neger maskiert, hatten die Befreiung lautlos und ohne Waffen vollbracht! Der Überfall hatte sich um ein Uhr morgens ein paar hundert Meter südlich des Bahnhofs von Fort Barry ereignet, an einer Stelle, wo alle Züge zehn Minuten lang neben dem Wasserbehälter hielten. Ashleys Bewachung bestand aus fünf Mann: drei vom Gefängnis in Joliet hergesandten und zwei – einer von diesen, Hauptmann Mayhew, als Kommandant – von der Justizbehörde in Springfield dazu bestimmten. Nach der amtlichen Untersuchung wurden sie alle mit Schimpf und Schande aus der Polizeitruppe entlassen. Vier von ihnen erwähnten den beschämenden Vorfall nie. Aber einen von ihnen konnte man die Geschichte weit und breit erzählen hören. Mit ›Blinzer‹ Hughes war es bergabgegangen, und zuletzt verkaufte er Hühnerfutter in den nordwestlichen Landkreisen. Er erwarb sich eine gewisse Berühmtheit und steigerte seine Verkäufe dadurch, daß er in Schankstuben immer wieder die Ereignisse jener historisch gewordenen Nacht erzählte.

»Dieser Eisenbahner kommt zur Tür und sagt, der Stationsvorsteher hat ein Telegramm für Hauptmann Mayhew erhalten, und Hauptmann Mayhew sagt: ›Bring's her!‹ Aber der Mann sagt, es ist streng vertraulich, und es ist aus Springfield, und Hauptmann Mayhew müßt' selber gehn und es persönlich in Empfang nehmen. Na, wir glaubten, es ist eine Begnadigung vom Gouverneur – versteht ihr, was ich meine? Hauptmann Mayhew hat Befehl gehabt, den Waggon nicht zu verlassen, und er wußte nicht, was tun. Wir alle versuchten, uns auszudenken, was er tun sollte, und grade dieses bißchen Nachdenken war's, was uns dumm gemacht hat. Bevor wir's uns versehn, ist der Waggon voller Eisenbahner. Sie zerschmeißen die Lampen, und von da an kriechen wir in Glasscherben herum. Einer erwischt mich bei den Füßen und bindet sie mir zusammen. Ich beug' mich vor, um ihm eins zu versetzen, aber er war so kräftig, daß er mir die Füße hochreißt und sie gleichzeitig zusammenbindet. Die Beine in der Luft, lieg' ich rücklings da und ruder' umher wie ein Krebs. Nachdem er mir die Füße zusammengebunden hat, schwuppt er mich auf den Bauch und fesselt mir die Hände auf dem Rücken. Wir schreien alle durcheinander, und am lautesten schreit Hauptmann Mayhew. ›Schießt auf Ashley! Schießt auf Ashley!‹ schreit er. Aber wie hätten wir wissen sollen, welcher von uns Ashley war, das sag' mir einer! Und dann steckten sie uns Knebel in den Mund und schleiften uns durch den Gang und legten uns nebeneinander hin wie Kartoffelsäcke. Glaubt mir, sie waren nicht aus der Umgebung von Coaltown. Sie waren aus Chikago oder New York. Sie hatten so was schon früher gemacht. Sie hatten Übung darin. Das konnt' man erkennen. Ich werd's nie vergessen. Die Rollvorhänge waren runtergezogen, aber von irgendwo kam ein schwacher

Lichtschein, und ich konnt' sie wie Affen über die Sitzlehnen hopsen sehn.«

Das Geheimnisvolle des ›Handstreichs‹ verblüffte die klügsten Köpfe – angefangen von Oberst Stotz in Springfield, den Zeitungsleuten aus den Großstädten, dem Sheriff beim Kartenspielen mit seinen Stellvertretern, den Damen, wenn sie Kleider für die Heiden in Afrika nähten, dem allabendlichen Stammtisch großer Denker im Extrazimmer der Illinois Tavern bis zu den Lungerern, die in Mr. Kinch' Mietstallung und Hufschmiede ihren Tabakspriem kauten. Kaum weniger verblüfft als alle diese war Beata Ashley.

Es gab danach vieles, was die trägste Vorstellungskraft anregen konnte. Wie gelang es einem entsprungenen Sträfling, auf dessen rasierten Kopf viertausend Dollar standen, außer Landes zu kommen? Wie könnte so einer Mitteilungen und schließlich Geld an seine mittellose Frau und seine Kinder senden, wenn jede für sein Haus bestimmte Nachricht von der Polizei abgefangen und jeder Besucher genau ausgefragt wurde? Was dachte er sich? Was dachte sie sich? Was dachte sich Eustacia Lansing? Geldfragen spielten eine große Rolle in den Vermutungen der Bürger von Coaltown. Sie alle wußten, wie gering Ashleys Gehalt gewesen war. Seine Fleischerrechnungen waren ihnen seit Jahren bekannt. Die Frau des Leiters der Bankniederlassung hatte ihren besten Freundinnen im Vertrauen den bescheidenen Betrag seiner Ersparnisse mitgeteilt. Die Vorsorglichen und die Selbstgerechten frohlockten. John Ashley hatte siebzehn Jahre lang gegen eins der unerbittlichsten Gesetze der Zivilisation verstoßen: Er hatte kein Geld gespart.

Der Prozeß war ungebührlich in die Länge gezogen worden. Bald nachdem er begann, hatte Ashley seinen Anwalt höflich verabschiedet und sich dem vom Gerichtshof beigestellten Verteidiger in die Hand gegeben. Das Städtchen hatte einen ›Gebrauchtmöbelmann‹ aus Summerville ankommen gesehen. Sein Lastwagen hatte Möbel, Geschirr, Fenstervorhänge und Hauswäsche weggeführt, die Standuhr aus der Halle, das Klavier, zu dessen Begleitung so viele Virginia Reels getanzt worden waren, und sogar Rogers Banjo. In ›The Elms‹ hatten sie noch immer zu essen; sie hatten ihre Hühner, ihre Kuh und ihren Gemüsegarten, aber es gab keine Fleischerrechnungen mehr. Am letzten Abend, bevor man Ashley in den Zug nach Joliet brachte, hatte er seinem Sohn seine goldene Uhr gesandt – das letzte sogleich in Bargeld verwandelbare Besitzstück der Familie.

Während des Prozesses und der auf Ashleys Verschwinden folgenden Wochen beobachtete das Städtchen ›The Elms‹ mit verhaltenem, aber atemlosem Interesse. Es kamen wenige Besucher: Dr. Gillies; Miss Thoms, die bis auf weiteres nun wieder die ganze Last der Werksleitung auf ihren Schultern trug; Miss Doubkov (Olga Sergeievna), die Damenschneiderin; einige Leute, die, von Oberst Stotz gesandt, von Zeit zu Zeit Mrs. Ashley mit Fragen quälen kamen. Pfarrer Benson kam nicht. Er hatte den Häftling im Gefängnis aufgesucht, aber der hatte kein reuiges Gemüt gezeigt. Pfarrer Benson fühlte sich jeglicher Verpflichtung, die Familie zu besuchen, enthoben. Etliche Damen der Kirchengemeinde machten sich, nach langer Beratung und ohne von ihrem Seelenhirten dazu ermuntert worden zu sein, auf den Weg, ihrer Freundin Mrs. Ashley einen Besuch abzustatten. Zwanzig Schritte vor dem Haus jedoch verließ alle der Mut. Sie hatte mit ihnen in der Missionsgesellschaft genäht; sie hatte mit ihnen zu Ostern und zu Weihnachten die Kirche ausgeschmückt; sie hatte ihre Kinder zum Krocketspielen und Abendessen in ›The Elms‹ eingeladen. Aber während all dieser Jahre hatte sie keine einzige von ihnen mit dem Vornamen angeredet. Sie nannte Miss Thoms »Wilhelmina« und Mrs. Lansing »Eustacia«. Aber dabei hatte es sein Bewenden. Sie nannte sogar ihre häusliche Hilfe »Mrs. Swenson«.

Es sprach sich bald herum, daß der einzige Sohn, Roger, siebzehneinhalb Jahre alt, Coaltown verlassen hatte. Es wurde angenommen, daß er in die Welt hinausgezogen sei, um sein Glück zu machen und seiner Mutter Geld heimzusenden. Die Töchter gingen im Herbst nicht wieder in die Schule. Ihre Mutter unterrichtete sie daheim. Lily, fast neunzehn, und Constance, neun, durchschritten ebenso wie ihre Mutter länger als anderthalb Jahre das Gartentor von ›The Elms‹ nicht mehr. Es war Sophia, vierzehn Jahre und zwei Monate alt, die das Einkaufen für die Familie besorgte. Sie war täglich auf der Hauptstraße zu sehen, wie sie fröhlich ihren frühern Bekannten zunickte, allem Anschein nach ohne zu merken, daß nur wenige ihrer Grüße erwidert wurden. Über ihre Einkäufe wurde von Haus zu Haus berichtet – Seife, Mehl, Hefe, Zwirn, Haarnadeln und ›Mausefallen‹-Käse.

Die Bewohner von ›The Elms‹ waren unter den letzten in Coaltown, die von Ashleys Entkommen erfuhren. Der ihnen die Nachricht brachte, war Porky, einundzwanzig Jahre alt und Rogers bester Freund. Wenngleich er den Familiennamen O'Hara trug, war er großenteils indianischer Abstammung und gehörte der Church of the Covenant an, einer Sekte, die aus Kentucky ins südliche Illinois geraten war und sich auf der Herkomer's Knob genannten Anhöhe, eine Gehstunde von Coaltown, niedergelassen hatte. Porkys rechter Fuß samt dem Schienbein hatte bei der Geburt Schaden gelitten; dennoch war er ein bemerkenswert guter Jäger und hatte Roger auf viele Jagdausflüge mitgenommen. Er flickte die Schuhe von Coaltown und saß den ganzen Tag in seiner winzigen Werkstatt an der Hauptstraße. Er wurde von allen Ashleys hochgeschätzt, betrat aber ihr Haus nie durch die Vordertür und weigerte sich entschieden, sich mit ihnen zu einer Mahlzeit zu setzen. Er war wortkarg und treu; den schwarzen Augen in seinem viereckigen nußbraunen Gesicht entging fast nichts. Am Vormittag des zweiundzwanzigsten Juli erschien er an der Hintertür und ließ sein Signal ertönen, den Ruf einer Eule. Roger ging zu ihm hinaus und erfuhr die Neuigkeit.

»Deine Mutter sollte es sogleich wissen. Die werden bald hier sein.«

»Du sag's ihr, Porky! Sie wird dich vieles fragen wollen.«

Porky folgte Roger in die Eingangshalle. Mrs. Ashley kam die Treppe herunter.

»Mama, Porky hat dir etwas zu sagen.«

»Ma'am, Mr. Ashley ist entkommen. Ein paar Männer haben sich in den Waggon gedrängt und ihn losgemacht.«

Schweigen.

»Ist jemand verwundet worden, Porky?«

»Nein, Ma'am, nicht, daß ich wüßte.«

Beata Ashley legte die Hand auf den Endpfosten, um sich zu stützen. Sie war es gewohnt, daß Indianer wenig Worte verschwendeten. Ihre Augen fragten ihn, ob er wisse, wer die Befreier gewesen seien. Seine Augen gaben keine Antwort.

Sie sagte: »Man wird Jagd auf ihn machen.«

»Ja, Ma'am. Es heißt, daß die Männer, die ihn befreiten, ihm ein Pferd gaben. Wenn er geschickt ist, wird er bis zum Fluß kommen.« Der Ohio fließt sechzig Kilometer südlich, der Mississippi fast hundert Kilometer westlich von Coaltown.

Während des langen Prozesses hatte Beatas Stimme etwas Rauhes bekommen und ihr Atem etwas Beklommenes. »Dank dir, Porky. Wenn du noch mehr erfährst, wirst du mich's wissen lassen?«

»Ja, Ma'am.« Seine Augen sagten: »Er wird sich in Sicherheit bringen.«

Schritte die Türstufen herauf wurden hörbar, begleitet von zornigen Stimmen.

»Die werden Ihnen Fragen stellen«, sagte Porky. Er ging in die Küche und verließ ›The Elms‹ durch die Hecke hinter dem Hühnerauslauf.

Fäuste polterten an die Eingangstür; die dort angebrachte Glocke schepperte. Die Tür wurde aufgestoßen. Vier Männer, geführt von Hauptmann Mayhew, betraten die Halle. ›Woody‹ Leyendecker, der Polizeichef, ein guter Freund der Ashleys, versuchte sich unsichtbar zu machen. Während des ganzen Prozesses war ihm elend zumut gewesen.

»Guten Morgen, Mr. Leyendecker«, sagte Mrs. Ashley.

»Also, Mrs. Ashley«, begann Hauptmann Mayhew, »Sie werden uns jetzt alles sagen, was Sie von dieser Sache wissen.« Ihm schwante, daß das Telegramm, das ihn aus der Polizeitruppe verabschieden und ihn zur Untersuchung in die Hauptstadt zitieren würde, schon unterwegs war. Er wußte, es war seine Schuld, Schmach und Spott über den Staat Illinois gebracht zu haben. Er sah voraus, daß er und die Seinen sich auf seines Schwiegervaters Farm zurückziehen müßten, wo seine Frau das nächste Jahr mit Weinen verbrächte und seine Kinder den Kopf nicht hochhalten könnten, gleichgültig, welche einklassige Dorfschule sie besuchen würden. Er war gekommen, um seine Wut und Verzweiflung an Mrs. Ashley auszulassen. »Wenn Sie das Geringste verheimlichen, das wir erfahren sollten, wird es Ihnen schlimm ergehn. Wer waren diese Männer, die in den Waggon sprangen und Ihren Mann entführten?«

Eine halbe Stunde lang konnte Mrs. Ashley nichts andres tun, als ruhig immer wieder zu sagen, sie wisse nichts von irgendeinem Plan, ihren Mann zu befreien. Es gab wenige, die ihr glaubten, – vielleicht elf Personen, einschließlich eines von der Polizei gesuchten Mannes, der sich in diesem Augenblick in einem nicht weit entfernten Wald verbarg. Hauptmann Mayhew glaubte ihr nicht; der Polizeichef glaubte ihr nicht; Zeitungsleser von New York bis San Franzisko glaubten ihr nicht; und am allerwenigsten glaubte ihr Oberst Stotz in Springfield. Ihre Töchter schlichen die Treppe hinab und beobachteten ihre Mutter mit ehrfürchtiger Scheu. Roger stand neben ihr. Nach einer Weile wurde das Verhör unterbrochen. Ein Untergebener des Sheriffs brachte Hauptmann Mayhew ein Telegramm. Die Männer verließen das Haus. Beata Ashley ging in ihr Zimmer hinauf. Sie sank neben dem Ehebett auf die Knie und drückte die Stirn an den Überwurf. Keine Worte formten sich in ihrem Geist. Sie weinte nicht. Sie war die Hindin, die die Schüsse der Jäger übers Tal herhallen hört.

Zu seinen Schwestern sagte Roger: »Tut einfach weiter, womit ihr beschäftigt gewesen seid.«

»Ist Papa in Sicherheit?« fragte Constance.

»Wir wollen's hoffen.«

»Was hat Papa zu essen?«

»Er wird schon etwas finden.«

»Wird er wieder hier sein, wenn's dunkel wird?«

»Komm, Connie«, sagte Sophia, »gehn wir auf den Dachboden und suchen wir etwas wirklich Interessantes.«

Später am Vormittag kam Dr. Gillies wie zufällig ins Haus. Er war seit vielen Jahren ein Freund der Familie, obzwar die Ashleys ihn selten als Arzt benötigt hatten. Auf dem Zeugenstand hatte er ausgesagt, Ashley sei sein Freund und Patient gewesen (er hatte ihn während einer kurzen Halsentzündung behandelt), und er habe oft lange vertrauliche Gespräche mit dem Angeklagten geführt (sie hatten über nichts Vertraulicheres gesprochen als über die Häufigkeit der Silikose, des ›Taumelns‹ und der Tuberkulose unter den Bergleuten), und er sei überzeugt, Ashley habe keinerlei Übelwollen gegen den verstorbenen Mr. Lansing gehegt.

Mrs. Ashley empfing ihn in dem fast ganz ausgeräumten Wohnzimmer. Es waren noch ein Tisch, ein Sofa und zwei Sessel da. Als er Mrs. Ashley ansah, dachte Dr. Gillies, wie schon so oft, an Miltons Worte: »Schönere Mutter schöner Töchter, Eva.« Er bemerkte sehr bald ihre Heiserkeit und Atemnot. Wie er später seiner Frau sagte, klang es, wenn sie sprach, wie ein »Flehen zwischen Schlägen«. Er stellte eine Pillenschachtel auf den Tisch.

»Tun Sie, was auf dem Etikett steht. Sie müssen sich Ihre Kräfte bewahren; Sie haben doch alle diese heranwachsenden Mädchen im Haus. Nehmen Sie sie mit ein wenig Wasser. Nur ein bißchen Eisen drin.«

»Ich danke Ihnen.«

Der Arzt machte eine Pause, die Augen zu Boden gerichtet. Er hob sie plötzlich und sagte: »Höchst merkwürdige Sache, Mrs. Ashley.«

»Ja.«

»Weiß John mit Pferden umzugehn?«

»Ich glaube, er ist als Junge öfters geritten.«

»Hm. Er wird sich nach Süden wenden, stelle ich mir vor. Kann er ein wenig Spanisch?«

»Nein.«

»Er kann nicht nach Mexiko. Nicht dieses Jahr. Ich nehme an, er weiß das. Es wird ein Steckbrief erlassen werden. Die sind zu mir gekommen, um mich zu fragen, ob er Narben am Körper hat. Ich sagte, ich weiß von keinen. Sie geben sein Alter mit vierzig Jahren an. Sieht keinen Tag älter als fünfunddreißig aus. Hoffen wir, daß seine Haare schnell nachwachsen. Es wird ihm schon gelingen, Mrs. Ashley, ich bin überzeugt davon. Lassen Sie mich wissen, ob ich Ihnen irgendwie nützlich sein kann.«

»Danke, Doktor.«

»Man muß die Hürden nehmen, wie sie kommen. Was hat Roger für Absichten?«

»Ich glaube, er sagte Sophia, er hat vor, nach Chikago zu gehn.«

»Ja . . . Ja . . . Sagen Sie ihm, er soll heute abend um sechs zu mir kommen.«

»Ich werd's ihm sagen.«

»Meine Frau möchte wissen, ob Sie irgend etwas benötigen.«

»Nein, danke. Sagen Sie Mrs. Gillies, ich lasse ihr danken.«

Schweigen.

»Außerordentliche Sache, Mrs. Ashley.«

»Ja«, antwortete sie leise. Eine Scheu wie in Anwesenheit von etwas Überirdischem schwebte zwischen ihnen.

»Auf Wiedersehn, Mrs. Ashley.«

»Auf Wiedersehn, Doktor.«

Roger fand sich, als die Uhr auf dem Rathausturm sechs schlug, im Ordinationszimmer des Arztes ein. Dr. Gillies war überrascht, wie hoch aufgeschossen der Junge war. Die Ashleys lebten in allem Wohlstand der Zufriedenheit von sehr wenig Geld. Die Kleidung des Jungen war nett und sauber und hausgemacht. Er sah aus wie ein Landjokel. Die Ärmel reichten ihm kaum bis zu den Handgelenken, die Hosenbeine kaum bis zu den Knöcheln. Ein großer Teil des Wohlstands der Ashleys bestand darin, daß sie sich um die Meinung der Nachbarn wenig kümmerten. Roger war der beste Schüler in der Mittelschule; er war Kapitän der Baseballmannschaft. Er war der junge Lord in einer Kleinstadt, wie sein Vater das vor ihm gewesen war. Er war verläßlich, vernünftig und wortkarg.

»Ich höre, du gehst nach Chikago, Roger. Du wirst gewiß Arbeit finden. Notfalls übergib diesen Brief einem alten Freund von mir. Er ist Arzt an einem Krankenhaus dort. Er wird dir einen Posten als Krankenwärter verschaffen. Das ist eine sehr harte Arbeit. Es gehört ein guter Magen zu allem, was ein Krankenwärter zu tun hat und zu sehen bekommt. Es macht sich sehr wenig bezahlt. Tu's nicht, wenn du's nicht tun mußt.«

Rogers einzige Frage war: »Wird so ein Wärter auch verköstigt?«

»Dieser zweite Brief ist ein allgemeines Empfehlungsschreiben. Er besagt, daß du ehrlich und verläßlich bist. Ich hab' deinen Namen noch nicht eingesetzt. Ich dachte mir, du wirst ihn vielleicht ändern wollen – nicht etwa, weil du dich deines Vaters schämst, sondern weil es dir das Beantworten einer Menge alberner Fragen ersparen würde. Gibt es einen Namen, der dir schon immer gefallen hat?... Ich muß dich jetzt allein lassen und einen Augenblick mit meiner Frau sprechen. Wirf inzwischen einen Blick auf die Rücken dieser Bücher da. Such dir ein paar Namen heraus. Kombinier zwei von ihnen für dich!«

Roger erwog sie. Huxley und Cook und Humboldt und Holmes... Robert, Louis, Charles, Frederick. Er hatte eine Vorliebe für Rot. Es standen da ein in Rot gebundenes Buch mit dem Titel *Tumore des Gehirns und des Rückenmarks* von Evarist Trent und ein andres: *Gesetz und Gesellschaft* von Goulding Frazier. Vielleicht würde er Arzt werden oder vielleicht Rechtsanwalt. Darum wählte er seinen Namen aus diesen beiden, und Dr. Gillies setzte »Trent Frazier« in die Briefe ein.

Am Morgen des sechsundzwanzigsten Juli reiste Roger nach Chikago ab. Es hatte es nicht für nötig gehalten, sein Vorhaben mit seiner Mutter zu besprechen. Das Verhältnis zwischen Mutter und Töchtern glich einem ausgewogenen Landschaftsbild – klar und ein wenig kühl; das Verhältnis zwischen Mutter und Sohn einem sturmbewegten Seestück. Er liebte sie leidenschaftlich und hegte einen tiefen Groll gegen sie. Sie war sich ihrer Schuld bewußt und machte sich Vorwürfe: Sie hatte ihre ganze Liebe ihrem Mann geschenkt; es war sehr wenig für ihre Kinder übriggeblieben. Mutter und Sohn sahen einander selten in die Augen; jedes konnte das andre denken hören – ein Verhältnis, das nicht notwendigerweise Zärtlichkeit einbegreift. Sie bewunderten einander maßlos und litten dabei. Zwischen ihnen beiden hatte John Ashley gestanden, der nie aufgerufen worden war zu leiden, der nicht die Fähigkeit erworben hatte, sich des Leidens um ihn her bewußt zu sein.

Sophia sah ihrem Bruder beim Packen einer der zwei kleinen Reisetaschen zu, die bei dem Hausratverkauf übriggeblieben waren. Schweigend brachte sie herbei, was seine Mutter und Lily für ihn gewaschen und gebügelt hatten, und auch ein Päckchen Brotschnitten, unbebutterte, aber mit hausgemachter Kastanienpaste und Apfelmus bestrichene. Es war sieben Uhr früh. In tiefem Ernst gingen sie auf den Teil des Krocketplatzes, der vom Haus nicht zu sehen war. Roger ließ sich auf ein Knie nieder und brachte sein Gesicht auf gleiche Höhe mit dem ihren.

»Also, Sophia, ich möchte nicht, daß du auch nur eine Sekunde lang verzagt bist. Das zu hören wär' mir schrecklich. Du bleib, wie du bist, einfach du selbst. Auf dich und mich kommt es jetzt an.«

Schweigend sah er ihr in die Augen, und sein Schweigen war mit allem Unausgesprochenen beladen.

»Ich werde Mama einmal im Monat schreiben und ihr etwas Geld schicken. Aber ich werde ihr meinen neuen Namen und meine Adresse nicht angeben. Weißt du, warum nicht? Weil die Polizei jeden Brief öffnen wird, der an unser Haus kommt. Ich will nicht, daß die Polizei weiß, wo ich bin. Und das bedeutet, Mama wird mir keine Briefe schreiben können. Aber ein gutes halbes Jahr lang und vielleicht länger will ich keine Briefe von ihr. Ich muß alle meine Gedanken nur auf eine einzige Sache gerichtet halten. Und weißt du, was die ist? Weißt du es?«

»Geld«, hauchte Sophia.

»Ja. Aber dir werde ich auch einmal im Monat schreiben. Ich werde den Brief für dich an Porky senden, so daß niemand davon wissen wird. Also hör gut zu, Sophia! Die ersten paar Tage nach dem Fünfzehnten jedes Monats gehst du die Straße entlang und dort vorbei, wo Porky hinter seinem Fenster arbeitet. Du blickst geradeaus vor dich hin, aber aus dem Augenwinkel schaust du, ob er den Kalender ins Fenster gehängt hat – den, weißt du, den ich ihm letzte Weihnachten geschenkt hab', mit dem hübschen Mädchen darauf. Wenn dieser Kalender im Fenster hängt, bedeutet das, daß ein Brief für dich da ist. Geh aber nicht sogleich hinein, sondern geh erst nach Hause und hol' ein altes Paar Schuhe und geh damit in seinen Laden, als wärst du eine Kundschaft. Niemand, Sophia, niemand darf erfahren, daß Porky die Person ist, durch die wir einander Briefe senden. Wir könnten sonst auch ihn in Schwierigkeiten bringen. Das Ganze ist seine Idee. Er ist unser bester Freund. Also in jeden Brief, den ich dir schreibe, werd' ich einen fix und fertig an mich adressierten und frankierten Umschlag tun und ein Blatt Papier, auf dem du mir schreiben kannst. Und dann gehst du, sobald es dunkel geworden ist, aus dem Haus und wirfst ihn in den Briefkasten bei Gibsons Eckladen. Bis dorthin ist's hübsch weit, aber auf eben diese Weise müssen wir's tun. Und hör, Sophia, du mußt mir alles schreiben, was hier vorgeht. Und ich meine wirklich alles. Über Mama und, wie es auch allen geht. Und schreib mir die volle Wahrheit – das ist's vor allem, um was ich dich bitte.«

Sophia nickte heftig.

»Also, Sophia, merk dir: Was mit Papa geschehen ist, ist nicht wichtig. Wichtig ist, was von jetzt an geschieht. Was du und ich tun. Ändere dich nicht! Werd' nicht albern wie die meisten Mädchen. Wir beide werden unsern ganzen Verstand benötigen.« Er senkte die Stimme. »Wir werden beide kämpfen müssen, und der ganze Kampf wird ums Geld gehn. Ich würde sogar stehlen, um Mama Geld zu verschaffen.«

Wieder nickte Sophia eifrig. Sie begriff das. Aber es war weniger wichtig als das, was ihr vor allem im Sinn lag. Sie sagte leise:

»Du mußt mir etwas versprechen, Roger. Du mußt mir versprechen, daß du mir schreiben wirst, was wirklich wahr ist, etwa wenn du krank wärst oder sonst was mit dir wär'.«

Roger richtete sich auf. »Das darfst du nicht von mir verlangen, Sophia. Bei einem Mann ist das anders... Aber ich verspreche dir, ich werde dir ziemlich wahrheitsgetreu schreiben.«

»Nein! Nein, Roger! Wenn du krank würdest, sehr krank, oder schrecklich Hunger leiden müßtest und irgendwo ganz allein wärst! Oder wenn mit dir so etwas geschehen würde wie mit Papa. Ich werde dir nicht versprechen, dir die Wahrheit zu schreiben, wenn du mir nicht dasselbe versprichst. Du kannst nicht von jemand verlangen, tapfer zu sein, ohne ihm etwas zu geben, wobei er tapfer sein kann.«

Ihr Wille rang mit dem seinen. »Also gut«, sagte er schließlich, »ich verspreche es dir. Abgemacht.«

Sophia sah mit einem Blick zu ihm auf, an den er sich sein Leben lang erinnerte. Er nannte ihn später ihren »Domrémy-Blick«. »Nämlich, Roger, eins kann ich dir sagen: Wenn's irgend etwas auf der Welt gibt, was du nötig hättest – Geld oder was immer – ich könnt's herschaffen. Ich könnt' alles tun.«

»Ich weiß. Ich weiß das.« Er griff in die Tasche und zog fünf Dollars hervor. »Sophia, an dem Abend, an dem Papa in dem Zug wegfuhr, hat er mir seine goldene Uhr gesandt. Gestern verkaufte ich sie Mr. Carey für vierzig Dollar. Dreißig hab' ich Mama gegeben, und fünf hab' ich für mich und fünf für dich behalten. Ich glaub', Mama macht sich in diesen Tagen keine sehr klaren Gedanken über Geld. Du besorgst jetzt das Einkaufen, darum halt' diese fünf Dollars geheim, bis du sie vielleicht einmal brauchst.«

Dann, ohne ein weiteres Wort, gab er ihr seinen größten Schatz – drei Kangaheela-Pfeilspitzen aus grünem Quarz, aus Chrysopras.

»Na, ich sollte mich lieber auf die Beine machen.«

»Roger, wird Papa uns schreiben?«

»Daran muß auch ich immer denken. Ich sehe nicht, wie er es tun könnte, ohne uns in noch mehr Schwierigkeiten zu bringen und sich selbst auch. Er hat keine Bürgerrechte mehr, weißt du. Nach einer Weile – vielleicht erst nach Jahren – wird er einen Weg finden. Ich glaub', es ist am besten, eine Zeitlang nicht an ihn zu denken. Was wir tun müssen, ist einfach, uns am Leben zu erhalten. Weiter nichts.«

Sophia nickte und flüsterte dann: »Roger, was wirst du tun? Ich meine: sein?« Sie meinte mit ihrer Frage, und Roger wußte es, in welchem Beruf er eine Berühmtheit sein werde.

»Ich weiß es noch nicht, Sophia.« Er sah sie mit einem leisen Lächeln an und nickte.

Er küßte sie nicht. Er ergriff ihre Ellbogen und drückte sie stark. »Also, du geh jetzt ins Haus und sorg' dafür, daß Mama nicht in die Küche kommt, während ich meinen Mantel hol' und dann durch den Hühnerauslauf weggehe.«

»Roger verzeih', verzeih' mir, aber du mußt Mama Lebwohl sagen. Du bist der einzige Mann, den wir jetzt im Haus haben.«

Roger schluckte; er straffte die Schultern. »Schon recht, Sophia, ich werd's tun.«

»Sie ist im Wohnzimmer und näht, als wär's Abend.«

Roger ging von hinten her die Treppe hinauf und tat so, als hätte er etwas vergessen. Dann ging er in die vordere Eingangshalle hinunter und ins Wohnzimmer.

»Ich glaube, Mama, ich muß jetzt gehn.«

Seine Mutter stand unschlüssig auf. Sie wußte, daß er – und alle Ashleys – es nicht mochten, geküßt zu werden; wie sie auch Geburtstage und Weihnachten und überhaupt Gelegenheiten nicht mochten, bei denen Unausgesprochenes sich an die Oberfläche drängt. Ihre Kurzatmigkeit befiel sie wieder. Ihre Worte waren kaum hörbar. Beata Kellerman aus Hoboken, New Jersey, kehrte zur Sprache ihrer Kindheit zurück:

»Gott behüte dich, mein Sohn!«

»Lebwohl, Mama!«

Er verließ das Haus. Das erste und einzige Mal in ihrem Leben wurde Beata Ashley ohnmächtig.

Hinter den Worten Sophias und ihres Bruders hatte sich unausgesprochen etwas Drohendes verborgen.

Leute, die ihre Steuern nicht zahlen konnten, kamen ins Armenhaus. Das Armenhaus in Goshen, zweiundzwanzig Kilometer von Coaltown, hing wie eine schwere schwarze Wolke über dem Leben Vieler in den Landkreisen Kangaheela und Grimble. Ins Gefängnis zu kommen war eine weit geringere Schande, als nach Goshen zu müssen. Und doch genossen die Insassen von Goshen Annehmlichkeiten, die ihnen vorher unbekannt gewesen waren. Die Mahlzeiten waren regelmäßig und nahrhaft. Die Bettwäsche wurde zweimal im Monat gewechselt. Die Aussicht von den großen Veranden war herzerquickend. Es gab keinen Kohlenstaub in der Luft. Die Frauen wurden dazu angehalten, für die staatlichen Krankenhäuser zu nähen, die Männer arbeiteten in der Molkerei und den Gemüsegärten, und im Winter verfertigten sie Möbel. In den Gängen war zwar ein beharrlicher Dunst von Grünkohl zu verspüren, aber dieser Geruch hat nichts Widerwärtiges für Menschen, die ihr ganzes Leben in Dürftigkeit verbracht haben. Es hätte zu manch angenehm geselligen Stunden in Goshen kommen können, aber es gab dort kein Lächeln und keine Freundlichkeit; die Last der Schande war zu niederdrückend. Die Anstalt war fünf Tage der Woche eine Vorhölle; an den Besuchstagen war sie die Hölle. »Geht's dir gut, Großmama?« »Macht man's dir hier behaglich, Onkel Joe?« Wir leben in Ketten und legen andre in Ketten. Für jemand, der nach Goshen mußte, bedeutete das, daß sein Leben, sein einziges Leben, ein verfehltes gewesen war. Die christliche Religion, wie sie in Coaltown verzapft wurde, stellte eine anspornende Beziehung zwischen Gottes Gunst und dem Geldverdienen her. Armut war nicht bloß ein soziales Mißgeschick; sie war das sichtbare Zeichen eines Sturzes aus dem Stand der Gnade. Gott hatte versprochen, die Gerechten würden nie Not leiden. Die Bedürftigen standen in einer unglückseligen Beziehung zur irdischen wie zur himmlischen Ordnung.

Goshen hatte etwas eigenartig Fesselndes und Schreckliches für Kinder. Unter Rogers und Sophias Mitschülern gab es etliche, die Verwandte im Armenhaus hatten. Sie mußten viel Grausamkeit der andern Kinder erdulden. »Du geh nach Go-shen, du!« Alle hatten sie davon gehört, wie Mrs. Cavanaugh hingebracht worden war. Sie hatte in dem großen Haus neben dem Freimaurertempel gewohnt, das über und über mit Hypotheken belastet war. Seit Jahren waren keine Steuern mehr gezahlt worden. Mitglieder ihrer Baptistenkirche hatten sie ernährt; turnusweise hatten sie ihr Pakete vor die Hintertür gelegt. Aber der gefürchtete Tag kam. Sie flüchtete die Treppe hinauf und verbarg sich auf dem Dachboden, während die Fürsorgerin ein Köfferchen packte. Als sie dann hinuntergeführt wurde, protestierte sie bei jedem Schritt und klammerte sich an jeden Türpfosten. Über die Eingangsstufen wurde sie getragen, ohne daß ihre Füße diese auch nur berührten. Wie eine widerspenstige Kuh wurde sie in den Einspänner geschubst. Es war Juni, und die Fenster der Nachbarn standen offen. So manche Wange erblaßte, als das Schreien der Unglücklichen durch die Straße hallte. »Hilfe! Hilfe! Will mir denn niemand helfen?« Mrs. Cavanaugh war einst eine stolze, glückliche und wohlhabende Frau gewesen. Gott hatte sein Angesicht von ihr abgewendet. Roger und Sophia wußten, ihre Mutter würde wie eine Königin auf den Einspänner aus Goshen zuschreiten. Sie wußten auch, sie beide waren die einzige Schutzwehr ihrer Mutter.

Sophia ging sogleich ans Werk. Es war Hochsommer. Sie kaufte ein Dutzend Zitronen. Sie fuhr den kleinen Karren, von dem aus sie ihren Hühnern das Futter austeilte, zu Bixbees Eiskeller und kaufte für fünf Cent Eis. Sie verfertigte zwei Pappschilder:

›PFEFFERMINZLIMONADE 3 CENT‹ und ›BÜCHER 10 CENT‹. Eine Viertelstunde vor Ankunft und Abfahrt jedes der fünf Tageszüge errichtete sie auf dem Bahnsteig einen Verkaufsstand aus einer alten Orangenkiste. Sie hatte einen Eimer Wasser neben sich, um darin die Gläser zu spülen. Sie stellte eine Vase mit Blumen neben den Limonadekrug. Der Stationsvorsteher selbst lieh ihr einen zweiten Tisch, auf dem sie einige Bücher auslegte, die sie auf dem Dachboden und in alten Wandschränken gefunden hatte. Es waren Airlee MacGregors Bücher und einige von ihrem Vater auf der Maschinenbauschule benützte. Bis zum zweiten Tag hatte sie noch andre Dinge gefunden und schrieb Schildchen für deren Verkauf: ›SPIELDOSE 20 CENT‹, ›PUPPENHAUS 20 CENT‹ und ›BABYBETTCHEN 40 CENT‹. Fröhlich lächelnd wartete sie. Binnen Stunden hatte sich die Kunde von ihrem Unternehmen herumgesprochen. Die Frauen waren wie elektrisiert. (»Hat jemand etwas gekauft?« »Wieviel hat sie abgesetzt?«) Den Männern wurde unbehaglich. Schon lange hatte Sophias Lächeln Anstoß erregt und die Leute aus der Fassung gebracht. Das Kind des Verbrechers hatte die Keckheit, einen anzulächeln! Das Schauspiel großen Mißgeschicks, zertrümmerten Glücks und eines verzweifelten Existenzkampfs erweckt stets einander widersprechende Empfindungen. Sogar die zu Mitgefühl Bewogenen entdecken, daß ihr Mitgefühl eine Spur von Erleichterung, ja sogar Triumph enthält, von Furcht oder Grauen oder Abscheu. Oft werden solche Schicksalsschläge »ein göttliches Strafgericht« genannt.

Die Schar von Lungerern, die es sich zur Gewohnheit gemacht hatte, die Züge zu erwarten, verdoppelte sich. Das kleine Verkaufsfräulein saß ganz für sich allein da – wie eine Schauspielerin auf der Bühne. Das erste Glas Limonade wurde von Porky gekauft. Er ließ sich nicht anmerken, daß er Sophia kannte, sondern stand zehn Minuten lang neben ihrem Verkaufstisch und schlürfte genießerisch den kühlen Trunk. Andre taten es ihm nach. Ein Handlungsreisender kaufte *Anfangsgründe der Differentialrechnung*, und Mr. Gregg, der Stationsvorsteher, kaufte Robertsons *Predigten*. Am zweiten Vormittag begann eine Gruppe von Jungen über die ganze Länge des Bahnsteigs hinweg Fangball zu spielen. Ihr Anführer war Sid Leyendecker. Der Ball flog über Sophias Tische hin und her; es war offensichtlich die Absicht der Jungen, den Limonadekrug zu zerschmettern.

»Sid«, sagte Sophia, »ihr könnt auch anderswo spielen.«

»Scher dich zum Kuckuck, Sophia!«

Die Umstehenden sahen schweigend zu. Plötzlich kam ein hochgewachsener Mann mit langem, sich kräuselndem Bart von der Hauptstraße auf den Bahnsteig geschritten. Er machte mit kurz angebundener, keinen Widerspruch duldender Autorität dem Spiel ein Ende. Sophia hob die Augen zu den seinen und sagte: »Ich danke Ihnen, Sir« – ganz die feine Dame zu dem galanten Herrn. Er war ihr unbekannt, aber es war nichts Neues für Sophia, daß Männer, nicht Frauen, ihr nützlich sein würden.

Sophia wartete bis zum vierten Tag damit, es ihre Mutter wissen zu lassen. Sie legte einen Zettel auf den Küchentisch: »Liebe Mama, ich werde mich ein wenig verspäten. Ich verkaufe Limonade auf dem Bahnhof. Innigst Sophia.«

Ihre Mutter sagte: »Sophia, ich will nicht, daß du Limonade auf dem Bahnhof verkaufst.«

»Aber Mama, ich hab' drei Dollar und zehn Cent eingenommen.«

»Ja, aber ich will nicht, daß du es weiterhin tust.«

»Wenn du ein paar von deinen Haferküchlein backen würdest, könnt' ich sie alle verkaufen, das weiß ich.«

»Ich glaube, die Leute werden in den ersten Tagen versuchen, freundlich zu sein, aber nicht auf die Dauer. Ich will nicht, daß du es weiterhin tust.«

»Ja, Mama.«

Drei Tage später fand ihre Mutter wieder einen Zettel auf dem Küchentisch: »Bin zum Nachtmahl bei Mrs. Tracy.«

»Was hast du bei Mrs. Tracy getan, Sophia?«

»Sie mußte nach Fort Barry. Sie gab mir fünfzehn Cent, damit ich das Nachtmahl für die Kinder koche. Mama, sie will, ich soll die ganze Nacht dortbleiben, und sie wird mir noch fünfzehn Cent geben. Sie ängstigt sich, weil Peter mit Zündhölzchen spielt.«

»Erwartet sie, daß du heute nacht dortbleibst?«

»Ja, Mama.«

»Du darfst heute abend hingehn, aber wenn sie zurückkommt, dank ihr und sag ihr, daß deine Mutter dich zu Hause benötigt.«

»Ja, Mama.«

»Und nimm das Geld nicht.«

»Aber, Mama, wenn ich die Arbeit mache, kann ich nicht auch das Geld haben?«

»Sophia, du bist zu jung, um diese Dinge zu verstehn. Wir haben die Güte dieser Leute nicht nötig. Wir brauchen sie nicht.«

»Der Winter kommt, Mama.«

»Was? Was meinst du damit? – Sophia, erinnere dich immer, daß ich es besser weiß.«

Drei Wochen nach Rogers Abreise, am 16. August, brachte der Postbote einen Brief. Sophia nahm ihn an der Haustür entgegen. Sie tat wie die Mohammedaner – drückte ihn an Stirn und Herz. Sie besah ihn genau. Er war geöffnet und ungeschickt wieder zugeklebt worden. Sie brachte ihn ihrer Mutter in die Küche.

»Mama, ich glaub', das ist ein Brief von Roger.«

»So?« Ihre Mutter öffnete ihn langsam. Ein Zweidollarschein fiel zu Boden. Sie blickte wie betäubt auf das Briefblatt und reichte es Sophia. »Lies... lies ihn mir vor, Sophia«, sagte sie heiser.

»Er schreibt: ›Liebe Mama, mir geht's in jeder Beziehung gut. Ich werde bald mehr Geld verdienen. Es ist nicht schwer, hier Arbeit zu finden. Chikago ist sehr groß. Ich kann Dir noch keine Adresse senden, weil ich nicht weiß, wo ich sein werde. Du würdest lachen, wenn Du sehen könntest, wie ich wachse. Ich hoffe, ich höre bald auf damit. Alles Liebe Dir und Lily und Sophia und Connie. Roger.‹«

»Er ist gesund.«

»Ja.«

»Zeig den Brief deinen Schwestern!«

»Mama, das Geld ist dir hinuntergefallen.«

»Ja... also... leg es irgendwohin, wo's sicher ist.«

Sophia befolgte die Vorschriften ihres Bruders genau. Sie ging durch die Hauptstraße. Der Kalender hing in Porkys Schaufenster. Am frühen Nachmittag, zu welcher Zeit stets nur wenige Leute auf der Straße waren, ging sie nochmals in die Stadt und trug ein altes Paar von Lilys Schuhen hin. Ein Kunde in Socken wartete auf eine

Reparatur. Sophia und Porky, die nie ein Theater betreten hatten, spielten eine lange Szene, in der es sich um Absätze und Sohlen und Halbsohlen drehte; ein Brief glitt aus seiner Hand in die ihre. Sie ging dann in südlicher Richtung weiter und setzte sich auf die Stufen des Bürgerkriegsdenkmals. Sie schlitzte den Brief auf. Er enthielt einen frankierten Umschlag, adressiert an »Mr. Trent Frazier, hauptpostlagernd, Chikago, Illinois«, ein Blatt Schreibpapier, einen Dollarschein und Rogers Brief. Er sei gesund, schrieb er. Er wachse so schnell, daß sie ihn nicht erkennen würde. Er habe damit begonnen, in einem Restaurant Teller zu waschen, aber er sei befördert worden und helfe jetzt den Köchen in der Küche. Jeden Augenblick riefen sie: »Trent, tu dies! Trent, tu das!« Er glaube, als nächstes werde er vielleicht Portier in einem Hotel sein. Chikago sei sehr groß; er wisse nicht, was in aller Welt diese vielen Leute hier taten. Es sei tausendmal größer als Coaltown. Er denke immer an den Tag, an dem sie ihn in Chikago besuchen werde. Unlängst habe er an einem Haus die Aufschrift ›Pflegerinnenschule‹ gesehen. »Also dort wirst du hingehn, Sophia.« Nur Roger, Dr. Gillies und ihr Vater wußten, daß sie davon träumte, eine geschulte Krankenpflegerin zu werden. »Vermutlich weißt Du, daß ich Mama zwei Dollar sandte. Ich werde bald mehr senden können. Hier ist ein Dollar für Dich; leg ihn in Deine geheime Bank. Geh mal zu Mr. Bostwick hinein und frag ihn, ob er nicht ein paar Säcke von unsern Kastanien kaufen möchte. Es sind die einzigen weit und breit. Hier in Chikago kosten sie zwölf Cent der Bushel. Und zwar die vom Vorjahr. Wenn Dir die Bleistifte ausgehn, wird Dir Miss Thoms welche geben. Sie hat sie im Überfluß. Und schreib recht klein, Sophia, damit Du eine Menge auf das Blatt bringst. Schreib gleich am selben Tag, an dem Du diesen Brief bekommst. Ich glaube, niemand war je so froh, einen Brief zu bekommen, wie ich es sein werde, wenn Du mir schreibst. Wie ist Mamas Stimme? Was habt ihr zu essen gehabt? Wenn vorgelesen wird, lacht ihr da manchmal? Vergiß nicht, was ich Dir übers Verzagtsein gesagt habe! Das würdest Du doch nicht sein, nicht wahr? Wir werden's gewiß schaffen. Ich vergaß, Dir zu sagen, Du sollst Mama nicht wissen lassen, daß Du Briefe von mir bekommst, aber vermutlich war Dir das klar. Roger.

P.S. Ich wollte jetzt, ich hätte meinen Namen nicht geändert. Was kümmert es uns, was eine Million Menschen sich denkt? Papa hat's nicht getan. II. P.S. Ich denke jeden Abend um neun Uhr an Dich und Mama und das Haus. Also notier Dir das in Deiner Denkschachtel. III. P.S. Wie gedeihen die Eichen, die Papa gepflanzt hat? Miß sie ab und schreib's mir.«

Die Tage vergingen. Der Gemüsegarten und der Hühnerstall ernährten sie alle. Sie tranken Lindentee, zubereitet aus den Blüten ihres eignen Baums. Sophia kaufte keinen Kaffee mehr – eine empfindliche Entbehrung für ihre Mutter, die aber keine Bemerkung darüber machte. Das Geld schwand dahin: Mehl, Milch, Hefe, Seife... Lange vor dem Winter begann Sophia Kohlenstücke am Rand des Güterbahnhofs aufzulesen, wie das viele der ärmern Leute taten. Oft schlenderten in der einbrechenden Dunkelheit die Frauen und Mädchen der Stadt mit gespielter Unbekümmertheit an ›The Elms‹ vorüber. An sechs Abenden der Woche war kein Licht in den Fenstern zu sehen. Ganz Coaltown wartete gespannt: Wie lange könnte eine Witwe – so gut wie eine Witwe – mit drei heranwachsenden Töchtern ohne Geld existieren?

Constance war noch ein Kind. Sie begriff nicht, warum sie aus der Schule genommen worden war und warum sie Sophia auf deren täglichen Gängen in die Stadt nicht begleiten durfte. Zu gewissen Stunden stahl sie sich in den obern Stock an ein Fenster, von dem sie die Hauptstraße überblicken konnte. Von hier sah sie ihre frühern Freundinnen vorbeigehn. Lily war schon immer verträumt gewesen. Sogar während des Prozesses achtete sie kaum darauf, was um sie her vorging. Sie schlief nicht etwa, sie war abwesend. Drei Dinge, die ihr unentbehrlich waren, fehlten ihr nun: Musik, ein unaufhörlicher Strom neuer Gesichter und junge Männer, die das Vorrecht genössen, sie zu bewundern. Sie war weder schwermütig noch verdrossen. Willig und tüchtig tat sie, was von ihr verlangt wurde. Alle Ashleykinder reiften spät, besonders aber Lily. Ihre Verträumtheit war ein Warten. Sie glich einer See-Anemone, die reglos und farblos ist, bis die Flut wiederkehrt und sie umspült.

Beata Ashley hielt sich so straff aufrecht wie früher. Es gab keine müßigen Hände in ›The Elms‹. Alles war blitzsauber. Auf dem Dachboden und im Keller wurde Ordnung gemacht. Dabei kam vieles zum Vorschein, das ausgebessert und verwendet werden konnte. Dem Gemüsegarten, dem Obstgarten und dem Hühnerstall wurde mehr Sorgfalt gewidmet als je zuvor. Unterrichtsstunden wurden erteilt. Nach dem frühen Abendessen wurde bis zum Dunkelwerden vorgelesen. So bewältigten sie ihre vier Romane von Dickens, ihre drei von Scott, *Jane Eyre* und *Les Misérables*. Alle waren sich einig, daß Miss Lily Ashley in Shakespeare-Rollen hervorragend war. An Donnerstagen wurde nur Französisch gesprochen, und Kerzen brannten bis zehn Uhr. Die vierzehntäglichen ›Donnerstag-Bälle‹ waren äußerst brillant. Getanzt wurde zu Musik, die aus dem Grammophontrichter tönte. Ein Schwarm stattlicher Kavaliere umringte die anmutigen Ashleyschwestern. Jedesmal war ein distinguierter Ehrengast anwesend – etwa die schöne Mrs. Theodore Roosevelt oder der französische Botschafter. Nach dem Ball wurde ein köstliches Souper serviert. Vor den Gästen stand das in einen Drahtfuß gesteckte Menü: *Consommé fin aux tomates Impératrice Eugénie*, *Purée de navets Béchamel Lily Ashley* und *Coupe aux surprises Charbonville*. Zu diesen exquisiten Speisen wurde ein *Vin rosé Château des Ormes 1899* gereicht. Alle Geschwister hatten von Kindheit auf ein wenig Deutsch gesprochen. Die Geburtstage deutscher Dichter und Komponisten wurden mit entsprechendem Zeremoniell gefeiert. Es wurden Vorträge gehalten von der eminenten Frau Doktor Beata Kellerman-Ashley, die stundenlang Goethe, Schiller und Heine auswendig rezitieren konnte. Leider war das Klavier dem Gebrauchtmöbelmann aus Summerville verkauft worden, aber die Mädchen hatten dutzende Male Beethoven-Sonaten und Bach-Präludien und -Fugen gehört. Die brachte ein bißchen Summen wieder zum Leben.

Die Ereignisse, die über Beata hereingebrochen waren, erregten in ihr kein Gefühl der Verwunderung, nicht einmal ein Grübeln. Für sie waren sie einfach erdrückend und sinnlos. Dennoch gab sie keinem Gram und keiner Klage Ausdruck. Sie zeigte keinen Groll, außer vielleicht durch ihre Weigerung, sich auf den Straßen des Städtchens blicken zu lassen. Sie schien im Vollbesitz ihrer Fähigkeiten zu sein, aber eine hatte sie völlig eingebüßt. Sie war unfähig, Pläne zu machen. Ihr Geist sträubte sich, die Zukunft ins Auge zu fassen. Er mied jeden Gedanken an den morgigen Tag, an den kommenden Winter, an das nächste Jahr. Und er wendete sich auch nicht der Vergangenheit zu. Sie erwähnte ihren Mann nur in langen Abständen und mit sichtlicher Anstrengung. Die Heiserkeit, die ihre schöne Sprechstimme verschleiert hatte, verschwand allmählich und kehrte nur an Tagen zurück, an welchen Leute von der Polizei kamen, um sie auszufragen, – nicht während dieser brutalen Verhöre, sondern erst nachher.

Sie litt schwer an etwas, das sie niemand gegenüber erwähnte, nämlich an Schlaflosigkeit – der Schlaflosigkeit eines Menschen, vor dem sich die Zukunft wie ein lichtloser, schnurgerader Gang erstreckt; der Schlaflosigkeit des mit niemand geteilten Betts. Diese Schlaflosigkeit war kummervoll, weil Beata wußte, sie werde sie bald alt und hager machen, und war entsetzlich, weil sie fürchtete, sie werde zum Wahnsinn führen. Die schlaflosen Nächte waren, da sie sich kein Licht zum Lesen leisten konnte, desto härter zu ertragen.

Sie litt auch noch an etwas anderm, einem tiefsitzenden Unbehagen, für das sie keinen Namen zu finden vermochte. Beata Ashley war eine streng moralische Frau. Sie erriet, daß sie auf eine Gefahr zutrieb. Teilnahmslosigkeit? Trägheit? Nein. Fühllosigkeit? Nein. Eine der Formen, die es annahm, war eine stets wiederkehrende Gereiztheit gegenüber seinem Gegenteil – Sophias Lebenswillen, Constances Sehnsucht, wieder mit ihren Schulfreundinnen beisammen zu sein, Lilys unausgesprochener Zuversicht, eine glanzvolle Zukunft vor sich zu haben.

Alle Mütter lieben ihre Kinder. Das wissen wir. Aber Mutterliebe ist wie das Wetter. Es ist immer da, und wir werden uns seiner nur bewußt, wenn es eine Veränderung erleidet. Von Mutterliebe war in ›The Elms‹ nicht viel zu merken. Constance war einmal gehört worden, wie sie zu ihrer besten Freundin, Anne Lansing, sagte: »Mama hat uns am liebsten, wenn wir krank sind – und als ich mir den Arm gebrochen hatte.« Beata Ashley wäre wahrscheinlich durch den Verlust eines ihrer Kinder schwerer getroffen worden als durch das Verschwinden ihres Mannes, denn der schwerste Kummer ist ein von Selbstvorwürfen begleiteter. Zwar war Lily das Lieblingskind ihrer Mutter – eine Bevorzugung, die Lily für selbstverständlich hielt – aber Beata Ashleys Liebe zu ihrem Mann war von solcher Stärke und solcher Art, daß für andre wenig übrigblieb. Dazu kam, daß in ihr Verhältnis zu den Töchtern, verschwommen und ihr nicht bewußt, eine geringe Meinung von Frauen hineinspielte, die sie, wie das oft vorkommt, von ihrer Mutter geerbt hatte. Clotilde Kellerman, geborene von Diehlen, hatte eine geringe Meinung von den Männern, eine noch geringere von Frauen und eine überaus hohe von sich selbst. Beata Ashley hatte ihre Mutter gefürchtet, dann sie bekämpft und sie besiegt, aber sie hatte sich nicht von ihrer Mutter Einstellung zu Frauen frei gemacht. Sie hegte eine Abneigung gegen die Art, wie Frauen dachten, was sie sagten, und gegen die ihnen im Leben zugeteilte Rolle. (Das einzige, was sie je ihrem Mann gegenüber ungeduldig werden ließ, war das Bewußtsein, daß John Ashley eine genau entgegengesetzte Einstellung hatte. Gespräche mit Männern langweilten ihn, soweit sie sich nicht um eine gemeinsame Tätigkeit drehten. Sein Verhältnis zu den Obersteigern im Bergwerk war das allerbeste.) Beata Ashley wurde während der auf den dramatischen Umschwung in ihrem Leben folgenden Monate oft von Überdruß und Gereiztheit überkommen – so ausschließlich von Weiberröcken umgeben, von all dieser jungfräulichen Unerfahrenheit! Sie machte sich bittere Vorwürfe wegen dieser unduldsamen Reizbarkeit. Ungerechtigkeit war ihr verhaßt, und sie wußte, daß sie ungerecht war. Ihre Einstellung entging den Töchtern nicht. Sie fühlten – sogar Lily fühlte – daß sie alle drei auf irgendeine Weise ihrer Mutter nicht genügten, vielleicht sogar den Ansprüchen des Lebens selbst nicht genügten, und das erschwerte das Zusammenleben.

Sophia hatte angenommen, daß es in allen Familien zwischen Müttern und Töchtern »nun einmal so ist«; daß es der Vater ist, der die Töchter lieb hat. Es waren nun fünf Monate, seit John Ashley die Türschwelle seines Hauses überschritten hatte. Sophia war tatsächlich eine schwere Prüfung für ihre Mutter. Sie strahlte Entschlossenheit aus. Die Aufgabe, die ihr Bruder ihr auferlegt hatte, erfüllte sie mit Glückseligkeit. Dies waren die Monate, in denen Beata Ashley, trotz aller äußerlichen Gefaßtheit, sich vom Leben abwendete. Sie ließ sich auf etwas Endgültiges zugleiten – einen barmherzigen Tod. Sie glich einer Frau, die mit andern

Schiffbrüchigen in einem offenen Boot auf dem Meer treibt: Hunger und Durst sind bei ihr in Unempfindlichkeit übergegangen, und sie nimmt das Hissen eines Notsignals, das Rettung herbeirufen soll, ebenso übel wie das Ausschöpfen des ansteigenden Schlagwassers und all dieses Absuchen des Himmelsrands nach den Palmenwedeln einer Insel.

Unentmutigt richtete Sophia ihr ganzes Sinnen und Trachten auf Dollars – deren Schönheit, deren Seltenheit, deren vielseitige Verwendbarkeit. Alles, worauf ihre Blicke fielen, trug zur schöpferischen Fähigkeit der Hoffnung bei. Sie hatte in Dickens' Romanen von Näherinnen und Putzmacherinnen gelesen, aber solche Arbeit fände hier keine Kundschaft; das sagten ihr die steinernen Blicke der Frauen von Coaltown. Überdies war die Freundin der Familie, Miss Doubkov, die Damenschneiderin der Stadt. Es gab zwei Restaurants am Ort – den Speisesaal in der Illinois Tavern und einen übelriechenden Schuppen beim Bahnhof; es bestand kein Bedarf für ein drittes. Jeder Haushalt der Stadt besorgte selber seine Wäsche; für Handlungsreisende und Junggesellen gab es einen chinesischen Wäscher. Nur eine einzige Möglichkeit schwebte ihr immer eindringlicher vor. Sie betrachtete sie von allen Seiten. Die Hindernisse schienen unübersteiglich zu sein. Dennoch entdeckte sie etwas Ermutigendes daran, dann noch etwas und noch etwas. Am Südende der Stadt – gegenüber ›St. Kitts‹, dem Haus der Lansings – stand ein leeres, verfallenes Gebäude, das einst ein einigermaßen anspruchsvolles Herrschaftshaus gewesen war. Hohes Unkraut wucherte auf dem Vorplatz. Zwei rußgeschwärzte Schilder hingen schief an einem der Verandapfeiler: ZU VERKAUFEN und ZIMMER MIT VERPFLEGUNG. Es hatte, lange nach seiner Glanzzeit, als ein Logierhaus gedient, als ein Obdach für Wanderarbeiter, für arbeitslose Bergleute, für Huster und ›Taumler‹, für Verkrüppelte und Altersschwache. Sophia erinnerte sich, ein Buch mit dem Titel *Mrs. Whittimores Arche* gelesen zu haben. Es erzählte, wie eine Witwe mit einer großen Zahl von Söhnen und Töchtern eine Pension am Meeresstrand eröffnete. Die Ashleymädchen hatten das Buch sehr komisch gefunden. Es enthielt hübsch viel Belustigendes über die Drohung, ins Armenhaus zu müssen. Unter den Pensionsgästen befanden sich liebe alte, zerstreute Herren und übertrieben heikle, aber gutherzige alte Damen. Auch ein hübscher junger Medizinstudent kam darin vor, der sich in die älteste Miss Whittimore verliebte. Irgendeinmal ging diese junge Dame in den Laden eines unheimlichen Pfandleihers, um das Perlenmedaillon ihrer Mutter zu versetzen. Sophia sah nicht recht ein, warum dies als ein entwürdigendes und verzweifeltes letztes Hilfsmittel dargestellt war. Sie wünschte, Coaltown hätte zwei Dutzend Pfandleiher. Das Buch endete glücklich damit, daß ein reicher Mann Mrs. Whittimore als Haushälterin für sein auf einer Anhöhe gelegenes Schloß in Dienst nahm. Sophia fand den zerlesenen Band auf dem Dachboden und las ihn abermals, diesmal ohne belustigt zu sein. Er enthielt Hinweise, die ihr nützlich sein konnten. Offenbar hatten Pensionsinhaberinnen Schwierigkeiten mit Gästen, die versuchten, sich, ohne die Rechnung zu bezahlen, bei Nacht aus dem Haus zu stehlen. Mrs. Whittimore begegnete diesem Problem, indem sie quer über die Treppenstufen Bindfäden spannte und Glokken an ihnen befestigte. Entsetzt über den unerklärlichen Lärm, den er hervorgerufen hatte, stolperte der Zechpreller zur Haustür, mußte aber entdecken, daß die listenreiche Mrs. Whittimore den Türgriff eingeseift hatte. Wenn sie einen Pensionsgast loswerden wollte (Mr. Hazeldean, der sich gut und gern die Hälfte des Bratens von der Schüssel nahm, oder Mrs. Riemer, der nie etwas recht war), dann wurde den Kindern und andern Verbündeten eingeschärft, abwechselnd auf das Kinn und die Schuhe solcher Leute zu starren. Die Opfer dieser Art von Verfolgung – sie wurde ›Ausräuchern‹ genannt – suchten sich bald eine weniger nervenzermürbende Unterkunft. Mrs. Whittimore sparte Zündhölzchen in der Küche, indem sie Funken aus einem Feuerstein schlug; sie ließ gedünstetes Kaninchen als Hühnerragout auftragen; sie verfertigte Seife aus Schweineschmalz und einem Absud von Holzasche.

Sophia empfand die Wiederentdeckung dieses Buchs als einen glücklichen Zufall, aber das Leben der Hoffnungsvollen ist überreich an glücklichen Zufällen. Sie beschloß, in ›The Elms‹ eine Pension zu eröffnen, und machte sich ohne Verzug daran. Sie suchte Miss Thoms, die treue Gehilfin ihres Vaters, in der Bergwerkskanzlei auf. Miss Thoms hatte ein Leben lang am Rande der Armut verbracht. Ihr Hoffnungsvorrat genügte kaum zu ihrem eignen

Durchhalten. Sie hatte wenig Ermutigung zu bieten, versprach aber zwei Stühle, einiges Tischgeschirr und eine Etagere. Sophia besprach sich heimlich mit Porky. Er überlegte. »Ja, Sophia«, sagte er, »und laß gleich von heut' an abends eine Lampe im Vorderzimmer brennen. Es macht sich nicht gut, wenn aus einem Haus kein Licht scheint.« (Noch am selben Abend stellte er eine Kanne Petroleum an die Hintertür.) »Meine Mutter webt Teppiche. Ich hab' zwei, die ich dir geben kann. Und auch einen überzähligen Sessel. – Geh gleich zu Mr. Sorbey in die Tavern und sag ihm, was du vorhast. Du darfst ihn dir nicht zum Feind machen. Und du darfst nicht billigere Preise verlangen als er. Sehr oft sind bei ihm alle Zimmer besetzt, und Gäste müssen sitzend unten in der Halle übernachten. Ich glaub', er würde dir einige rüberschicken. Und ein Onkel von mir hat ein Bett, das er nicht braucht.«

Sie suchte Mr. Kenny auf, den Zimmermann, Anstreicher und Bestattungsunternehmer.

»Mr. Kenny, würden ein halber Dollar und ein Dutzend Eier genügen, wenn ich Sie bitte, ein Schild zu machen, das man an ein Haus hängen kann?«

»Tja, was für eine Art von Schild sollte das sein, meine junge Dame?«

Sophia zog ein Stück alter Tapete hervor, auf das sie groß THE ELMS – ZIMMER MIT VERPFLEGUNG geschrieben hatte.

»Aha, ich verstehe. Wann würden Sie das brauchen?«

»Könnten Sie's morgen abend fertig haben, Mr. Kenny?«

»Ja, das könnt' ich.« (Das Leben ist drollig! Das wahre Ebenbild ihres Vaters. Also die wollen jetzt Logiergäste ins Haus nehmen? Na ja! Nicht viel Aussichten.) »Und Sie können mir's um Neujahr herum zahlen, wenn Sie sehn, daß es Ihnen möglich ist.«

»Ich danke Ihnen, Mr. Kenny.« Dame zum Ehrenmann.

Auf dem Rückweg traf sie Porky. Er sagte hastig: »Ich hab' einen Tisch für dich aufgetrieben. In der Tavern kosten die Zimmer fünfzig und siebzig Cent. Frühstück fünfzehn Cent, mit Steak fünfundzwanzig. Mittagessen fünfunddreißig. Hier hast du ein paar Reißnägel. Heft' eine Anzeige im Postamt dorthin, wo diese Zettel hängen – ›Hund verlaufen‹, ›Geldbörse verloren‹. Vertreter gehn den ganzen Tag im Postamt ein und aus. Den Lehrerinnen ist es zuwider, in der Tavern zu essen, ich hör' sie das immer wieder sagen. Schreib dazu ›Hausmannskost‹!«

»Ja, Porky.«

»Hör zu, Sophia! Es wird dir gelingen, aber du mußt Geduld haben. Vielleicht wird sich eine ganze Weile gar nichts rühren. Wenn mir noch irgendwas einfällt, werd' ich's dir sagen. Du erwartest dir doch nicht was Großartiges gleich von Anfang an, nicht wahr?«

»O nein, Porky.«

Sophia rettete die Ashleys durch in Taten umgesetzte Hoffnung. »Rettete« war das Wort, das ihr Bruder und ihre Schwestern dafür gebrauchten, was sie vollbrachte.

Sie besaß eine lange Erfahrung im Hoffen. Hoffnung (tiefgründige Hoffnung, nicht diese vereinzelten Aufschreie und Ausrufe, die uns in äußerster Not entrungen werden und mehr der Verzweiflung ähneln) ist eine Gemütsverfassung und ein Wahrnehmungsorgan. Später werden wir ihre Beziehung zum Glauben im Leben von Sophias Vater erwägen, der ein starkgläubiger Mensch war, ohne sich aber dessen bewußt zu sein.

Sophia hatte mit ihren vierzehn Jahren schon ein langes, vielgeschäftiges Leben hinter sich, ein mit mancherlei Verantwortung belastetes und mit Freuden und Leiden beladenes. Sie hatte ein großes Krankenhaus verwaltet. Sie war eine Tierärztin. Außer Kücken aufzuziehen, hatte sie Schienen für verletzte Hundepfoten verfertigt, hatte Katzen vor dem Gefoltertwerden bewahrt an den langen Sommerabenden, wenn Knaben nicht wissen, was sie mit sich anfangen sollen; sie hatte aus dem Nest gefallene Vogeljunge gerettet – die bläulichen und noch federlosen von den Gehsteigen aufgelesen; sie hatte junge Füchse und Dachse und Ziesel aufgezogen und sie dann in ihrer gewohnten Umgebung freigelassen. Sie kannte Grausamkeit und Tod und Entkommen und neues Leben. Sie kannte die Launen des Wetters. Sie kannte Geduld. Sie kannte Mißerfolg.

Es ist zweifelhaft, ob Hoffnung – oder irgendeine andre Äußerung des Schöpferischen – sich ohne einen ihr von Liebe eingeflößten Impuls erhalten kann. So absurd, so wehrlos ist Hoffnung. Sophias

Hoffnung wurde von der Liebe zu ihrer Mutter und ihren Schwestern genährt, vor allem aber von der Liebe zu den zwei fernen Ausgestoßenen, ihrem Vater und ihrem Bruder.

So wehrlos steht Hoffnung vor dem Gerichtshof der Vernunft, daß sie sich beständig gezwungen sieht, ihr Dasein zu rechtfertigen. Sie streckt die Hand aus nach Heldensang und -sage. Sie erniedrigt sich zu Aberglauben. Sie scheut schmeichelnde Tröstungen; sie liebt hart erkämpfte Siege, aber umgibt sich mit Zeremonien und Fetischen. Sophia schlief mit den drei grünen Pfeilspitzen neben sich. Es gibt keine Regenbogen in dem Engtal von Coaltown, aber sie hatte zweimal welche bei Landpartien gesehen. Sie wußte, was sie verhießen. Über der Stelle, wo sie ihr Geld versteckt hielt, strichelte sie einen Bogen und schrieb dazu »J.B.A.« und »R.B.A.« Weil Hoffnung irrational ist, jubelt sie über Beweise für das Wunderbare. Sophia schöpfte Kraft aus dem Geheimnis der unerklärlichen Rettung ihres Vaters. Hoffnung – die Wagemutige – erleidet bisweilen Niederlagen, hat ihre schwarzen Tage. Sophia zog sich da in sich selbst zurück, senkte den Kopf und wartete wie ein Tier in einem Schneesturm. Die Ashleys waren jeden Sonntag zur Kirche gegangen, aber daheim hatte es keine Andachtsstunden gegeben. Sophia hatte das Gefühl, es wäre eine Schwäche, um eine jähe Wendung zum Bessern zu beten. Ihre Bitten gingen nicht darüber hinaus, daß ihr am nächsten Morgen ein paar »gute Einfälle« gewährt würden; sie bat, ihr Geist möge »hell« sein.

So schlüpfte sie denn in der Nacht, nachdem sie Mr. Kenny zum zweitenmal aufgesucht hatte, ins Zimmer ihrer Schwester Lily, in der einen Hand eine brennende Kerze, in der andern das prächtige Schild mit der Aufschrift THE ELMS – ZIMMER MIT VERPFLEGUNG. Sie setzte sich auf den Fußboden und lehnte das Schild an ihre Knie.

»Lily! Lily, wach auf!«

»Was ist denn?«

»Schau!«

»Was soll das sein?« Sophia wartete. »Du bist verrückt geworden, Sophia!«

»Lily, du mußt mich bei Mama unterstützen. Auf dich hört sie. Du mußt sie zur Einsicht bringen, daß es notwendig ist. Lily, wir müssen es tun! Sonst verhungern wir. Und, Lily, wir würden mit Leuten zusammenkommen. Wir können nicht ewig so weiterleben, ohne irgend jemand zu sehn. Wir hätten alte Leute und junge Leute im Haus, und das wär' lustig. Du und Mama, ihr könntet kochen, und Constance und ich würden die Betten machen.«

»Aber, Sophia, es wären gräßliche Leute!«

»Nicht alle Leute sind gräßlich. Wir könnten überall im Haus Lampen haben, und du könntest für die Gäste singen. Ich weiß, woher wir uns ein Klavier verschaffen könnten.«

Lily stützte sich auf einen Ellbogen hoch.

»Aber Mama würde keine fremden Männer ins Haus lassen.«

»Wenn ein Mann zur Tür käme, der nicht nett ist, könnte Mama sagen, daß alle Zimmer besetzt sind. Wirst du mir also bei Mama helfen, Lily?«

Lily ließ den Kopf aufs Kissen sinken. »Ja«, sagte sie schwach.

»Ich seh' jeden Tag Leute, aber du und Connie, ihr seht nie jemand. Das ist schlecht für euch. Ihr werdet uninteressant werden. Ihr werdet am Ende vielleicht häßlich werden.«

Am nächsten Tag nach dem Abendessen las Lily aus *Julius Cäsar* vor. Ihre Mutter nähte. Ihre Schwestern saßen auf dem Fußboden und zerzupften alte Babybettdecken, um Garnknäuel daraus zu machen. Als Lily ans Ende einer Szene gelangt war, warf sie Sophia einen Blick zu.

»Sind deine Augen müde, Kind?« fragte ihre Mutter. »Soll *ich* lesen?«

»Nein, Mama. Sophia möchte dir etwas sagen.«

»Mama«, begann Sophia langsam, »unser Haus ist sehr groß. Es ist zu groß für uns. Glaubst du nicht, es wäre eine gute Idee, wenn wir eine Pension daraus machen würden?«

»Was? Was, Sophia?«

Sophia brachte das Schild zum Vorschein und lehnte es an ihre Knie. Ihre Mutter starrte es an und stand dann mit bestürzter Miene auf.

»Sophia, ich glaube, du hast den Verstand verloren. Ich weiß nicht, wo du solche Ideen hernimmst. Wo hast du dieses gräßliche Ding gefunden? Tu's sogleich weg! Du bist zu jung, um zu wissen, was du da redest. Ich bin erstaunt über dich!«

Niemand sprach je unbeherrscht laut in ›The Elms‹. Constance begann zu weinen.

»Mama!« sagte Lily. »Liebe Mama, wenn du doch nur einen Augenblick nachdenken würdest!«

»Nachdenken!«

Sophia hob den Blick vom Fußboden, sah ihrer Mutter fest in die Augen und sagte mit gemessener Unumwundenheit: »Papa würde wünschen, daß wir's tun. Er würde es wollen.«

Ihre Mutter starrte sie an, als hätte sie einen Schlag erhalten. »Was meinst du damit, Sophia?«

»Menschen, die Menschen liebhaben, denken die ganze Zeit an sie. Papa denkt an uns, macht sich Gedanken. Er hofft, wir werden grade so etwas unternehmen.«

»Ihr zwei, laßt mich mit Sophia allein!«

»Mama«, sagte Lily, »ich möchte bleiben. Constance, geh für eine Minute in den Garten!«

Constance warf sich vor ihre Mutter hin und umfaßte ihre Knie. »Ich mag nicht allein aus dem Zimmer gehn. Bitte, Mama, schick mich nicht weg!«

Die Wirkung von Sophias Worten war so stark gewesen, daß ihre Mutter nach dem ersten Ausbruch unfähig blieb, ihre Stimme zu beherrschen. Jetzt ging sie zitternd an das entfernteste Fenster. Sie fühlte sich in die Enge getrieben, ins Leben zurückgezerrt.

»Mama, Papa würde nicht wollen, daß wir abends ohne Lampenlicht sind und in abgetragenen Kleidern herumgehn. Er hofft, wir sind wohlauf und glücklich, und wir hoffen, daß er's ist. Der Winter kommt. Du hast all das Gemüse und Obst gespeichert, aber wir werden Mehl und andres kaufen müssen. Überdies sollte Constance in ihrem Alter ein wenig Fleisch zu essen bekommen. Jedenfalls steht das in dem Buch, das ich oben gefunden hab'. Es wär' doch wundervoll, Mama, wenn wir Roger wissen lassen könnten, er braucht uns kein Geld mehr zu schicken. Vielleicht hat er's nötiger als wir. Es wär' vielleicht schwer für manche Leute, aber du bist eine so wunderbare Hausfrau, du würdest es im Handumdrehn heraushaben, wie man eine Pension führt.«

Lily ging durchs Zimmer zu ihrer Mutter und küßte sie. »Ich glaube, wir sollten's versuchen, Mama«, sagte sie leise.

»Aber, Sophia, Sophia – du begreifst nicht: *Niemand würde kommen!*«

»Mr. Sorbey von der Tavern ist immer sehr nett zu mir. Er hat mir einmal erlaubt, in der Halle Limonade zu verkaufen, an einem Regentag, und ich darf's wieder tun, wann immer ich will. Manchmal ist die Tavern so überfüllt, daß Herren und Damen die ganze Nacht hindurch unten in der Halle sitzen müssen. Er hat sie sonst gewöhnlich zu Mrs. Blake geschickt, aber Mrs. Blake hat sich die Hüfte gebrochen und kann keine Gäste mehr aufnehmen. Jemand hat mir erzählt, daß es den Lehrerinnen an der Mittelschule zuwider ist, in der Tavern zu essen. Sie kämen alle zum Mittagessen zu uns. Und ich glaub', sie würden auch hier wohnen wollen und nicht bei Mrs. Bowman oder Mrs. Haubenmacher.«

Ihre Mutter wandte den Kopf von einer Seite zur andern. »Aber, Sophia, wir haben keine Stühle, keine Kommoden, keine Betten, keine Leintücher.«

»Lily und ich, wir brauchen unsre Kommoden nicht, und ich kann mit ihr in einem Bett schlafen. Miss Thoms will uns zwei Stühle geben, Porky ein Bett, einen Stuhl und einen Tisch und zwei Teppiche. Und er kann das Bett aufstellen, das wir auf dem Dachboden gefunden haben. Es sind genug Möbel für zwei Zimmer da. Wir können einen Anfang machen.«

»Ja, versuchen wir's«, sagte Lily.

Constance lief zu ihrer Mutter und umschlang sie mit den Armen. »Dann können wir anfangen zu leben wie andre Leute!«

»Also gut«, sagte ihre Mutter. »Zündet eine Kerze an. Wir wollen hinaufgehn und uns die Zimmer ansehn.«

»Mama«, sagte Sophia, »ich hab' ein bißchen Petroleum. Stellen wir doch gleich jetzt eine Lampe ins Wohnzimmer. Niemand würde gern in ein Haus ziehn, das aussieht, als wär' jeder Mensch darin traurig.«

Am nächsten Mittag, dem 15. September, stand Lily auf einem Stuhl und nagelte das Schild an eine Ulme beim Gartentor. Die weibliche Einwohnerschaft von Coaltown unternahm häufig Abendspaziergänge an dem Haus vorbei, um sich diesen Beweis einer lächerlichen Selbsttäuschung mit eignen Augen anzusehen. »Sie sollten es ›Galgenvogelnest‹ nennen.« »Nein, ›Mördergrube‹.«

Am nächsten Tag hielt Dr. Gillies, der seinen Buggy durch die Hauptstraße kutschierte, neben Sophia an.

»He, du – Sophia!«

»Guten Tag, Dr. Gillies.«

»Nein so was! Du siehst ja so glücklich aus wie ein Fischkutterkätzchen.«

»Ich bin's. Ein bißchen.«

»Was hört man da, daß ihr eine Pension eröffnen wollt?«

»Das stimmt, Dr. Gillies. – Dr. Gillies, ich hab' mir gedacht, ob Sie nicht vielleicht manchmal einen Patienten haben, der eine Krankheit überstanden hat und sich erholen möchte. Mama ist eine wunderbare Köchin. Wir würden sehr aufmerksam für ihn sorgen.«

Dr. Gillies schlug sich vor die Stirn. »Genau das Richtige!« rief er aus. »Sag deiner Mutter, ich werde sie heute abend um sieben aufsuchen.« Und er vereinbarte für die rekonvaleszente Mrs. Guilfoyle, daß sie zwei Wochen lang in ›The Elms‹ wohnen solle. »Hühnerbouillon, etwas von Ihrem berühmten Apfelmus, ein weichgekochtes Ei dann und wann.«

Sophia ging zu Mr. Sorbey in die Tavern und sagte ihm, was sie vorhatte. »Wenn die Tavern manchmal überfüllt ist, Mr. Sorbey, könnten Sie vielleicht Gäste zu uns rübersenden? Mrs. Guilfoyle wohnt gegenwärtig bei uns, und sie ist sehr zufrieden.« Drei Tage später sandte er einen Wanderprediger, Bruder Jorgenson, hin, der sich durch seine Seelenrettungsversuche im Schankraum unbeliebt gemacht hatte.

Sophia hielt eine neue Mittelschullehrerin auf der Straße an. »Miss Fleming, ich bin Sophia Ashley. Meine Mutter hat eine Pension eröffnet in ›The Elms‹ – Sie können das Haus dort hinter den Bäumen sehn. Mittagessen ist um zwölf. Es kostet fünfunddreißig Cent, aber wenn Sie täglich kämen, würden wir Ihnen wöchentlich nur sechs berechnen. Meine Mutter kocht wunderbar.« Delphine Fleming kam zum Mittagessen, verlangte die Zimmer zu sehen und blieb zwei Jahre. Diese Neuigkeit erregte das Mißfallen der Schulkommission, aber Miss Fleming kam aus dem Osten – das heißt, aus Indiana – und es wurde daher angenommen, daß ihr Unterscheidungsvermögen in Dingen der Moral nicht grade das feinste sei. Einige ältere Handlungsreisende begannen die neue Pension zu entdecken. Das gedünstete Huhn mit Klößchen und der ›Rostbraten‹ fanden Erwähnung, wo solche Reisende zusammenkamen, – ebenso wie Lilys Singen. »Faktisch und tatsächlich, Joe, ich hab' nie was Ähnliches gehört. So eine Stimme! Und die Tochter eines Mörders obendrein!« Ein drittes und ein viertes Zimmer wurden eingerichtet. Sophia überredete ihre Mutter, einen Schub nach dem andern ihrer vielgerühmten deutschen Ingwerküchlein zu backen. Die verkaufte Sophia an Feiertagen in der Halle der Tavern. Sie traf auch, Mrs. Whittimores Beispiel folgend, Sparmaßnahmen. An Schlachttagen zog sie ihren kleinen Karren eine Stunde weit die Straße entlang zur Bell Farm (Roger hatte hier während seiner Sommerferien hacken und heuen und melken geholfen) und kam mit Schweinefett zurück. Daraus machte sie Seife, die von ihrer Mutter mit Lavendel parfümiert wurde. Auch setzte sie weiterhin selber Hefe an. Das Herdfeuer wurde mit Stahl und Feuerstein entzündet. Kreuzerknapsen ist alles eher als langweilig. Sie bot den Verkäufern in den Läden ohne Scheu Widerpart. Deren mitleidiges Entgegenkommen begann erstaunter Achtung zu weichen. Männer grüßten sie fast herzlich; einige der Frauen fingen an, ihren Gruß mit einem kurzen Nicken zu erwidern. Ihre frühern Schulkameradinnen flüsterten und kicherten, wenn sie vorüberging. Jungen höhnten: »Hadern, alte Flaschen und Säcke! Willst keine Hadern, alte Flaschen und Säcke kaufen, Sophia?«

Einiges Sonderbare ereignete sich. Eines Tags, eine Woche, nachdem ›The Elms‹ angekündigt hatten, daß Zimmer mit Verpflegung zu vermieten seien, suchte Eustacia Lansing, in die tiefe Trauer gekleidet, die ihr so gut stand, Porkys Schuhreparaturwerkstatt auf. Sie wählte dazu die zweite Nachmittagsstunde, in der die Straßen von Coaltown fast menschenleer waren. Es handelte sich um das Neubesohlen eines Schuhs von Félicité. Schon im Weggehn, sagte sie dann: »Porky, du siehst doch die Ashleys von Zeit zu Zeit, nicht wahr?«

»Ja, hin und wieder.«

»Stimmt es, daß sie eine Pension eröffnen?«

»Die Leute sagen so.«

»Porky, du kannst doch gewiß ein Geheimnis bewahren? Ich meine, du würdest etwas für mich tun und darüber schweigen?«

Porkys Miene blieb unbewegt.

»Ich möchte, daß du bei mir ein großes Paket abholst und es vor die Hintertür der Ashleys legst, ohne daß irgend jemand etwas davon weiß. Das Paket enthält ein Dutzend Leintücher und Kissenüberzüge und ein Dutzend Handtücher. Könntest du die Zeit dafür finden, das zu tun, Porky?«

»Ja, Ma'am.«

»Kannst du es gleich nach Dunkelwerden abholen? Es wird hinter meinem Gartentor liegen.«

»Ja, Ma'am.«

»Danke, Porky. Steck dann nur diese Karte unter den Bindfaden!«

Auf der Karte stand: »Von jemand Wohlwollendem.«

Eines andern Tags kam Miss Doubkov, die Damenschneiderin der Stadt, mit einem drückenden Schuh zu Porky.

»Porky, du kennst doch die Ashleys?«

»Ja, Ma'am.«

»Ich hab' zwei Stühle, die ich nicht brauche. Könntest du sie heut abend bei mir abholen und sie dort an der Hintertür lassen?«

»Ja, Ma'am.«

»Und niemand soll davon wissen, Porky, außer dir und mir.«

Während dieser ersten Wochen fanden sich innerhalb des Lattenzauns ein Schaukelstuhl, drei zwar nicht neue, aber sauber und nett ausgebesserte Wolldecken, eine starke Pappschachtel mit Löffeln, Messern und Gabeln jeder Größe und dazu Tassen und Untertassen und eine Suppenterrine – vielleicht von den Frauen der Methodistengemeinde gespendet. Junge Handlungsreisende suchten selten Unterkunft in ›The Elms‹. Sie konnten sich die nicht leisten. Für fünfundzwanzig Cent verbrachten sie die Nacht in einem großen, zugigen Schlafsaal im Dachgeschoß der Tavern. Immerhin hatte Mrs. Ashley eine Anzahl von ihnen abgewiesen. Es waren schließlich heranwachsende Töchter im Haus, und in der Stadt gab es böse Zungen. An einem Nachmittag im Januar wich sie von ihrer strengen Regel ab und vermietete eins der Zimmer an einen ungefähr dreißigjährigen Mann, der eine Reisetasche und einen Musterkoffer trug. Um halb zehn bedeckte sie das Feuer im Herd mit Asche, verschloß die Vorder- und die Hintertür und löschte die Lampen. Gegen zwei Uhr morgens wurde sie durch starken Rauchgeruch aus dem Schlaf gerissen. Sie weckte ihre Töchter und die Mathematiklehrerin, und alle gingen sie die Treppe hinab und dem Rauch nach in die Küche. Die Lehrerin eilte voraus, durchquerte hustend den Raum und öffnete die Hintertür. Dichter, sonderbar riechender Qualm kam aus dem Herd, der mit einer Masse glosenden roten Papiers vollgestopft war. Das Feuer war bald gelöscht. Sie bereiteten sich einen heißen Kakao und tranken ihn, während sie darauf warteten, daß die Luft wieder rein werde. Als Mrs. Ashley dann in ihr Zimmer zurückkam, entdeckte sie, daß es durchsucht worden war. Alles aus den Laden ihrer Schreibkommode lag über den Fußboden verstreut. Im Schrank war das Futter ihres Mantels aufgeschlitzt. Jemand war mit einem Messer durch die Matratze gefahren; ihr Kopfkissen war in Fetzen zerschnitten. Die Rücken der Bilder an der Wand waren aus den Rahmen gerissen worden.

Oberst Stotz in Springfield haßte die Ashleys. Er war überzeugt, es müßten irgendwo in Mrs. Ashleys Zimmer Hinweise auf die Befreier ihres Mannes zu finden sein. Es müßten Briefe da sein. Es könnten sogar jüngst von dem Gesuchten gekommene Briefe darunter sein. Es fände sich vielleicht eine Photographie, die sich auf Anschlägen reproduzieren ließe.

Während der ganzen Dauer seiner Ehe war Ashley nur viermal für jeweils vierundzwanzig Stunden von seiner Frau getrennt gewesen. Die einzigen Briefe, die sie von ihm besaß, waren diejenigen, die er ihr täglich aus dem Gefängnis geschrieben hatte. Diese fehlten nun. Und es fehlte auch die einzige Photographie, die sie von ihm besaß – ein verblaßter blauer Abzug, auf dem er lachend herblickte, während er seinen zwei Jahre alten Sohn in die Höhe hielt. Am nächsten Morgen sahen die Töchter ihre Mutter verwundert an. Ihr Gesicht hatte nie Angst oder Furcht gezeigt und zeigte die auch jetzt nicht. Mit dem Feind zusammengestoßen zu sein, schien sie gestärkt zu haben.

Als die Monate vergingen, löste sich Beata Ashley allmählich aus ihrer Erstarrung. Die Arbeit ließ nicht nach. Es gibt keinen

Ruhetag für Leute, die Pensionsgäste aufnehmen. Für Constance war das Ganze ein aufregendes Spiel. Sie war nie müde, nicht einmal am Montagabend nach vielen Stunden am Waschtrog. Lily schien aus jenem fernen Land zurückgekehrt zu sein, wo sie sich in einem Traum umherbewegt hatte. Den ganzen Tag gab es zu kochen, Staub zu wischen, Betten zu machen und Geschirr zu spülen. Sophia war die einzige von ihnen, die das Gartentor durchschritt; Lily hatte nicht den Wunsch danach; Constance hätte gar zu gern ihre Schwester in die Stadt begleitet, aber Sophia wußte, daß die jüngere noch nicht bereit war, es mit der Feindseligkeit ihrer Schulkameradinnen aufzunehmen. Rogers Geldsendungen an seine Mutter stiegen bis zu zehn und zwölf Dollar im Monat. Er berichtete, daß er gut vorwärtskomme, gab aber weder Namen noch Adresse an, an die sie hätte antworten können. Sophia besorgte das Einkaufen, kassierte die Mieten, kaufte Möbel, richtete noch mehr Zimmer ein und hatte ›Einfälle‹ im Überfluß. Sie schrieb ihrem Bruder lange Briefe. Es war ein stolzer Tag für sie, als sie ihm mitteilen konnte, daß sie die Steuern gezahlt hatte. Die Stadt beobachtete ihre Tätigkeit mit mißgünstiger Bewunderung. Es hieß von ihr, sie sei »scharf wie ein Skalpiermesser«. Versteigerungen waren in Coaltown selten, aber oft sprach es sich herum, daß eine Familie ihre ›Sachen‹ unter der Hand verkaufe – etwa wenn ältliche Leute wegzogen oder nach einem Todesfall ein Haushalt aufgelöst wurde. Da war Sophia zur Stelle. Wenn ein Brand und der Übereifer der Freiwilligen Feuerwehr sich verbanden und die Einrichtung eines Hauses oder die Dinge auf einem Dachboden ruinierten, war Sophia zur Stelle und kaufte Bettwäsche, Fenstervorhänge, alte Kleider, Matratzen und Nachttöpfe. Eine Baptistenkirche hatte allmählich ihre Gemeinde verloren. Sophia kaufte das Klavier, das dort in der Sonntagsschule verwendet worden war – fünf monatliche Zahlungen von je drei Dollar. Sie kaufte eine zweite Kuh. Sie begann eine Entenzucht; mit Truthühnern erlitt sie eine Niederlage. Als der Mai des Jahres 1904 zu Ende ging, war bereits ein achtes Zimmer möbliert. Während der warmen Jahreszeit wurden Gäste sogar in dem ›Regentagehaus‹ untergebracht. Mrs. Swenson wurde überredet, als tägliche Hilfe zurückzukommen. Nach jener nächtlichen

Durchsuchung von Mrs. Ashleys Schlafzimmer war es Lilys – oder allem Anschein nach Lilys – Einfall gewesen, daß Porky in ›The Elms‹ wohnen und in einer Kammer, in die man durch die Küche gelangte, schlafen sollte. Dafür, daß er auch seine Mahlzeiten bekam, verrichtete er alle schwere Arbeit und half der Familie, solche Schwierigkeiten zu bewältigen, denen Quartiergeber besonders ausgesetzt sind – Herzanfälle und Krämpfe, Schlafwandeln und Trunkenheit und Diebstähle. Mrs. Ashley gewann Einblick in die Gemütsverfassung des Handlungsreisenden: dieses Entwurzeltsein, diesen Drang zum Prahlen, diesen Zwang, den ganzen Tag eine Fassade blendender Erfolge darzubieten (»Ich hab' heute so viele Aufträge erhalten, Mrs. Ashley, daß ich noch gar nicht sehe, wie sie alle ausführen!«), das viele Trinken als Schlafmittel, den Albtraum, darin das Dasein eine leere oder höhnische Fratze zeigt. Sie ahnte mit der Zeit etwas von den bösen Augenblicken, wenn das Rasiermesser in der Hand zittert.

Während der ersten Monate des Unternehmens war es die Gewohnheit der Ashleys, sich nach dem Geschirrspülen zurückzuziehen und das früher gepflogene Vorlesen oben in Mrs. Ashleys Zimmer fortzusetzen. Bald aber erkannte sie, daß es unklug war, die Pensionsgäste zu dieser Stunde sich selbst zu überlassen; sie wurde gewahr, daß die meisten Zimmer ruhelose, sorgenvolle oder verzweifelte Menschen beherbergten. Eine besondere Art nervöser Spannung begann sich nach Sonnenuntergang in ihnen anzusammeln. Darum wurden die Abende wieder in dem großen Wohnzimmer verbracht. Oft sang Lily, von ihrer Mutter begleitet. Einer nach dem andern kamen die Pensionsgäste die Treppe herabgeschlichen. Viele blieben dann auch während des Vorlesens. In der warmen Jahreszeit wurde diese Stunde der Geselligkeit in das Gartenhäuschen verlegt; die Augen einer Vorleserin wurden geschont, und alle saßen sie schweigend da, gebannt vom Zauber des Mondlichts oder Sternenlichts auf dem Teich und der gedämpften Klagen von Sophias langsam dahingleitenden Enten.

Beata Ashley wurde der Rolle einer Pensionsinhaberin bewundernswert gerecht. Sie errichtete eine Schutzwehr gegen ungebührliches Benehmen, wie das viele Internatsleiter tun – sie forderte ein fast übermenschlich musterhaftes Betragen. Sie verlangte Pünktlichkeit, den Vortritt für Damen, Rock und Halsbinde bei Tisch, Wahrung des Anstands im Reden, ein Tischgebet vor jeder Mahlzeit und Zurückhaltung im Ausdruck von Bewunderung für die Serviererinnen. Eine Anzahl der Handlungsreisenden wurde kein zweites Mal in ›The Elms‹ aufgenommen. Diese Herren taten sich dann im Schankraum des Hotels etwas darauf zugut, daß sie aus »Haus Galgenstrick« ausgeschlossen worden waren, aber dieses Prahlen klang mit der Zeit immer hohler. Die Wundermär verbreitete sich – knusprig gebratene Hühnchen, der beste Kaffee in ganz Illinois, nach Lavendel duftende Bettwäsche und morgendliches Geweckt werden nicht durch Fußstöße an die Tür, sondern von Engelsstimmen, die einen wiederholt beim Namen riefen.

Während des Prozesses und der auf Ashleys Rettung folgenden Monate entging es den Mädchen nicht, daß ihre Mutter den abends vorgelesenen Büchern wenig Aufmerksamkeit schenkte, sogar wenn sie selbst vorlas. Das änderte sich jedoch im Sommer 1903. An Dienstagabenden lasen sie *Don Quichotte* auf Französisch. Beata Ashley fand nicht Humor, sondern Wahrheit in den Abenteuern des Ritters, für den die Welt voller böser Zauberer und jener bittern Ungerechtigkeiten war, die ein Mann bekämpfen muß. Ihre Nähnadel hielt nachdenklich inne bei der Schilderung seiner Ergebenheit für ein Bauernmädchen, das er als die Krone aller Weiblichkeit pries. Sie lasen auch die *Odyssee*. Die erzählte von einem Mann, der in fernen Ländern viele harte Prüfungen durchlitt; zu ihm kam die weise Göttin, die grauäugige Pallas Athene, schalt ihn, wenn er entmutigt war, und versprach ihm, daß er eines Tags in seine Heimat und zu seinem teuern Weib zurückkehren werde. Von der Hausarbeit ermüdet, von dem Vorgelesenen getröstet, konnte Beata wieder schlafen.

Trotz aller Mühe und Plage war der Gewinn karg. Die Ashleys konnten nur eben den Kopf über Wasser halten.

Pensionsgäste kamen und gingen in ›The Elms‹, aber es gab sehr wenige Besucher. Dr. Gillies machte seine beruflichen Visiten und wechselte jedesmal ein paar Worte, aber er setzte sich nicht. Mrs. Gillies kam dann und wann an einem Sonntagnachmittag, und ebenso auch Wilhelmina Thoms. Es gab jedoch eine regelmäßige Besucherin, nämlich Miss Olga Doubkov. Sie kam jeden zweiten Mittwochabend. Von Mrs. Ashley wurde sie nicht mit bemerkenswerter Wärme empfangen, aber die Mädchen begrüßten sie begeistert. Sie brachte die Neuigkeiten aus der Stadt und aus der Welt.

Ein hartes Schicksal hatte Olga Doubkov – angeblich eine russische Prinzessin – in Coaltown auf dem Trockenen gelassen. Ihr Vater war, von der Polizei wegen revolutionärer Tätigkeit verfolgt, mit einer kränklichen Frau und zwei Töchtern nach Konstantinopel geflohen. Er hatte sich dann russischen Freunden in einer Bergwerksstadt im westlichen Kanada angeschlossen, aber seine Frau hatte das Klima dort nicht vertragen, und er war einer Berufung nach Coaltown gefolgt. Olga Doubkov war mit einundzwanzig Jahren Vollwaise geworden und hatte es unternommen, sich mit ihrer Geschicklichkeit im Nähen durchzubringen. Die meisten Frauen von Coaltown schneiderten und änderten selber ihre Kleider und die ihrer jüngern Kinder. Hochzeiten waren immer wichtige Ereignisse in Coaltown gewesen; Miss Doubkov gab ihnen erhöhte Wichtigkeit. Sie war eine Autorität in Modedingen und Brautausstattungen; ihr Rat in allem, was die Zeremonie betraf, wurde ebenso geschätzt wie ihre Schneiderkunst. Wenige Mütter hatten den Mut, ihre Töchter und sich selbst für solche Gelegenheiten ohne ihre Hilfe auszustaffieren. Hochzeiten wurden so zu Coaltowns großer Oper. Zum Glück hatte Miss Doubkov ihr Haupteinkommen aus ihrer Tätigkeit für die Illinois Tavern, wo sie die Wäschekammer verwaltete. Sie war Ausländerin, eine so ausländische, daß ihre Eigenheiten geduldet wurden, weil sie außerhalb des Beurteilungsvermögens der Einheimischen lagen. Sie rauchte lange gelbe Zigaretten. Sie trieb Götzendienst – das heißt, eine Ecke ihres Wohnzimmers enthielt eine Anzahl von Ikonen, unter denen Lampen brannten, und vor diesen Ikonen bekreuzte sie sich beim Betreten und Verlassen des Zimmers. Sie leistete sich äußerst unverblümte Aussprüche, und ihr ›Neuester‹ wurde in schockiertem Flüsterton weitererzählt. Sie war groß und mager und hielt sich sehr aufrecht. Ihre bläßliche Haut spannte sich straff über die hohen Backenknochen. Kinder fühlten sich von ihren länglich schmalen Augen eingeschüchtert; man fand, daß sie Katzenaugen glichen. Ihr sandfarbenes Haar war hoch aufgetürmt und mit kleinen schwarzen Samtmaschen geziert. Sie kleidete sich elegant und ging eng geschnürt in raschelnder Seide einher. Im Winter trug sie eine hohe Pelzmütze und einen langen Dragonermantel mit Verschnürungen und prächtigen Achselklappen. Sie war arm; die ganze Stadt wußte, wie arm. Man glaubte, sie lebe von Hafermehl, Kohl, Äpfeln und Tee – und einer sonntäglichen Kotelette. Ihr einziger Luxus waren Kleider und die eine Gesellschaft, die sie im Jahr gab. Da lud sie zwanzig Gäste zu einem russischen Ostertee ein. Der hatte etwas ehrfurchtgebietend Fremdländisches: die großen Kuchen, die rituelle Begrüßung: »Der Herr ist erstanden!« »Wahrlich, der Herr ist erstanden!«, der zeremoniöse Kuß, die mit Symbolen bemalten Eier, die unter den Ikonen brennenden Lampen. Man wußte, daß sie ihr Geld für die Heimkehr nach Rußland zusammensparte und den Zug in Coaltown besteigen werde, ohne auch nur einmal mit Bedauern zurückzublicken. Ihr Sparen war, da es so wenig zu sparen gab, ein Wettlauf mit der Zeit. Olga Sergeievna hatte nicht die Absicht, bettelarm nach Rußland heimzukehren. Sie war keine Prinzessin, aber immerhin eine Gräfin, und sie hieß auch nicht Doubkov.

Sie hatte die Ashleys nie gut gekannt. Ihre Freundin in der Stadt war Mrs. Lansing. Sowohl Eustacia Lansing als auch deren ältere Tochter Félicité waren sogar noch geschickter mit der Nähnadel als sie, aber beide zogen sie zu Rat, beschäftigten sie und waren gern mit ihr beisammen. Miteinander verfertigten die drei viele kunstvolle und wunderhübsche Kleidungsstücke. Miss Doubkov bewunderte Mrs. Lansing (»Mädels«, sagte sie oft an Nähabenden für Brautjungfern, »das Wichtigste für eine Frau ist Charme – achtet mir gut auf Mrs. Lansing!«); doch sie verabscheute Breckenridge Lansing und machte kein Hehl daraus. Einmal gab sie ihm in seinem eignen Haus einen Verweis für eine verachtungsvolle Bemerkung über seinen Sohn George. Anschließend erteilte sie ihm eine Lektion über Knabenerziehung, setzte sich ihren Hut auf, nahm ihre kurze Pelerine um, verabschiedete sich mit einem Kopfneigen von Eustacia und Félicité und verließ ›St. Kitts‹, wie sie glaubte, für immer. Obzwar sie mit den Ashleys nicht eigentlich befreundet war, merkte die ganze Stadt ihre Bewunderung für sie: »Die Kinder haben die besten Manieren von allen in Coaltown; in ›The Elms‹ ist alles so, wie es sein soll.« Mrs. Ashley mißtraute anfänglich den Mittwochabendbesuchen und begriff erst allmählich, daß sie weder von Neugier noch von Mitleid veranlaßt waren. Der Grund dieser Besuche lag in Miss Doubkovs Erziehung. Sie war eine Aristokratin. Solange es Aristokraten gut geht, drängen sie sich ihresgleichen nicht auf; im Unglück schließen sie die Reihen, bemannen die Wälle gegen die Barbaren. Während des Prozesses blieben, obgleich der Gerichtssaal zum Ersticken voll war, immer ein paar Sitze neben Mrs. Ashley und ihrem Sohn leer, vielleicht aus Respekt, vielleicht weil Verbrechen und Mißgeschick als ansteckend empfunden werden. Von Zeit zu Zeit setzten sich Miss Doubkov, Miss Thoms oder Mrs. Gillies auf diese leergebliebenen Plätze – nachdem sie Mrs. Ashley kurz zugenickt hatten, wie man das bei einem Begräbnis tut.

Es gab noch einen andern Grund für Miss Doubkovs Besuche in ›The Elms‹. Ebenso wie Sophia lebte sie von Hoffnung getragen. Wir sagten vorhin, daß Wunder die Wegzehrung der Hoffnungsvollen sind. Ein solches Wunder war für Miss Doubkov die Rettung Ashleys. Für sie war dies eine Wiederholung des wichtigsten Ereignisses in ihrem Leben und bekräftigte, was Hoffnung ihr für die eigne Zukunft verhieß. In Rußland war über ihren Vater ein Todesurteil gesprochen worden. Auch er war der Polizei durch die Finger geschlüpft. In Coaltown erhoffte sie für sich selbst ein Entkommen, das sich nur durch ein Wunder ereignen konnte. Sie hoffte, in ihr Vaterland zurückzukehren, sich ihren Verwandten zu präsentieren und den Rest ihrer Tage dem Wohl ihrer Landsleute zu widmen. Es verlangte sie nicht danach, in Pomp und Prunk zurückzukehren. Sie wünschte bloß, nicht auf Herablassung, Bemitleidung und Begünstigung angewiesen zu sein. Sie hatte den Fahrpreis nach Chikago beiseitegelegt (in drei Jahren – den ersten, allerschwersten Jahren), den nach dem Hafen von Halifax in Neuschottland (in sieben Jahren) und den Preis der Überfahrt nach St. Petersburg (in zwölf Jahren). Nun sparte sie einen Rubel nach dem andern für ihren Lebensunterhalt in Rußland, während sie sich um eine Lehrerinnen- oder Gouvernantenstelle bewürbe. Sie war jetzt zweiundfünfzig. Dies war eine Einübung in Hoffnung. Krankheit oder Tod mochten dazwischenkommen; ein Brand oder Diebe sie ihrer Ersparnisse berauben; eine allgemeine Geldentwertung diese vielleicht schwinden lassen. Hoffnung, ebenso wie Glaube, ist nichts, wenn sie nicht mutig ist; sie ist nichts, wenn sie nicht auch lächerlich ist. Eine Niederlage der Hoffnung führt nicht zu Verzweiflung, sondern zu Resignation. Die Resignation derer, die einmal Hoffnung gefaßt haben, behält die Kraft der Hoffnung.

Lange vor dem außerordentlichen Ereignis im Rangierbahnhof am Rand von Fort Barry hatte Olga Sergeievna etwas recht Ungewöhnliches in ›The Elms‹ bemerkt. Sie war nicht die einzige in der Stadt, die ein bißchen in John Ashley verliebt gewesen war, so wenig Ungewöhnliches er allem Anschein nach auch besaß. Sie war gelegentlich zum Abendessen in ›The Elms‹ eingeladen worden. Sie hatte während siebzehn Jahren fast täglich auf der Straße einen Gruß oder ein paar belanglose Worte mit ihm getauscht. All das Seltsame, das ihm im Frühjahr und Frühsommer 1902 widerfuhr, bestätigte ihre Intuition. Er war ein Erwählter. Er war ein Zeichen. Wenn sie nun Besuch im Haus machte, erneuerte sie ihre Lebenskraft; sie wärmte Geist und Seele an einer Flamme, an einem Ort, wo ›Wirkliches‹ offenbart worden war. Bei jedem dieser Besuche bat Miss Doubkov, daß Lily für sie singe. Lily schulte ihre Stimme, indem sie die Stimme der Melba nachahmte, die aus dem windenblütenförmigen Trichter eines ausgeleierten Grammophons ertönte. Das Ergebnis war bemerkenswert. Miss Doubkov sagte mit bestürzender Überzeugung voraus, daß Lily eines Tags eine große Sängerin sein werde, der die Welt zu Füßen läge. Sie ließ aus Chikago – von ihren langsam angesammelten Ersparnissen – den ersten und zweiten Band von Madame Albanesis *Method of Bel Canto* kommen. Sie zeigte Lily, wie die Carvalho an die Rampe vorgetreten war, um sich für Applaus zu bedanken, und wie La Piccolomini bei ihren Konzerten schweigend, sich innerlich sammelnd, dastand, bis sie die volle Aufmerksamkeit des Publikums auf sich gezogen hatte. Die Damen in ›The Elms‹ sprachen ein Lehrbuchfranzösisch; Miss Doubkov führte sie in die zwangloseren Idiome gesellschaftlicher Konversation ein. Sie bewunderte Beata Ashley; sie hatte sie nicht gern. Daran ist nichts Bemerkenswertes, denn sie mochte Frauen überhaupt nicht. Sie mißbilligte Mrs. Ashleys Weigerung, sich in der Stadt blicken zu lassen. Unter ähnlichen Umständen wäre sie selbst täglich die ganze Hauptstraße entlanggeschritten und hätte allen, die es unterlassen hätten, sie zu grüßen, vernichtend ins Gesicht gestarrt. Sophia interessierte sie nicht. Sie sah deutlich, wieviel das Mädchen damit geleistet hatte, die Pension einzurichten, aber sie bot weder Hilfe noch Rat. Sie hatte selber harte Zeiten durchgemacht und setzte voraus, daß Leute der guten Gesellschaft die nicht besprachen. Stahl ist dazu da, Druck auszuhalten. Die Wahrheit war, daß sie sich nur für Männer interessierte, so verachtenswert die meisten auch waren. Es hatte in ihrem Leben keinen Mann gegeben seit dem Tod ihres Vaters und dem schmählichen Verschwinden eines Verlobten, aber sie lebte nur dafür, auf Männer mit ihren scharfen Urteilen über sie und mit ihrer Vernünftigkeit und ihrem eleganten Auftreten Eindruck zu machen. Frauen langweilten sie.

Die Wäschekammer im Kellergeschoß der Illinois Tavern war ein länglicher, niedriger und luftloser Raum. Ein schwacher Lichtschein kam durch ein hochgelegenes vergittertes Fenster, das selten gewaschen wurde. An mehreren Vormittagen der Woche stieg Miss Doubkov mit zwei Petroleumlampen dort hinunter, die sie an lange, von der Decke herabreichende Haken hängte. Stöße von Wäschevorräten lagen unter Schutztüchern auf Wandregalen. Unter den Lampen stand ein langer Tisch, den sie, sooft sie herkam, erst einmal gründlich reinigte. An einem Vormittag im Juni 1903 wurde sie dabei durch ein Klopfen an der Tür unterbrochen. Sie öffnete sie nur einen Spalt weit; Zugluft hätte Staub aus dem Kohlenkeller am Ende des Gangs hereingeweht.

»Was ist?«

»Miss Doubkov?«

»Ja.«

»Ich sehe, Sie sind beschäftigt. Darf ich hineinkommen und warten, bis Sie einen Augenblick Zeit für mich haben?«

»Ich bin immer beschäftigt. Was wollen Sie?«

»Mein Name ist Frank Rudge. Ich möchte über etwas Vertrauliches mit Ihnen sprechen, wenn Sie mich einlassen wollen.«

»Vertrauliches! Vertrauliches! – Kommen Sie, setzen Sie sich dorthin, bis ich mit dem, was ich zu tun habe, fertig bin.«

Sie ließ ihn sich ins volle Licht setzen und warf einen scharfen Blick auf ihn. Er war ein gut aussehender Mann von fünfunddreißig und wußte das. Fast sogleich wußte er auch, daß Miss Doubkov für gutaussehende Männer etwas übrig hatte und dies die Form von Widerborstigkeit und Grobheit annehmen werde. Sie wies ihm Arbeit zu. Es lagen Stöße frischgewaschener Leintücher in Körben auf dem Fußboden. Die ließ sie ihn auf dem Tisch aufstapeln. Unterdessen machte sie sich am andern Ende des Raums zu schaffen. Zuletzt zündete sie sich eine Zigarette an und fragte:

»Was wollen Sie?«

»Ich möchte Ihnen eine monatliche Zahlung von dreißig Dollar für sehr wenig Arbeit anbieten.«

»So?«

»Und Sie darauf aufmerksam machen, wie Sie sich möglicherweise mehrere tausend Dollar verdienen können.«

»Pah!«

»Ich möchte mit Ihnen über John Ashley sprechen.«

»Ich weiß gar nichts über John Ashley.«

»Sie haben recht. Seit vierzehn Monaten weiß niemand etwas über ihn.«

»Lassen Sie die Albernheiten und sagen Sie mir, was Sie wollen!«

»Die Wahrheit, Ma'am. Wir wollen nicht mehr als die Wahrheit.«

»Sie sind von der Polizei! Sie kommen aus dem Amt von Oberst Stotz!«

»Oberst Stotz ist nicht mehr im Amt. Ich war in der Polizei, aber ich wurde rausgeschmissen. Ich vertrete eine Privatperson.«

»Oberst Stotz ist ein alter Narr.«

»Sein Amt behandelte die Sache nicht sehr geschickt. Das wissen wir.«

»Sagen Sie es nur ruhig! Es waren lauter Dummköpfe!«

»Also – «

»Es waren Idioten. Sie stehlen mir meine Zeit.«

»Miss Doubkov, wollen Sie mir erlauben, drei Minuten lang zu sprechen, ohne daß Sie mich unterbrechen?«

»Also erst seien *Sie* drei Minuten lang still!«

Wieder ließ sie ihn warten. Sie tat, als zählte sie aufgestapelte Handtücher. Ihre Hände zitterten ein wenig. Sie haßte die Polizei, jede Polizei und überall. Genau so mußte die Polizei damals in Rußland ihr Heim eingekreist haben; genau so mußte die Polizei, nachdem sie alle weg waren, bei den Nachbarn ›herumgeschnüffelt‹ haben. Aber sie witterte Geld – Rubel, viele Rubel. Endlich zündete sie sich noch eine Zigarette an und lehnte den Rücken an die Regale, die Arme in die Seiten gestemmt. »Sagen Sie, was Sie zu sagen haben!«

»Danke, Ma'am! Sehen Sie, Ma'am, die Staatsanwaltschaft hat eine Abteilung, die sich mit der Suche nach vermißten Personen befaßt – besonders nach vermißten Verurteilten. Diese Abteilung ist bis heute nicht imstande, irgendeine Spur von John Ashley oder von den sechs Männern zu finden, die ihn befreiten. Viertausend Dollar sind für Angaben ausgesetzt, die zur Verhaftung Ashleys oder dieser Männer führen.«

»Dreitausend.«

»Die Belohnung ist erhöht worden.«

»Warum erzählen Sie mir das?«

»Weil Sie die einzige Person sind, die in dem bewußten Haus ein und aus geht – die einzige Person mit Beobachtungsgabe, Miss Doubkov! Die Lösung des Rätsels ist in diesem Haus dort zu finden. Sobald Mrs. Ashley fünfzig Dollar beisammen hat, wird sie anfangen, Zahlungen an die Retter zu leisten. Sie wird bald Nachrichten und Geld von ihrem Mann empfangen. Es ist durchaus möglich, daß sie beides schon jetzt auf einem indirekten Weg erhält.«

»Ha! Also darum hat die Polizei meine Post geöffnet!«

»Nur zweimal, Miss Doubkov. Ich hab's nicht getan; das waren die andern. Vergessen Sie nicht, ich vertrete eine Privatperson. Das Haus dort wird sehr genau überwacht.« Er stand auf und kam um den Tisch herum auf sie zu. Er sah ihr in die Augen. »Jene Angaben werden an die Polizei gelangen, irgendwie, irgendwann, vielleicht schon morgen. Eine Menge Leute werden Anspruch auf das Geld erheben. Warum nicht Sie? Na? Wenn Sie das Kernstück der Angaben beschaffen, könnt' ich's einrichten, daß Ihr Anspruch auf die ganze Summe anerkannt wird.«

»Und mit eurer dreckigen Denkungsart glaubt ihr, ich werde mithelfen, einen Unschuldigen dem Tod auszuliefern?«

»Seien Sie nicht kindisch, Miss Doubkov! Es ist jetzt ein andrer Gouverneur im Amt. Sie nehmen doch nicht an, daß ein neuer Gouverneur seinen Kopf in dieses Wespennest stecken wird? Ashley würde begnadigt werden, aber das kann er nicht werden, bevor wir nicht die Wahrheit wissen. Das ist das einzige, worauf wir aus sind – Tatsachen.«

»Warum ereifert ihr euch alle so über einen Mann, den ihr zu begnadigen bereit seid? Verkündet einfach seine Begnadigung, und er wird zurückkommen.«

»Er würde vielleicht zurückkommen, Ma'am, aber er würde uns nie sagen, wer seine Retter waren. Ich glaube, Sie vergegenwärtigen sich nicht, wieviel Rätselhaftes hinter dieser Sache steckt. Wer hat die Rettung organisiert? Selber, vom Gefängnis aus, hat er's nicht getan, das wissen wir sicher. Jemand war bereit, diesen Männern eine Menge Geld dafür zu zahlen, daß sie ihr Leben riskierten. Wer sind Ashleys vermögende, einflußreiche Freunde? Versuchen Sie das herauszufinden! Wer finanziert die Pension? Wir wissen bis auf den Cent genau, wieviel Geld Mrs. Ashley hatte. Wir kennen jedes Möbelstück, das im Haus blieb. Auch wenn Mrs. Ashley eine sehr findige Frau wäre, hätte sie so etwas nicht allein in Gang bringen können, und sie ist durchaus keine findige Frau. Sie haben ihr kein Geld geliehen; Dr. Gillies auch nicht; Miss Thoms hat kein Geld, das sie ihr leihen könnte. Wir haben uns an die Eltern gewendet: Mr. Ashleys Mutter ist tot, aber sein Vater ist noch am Leben – leitet eine kleine Bank im Norden des Staats New York. Er wollte nicht über seinen Sohn sprechen, hat uns aus dem Haus gewiesen. Ebenso Mrs. Ashleys Eltern. Da stecken Geheimnisse, Miss Doubkov, – große Geheimnisse. Sobald die aufgeklärt sind, kann Mr. Ashley zu seiner Familie zurückkommen.«

Miss Doubkov ging ein paar Schritte von ihm weg und zündete sich noch eine Zigarette an. Mr. Rudge legte seine Geschäftskarte auf den Tisch.

»Sie schreiben mir allmonatlich einen Brief, am Letzten des Monats. Schreiben Sie mir alles, was auch nur den geringsten Zusammenhang mit der Sache haben könnte. Und ich werde Ihnen schreiben, weil bei uns unaufhörlich Informationen einlaufen. Welche Adresse hat der Sohn in Chikago? Durch welche Mittelsperson ist Mrs. Ashley in Verbindung mit ihm? Glauben Sie, daß Mrs. Ashley derzeit Nachrichten von ihrem Mann erhält?«

»Nein!«

»Sie haben Gelegenheit, das herauszufinden. Es gibt noch etwas, was Sie tun könnten. Sie besuchen doch öfters Mrs. Lansing, nicht wahr? *Dort* sind vielleicht Ihre viertausend Dollar.«

»Was?«

»Ist Ihnen nie eingefallen, daß vielleicht Mrs. Lansing Ashleys Flucht in die Wege geleitet hat?«

»Was sagen Sie da?«

»Mr. Ashley und Mrs. Lansing hatten – entschuldigen Sie meine Offenheit – ein Verhältnis.«

»Nein, das ist nicht wahr.«

»Das können Sie nicht mit Sicherheit behaupten. Es ist möglich, daß Mrs. Lansing das Geld für die Eröffnung der Pension vorgestreckt hat. Alles mögliche ist möglich.«

Miss Doubkov stieß ein langes, leises, verachtungsvolles Lachen aus. Sie warf einen Blick auf die Visitenkarte ihres Besuchers. »Mr. Rudge«, sagte sie, »Sie wissen sehr wenig über die Ashleys und die Lansings. Und Sie wissen nicht einmal, worin Ihr Problem besteht. Sie sind auf der falschen Fährte. Ihre Aufgabe ist's, zuallererst herauszufinden, wer Breckenridge Lansing erschossen hat.«

»Es besteht kein Zweifel, daß Ashley – «

»Sind Sie ein Detektiv?«

»Ja.«

»Dann hören Sie auf zu reden. Beginnen Sie, sich hier umzusehn und herumzuhorchen. Bleiben Sie ein paar Tage in der Stadt?«

»Tja . . . das könnte ich.«

»Das sollten Sie. Ihre Behörde hat den Prozeß gründlich verpfuscht. Versuchen Sie, Ihre Nachforschungen nicht zu verpfuschen. Bringen Sie etwas darüber in Erfahrung, was sich hier abgespielt hat. Ziehen Sie sich anders an. Sie sehen wie einer von der Polizei aus. Gehn Sie die River Road entlang. Tun Sie so, als würden Sie sich in einer dieser Kneipen wie ›Hattie's Hitching Post‹ oder ›The Old Brown Jug‹ betrinken. Breckenridge Lansing hat jede Woche zwei oder drei Abende bis spät in die Nacht dort verbracht. Er wird sich gewiß einige Feinde geschaffen haben. Lernen Sie die Männer im Bergwerk kennen. Lansing war ein jämmerlicher Betriebsleiter. Sicherlich hat er sich auch dort einige Leute zum Feind gemacht. Werden Sie mit einem alten Jäger hier in der Gegend bekannt, er heißt Jemmy. Lansing ging manchmal mit ihm für eine Woche auf Jagdausflüge. Jetzt hab' ich mir schon dreißig Dollar von Ihrem Geld verdient. Ja, ich werde die Briefe, die Sie haben wollen, vier Monate lang schreiben. Ich bin eine ehrliche Person. Wenn sich keine nützliche Information während dieser Zeit ergibt, ist unsre Vereinbarung zu Ende. Sie werden mich am Ersten jedes Monats bezahlen, nicht erst, sobald Sie den Brief erhalten. Sie werden mir meinen ersten Brief jetzt bezahlen.«

»Ich werde noch heute nachmittag einen Scheck zur Post geben.«

»Nein! Ich will nichts Schriftliches. Sie werden mir jetzt dreißig Dollar auf die Hand zahlen.«

Rudge blieb acht Tage in Coaltown. Er suchte die Wäschekammer viermal auf, um mit Miss Doubkov über den Fall Ashley zu sprechen. Er brachte hübsch viel über Breckenridge Lansing in Erfahrung, wenngleich es ihm nicht viel neues Licht auf den Mord zu werfen schien. Sie wußte eine Menge Vorschläge zu machen; sie lenkte seine Nachforschungen. Und sie selbst hatte sich zugleich als Beobachterin zu betätigen begonnen, aber sie sagte Rudge nichts von irgendwelchen Fortschritten, die sie machte. Eine wunderliche Freundschaft entstand zwischen ihnen. Bald spielten sie Karten in der schlechten Luft und dem kärglichen Licht des Kellergeschosses. Sie gewannen und verloren riesige Vermögen in getrockneten Erbsen, die Miss Doubkov aus der anstoßenden Vorratskammer holte. Sie erzählten einander ihre Lebensgeschichte. Schließlich gestand er, einer der bewaffneten Wächter gewesen zu sein, die Ashley in jener Nacht eskortierten. Daher seine Entlassung aus der Polizeitruppe. Er war Privatdetektiv geworden und wurde von Versicherungsgesellschaften, Banken, Hotels und eifersüchtigen Ehemännern beschäftigt. Er war so etwas wie ein Fachmann für Brandstiftung und Scheunenanzünden geworden. Seine Tätigkeit machte ihm Freude. Er war ein bevorzugter Untergebener des Obersten Stotz während mehrerer von dessen Amtsperioden gewesen und diente ihm nun in privatem Auftrag. Oberst Stotz war ein sehr reicher Mann und hatte tief in die Tasche gegriffen, um eine Menschenjagd ins Werk zu setzen: Ashley lebendig oder tot. Miss Doubkov holte aus Rudge einen ins einzelne gehenden Bericht über jene berühmte Befreiung heraus. Ihre Fragen trieben ihn an, in seinem Gedächtnis nach Gebärden und Eindrücken zu forschen, die damals seiner bewußten Beobachtung entgangen oder ihm bei der amtlichen Nachforschung nicht mehr erinnerlich waren. Sein Bericht bestärkte sie in ihrer Überzeugung von der geistigen Beschränktheit der Polizei. Sie wies ihn nicht auf gewisse, ihr selbstverständlich erscheinende Schlußfolgerungen hin.

Wie dumm Männer waren! Binnen einer Woche war sie sicher, sie wisse, wer Ashleys Befreier waren. Sie war sich schon längst ziemlich klar gewesen, wer Lansings Mörder war.

Der einzige Mensch, der von diesen langen Gesprächen im Kellergeschoß wußte, war der Türhüter Solon O'Hara. Ebenso wie sein Vetter Porky O'Hara – Vetter dritten oder vierten Grads und noch mehrfach mit ihm verwandt – gehörte Solon den Covenantern auf dem Herkomer's Knob an, der Sekte, die vor hundert Jahren ihren Weg aus Kentucky ins südliche Illinois gefunden hatte. Diese Leute waren größtenteils indianischer Abstammung, wenngleich sie englische und irische Familiennamen trugen. Man glaubte von ihnen, daß sie seltsame religiöse Riten befolgten, und bezeichnete sie mit mehreren Spitznamen, aber sie galten als vertrauenswürdig, untadelig in ihren Sitten und besonders verschwiegen. Überall in Coaltown wurden sie als Türhüter, Hauswarte und Wächter beschäftigt: in dem Hotel, der Bank, dem Gericht, den Schulen, dem Gefängnis, im Gedächtnispark, auf dem Friedhof und dem Güterbahnhof. Von Porky abgesehen, arbeitete keiner von ihnen in einem Laden oder Kontor. Solon klopfte von Zeit zu Zeit an die Tür der Wäschekammer, wenn er

Stöße frischgewaschener Wäsche brachte oder die heißgemachten Bolzen, die Miss Doubkov für das Bügeleisen benötigte, sobald sie mit irgendwelchen Ausbesserungen fertig war.

Miss Doubkov machte sich sogleich an ihre neue Aufgabe. Sie lud Mrs. Ashley und die beiden ältern Töchter zu einem ›russischen Tee‹ ein. Mrs. Ashley konnte ihre Pension nicht verlassen, aber die zwei Mädchen nahmen die Einladung an. Lily wurde seit mehr als einem Jahr zum erstenmal wieder auf der Hauptstraße gesehen. Das Erscheinen einer Giraffe hätte kein größeres Aufsehen erregen können. Miss Doubkovs Aufmerksamkeit auf alles, was ›The Elms‹ betraf, verdoppelte sich.

Pensionsgäste kamen und gingen. Sophias Ersparnisse vergrößerten sich, als die beträchtlichen Ausgaben zur Einrichtung des Hauses sich verringerten. Ihre Mutter verlangte weder das Geld zu sehen noch den Betrag zu wissen. Der zweite Winter seit dem Bestehn der Pension nahte heran. Am Neujahrstag 1904 würde Lily zwanzig Jahre alt sein. Sie war aus ihrer verträumten ›Abwesenheit‹ zurückgekehrt, aber sie sehnte sich nicht ungeduldig nach einem abwechslungsreicheren Leben. Sie schien zu ahnen, sie werde es bald mit mehr anbeterischer Verehrung zu tun bekommen, als ein Mädchen zu ertragen vermöchte; sie konnte es sich leisten, zu warten. Weder Mrs. Ashley noch Lily noch Sophia fanden an den wechselnden Gästen irgend etwas, das sie interessierte. Nur Constance forschte im Gesicht eines jeden der Männer und erwog seinen Charakter. Sie empfand allen gegenüber Neugier und für einige sogar Zuneigung. Sie suchte nach ihrem Vater. Sie allein von den Ashleys zeigte es, wenn sie Zuneigung fühlte. Was sie durch das Verschwinden des Vaters aus ihrem Heim litt, nahm die Form von Verwunderung an. Sie konnte nicht begreifen, warum ihre Mutter ihn so selten erwähnte. Während ihres ganzen Lebens, auch als sie ihn schon, außer im Innersten, völlig vergessen hatte, bewahrte sie einen Groll gegen ihre Mutter wegen dieses Stillschweigens.

Mrs. Ashley saß in anscheinend heiterer Gelassenheit am Kopfende der Tafel. Sie hielt das Gespräch in Gang, indem sie die konventionellsten Bemerkungen beisteuerte, denen ihre schöne Stimme etwas gleichsam Wohlüberlegtes verlieh.

Dr. Gillies' Augen ruhten oft mit Besorgnis auf Sophia, seinem Liebling, die im nächsten Frühjahr sechzehn würde. Sie hatte stark abgenommen, aber auch sie würde einmal eine Schönheit sein. Von Zeit zu Zeit unterhielten sich die beiden im Flüsterton über Sophias höchsten Ehrgeiz, Krankenpflegerin zu werden. Daß er sich ihretwegen Gedanken machte, kam daher, daß sie sich in zwei verschiedenen Richtungen zu entwickeln schien: als diese praktische Sophia, die in der Hauptstraße von Laden zu Laden eilte, feilschte, ihre Enten verkaufte, Mehl, Zucker und Maismehl faßweise erstand oder zu Hause energisch das von widerwillig zahlenden Gästen geschuldete Geld einforderte und sich wie eine außergewöhnlich tüchtige Fünfundzwanzigjährige benahm, und als die andre Sophia, die jünger geworden zu sein schien, die bei jeder Begegnung, bei der es nicht auf ihre wirtschaftliche Tüchtigkeit ankam, errötete und stammelte. Ihr anscheinendes Glücklichsein hatte etwas Exaltiertes angenommen, das ihn beunruhigte. Er fürchtete, sie trage eine zu große Last. Am zweiten Weihnachtsmorgen der neuen Ära zog er die Glocke an ihrer Haustür und reichte ihr ein Päckchen.

»Fröhliche Weihnachten, Sophia!«

»Fröhliche Weihnachten, Dr. Gillies!«

»Schau mal, ob es dir gefällt.«

Sie wickelte das Geschenk aus und las errötend den Titel des Buchs: ›*The Life of Florence Nightingale*‹. Wie er später seiner Frau erzählte, »zerknitterte sich ihr Gesicht«. Sie vermochte nicht zu sprechen. Sie starrte ihn an, als wäre er eine schreckenerregende Erscheinung, murmelte ein paar Worte und flüchtete in die Küche. »Sie ist ausgehungert nach etwas«, sagte er sich. »Sie vermißt ihren Vater und ihren Bruder.« In der Atmosphäre ihres Heims war ein Mangel an Herzlichkeit zu verspüren. Ein jedes der Ashleys lebte abgekapselt von den andern. »Etwas ist am Zerreißen. Etwas wird nicht mehr lange halten«, dachte er.

Mrs. Ashley war niemals außerhalb ihres Gartentors zu sehen. Eines Abends, zwei Tage nach diesen Weihnachten des Jahres 1903, blieb sie länger auf als gewöhnlich. Die Pension war vom Weihnachtsabend bis zum dritten Januar geschlossen. Wie im Vorjahr war einer alten Dame gestattet worden, im Haus zu bleiben unter der Bedingung, daß sie zum Mittag- und zum Abendessen in die Illinois Tavern ging. Porky schloß seinen Laden und wohnte unterdessen im Haus seines Großvaters auf dem Herkomer's Knob. Mrs. Ashley und ihre Töchter nahmen die Mahlzeiten in der Küche ein. Während dieser Unterbrechung des täglichen Einerleis wurden sie sich alle einer unermeßlichen Ermüdung bewußt; sie schliefen in den Vormittag hinein und gingen zeitig zu Bett. Auch kehrten bei dieser Unterbrechung Mrs. Ashleys Heiserkeit und Schlaflosigkeit wieder. Sie war voller Sehnsucht nach ihrem Mann und ihrem Sohn, nach Hoffnung und Veränderung. An diesem Abend ging sie statt zu Bett in die Küche und buk sechs ihrer berühmten Kuchen. Mr. Bostwick war immer bereit, ihnen einen Ehrenplatz in seinem Viktualienladen einzuräumen. Um halb zwölf kam Lily die Treppe herunter. Sie sah ihre Mutter auf einem Schemel in dumpfem Hinbrüten vor dem offenen Backrohr sitzen. Die Kuchen standen in voller Pracht auf dem Tisch.

»Komm doch schlafen, Mama! Warum mußt du jetzt Kuchen backen? Sie sind wunderschön, aber warum arbeitest du heute noch so spät?«

»Lily, möchtest du einen Spaziergang machen?«

»Mama! Natürlich möchte ich.«

»Mach dich fertig und ruf Constance! Sag ihr, sie soll sich anziehn!«

»O Mama, wie lustig!«

In der Stadt war alles dunkel. Es war eine klare, kalte Nacht. Sie gingen bis zum Bahnhof, unter den Fenstern des Gefängnisses entlang und am Gerichtsgebäude vorbei. Sie lugten durch die Fenster des Postamts und versuchten, den Anschlag mit dem Bild John Ashleys zu sehen. Sie gingen durch die ganze Länge der Hauptstraße. Vor ›St. Kitts‹ blieben sie stehn und blickten lange auf das Haus, in dem sie so viele Stunden verbracht hatten – mit Karamellenziehen, Gesellschaftsspielen, Geschichtenerzählen und Übungsschießen. Es wäre übertrieben, zu sagen, daß Beata Ashley jemals Zuneigung zu Eustacia Lansing empfunden hatte; es war ihr nie welche übriggeblieben. Die beiden Frauen – die Deutsche und die Kreolin – hatten wenig miteinander gemein, aber sie waren gut miteinander ausgekommen. Keine von beiden war eine kleinliche Natur. Jetzt aber wurde Beata Ashley von einem Gefühl für ihre frühere Freundin überkommen, das an Liebe grenzte. Hätten sie beide doch nur nebeneinander sitzen und das Häßliche, das zwischen sie gekommen war, unbeachtet lassen können! Beata Ashley entbehrte es bitter, niemand zu haben, mit dem sie sprechen, mit dem sie gemeinsam schweigen konnte über das Leben einer Frau, über das Dahingehn der Jahre, das Schwinden von Schönheit, das Aufziehen von Kindern, das Anwesendsein und Abwesendsein eines Ehemanns, über das Herannahen von Alter und Tod.

»Kommt, Kinder, gehn wir!«

Sie gingen durch eine Nebenstraße heim, an ihrer Kirche vorbei, an Dr. Gillies' Haus vorbei. Einen Augenblick blieben sie auf der Brücke über den Kangaheela stehn, der mit einem Glucksen wie unterdrücktes Gelächter unter seiner dünnen Decke von braunem Eis dahinströmte.

»Oh, Mama«, rief Constance und umarmte ihre Mutter, als sie die Halle betraten, »tun wir das doch öfter!«

Es wäre seltsam gewesen, wenn sie auf einem dieser Mitternachtsspaziergänge Eustacia und Félicité Lansing begegnet wären, wie auch diese ein Weilchen stillstanden und auf ›The Elms‹ blickten und sich nach etwas sehnten, wovon sie gelesen hatten, nach etwas, das es vielleicht gar nicht gab – Freundschaft.

Der Frühling ist sehr schön in Coaltown. Die Tulpen und Hyazinthen kommen tapfer, wenn auch pockennarbig, aus dem sauern Boden hervor. Der Löwenzahn ist für kurze Zeit gelb, und der Flieder verspricht nicht mehr, als er halten kann. Das Kangaheelaflüßchen schüttelt die letzten Splitter rauchigen Glases längs seiner Ufer ab. Liebespaare sitzen im Gedächtnispark und, wenn der voll ist, auf dem Friedhof. Wie stets im Frühling ereignen sich mehr Unfälle im Bergwerk. Dafür wurde nie eine befriedigende Erklärung gefunden. Mr. Kenny, der Zimmermann und Bestattungsunternehmer, hat in Erwartung der frühjährlichen Nachfrage während des Winters alle diese Kisten verfertigt. Die Bergleute, die um sechs Uhr abends aus den Schächten hervorkommen, sind erstaunt, daß es noch taghell ist; sie atmen tief und schöpfen neue Zuversicht, ihre Familien ernähren und beschuhen zu können. Alle die schwindsüchtigen Männer und Frauen oben bei Polktown fühlen sich besser und hoffen, ermutigt von Mrs. Hauserman, gesund zu werden; sie nehmen sich vor, weniger zu husten.

So kam in seiner ganzen Schönheit der Frühling des Jahres 1904 nach Coaltown, und mit ihm kam Ladislas Malcolm. Nur wenige junge Männer suchten Unterkunft in ›The Elms‹, und diese wenigen wurden abgewiesen. Weder Lily noch Constance hatten seit fast zwei Jahren, Porky ausgenommen, einen jungen Mann gesehen oder waren von einem gesehen worden. Sophia sah junge Männer täglich und war ihr höhnisches Grinsen und ihre geflüsterten Spöttereien gewohnt; sie waren bloß ›Rüpel‹ und ›Rohlinge‹. Doch die Bücher, die die Mädchen lasen, waren voll von Helden wie Lochinvar und Heinrich V. oder beunruhigenden Gestalten – fast erdrückt von der Last ihres Schmachtens nach einem fürsorglichen und liebenden weiblichen Wesen – wie Heathcliff und Mr. Rochester. Die Männer, die in ›The Elms‹ Zimmer mieteten, schienen ihnen uralt zu sein.

Zufällig war es Lily, die diesmal, als die Türglocke erklang, öffnete.

»Guten Tag, Ma'am«, sagte Mr. Malcolm und fächelte sich mit seinem Strohhut. »Ich hoffe, Sie können mich für zwei Nächte aufnehmen.«

Blaue Augen blickten in blaue Augen; staunten; blickten schärfer.

»Aber ja. Wollen Sie, bitte, in das Buch da Ihren Namen und Ihre Adresse schreiben. Dies hier sind unsre Preise. Ihr Zimmer hat die Nummer drei – oben, die zweite Tür links. Der Schlüssel steckt. Abendessen ist um sechs. Die Herren, die rauchen wollen, sind gebeten, es im Blumenzimmer am Ende des Wohnzimmers zu tun. Wenn Sie etwas wünschen, brauchen Sie nur zu rufen. Wir heißen Ashley.«

»Vielen Dank, Miss Ashley.«

Mr. Malcolm trug seine Reisetasche und sein Musterköfferchen ins Zimmer Nummer drei; dann verließ er das Haus und kam nach einer Stunde zurück. Bald nach fünf Uhr drangen ungewohnte

Klänge ans Ohr der in der Küche Beschäftigten. Jemand spielte auf dem Klavier im Wohnzimmer, und zwar eine Art von Musik, die bisher dort nicht gehört worden war. Sie war laut; der Rhythmus war stark betont und die Melodie verziert von Arpeggien über die ganze Tastatur. Mrs. Ashley ging in die Eingangshalle und warf einen abschätzenden Blick auf den neuen Gast. Ihre jüngern Töchter folgten ihr.

In der Küche sagte Constance: »Ist er nicht bildhübsch? Wie einer dieser jungen Männer in einem Buch.«

Später sagte ihre Mutter: »Sophia, ich möchte, daß heute abend du bei Tisch bedienst.«

»*Ich* werde bei Tisch bedienen«, sagte Lily, »heute bin ich dran.«

Um sechs Uhr trug Lily die Suppenterrine ins Eßzimmer. Als sie in die Küche zurückkam, sagte sie: »Mama, alle warten darauf, daß du die Suppe austeilst.«

»Mein Kind, laß lieber Sophia weiter servieren.«

»Mama, er ist musikalisch. Das ist mein Gebiet. *Ich* werde servieren, und nach dem Essen werde ich singen.«

»Du meine Güte, Lily, es wird bloß...«

»Mama, wir bekommen nie jemand zu Gesicht. Du kannst uns nicht für immer eingesperrt halten. Und alle warten auf dich.«

Bisher war Lily ihrer Mutter nie ungehorsam gewesen.

Es war einer der Mittwoche, an denen Miss Doubkov erwartet wurde. Zum erstenmal hatte Mrs. Ashley sie aufgefordert, mit ihnen zu Abend zu essen. Die drei Mädchen nahmen ihre Mahlzeiten in der Küche ein; abwechselnd halfen sie Mrs. Swenson im Eßzimmer.

Mr. Malcolm war die personifizierte Wohlerzogenheit. Er schenkte seine volle Aufmerksamkeit Mrs. Ashley, während sie das Wetter besprach, und Mrs. Hopkinson, als diese von ihrem Rheumatismus berichtete. Er hob die Augen nicht, als Lily die Suppenteller abräumte. Sein Blick kehrte oft zu Miss Doubkov zurück; der ihre ruhte nachdenklich auf ihm. Sie hatte bemerkt, wie er verstohlen einen Ehering vom Finger zog und in seiner Westentasche verschwinden ließ.

»Sie sind ein wirklicher Musiker, Mr. Malcolm«, sagte Mrs. Hopkinson. »O ja, das sind Sie. Sie spielen wie ein Berufspianist.

Aber Sie sind nicht der einzige Musiker im Haus. Mrs. Ashley, Sie müssen Lily zureden, daß sie nach dem Essen für Mr. Malcolm singt. Sie singt wie ein Engel, Mr. Malcolm, – das ist das einzige Wort dafür.« Leiser fügte sie hinzu: »Ist sie nicht ein entzückendes Mädchen? Entzückend!«

Mr. Malcolm wartete, bis Lily ins Eßzimmer zurückkam. Dann sagte er bescheiden: »Nun ja, ich spiele und singe ein wenig. Ich will nämlich zur Bühne. Ich betätige mich derzeit als Reisender, um mir das Geld zu verdienen, das dazu nötig ist.«

Nach dem Essen begab sich die Gesellschaft ins Wohnzimmer. Lily und Mr. Malcolm wechselten mit ihren Darbietungen ab. Sie lobten eins die Leistung des andern. Es war allen deutlich erkennbar, daß Mr. Malcolm einfach hingerissen war. Wie schon gesagt, war Lily, abgesehen von Porky, seit zwanzig Monaten keinem jungen Mann mehr begegnet. Sie hatte keine Erinnerung an eine Stadt, die größer war als Fort Barry. Dennoch benahm sie sich wie eine Prinzessin, die von brutalen Revolutionären zeitweilig von ihrem Thron vertrieben wurde und sich zufällig in Coaltown, Illinois, aufhielt, und, wie es sich traf, in einer Pension bei Tisch bediente. Wie es sich traf, verbrachte sie diesen Abend mit einem angenehmen jungen Mann, den keine Prinzessin, die ihrer Sinne mächtig war, ernst zu nehmen vermochte, es wäre denn, er könnte ihr nützlich sein. Sie spöttelte ein wenig über die Lieder, die er sang; sie neckte ihn mit seiner Gewohnheit, den rechten Fuß fest auf dem Pedal zu behalten. Und doch vermittelte sie gleichzeitig den Eindruck, ihn ganz gut leiden zu können – das heißt, er dürfe seinen Platz unter den zwanzig andern angenehmen jungen Männern einnehmen, die von Zeit zu Zeit zu einem musikalischen Abend erschienen.

Mrs. Ashley hatte still dagesessen und genäht, bis sie gebeten wurde, ihre Tochter zu begleiten. Was Mr. Malcolm sang, war nicht vom selben Rang wie das, was Lily sang, aber sein Vortrag hatte nichts Zaghaftes. Er besaß eine gefällige Baritonstimme, und er sang laut. Lily hatte bisher stets mit verhaltenem Ausdruck gesungen. An diesem Abend entdeckte sie, daß auch sie laut singen konnte. Er sang von den Wassermelonen, die an ihren Ranken reifen, und sie von Margarethe, die ein Schmuckkästchen auf ihrem

Ankleidetisch entdeckt. Er sang davon, wie beherzt die Jungens in der B-Kompanie sind, und sie sang von Dinora, die im Mondlicht mit ihrem Schatten tanzt. Die Muscheln auf der Etagere bebten; die Hunde in der Nachbarschaft bellten.

Miss Delphine Fleming, die Mathematiklehrerin an der Mittelschule, fragte: »Lily, wollen Sie nicht diese Arie aus dem *Messias* singen?«

Mrs. Hopkinson klatschte in die Hände. »Ja, meine Liebe. Bitte, singen Sie die.«

Lily nickte zustimmend. Sie richtete sich sehr gerade auf und blickte, wie Miss Doubkov es sie gelehrt hatte, ernst in die Ferne, bis ihre Zuhörer still waren. Endlich warf sie ihrer Begleiterin einen Blick zu. Sie sang: »Ich weiß, daß mein Erlöser lebet.«

Ein Mädchen, kaum über die Zwanzig, das in einem von Kohlenstaub überzogenen Städtchen im Süden von Illinois lebte und nie eine ausgebildete Sängerin anders als durch mechanische Wiedergabe gehört hatte, sang Händel. Miss Doubkov erzitterte, während sie zuhörte. Dies war wahrhaftig ein Haus der Zeichen und Wunder. Lily besaß die Schönheit ihrer Mutter und war wie diese völlig frei von allem Provinzlerischen und aller Gewöhnlichkeit; vor allem aber besaß sie die innere Ruhe ihres Vaters, sein Sichdaheimfühlen im Dasein. Dies war die Stimme des Glaubens, selbstvergessenen Glaubens. John Ashley und seine Vorfahren, Beata Kellerman und die ihren – Hunderte von jenseits des Grabes – trugen von ihrer Schöpferkraft, ihrem Freiheitsbewußtsein dazu bei.

Um halb zehn stand Mrs. Ashley auf, sagte, es sei spät, sehr spät. Miss Doubkov verabschiedete sich und küßte Lily wortlos. Sie beobachtete Lily, wie sie Mr. Malcolm für sein Musizieren dankte und ihm gute Nacht wünschte. Die Prinzessin von Trapezunt reichte ihm die Hand mit einem strahlenden Lächeln und eilte leichtfüßig die Treppe hinauf. Er starrte ihr nach, als hätte sie ihm ins Gesicht geschlagen.

Lily erschien am nächsten Abend nicht im Eßzimmer. Es war sehr warm. Mrs. Hopkinson schlug vor, sich nach dem Essen ins Gartenhäuschen zu begeben. Dort schloß sich Lily der Gesellschaft an. Die Stunde war anfangs der Entwicklung eines Gesprächs nicht günstig. Die kleine Gruppe geriet in den Zauber der im Wasser gespiegelten Sterne, des Plätscherns der Wellchen unter dem Fußboden, des Laubgeruchs, des leisen Schnatterns der kreisenden Enten. Ein paar Augenblicke lang summte Lily ein Lied, das Mr. Malcolm gesungen hatte, als wollte sie sich dafür entschuldigen, es bespöttelt zu haben. Mrs. Ashley fragte ihn über seine Kindheit aus. Seine Eltern waren ein Jahr vor seiner Geburt aus Polen gekommen. Weil niemand seinen Namen aussprechen oder schreiben konnte, hatte er den Namen Malcolm gewählt. Er sprach von seinem Ehrgeiz, zum Theater zu gehn.

»Wie interessant! Wie interessant!« sagte Mrs. Hopkinson.

»Ich weiß, Sie werden Erfolg haben«, sagte Miss Mallett.

Von jedem seiner Worte war Mrs. Ashley tödlich gelangweilt. Der Abend endete, ohne daß musiziert wurde. Er würde am nächsten Morgen abreisen. Sie hatte ihm deutlich zu verstehn gegeben, daß sein Zimmer bereits jemand anderm versprochen war. Sie selbst würde ihm sein Frühstück servieren; er würde die Mädchen nicht mehr sehen. Sie gingen alle ins Haus. Mrs. Hopkinson, Miss Mallett und Constance sagten ihm fast mit Tränen in den Augen Lebewohl; seine Augen waren auf Lily gerichtet. Mrs. Ashley war noch immer erschüttert von der Unfolgsamkeit ihrer Tochter am vorhergegangenen Abend. Lily war ihren Pflichten mit gewohnter Tüchtigkeit nachgekommen, aber hatte nicht ein einzigesmal zu ihrer Mutter hingeblickt und kein nicht unbedingt nötiges Wort gesprochen. Sie hatte ihr nicht einmal gute Nacht gewünscht. Viermal hatte während des Tags ihre Mutter einen geeigneten Augenblick gesucht, um ihr zu sagen, daß sie am vorhergegangenen Abend einen Ring in seiner Tasche hatte verschwinden sehen. Sie traf nun Vorbereitungen, ein in die Länge gezogenes Abschiednehmen zu verhindern. Groß war ihre Überraschung, als Lily Mr. Malcolm die Hand reichte, ihm freundlich gute Nacht sagte und abermals unbekümmert die Treppe hinauf entschwand.

Es war die Woche des großen Frühlingsputzes; Möbel waren von einem Zimmer ins andre geschoben worden. Sophia schlief mit Lily im selben Zimmer. Nachdem es im Haus finster geworden war, klopfte Constance an die Tür und trat ein.

»Lily, bist du noch wach?«

»Ja.«

»Ist dir schrecklich zumut? Ich meine, weil er morgen früh abreist.«

»Nein.«

»Aber du hast ihn riesig gern, nicht wahr?«

»Ich bin müde, Connie.«

»Also, er liebt dich. Jeder Mensch kann das sehn. – Warum ist Mama nicht nett zu ihm? – Magst *du* ihn, Sophia?«

»Ja, aber nicht toll.«

»Es war aber lustig. Du hast wundervoll gesungen gestern abend, Lily. So gut wie das Grammophon. Warum tut es dir nicht leid, daß er weggeht?«

»Ich bin schläfrig, Connie. Gute Nacht!«

»Na... ich glaub', wenn jemand einen Menschen wirklich gern hat, kommt er zurück und besucht ihn.«

Ein Klopfen an der Tür. Die Mutter betrat das Zimmer.

»Es ist spät, Kinder. Ihr solltet euch ausschlafen.«

»Ja, Mama. Ich bin nur hereingekommen, um Lily zu sagen, daß es mir so leid tut, daß Mr. Malcolm schon morgen abreist.«

»Wir sind es gewohnt, daß Gäste kommen und gehn, Constance. Wir können sie nicht als unsre Freunde betrachten.«

»Aber Mama, wann dürfen wir endlich Freunde haben? Wir können nicht ewig so fortleben, ohne mit Leuten befreundet zu sein.«

»Da wir jetzt alle hier beisammen sind, möchte ich euch einiges sagen, worüber ich nachgedacht habe. Morgen gehe ich mit Sophia einkaufen.«

»Mama!... In die Stadt?«

»Sophia und ich werden zur Bank gehn. Wir werden von nun an unser Geld in die Bank einlegen. Wir wollen dieses Geld dafür sparen, daß Lily zu einem sehr guten Gesangslehrer gehn kann. Ich habe auch noch über andres nachgedacht. Erinnert ihr euch an die Abendgesellschaften, die euer Vater und ich gaben? Also, ihr und ich, wir werden einmal im Monat so ein Abendessen geben. Zu dem ersten werden wir den Doktor mit seiner Frau und Mrs. Guilfoyle und die Dalziels einladen, und dann an andern Abenden Miss

Thoms und Miss Doubkov. Und jede von euch kann eine Freundin oder einen Freund nennen, den ihr dabeihaben wollt.«

»O Mama!«

»Und ich glaube, daß vielleicht vom nächsten Herbst an Sophia und Constance wieder in die Schule gehn können.«

Constance eilte zu ihrer Mutter und umarmte sie stürmisch. »Oh, du bist die beste Mama der Welt!«

»Und jetzt, Constance, geh in dein Zimmer! Ich habe deinen Schwestern einiges zu sagen.«

Constance verließ das Zimmer. Mit der Andeutung eines Gähnens sagte Lily: »Ich bin müde, Mama. Ich möchte jetzt nicht reden.«

Sophia erriet, wie sehr diese Worte ihre Mutter verletzten. »Mama«, sagte sie, »ich glaube, Lily hat sich erkältet. Ich werd' hinuntergehn und ihr eine Tasse heiße Milch mit Honig bringen. Ich glaub', wir sollten sie jetzt schlafen lassen, wenn sie kann.«

Alle diese schönen Pläne erlitten eine Verzögerung. Drei Stunden später wachte Mrs. Ashley davon auf, daß im Gang vor ihrer Tür ihr Name gerufen wurde. Sie zündete eine Lampe an und öffnete. Mr. Malcolm, der fieberig und zerzaust aussah, fragte, ob er eine Wärmflasche und ein Senfpflaster haben könne. Mrs. Ashleys Anerbieten, Dr. Gillies holen zu lassen, schlug er aus. Er wisse, was ihm fehle; er habe schon oft daran gelitten. Es sei eine »gastrische Verstimmung«. Er habe beträchtliche Schmerzen, sagte er; doch ertrug er sie mannhaft.

Am nächsten Vormittag besuchte Dr. Gillies den Patienten.

Mrs. Ashley wartete auf ihn am Fuß der Treppe.

»Was scheint ihm denn zu fehlen, Dr. Gillies?«

»Ach, nur eine leichte Verdauungsstörung, glaube ich.«

»Doktor, ich bitte Sie, schaffen Sie ihn so bald als möglich aus dem Haus.«

»Tja –«

»Ich glaube nicht an sein Kranksein. Er ist überhaupt nicht krank, Dr. Gillies.«

»Wie?«

»Ich bitte Sie, helfen Sie mir! Schicken Sie ihn ins Krankenhaus nach Fort Barry, oder schaffen Sie ihn ins Werkslazarett oder in die Tavern. Jedenfalls helfen Sie mir, ihn aus dem Haus zu kriegen!«

»Er hat Fieber. Zwar nur leichtes, aber es ist nicht zu bezweifeln.«

»Er hat einfach den Kopf über den Bettrand hängen lassen. Jedes Schulkind versteht sich darauf. – Dr. Gillies, ich hab' ihm gesagt, er muß sein Zimmer aufgeben, aber er hat sich in Lily verliebt.«

»Ach so! Ich verstehe. Armer Kerl! – Wissen Sie was, Mrs. Ashley, wir werden ihn hungern lassen.«

»Doktor Gillies, Sie sind ein Engel!«

»Eine Tasse Tee und einen Apfel zum Frühstück. Hühnerbrühe und ein Stück Röstbrot zu Mittag und zu Abend.«

»Oh, danke, danke! Bitte schreiben Sie es auf – und daß er sein Zimmer nicht verlassen darf. Schreiben Sie das auch auf. Verhängen Sie eine Quarantäne über den Menschen!«

Sophia war die Krankenpflegerin. Um die Mitte des Nachmittags besuchte Lily den Patienten. Er saß in einem städtisch aussehenden seidenen Schlafrock im Bett. Lily ließ die Tür offen. Ihr Gehaben war so unpersönlich wie das einer Königin, die ihre verwundeten Soldaten besucht. Sie las ihm aus Shakespeare vor.

»›*Es gibt keine Neuigkeiten am Hof, mein Herr, außer der alten. Nämlich, der alte Herzog ist verbannt.*‹«

»Miss Ashley, ich kenne den besten Lehrer, der Sie im Tanzen und allem unterrichten könnte. Sie könnten ein großer Star werden.«

»Sie müssen Ihre Stimme schonen, Mr. Malcolm. Wenn Sie nicht still sind, muß ich gehn. ›*...haben sich freiwillig in Verbannung mit ihm begeben, dessen Ländereien und Einkünfte den neuen Herzog bereichern...*‹«

»Lily! Lily! Kommen Sie mit mir von hier weg! Zusammen werden wir die größte Nummer im ganzen Land sein. Sie hören mir nicht zu. Bevor zwei Wochen um sind, könnten wir Engagements für Klubabende und Bankette bekommen.«

»Muß ich das Zimmer verlassen, Mr. Malcolm?«

Nachdem sie mit einem freundlichen »Adieu, Mr. Malcolm« gegangen war, schritt er verzweifelt im Zimmer hin und her. Plötzlich fiel sein Blick auf etwas auf seinem Ankleidetisch. In Seidenpapier gehüllt, lag dort ein großes Stück Marmorkuchen. Sie hatte etwas, das er für eine Büchertasche hielt, bei sich gehabt. Sie hatte sich ein wenig zu schaffen gemacht, als brächte sie einiges im Zimmer in Ordnung.

Am nächsten Nachmittag wiederum Vorlesen, noch mehr leidenschaftliches Bitten, wiederum Ablehnung.

»Lily, wenn Sie auf ernste Musik aus sind, könnte ich Ihnen eine Unterredung mit Maestro Lauri verschaffen. Er ist der beste Lehrer in Chikago. Er bildet Sänger für die Opernbühne aus. Ich wette, er würde Sie gratis unterrichten.«

»Wenn Sie sich aufregen, Mr. Malcolm, muß ich gehn.«

»Lily, Sie könnten in Kirchen singen und gleich von Anfang an dafür bezahlt werden. Ich selbst hab's getan, aber Sie singen hundertmal besser als ich.«

»Sie müssen sich ruhig verhalten!«

»Ich bin nicht ruhig. Ich liebe Sie, Lily. Ich liebe Sie!«

»Mr. Malcolm!«

Er wälzte sich aus dem Bett. Seine Fingernägel krallten sich in den Teppich. »Sagen Sie mir, was ich für Sie tun kann. Sagen Sie etwas *Menschliches!* Sie haben mir dieses Stück Kuchen gebracht. Sie nehmen also zur Kenntnis, daß ich hier bin. Kommen Sie mit mir nach Chikago! In Coaltown werden Sie einfach verdorren.«

Sie sah ihn einen Augenblick stumm und verwundert an. Sie wußte noch nicht, daß sie eine große Schauspielerin war – daß das Wissen, wie sich Männer und Frauen in verzweifelten Lagen benehmen, den Kern ihres Lebenswerks bildete. Langsam griff sie in ihre Büchertasche und brachte eine Schnitte der besten Apfeltorte, die es im ganzen südlichen Illinois gab, zum Vorschein. »Werden Sie bald gesund, Mr. Malcolm! Adieu!«

Zehn Minuten später war Lily abermals auf den Straßen von Coaltown zu sehen. In einem Papiersack trug sie ein Paar Schuhe. Es war die geschäftigste Tagesstunde. Mit einem leichten Lächeln nickte sie nach rechts und links der gaffenden Bürgerschaft zu. Sie betrat das Postamt und blickte nachdenklich auf das Bild ihres Vaters. Sie ging weiter die Straße entlang und betrat Porkys Laden. Er zeigte kein Erstaunen.

»Ich habe kein Geld, Porky, aber ich werde dir in ein paar Monaten zahlen. Willst du mir diese Schuhe so herrichten, daß sie noch lange halten? Richte sie her, so gut du kannst. Könntest du sie mir bis Freitag ins Haus bringen?«

Dann ging sie die Hauptstraße zurück und stieg die Treppe zu Miss Doubkovs Wohnung hinauf. Miss Doubkov kniete vor einer Kleiderpuppe und änderte die Länge eines Kleids.

»Du bist's, Lily?«

»Miss Doubkov, ich gehe mit diesem Mr. Malcolm nach Chikago durch.«

Miss Doubkov stand langsam – und mit geübter Geschicklichkeit – vom Fußboden auf. »Grade recht für eine Tasse Tee«, sagte sie. »Setz dich!«

Lily wartete. Endlich, als sie die ersten Schlucke getrunken hatte, erhielt sie eine stumme Aufforderung zu sprechen.

»Er sagt, er kann mir Engagements finden... in Klubs zu singen und in Kirchen. Er kennt die Gesangslehrer dort. Er sagt, er kann mich einem sehr guten vorstellen, der Operngesang unterrichtet.«

»Weiter!«

»Nichts, was Sie sagen könnten, wird mich abhalten, Miss Doubkov. Ich bin gekommen, um eine einzige Gefälligkeit von Ihnen zu erbitten. Darf ich ihm sagen, daß er mir an Ihre Adresse schreiben kann?«

»Trink deinen Tee!«

Pause.

»Ich kann auch nicht einen Monat länger in Coaltown bleiben. Ich muß singen, und ich muß lernen, wie man singt. Bald werde ich zu alt sein, um richtig anzufangen. Und ich muß auch das Leben kennenlernen. In Coaltown kann man nicht viel über das Leben erfahren. Ich möchte auch Klavierspielen lernen. In einer Pension kann man nicht Klavier üben – auch wenn ich die Zeit dazu hätte. Ich bin von frühmorgens bis spätabends beschäftigt, Miss Doubkov.«

Sie breitete die Hände aus, die Handflächen nach oben gewendet.

»Liebst du diesen Mann?«

Lily lachte und errötete ein wenig. »Nein, natürlich nicht. Er ist bloß ein unerfahrener Junge! Aber er kann mir *helfen*. Mehr will ich nicht von ihm. Er ist kein schlechter Mensch – das können Sie ja selber sehn. Ich werde nach Chikago gehn und ihn heiraten.«

»Hat er dich gebeten, ihn zu heiraten?«

»Er ... hat sich auf den Boden geworfen und geweint und mir gesagt, er liebt mich.«

»Er hat dich nicht gebeten, ihn zu heiraten. – Lily, er *ist* bereits verheiratet.«

»Woher wissen Sie das?«

Sie sagte es ihr. – »Überdies ist er, glaube ich, Pole und römisch-katholisch.«

Lily wartete einen Augenblick und sagte dann so vernünftig und ruhig, wie ihr Blick war: »Immerhin gibt's nicht viele Männer, die eine Ashley heiraten würden.«

»Ach, du!« sagte Olga Sergeievna und stand auf. »Trink deinen Tee aus und sei für einen Augenblick still!«

Sie ging in ihr Schlafzimmer und in die Küche. Geld war dort überall versteckt wie die Wintervorräte eines Eichhörnchens. Nach ein paar Minuten kam sie mit einer abgenutzten seidenen Geldbörse zurück.

»Hier hast du fünfzig Dollar. Geh nach Chikago. Laß diesen Mann dich mit den Gesangslehrern bekannt machen, aber hab sonst nichts mit ihm zu tun.«

»Ich möchte mir dreißig Dollar von Ihnen leihen. Ich werde sie zurücksenden, sobald ich kann.«

Olga Sergeievna steckte die Börse, nachdem sie ihr zwanzig Dollar entnommen hatte, in Lilys Manteltasche. Lily stand auf. »Darf Mr. Malcolm Briefe an Sie schicken?«

»Ja. – Setz dich und schweig eine Weile!« Bedächtig, überlegend, die Unterlippe vorgeschoben, öffnete und musterte sie einen Schrank nach dem andern. »Zieh dein Kleid aus!«

Kleider zu probieren, ist ernstem Nachdenken förderlich.

»Heb die Arme hoch ... dreh dich zum Fenster!«

»Auch Sophia sollte von daheim weg. Und Connie. Es ist nicht die viele Arbeit, was uns zu Hause umbringt, sondern daß Mama nie in die Stadt geht und niemals Papa erwähnt. Ich wär' schon längst gestorben, wenn nicht Ihre Besuche gewesen wären, Miss Doubkov, und Ihnen mein Singen gefallen hätte.«

»Schau zu den Ikonen hin!«

»Und das Vorlesen am Abend. Shakespeare und *Jane Eyre* und *The Mill on the Floss* und *Eugénie Grandet*... Es sieht Mama gar nicht ähnlich, sich so im Haus einzuschließen. Anfangs dacht' ich, sie tut das, weil sie sich fürchtet, Leuten gegenüberzutreten; oder daß sie sie einfach haßt. Aber Mama hat sich nie vor irgendwas gefürchtet. Sie kümmert sich nicht darum, was andre sich denken. Mama haßt Leute nicht; sie ist gleichgültig gegen jedermann. Für sie sind alle die Pensionsgäste, die ins Haus kommen und wieder gehn, einfach Papiermachépuppen. Der erste, den sie wirklich haßt, ist Mr. Malcolm. Sie verabscheut ihn. Weil er so feurig ist.«

»Heb die Ellbogen, so als würdest du dir das Haar hinten aufstecken!«

»Der Grund, warum sie Papa nie erwähnt, ist der, daß sie ihn ganz für sich haben will. Sie gönnt nicht einmal uns Kindern ›unsern Papa‹. Ich glaube, sie geht nicht aus, weil sie Mrs. Lansing nicht begegnen will. Sie befürchtet, daß Mrs. Lansing vielleicht ihren eignen ›unsern Papa‹ hat. Ich will Ihnen etwas sagen, was ich noch keinem Menschen erzählt hab'. Zu Beginn des Prozesses hat jemand einen Brief in unsern Briefkasten geworfen. Er trug keine Unterschrift. Auf dem Umschlag stand nur ›Für Mrs. Ashley‹. In unser Haus kam fast keine Post; Papa und Mama erhielten nie Briefe von ihren Verwandten. Ich trug den Brief zu Mama hinein, aber während des Prozesses interessierte sich Mama für nichts andres als für den. Sie sagte mir, ich solle ihn öffnen und ihr vorlesen, was drinsteht... Der ganze Brief war voll davon, daß Gott Sünde bestraft und Leute in die Hölle kommen, und es stand auch drin, daß Papa seit Jahren mit Mrs. Lansing im Farmer's Hotel in Fort Barry zusammengekommen ist. Ich log Mama etwas vor, sagte, es handle sich um ein Wohltätigkeitsfest. Es kamen noch drei oder vier solche Briefe. Ich verbrannte sie alle... Es waren lauter häßliche Albernheiten. Papa fuhr nicht öfter nach Fort Barry als einmal im Jahr und kam gewöhnlich mit dem Nachmittagszug zurück. Und Mrs. Lansing fuhr nur sonntags nach Fort Barry, mit den Kindern, damit sie in ihre katholische Kirche gehn konnten... Aber ich glaube, Mrs. Lansing hat Papa geliebt. Ich hoffe es, und ich hoffe, er wußte es. Man hätt's nicht sagen können, ob Papa Mrs. Lansing liebte oder nicht, denn er hatte so eine Art, jede Frau hier in der Stadt gernzuhaben. Etwa nicht?«

»Ja, das stimmt. Steh ganz gerade!«

»Ich wäre nicht schockiert, wenn Papa und Mrs. Lansing einander geliebt hätten. Mrs. Lansing ist eine ganz andre Art von Mensch. Sie empfindet niemand gegenüber Gleichgültigkeit... Mama hat keinen von jenen Briefen gesehn, aber vielleicht wußte sie, daß Mrs. Lansing ein tiefes Gefühl für Papa hegte. Mama ist nicht von der Art, die zornig oder eifersüchtig wäre, aber vielleicht ist sie aus diesem Grund nicht mehr ausgegangen. Eines Abends, es war schon sehr spät, hat mir Mama befohlen, mich anzukleiden, um einen Spaziergang mit ihr zu machen. Und damals, Miss Doubkov, sind wir lange vor dem Haus der Lansings stehn geblieben und haben einfach nur hingesehn. Ich hatte das Gefühl, Mama wünschte – und wünschte auch wieder nicht, sie hätte den ›Papa‹ gekannt, den vielleicht Mrs. Lansing in ihrem Herzen trug.«

»Geh bis zur Tür und wieder zurück – aber langsam!«

»Ich bin für eine Menge zu tadeln, Miss Doubkov. Ich bin die Älteste. Ich hätte manches ändern sollen. Ich hätte Mama dazu *drängen* sollen, von Papa zu sprechen. Ich hätte Sophia mehr helfen sollen. Ich hätte in die Stadt gehn sollen, als wäre nichts geschehn. Ich weiß nicht, was mit mir los war. Was war eigentlich mit mir, Miss Doubkov? Ich war eine Idiotin. Ich hätte sie alle mehr liebhaben sollen. – Wo ist Roger? Was treibt er? – Jetzt ist's zu alledem zu spät. Oh, Papa, Papa, Papa!«

»Ruinier diese Seide nicht, Lily!«

»Das ist der Grund, daß ich nach Chikago gehe. Damit ich singen lerne – damit ich wenigstens *eine* Sache auf dieser Welt richtig tun kann.«

»Du kannst dich jetzt wieder anziehn.«

Nach dem Abendessen war Mrs. Ashley in der Küche geschäftiger als sonst. Ihre Töchter sahen ihr höchst verwundert zu. Sie nahm alle Gläser mit Eingemachtem aus den Fächern und trug sie ins Kellergeschoß hinunter. Brot, Kuchen und Pasteten trug sie ins Eßzimmer und verschloß sie in der Anrichte.

»Warum nimmst du alles aus der Küche weg, Mama?« fragte Sophia.

»Ich glaube, es ist eine gute Idee für heute abend.«

Lily begriff, warum. Sie zog Sophia mit sich aus dem Zimmer. »Du mußt für Mr. Malcolm etwas zu essen beschaffen. Er ist *dein* Patient, und er hungert.«

Als Sophia in die Küche zurückkam, verschloß ihre Mutter soeben die Hintertür und die Kellertür.

»Ich will nicht, daß ihr Mädels heute abend noch hier herunterkommt.«

Nach Mitternacht tastete sich Mr. Malcolm die Treppe hinunter und in die Küche, wo er seine Kerze anzündete. Der Eisschrank war leer; die Fächer im Vorratsschrank waren leer. Die Tür zum Keller – wo diese Fässer voller Äpfel standen – war versperrt. Wie zum Hohn stand eine kleine Untertasse mit Hühnerfutter auf dem Tisch. Das war alles, was Sophia hatte finden können. Er untersuchte jedes Fach und jede Lade und weinte vor Wut und Hilflosigkeit. Schließlich schaufelte er eine Handvoll Hühnerfutter in den Mund. Er hörte ein Geräusch hinter sich und wandte sich schnell um. In der Tür stand, eine Lampe in der Hand, Mrs. Ashley und beobachtete ihn. Sie trug einen dicken Schlafrock, der anscheinend aus einer Pferdedecke verfertigt war.

»Mrs. Ashley, ich sterbe vor Hunger.«

»Oh! – Also dann fühlen Sie sich besser?«

»Ja.«

»Haben Sie sich von Ihrer Krankheit erholt?«

»Ja, das hab' ich.«

»Wenn Sie gesund genug sind, Mr. Malcolm, das Haus bis sieben Uhr dreißig und keine Minute später zu verlassen, werde ich Ihnen etwas zu essen geben.«

Sie bereitete belegte Brote. Sie briet Spiegeleier. Sie stellte einen Krug Milch vor ihn auf den Tisch. Sie setzte sich, die Ellbogen auf den Tisch, das Gesicht in die Hände gestützt. Sie sah ihm zu, wie er aß. Ihr Blick wanderte immer wieder zu den Fingern seiner linken Hand.

»Mrs. Ashley, ich liebe Ihre Tochter.«

Mrs. Ashley antwortete nicht darauf.

»Ma'am, Ihre Tochter käme als Chansonnière ganz hoch hinauf. Sie könnte in sehr kurzer Zeit das werden, was man einen Star nennt. Ich weiß das. Meine Idee war, daß wir miteinander eine Nummer einstudieren und sie einem dieser Agenten vorführen könnten.«

»Hat meine Tochter Ihnen gesagt, daß sie sich für diese Pläne interessiert?«

»Ma'am, sie antwortet mir nicht einmal, wenn ich ihr davon spreche. Das schwöre ich Ihnen. Ich begreife sie nicht. Sie benimmt sich, als hörte sie mich nicht. Aber ich liebe sie, Mrs. Ashley, ich liebe sie.« Er hämmerte mit den Fäusten auf den Tisch. Er schluchzte. »Ich würde mich lieber umbringen, als etwas tun, das ihr schadet.«

»Dämpfen Sie Ihre Stimme, Mr. Malcolm. Und essen Sie auf, was vor Ihnen steht!«

Er sah sie empört an, aber aß weiter.

Sie verabscheute ihn.

»Hat Ihnen meine Tochter gesagt, daß sie eine Zuneigung zu Ihnen gefaßt hat?«

»Sie hören mir nicht zu. Ich hab' es Ihnen doch *gesagt*. Ich schwöre Ihnen – bei der Seele meiner verstorbenen Mutter, sie hat kein Wort von so etwas zu mir gesagt. Kein einziges Wort. – Ich habe Freunde, die sie unterrichten könnten. Sie würde schnell lernen. Sie ist ein sehr intelligentes Mädchen. Aber was kann sie hier in Coaltown lernen? Sie können sie nicht für immer in Coaltown niederhalten. Sie hat das Zeug dazu, eine Größe zu werden.«

»Sie sind ein verheirateter Mann, Mr. Malcolm.«

Sein Gesicht wurde feuerrot. Sobald er sich dann gefaßt hatte, sagte er: »Verzeihen Sie mir! Es tut mir leid – diese Täuschung. Aber auch wenn ich frei wäre, könnte ich Ihre Tochter nicht heiraten. Sie ist keine Katholikin.« Er lehnte sich über den Tisch. »Aber ich bin nicht, was Sie glauben, Mrs. Ashley. Ich bin ein seriöser Mensch. Ein sehr seriöser Mensch. Und auch ich werd' hoch hinaufkommen. Ich hab' einen Anfang gemacht. Ich hab' auf dem großen Konvent der ›Elche‹ gesungen! Ich werde ganz groß werden. Haben Sie je von Elmore Darcy gehört? Oder von Terry McCool? Der ist eine Größe. Er hat in *The Sultan of Swat* gesungen.

So weit werd' auch ich es bringen. Und gar erst Ihre Tochter! Haben Sie je von Mitzi Karsch in *Bijou* gehört? – Ja wo haben Sie denn gelebt die ganze Zeit? Also Sie haben doch gewiß von Bella Myerson gehört? Oder von wem *haben* Sie gehört?«

»Sprechen Sie nicht so laut, Mr. Malcolm!«

Mr. Malcolm sprach noch lauter und stand auf. Er schrie beinahe: »Vielleicht haben Sie von Madame Modjeska in *Maria Stuart* gehört – oder nicht? Auch sie stammt aus Polen. Alle, die ich da nannte, sind Stars. Verstehn Sie mich? – Wie Sterne am Himmel. Wenn es keine Sterne am Himmel gäbe, wären wir alle wie Ziegen – immer den Kopf nach unten. Ihre Tochter ist ein Star, und ich glaube, auch ich bin einer. Es gibt unter den Lebenden nicht mehr als fünfzehn oder zwanzig zu irgendeiner Zeit. Sie sind *Erwählte*. Sie tragen eine große Last auf ihren Schultern. Solche Menschen leben nicht wie andre. Warum sollten sie? Sie kümmern sich nicht darum, wer verheiratet ist und wer nicht. Es liegt ihnen nur an einem – ihren Beruf immer besser zu erfüllen; *Vollkommenheit zu erreichen*. Sie ersticken Ihre Tochter hier in diesem Nest. Sie sollten froh sein, daß ich hergekommen bin.«

Sie stand auf. »Sie haben mir versprochen, dieses Haus bis morgen früh um halb acht zu verlassen. Ich werde um ein Viertel vor sieben an Ihre Tür klopfen.«

Sie hielt die Lampe hoch und bedeutete ihm, ihr zu folgen. Als sie sich vor der Tür ihres Zimmers trennten, flüsterte er mit brutaler Unumwundenheit: »Ihre Tochter ist eine große Künstlerin, Mrs. Ashley. Haben Sie je etwas von *Kunst* gehört? Sie führen eine Pension in Coaltown, Illinois. Denken Sie einmal darüber nach! Je eher Ihre Tochter ihren Namen ändert und von hier wegkommt, desto besser.«

Mrs. Ashley zuckte mit keiner Wimper.

Ladislas Malcolm fand ein unter seiner Zimmertür durchgeschobenes Briefchen. Miss Lily Scolastica Ashley wünschte ihm eine gute Reise. Sie denke ernstlich daran, nach Chikago zu gehn. Er könne ihr per Adresse Miss Olga Doubkov, Coaltown, schreiben und ihr Vorschläge machen, wie sie ihr Gesangsstudium fortsetzen solle. Dies mit ihren besten Grüßen.

Während der folgenden Tage gab Lily durch nichts zu erkennen, daß sie seine Abreise bedauerte, aber sie war verändert. Die letzte Spur ihres Wie-im-Traum-Umhergehns war verschwunden. Sie war mehr als gewöhnlich rücksichtsvoll gegen ihre Mutter, aber auf eine distanzierte Weise. Sie wehrte ab, wenn sie abends gebeten wurde, zu singen. Ihre Mutter sprach nicht mehr davon, in die Bank gehn zu wollen, und sie erwähnte auch nicht, daß sie einen Ehering an Mr. Malcolms Hand gesehen hatte.

Drei Wochen später verließ Lily Coaltown mit dem Mitternachtszug – demselben Zug, in dem sich ihr Vater und seine Eskorte befunden hatten. Die Reisetasche, die sie trug, war dieselbe, mit der Beata Kellerman sich aus ihrem Heim weggestohlen hatte – auch im Juni – vor einundzwanzig Jahren.

Der Herbst in Coaltown ist sehr schön. Die Kinder gehn, von der ziellosen Freiheit des langen Sommers erschöpft, wieder zur Schule. Ihren Müttern wird unbehaglich in der ungewohnten Stille; es bleiben ihnen sogar einige beschäftigungslose Stunden, und sie klagen über Kopfschmerzen. Die Bäume sind in heidnische Pracht gekleidet. Die Tage werden kürzer. Viele Monate lang werden die Bergleute größtenteils bei künstlichem Licht leben. Die Herbstferien sind gefürchtet. Zwar hat George Lansing die Stadt verlassen, aber am Vorabend von Allerseelen wird sein Mohikanertrupp die Torpfosten des bürgermeisterlichen Gartens ausreißen und die Zeiger der städtischen Uhr verstellen. Die beherzten Mitglieder des Abstinenzlervereins Christlicher Frauen kämpfen mannhaft dafür, daß die Kneipen am Wahltag geschlossen bleiben. Philosophische Gedanken flackern flüchtig im Geist sogar des selbstzufriedensten Hausbesitzers auf, während er wieder einmal vor dem brennenden Haufen dürrer Blätter steht. Der erste Schneefall läßt die Stadtbewohner große Augen machen; Weiß übt auf Coaltown einen stärkern als seinen gewöhnlichen Zauber aus.

Sophia und Constance gingen nicht wieder in die Schule. Ein paar Erwachsene nickten Sophia auf der Straße zu, aber die Knaben versuchten noch immer, ihr ein Bein zu stellen, und die jüngern Mädchen waren es noch immer nicht müde geworden, so zu tun, als würde Sophia, wie ihr schlimmer Vater, sie alle totschießen. Sie drängten sich dicht um sie, und dann, gleich tödlich erschrockenen

Tauben, stoben sie nach allen Seiten auseinander. Und da beklagen sich, wie man oft hören kann, Eltern darüber, daß ihre Kinder ihrem Beispiel nicht folgen!

Nach Lilys Weggang wurde die Arbeit in der Pension drückender. Die Last der Alltagspflichten lag am schwersten auf Constance im Herbst 1904 und im folgenden Frühjahr, als sie ihren zwölften Geburtstag feierte. Februar und März sind die trostlosen Monate. Constance war die einzige der Familie, die sich in Tränen und Temperamentsausbrüchen Luft machte. Sie sehnte sich danach, in die Schule zu gehn, in die Kirche zu gehn, in der Stadt spazierenzugehn. Sophia übertrug ihr die Sorge für die Enten, ihre Mutter bot ihr eine anspruchsvolle Beschäftigung, deren sie sich aus ihrer eignen Mädchenzeit in Hoboken, New Jersey, erinnerte: die Pflege der Reblaube und die Zubereitung der ›Maibowle‹. Constance aber fand an Tieren oder Pflanzen nichts, was sie interessierte. Sie wollte Menschen sehen – Hunderte von Menschen. Es war Miss Doubkov, die ihr endlich, im Juli, zu Hilfe kam: »Beata, ich glaube, es ist sehr klug von Ihnen, Constance nicht der Roheit der Kinder in der Stadt auszusetzen, aber ich habe das Gefühl, daß sie es nötig hat, sich auszulaufen. Als ich in ihrem Alter war – in Rußland – verbrachten meine Schwester und ich ganze Tage damit, Pilze zu suchen und Beeren zu sammeln. Wenn Ihnen Constance das Versprechen gäbe, nicht in die Stadt selbst hineinzugehn, warum sie nicht drei- oder viermal in der Woche in den Wald gehn lassen?«

Es war wundervoll. Jeden zweiten Tag stand Constance eine Stunde früher auf und begann ihr Schrubben, Wischen und Fegen. Um elf Uhr schlich sie sich auf dem Pfad hinter dem Bahnhof aus der Stadt. Sie erzählte ihrer Mutter nie, daß sie binnen drei Wochen ein willkommener Besuch in so manchen Farmhäusern geworden war. Sie saß dort in der Küche und hörte zu, sie half den Frauen dort die Wäsche an die Leine hängen und hörte zu. Sie saß eine Weile bei bettlägerigen Großvätern und Großmüttern. Sie liebte es, die Gesichter der Leute, besonders ihre Augen, zu beobachten. Schüchternheit war ihr etwas Unbekanntes. Sie setzte sich zu den Schnittern während deren Mittagspause unter einen Baum. Sie entdeckte ein Zigeunerlager. In ›The Elms‹ hörten ihre Tränen- und Zornesausbrüche auf.

Keins der Ashleys war je ernstlich krank gewesen. Eines Morgens im Oktober stieg Sophia aus dem Bett, setzte ihren Hut auf, ging im Nachthemd die Treppe hinunter und schlug die Richtung zum Bahnhof ein. Auf der Hauptstraße wurde sie ohnmächtig, und man brachte sie nach Hause und zu Bett. Porky lief, Dr. Gillies zu holen. Mrs. Ashley wartete auf den Arzt, als er aus Sophias Zimmer herunterkam. Ihre Miene war bestürzter als an dem Tag, an dem das Urteil über ihren Mann im Gerichtssaal verlesen wurde. Sie war wieder heiser geworden.

»Was... was scheint es denn zu sein, Doktor?«

»Tja, Mrs. Ashley, die Sache gefällt mir nicht. Wie Sophia nun einmal ist, bin ich recht besorgt. Ich glaube, ich habe das kommen gesehn. Sie ist völlig ausgepumpt, Mrs. Ashley.«

»Ja.«

»Also heute nachmittag werd' ich sie auf die Bell Farm hinausfahren. Alle die Bells lieben Sophia. Sie haben schon manchmal Patienten von mir aufgenommen. Ich glaube nicht, daß sie etwas dafür verlangen werden, Sophia zu verköstigen.«

Mrs. Ashley griff an den Geländerpfosten, um sich Halt zu geben. »Heute nachmittag...?«

»Nun will aber Sophia nicht weg von hier. Sie ist bös' auf mich. Sie kann sich nicht vorstellen, wer das Einkaufen besorgen wird. Sie glaubt, das Haus wird zusammenstürzen, wenn sie nicht hier ist. Ich hab' ihr ein Beruhigungsmittel gegeben. Ich werd' Mrs. Hauserman herschicken.«

»Ich werde das Einkaufen besorgen, Dr. Gillies.«

»Sophia wird erfreut sein, das zu hören. Ich hab' ihr energisch gesagt, ihr Vater würde wollen, daß sie sich zwei Wochen lang auf der Bell Farm erholt. Während der ersten Woche möchte ich nicht, daß sie Besuch erhält – nicht einmal von Ihnen oder Connie. Aber ich glaube, es wäre eine gute Idee, wenn Sie ihr täglich einen Brief schrieben. Sagen Sie ihr darin, daß in ›The Elms‹ alles ganz schön weiterläuft, aber daß alle sie vermissen. – Ich glaube, wir haben's grade noch rechtzeitig aufgehalten.«

»Aufgehalten... was aufgehalten, Dr. Gillies?«

»Während der ersten zehn Minuten hat sie mich nicht erkannt. Alte Karrengäule brechen zusammen, Mrs. Ashley. Sie können nicht ewiglich Kiesfuhren ziehn. Ich würde gern Roger bitten, uns besuchen zu kommen. Schlagen Sie ihm das vor, wenn Sie ihm nächstes Mal schreiben. – Die Bells haben Sophia ins Herz geschlossen, schon seit sie damals hinging und sie um ein wenig Schweinefett zum Seifemachen bat. Die Bells haben auch Roger gern – weil er so viele Sommer lang dort mitgearbeitet hat. – Also ich werde um drei wieder hier sein.«

»Danke sehr, Doktor.«

Als er das Haus verließ, sagte sich Dr. Gillies: »Manche Menschen gehn vorwärts und manche rückwärts.«

Beata Ashley ging in das Blumenzimmer und setzte sich. Mehrmals versuchte sie aufzustehn. Wellen von Selbstvorwürfen überkamen sie. Am nächsten Morgen kleidete sie sich für ihren Einkaufsgang in die Stadt an. Sie schritt die Türstufen hinunter; sie erreichte das Gartentor. Aber weiter kam sie nicht. Sie konnte sich nicht dazu überwinden, es alles über sich ergehn zu lassen: das Händeschütteln, die Begrüßungen, das neugierige Glotzen ... der Bürger von Coaltown, die so oft im Gerichtssaal in Lachstürme ausgebrochen waren, ... jener Geschworenen und der Frauen jener Geschworenen. Sie ging ins Haus zurück. Sie schrieb eine Liste alles Benötigten, und Mrs. Swenson ging, es einzukaufen. Auch war sie nicht imstande, ihre Absicht auszuführen, Sophia jeden Tag zu schreiben. Ihre Briefe klangen lahm. Es wollte ihr nichts einfallen, was sie schreiben könnte.

Während Sophia auf der Bell Farm war, erhielt sie einen Brief von ihrem Bruder, worin er ihr mitteilte, er werde über Weihnachten nach Coaltown zurückkommen. Er schrieb von dieser Absicht auch seiner Mutter und sandte ihr, »zum Spaß«, ein Bündel der Artikel, die er unter dem Namen ›Trent‹ in Chikagoer Zeitungen veröffentlicht hatte.

In einer Novembernacht dieses Jahrs wurde Beata Ashley durch ein Geräusch an ihrem Fenster geweckt – ein Rieseln und Rascheln und ein leises Prasseln. Ihr erster Gedanke war, daß ein Regen sich in Hagel verwandelt habe, aber es war eine sternklare Nacht. Sie richtete sich im Bett auf; sie stellte einen Fuß auf den Boden und lauschte. Für einen Augenblick setzte ihr Herzschlag aus. Kleine Stückchen von Kies wurden durch das offene Fenster hereingeworfen. Sie schlüpfte in ihre Pantoffel und hüllte sich in ein Umhangtuch. Sie stellte sich an die Wand und blickte durch das Fenster auf den Krocketplatz hinunter. Während sie hinsah, wandte sich die Gestalt eines Mannes um und eilte zur Front des Hauses weg.

Sie ging die Treppe hinunter. Schließlich öffnete sie die Haustür. Es war niemand da. Sie ging in die Küche und zündete eine Lampe an. Sie wärmte ein wenig Milch und trank sie langsam.

Genau so, im Schutze der Nacht, würde John Ashley zurückkommen. Genau so würde er sich bemerkbar machen. Sie ging die Treppe hinauf und in ihr Zimmer. Sie streifte die Pantoffel ab. Sie schritt ein paarmal hin und her.

Es lag kein Kies auf dem Fußboden.

II

VON ILLINOIS NACH CHILE

1902—1905

Ein junger Mann mit einem Bart wie aus Maisfäden saß jede Nacht von elf bis zwei im Café *Aux Marins* am Kai von New Orleans. Dieses Kaffeehaus wurde nicht von Gewohnheitssäufern frequentiert; hier kam es nie zu Streitigkeiten. Es war ein Lokal, wo in gedämpftem Ton lange Gespräche über Schiffsverkehr und Ladungen und Besatzungen geführt wurden. Wenn ein Fremder in der Tür erschien, wurden die Stimmen ein wenig lauter, und die Gespräche drehten sich um Politik, das Wetter, Weiber und Hasardspiele. Die Polizei hatte ein Auge auf dieses Café, und Jean Lamazou – Jean-le-Borgne – und seine Stammgäste waren auf der Hut vor Spitzeln. Sie beobachteten den jungen Mann mit dem seidigen Bart. Der kümmerte sich kaum darum, was um ihn her vorging, und machte keinen Versuch, eine Unterhaltung zu beginnen. Er sprach wenig (und dieses Wenige in einem wie in Frankreich gesprochenen Französisch), aber sein Gruß war freimütig und freundlich. Er las Zeitungen und murmelte über herausgerissenen Blättern eines Bändchens *Spanish in Fifty Lessons. (»See, sain-yore, tain-go do-see paysos«)*. In der dritten Woche verlor Jean-le-Borgne sein Mißtrauen gegen den Fremden; sie spielten bald Karten miteinander – um sehr kleine Einsätze. Der junge Mann ließ verlauten, er sei James Tolland, ein Kanadier. Er warte hier, daß sich ihm ein Freund aus dem Norden anschließe, der in Kuba eine Zuckerplantage besitze.

John Ashley war ein starkgläubiger Mensch. Er wußte nicht, daß er ein starkgläubiger Mensch war. Er hätte sehr schnell verneint, ein religiös gläubiger zu sein, aber Religionen sind bloß die

Gewänder des Glaubens – und sie sind oft sehr schlecht zugeschnitten, besonders in Coaltown, Illinois.

Wie die meisten gläubigen Menschen war John Ashley sozusagen unsichtbar. Du bist gestern im Gedränge an einen gläubigen Mann angestreift; eine gläubige Frau hat dir ein Paar Handschuhe verkauft. Die Hauptmerkmale solcher Menschen sind nicht dazu angetan, sie auffällig zu machen. Nur von Zeit zu Zeit wird der eine oder andre von ihnen durch die Umstände getrieben, sichtbar zu werden – blendend sichtbar. Sie hüten ihre Herde in Domrémy; sie üben eine unbedeutende Rechtsanwaltspraxis in New Salem, Illinois, aus. Sie sind nicht furchtsam; sie sind nicht von sich eingenommen; sie werden beständig von Staunen und Verwunderung über das Leben selbst genährt. Sie sind nicht interessant. Es fehlen ihnen jene Züge – unsre Busengefährten – die unser Interesse so stark in Anspruch nehmen: Angriffslust, Machtwille, Neid, Zerstörungswut und Selbstvernichtungssucht. Kein Pathos umschwebt sie. Sosehr wir es auch versuchen mögen, wir können sie nicht als tragische Gestalten sehen. (Das ist oft versucht worden; wenn dann die Gemütsbewegung sich legt, entdeckt das Publikum, daß es seine Tränen nutzlos, über sich selbst, vergossen hat.) Sie besitzen wenig Sinn für Humor, der so sehr aus einem Bewußtsein von Überlegenheit schöpft und aus einer Teilnahmslosigkeit gegenüber den Mißgeschicken andrer. Im allgemeinen sind solche Menschen unfähig, sich auszudrücken, besonders in Glaubensdingen. Die geistigen Fähigkeiten zum Gläubigsein werden – wie sich zeigen wird, wenn wir Ashleys Glauben im Zusammenhang mit seiner mathematischen Begabung und seinem Talent fürs Glücksspiel betrachten – durch eine rege Beobachtungsgabe und ein vorzügliches Gedächtnis entwickelt und gestärkt. Glaube hat Schulen gegründet; er ist nicht von ihnen abhängig. Eine hohe Autorität hat uns gesagt, daß wir Glauben wahrscheinlicher in einer alten Frau, die auf den Knien den Fußboden eines öffentlichen Gebäudes scheuert, finden werden als in einem Bischof auf seinem Thron. Wir haben diese Menschen in negativen Begriffen beschrieben – als furchtlos, nicht ich-bezogen, uninteressant, humorlos und oft ungebildet. Worin liegt ihr Wert?

Wir haben den Tag unsrer Geburt nicht gewählt, noch dürfen wir den Tag unsres Todes wählen, und doch ist Wählen die höchste Fähigkeit des menschlichen Geistes. Wir haben uns weder unsre Eltern gewählt noch Hautfarbe oder Geschlecht, Gesundheit oder Begabungen. Wir wurden ins Dasein geworfen wie Würfel aus einem Becher. Schranken und Kerkermauern umgeben uns und unsresgleichen – überall, innere und äußere Hemmnisse. Jene Menschen aber überblicken schon früh mit Hilfe von Beobachtung und Gedächtnis eine weite Landschaft. Sie kennen sich selbst, aber ihr Selbst ist nicht das einzige Fenster, durch das sie ihr Dasein betrachten. Sie sind sich gewiß, daß *ein* kleiner Teil dessen, was uns gegeben ist, frei ist. Sie erforschen täglich die Anwendung von Freiheit. Ihre Augen sind auf die Zukunft gerichtet. Wenn die böse Stunde kommt, halten sie stand. Sie retten Städte – oder, wenn es ihnen selbst nicht gelingt, rettet ihr Beispiel nach ihrem Tod andre Städte. Sie stellen sich Ungerechtigkeit entgegen. Sie versammeln die Verzweifelnden um sich und ermutigen sie.

Aber *woran* glauben diese Menschen?

Sie selber drücken das nur zögernd in Worten aus. Für sie ist es selbstverständlich, und das Selbstverständliche läßt sich nicht leicht beschreiben. Aber Menschen ohne Glauben, denen fehlt es nie an Worten. Die verbreiten sich beständig und laut darüber: Es ist »der Glaube ans Leben«, an den »Sinn des Lebens«, an Gott, an den Fortschritt, an die Menschheit – all diese abgedroschenen Phrasen, diese verdrehten Wegweiser, dieser erborgte Aufputz, all dieser verräterische Wortschwall.

Es gibt kein Schöpferischsein ohne Glauben und Hoffnung.

Es gibt keinen Glauben und keine Hoffnung, die sich nicht in Schöpferischsein ausdrücken. Diese Menschen sind arbeitsam. Was sie am meisten entmutigt, ist nicht Irrtum oder Unwissenheit oder Grausamkeit, sondern Trägheit. Die Arbeit, die sie vollbringen, scheint oft kaum wahrnehmbar zu sein. Das ist charakteristisch für ein Tätigsein, das auch nicht für einen Augenblick an eine Zuschauerschaft denkt.

Von diesem Schlag war John Ashley. Keine historischen Aufgaben waren ihm gestellt, und wir wissen nicht, wie er sie erfüllt hätte. Er gehörte zu den Spätreifenden und neigte wenig zu tiefem

Nachdenken. Er war fast nicht sichtbar. Eine Zeitlang versuchten viele, durch seine Kinder hindurch einen Blick auf ihn zu tun. Er war ein Glied in einer Kette, ein Stich in einem Bildteppich, ein Pflanzer von Bäumen, ein Steinklopfer auf einer alten Straße zu einem noch nicht deutlich erkennbaren Ziel.

Ashley hatte keine Ahnung, wer seine Retter waren. Ein Wunder ist vielleicht so: einfach, natürlich und unirdisch. Sie hatten alles schnell, genau und schweigend ausgeführt. Sie hatten die Lampen an der Decke des Eisenbahnwagens zertrümmert. Seine Wächter hatten im Finstern um sich geschlagen, geschrien, ein- oder zweimal geschossen und dann nicht mehr. Die Handschellen waren von seinen Gelenken gefallen. Er war aus dem Waggon – mehr getragen als geführt – in ein Wäldchen gebracht worden. Einer dieser Freunde hatte seine Hand ergriffen und sie auf den Sattel eines Pferdes gelegt. Ein andrer hatte ihm einen abgetragenen blauen Arbeitsanzug gegeben, eine Börse, die fünfzehn Dollar enthielt, einen kleinen Kompaß, eine Landkarte und eine Schachtel Zündhölzchen – alles schweigend und im Finstern. Ein alter, formloser Hut war ihm auf den Kopf gestülpt worden. Zuletzt strich einer ein Zündholz an, und abermals erblickte er ihre Gesichter. Diese Eisenbahner sahen nicht wie Neger aus, sondern wie eine Truppe grotesk geschwärzter Varietésänger. Der größte von ihnen wies in eine bestimmte Richtung, und dann bewegte sich sein ausgestreckter Zeigefinger um fünfundvierzig Grad nach rechts.

»Danke«, sagte Ashley.

Sie verschwanden. Er hörte keine Hufschläge.

Einfach, natürlich und unirdisch.

Alleingeblieben, entzündete er ein Streichholz und befragte seinen Kompaß. Der Freund hatte zuerst nach Südwesten und dann nach Westen gewiesen. Ashley wußte, daß er sich unweit des Rangierbahnhofs von Fort Barry befand. Hundert Kilometer westlich floß der Mississippi. Er wechselte seine Kleidung, rollte sein Sträflingsgewand zu einem Bündel zusammen, das er am Sattelknauf befestigte. Er fand dabei einen Sack Äpfel und einen Sack Hafer vom Sattel hängen.

Maßlose Verwunderung erfüllte ihn. Er lachte leise vor sich hin. »Nein so was! Nein so was!«

Er war darauf vorbereitet gewesen, zu sterben, aber für einen John Ashley ist der Tod niemals schon da – es bleibt immer noch ein Monat, ein Tag, eine Stunde, sogar noch eine Minute zu leben. Er hatte nie gewußt, was Furcht ist. Nicht einmal, als das Urteil im Gerichtssaal verlesen wurde, nicht einmal, als er im Zug saß während seiner, wie die Zeitungen sicherlich schreiben würden, »letzten Reise«, hatte er Furcht empfunden. Für einen John Ashley kommt es nie zum Allerschlimmsten.

Als das Streichholz in dem Wäldchen entzündet wurde, hatte er das Pferd angesehen, und das Pferd hatte ihn angesehen. Nun bestieg er die Stute und wartete. Sie schritt langsam vorwärts. Sah sie einen Pfad durch das dichte Unterholz? Ging sie in ihren Stall zurück? Nach zehn Minuten entzündete er abermals ein Streichholz und blickte auf den kleinen Kompaß. Sie hatten die Richtung nach Südwesten eingehalten. Er brach einen Apfel entzwei und teilte ihn mit der Stute. Dann ritt er weiter. Nach einer Stunde kamen sie auf eine breite Landstraße und wandten sich nach rechts. Zweimal hörte er Reiter von Osten hinter sich herkommen und hatte Zeit, von der Straße wegzureiten und sich hinter Bäumen zu verbergen. Er hörte das Hallen einer Holzbrücke unter den Hufen seines Pferds, ritt die Böschung hinunter, und beide tranken sie aus dem Bach. Dann setzten sie die Reise in schnellerer Gangart fort. Ashley fühlte sich mit jeder Stunde jünger. Er war von einem nicht zu rechtfertigenden, einem unstatthaften Glücksgefühl durchdrungen: Er war aus dem Gefängnis heraus, wo er mehr körperlich als seelisch gelitten hatte. Von Zeit zu Zeit saß er ab und schritt neben dem Pferd dahin. Er empfand das Bedürfnis zu sprechen. Der Stute schien es zu gefallen, daß man zu ihr sprach; in dem schwachen Sternenlicht konnte er sehen, wie sie dabei immer die Ohren aufstellte.

»Bessie? . . . Molly? . . . Belinda? – Jemand hat dich mir geschenkt. Es geschieht nicht oft, daß man ein solches Geschenk erhält – ein Geschenk so groß wie ein ganzes Leben. Werd' ich je erfahren, warum sechs Männer ihr Leben riskierten, um meins zu retten? Werd' ich sterben, ohne das zu wissen?

Nein, du heißt Evangeline, die Bringerin froher Botschaft ... Es ist doch seltsam gewesen, nicht? Niemand wußte, als du geboren wurdest, daß du einmal eine Rolle in einem geheimnisvollen Abenteuer spielen würdest – bei einer solchen Tat, einer so hochherzigen und mutigen. Niemand wußte, als du zugeritten wurdest – es muß etwas Unheimliches und Furchteinflößendes sein, zugeritten zu werden, Evangeline! – daß du eines Tags einen Mann auf deinem Rücken tragen und ihm die Chance zu leben geben würdest ... Du bist ein Zeichen. Wir sind beide für etwas ausersehn.«

Nach diesen Gesprächen fühlte er sich noch lebensfroher. Er sang sogar, während er dazwischen immer wieder horchte, ob Reiter sich näherten, Stückchen seiner Lieblingslieder: *»Nita, Juanita«* und *»No gottee tickee, No gettee shirtee, At the Chinee laundryman's«*, und des Lieds seiner Verbindung auf der Technischen Hochschule: »Treu bis in den Tod sind sie, die Bundesbrüder von Kappa Psi.«

Der Himmel im Westen vor ihm begann sich zu erhellen. Die Morgendämmerung ist in Coaltown etwas recht Armseliges. Er war überwältigt davon, wie wundervoll sie hier war. »Ja, das ist's, was die Leute meinen, wenn sie von einem ›neuen Tag‹ sprechen!« Er kam an eine Straßenkreuzung und las die Wegweiser; nach Süden: *Kenniston 32 km*, nach Nordosten: *Fort Barry 21 km*, nach Westen: *Tatum $1^1/_2$ km*. Er kam durch Tatum, das bleich und wie ausgestorben im Frühlicht dalag. Drei Kilometer weiter wandte er sich nach links in einen dichten Wald und folgte dem Lauf eines Bachs. Er fand einen eingerollten Strick, etwa sieben Meter lang, am Sattel befestigt und band Evangeline damit an einen Baum. Er schüttete Hafer in die Krone seines Huts (blies darauf, roch daran, nahm etwas davon in den Mund) und stellte den Hut vor sie hin. In dem Sack mit Äpfeln fand er einige in der Schale gebackene Kartoffeln. Von Zeit zu Zeit warf er einen kurzen Blick auf Evangeline.

Ashley hatte als Knabe Pferde geritten, wenn er seine Sommerferien auf der Farm seiner Großmutter verbrachte. Sie – die alte, unabhängige, schrullige, grauäugige Marie-Louise Scolastique Dubois Ashley – war der Mensch, den er bis zu seinem einundzwanzigsten Jahr am meisten geliebt hatte; der ihn mit größter

Strenge liebgehabt hatte. Sie war, nebst vielem andern, eine undiplomierte Tierärztin. Von nah und fern brachten die Farmer ihre Tiere zu ihr. Sie erboste so manchen Farmer mit ihrer Kritik an seiner Wirtschaftsführung. Sie ging mit Pferden um, als spräche sie deren Sprache. Rinder, Hunde und Katzen, Vögel, Rehe, sogar Skunks verständigten sich mit ihr. Bei Tag und oft, beim Licht einer Öllampe, bis spät in die Nacht hatte John mit ihr Injektionen, Veterinärpillen und Umschläge verabreicht; gemeinsam hatten sie bei der Geburt von Füllen und Kälbern geholfen; sie hatten so manches Tier eingeschläfert. Er erinnerte sich einiger ihrer Weisungen: »Blick niemals einem Pferd oder einem Hund oder einem Kind länger als für ein paar Sekunden ins Auge; das beschämt sie. Streichle nie einem Pferd den Hals; klopf ihn ihm ab und danach klopf dir selbst auf den Schenkel. Beweg nicht plötzlich deine Füße. Füße und Zähne sind das, womit sie ihre Feinde anzugreifen und sich zu verteidigen gewohnt sind. Joe Dekker schließt seine Stalltür immer mit einem Fußstoß; seine Pferde hassen ihn dafür. Wenn du die Peitsche gebrauchen mußt, laß das Pferd aus einiger Entfernung sehen, wie du dich selbst mit ihr schlägst. Wenn du ihm Hafer gibst, riech zuerst daran; blas auf ihn, daß er umherfliegt; iß ein wenig davon und dann erst gib ihn ihm, als ob du dich nur höchst ungern davon trennen würdest.« Ashley hatte in Coaltown ein Pferd und ein Buggy besessen. Er hatte für Bella, ein unliebenswürdiges Tier, einen Pappenstiel bezahlt und hatte sie zehn Jahre lang kutschiert, in einem Freundschaftsverhältnis, dem nur eine Volksballade hätte gerecht werden können. Nun warf er verstohlene Blicke auf Evangeline. Sie war nicht mehr jung, aber sie war gut gehalten und sachgerecht beschlagen.

Er verfiel in Schlaf, obgleich Flöhe ihn plagten. Er hatte Beata täglich aus dem Gefängnis geschrieben, ohne die Flöhe zu erwähnen; er hatte ihr geschrieben, wie sehr er sein Bett und die nach Lavendel riechenden Leintücher vermisse. Am frühen Nachmittag wachte er auf. Es war äußerst heiß, sogar hier, mitten im Wald. »Komm, Evangeline! Folgen wir dem Bach und suchen wir eine tiefe Stelle. Es wär' an der Zeit für ein Bad.«

Und es fand sich eine. Er band Evangeline zum letztenmal an einen Baum. Er lag im Wasser und schloß die Augen. »Beata weiß es jetzt. Roger wird es erfahren haben. Ja, Porky wird's als erster gehört haben. ›Mama, Papa ist entkommen.‹« Er versuchte sich seine Zukunft auszumalen und einen Plan für sie zu entwerfen, aber ihm mangelte diese Seite der Vorstellungsgabe, die die kluge Vorsorge für die eigne Person betrifft. Er besaß, wenn überhaupt, nur eine geringe Fähigkeit, Pläne zu schmieden; er hatte keine Erfahrung darin, sich Sorgen zu machen. Gewohnheitsmäßig ängstliche Menschen schmieden Tag und Nacht Pläne. Heitere Naturen sind ihnen unbegreiflich; ihnen scheinen sie sich treiben zu lassen und alles hinauszuschieben. John Ashley aber machte Pläne, ohne sich dessen bewußt zu sein. Er verbrachte, tagsüber schlafend, eine Woche in den Wäldern. Jeden Abend erwachte er mit einem Projekt, das sich in seinem Geist geformt hatte. Pläne sind Geschenke des Schlafs. Als er an jenem ersten Spätnachmittag in der Nähe von Tatum erwachte, war ihm klar, ein Kanadier und unterwegs zur Arbeit in den Bergwerken von Chile zu sein. Er war kein Bergingenieur, sondern ein Ingenieur mit Erfahrungen im Bergbau. Er wußte sehr wenig über Chile, aber dies Wenige kam seiner Lage zustatten. Chile war weit weg. Es gehörte sozusagen zum Volksglauben der Technischen Hochschulen, daß kein heller Kopf unter den Absolventen nach Chile gehe, wenn er es vermeiden könne. Die Lebens- und Arbeitsbedingungen dort waren verflucht schwierig. Der Abbau der Salpeterlager vollzog sich in unerträglicher Hitze in einer Wüste, wo nie ein Tropfen Regen fiel. Die besten Kupfergruben in den Anden lagen, mit einer einzigen berühmten Ausnahme, in einer Höhe von mehr als dreitausenddreihundert Metern. Man konnte seine Frau dorthin nicht mitnehmen. Es gab keine Unterhaltungen. Man konnte in einer Höhe von mehr als dreitausend Metern nicht einmal trinken – nicht, was ein Mann trinken nennt. Sein Ziel war Chile. Nicht nur, daß Ashley nach Chile wollte; er würde Chilene werden.

Am nächsten Abend sah er voraus, daß er den Mississippi auf einem Holztransportschiff hinabfahren werde. Vor fünf Jahren hatte er sich einen vierrädrigen Wagen geliehen und seine Familie hingefahren, damit sie den großen Strom sähen. Die Fahrt war als ein Ausflug unternommen worden, weil sie billiger kam als einer mit der Bahn nach Chikago. Die Ashleys hatten lange auf dem

Steilufer über dem Strom gesessen und waren von dem Schauspiel vor ihnen höchst befriedigt gewesen. Sie hatten sich sehr für die verschiedenen Frachtkähne interessiert, die, kurz und breit oder lang und schmal, stromab glitten oder mühsam stromauf pufften. Ein Vorübergehender hatte ihnen erklärt, die langen, schmalen seien Holztransportschiffe aus dem Norden und unterwegs nach New Orleans. »Lauter Schweden auf ihnen. Können keine zwanzig Wörter Amerikanisch.« Ashley hatte sich seit seinen Studententagen nicht mehr im Schwimmen geübt, aber er glaubte, bis in die Mitte des Stroms schwimmen zu können.

Am dritten Abend begriff er, daß er die Gegend zu schnell durchquerte. Sobald er den Fluß erreichte, müßte er beherzt in eine ländliche Siedlung – eine so primitive wie möglich – hineinreiten, um einige Nahrungsmittel zu erstehn und Evangeline zu verkaufen. Dieser Gefahr durfte er sich nicht aussetzen, bevor ihm Kopfhaar und Bart nachgewachsen wären. Jeden Morgen und Abend beugte er sich über einen Tümpel und prüfte sein Spiegelbild. Der Kopf war ihm im Gefängnis am Abend des Tags rasiert worden, an dem das Urteil gefällt wurde, fünf Tage vor jener Bahnfahrt. Nun versprach ihm jeder Morgen einen dichtern braunen Plüschüberzug. Es wuchs ihm ein lächerlicher honigfarbener Bart. Den brauchte er zum Verdecken einer Narbe auf seiner linken Wange; vor dreißig Jahren war er auf eine Heugabel gefallen, als er auf der Farm seiner Großmutter arbeitete. Er müßte sich noch einige Zeit in dieser dünn besiedelten Gegend verborgen halten. Von nun an blieb er zwei Nächte an jeder Lagerstelle. Und er massierte seine Kopfhaut.

Weitere Projekte wurden ihm nach und nach klar – Möglichkeiten, die Südküste des Pazifiks zu erreichen, Möglichkeiten, Geld zu verdienen. Es gab einige Probleme, für die ihm der Schlaf keine Lösungen brachte: wie er mit der Zeit an seine Frau schreiben sollte, wie er ihr Geld senden könnte, wie er erfahren würde, was in ›The Elms‹ vorging.

Mittlerweile wimmelte das Land von John Ashleys. Oberst Stotz in Springfield begann die ersten der Hunderte von Briefen und Telegrammen – innerhalb eines Jahrs kamen sie auch aus Australien und Afrika – zu erhalten, die ihm mitteilten, wo Ashley gesehen worden war; viele von ihnen verlangten die Belohnung (sie war auf viertausend Dollar erhöht worden) mit wendender Post. Reisende im Alter von zwanzig bis sechzig Jahren wurden vom Pferd herabgezerrt, aus ihren Buggys herausgeholt, querfeldein verfolgt und der Hut ihnen vom Kopf gerissen. Sheriffs waren es bald überdrüssig, alle die vielen entrüsteten und oft völlig verschreckten kahlköpfigen Männer vorgeführt zu bekommen. Zeitungsjungen schrien »Extraausgabe! Extraausgabe!« Ashley war in einer Indianerreservation in Minnesota entdeckt worden, das Gesicht mit Walnußöl gefärbt. Ashley war in der Abgeschiedenheit einer kostspieligen privaten Anstalt für Geisteskranke in Kentucky aufgefunden worden. Großer Reichtum und Beziehungen zu höchsten Kreisen wurden immer mehr mit dem Flüchtling in Zusammenhang gebracht.

Ashley schnitt Kerben in seinen Sattel, um die Tage zu vermerken, aber auch so verzählte er sich. Der Hafer und die Nahrung in den Säcken gingen zu Ende. Die wilden Beeren begannen sich zu röten; er fand Wasserkresse. Eine Veränderung überkam Roß und Reiter: sie wurden jünger. Wenn sie auf einer Straße waren, trabte Evangeline flott dahin. Noch bevor er sich angewöhnte, sie mit Fäusten voll Zweiglein und Moos zu striegeln und zu bürsten, hatte er bemerkt, wie ihr Fell glänzte. Er hatte das Gefühl, daß sie schon früher Flüchtlinge begleitet hatte; daß ihr verfolgt zu werden und Heimlichkeit nicht fremd waren. Der Verkehr auf den Straßen wurde stärker. Sie hörte sich nähernde Hufschläge, bevor ihr Reiter sie hörte, und fand ein Versteck. Wenn sie Hundegebell erregten, begann sie zu galoppieren. Als er zum drittenmal absaß, um neben ihr herzugehn, zeigte sie ihre Mißbilligung, und es fiel ihm plötzlich ein, daß Spürhunde auf seine Fährte gesetzt worden sein könnten. Wenn ihn während der Tagesrast Niedergeschlagenheit anwandelte, kam sie zu ihm und versuchte ihn abzulenken; sie schnaubte ins Wasser des Bachs oder scharrte mit einem Vorderhuf. Als er von Durchfall heimgesucht wurde, blickte sie gleichmütig in die Ferne; sie riet zu tapferem Ausharren.

Wenn er nach Mitternacht unterwegs war, sah er manchmal den Schein einer Lampe aus dem Oberstock eines Farmhauses. Einen Familienvater gemahnt der Anblick an das Wachen am Bett eines kranken Kinds. Dieser Gedanke erfüllte ihn mit einem Aufruhr von Gefühlen. Er lernte daraus, daß er die Gelegenheiten, bei denen er sich gestatten durfte, an die Vergangenheit zu denken, beschränken müsse. Erinnerungen, die fast unerträglich waren, bedrängten ihn oft ungerufen. Er hielt zum erstenmal – Wunder aller Wunder! – die neugeborene Lily in den Armen. Er erhaschte zum erstenmal einen auf ihn gerichteten furchtsamen Blick seines Sohnes Roger, damals drei Jahre alt. (Er hatte streng sein müssen; er hatte ihm ein paar Klapse geben müssen. Der Knabe hatte sich zweimal von der Hand seiner Mutter losgerissen und war auf die Pferde in der Hauptstraße von Coaltown zugelaufen.) Er kam von der Arbeit nach Hause und wurde wieder von Constances lärmender Begrüßung empfangen und hörte Lily sie zurechtweisen: »Du mußt dich nicht immer wie ein Rudel Hunde betragen, wenn Papa heimkommt!« Von Zeit zu Zeit hatte er in Bergwerksangelegenheiten nach Fort Barry fahren und dort übernachten müssen. Nun hörte er Sophia sagen: »Wenn Papa nicht im Haus ist, kann ich nicht wirklich schlafen. Das Haus ist anders.« Und Beata, die gute, die geduldige, die schweigsame, die schöne! »Evangeline, ich bin ein Familienvater, weiter nichts. Ich besitze keine Talente. Ich bin nicht einmal ein rechter Ingenieur. Ich hab' keine andern Verdienste aufzuweisen, im Leben nicht und nicht im Tod, als Familienvater zu sein. Sag mir, Alte, warum diese sinnlose, verrückte Sache grade mir passieren mußte?«

In Coaltown war Ashley nicht einmal daheim gesprächig gewesen, doch nun sprach er eine Menge zu Evangeline.

»Ich weiß, warum du so stattlich aussiehst. Du denkst dir, was auch ich mir denke. Wir können diese Reise nicht hunderte Kilometer so fortsetzen. Ich muß dich verkaufen, und du willst mir einen guten Preis einbringen. Abschiednehmen ist hart. Es ist wie ein Tod – der Tod meiner Großmutter. Das einzige, was sich bei solchen Trennungen tun läßt, ist, sie zu erkennen, sie ganz in sich aufzunehmen und sie sich dann aus dem Sinn zu schlagen. Sie werden von selbst zurückkommen, sobald man sie braucht. Es hilft nichts, die Arme nach ihnen auszustrecken ... Ich hab' dir alles über meine Großmutter erzählt, die so viel für Pferde getan hat. Ich hab' während unsres Ritts immer öfter an sie denken müssen. Sie kommt zu mir zurück, wenn ich sie nötig habe. Sie lehrte mich, wie man keine Furcht empfindet. Hast du bemerkt, daß sich keine Jäger zeigten, die uns hätten aufstöbern können, keine Farmer in diese Wälder gekommen sind, um Bäume anzuzeichnen, die gefällt werden sollen, keine Sheriffs die ganze Nacht wachgeblieben sind, um zu warten, ob wir vorbeikommen? Es wär' doch schade, nicht wahr, wenn unser Abenteuer, das mit soviel Kühnheit und Hochherzigkeit anfing – verflixt, es wär' doch jammerschade, wenn es mit noch einer solchen kleinen Fahrt nach Joliet enden würde! Aber bessere Menschen als du und ich sind schon in einen Hinterhalt gelockt worden, größere Hoffnungen als unsre sind schon zum Einsturz gebracht worden wie ein Kartenhaus. Sicherlich, Evangeline, wenn das Schauspiel einer Niederlage oder von hundert Niederlagen einen Mann entmutigen würde, wäre die Zivilisation steckengeblieben. Da gäbe es keine Gerechtigkeit auf Erden, keine Krankenhäuser, keine Heimstätten, keine Freundschaften wie die zwischen dir und mir. Da gäb's einfach nur stöhnend umherkriechende Menschen. Also wollen wir lieber nichts Törichtes tun.«

Ashley hatte ihr alles über den Prozeß erzählt.

»Es ist nichts Schreckliches am Sterben; das einzig Schreckliche daran sind die Dinge, die man ungetan läßt. Kannst du es dir vorstellen? Ich hab' keine Vorsorge für die Ausbildung meiner Kinder getroffen. Wie konnt' ich nur so stumpfsinnig sein? Beata hat jede Woche ein wenig Geld für Lilys Gesangsunterricht beiseite gelegt; das ist natürlich durch den Prozeß aufgezehrt worden. Vermutlich hab' ich angenommen, daß der Junge sich schon allein fortbringen wird und daß ich die jüngeren Mädchen in bessere Schulen schicken könnt', sobald's soweit wär'. Wenn Beata mich energisch darauf aufmerksam gemacht hätte, hätt' ich vielleicht dafür vorsorgen können. Ich hätt' mir eine andre Stellung suchen oder auf einer Gehaltserhöhung bestehn können oder trachten können, diese Erfindungen, die ich gemacht hatte, zu verwerten... Aber glaub nicht, daß ich Beata etwas vorwerfe. Es ist meine Schuld. Ich war glücklich und dabei stumpfsinnig. Glücklich und nicht recht wach und stumpfsinnig.«

Nach einer Woche stellte er mit Befriedigung fest, daß sein Schädel einen bescheidenen Haarbestand aufwies. Er rieb sich ein wenig Staub auf die Kopfhaut und drückte den Saft von ein paar blauvioletten Beeren darauf aus und staunte. Er hätte sich schon vor zwei Tagen in bewohnte Gegenden wagen können. Sein Bart gab ihm das weichliche Aussehen eines Theologiestudenten. Die lange dünne Linie seiner Narbe war durch ihn hindurch sichtbar. Nach Versuchen, ihn mit den Säften von Zweigen und Wurzeln dunkler zu färben, wurde er männlicher und fast undurchsichtig.

Sie erreichten den Fluß bei Gilchrist's Ferry gegen zwei Uhr morgens in der folgenden Nacht. Alles war dunkel in der Stadt. Er folgte einer Straße nach Süden dem Steilufer entlang. Nachdem er eine Stunde geritten war, kam er zu einer Ansammlung von Häusern und Kaufläden, einer Kirche und einer Schule. Mit Mühe konnte er ein Schild an der Vorderseite eines der Gebäude entziffern: *United States Post Office, Giles, Illinois, pop. 410.* »Ein richtiges schmuckes Postamt ist nichts für uns«, murmelte er und ritt weiter. Eine Stunde später fand er, was ihm taugte: einen Kaufladen mit einem langen Geländer davor zum Anbinden von Pferden, eine Hufschmiede und daneben einen Schlackenplatz mit einem Pfahl zum Hufeisenwerfen, einige Schuppen und eine Reihe Stufen, die zu einer Lände am Ufer führten. Flußabwärts sah er ein paar Lichter auf etwas, das eine Insel zu sein schien. Er ritt die Straße zurück bis zu einer Stelle etwa einen Kilometer nördlich des Dorfs, legte sich nahe dem Uferrand ins Gras und schlief ein. Bei Tagesanbruch erwachte er. Durch den leichten Nebel sah er einen langen Holztransportkahn den Fluß hinabfahren. Im Steuerhaus war Licht. Er glaubte Stimmen zu hören. Er bildete sich ein, Kaffee und gebratenen Speck zu riechen.

Auf den höchsten Anden kann ein leises Lüftchen eine Lawine auslösen. Es war der eingebildete Geruch von Kaffee und Speck, was John Ashley die Fassung raubte. Er brachte die Erinnerung an ›The Elms‹ mit sich, an seine Tätigkeit, die er geliebt hatte, die lange Qual des Prozesses mit Beatas stolzem, abgespanntem Gesicht zehn Schritte von ihm, an Lilys Singen, Rogers Selbstsicherheit, Sophias aufmerksamen Ernst, Constances stürmische Liebe – an alles, alles, alles. Er senkte den Kopf zwischen die Knie, er warf sich auf die Seite und wälzte sich von einer zur andern. Er stöhnte, er heulte, er tobte. Die Seelenqual eines gereiften Mannes wird schweigend und regungslos ertragen, aber John Ashley war kein gereifter Mann.

Die Sonne stand schon mehrere Stunden am Himmel, als er in das Dorf zurückritt. Er band Evangeline an das Geländer und stand lange am Rand des Abbruchs und blickte auf den Fluß, den Rücken dem Kaufladen zugekehrt. Er wußte, daß eine immer größere Zahl von Augen sich auf ihn richten und das Pferd abschätzen werde. Endlich wandte er sich um, schritt über die Straße, nickte einigen Männern unter dem Vordach zu und betrat den Laden. Fünf Männer standen und saßen um einen kalten Ofen. Alle bis auf den Ladeninhaber hielten den Blick zu Boden gesenkt. Ashley stieß den Grunzlaut aus, der die äußerste Verkleinerung einer Begrüßung ist. Sie wurde erwidert. Er kaufte eine Schachtel Ingwergebäck und ließ dabei unauffällig ein paar Dollarscheine sehen. In nachdenklichem Schweigen aß er ein Stück des harten Backwerks. Die Neugier um ihn herum verstärkte sich. Noch ein paar Männer fanden sich in dem Laden ein.

»Woher, junger Mann?« fragte der Ladeninhaber.

Ashley wies mit dem Daumen nach Norden und lächelte. »Kanada.«

»Mordsweit!« Das Wort fand ein mehrfaches gemurmeltes Echo in dem Raum.

»Hab' mir Zeit gelassen. Bißchen in Iowa aufgehalten. Nach meinem Bruder auf der Suche.«

»Soso.«

Nachdenklich kaute Ashley weiter. Noch mehr Männer und Burschen sammelten sich um die Tür. Ein leichtes Fuhrwerk hielt draußen auf der Straße.

»Nehm' an, ich könnt' wohl 'n Frühstück kriegen? Eier, Speck? So um 'n Vierteldollar.«

»Freilich... Emma! Emma!... Mach dem Mann da Speck mit Eiern und Grütze.«

Eine Frau erschien in der Tür hinter dem Ladentisch und starrte ihn an. Ashley rückte den Hut. »Wirklich freundlich von Ihnen, Ma'am«, sagte er.

Sie verschwand. Wieder ein langes Schweigen.

»Wo, glauben Sie, werden Sie Ihren Bruder finden?«

»Hab' gehört, er ist vielleicht unten in New Orleans.«

»Aha!«

Ashley sah den Ladeninhaber an und sagte wegwerfend: »Oben in Gilchrist's Ferry hat mir einer vierundzwanzig Dollar für mein Pferd geboten! – Wie heißt der Ort hier?«

»Einfach Hodge's Lände.«

Die Köpfe in der Tür hatten sich gewendet, um Evangeline zu betrachten. Mehrere der Männer schoben sich durch die offene Tür hinaus und schlossen sich einem Kreis an, der sich um die Stute gebildet hatte. Dort wurde in gedämpftem Ton diskutiert. Ashley trat, noch immer kauend, unter das Vordach und blickte den Fluß hinauf und hinunter. An niemand Bestimmten gewendet, fragte er: »Auf diesen Holztransportern, nehmen die da mal einen mit, einfach als Fahrgast?«

»Manche tun's und manche nicht.«

»Legen die jemals hier an?«

Ein gedämpftes Lachen antwortete ihm. »Die halten sich hübsch fern vom Ufer. Mögen's gar nicht. Sehn Sie die Insel dort weiter unten? Heißt Brennaninsel. Dort legen sie manchmal an. Grad jetzt sind zweie dort. Sehn Sie sie?«

Ein junger Mann hatte Evangeline die Lippen zurückgeschoben und untersuchte ihre Zähne. Evangeline legte die Ohren flach und schnaubte. Ashley sah nicht zu ihr hin.

»Geb' Ihnen zwanzig Dollar für Pferd und Sattel«, sagte der junge Mann sehr laut.

Ashley ließ nicht merken, daß er ihn gehört hatte. Er trat wieder in den Laden und setzte sich auf ein Nagelfäßchen, die Augen zu Boden gerichtet. Emma brachte ihm sein Frühstück in einer Zinnschüssel. Evangeline wieherte. Einige Frauen kamen in den Laden und machten ein wenig geniert ein paar Einkäufe. Evangeline wieherte abermals. An der Tür entstand Bewegung; die Lungerer rückten zur Seite. Eine stämmige kleine Frau von etwa Fünfzig kam hereingestapft und stellte sich vor Ashley hin. Sie trug Jacke und Rock aus dem Baumwollzeug, aus dem Overalls gemacht werden. Eine Männermütze war, Schild nach hinten, fest auf ihr kurzes, drahtiges Haar gestülpt. Ihre wettergeröteten Wangen waren fast so rot wie der puterrote Schal, den sie um den

Hals geschlungen trug. Ihr Auftreten war brüsk, aber ein Lächeln kam und ging in ihren grauen Augen.

»Dreißig Dollar«, sagte sie.

Ashley blickte schnell zu ihr auf und aß dann eine Gabel Grütze. »Waren Sie das vorhin, in dem Kutschierwagen?«

»Ja.«

»Lassen Sie mich Ihr Pferd ansehn.«

Die Frau stieß ein verachtungsvolles Schnauben aus. Ashley füllte sich abermals langsam den Mund und ging dann auf die Straße hinaus. Er besah sich ihr Pferd von allen Seiten. Die Frau stand neben Evangeline, die sie mit dem Kopf am Ärmel und der Schulter stieß, weil sie Hafer roch.

»Zweiunddreißig«, sagte Ashley, »und Sie lassen mich von jemand zur Brennaninsel hinüberrudern.«

»Gemacht! – Reiten Sie mir nach.«

Ashley zahlte seine Rechnung, tauschte einen gebrummelten Gruß mit den Anwesenden und ritt hinter dem Wagen der Frau drein. Nach zehn Minuten schwenkten sie durch ein Tor ein, das die Aufschrift trug: »Mrs. T. Hodge, Heu und Futtermittel.« Sie rief: »Victor! Victor!« Ein Junge von etwa sechzehn Jahren kam aus der Scheune gelaufen. Ashley saß ab.

»Hört die Stute auf einen Namen?«

»Ja – Evangeline.«

»Wo haben Sie diesen Sattel her?«

»Ein Freund hat 'n mir geschenkt.«

»Ich hab' bisher erst einen solchen gesehn. Indianische Arbeit. Victor, stell Evangeline in Julias Stall und gib ihr Hafer! Dann hol deine Ruder. Ich muß noch um etwas ins Haus. Laß meinen Wagen stehn, wie er ist. Und bring einen halben Sack Mais her.«

Evangeline blickte nicht zurück.

Mrs. Hodge blieb eine Weile weg. Dann kam sie mit einer alten Reisetasche aus Teppichstoff wieder, die sie Ashley reichte.

»Victor, ruder diesen Herrn zu Dinkler hinüber. Trag den Mais ins Boot hinunter und wart auf ihn!«

Victor begann die Stufen zum Fluß hinunterzugehn. Mrs. Hodge zog eine alte, abgegriffene Geldbörse aus der Tasche und drückte sie Ashley in die Hand.

»Es ist ein Fünfzigdollarpferd, mit diesem Sattel dazu. Geben Sie den Mais Win Dinkler – führt den Laden auf der Brennaninsel. Sagen Sie ihm, Mrs. Hodge schickt ihn. Sagen Sie ihm von mir, er soll Sie auf einem dieser Schwedenkähne unterbringen.«

Für einen Augenblick sah sie ihn schweigend an. Nur ein einzigesmal hatte er bisher solche Augen gesehen – die seiner Großmutter. »Reden Sie möglichst wenig. Und schießen Sie auf niemand, wenn Sie nicht müssen. Nehmen Sie den Hut ab!«

Er tat das. Sie nickte und stieß dabei ein leises, kollerndes Lachen aus. »Wächst ganz schön. Ein oder zwei Wochen lang werden Sie's nicht zu waschen brauchen.«

Ashley ergriff sie am Handgelenk. Er fragte drängend: »Nach einer Weile ... Können Sie sich irgendeinen Weg denken, auf dem ich ein Wort an meine Frau gelangen lassen kann?«

»Machen Sie, daß Sie ins Boot hinunterkommen! – Um sie noch schlimmer zu quälen? Sagen Sie sich: sieben Jahre. Überlassen Sie Ungeduldigsein jungen Burschen. Leben Sie wohl! Vorwärts mit Ihnen!«

Er begann die Stufen hinunterzusteigen. Sie fügte hinzu: »Vertrauen Sie Frauen! Männer werden Ihnen von jetzt an keine große Hilfe sein.«

Sie wandte sich um und ging in ihr Haus zurück.

Ashley verbrachte die nächsten vier Tage in und um Dinklers Laden, der teils Krämerei, teils Schiffsausrüsterei und teils Schenke war. Es gab dort Floh- und Zeckenpulver zu kaufen. Frachtkähne legten an und fuhren ab. Wenn Dinklers Schankraum voller Schiffer war, blieb er in dem Schuppen am Ufer. Die Reisetasche, die Mrs. Hodge ihm gegeben hatte, enthielt Socken, Unterwäsche, Hemden, Seife, eine halbverbrauchte Tube Pomade, ein Rasiermesser, einen zerlesenen Band von Robert Burns' Gedichten und einen schwarzen Kirchgängeranzug von altmodischem Schnitt und für einen größern Mann. In einer der Taschen stak ein alter Briefumschlag, adressiert an Mrs. Tolland Hodge, Giles, Illinois. Er las den Brief, der mit »Liebe Betty« begann, nicht zu Ende. Er entschied sich, daß sein neuer Name James Tolland sei, ein Kanadier. Am fünften Tag verschaffte ihm Win Dinkler einen Platz auf einem norwegischen Frachtkahn, vierzig Cents täglich und dazu zwanzig für so viel Aquavit, wie er trinken könnte. Das Leben auf einem flußabwärts fahrenden Frachtkahn ist von fast unerträglicher Langweile. Die Männer spielten Karten. Er gewann die Hälfte des Gelds für die Fahrt und für den Aquavit zurück. Er freundete sich mit den Männern an. In ihrer Sprache nannten sie ihn »Bürschchen«. Um zu erklären, wer er war, erzählte er ihnen ein paar Lügen und durfte dann wieder in seine Wortkargheit verfallen. In klaren Nächten schlief er unter den Sternen auf den wohlriechenden Brettern. Bei den Mahlzeiten lenkte er das Gespräch wiederholt auf New Orleans. Er erfuhr die Namen einiger *réunions*, wo bis spät in die Nacht ziemlich ehrlich Karten gespielt wurde. Er wurde vor einem Café *Aux Marins* gewarnt, das von Schmugglern, geheimen Waffenlieferanten und derengleichen frequentiert wurde – Männern ohne ›Papiere‹. Er hörte ziemlich viel darüber, wie wichtig es sei, ›Papiere‹ zu besitzen. Eben als er begann, sich Sorgen zu machen, wie den Hafeninspektoren zu entgehn, bot sich ihm die Lösung dar. Dreißig Kilometer nördlich der Stadt würde ein Boot längsseits kommen. Es gäbe ein langes Feilschen. Es würden ihnen ›schwarz‹ Rum, Whisky, *sapot* und Aphrodisiaka angeboten werden. Seine Chance kam; als das Boot von dem Frachtkahn abstieß, ergriff er die Reisetasche, sprang in das Boot, rief seinen Freunden Lebewohl zu und wurde ans Ufer gerudert.

In New Orleans verließ Ashley sein Zimmer nur selten bei Tag. Er trug seinen Overall und machte sich nicht die Mühe, ihn sauber und nett zu halten. Er fuhr sich mit schmutzigen Fingern durch sein dichtes Haar und rieb sogar Schmutz auf sein Gesicht. Er war ein kanadischer Matrose, der sich nach einer Heuer umsah. Er wechselte sein Quartier jeden vierten Tag, zog aber nie weit aus der Nachbarschaft der Gallatin- und der Gasquetstraße weg. Es war nichts Verdachterregendes an ihm, aber er war überall ein Gegenstand der Neugier, und er wußte das. Lange Zeit jedoch merkte er nicht, daß etwas Absurdes mit seinem Äußern vorgegangen war. Sein krauser rötlichblonder Bart folgte der Linie seines Unterkiefers und endete in einer kurzen Spitze. Locken umgaben auch seine breite Stirn. Die unauffälligen Züge des John Ashley aus Coaltown hatten etwas seltsam Erhabenes angenommen. Er hatte einem der Apostel – einem Johannes oder Jakobus – zu ähneln begonnen, wie sie in der Kunst, besonders in kitschiger Kunst auf Namenstagskarten und Votivmedaillen oder als Wachs- oder Gipsstatuetten, dargestellt sind. Leute blieben stehn, um ihn anzustarren; später, in der südlichen Hemisphäre, bekreuzten sich Vorbeigehende heimlich. Ashley merkte das nicht, auch nicht, daß die Polizei – auf der Ausschau nach dem blutdürstigen Mörder aus Illinois, der seinen besten Freund in den Hinterkopf geschossen und sich ganz allein mit einem Revolver durch einen Trupp von zehn Bewaffneten durchgekämpft hatte – dem so fromm aussehenden jungen Mann keinen zweiten Blick schenkte.

Jeden Abend um elf stieß er die Tür des *Aux Marins* auf, murmelte ein heiteres *»Bon soir«* und setzte sich mit seinen Zeitungen an einen leeren Tisch. Er breitete oft ein Spiel Karten vor sich aus und studierte die Spiele, die er auf dem Kahn gelernt hatte. Jean-le-Borgne litt an Schlaflosigkeit. Nacht für Nacht schob er die Stunde hinaus, zu der er die eiserne Wendeltreppe hinaufsteigen mußte, um neben seiner wassersüchtigen Frau auf den Schlaf zu warten. Er beobachtete seinen kanadischen Stammgast, wie der gegen sich selbst spielte, und schlug ihm vor, sie sollten miteinander spielen. Das wurde zu einer Gewohnheit. Die Einsätze waren klein. Das Glück begünstigte bald den einen, bald den andern. Ashley lernte *la manille*, *les trois valets* und *piquet*. Anfangs sprachen sie wenig, aber schweigend kamen sie einander näher. Zuletzt wurde Ashleys Geduld belohnt. Er erfuhr, daß ein bestimmtes Schiff – in ein oder zwei Wochen oder vielleicht ein oder zwei Monaten – nach Panama auslaufen werde, und zwar von einem aufgelassenen und verfallenden Pier auf einer der Inseln im Delta. Die Ladung bestünde, augenscheinlich, aus Reis.

Ashley brauchte Geld. Er hatte den schwarzen Anzug so ändern lassen, daß er ihm paßte. Dazu trug er einen hohen Stehkragen mit breiter Halsbinde. So präsentierte er sich in *La Réunion du Tapis Vert* und *La Dame de Pique*, zahlte das Eintrittsgeld und begab sich an die Spieltische. In diesen Klubs verkehrten kleine Kaufleute, die den Karten versklavt waren, und die jüngern Söhne von Plantagenbesitzern, die nicht den Wunsch hatten, unter den Augen der Väter in den feineren Klubs zu spielen. Während der ersten zwei Stunden gewann Ashley weder noch verlor er; gegen vier Uhr morgens hatte er manchmal eine plötzliche Glückssträhne. Wenn er sich aufs Schwindeln verlegte, tat er das mit begrenzter Gewinnsucht und großer Umsicht.

Ashley war ein gläubiger Mensch und wußte das nicht; er war auch ein begabter Mathematiker – vielleicht mit einer Spur von Genie – und wußte auch das nicht. Er war der geborene Kartenspieler, hatte jedoch seit zwanzig Jahren nicht mehr gespielt. Im Haus seiner Studentenvereinigung, auf der Technischen Hochschule in Hoboken, New Jersey, waren Tag und Nacht selten weniger als sechs Kartenpartien in Gang gewesen. Ashley besaß gar keinen Wettbewerbsgeist und hatte damals kein Geld nötig. Er interessierte sich sehr für Zahlensequenzen. Er entwarf Tabellen und analysierte die Wahrscheinlichkeitselemente in den verschiedenen Spielen. Er hatte ein gutes Gedächtnis für Zahlen und Zeichen. Er hatte es sich dort angelegen sein lassen, nicht allzuviel zu gewinnen und – als Präses der Verbindung – andre Spieler daran zu hindern. Auf dem Flußkahn und beim Spielen mit Jean-le-Borgne und hier in den Klubs lernte er neue Spiele; allein, in seinem Zimmer, studierte er dann ihre Struktur.

Gläubige Menschen und geniale Menschen haben dies gemeinsam: sie wissen (bemerken und erinnern sich an) vieles, das zu wissen sie sich nicht bewußt sind. Sie achten auf Beziehungen, Rekursionen, Kombinationen und ›Gesetze‹. Es ist nichts Unlauteres an diesem Operieren ihres Geistes – weder ein Streben nach Vorteilen noch Stolz noch Selbstrechtfertigung. Die Netze, die sie auswerfen, reichen weiter und tiefer, als ihnen voll bewußt ist. Klarheit ist eine edle Eigenschaft des Geistes, aber Menschen, die in erster Linie Klarheit von sich verlangen, entgeht so manche Wahrheit, die – mit Geduld – ihnen später einmal vielleicht klar würde. Ein Geist, der ungeduldig nach Klarheit – oder gar Vernünftigkeit – verlangt, wird allmählich eng und dürr. Ein paar Jahre nach diesen Ereignissen suchte ein verhältnismäßig unbekannter Wissenschaftler, der im Schweizer Eichamt arbeitete, eine Formel zu finden, die das Wesen der Energie ausdrücken würde. Er berichtet uns, daß sie ihm in einem Traum erschien. Er erwachte und überdachte sie; er mußte lachen, denn sie war von einer lächerlichen Selbstverständlichkeit. Ein Philosoph der Antike schreibt Erkenntnis der Erinnerung zu: der entzückten Überraschung, zu erfahren, was man bereits weiß. Ashley hatte keine Ahnung, warum er ein so meisterhafter Glücksspieler war. Er verließ sich auf eine ganze Reihe von Fetischen, irrationalen Eingebungen und abergläubischen Gewohnheiten und schämte sich ihrer.

Glaube ist ein sich stets erweiternder Teich von Klarheit, von Quellen gespeist, die jenseits des Bewußtseinsrands entspringen. Wir alle wissen mehr als das, wovon wir wissen, daß wir es wissen.

Die Abfahrt seines Schiffs verzögerte sich.

Mehrmals jede Woche erforschte er in schmierigem Overall die Stadt bei Nacht. Er erneuerte eine in ihm erloschene Neugier, das Leben andrer Menschen kennenzulernen. Sein Interesse war auf Beziehungen innerhalb der Familie gerichtet. Bei Einbruch der Nacht begab er sich auf lange Streifzüge. Er wurde, ohne sich ein Gewissen draus zu machen, ein eifriger Horcher. Er ging hinter Ehepaaren drein; er verweilte besonders, wo er Gespräche zwischen einem Vater und dessen ältestem Sohn oder ältester Tochter erlauschen konnte. Überall versuchte er, die Eigentümlichkeit einer Beziehung einzuschätzen. Er umkreiste die Heimstätten der Wohlhabenden, als plante er, sie zu berauben. Am aufmerksamsten tauchte er in das Leben derer ein, die in seinem Stadtviertel wohnten. Er fühlte sich wie ein Ehemann, Vater oder Onkel, der nach jahrelanger Abwesenheit unerkannt zurückkehrt – ein Enoch Arden, ein Odysseus als Bettler an seinem eignen Herd. Ein Bedürfnis, sich das Glücklichsein andrer einzureden, trieb ihn an. Er schrak davor zurück, Roheit und Siechtum zu sehen oder zu hören, aber eine unselige Zufälligkeit ließ ihn überall an sie geraten. Im Bergwerk von Coaltown hatte er das Husten der Schwindsüchtigen zu erkennen gelernt; er hörte es nun allerseits und sah den rötlichen Auswurf auf den Gehsteigen. Auch die Kennzeichen andrer Krankheiten drängten sich ihm auf – Einäugigkeit, zerfressene Nasen. Überall schritten Dirnen ihr ausschließliches Territorium ab, wie Bienen das angeblich tun. Er wagte sich nicht in den halben Quadratkilometer von Storeyville – dem durch viele Lieder berühmt gewordenen Tummelplatz der aus Tausenden ausgewählten und großgezogenen Jungen und Schönen. Hier war er umgeben von Frauen, die Storeyville nie hätten betreten können oder für ihren Dienst dort zu alt geworden waren. In der Abenddämmerung setzte sich alle Welt zu Tisch; Klänge des Lachens und Laute der Befriedigung waren zu hören. Darauf folgte eine Stunde des Flanierens, des Umhersitzens auf Balkonen und Türstufen, geflüsterten Liebeswerbens, gemessener Gespräche in den Cafés – wo große Geister über Politik diskutierten. Gegen halb elf jedoch änderte sich die Stimmung. Eine ominöse Strömung drang in die Stadt ein. Noch vor Mitternacht füllten jähe Schreie die Luft, Lärm von Schlägen, Verfolgungen, umgestoßenen Möbeln, Schluchzen und Wimmern. In Coaltown war das Gerücht, daß Ehemänner – besonders die Bergleute – ihre Frauen prügelten, etwas zum Lachen gewesen. Hier sah es Ashley alles. In einem schmalen Gäßchen traf er auf einen Mann, der einer Frau Hieb nach Hieb versetzte; sie sank allmählich auf die Knie, während sie ihn höhnte, er sei kein Vater, er sei bloß ein Hanswurst von einem Vater. Ein andrer Mann hielt den Kopf einer Frau gepackt und schlug mit ihm immerzu an die Wand eines Treppenhauses. Er sah Kinder sich unter Schlägen ducken. Ein Mädchen von etwa sechs Jahren stürzte aus einer Haustür und sprang in seine Arme wie ein Eichkätzchen auf einen Baumwipfel. Ein Mann folgte der Kleinen mit gesenktem Kopf, einen ausgerissenen Tischfuß in der Hand. Alle drei fielen sie in die Gosse. Ashley machte, daß er wegkam. Ein von der Polizei Gesuchter ist nicht in der Lage, die Verfolgten zu verteidigen. Er wäre nur zu gern schon auf See gewesen, auf einem Berggipfel, auf den Anden.

Er wartete.

Er stieg tiefer hinab.

Er wagte sich in andre Kaffeehäuser. Er verbrachte einen Abend im Joly, einen im Bresson und hübsch viele im Quédebac. Die Unterwelt hat ihre Rangordnungen. Ashley war ein Paria und mußte sich mit seiner Kaste bescheiden. Eine Schicht höher als er war das Café Bresson – der Treffpunkt von Dieben, Einbrechern, Langfingern, kleinen Betrügern, Verkäufern von Tips für Pferderennen und Hahnenkämpfe. Dies waren rührige, scharfäugige Männer voller Pläne, stark im Trinken, laut im Reden, unbändig im Lügen. Wann immer die Polizei – in Uniform oder in Zivil – zwischen den Tischen im Bresson vorbeischlenderte, dämpften die Stammgäste weder die Stimme noch blickten sie auf. Ihre Bemerkungen nahmen etwas Sarkastisches an; sie taten, als gewahrten sie die Eindringlinge nicht. Dies waren lustige Zechbrüder, und sie nahmen nur gesellige Männer vom gleichen Schlag unter ihre Zahl auf. Ashley war kein Zechbruder und wagte es nicht, sich ihrer eindringlichen Neugier auszusetzen. Noch tiefer als er befand sich der Untergrund des sozialen Lebens – das Joly, das Café der Zuhälter, das wissentlich kein andrer Mann betrat. Zuhälter setzen sich nur mit ihresgleichen zusammen.

Ahnungslos verbrachte Ashley einen Abend im Joly. In später Stunde kam Joly selbst auf ihn zu und fragte ihn halblaut: »Bist du aus St. Louis?«

»Nein.«

»Ich hab' gedacht, du bist Herb Benson aus St. Louis. Du bist im *tambour?*«

Ashley wußte nicht, warum er in irgendeiner »Trommel« sein sollte, aber willfährig bejahte er.

»Wo hast du gearbeitet?«

»Oben in Illinois.«

»Chikago?«

»In der Nähe.«

»Fein in Chikago, was? Fein!«

»Ja.«

»Na, also Babas Louis hat den Fluß hinauf müssen. Kennst du Baba? Sie ist die, die soeben weggegangen ist – die Dicke. Sie hat mir gesagt, ihr wär's recht, wenn du dich um sie annehmen möchtst. Sie könnt' dir dreißig Dollar in der Woche bringen – auch mehr, wenn du dahinter her wärst.«

»Warum sollte sie mir dreißig Dollar bringen?«

Joly blieb der Atem weg. Die Augen traten ihm aus dem Kopf. »Auf und raus mit dir, und zwar rasch. Raus, raus!«

Ashley starrte ihn an, legte ein Geldstück auf den Tisch und ging zur Tür hinaus.

Joly warf ihm das Geld auf die Straße nach.

Ashleys Schicht war die der Versager im ordentlichen oder

im ordnungswidrigen Leben. Deren Café war das Quédebac – Männer, die aus langer Haft zurückgekommen waren, Pechvögel beim Einbrechen, Pechvögel beim Falschspielen, ehemalige Zuhälter, ehemalige Tipster, Männer, die ihren Schneid verloren hatten, viele mit zitternden Händen und zuckenden Wangen. Sie aßen unter den Flugdächern an der Hintertür von Klöstern. Manche wuschen zeitweilig Teller in Restaurants; manche verdienten sich zeitweilig ihren Unterhalt in dem jämmerlichsten aller Berufe – waren Wärter in Krankenhäusern. Ashley erfuhr von ihnen einiges über ihre Arbeit und dachte daran, sich um die zu bewerben. Er war bereit, seinen Ekel zu überwinden; er fürchtete sich vor nichts außer sich selbst. Wählerisch zu sein, ist ein Furchtsamsein. Er wußte nicht, ob Krankenhäuser die ›Papiere‹ von Wärtern zu sehen verlangten. Mittlerweile suchte er nach Leuten, die Spanisch sprachen; er fand einen solchen Mann und zahlte für die Lehrstunden in Alkohol. Weiber gingen hier ein und aus, der Auswurf ihres Berufs.

»M'ssieu James, wollen Sie mir einen Grünen zahlen?«

»Hab' heut nicht genug Geld dafür, Toinette. Du kannst statt Absinth ein Bier haben.«

»Danke, M'ssieu James.«

Das Wort ›Verkommenheit‹ wird lose gebraucht; dies war die Welt der Verkommenen. Alles Reden war obszön, aber nicht weil es beabsichtigte, zu verblüffen oder auch nur Nachdruck zu vermitteln. Verkommene sind nicht fähig, zornig zu sein; sie haben das Recht dazu verloren. Sie sind gerichtet worden, und sie stimmen ihren Richtern bei. Sie erzählen wenige Lügen. Sie haben nichts zu verbergen und fast nichts zu gewinnen. Sie sind freigebig gegen ihresgleichen, aber nicht aus einer Regung von Großherzigkeit. Verkommenheit mißt Geld keinen Wert bei.

Das alles war Ashley neu. Im Quédebac wurde wenig Anspruch auf Mitgefühl gemacht, auch wenn er ein gewisses Maß davon besessen hätte. Aber dort vergrößerte sich der Aufruhr von Fragen in ihm, der beständigen, drängenden, unbeantwortbaren Fragen. Dennoch fand er dieses Café nicht unsympathisch; er öffnete die Tür sogar mit einem erregenden Gefühl der Erwartung. Er wurde gleichmütig begrüßt. Der stete Fluß der Gespräche wurde nicht unterbrochen. Der Vorgang des Lernens ist abwechselnd von Schmerz und kurzem Aufflackern von Freude, das Schmerz ähnelt, begleitet.

Es dauerte ein Jahr und zwei Wochen, bis er Chile erreichte. Er gelangte allmählich die Küste weiter nach Süden hinunter, verschaffte sich Fahrten auf kleinen Schiffen, vermied die größern Häfen, wenn er konnte. Es fand sich gewöhnlich Arbeit für einen Mann, der rechnen konnte, leicht zugänglich war und ein sicheres Auftreten hatte, – vorausgesetzt jedoch, daß er Arbeiterkleidung trug. Beschäftigung für einen Herrn wäre schwer zu finden gewesen. Er führte die Bücher in Lagerhäusern. Er wog auf Plantagen deren Produkte. Wurde er nach seinen Papieren gefragt, erzählte er eine Geschichte, wie er alles, was er besaß, bei einem Hotelbrand in Panama verloren habe. Man glaubte ihm oder war nachsichtig.

Er verbuchte und kontrollierte Schiffsladungen in Buenaventura.

Er überwachte Jagden auf Schildkröten auf den niedrigen Inseln vor San Barto.

Ein Ashley widmet sich ganz jeglicher Aufgabe, die er vor sich hat. Überall bat man ihn zu bleiben, aber er reiste weiter. Er saß noch spät nachts in Kneipen; er spielte Karten; seine Beherrschung des Küstendialekts machte rasche Fortschritte. Sogar wenn keine Arbeit zu finden war, verdiente er sich ein wenig Geld als Briefeschreiber.

Er verbrachte drei Monate in Islaya. Es ist eine wohlbekannte, aber selten ausgesprochene Wahrheit, daß fast jeder Ausländer ein besserer Aufseher über eine Gruppe ekuadorianischer Arbeiter ist als jeder gebürtige Ekuadorianer. Er schlief auf den stinkenden Decks von Guanoschiffen und beobachtete genau, wie sie betrieben wurden. Nach mehreren Fahrten wurde ihm ein solches Schiff anvertraut. Er erlitt damit Schiffbruch inmitten von silberigen Barrakudas und verlor ein Drittel seiner Mannschaft. Es war vielleicht seine Schuld, denn er hatte Navigationskenntnisse vorgegeben, die er nicht besaß, aber kein schlechtes Gewissen beunruhigte seinen Schlaf. Auf der untersten Stufe der Gesellschaft sind alle Menschen von Hunger, verborgenen Riffen und Stürmen bedroht, sind alle Gewässer voller Haifische. In späterer Zeit wurde es allgemein bekannt, daß sämtliche Ashleys unverbesserlich amoralisch waren.

Er schaffte sich in kürzester Zeit eine Stellung auf den Ölfeldern von Salinas. Er hätte sich hier niederlassen und es weit bringen können. Überall wurde bis spät in die Nacht hinein Karten gespielt – hier unter dem Moskitonetz und der Sturmlaterne. Dr. Andersen, der Däne, war ein angenehmer Mensch. Auch ein Amerikaner namens Billings war da, der in pharmazeutischen Präparaten reiste.

»Spielen Sie schon aus, Billings! Spielen Sie aus! Wie geht's mit Ihrer Rattenliste?«

»Langsam, sehr langsam.«

»Wissen Sie, was die Rattenliste ist, Tolland?«

»Nein.«

»Eine Liste gesuchter Männer, auf deren Kopf ein Preis gesetzt ist. Nach wem sind Sie jetzt auf der Suche, Billings?«

»Vizepräsident einer Bank in Kansas City. Durchgebrannt mit hunderttausend Dollar und einer Sechzehnjährigen.«

»Hier 'runter vermutlich?«

»Ziemlich sicher. Niemand läßt es sich dieses Jahr einfallen, nach Mexiko durchzubrennen.«

»Wie groß ist die Prämie?«

»Drei- oder viertausend.«

»Kennzeichen?«

»Ungefähr vierundvierzig. Rundes rosiges Gesicht. Zwei Goldzähne.«

»Spielen Sie aus, Billings! – Hat man je den Richter geschnappt?«

»Tot in Santa Marta aufgefunden. Sieht aus, als hätt' er sich umgebracht. Hat das Flüchtlingsleben sattbekommen. Scheint auch, daß die Leute es über gehabt haben, ihn durchzufüttern. Von zweihundert Pfund auf neunzig herunter. – Hab' soeben Nachricht über einen Neuen bekommen – viertausend Dollar. Mann in Indiana – hat seinen besten Freund in den Hinterkopf geschossen. Gräßlicher Typ. Möcht' ihm nicht in einer finstern Nacht begegnen. Wurde von zwölf Mann eskortiert. Hat sich ohne Hilfe mit Revolverschüssen befreit.«

»Alt oder jung?«

»Hat erwachsene Kinder.«

»Irgendwelche Kennzeichen?«

»Hab's vergessen. – Wissen Sie eine gute Methode, eine Ratte zu fangen?« Billings senkte die Stimme und kniff die Augen zusammen. »Alle diese Ratten haben ihren Namen geändert. Also, wenn man glaubt, man hat seinen Mann gefunden, geht man von hinten ganz nah an ihn heran und ruft seinen wirklichen Namen: ›HOPKINS‹ oder ›ASHLEY‹ – einfach so!«

In Callao fand Ashley Arbeit bei einer chinesischen Importfirma. Seine Arbeitgeber waren Ehrlichkeit selten außerhalb ihres eignen Volks begegnet. Er wurde in eine Stellung befördert, die schon fast eine Partnerschaft war. Seine Pflichten erforderten jedoch, daß er immer öfter bedeutende Firmen in Lima besuchte. Er gab die Stellung auf.

Er zog in ein verwahrlostes Mietzimmer am Meer in der Nähe von Callao. Er war Tausende von Kilometern gereist. Er hatte viel seltsamere Gebiete als die von den Geographen geschilderten betreten. Nun war er müßig. Bisher hatte beständiges Tätigsein ihm die volle Last seiner sich erweiternden Erkenntnis verborgen. Während er hier auf einen Küstendampfer wartete, erkrankte er schwer. Verzweiflung probiert die Organe des Körpers eins nach dem andern und sucht die für den Todesstoß leichtest zugängliche Stelle. Er wurde von den geistlichen Schwestern vom Tod errettet, den alten und jungen, die einander an seinem Bett ablösten. Seine Genesung war von Lachstürmen umgeben. »*Don Diego, el canadiense.*«

Vielleicht hatte es begonnen, mit ihm aufwärtszugehn.

»Das ist Chile«, sagte der Kapitän und wies auf die flache Küste.

Ashleys Herz tat einen Sprung. Er hatte Chile erreicht. Er war noch am Leben. Dies war sein Adoptivland. Aber er war noch nicht bereit für Arica oder Antofagasta. Er ließ sich bei San Gregorio an Land rudern. Dort erfuhr er, daß ein norwegisches Handelsschiff irgendwann einlaufen werde – in ein paar Tagen oder in ein paar Monaten.

Er war fast mittellos. Der größte Teil der hundertundfünfzig

Dollar, die er in Callao gespart hatte, war ihm gestohlen worden. Ein gewisser Betrag, den er im Lauf des Jahrs in das Futter seines Gürtels eingenäht hatte, war in Sicherheit; unberührt gelassen für seinen letzten Wurf, die Schiffsreise nach Antofagasta und seine Vorsprache bei der Bergwerksbehörde dort. Sobald er in San Gregorio an Land war, sah er sich nach Arbeit um. Es war keine zu finden. Er mietete sich ein Bett in Pablitos Taverne – das billigste, das zu haben war, einen Strohsack in einer Nische des Pferdestalls. Er beschäftigte sich damit, den verfilzten Schmutz so gut er konnte zu entfernen. Er war der Gebieter über seinen Geist: Er erlaubte sich nicht, Hunger zu verspüren oder den Ekel, den er über das Ungeziefer, das er beherbergte, empfand, zur Kenntnis zu nehmen. Er saß den ganzen Tag und bis spät in die Nacht in Pablitos Taverne.

Binnen einer Woche spielte er Karten mit dem Bürgermeister, dem Polizeichef und den führenden Kaufleuten. Er verlor ein wenig; an einem von drei Abenden gewann er jeweils, was er verloren hatte, und noch mehr. Er war von der Sonne tief gebräunt; sein Kopfhaar war lang und widerspenstig. Obwohl er Dialekt sprach, und trotz seinem elenden Quartier, war er »Don Diego« oder »Don Jaime« – letzteres zog er vor. Er durchforschte die kleine Stadt und ihre Umgebung. Er machte sich Freunde. Ohne daß er sich darum bemühte, wurde er abermals zum öffentlichen Briefeschreiber. Er verlangte nur wenig dafür, bloß ein paar Kupferstücke. Leute, die seit Jahren keinen Brief abgesandt hatten, erinnerten sich ihrer betagten Eltern oder ihrer verstreut lebenden Kinder. Es gab viel Schreibereien über Erbschaften, von Leuten diktiert, die es nach bitteren Erfahrungen gelernt hatten, Advokaten zu meiden. Gewerbetreibende wünschten in würdevollem *castellano* geschriebene Briefe. Es gab Liebesbriefe und Drohbriefe zu schreiben, die nach Dunkelwerden von dem schlauen Buckligen der Stadt zu überbringen waren. Er schrieb sogar Gebete, die als Amulette über Kinderbetten gehängt werden sollten. Er lauschte langen, fieberisch geflüsterten Bekenntnissen. Er erteilte Rat, er tröstete, er tadelte. Immer wieder wurden ihm die Hände geküßt. *Don Jaimito el bueno.*

Von seinen Partnern beim Kartenspiel begann er Wissenswertes über den Kupferbergbau in den Anden aufzuschnappen, über die

Schotten und Deutschen, die die Gruben betrieben, und über die Kälte und Hitze, die oberhalb von dreitausend Metern miteinander abwechselten. Die Stadtväter gingen um elf zum Abendessen nach Hause und überließen Ashley dem Schweigen, lauwarmem Bier und María Icaza.

María Icaza war Hebamme, Abtreiberin, *maga*, Wahrsagerin, Traumdeuterin, Kupplerin und Exorzistin böser Geister. Sie war teils Chilenin, teils Indianerin, doch in ihrer Gesichtsfarbe war eine blaue Tönung; sie selbst behauptete, sie sei »Perserin«. Bläulich waren vor allem ihre schweren Lider, die sich wie Visiere über die Augen senkten. Sie sagte, sie sei über achtzig. Diese Behauptung erhöhte ihr Ansehn; sie war wahrscheinlich siebzig. Meist saß sie an die Wand gelehnt und brütete über Verbrechen, Krankheit, Torheit und Tod. Von Zeit zu Zeit kamen Klienten sie befragen oder holten sie weg. Ashleys Kunden zogen ebenfalls ihre Stühle nahe an den seinen heran. Beide hielten sie im Flüsterton Sprechstunde. Beide besaßen sie Hunde, die sich keinen Schritt weit von ihren Füßen wegrührten – María Icazas Fidel und Ashleys Calgary – gute Freunde mangels besserer. Auf dem Fußboden gab es Flöhe und in der Luft Stechmücken; gegen zwei Uhr morgens war eine leichte Linderung der Hitze zu verspüren.

Sie tauschten Begrüßungen.

Sie wies einen ihrer Kunden an seinen Tisch; es war ein Brief zu schreiben. Er wies einen seiner Kunden an den ihren; es war eine Krise zu überwinden. Schließlich spielten sie Karten, ein Häufchen kleiner Kiesel zwischen sich. Oft wurden nicht mehr als zwei Dutzend Wörter während einer Stunde gewechselt. Von Zeit zu Zeit wurde María Icaza von Hustenanfällen geschüttelt. Der lange rote Schal, den sie an den Mund drückte, zeigte dunkelbraune Streifen von Blut. Wenn sie einen schwereren Anfall kommen fühlte, ging sie, von Fidel begleitet, würdevoll hinaus in den Abtritt, von wo dann die Laute ihrer Qual in der langen Stille der Nacht zu hören waren.

»Wo haben Sie sich diese Erkältung geholt, María Icaza?«

»Hoch oben – hoch in den Anden.«

Die Freundschaft der beiden wuchs während ihres oftmaligen langen Schweigens; sie wurde durch ihrer beider Mittellosigkeit gekittet; sie wurde genährt von dem in San Gregorio vorherrschenden Elend.

In der zweiten Woche war er »Don Jaime«, in der dritten »Jaimito«, in der vierten *»mi hijo«*. Sie schlug oft ihre Karten für ihn auf oder studierte mit düsterer Miene seine Handflächen. Er sagte ihr, er glaube nicht an solche Dinge. Sie erwiderte mit einer zotigen Redensart, daß das für sie keinen Unterschied mache.

Eines Abends, in der dritten Woche, legte sie ihren bläulichen Zeigefinger auf eine Karte und wartete, bis er in ihr Gesicht aufblickte. Sie deutete mit einer Geste einen Strick um ihren Hals an.

Mit einem fragenden Blick auf sie schlang er den Strick um seinen Hals und zog das Ende mit einem Ruck gegen die Zimmerdecke.

»Ich weiß nicht«, antwortete sie mürrisch.

Ein andermal, als sie die Karten auslegte, fragte er: »Wie viele Kinder hab' ich?«

»Stell mir nicht solche Fragen! Wenn du an mir zweifelst, kannst du 'rausgehn und in der Scheiße kopfstehn. Du hast vier oder fünf Kinder.«

»Sind sie gesund?«

»Warum sollten sie nicht gesund sein?«

Eines Nachts begann er ihr seine ganze Geschichte zu erzählen. Sie unterbrach ihn mit den Worten: »Was geschieht, ist nicht interessant.«

»Was also ist interessant, María Icaza?«

»Gott«, antwortete sie, wies erst auf ihre Stirn und dann auf seine.

María Icaza war, wenn ihr Gesundheitszustand es zuließ, Sängerin. Der alte Pablo erlaubte nur selten den Dirnen der Stadt, sein vornehmes Lokal vor Mitternacht zu betreten. Einmal in der Zeit, sobald die Stadtväter heimgegangen waren, gab er durch ein ernstes Kopfnicken diese Erlaubnis der einen oder andern von den Auserlesensten – Consuelo oder Maridolores. Es wurde von ihnen gefordert, wohlgesittet, ein Glas vor sich, dazusitzen.

Gelegentlich brachte das guten Geschäftsgang. Maridolores, die Fröhliche, murmelte etwa: »María Icaza, liebstes Herz, ein Lied! Ein einziges Lied! Don Jaime, bitten Sie doch María Icaza, uns ein Lied zu singen.«

Fidel schien zu verstehn, was verlangt wurde. Er legte ihr die Vorderpfoten auf den Schoß und sah sie flehend an. Ashley blickte ihr mit liebevoller Erwartung ins Gesicht. Der alte Pablo stellte mit einer Verneigung ein Glas Rum vor sie hin.

María Icaza begann unvermittelt mit einer außerordentlich vollen und umfangreichen Stimme. Eine lange, das Herz erschauern machende Kadenz – »Aïe!« – füllte den Raum. Dann:

»Die Spitzenklöpplerin sitzt an ihrem Fenster.
Blind! Blind!
Kämm dir das Haar, Kleine!
Es kommt noch genug Trauriges.«

Oder:

»Seid ihr unterwegs nach Bethlehem,
Meine Söhne, meine Töchter?«

Fidel blickte eifrig von einem Gesicht zum andern, um sich zu vergewissern, daß alle diese Gunst gebührend würdigten. Beim Refrain klopften die Mädchen mit dem Löffel an die Untertasse. Maridolores sprang auf die Tanzfläche, und ihre Absätze wirbelten wie Trommelschläge. Der Apotheker im Nebenhaus wachte auf, kleidete sich an und kam mit seiner Gitarre herunter. Der Raum füllte sich. Oh, was für eine Stunde! Welche Leidenschaft... Welche Erinnerungen! Bald sammelte sich eine Schar auf der Straße vor der Taverne. Wie sie alle in die Hände klatschten!

»María Icaza, sing noch eins, du Schöne!«

Schließlich flüsterte Ashley ihr zu: »Sing nicht mehr, María Icaza! Spar deinen Atem, um Christi Liebe willen!«

Das Fest nahm ein Ende. Fidel legte sich, die Schnauze an den Strumpf seiner Herrin gedrückt, gesättigt von Genuß. Für eine kleine Weile hatte sich Glückseligkeit auf San Gregorio herabgesenkt.

María Icaza verlangte von Ashley, er solle ihr seine Träume erzählen. Er antwortete, er erinnere sich ihrer nicht. Sie lachte verachtungsvoll.

Im Lauf der vierten Woche sagte sie: »Du siehst schlecht aus. Du kannst nicht schlafen. Ich will dir sagen, was deine Träume sind.

Du hast den Traum vom allgemeinen Nichts. Du gehst hinunter, hinunter in Täler von nichts, von Kreide. Du starrst, du starrst in Schächte, wo alles kalt ist. Du wachst auf, und dir ist kalt. Du glaubst, es wird dir nie wieder warm sein. Und da ist dieses Nichts – *nada, nada, nada* – aber dieses *nada* lacht, und es klingt wie ein Zähneklappern. Du öffnest die Tür eines Schranks, eines Zimmers, und es ist nichts darin außer diesem Lachen. Der Fußboden ist nicht ein Fußboden. Die Wände sind nicht Wände. Du wachst auf und kannst nicht aufhören zu zittern. Das Leben hat keinen Sinn. Das Leben ist das Gelächter eines Schwachsinnigen. – Warum hast du mich angelogen?«

Er sagte langsam: »Ich hab's nicht über mich gebracht, jemand von ihnen zu erzählen.«

Er ging zur Tür hinaus und stand lange, die Hände auf die Brüstung über den Wellen gestützt. Als er zurückkam, bedeutete sie ihm, die Karten zu mischen.

»Du hast mir nichts zu sagen, María Icaza?«

»Später. – Spielen wir jetzt!«

Eine Stunde später sagte sie: »Natürlich hast du diese bösen Träume, *mi hijo*.«

»Wieso natürlich?«

»Gott in seiner Güte sendet sie dir.«

Er wartete.

»Er will nicht, daß du noch länger unwissend bist. Du bist unwissend. Du bist sehr unwissend. – Heb die Karten ab! Ich möchte lesen, was die Karten mir sagen.«

Sie legte die Karten auf und schien sie doch kaum anzusehen.

»Du bist einundvierzig oder zweiundvierzig.« Sie fuhr mit dem Finger über ihr Gesicht. »Du hast keine Falten hier – von Sorgen und Gedanken. Du hast auch hier keine Falten – vom Lachen. Dein Verstand ist wie ein kleiner Fötus – ein armer kleiner, sich windender und drehender Fötus, der versucht, geboren zu werden. Wenn Gott ein Geschöpf liebt, will er, daß dieses Geschöpf das höchste Glück und das tiefste Elend kennenlernt – dann kann es sterben. Er will, es soll alles kennen, was das Leben bringen kann. Das ist Seine beste Gabe.«

Ashley senkte den Blick und sagte leise: »Ich war sehr glücklich.«

Sie fuhr mit den Händen verachtungsvoll über die Karten auf dem Tisch, über die Landschaft seines Lebens. »Das? Das – Glücklichsein? Nein! Nein! Es gibt kein Glücklichsein außer im Verstehn des Ganzen. Du bist ein Geschöpf, das von Gott geliebt wird – besonders geliebt. Du wirst eben erst geboren.«

Hier hatte sie einen Hustenanfall und zog den roten Schal vor den Mund. Als sie sich erholt hatte, griff sie in eine gebauchte geräumige Tasche ihres Rocks. Sie zog ein kleines, aus Akazienholz roh geschnitztes Kruzifix hervor.

»Bevor du einschläfst, sieh es gut an! Denk an dieses Leiden! Nicht an die Nägel. Die Nägel sind nicht wichtig. Es gibt überall Nägel. Aber denk an das Leiden – hier!« Sie legte die Finger an die Mitte ihrer Stirn. »Er, der in Seinem Geist ein Hunderttausend San Gregorios und Antofagastas und Tiburones hielt und – aus welcher Stadt kommst du?«

»Coaltown.«

»Ein Hunderttausend Caltones. Sieh es an, und dann leg es neben deinen Kopf, wenn du einschläfst! Du wirst keine Albträume mehr haben. Es gibt kein Glücklichsein für Menschen, die nicht auf das Grauen und das *nada* geblickt haben.«

Er nahm das Kruzifix.

Er legte seine Hand auf die ihre und fragte sanft: »Hast du das höchste Glücklichsein gekannt, María Icaza?«

Ihr Rückgrat streckte sich. Ihr Kinn hob sich. Sie blickte zur Tür hinaus, sah ihn dann mit einem leisen Lächeln der Verachtung an, das zu sagen schien: »Und ob ich's gekannt hab'!«

Sie nahm ihm für einen Augenblick das Kruzifix aus der Hand. Sie wies auf die roten Glasperlen, die daran befestigt waren, um Blutstropfen darzustellen. Sie sah ihn an. »Rot. Rot. Blick auf das Rot! Männer, Frauen und Kinder lieben dich wegen des Blaus deiner Augen. Aber es gibt eine bessere Liebe als diese. Blau ist die Farbe des Glaubens, aber Rot ist Liebe – jede Art von Liebe. Jeder Mensch kann sehen, daß du Glauben hast. Den hat auch Fidel! Glaube ist nicht genug. Vielleicht, wenn du Glück hast, wirst du in die Liebe geboren werden.«

Ashley senkte die Stimme und senkte die Augen. »María Icaza, liebe María Icaza! Wenn ich wiedergeboren werde, wenn ich das

Beste und das Schlimmste kenne – kann das meinen Kindern nicht helfen. Ich bin ihr Vater geworden, als ich noch in Unwissenheit lebte.«

María Icaza schlug ihn scharf auf die Hand. »Idiot! Schwachkopf! Wenn Gott vorhat, dir seine größten Gaben zu schenken, so darum, weil du sie schon immer verdient hast.« María Icaza hatte nie eine Eiche gesehen, aber sie zitierte das spanische Sprichwort: »Der Eichbaum ist in der Eichel.« Dann setzte sie hinzu: »Wenn Simón Bolívar mit sechzehn Jahren ein Kind gezeugt hätt' und am nächsten Tag gestorben wär', wär' das Kind doch der Sohn des Befreiers.«

Ashley hatte keine Albträume mehr. Das norwegische Handelsschiff lief ein paar Tage später ein. Ashley hatte kaum Geld genug für die Fahrt, aber er sandte María Icaza eine Flasche Rum ins Krankenhaus. An der befestigte er ein rotes Kärtchen. Bei seinen Reisevorbereitungen kam ihm das Kruzifix abhanden.

In Antofagasta fand Ashley Unterkunft im Arbeiterviertel und begann, ohne Übereilung, seinen Feldzug zu planen. Von fünf Uhr nachmittags bis lange nach Mitternacht saß er abwechselnd im Café de la República und im Café de la Constitución, über die eine oder andre der deutschsprachigen Zeitungen gebeugt, die fünfzehnhundert Kilometer weiter südlich in jener chilenischen Provinz erschienen, die ein neues Württemberg ist. Die beiden Kaffeehäuser lagen in Rattenfängergebiet; sich in ihnen aufzuhalten war ein Wagnis, aber notwendig. Rings um ihn, stundenlang, redeten Männer von Salpeter und Kupfer. Er merkte bald, daß eine andre Randexistenz in den beiden Kaffeehäusern verkehrte. »Der alte Percival« war bei Salpetergruben, bei Silber- und Kupferminen angestellt gewesen und hatte es zu nichts gebracht. Er war durch eine Liebesaffäre oder durch Dynamit um ein Auge gekommen, und sein Verstand war vom Wein und dem Brüten über erlittenes Unrecht umnebelt. Er setzte sich an die Tische seiner erfolgreicheren Freunde und wartete, daß ihm etwas zu trinken angeboten werde. Das geschah oft; oft aber wurde er abgewiesen, wenngleich niemals grob. Er stellte sich Ashley vor als: »Roderick Percival, Sir, ehemals leitender Direktor der El-Rosario-Schmelzhütte. Erfinder, Sir, des Percival-Zentrifugal-Retortensystems –

mir gestohlen von den Brüdern Graham, Ian und Robert, und es ist mir schnuppe, wer's mich sagen hört.« Dies war die Einleitung zu einem fünfzigstündigen Monolog. Ashley begab sich mit seinem Gast in weniger zentral gelegene Bars. Er ließ viele Wiederholungen über sich ergehn. Er begann zu vermuten, daß einige Klagegründe seines Gasts berechtigt waren. Abermals wurde seine Geduld belohnt.

»Mr. Tolland, Sir, arbeiten Sie nie in einem Bergwerk, das höher als dreitausend Meter über dem Meeresspiegel liegt. Warum sich das Leben verkürzen, Sir? Niemand macht dort den Mund auf, um mehr als das Nötigste zu sagen; sie sparen alle mit ihrem Atem. Dort oben wird ein Mensch melancholisch. Erst unlängst hat sich in Rocas Verdes einer vor die Stirn geknallt. Arbeiten Sie nicht in einem Bergwerk, Sir, das weit von einer Hauptstrecke liegt. Da kann einer überhaupt nicht auf einen Bummel weg. Wissen Sie, dort oben gibt's einige Gruben, wo die Seilbahn zur Anschlußstation viermal in einem Sommer unterbrochen ist – Lawinen. Mit den Männern dort kommt es so weit, daß ihnen schon übel wird, wenn sie einander bloß sehen... Arbeiten Sie in keinem Bergwerk, das nicht von amerikanischem Kapital finanziert ist. Da ist's richtig. Nehmen Sie zum Beispiel El Teniente. Da könnt' man glauben, man ist in einem Hotel in Saratoga Springs. Heiße Duschen Tag und Nacht, stellen Sie sich das vor! Häuser für die verheirateten Ingenieure! Spirituosen selbstverständlich verboten, aber ein Gewitzter weiß schon, wie er's anstellt. Ob Sie's glauben oder nicht, dort gibt's sogar einen Imbißraum fünfhundert Meter einen Schacht hinunter – Schinkenbrote und Limonade. Sehn Sie sich dagegen Rocas Verdes an – eine Menge Schotten und Schweizer und Deutsche. Da können Sie von Glück sagen, wenn Sie einen Napf mit Hafergrütze kriegen. Überdies sind viele der Bergleute bolivianische Indianer – können nicht einmal Spanisch.«

Ashley sah seinen Weg vor sich. Rocas Verdes wurde von der Kinnairdie Mining Company betrieben. Ihr Repräsentant in Antofagasta war ein Mr. Andrew Smith, der bei jeder Temperatur einen bis hinauf zu seinem schwarzen Presbyterianerbart zugeknöpften schwarzen Alpakkarock trug. Ashley hatte seinen ganzen Gleichmut nötig, um Mr. Smith' durchbohrendem Blick standzuhalten ... »Mr. James Tolland aus Bemis, Alberta ... ein Maschineningenieur, der den Kupferbergbau lernen möchte ... Ausweispapiere und Hochschuldiplome unglückseligerweise alle bei einem Hotelbrand in Panama verloren ... ein Empfehlungsschreiben Dr. Knut Andersens von den Salinas Ölfeldern in Ekuador ...« Mr. Tolland wies einige technische Zeichnungen für die Einrichtung von Kohlengruben vor. Ashley hätte sich die Mühe sparen können. Mr. Andrew Smith engagierte ihn vom Fleck weg, nachdem er sich nur noch erkundigt hatte, wie es mit seiner Lunge und seinem Herzen bestellt sei. Ashleys Arbeit bestünde – für den Anfang – darin, die Behausungen der Ingenieure und der Bergarbeiter zu überwachen – Heizung, Küchen, sanitäre Anlagen – und Pläne für weitere Elektrifizierung vorzubereiten. Er würde einen Brief an Dr. MacKenzie mitbekommen, daß ihm jegliche Gelegenheit geboten werden solle, sämtliche Arbeitsvorgänge bei der Kupfergewinnung kennenzulernen. Er erhielt Weisungen bezüglich seiner Kleidung und Ausrüstung und das Geld dafür, sich alles Nötige zu kaufen.

»Die Gesellschaft«, sagte Mr. Smith, »möchte, daß Sie zunächst für eine Woche nach Manantiales gehn. Das liegt grade ein wenig tiefer als zweitausendfünfhundert Meter und wird Sie auf die größern Höhen vorbereiten. Wenn Sie heute nachmittag herkommen, um den Vertrag zu unterschreiben, werde ich Ihnen einen Brief an Mrs. Wickersham mitgeben. Sie führt dort ein Hotel – ihre ›Fonda‹, das beste Hotel in ganz Südamerika. Kann sein, daß sie Sie aufnimmt, und kann sein, daß sie's nicht tut. Sie ist nun mal so. Ein Zug fährt am Freitag um acht Uhr ab, und wenn er nicht am Freitag fährt, so fährt er Samstag. Sobald Sie in Rocas Verdes sind, schreiben Sie mir einmal im Monat, was Sie alles brauchen.«

Ashley kam mit noch mehr Fragen zu Roderick Percival. Zuerst wollte Percival weder über Dr. MacKenzie noch über Mrs. Wickersham mit der Sprache heraus. Offenbar hatte er es sich mit beiden verdorben: er war von den Rocas-Verdes-Gruben fallengelassen und aus der Fonda ausgeschlossen worden. MacKenzie sei verrückt; habe zu lange »dort oben« gelebt; habe einen vernagelten Schädel; glaube, er wisse alles – eingebildet wie ein alter Pavian. Mrs. Wickersham sei eine Despotin; führe ein Hotel, als wär's ein Privathaus ... Schnüffelnase ... ein Unfrieden stiftendes Klatschmaul ...

nenne sich gern die ›Andenzeitung‹... wisse alle die Geschichten aus den siebziger und achtziger Jahren; langweile einen schrecklich, wärme immer denselben alten Kohl auf. Er kenne sie, seit sie nichts andres gewesen sei als die Köchin einer Gruppe von Smaragdsuchern. Jedenfalls habe sie einmal einen vernünftigen Einfall gehabt; habe ihr Hotel an den einzigen angenehmen Ort im ganzen Norden von Chile hingestellt. Sie habe nicht nur ihre heißen Quellen dort, sondern auch den einzigen wirklichen Fluß auf Hunderte von Meilen... »Hier herum gibt's keine Bäche und Wasserläufe, Mr. Tolland. Kein Regen. In Antofagasta gibt's Kinder von acht Jahren, die nie einen Regentropfen gesehn haben. Nicht einmal Feigenkaktus kann hier herum wachsen... Gewiß, ja, gewiß, der Schnee und das Eis schmelzen dort oben an den Rändern, und es bilden sich große Bäche, aber sie kommen nicht weit. Werden von der Sonne aufgesogen und vom Boden eingesaugt. Wir hätten in Antofagasta überhaupt kein Wasser, wenn Peter Wessel nicht die Rohrleitung gebaut hätte. Däne – guter Freund von mir. Wollte hier einen Tivoli-Garten anlegen, wie der in Kopenhagen. Gar keine so verrückte Idee. Mit all dem vielen Salpeter in der Erde würden die Rosen bis in den Himmel wachsen. Man braucht nur noch Wasser und Schatten. Und beides hat Mrs. Wickersham in Manantiales. Gibt ihren Gästen Gemüse zu essen, das auf jeder Landwirtschaftsausstellung erste Preise machen würde. Versorgt auch ihre Krankenhäuser und Waisenheime damit... Ich könnt' wetten, sie führt ihre Anstalten, wie sie ihr Hotel führt. ›'Raus mit dir! Mir gefällt dein Gesicht nicht. Find dir ein Paar Krücken; daß du mir in zwanzig Minuten aus diesem Krankenhaus draußen bist!‹«

Während der Wochen in Antofagasta wanderte Ashley oft nach Sonnenuntergang in der Stadt umher, wie er es in New Orleans und in einem Hafen nach dem andern auf seiner Reise getan hatte. Nun aber, als wären ihm Schuppen von den Augen gefallen, sah er nur Armut, Hunger, Krankheit und Gewalttätigkeit. Kaufläden und Häuser waren zur Straße hin offen. Am frühen Abend war die Luft von Gelächter und Koseworten erfüllt. Familienbande schienen eine weiter nördlich unbekannte Wärme zu besitzen. Aber gegen Mitternacht änderte sich die Stimmung. Er schrak nicht mehr vor dem, was sich seinen Augen und Ohren darbot, zurück, vor diesen Schlägen und Beschimpfungen. Er suchte sie sogar auf, als ließe sich etwas aus ihnen erfahren: eine Antwort auf dieses beharrliche »Warum?« Er hatte nie zum Grübeln geneigt. Er besaß weder den Wortschatz noch die Grammatik, um Überlegungen über solche Dinge anstellen zu können, außer jenen, die er längst zurückgewiesen hatte – die in der Methodistenkirche von Coaltown gehörten Predigten. Er begann zu fürchten – ein Ashley, der sich fürchtete! – daß er nie etwas wissen werde, daß er bis an sein Lebensende ein »krasser Ignorant« bleiben werde. Etwa dieses Verprügeln der Ehefrauen allerorten!

Er suchte sich an einen Abend in Salinas und einige Bemerkungen Dr. Andersens zu erinnern. Es war Karten gespielt worden unter dem Moskitonetz in jenem auf Pfählen über dem Strand stehenden Haus. Es war der Feiertag eines volkstümlichen Heiligen gewesen, und der Lärm der Festlichkeiten tönte aus dem fernen Arbeiterviertel herüber. Einer der Spieler machte einen Witz über alle die Ehefrauen, die an diesem Abend geprügelt werden würden. Der Arzt hatte auf seine trockene und gewählte Art gesagt:

»Uns können diese Männer nicht schlagen. Wir sind Ausländer, unglaublich reich, halb göttlich. Sie können ihre Vorarbeiter nicht schlagen – allerdings können sie gelegentlich einem auflauern und ihn niederschießen. Sie schlagen einander, aber sie sind nicht mit dem Herzen dabei. Sie wissen, sie sind alle in derselben ausweglosen Falle gefangen. Aber sie können diejenigen schlagen, die ihnen am nächsten stehn. Die Schläge sind auf die Umstände gezielt, auf das Schicksal, auf Gott. Ich bin froh, sagen zu können, daß auch die erbärmlichsten Ehemänner und Väter ihre Lieben nicht auf die Augen oder auf den Bauch schlagen; solche Schläge würden *zwei* Ausführende erfordern; jemand müßte dem sich duckenden Opfer die Hände wegziehen. Pedro würde nie einem andern erlauben, seine teuersten Schätze anzurühren.«

»Aber ...«, erinnerte sich Ashley, unsicher geworden, eingewendet zu haben, »diese Männer sind doch betrunken.«

»Das ist eine zu leichte Erklärung, Sir. Sie sind hingebungsvolle Ehemänner und Väter. Sie betrinken sich, um brutal sein zu können, um sich dazu zu enthemmen, einen Schlag gegen Gott zu führen.«

»Das verstehe ich nicht.« Sie spielten weiter. Später fragte Ashley: »Schlagen die Männer in Europa ihre Frauen und Kinder?«

»In Dänemark, meinen Sie? In meinem Heim? – Oh, Mr. Tolland! Wir zivilisierten Menschen haben raffiniertere Foltern.«

»Was?... Was meinen Sie damit?«

»Sie teilen, Smithson. – Leiden ist wie Geld, Mr. Tolland. Es kursiert von Hand zu Hand. Wir geben weiter, was wir empfangen. – Sie teilen aus, Mr. Smithson.«

Dann hatte Dr. Andersen noch etwas wie »manchmal wird die Kette unterbrochen« gesagt.

Hier nun, in Antofagasta, wurde Ashleys Kummer durch den häufigen Anblick von Personen verstärkt, die den Angehörigen seiner Familie ähnelten. Auf den ersten Blick hatten diese untersetzten, gebeugten schwarzgekleideten Frauen keine Ähnlichkeit mit Beata, aber gelegentlich gemahnte ihn eine Gebärde oder ein Wort an sie. Ebenso wie Beatas Leben war das dieser Frauen konzentriert auf einen einzigen Mann von unvorhersagbaren Launen, ihren Brotverdiener, der neben ihnen schlief, – einen mit seinen eignen, von ihren ewigen Küchensorgen weit entfernten Interessen beschäftigten Mann; sie zogen Kinder auf; sie wurden alt. Gelegentlich erblickte Ashley eine Lily. Roger sah ihm scharf ins Gesicht und eilte vorüber. Er kaufte Fruchtsäfte von mehr als einer Sophia. Andre Sophias bedienten ihn in Restaurants. Er spielte mehrere Damepartien mit einer Constance. Öfter noch begegnete er einer Eustacia Lansing.

Der Zug sollte fahrplanmäßig in Manantiales um vier oder fünf oder sechs Uhr nachmittag ankommen – hundertzwanzig Kilometer in acht bis zehn Stunden. Eine Zeitlang eilte er munter über die Ebene dahin, dann kroch er im Zickzack aufwärts. Über hohe, spindelfüßige Holzviadukte bewegte er sich kaum merklich. Er hatte lange Aufenthalte in Dörfern, die bei seinem Herannahen zum Leben erwachten – ausgedörrte Salpeterorte, die sich um einen Hochbehälter drängten, dessen herabsickerndes Wasser und zeitweiliger Schatten einen einzigen Pfefferbaum hervorgebracht hatten. Bei jedem Halt stiegen alle Fahrgäste aus den Waggons.

Der Lokomotivführer, die Heizer und der Schaffner genehmigten ein Glas oder zwei mit dem Stationsvorsteher. Die Landschaft wurde mit jeder Stunde überwältigender. Der Pazifische Ozean tief unten wurde zu einem noch riesigeren Teller. Die Gipfel oben in der Höhe rückten näher und schienen sich über den Zug zu neigen. Ashley hatte von Guayaquil aus den Chimborasso mehr als sechstausend Meter über dem Meer aufragen gesehen (»Beata sollte den sehn! Die Kinder sollten den sehn!«), aber dies waren die Berge von Chile, seine – hinfort seine Berge.

Die Holzbänke des Zugs füllten sich schon lange vor der Abfahrt. Ashley fand einen Platz gegenüber und zwischen einer vielköpfigen Familie. Nach dem ersten förmlichen Gruß wechselte er kein weiteres Wort mit ihr. Er las oder stellte sich schlafend. Einige Nachbarn hatten diese Familie an den Zug begleitet, und er erfuhr bald deren Namen: Witwe Rosa Dávilos und María del Carmen, sechzehn, Pablo, Clara, Inés und Carlos. Auch die Nachbarn trugen Schwarz und waren von ihren Töchtern begleitet. (Es gibt dort ein Sprichwort: »Eine Tochter ist eine häusliche Kalamität.«) Alle brachten sie kleine Geschenke von Eßwaren – erst nach so langen Szenen der Überraschung und Weigerung angenommen, daß wenig Atem fürs Bedanken übrigblieb. Als der Zug sich endlich in Bewegung setzte, bekreuzten sich alle fromm, und der Witwe wurde zum zwanzigstenmal zugeredet, sich dem Willen Gottes zu fügen – eine Mahnung, die, wie Ashley wußte, eine letzte betäubende Forderung an menschliche Standhaftigkeit bedeutete.

Mutter und Kinder warfen von Zeit zu Zeit Blicke auf den fremden Herrn. Sie gelangten bald zu der Annahme, daß eine so erhabene Persönlichkeit wenig Interesse für ihre Gespräche haben werde, auch wenn sie imstande wäre, den Dialekt, in dem gesprochen wurde, zu verstehn. Die Witwe hüllte sich in ihre Untröstlichkeit und lehnte die Wange an den Fensterrahmen. Der ältere Sohn, Ashley gegenüber, blickte düster vor sich hin, zurückgezogen in seine Verachtung für das Weibergeschwätz, das ihn umflutete. Die jüngern Kinder begannen weinerlich nach den Eßwaren zu verlangen, die auf Claras Schoß gehäuft lagen. Clara, vierzehn Jahre alt, schien die Stellvertreterin ihrer Mutter zu sein. Eine Stunde später klagten die Kinder noch immer, daß sie hungrig seien. Endlich öffnete die Mutter die Augen und sagte: »Eßt!« Clara teilte alles in fünf Portionen und gab Inés und Carlos ihre Anteile. Die drei ältern Kinder und die Mutter verneinten, daß sie hungrig seien. Die opferwilligen Gesten verwandelten sich in einen erbitterten Streit. Pablo drängte seine Mutter, sie solle essen. In Tönen hysterischer Gereiztheit befahl dagegen sie ihm, zu essen. María del Carmen hatte keinen Appetit.

»Gott im Himmel, warum sind mir solche Kinder beschieden worden!«

»Mama«, sagte Clara leise, »du hast deine Börse fallen lassen. Hier ist sie.«

»Meine Börse! Die ist schwer, meine Börse! Behalt sie!«

»Ja, Mama.«

Zu Mittag waren die Kinder abermals hungrig. Clara erzählte ihnen lange, weitschweifige Geschichten vom Jesuskind. Es gehe durch Zimmer, in denen kleine Kinder schlafen. Es mache kleine Jungen männlich und kleine Mädchen schön, so schön! Dann, noch immer mit leiser Stimme, erzählte sie ihnen von dem wundervollen Leben, das sie alle in Manantiales erwarte.

»Wißt ihr, was Manantiales bedeutet? Es bedeutet, daß Wasser gleich aus der Erde hervorkommt. Es kommt heiß, und es kommt kalt. Und Blumen sind überall – überall, wohin man schaut. Und Großmutter wird sagen: ›Geh in den Garten hinaus, Inés, mein Augapfel, und bring mir ein paar Rosen, um sie vor die Muttergottes hinzustellen!‹ Erinnert ihr euch, was Großmutter gesagt hat, als sie Papa besuchen kam, bevor er in den Himmel ging? Sie sagte, in Manantiales ist eine englische Dame, die eine Schule für Mädchen hat, und daß sie aus Carmencita eine Wäscherin machen wird und aus mir vielleicht eine Krankenschwester und daß wir Mama Geld – Geld – Geld bringen werden, jeden Samstag, den der Herrgott gibt. Diese englische Dame – wenn ein Mädchen heiraten will, schenkt sie ihm ein Bett und eine Bratpfanne.«

»Und Schuhe, Clara?«

»O ja, Schuhe – und dann heiratet sie der Mann.«

»Tut die Dame auch etwas für Knaben?«

»Du hörst nicht zu! Wenn sie Pablito sieht, wird sie sagen: ›Ich weiß nicht, was ich getan habe, daß Gott so gut zu mir ist!

Ich hab' mir schon die Augen ausgeschaut nach einem kräftigen, ehrenwerten Jungen, der für meine Maultiere und Pferde sorgen wird!‹ Und wenn Carlos größer sein wird, wird sie sagen: ›Ich hab' diesen Carlos Dávilos nun schon seit einiger Zeit beobachtet. Ich hab' etwas vor mit ihm.‹«

Hier öffnete Witwe Dávilos die Augen, neigte sich vor und gab Clara eine schallende Ohrfeige.

»Mamita!«

»Laß das Geschwätz! Den Kindern die Ohren mit diesem Unsinn zu füllen! Du und deine englische Dame und deine Bratpfannen und deine Schuhe! – Sag ihnen, daß wir nichts zu erwarten haben im Leben. Sag ihnen das!«

»Ja, Mama.«

Wieder wurde Essen ausgeteilt. Diesmal nahm María del Carmen ihren Anteil. Clara legte Pablo eine Portion aufs Knie. Sich kaum vorwärtsbewegend, fuhr der Zug über einen hohen Holzviadukt. María del Carmen bedeckte die Augen mit den Händen und schauderte. Ihre Mutter sah sie zornig an und zog ihr plötzlich die Hände vom Gesicht.

»Sei nicht so töricht, Kind! Schau hinunter in diese Schlucht! Schau! Es wär' besser für uns, wenn wir allesamt dort hinunter fielen.«

Clara sah ihre Mutter streng an und bekreuzte sich. Ihre Mutter fühlte sich getroffen. »Was soll das heißen, du kleine Pest?«

»Mama, mehr als alles andre auf der Welt wollen wir, daß du lebst.«

»Wofür? Sag mir das – wofür? Euer Vater hat uns nichts hinterlassen. Nichts. Gar nichts. Eure Großmutter kann nichts für uns tun. Euer Onkel Tomás taugt weniger als nichts. Sie hat schon drei Weiber im Haus. Ihr wißt, was aus Ana Romeros Kindern geworden ist. Das wißt ihr doch!«

»Ich bin bereit, betteln zu gehn, Mama. Ich werd' Inés und Carlito mit mir nehmen. Sie können singen.« Abermals gab ihre Mutter ihr einen Schlag auf die Wange. Ohne zu zucken, sprach Clara weiter. »Gott haßt Bettler nicht. Er haßt nur die Leute, die den Bettlern nichts geben. Wenn Papa uns nichts hinterlassen hat, so war das Gottes Wille.«

»Was sagst du? Was sagst du da?«

»Wenn Papa gestürzt ist und sich den Kopf verletzt hat, so war das der Wille – «

»Euer Vater war ein Heiliger, ein vollkommener Heiliger!«

Pablo warf einen Blick zorniger Verachtung auf seine Mutter.

»Warum siehst du mich so an? Du! Du hast deinen Vater nie geschätzt – nie! Oh! Wenn du nur zu einem Zehntel so ein Mann wirst, wie dein Vater war, dann weiß ich jemand, der sehr überrascht sein wird!«

»Mama!« flüsterte Clara.

»Spar dir dein ›Mama‹!«

»Mama, du weißt doch, du hast zu Schwester Rufina gesagt, wie stolz du auf Pablito bist. Du hast gesagt, er ist der männlichste Junge im ganzen Viertel.«

»Ach, du!«

Pablo stand auf und sagte laut: »Papa war ein Eeesel!«

»Ihr Engel im Himmel, hört euch das an! Ich war zwanzig Jahre mit deinem Vater verheiratet, und ich hab' ihm neun Kinder geboren und war die glücklichste Frau in Antofagasta.«

»Du warst glücklich! Du warst glücklich! – Sind *wir* glücklich gewesen?«

Rosa Dávilos wollte etwas antworten, aber Clara sagte mit gebieterischer Überzeugung zu ihnen allen: »Papa sieht uns zu.«

Ashley wischte sich die Stirn. Er hätte beinahe laut gestöhnt. Es kam ihm vor, daß er träume – das heißt, bei einem dieser zehnaktigen Dramen anwesend sei, deren wir zugleich der gebannte Zuschauer, der Protagonist und uneingestanden der Verfasser sind. Eine Viertelstunde später begegneten seine Augen zufällig denen Rosa Dávilos'. Während sie ihn ansah, glitt ein Ausdruck von Erstaunen und dann von Furcht über ihr Gesicht. Sie straffte sich und gab sich das Ansehen einer großen Dame. Als die Fahrgäste bei der nächsten Station wieder alle ausstiegen, ging sie mit ihren Kindern in einen andern Waggon. Ashley durchschritt die sonnengedörrte Dorfstraße. Er stand eine Weile beim Wasserbehälter und dem Pfefferbaum. Von Zeit zu Zeit hörte er den Knall von Explosionen aus der Ebene herauf – Dynamit sprengte die Erdoberfläche, damit der Salpeter herausgeholt werden konnte, der dann das Meer überqueren würde, um Kampfmittel fürs Töten und Düngemittel fürs Ernten zu liefern. »Das Leben bietet einem keine zweiten Chancen«, dachte er. »Besteht darin das Älterwerden, daß man die Dinge immer deutlicher sieht, die man früher nicht gesehn hat?«

Als er in seinen Waggon zurückkam, befand er sich inmitten einer andern Familie – einer so großen Schar, daß sie mehrere Bänke füllte. Alle waren sie ein wenig beschwipst. Sie feierten den Namenstag einer kleinen alten Frau, die duselig kichernd ihm gegenübersaß. Von Zeit zu Zeit neigten sich ihre Kinder und Enkelkinder über sie, umarmten sie und riefen lärmend: »*Mamita*, du Schatz!« »Liebste Abuelita!« Die Männer nötigten ihm Getränke auf. Er wurde allen vorgestellt und machte der alten Frau seine Komplimente. Es ist die Vielseitigkeit des Lebens, die das Denken so erschwert. So mancher angehende Philosoph war schon ganz nahe daran, das Problem des Leidens zu erfassen, aber welcher Weise könnte das des Glücklichseins lösen?

In Manantiales mietete er ein Zimmer im Arbeiterviertel. Seine Bedrücktheit wich von ihm. Er war jung; er war gesund; er war seinen Verfolgern entkommen. Zum erstenmal seit einem Jahr befand er sich in einem gemäßigten Klima; die Nächte waren kalt. Und das Beste von allem: Er war tätig. Er reparierte den Abzug in der Küche seiner Hauswirtin; er rüttelte ihren Sohn aus seiner Trägheit auf, und miteinander reinigten sie die Zisterne. Er sang. Er machte sich in der Nachbarschaft nützlich und wurde zum Essen eingeladen. Zu denken, daß ein Herr sich mit solchen Arbeiten die Hände beschmutzte! Bald hieß es »Don Jaime« da und »Don Jaime« dort.

Es wurde später den Ashley-Kindern nachgesagt, daß sie alle nur langsam reiften. Das stimmte, aber sie reiften nicht so unerhört langsam wie ihr Vater. Der Hauptschaden, auf diese Weise schnell oder langsam zu sein, scheint darin zu liegen, daß beim Heranwachsen die eine oder andre Entwicklungsphase, auf die junge Menschen gewissermaßen Anspruch haben, vielleicht übersprungen oder übereilt oder übermäßig verlängert wird. John Ashley aus Pulley's Falls, New York, hatte sich als den jungen Alexander gesehen, der eine Welt nach der andern erobert; aber er war nicht der Junge gewesen, der sein Leben den Leprakranken widmen will; er war der fahrende Ritter der Geschichtenbücher gewesen, aber er hatte sich nicht als den Staatsmann gesehen, der alle Ungerechtigkeiten der Gesellschaftsordnung beseitigen würde. Er war nur insofern ein Rebell gewesen, als er eine Mauer zwischen sich und der blinden Liebe seiner Eltern aufrichtete und ihre Idole verwarf. Auf der Maschinenbauschule hatte er sich seelenruhig als Atheisten bekannt, sich dabei aber nur von einem noch unterwürfigeren Aberglauben abhängig gemacht: er war überzeugt gewesen, daß irgendeine Kraft seinem Wink und Befehl gehorchte; Katastrophen befielen andre Leute, aber nicht ihn; die Umstände kamen herbeigeeilt, um ihm anzubieten, was immer er am meisten begehrte. Vor allem hatte er jene Phase des Heranreifens kaum gestreift, in der jeder junge Mann ein streitlustiger Philosoph ist. Ashley litt in Manantiales verspätet Schmerzen, die er zwanzig Jahre früher hätte erdulden sollen. Nachts lag er auf dem Dach des Hauses und blickte zu den Sternbildern zwischen den Berggipfeln auf. Ebenso wie ein andrer junger Mann, in einem Roman und Tausende von Meilen weit weg, dachte er: »Im unendlichen Raum, in der unendlichen Zeit, in unendlicher Materie formt sich ein Organismus wie eine Blase; sie dauert eine kleine Weile, und dann platzt sie; und diese Blase bin ich selbst.«

Eine andre Erinnerung aus seinem Leben kam immer wieder und quälte ihn – das Verhältnis zu seinen Eltern. John Ashley war mit Beata Kellerman an jenem Tag durchgegangen, der auf seine Diplomierung an der Technischen Hochschule in Hoboken, New Jersey, folgte. Seine Eltern waren von Pulley's Falls, New York, hergereist, um bei der Feier anwesend zu sein. Sie hatten ihn einen Preis nach dem andern davontragen gesehen. Am nächsten Tag fuhren sie heim; er sollte ihnen binnen einer Woche folgen. Zu Weihnachten sandte er ihnen eine Postkarte ohne Absenderadresse. Er schrieb ihnen nie, wenngleich er das in seinem Glücksgefühl, als Lily geboren wurde, beabsichtigt hatte. Ohne Groll und mit wenig Grund für Groll hatten er und Beata sich von ihren Familien losgesagt. Während all der seitdem verstrichenen Jahre hatte sein Verhalten John Ashley kein Bedauern und keine Selbstvorwürfe verursacht. Erst jetzt, als er einen solchen Drang empfand, das Familienleben rings um ihn her zu beobachten, begann er sich bekümmert zu fragen, worin er zu tadeln sei. War er ein unnatürlicher Sohn? Hatte seine ›Unnatürlichkeit‹ einen schädlichen Einfluß auf das Leben seiner eignen Familie ausgeübt? Würden seine Kinder ihrerseits – selbstgenügsam und ohne Zuneigung zu den Eltern – in der Menge verschwinden? Hatte es dem Leben in ›The Elms‹ an etwas gefehlt? Aber es waren dort siebzehn Jahre liebevollen Glücklichseins vergangen.

Warum hatte dann María Icaza so verachtungsvoll geantwortet auf seine Behauptung, glücklich gewesen zu sein?

Sein Vater war ein ehrenwerter Mann, ein führendes Mitglied der Gemeinschaft, Präsident der Bank von Pulley's Falls gewesen. John war ein einziges Kind, doch erinnerte er sich, daß seine Eltern zwei Töchter in frühestem Kindesalter verloren hatten, bevor er geboren wurde. Sein Vater war schweigsam und zurückhaltend gewesen – vielleicht eine Reaktion auf die Überschwenglichkeit seiner Frau. Die vergötterte ihren Sohn, betete ihn an. Sogar auf religiösem Gebiet verbergen solche Gefühle oft ein stillschweigendes Übereinkommen. Anbetung eines Menschen, die sich für Selbstverleugnung und demütige Bescheidenheit ausgibt, stellt große Ansprüche und ist ein versuchtes Besitzergreifen. John hatte eine gutmütige Veranlagung; die Zurückweisung der Ansprüche, die seine Mutter an ihn stellte, nahm nie die Form unbeherrschter Gereiztheit an. Er tat, als merkte er sie nicht. Es gab in seinem Leben ein Beispiel der Art von Liebe, die erweiterte Freiheit bringt. Die Sommer, die er auf der Farm Großmutter Ashleys verlebte, waren die glücklichsten Tage gewesen, die er je kennen sollte. Es fiel ihm nun wieder ein, daß sein Vater einen Wesenszug besaß, der ihm damals peinlich, aber unwichtig zu sein schien. Der Vater war ein Knauser gewesen – ein heimlicher Geizhals. Sein Haushalt wurde durchaus behaglich geführt; er zahlte seine Beiträge an den Kirchenfonds; aber jedes geldliche Erfordernis, das seinen genauen Voranschlag überschritt, marterte ihn. Seine Frau verwendete einen guten Teil ihrer Zeit und Erfindungsgabe auf den Versuch, das Ausmaß seiner Idiosynkrasie vor den Nachbarn geheimzuhalten, aber es waren Geschichtchen im Umlauf über seine komplizierten Manöver, einen »roten Cent« zu sparen. Zum erstenmal ging es Ashley nun auf, daß sein Vater reich war, wahrscheinlich sehr reich. Zusätzlich zu seiner Tätigkeit in der Bank kaufte und verkaufte er unaufhörlich Farmen, Häuser, Geschäftslokale. Nun, hier in Manantiales, begriff Ashley, daß er sich zum genauen Gegenteil seines Vaters geformt hatte und daß sein Leben ebenso verfehlt war. Die Wurzel des Geizes ist die Furcht davor, was die Umstände bringen mögen. Das Gegenteil des Geizhalses ist nicht der Verschwender der Parabel – der verlorene Sohn, der sein Erbe durch zügelloses Leben aufzehrt, – sondern die Grille, die unbekümmert den Sommer lang drauflos zirpt. Ashley hatte zwar ohne Furcht, aber auch ohne kluge Voraussicht gelebt.

Er stöhnte laut. »So also ist das Familienleben? Die heranwachsenden Kinder werden von den Eltern verbildet, die ihrerseits auf verschiedene Weise durch die Blindheit, Unwissenheit und Leidenschaften ihrer Eltern verbogen wurden? Und unsre eignen Irrtümer, lassen die wiederum unsre Kinder seelisch verarmen und verkümmern? Von solcher Art also ist die endlose Kette der Generationen?«

Ashleys wundervolle Großmutter war eine schrullige Person gewesen. Er wußte sehr wenig über ihre frühe Jugend. Sie war als Katholikin in Montreal geboren worden. Nachdem sie seinen Großvater, einen kleinen Farmer auf steinigem Boden, geheiratet hatte, war sie sonntags mit ihm in seine Methodistenkirche gegangen. Sie hatte ihn überredet, hundert Kilometer weiter nach Süden zu ziehen, wo es bessern Ackerboden gab. Aber etwas war zwischen den beiden schiefgegangen. Sie hatte sich einer dieser eigenartigen religiösen Sekten angeschlossen – einer streng asketischen, aber mit einem Hang zu exaltierten Zusammenkünften in einem Lager und zum ›Reden mit Zungen‹, – wie sie besonders im Norden des Staates New York verbreitet sind. Ihr Mann hatte sie verlassen, um in Alaska nach Gold zu suchen. Sie führte die Farm allein weiter, mit einer langen Reihe unverläßlicher Arbeiter, und entwickelte ihre außerordentliche Begabung für das Behandeln von Tieren. Sie war eine willensstarke und unermüdlich tätige Frau; höchst freigebig mit Werken, aber nicht mit Worten der Liebe. Sie hatte ihren Sohn auf eine kleine Universität geschickt, die er absolvierte. Er wurde dann der Bankier von Pulley's Falls, wo er die kleinen Triumphe und riesengroßen Ängste durchlebte, die die Welt eines Geizhalses ausmachen. Danach hatte kein Band mehr zwischen den beiden bestanden. Hatten grade ihre besondern Tugenden sich in den Geiz ihres Sohnes umgewandelt?

Sah so die endlose Kette der Generationen aus?

Während jener Sommer hatte seine Großmutter ihn zu den Gebetsversammlungen an Mittwochabenden in ihre Kirche mitgenommen. Er war überrascht gewesen, daß es hier keinen Prediger gab. Einige saßen, einige standen, einige knieten. Es gab oft langes Stillschweigen. Kurze Kirchenlieder wurden gedämpft gesungen. Es gab knappe Bitten um Geduld, um einen leichten Tod, um Licht. Hinfort kamen ihm, der diese selbstvergessene Eindringlichkeit gekannt hatte, alle andern Kirchen trivial vor. Die Kongregation schien darauf zu warten, daß seine Großmutter bete. Sobald sie es dann getan hatte, war die Versammlung zu Ende. Sie stand auf und sprach zum Herrgott, ohne die Augen zu schließen. Sie sprach mit einem starken französischen Akzent, der, wenn sie tief ernst war, fast unverständlich wurde. Viele Male war ihr Beitrag nur kurz. Ihre Gedanken wandten sich immer Gottes Plan für die Welt zu. Sie bat, daß ihr ihre Aufgabe in diesem gezeigt werde. Sie klagte über Seine Langsamkeit beim Ausführen des Plans. Sie bat Gott, barmherzig mit denen zu sein, die in ihrer Schlechtigkeit oder Unwissenheit Seinen großen Plan gestört hatten. Die Luft in dem Raum lud sich mit elektrischer Energie auf. Es bestand kein Zweifel darüber: was sie bedrückte, waren ihre eigne Schlechtigkeit und Unwissenheit – aber alle ihre Zuhörer nahmen die Schuld auf sich. Ein Gemurmel erhob sich, viele standen auf, und viele sanken zu Boden, und viele bedeckten die Augen. John konnte nicht begreifen, warum seine Großmutter so sprach. Sie war der vollkommenste Mensch, den er je gekannt hatte. Zuletzt tröstete sie sich und die Kongregation mit der Überzeugung, daß Gott sogar unsre Unzulänglichkeiten zu Seinen Zielen wendet. Sie endete stets mit den Worten, »Laßt uns singen: ›Komm, Heiliger Geist, und mach Dein Heim . . .‹«

Er begriff sie jetzt.

Er lag auf dem Dach des Hauses und blickte zu den Sternbildern hinauf. Hundemüde schlief er ein.

Es kam der Augenblick in seinem Erwachsenwerden, wo er das Bedürfnis fühlte, jemand zu bewundern. Seine Gedanken kehrten immer wieder zu dieser Mrs. Wickersham zurück. Er besuchte ihr Krankenhaus, ihr Waisenhaus, ihre Spitzenklöppelschule für die Blinden. Die ersten beiden waren städtische Anstalten, aber die ganze Stadt, die geistlichen Schwestern und die Kranken zweifelten nicht daran, daß alle von ihr gegründet waren. Er hatte mit Andrew Smith' Empfehlungsbrief »das beste Hotel in Südamerika« nicht aufgesucht. Das war Rattenfängergebiet. Er sah sie auf ihrem Rappen durch die Straßen der Stadt reiten – aufrecht, herrisch, das eisengraue Haar zurückgestrichen und zu einem tiefen Knoten unter einem breitkrempigen spanischen Hut gewunden, eine rote Rose im Knopfloch, – wie sie Einkäufe auf dem Markt besorgte und ihre Anstalten visitierte. Ladeninhaber und Verkäuferinnen eilten auf die Straße, um ihr die Hand zu küssen; Männer standen aufmerksam mit gesenktem Kopf da, während sie sie abkanzelte. Sie sprach den Dialekt der Arbeiterklasse sogar besser als er. Sie lachte. Alle um sie herum lachten. Ashley lachte selten; er verachtete Lachen nicht, aber es schien ihm durch unwichtige Abschweifungen ausgelöst zu werden, die die nüchternen Beschäftigungen des Lebens verzögerten. Seine Neugier war durch Mrs. Wickersham erweckt, und er war bereit, sie zu bewundern. Er wußte bald die Stunden, während welcher sie von ihrem Hotel abwesend war. Eines Vormittags ging er zur Tür der Fonda und verlangte, sie zu sprechen. Es wurde ihm geantwortet, sie sei noch nicht zurück. Er schritt an dem jungen Hausdiener vorbei ins Empfangszimmer und sagte, er werde warten.

Eine Anzahl der Conquistadoren entschied sich dafür, ihre Tage in der Neuen Welt zu enden. Es ist schwer zu glauben, daß sie nicht in jenes Spanien, das einen so mächtigen Zwang ausübte, zurückzukehren wünschten – nach Vizcaya, der Mutter der Seeleute, und auch nicht nach Estremadura, dessen Schönheiten sich den Eiligen nicht enthüllen. Sie ließen sich in Amerika nieder, bauten sich Häuser und zeugten breitnasige Kinder. Aber sie hatten ein Bereich verlassen, das ihnen sogar vertrauter war als ihr Geburtsort und ihr Adoptivland – die Ozeane, die sie so viele Male in beiden Richtungen überquert hatten. Ihre neuen Heime waren innen und außen weiß – mit einer einzigen Ausnahme. Die Wände ihrer Empfangsräume waren vom Fußboden bis zur Augenhöhe eines stehenden Mannes blau gestrichen: Der untere Teil der vier Wände war meerblau, wie das Meer an einem sonnigen Tag unter einer leichten Brise. Auch Mrs. Wickersham hatte das Meer und den Horizont in ihren Empfangsraum hereingeholt. Von der Decke hing über einem in der Mitte stehenden Tisch das Modell einer Galeone des sechzehnten Jahrhunderts. An die Wand hatte sie – eine so geharnischte Presbyterianerin sie auch war – ein riesiges, zeitgebleichtes Kruzifix gehängt. Durch die offene Tür und die Fenster schien die Üppigkeit des Gartens den Raum mit einer vielfarbigen Flut überschwemmen zu wollen. Für Ashley bestand die Funktion eines Raums darin, zweckdienlich zu sein; es war ihm nie eingefallen, daß er auch schön sein könnte. Er, dem so viele Eigenschaften – Humor, Ehrgeiz, Eitelkeit, Nachdenklichkeit – fehlten, hatte nie eine Kategorie des Schönen unterschieden. Einige Bilder auf Warenhauskalendern hatten ihm gefallen. Als Student war er für die ›Schönheit‹ seiner technischen Zeichnungen belobt worden. Wir erinnern uns, wie er auf seiner Flucht durch Illinois von der Schönheit der Morgendämmerung überwältigt war und später von der des Chimborasso und der chilenischen Gipfel. Nun setzte er sich auf einen hochlehnigen Stuhl und blickte umher. Er wurde sich einer seltsamen Empfindung in seiner Kehle bewußt: er schluchzte. Seine Augen ruhten auf dem erschöpften und schicksalergebenen Kopf an der Wand vor ihm. Die Welt war ein Ort der Grausamkeit, des Leidens und der Verwirrung, aber die Menschen konnten Verzweiflung überwinden, indem sie Schönes schufen, der Schönheit der ursprünglichen Schöpfung nacheiferten.

So rastete er hier zwischen Schlafen und Wachen. Er wurde durch eine scharfe Stimme geweckt. Mrs. Wickersham stand in der Tür und sah ihn an. Sie fragte militärisch barsch: »Wer sind Sie?«

Er stand schnell auf. »Ist James Tolland hier?« fragte er.

»James Tolland? Den Namen kenne ich nicht.«

»Ich hoffte, ihn hier zu treffen, Mrs. Wickersham. Ich werde später wiederkommen. Danke Ihnen, Ma'am. Guten Tag.«

Am nächsten Morgen setzte er die Reise fort. Das erste Nasenbluten befiel ihn in dreitausend Metern Höhe. Er legte sich auf den Boden des Eisenbahnwaggons. Er mußte immer wieder leise lachen, und das Lachen tat ihm weh. An der Abzweigung nach Rocas Verdes wurde er von zwei spanisch sprechenden Indianern abgeholt. Die Anschlußstrecke war durch eine Lawine unterbrochen worden; sie mußten auf Maultieren weiter. Er ritt fünf Stunden lang halb im Schlaf und verbrachte die Nacht in einer Hütte am Straßenrand. Er kam am Mittag des nächsten Tags beim Bergwerk an und wurde von dem holländischen Arzt für vierundzwanzig Stunden ins Bett gesteckt.

Mehrmals wachte er auf und roch Veilchen und Lavendel. Die Kleider seiner Mutter hatten immer nach den *sachets de violettes* geduftet, die ihr Mann ihr pünktlich jede Weihnachten schenkte. Beata hatte in ›The Elms‹ ganze Beete von Lavendel gezogen; ihre Kleider und die Hauswäsche hauchten Lavendelduft aus. Das kostete nichts. Zeitweilig war Ashleys Zimmer voller Leute. Seine Mutter und seine Frau standen rechts und links von ihm und steckten die Ränder seiner Bettdecke um ihn fest. Die beiden waren einander nie begegnet, schienen aber jetzt ein enges Einverständnis hergestellt zu haben. Die Bettdecke drückte auf seine Brust. Die Gesichter der beiden waren ernst.

»Morgen gehst du mir nicht zur Schule«, sagte seine Mutter leise. »Ich werde Mr. Shattuck ein Briefchen schreiben.«

Er zerrte an der Bettdecke, um sich zu befreien. »Mama, ich bin keine Mumie.«

»Still, Liebling, still.«

»Ich glaube, es wird uns hier gefallen«, sagte Beata.

»Das sagst du immer.«

»Schlaf ein, Liebster.«

»Wo sind die Kinder?«

»Vor einem Augenblick waren sie hier. Ich weiß nicht, wo sie hingegangen sind.«

»Ich möchte sie sehn.«

»Still, still. Schlaf jetzt!«

Er erwachte später, in dem Augenblick, als Eustacia Lansing das Zimmer betrat. Sie trug eins dieser auffallenden Kleider in Pflaumenblau und Rot, die einen an tropische Blumen und Früchte in tiefgrünem Blattwerk denken ließen. Unterhalb ihres rechten Auges saß dieses kleine faszinierende Leberfleckchen. Er überzeugte sich zum tausendsten Mal, daß das eine ihrer Augen ins Grünlichblaue, das andre ins Haselnußbraune spielte. Wie so oft, schien sie sich kaum zurückhalten zu können; gleich würde sie sich über etwas Belustigendes, einen nicht ganz einwandfreien Witz vor Lachen schütteln.

John Ashley hatte es sich zu einer Lebensregel gemacht, seinen Gedanken nicht zu erlauben, bei Eustacia Lansing zu verweilen. Er erlaubte es sich höchstens, im Geist entzückt zu ihr hinzublicken, sie zu streifen. Aber große Höhen spielen einem Mann seltsame Streiche.

»Stacey!« rief er und begann zu lachen, bis ihn die Seiten schmerzten.

»Hier ist's nicht hoch genug«, sagte sie auf spanisch. »Die Kinder wollen noch viel höher hinauf.«

»Stacey, du kannst doch kein Spanisch! Wo hast du Spanisch gelernt? – Welche Kinder? – Wessen Kinder?«

»Unsre Kinder, Juanito. Unsre.«

»Wie – welche Kinder?«

»Deine und meine.«

Er lachte so sehr, daß er fast aus dem Bett fiel. Seine Fingerspitzen berührten den Fußboden. »Wir haben keine Kinder, Stacey!«

»Idiot! Wie kannst du so was sagen! Wir haben *so viele*, und du weißt es!«

Plötzlich eingeschüchtert, fragte er zögernd: »Haben wir welche? Ich hab' dich nur ein einzigesmal geküßt, und Breck stand dicht neben dir.«

»Wirklich?« entgegnete sie, ein seltsames Lächeln auf dem Gesicht. »Wirklich?« Und sie ging durch die geschlossene Tür aus dem Zimmer.

In diesem Bericht ist zuweilen von Hoffnung und Glauben die Rede gewesen. Es ist zu früh, sich auch mit Liebe zu befassen. Diese zuletzt Erscheinende der drei kommt eben erst aus dem Urschlamm hervor. Ihre zahlreichen Aspekte sind verwirrend miteinander vermischt – Grausamkeit mit Barmherzigkeit, Erschaffen mit Vernichten. Es ist möglich, daß wir nach vielen tausend Jahren sie ›sich klären‹ sehen werden – wie man von noch trübem Wein sagt.

Seine Kollegen waren verbitterte Menschen. Sie hatten ihre Heimatländer und Verwandten verlassen – sie hatten sogar ihr eignes Heim verlassen – und waren über Tausende von Meilen hergekommen und lebten hier in einem kaum erträglichen Klima – und das alles nur, um sich ein Vermögen zu machen. Aber Vermögen auf Grubenfeldern waren in den siebziger und achtziger Jahren gemacht worden; nun wurden durch Erzgruben Männer reich, die jeden Abend an der Seite der weißen Schultern juwelenbehängter Frauen Beefsteak aßen (dies waren die Bilder, von denen die schnarchenden Träumer in Rocas Verdes besessen waren). Auf dem Berg galt der Grundsatz, mit der eignen Energie – auch beim Sprechen – hauszuhalten. Sogar wenn Karten gespielt wurde, geschah das nur mit Grunzlauten und Fingerdeutern. Das hatte seinen Grund nicht ausschließlich in der Dünne der Luft; das innerste Wesen dieser Männer hatte etwas vom Erz angenommen. Trägheit ähnelt einem zähflüssigen Mineral. Unter der Aufsicht Dr. MacKenzies waren sie alle (ausgenommen der Werksarzt) vorzügliche Arbeiter, aber Trägheit ist nicht unvereinbar mit einem begrenzten Fleiß. Trägheit züchtet Selbsthaß und Haß; die hingen in der Luft des Gesellschaftszimmers. Unter dem Zwang, Energie zu sparen, kamen sie selten zum Ausbruch. Ein- oder zweimal im Jahr kreischte plötzlich ein Mann wütend einen andern an oder geriet völlig außer sich, biß sich in die Faust und wälzte sich auf dem Boden. Dr. van Domelen verabreichte ihm dann ein Beruhigungsmittel. Aus seiner Baracke gerufen, rettete Dr. MacKenzie die Selbstachtung des Bedauernswerten: »Tatsache ist, daß wir alle viel zu angestrengt gearbeitet haben. Besonders Sie, Wilson. Sie haben wirklich Hervorragendes geleistet. Hervorragendes. Warum gehn Sie nicht für eine Woche nach Manantiales hinunter? Vielleicht kann Mrs. Wickersham Sie unterbringen. Auch wenn sie kein Zimmer frei hat, wird sie Ihnen einen Platz an ihrer Abendtafel geben.«

Abgesehen von Dr. van Domelen, war Ashley der Jüngste im Gesellschaftszimmer. Es machte den zweiundzwanzig Ingenieuren

Vergnügen, auf seine Jugend herabzusehen, über seine Begeisterung und Unternehmungslust eines Anfängers wissend die Augenbrauen hochzuziehen und über die Pflichten, die er erfüllte, zu spotten. Sie betrachteten ihn als »die Haushälterin«. Er stand für sie eine Stufe über dem chinesischen Koch.

Warum blieben diese Männer in Rocas Verdes? Um die Jahrhundertwende suchten auf der ganzen Welt Bergwerke durch Zeitungsinserate krampfhaft Montaningenieure. Nach neunzehn Monaten, als die große Freundschaft begonnen hatte, richtete Ashley diese Frage an Mrs. Wickersham.

»Tja, Bergingenieure sind eine wunderliche Sorte. Sie lieben das Erz und sonst nichts. Sie selbst bilden sich vielleicht ein, daß sie den Reichtum lieben, den es ihnen einzubringen verspricht – aber nein, sie lieben das Metall. Sie lieben das Verfahren, es dem stöhnenden, knirschenden Berg zu entreißen. Nun ist allerdings Rocas Verdes ein kleines Bergwerk; es liegt in einer mörderischen Höhe, aber – das Kupfer dort ist das beste in den ganzen Anden. Ihre Freunde dort oben, Mr. Tolland, sind Sauertöpfe, aber sie sind bis in ihre Eingeweide hinein stolz, in einem Bergwerk zu arbeiten, das so herrliches Material produziert. Jeder Mensch auf Erden strebt danach, mit etwas verbunden zu sein, das in seiner Art das Beste ist. Es ist das ideale Bergwerk für Bergleute. Dr. MacKenzie ist in den ganzen Anden dafür bekannt, einen gradezu unheimlichen Spürsinn zu haben, wo das verflixte Kupfer steckt und wie's herauszukriegen ist. Er könnte Direktor von El Teniente sein, wenn er wollte; aber es gefällt ihm in Rocas Verdes. Bergingenieure sind eine wunderliche Sorte; sie haben's gern, wenn's schwierig ist. Mr. Tolland, an meiner eignen Tafel hab' ich Männer sich in Dr. MacKenzies Anwesenheit benehmen gesehn wie verlegene Schuljungen in ihrer ersten langen Kordsamthose – und sie verdienten das Vier- und Fünffache von dem, was er verdient. Sie arbeiten in riesigen Bergwerken, die Millionären gehören. Sie haben Frau und Kind bei sich, haben einen Butler und heiße Duschen – «

»Auch wir haben jetzt heiße Duschen, Mrs. Wickersham.«

» – und Whiskys-und-Soda. Aber sie sind keine wirklichen Bergleute mehr. Sie sind bloß Buchhalter. Ihre Bergwerke laufen wie Schuhfabriken. Ein echter Bergmann ist schweigsam, ungesellig, hat nur für eines Sinn. Gewöhnlich geht ihnen die Frau davon, wie zum Beispiel Dr. MacKenzie. Aber wissen Sie, sie sind sich alles dessen nicht bewußt. Sie glauben, sie sind wie andre Männer auch, nur besser. Genau so wie sie sich über das Geld täuschen, das in der Sache steckt. Beachten Sie, wie schlau Ihre Gesellschaft ist – erhöht automatisch das Gehalt eines jeden Angestellten alle vier Jahre. Das ist wie eine gelbe Rübe vor der Nase eines Esels. Es gibt ihnen die Illusion, reich zu werden. Meiner Meinung nach ist der wahre Grund, warum diese Leute dort bleiben, der, daß Rocas Verdes die Aristokratin unter den Kupfergruben ist; das Leben dort ist so verdammt unerträglich, abscheulich und unmöglich; und das Kupfer ist erstklassig.«

Es fanden sich überall Beweise der Trägheit seines Vorgängers. Am Ende der zweiten Woche hatte er die Küche reinigen lassen und die Heißwasserversorgung verbessert. Er freundete sich mit dem Koch an und interessierte sich für die Eigenheiten der Küchenchemie in großen Höhen. Er beschäftigte sich mit den Türen und Fenstern in den Baracken der Ingenieure. Wiederum improvisierte er, wie er das in Coaltown getan hatte. Er stöberte in altem Gerümpel, zerbrochenen Stühlen und durchlöcherten Kochgeschirren und ausgeschiedenen Wolldecken. Vermutlich hatte sein Vorgänger sich gescheut, Material von der Kanzlei in Antofagasta zu verlangen. Kein Ashley war je schüchtern. John Ashleys monatliche Briefe an Andrew Smith waren voll von den verschiedensten Anforderungen, und das Material begann auf den Berg heraufzukommen. Die Arbeiter waren nur mit gepökeltem Schweinernem und Büchsenrindfleisch verpflegt worden. Er erhielt die Erlaubnis, frisches Fleisch und Gemüse aus Manantiales zu beziehen – eine Möglichkeit, die sich der Trägheit nicht gezeigt hatte. Äpfel und Ananas erschienen auf den Tischen. Araukanische Teppiche nahmen die Stelle von billigem, grobem Bodenbelag ein.

Am glücklichsten fühlte er sich in den Dörfern der Bergarbeiter, der chilenischen und der indianischen. Die ihm zugewiesenen Helfer waren Indianer aus Bolivien. Er wurde zur Taufe einer

Tochter eingeladen. Nach dem Festmahl verlangte er Mutter und Kind abermals zu sehen. Das war gemäß den Bräuchen des Stamms nicht üblich, aber die Frau und das Kleine wurden zu ihm gebracht. Er hatte seit fünfzehn Jahren kein kleines Kind mehr in den Armen gehalten, doch es war ganz offenkundig, daß er ein Vater war.

Dr. van Domelen wurde selten in die Dörfer der Eingeborenen gerufen, am allerseltensten in das der Indianer. Die waren von stoischer Natur und besaßen ihre eignen Mittel, um äußersten Schmerz zu lindern. Krankheit und Tod waren weniger einschüchternd als seine Tränke, seine glitzernden Instrumente, der Kognakgeruch seines Atems und die Verachtung in seinen Augen. Er hatte zwei Kinder in dem Indianerdorf; ihre Mutter schlüpfte in seine Baracke, wenn er eine Lampe über die Tür hängte.

Ashley sah Anzeichen von Rachitis. Obwohl das nicht in sein Betätigungsfeld gehörte, verlangte er telegraphisch Lebertran von Andrew Smith. Es wurde ihm gestattet – das Leben der Indianer ist mit der ganzen Formalität eines spanischen Königshofs umgeben – ihre Heimstätten zu betreten. Er erwog Verbesserungen der Belüftung, der Ernährung, der sanitären Anlagen. Er empfahl und verwarf. In den Gäßchen hieß es bald:

»*Buenos*, Antonio!«

»*Buenos*, Don Jaime!«

»*Buenos*, Tecla!«

»*Buenos*, Don Jaime!«

»*Ta-hili, Xebu!*«

»*Ta-hili, Clez-u!*«

»*Ta-hili, Bexa-Mi!*«

»*Ta-hili, Clez-u!*«

Die Zeit tat, was Ashley von ihr verlangte: sie enteilte. »Sieben Jahre«, hatte Mrs. Hodge gesagt.

Die Ingenieure haßten ihn. Er bekam nie ein Wort der Anerkennung für die Verbesserungen, die er in ihre Lebensbedingungen gebracht hatte, zu hören. Er untergrub das düstere Vergnügen, das sie der Härte ihres Daseins abgewannen. Sie mißgönnten ihm die Stunden, die er in den Schächten und Stollen verbrachte bei seinem Bemühen, ihren Beruf zu erlernen. Er nahm sehr selten an ihren Kartenpartien nach dem Abendessen teil, ebenso wie Dr. MacKenzie. Der Leitende Direktor stand von Tisch auf, verneigte sich förmlich gegen die andern, wünschte ihnen eine gute Nacht und ging in seine Baracke. Er allein von allen hier oben hatte ein Steckenpferd. Er war ein großer Leser und las bis spät in die Nacht. Er bestellte die Bücher aus der Princes Street in Edinburgh; sie kamen ihm ums Kap Hoorn herum zu oder mit der Eisenbahn über die Sümpfe von Panama. Er interessierte sich für die Religionen der antiken Welt. Er las die Bibel auf hebräisch, *Das Ägyptische Totenbuch* auf französisch, den *Koran* auf deutsch. Er konnte ein wenig Sanskrit. Seine Tage waren angefüllt mit Gedanken an Kupfer, seine Nächte mit den tröstlichen oder erschreckenden Visionen der Menschheit. Er war alt und häßlich, aber bei näherem Besehen und längerer Bekanntschaft weniger alt und weniger häßlich, als er anfangs zu sein schien. Er hatte eine, vielleicht mehrmals, gebrochene Nase; er hinkte. Seine Augen und sein Mund waren streng, überraschten einen aber gelegentlich durch einen Ausdruck tief verborgener Belustigung oder Ironie. Er beobachtete alle diese Männer; er beobachtete Ashley.

An einem Nachmittag kam er in seine Baracke zurück und fand dort Ashley vor, der den Abzug des offenen Kamins reinigte.

»Ah! Guten Tag, Tolland.«

»Guten Tag, Dr. MacKenzie. Diese Briketts verstopfen einen Abzug, eh man sich's versieht.«

»Ja . . . ja . . . Ah, Tolland, was sollen diese Bleche, die Sie neben den Latrinen aufgestellt haben?«

»Tja, Sir, ich hab' mir Gedanken über Sonnenheizung gemacht. Hab' versucht, einige Strahlen auf diese Eissporne zu lenken – könnten einen Waschtrog füllen für die Frauen im Dorf. Über Nacht würde das Wasser gefrieren, aber wir könnten's mit einer Axt aufhacken, sobald die Sonne herauf ist.«

»Ja . . . hm . . . ich glaube mich zu erinnern, es stand ein Artikel über das Sammeln von Sonnenhitze in einer der alten technischen Zeitschriften, die ich habe. Ich werde ihn heraussuchen. Kommen Sie heute abend nach dem Essen herüber. Bringen Sie sich eine Tasse mit, und wir werden uns Tee machen.«

Das war die erste von vielen Tassen Tee in Dr. MacKenzies Baracke. Diese Besuche waren ein administrativer Fehler von seiner Seite, und er wußte das. Die Ingenieure hatten ebensosehr Respekt vor ihrem Leitenden Direktor, wie sie einander haßten. Seine Gastfreundschaft Ashley gegenüber war etwas noch nie Dagewesenes. Sie wurden eifersüchtig.

Eines Abends, während seines sechsten Monats hier oben, erfuhr Ashley, daß ein Kind im Chilenendorf gestorben war. Am Abend vorher hatte es eine kleine Feier zum Namenstag eines der Bergarbeiter gegeben. Die Frauen und Kinder hatten zusammengedrängt in einem Winkel der Baracke gesessen, während die Männer *chicha* tranken. Das Alkoholverbot brachte ein gewisses Maß von Reiz in das Leben der Bergarbeiter. Während des Singens und Tanzens und derben Spaßens wurde ein Kürbis voll heißer *chicha* über den eine Woche alten Sohn des Martín Ramírez verschüttet. Dr. van Domelen hatte sich mehrere Stunden lang um den Säugling bemüht, aber vergeblich. Ashley kannte die Eltern und ging zu der Zweifamilienbaracke. Er klopfte an die Tür und trat ein. Es waren fünf oder sechs Frauen in dem Raum, ihre Schals über den Kopf gezogen, und einige Kinder. Alle Männer des Dorfs waren weg bei der Arbeit, ausgenommen Martín Ramírez, der mehr zornig als kummervoll in einem Winkel saß. Neugeborene sterben jeden Tag. Grund für Weibergetue. Das Kindchen lag in den Mantel seiner Mutter gehüllt auf dem Boden.

»*Buenos!*«

Es folgte ein Begrüßungsgemurmel von den Frauen und Kindern. Ashley stand mit dem Rücken zur Tür und wartete, daß seine Augen sich an das Halbdunkel gewöhnten. Geräuschlos verließen die Besucherinnen den Raum, und es blieben nur die Eltern und eine alte Frau zurück. Er erzwang einen Gruß von dem Vater.

»*Buenos*, Martín.«

»*Buenos*, Don Jaime.«

»Komm und setz dich hierher, Ana!« Ana war fast noch ein Mädchen. Sie hatte vor langer Zeit den Gebrauch des einen Auges verloren. Schüchtern setzte sie sich auf das Bett neben ihn. »Wie heißt der kleine Knabe?«

»Señor... der Priester ist nicht hier gewesen. Er hat keinen Namen.«

Der Priester kam einmal in zwei Wochen oder einmal im Monat von dem größern Bergwerk weiter im Norden.

»Ja, aber er hat einen Namen. Du weißt seinen Namen.«

»... e ... e ...«, Anas Auge wanderte zögernd zu ihrem Mann, »ich glaube... Martín.« Sie zitterte. »Señor, er ist kein Christ.«

Ashley erinnerte sich, daß Lateinamerikaner kaum hören, was zu ihnen gesprochen wird, wenn man sie nicht mit der Hand berührt. Er legte seine Finger leicht auf ihr Handgelenk und sprach erstaunt und vorwurfsvoll. »Aber Ana, meine Tochter! Du glaubst doch so närrisches Zeug nicht.«

Sie blickte schnell zu ihm auf.

»Dein Martinito hat nicht gesündigt!«

»Nein! Nein, Señor.«

»Du – Ana! Du wirst mir doch nicht sagen wollen, daß der ewige Gott kleine Kinder straft, die nicht gesündigt haben!«

Sie gab keine Antwort.

»Hast du nicht gehört, daß der heilige Papst in Rom zu seinem goldenen Stuhl hinaufstieg und der ganzen Welt sagte, daß das ein sehr unrechter Gedanke ist? Er sagte, Gott sei traurig, daß irgend jemand so etwas glaubt.« Ashley sprach noch eine Weile weiter darüber. Anas Augen waren auf sein Gesicht gerichtet. Ashley lächelte. »Martinito ist nicht hier, Ana.«

»Wo ist er, Señor?«

»In Glückseligkeit.« Ashley streckte die Hände aus, als hielte er ein Baby. »In der größten Glückseligkeit.«

Ana murmelte etwas.

»Was sagst du da, *mi hija?*«

»Er konnte nicht sprechen. Seine Augen waren offen, aber er konnte nicht sprechen.«

»Ana, ich habe vier Kinder. Ich kenne mich genau aus mit Babys. Du weißt, daß sie zu uns sprechen können – zu uns Vätern und Müttern. Das weißt du doch?«

»Ja, Señor... Er fragte: ›Warum?‹«

Ashley umgriff ihr Handgelenk. »Du hast recht. Er fragte: ›Warum?‹ Und er sagte auch noch etwas.«

»Was, Señor?«

»›Vergiß mich nicht!‹«

Ana geriet in große Erregung. Sie sagte hastig: »Oh, Señor, ich werde Martinito nie vergessen, nie.«

»Wir wissen nicht, warum wir leiden. Wir wissen nicht, warum Millionen und Millionen von Menschen leiden. Aber eines wissen wir. Du hast gelitten. Nur die gelitten haben, werden jemals ein weises Herz besitzen.«

»Was sagen Sie da, Señor?«

Er wiederholte seine Worte leise. Ana sah sich ratlos in dem Raum um. Bis hierher hatte sie Don Jaime verstanden. Aber dieser Gedanke war für sie zu schwer zu erfassen. Ashley sprach weiter. »Du wirst andre Kinder haben – Knaben und Mädchen. Du wirst eine alte Frau werden. Und eines Tags werden deine Kinder und deine Enkelkinder an deinem Namenstag alle um dich versammelt sein. Sie werden sagen: ›*Mamita* Ana, du Schatz!‹ ›*Mamita* Ana, *tu de oro!*‹ Und du wirst dich an Martinito erinnern. Die einzigen Menschen auf der Welt, die wirklich geliebt werden – wirklich geliebt, Ana, – sind diejenigen, deren Herzen weise sind. Du wirst Martinito nicht vergessen, nicht wahr?«

»Nein, Señor.«

»Du wirst Martinito nie vergessen?«

»Nie, nie, Señor.«

Er stand auf und wollte gehn. Mit einem scheuen Blick und einer kaum merklichen Handbewegung zu dem toten Kindchen hin schien sie etwas von ihm zu erbitten. Sie erbat einen Ritus. Er kam aus der Welt der großen Leute, die reich waren, die an Tischen aßen und lesen und schreiben konnten – die von GOTT begünstigt waren und Magie in sich trugen. Ashley war nicht sicher, ob er das Zeichen des Kreuzes, wie es sich gehörte, machen könnte. Er hatte alles, was die Kirche in Coaltown betraf, während der siebzehn Jahre, während der er sonntags hingegangen war, gehaßt; über alles aber hatte er die Gebete gehaßt. Außer Hörweite der Kinder hatte er einmal Beata zugeflüstert: »Gebete sollten auf chinesisch gesprochen werden.« Er sagte nun die Ansprache von Gettysburg her, zweimal, erst leise und dann mit volltönender Stimme. Ana glitt auf die Knie zu Boden. Er rezitierte: »Unter dem breiten Kastanienbaum, Da steht im Dorf die Schmiede.« Er begann ein Bruchstück aus Shakespeare, das Lily immer so wunderschön gesprochen hatte: »Barmherzigkeit weiß nichts von einem Zwang«, aber wußte nicht viel weiter. Er sprach zu Roger und auch zu Sophia: »Ich muß auf euch zählen, daß ihr für eure Mutter sorgt. Wir können jetzt nicht verstehn, was uns geschehn ist. Wir wollen so leben, als glaubten wir, es liege ein Sinn darin. Sophia, leben wir, als glaubten wir es. Vergeßt mich! Denkt nicht weiter an mich und lebt. Lebt! Amen! Amen!«

Er ging in sein Zimmer zurück. Er war von einer großen Schwäche überkommen und konnte kaum die Füße nachschleppen. Sobald er die Tür hinter sich geschlossen hatte, fiel er längelang zu Boden. Mit dem Kopf schlug er dabei auf den Rand des Kamins auf. Als er vier Stunden später erwachte, vermochte er fast nicht, sich mit dem Kamm durch die Haare zu fahren; das getrocknete Blut hatte sie ganz verklebt.

An mehreren Abenden im Monat trank Ashley Tee in Dr. MacKenzies Baracke. Er hoffte immer, der Direktor werde mit ihm über Fragen des Bergbaus sprechen, aber sein Gastgeber ließ ihm keinen Zweifel, daß er bei Sonnenuntergang alles Kupfer aus seinen Gedanken verbannte. Wie nach stillschweigender Übereinkunft vermieden sie es, über ihre Kollegen zu reden. Keiner von beiden wünschte, von sich selbst zu sprechen. Die Wände waren von Büchergestellen bedeckt. Es blieben ihnen wenige Gesprächsthemen außer den durch die Titel der Bücher nahegelegten – den Religionen der antiken Welt und des Ostens. Ashley war bereit und sogar begierig, etwas über sie zu erfahren, aber er merkte bald, daß er da weder Nutzen noch Genuß zu erwarten hatte. Dr. MacKenzie betrachtete alle menschlichen Tätigkeiten – außer dem Bergbau – mit Ironie und Unbeteiligtheit. Ashley wendete nie Ironie an und begriff sie nicht; auch war er nicht zu einer unbeteiligten Betrachtung jener Glaubenslehren geneigt, mit denen so viele Millionen Menschen sich getröstet oder gepeinigt hatten. Es verursachte ihm Unbehagen, Berichte über Menschenopfer mit einem distanzierten und überlegenen Lächeln erläutert zu hören – hingeschlachtete Jungfrauen in Karthago, dem Baal geröstete Kinder, auf dem Scheiterhaufen ihres toten Gatten verbrannte Witwen. Ashley wollte solche Bräuche verstehn; er schrak sogar nicht einmal vor dem Versuch zurück, sich vorzustellen, unter welchen Umständen er an ihnen teilgenommen hätte. Dies waren nicht Dinge, die man belächeln konnte. Noch etwas andres machte Ashley während dieser Gespräche unsicher. Bei jeder solchen Zusammenkunft stellte ihm Dr. MacKenzie – mit der Regelmäßigkeit eines Menschen, der ein System verfolgt – eine Frage, von der beide Männer wußten, daß sie unstatthaft war. Gemäß einer durch die Zeit geheiligten Konvention können entwurzelte Männer an fernen Orten gelegentlich aus eigenem Antrieb ein Stückchen ihrer Vergangenheit enthüllen; sie dürfen nicht nach ihr ausgefragt werden. Dr. MacKenzie brach diese Regel: »Darf ich fragen, Mr. Tolland, – ob Sie je verheiratet waren?« »Waren Ihre Eltern beide gebürtige Kanadier?« Ashley log rundweg und brachte das Gespräch auf die alten Religionen zurück.

Er erfuhr, wie während vieler tausend Jahre jeder Ägypter mit leidenschaftlicher Überzeugung glaubte, daß er nach seinem Tod, falls er sich Verdienste erworben hatte, der Gott Osiris werden könne, ja, und daß seine Seele – »MacKenzie-Osiris« oder »Tolland-Osiris« – in seinem Totenschiff den Nil hinab in die Halle des Gerichts fuhr. Dort, wenn sie dem schnappenden Krokodil und dem schnappenden Schakal entgangen war, wurde sie auf einer Waage gewogen. Ashley lauschte gebannt der schrecklichen negativen Beichte (»Ich habe kein Wasser von dort abgelenkt, wohin es fließen sollte«, »Ich habe nicht...«). Er hörte davon, daß zahllose Inder glaubten und auch heute noch glauben, sie würden millionenmal in die Welt wiedergeboren und, wenn sie es sich verdient hatten, schließlich ein Bodhisattva, ein Buddha. Ashley fand diese Gedanken und Vorstellungen nicht sehr befremdlich. Er schien für den Augenblick nahe daran zu sein, an sie zu glauben. Was er befremdlich fand, war Dr. MacKenzies Art, sie vorzubringen. Eine Frage nach der andern stieg in seinem Geist auf, aber er stellte sie seinem Gastgeber nicht. Er hörte zu. Er lieh sich einige Bücher und las stellenweise in ihnen; er fand, daß sie ihm nichts zu bieten hatten. Freilich war er nie ein großer Leser gewesen. Beata war die Leserin. Eines Abends wagte er eine Frage:

»Dr. MacKenzie, Sie sagen so oft, daß die Griechen ein großes Volk waren. Warum hatten sie so viele Götter?«

»Tja, darauf gibt's zunächst die leichte Antwort – die, die man uns in der Schule lehrt. Sooft eine neue Völkerwelle ins Land einwanderte oder sooft sie einen andern Stadtstaat eroberten oder mit ihm ein enges Bündnis schlossen, machten sie unter ihren eignen Göttern Platz für die der Fremden. Oder sie verquickten eine solche Gottheit mit einer ihrer eignen. Reine Gastfreundschaft! Im ganzen trachteten sie, die Hauptgottheiten auf zwölf zu beschränken. Obzwar es nicht immer dieselben zwölf waren. Aber ich glaube, wir müssen da tiefer blicken. Wundervolles Volk, die Griechen!«

Gelegentlich, so wie jetzt, ließ Dr. MacKenzie von seinem ironischen Ton ab. Es war ein Zeichen von Ernst, daß er lange Pausen einschaltete. Ashley wartete.

»Die zwölf Gottheiten stellen zwölf verschiedene Typen von Menschen dar. Die Griechen betrachteten sich selbst. Sie betrachteten Sie und mich. Sie betrachteten ihre Frauen und Mütter und Tanten. Sie machten Götter aus den verschiedenen Typen der menschlichen Persönlichkeit. Sie stellten sich selbst auf den Altar. Sehen Sie sich ihre Göttinnen an – Mutter und Hüterin des Herds; Geliebte; Jungfrau; Hexe aus der Hölle; Hüterin der Zivilisation und Freundin des Menschen – «

»Wie? Welche ist diese letzte, Sir?«

»Athene. Pallas Athene. Die Minerva der Römer. Sie schert sich keinen Deut um Heras Kocherei und Windeln oder um Aphrodites Wohlgerüche und Schönheitsmittel. Sie gab Griechenland den Ölbaum; manche sagen, sie gab den Griechen das Pferd. Sie wollte, daß ihre Stadt ein Leuchtturm werde für alle Völker, und beim Zeus, das ist ihr gelungen! Sie ist die Freundin guter Männer. Mütter sind keine Helferinnen; Ehefrauen sind keine; auch Mätressen sind keine. Die alle wollen den Mann besitzen. Sie wollen, er soll ihren Zwecken dienen. Athene will, daß ein Mann sich selbst übertreffe.«

Ashley hielt vor Staunen den Atem an. »Von welcher Farbe waren ihre Augen, Sir?«

»Farbe? ... Hm ... Lassen Sie mich nachdenken: ›Dann erschien die grauäugige Athene dem weitgereisten Odysseus als eine alte Frau, und er erkannte sie nicht. ›Rapple dich auf‹, sagte sie. ›Was tust du hier schniefelnd am Ufer der salzigen See? Faß dir ein Herz, Mann, und tue, was ich dir sage. Du kehrst doch noch zurück zu deinem teueren Weib und in deine Heimat!‹ Graue Augen. – Sie ist oft entmutigt, glaub' ich.«

»Warum?«

»Sie gewinnt nie den goldenen Apfel. Es ist Aphrodite, die den goldenen Apfel gewinnt und anfängt, Unfug zu stiften. Aber auch Aphrodite ist oft entmutigt, die Arme.« Hier wurde Dr. MacKenzie von seinem lautlosen Lachen geschüttelt und mußte eine ganze Tasse Tee heruntertrinken. Tee wirkt in großen Höhen berauschend.

»Warum sollte Aphrodite entmutigt sein?«

»Warum? Weil sie glaubt, daß Liebe das einzige im Leben ist, Anfang und Ende und die Antwort auf alles. Sie kann auch ihre Herrenbekanntschaften zu diesem Glauben bringen – für kurze Zeit. Aber nach einer Weile gehn ihre vornehmen Freunde auf und davon, um Städte zu gründen oder Kriege zu führen oder nach Kupfer zu graben. Da wird sie wütend. Sie reißt ihr Kopfkissen in Fetzen. Arme Aphrodite! Sie kann einigen Trost in ihrem Spiegel finden. Wissen Sie, warum ich glaube, daß Venus vom Meer herkam?«

»Nein.«

»Weil ein windstilles Meer ein Spiegel ist – sie kam in einer Muschel ans Ufer. Sehn Sie den Zusammenhang? Perlen. Aphrodite ist verrückt nach Juwelen. Darum hat sie Hephaistos geheiratet. Er konnte ihr Diamanten aus den Bergen bringen.«

Noch mehr Lachen. Ashley verspürte beginnende Kopfschmerzen. Was taugte ein Gespräch, wenn es nicht ernst war?

»Welcher Typus sind Sie?« fragte Dr. MacKenzie unvermittelt.

»Wie, Sir?«

»Welchem der Götter geraten Sie nach?« Ashley hatte da keine bestimmte Meinung. »Oh, aber Sie sind einer von ihnen, Tolland. Das läßt sich nicht leugnen.«

»Welcher sind *Sie*, Dr. MacKenzie?«

»Oh, das läßt sich leicht beantworten. Ich bin Hephaistos, der Schmied. Wir Montanisten sind alle Häuer und Schmiede. Wühlen uns immer in Berge ein, vorzugsweise Vulkane. Also welcher sind Sie? Sie sind nicht einer von uns Bergmännern. Sie spielen nur einen. Sind Sie Apollo? Wie? Heilen, Dichten, Prophezeien?«

»Nein.«

»Sind Sie Ares, der Krieger? Vermutlich nicht. Sie sind doch auch nicht Hermes – Geschäftsmann, Bankier, Jurist, Lügner, Betrüger, Zeitungsmann, Gott der Beredsamkeit, Führer und Gefährte der Sterbenden? Nein, Sie sind nicht heiter genug.«

Ashley verlor das Interesse an der Unterhaltung, aber aus Höflichkeit fielen ihm noch ein paar Fragen ein.

»Dr. MacKenzie, wie konnte ein Lügner und ein Dieb Menschen, die am Sterben waren, von Nutzen sein?«

»Griechisch, griechisch. Sehr griechisch. Jede dieser Gottheiten hat zwei Seiten. Sogar Pallas Athene kann eine tobende Furie sein, wenn sie gereizt wird. Hermes war auch der Gott der Straßen und Reisen und Meilensteine. Zwar ein Unfugstifter, führte er doch gern Menschen an ihr Reiseziel. Sehen Sie sich diese Abbildung an. Sie zeigt eine antike Gemme. Sehen Sie ihn da? Er hält seinen Stab hoch und führt diese verschleierte Frau an der Hand. Ist das nicht schön?«

Ja, es war schön.

»Mein Vater war ein Saturn. Weise. Erteilte Rat den ganzen Tag – auf der Straße, daheim und, sonntags, von der Kanzel herab. Schlechten Rat, ganz gräßlichen Rat. Meine Mutter war eine Hera – Herd und Heim. Nestbauerin. Aber eine Herrscherin – ja, wahrhaftig. Schreckliche Frau. Ich hatte zwei Brüder, jeder ein Apollo. Saturne zeugen meistens Apollos – haben Sie das bemerkt?«

»Nein, Sir.«

»Vielleicht bilde ich es mir ein. Der eine sitzt eine lange Gefängnisstrafe ab. Sein Licht – seine Erleuchtung – nahm die Form des Anarchismus an. Meine Schwester war eine Diana. Wurde nie erwachsen. Noch immer ein Schulmädchen! Hatte drei Kinder, doch sie blieb innerlich unberührt von Ehe und Mutterschaft. – Aber um auf Sie zurückzukommen, Tolland. Vielleicht geraten Sie einem Gott aus einer andern Religion nach. Die Griechen wußten auch nicht alles. Es gibt Typen von Persönlichkeit, die von den Griechen nicht bemerkt wurden. Sie waren in Griechenland selten, darum wurden sie nicht zu Göttern erhoben. Nehmen Sie zum Beispiel das Christentum. Das ist eine jüdische Religion. Das denkbar Ungriechischeste auf der Welt. Vielleicht sind Sie eher da einzureihen. Ihr Hebräer seid dahergekommen und habt uns von unsern Thronen gestoßen. Ihr habt dieses euer unseliges Gewissen mitgebracht – all diese verdammte moralische Ängstlichkeit. Vielleicht sind Sie ein Christ. Sich immer jeden Genuß versagen, immer sich selbst bestrafen! Ist's nicht so?«

Ashley gab keine Antwort.

»Alle übrigen von uns sind Gestürzte. Wir sind Gerupfte. Wir sind herabgekommen. Es ist etwas Schreckliches, Mr. Tolland, seiner Göttlichkeit beraubt zu sein – schrecklich! Es bleibt uns nichts andres übrig, als das Leben auf unsre jämmerliche Weise zu genießen. Als ein Saturn ohne Weisheit, wie mein Vater; als ein Apollo ohne Freude, wie meine Brüder. Aus uns werden Tyrannen und Unruhestifter. Oder wir werden schrullig und unberechenbar wie Mrs. Wickersham.«

»Dr. MacKenzie, was ist's mit diesen... diesen Nestbauerinnen?«

»Diesen Heras? Diesen Junos? Na, die behandeln alle ihr Mannsvolk, als wären's Schulknaben – ihre Männer, ihre Söhne und ihre Väter. Sobald sie ein paar Säuglinge zur Welt gebracht haben, glauben sie schon, sie wissen alles. Sie glauben, alle Probleme des Menschengeschlechts sind gelöst. Ihr einziges Ziel ist Beschwichtigen. Sie nennen das ›jedermann glücklich machen‹. Sie versuchen, ihr Mannsvolk des Gesichtssinns, des Gehörsinns und des Denkens zu berauben. Nehmen Sie sich vor dem Wort ›glücklich‹ aus Heras Mund in acht. Es bedeutet ›dösig‹.«

Ein fast unerträglicher Stich fuhr durch Ashleys schmerzenden Kopf. Er stand auf, um sich zu verabschieden.

»Aber, Dr. MacKenzie, Sie glauben doch... das alles nicht, nicht wahr?«

»Nein, natürlich nicht. Aber, wissen Sie, Mr. Tolland, in Edinburgh haben wir einen Philosophenklub. Bei unsern gemeinsamen Abendessen reden wir eine Menge darüber, was andre glauben und geglaubt haben; aber wenn eins der Mitglieder das Zeitwort in der ersten oder zweiten Person Gegenwart gebraucht, dann muß es eine Buße zahlen. Einen Schilling in einen Totenkopf auf dem Kaminsims. Da gewöhnen wir uns das bald ab.«

Die Zeit tat, was Ashley von ihr wollte – sie enteilte.

Die Bergwerksgesellschaft hatte es zur Regel gemacht, daß jeder Ingenieur alle acht Monate für einen Monat auf geringere Höhe hinunter sollte, um seinem Herzen und seiner Lunge eine Ruhepause zu geben. Am Abend vor seiner Abreise verabschiedete sich Ashley von seinen Ingenieurkollegen. Sie waren unerwartet herzlich. Viele Menschen sind am liebenswürdigsten, wenn sie Lebewohl sagen. Er scheute sich, sich förmlich von den Dorfbewohnern zu verabschieden, aber eine Abordnung bis zur Nasenspitze eingehüllter Männer stand vor der Tür des Gesellschaftsraums und wartete auf ihn. Sie gaben ihm Geschenke. Sie küßten ihm die Hände.

Er suchte Dr. MacKenzie auf.

»Ich hoffe, Sie werden in Mrs. Wickershams Hotel wohnen können. Warten Sie einen Augenblick! Ich schreibe Ihnen ein paar Einführungszeilen.«

»Danke Ihnen, Doktor. Ich gehe nach Santiago. Ich werde mich nächstesmal in Manantiales aufhalten.«

Als Ashley das Zimmer verlassen wollte, rief ihn der Direktor zurück. »Tolland, glauben Sie nicht, es wäre eine gute Idee, wenn Sie sich eine kleine Gefährtin mitbrächten?«

»Wie, bitte?«

»Eine kleine ›Bergfrau‹. Sie wissen schon, was ich meine. Die Direktion billigt das, trifft entsprechende Vorsorge.«

Dr. MacKenzie hatte eine Begabung dafür, taktlos zu sein. Die Freundschaft war bereits kühler geworden; nun tötete er sie. In diesen Dingen gibt kein Mann einem andern über fünfundzwanzig einen Rat – erbetenen oder unerbetenen – wie Dr. MacKenzie sehr gut wußte.

Ein Dutzend der Ingenieure hatte, ebenso wie Dr. van Domelen, eine »eingeborene« Frau in dem Chilenen- oder dem Indianerdorf untergebracht. Sie selbst gingen nie in die Dörfer... sie nahmen ihre Bergfrauen während der Ferien nicht in tiefergelegene Gegenden mit; sie sahen ihre Kinder nur selten. Es wurde allgemein so getan, als existierte diese ganze Einrichtung nicht.

Dr. MacKenzie war verletzender taktlos gewesen, als er ahnte. Ashley war seiner eignen Ansicht nach ein Familienvater und nicht viel andres. Doch er war ein Familienvater, der aus Gründen, über die er keine Macht hatte, sich als ein völliger Versager erwiesen hatte. War Beata gegen Beleidigungen geschützt? Hatte die Familie genug zu essen? Hatten die Kinder im Winter warme Kleidung? Er sparte sein Geld; er würde sie alle in sieben Jahren wiedersehen. Inzwischen gab es eins, was er tun konnte – etwas Absurdes, Leidenschaftliches: Er konnte seiner Frau treu bleiben. Das war es, was er in Gedanken »die Mauern vor dem Einstürzen bewahren« nannte.

Viele Männer und Frauen können ihr Leben zu Ende leben, ohne Aberglauben, Magie, Gebete oder Fetische zu Hilfe zu nehmen. Sie erinnern sich keiner Jahrestage, grüßen keine Fahnen und binden sich durch keine Gelübde. Sie unterwerfen sich völlig dem blinden Zufall, der gedankenlos nimmt, was er planlos gab. Ashleys Treue war durch kein vor Kirche oder Staat abgelegtes Gelübde gestützt, denn – wie wir später sehen werden – John und Beata Ashley waren nie getraut worden. Die wahrsten Tugenden sind die übermäßigen: Mitleid nicht mit den Guten, sondern den Bösen, Großmut gegen die Undankbaren, Treue ohne förmliche Verpflichtung. Enthaltsamkeit war für Ashley ein Beraubtsein wie blind oder gelähmt zu sein. Er bewahrte sie mittels einer rigorosen Lebensweise. Darum hatte er seine Tage so geregelt, daß er abends hundemüde ins Bett fiel wie ein Holzklotz. Er zügelte aufs schärfste seine, wie unsre Vorfahren sagten, »Konversation«. Aber jeder willensstarke Mensch kann die Forderungen seiner Sinne besiegen; Ashley mußte einen schwereren Kampf gewinnen. Er hatte nur eine einzige Frau gekannt; er hatte keine Erfahrung darin, die Liebe von ihrem Gefolge zu trennen – Gemeinsamkeit, Ermutigung, Trost, sich entfaltende Erkenntnis und – durch Elternschaft – Schöpferischsein. Ein- über das andremal während der Stadien seiner Reise nach Süden war ihm diese schöne Verheißung entgegengebracht worden. Frauen hatten solche Erwartungen in seinen Augen gelesen. Er erinnerte sich, in Coaltown gehört zu haben, daß Dr. Gillies die Gewohnheit hatte, Alkoholikern zu sagen: »Verzichten Sie nicht auf etwas, bevor Sie Besseres gefunden haben, ums an seine Stelle zu setzen!« Ashley empfand seine Entbehrung als äußerst schwer; an ihre Stelle setzte er jenen absurden Aberglauben – wenn er nicht durchhielte, würden »die Mauern von ›The Elms‹ ins Wanken geraten und zusammenstürzen«. Die Enthaltsamen – das heißt, die entschlossen und einem Gelöbnis getreu, nicht die lechzend Enthaltsamen – haben eine eigne Art, einander zu erkennen. Später, als Ashley sich hundemüde arbeitete, indem er Mrs. Wickershams Krankenhaus und Schulen reparierte und verbesserte und verschönerte, welche Freundschaften entstanden da mit den geistlichen Schwestern! – wieviel Lachen, welche Mitwisserschaft, ja welch ein Hauch von Hofieren, von Koketterie!

Somit beging Dr. MacKenzie also eine plumpe Taktlosigkeit. Er wußte, daß er die begangen hatte, und seine Verachtung für Ashley verwandelte sich in Haß – jenen Haß, der von Selbsthaß genährt wird.

»Ich danke Ihnen«, sagte Ashley, »ich will's mir überlegen.«

In Antofagasta stieg er um, ohne Mr. Andrew Smith von der Kinnairdie Mining Company aufzusuchen. Seine erste Sorge in Santiago de Chile war es, Arbeit zu finden. Sein Äußeres hatte sich während der acht Monate verändert. Er war gealtert – das heißt, er sah nun so alt aus, wie er wirklich war, nämlich zweiundvierzig. Er war so stark gebräunt, wie die Sonne das in großen Höhen bewirkt. Sein Haar war nachgedunkelt und hatte die jugendliche Gelocktheit verloren. Seine Stimme war tiefer geworden. Er wurde für einen Chilenen gehalten, mit der in diesem Land so häufigen Beimischung irischen oder deutschen Bluts. Ohne Erfolg bewarb er sich um Arbeit als Gärtnereigehilfe, als Stallbursch, als Totengräber, als Hilfskraft im Eden-Vergnügungspark. Schließlich wurde er für die Arbeit an der neuen Straße nach

Norden, nach Valparaíso und Antofagasta, angeworben. Als seine Ferien zu Ende gingen, verließ er seinen Arbeitsplatz fast mit Bedauern; er hatte am Mischen und Gießen des Betons für zwanzig Wasserdurchlässe mitgearbeitet. Wieder stieg er in Antofagasta um und verbrachte die Nacht in dem Gasthof, wo er schon früher abgestiegen war. Am nächsten Vormittag suchte er Mr. Andrew Smith auf, der ihn zuerst nicht erkannte, und dem es mißfiel, einen Ingenieur seiner Gesellschaft in verantwortungsvoller Stellung die Kleidung eines Taglöhners tragen zu sehen. Er hatte jedoch viel mit Mr. Tolland zu besprechen. Was immer die Gesellschaft tat, tat sie vorsichtig und so weit als möglich im geheimen. Mr. Smith und das mysteriöse Direktorium hätten unaussprechliche Qualen gelitten, wenn sie erfahren hätten, daß müßige Schwätzer das Gerücht verbreiteten, in Rocas Verdes stoße man auf immer reichere Erzadern, und es beständen Pläne für eine gewaltige Vergrößerung des Betriebs. Ashley wurde aufgetragen, Pläne und Kostenanschläge für viele weitere Arbeiterbaracken anzufertigen. Tatsächlich waren schon große Mengen von Kalk und Bauholz bergwärts unterwegs. Fragen der Behausung wurden des längeren erörtert. Als Ashley sich verabschieden wollte, nahm Mr. Smith' Gehaben einen Anflug von Wärme an. Er äußerte ein verhaltenes Lob für die Arbeit des jungen Mannes. Er ließ durchblicken, daß die Direktion vielleicht bald ihrer Würdigung konkreten Ausdruck gäbe.

Ashley setzte sich plötzlich wieder und sagte: »Mr. Smith, da sind zwei Dinge, die ich Ihnen vorschlagen möchte.«

»So?«

»Ich glaube, es wäre eine sehr kluge Maßnahme, eine Erhöhung der Löhne anzukündigen – auch wenn 's nur eine sehr geringe wäre.« Mr. Smith sah ihn ärgerlich an. »Sie wissen doch, wie viele Arbeitsstunden jede Woche wegen Krankheit verlorengehn.«

»Das weiß ich. Simulierer und Drückeberger, Mr. Tolland. Der Häuer ist unverbesserlich faul. Dr. van Domelen führt einen unaufhörlichen Kampf mit ihnen.«

»Nein, das ist anders. Diese Männer sind nicht faul. Wenn sie mit mir an einem Projekt für ihr eignes Dorf arbeiten, kann man sie kaum zum Aufhören bringen. Sie brauchen weiter nichts als ein

Zeichen, daß sie als menschliche Wesen geachtet werden. Der Indianer, Sir, ist Anfällen unterworfen, bei denen sein Geist und sein Wille einfach ›auslassen‹ – das ist die einzige Art, wie ich's zu bezeichnen vermag.«

»Das ist die Art, wie 's zu bezeichnen ist – unverbesserliche Faulheit.«

»Sein ganzes Leben erstreckt sich vor ihm, wie er so unter der Erde arbeitet, ohne die Möglichkeit einer Veränderung. Die Eintönigkeit ist schlimm genug; der Verlust jeder Hoffnung ist schlimmer, aber« – und hier stand Ashley auf – »das Fehlen menschlicher Rücksichtnahme ist tödlich. Bergingenieure, Mr. Smith, haben kein Blut in den Adern. Die Indianer werden tatsächlich krank. Dieses Gefühl, abgeschnitten und verachtet zu sein, nimmt die Form einer Krankheit an.«

Mr. Smith öffnete und schloß die Lippen mehrere Male; zuletzt sagte er: »Ein Mann hat sich seinen Lebensunterhalt zu verdienen auf dieser Erde, genau so wie Sie und ich. Eine Erhöhung der Löhne braucht Sie nicht zu kümmern. Die würde nur vertrunken werden. Irgendwie gelingt's ihnen, das Zeug einzuschmuggeln. Ich weiß nicht wie.«

Ashley ging im Zimmer hin und her. Er näherte sich Mr. Smith' Schreibtisch und sagte mit gesenkter Stimme: »*Chicha* ist nicht das einzige, was eingeschmuggelt wird. Auch Nachrichten finden ihren Weg hin. Ich weiß nicht wie. Unsre Bergleute haben von den Löhnen in La Reina und San Tomás und Dos Cumbres gehört – besonders unsre bolivianischen Indianer, die unsre besten Arbeiter sind. Jetzt sollen mehr Wohnbaracken gebaut werden; es wird vielleicht schwierig sein, sie zu füllen. Die beste Investition in ein Bergwerk ist die Selbstachtung und das Wohlbefinden der Bergarbeiter. Die haben ein Sprichwort: ›Erz kommt nicht von allein zu Tag‹.«

Mr. Smith schluckte. Er verschob Feder und Tintenfaß auf seinem Schreibtisch. Er hüstelte. »Sie sagten, Sie haben noch einen zweiten Vorschlag.«

»In Rocas Verdes sollte ein Priester wohnen. Diese unregelmäßigen Besuche sind nicht das richtige.«

»Was wollen die dort mit ihren jämmerlichen Priestern? Der

Priester verlangt so viel von ihnen für eine Trauung oder eine Taufe, daß die meisten nicht einmal verheiratet sind. Sie hassen ihre Priester. *Ein* Besuch im Monat genügt. Lassen Sie mich Ihnen etwas sagen, Mr. Tolland: Der Katholizismus ist kindischer Aberglaube im besten Fall; in Chile ist er nicht einmal der Verachtung wert.«

»Ich glaube, keiner von uns ist imstande zu beurteilen, was in andrer Leute Seelen in bezug auf Gott vorgeht, Mr. Smith. Es ist eine üble Sache, jemand, der keinen will, einen Gott aufzuzwingen. Es ist schlimmer, jemand im Weg zu stehn, der sehr nach einem Gott verlangt. Ich kenne diese Menschen! Ich lebe unter ihnen!«

Plötzlich wurde Ashley von rasenden Kopfschmerzen befallen. Er schloß die Augen und fiel fast vom Sessel. Wieder starrte Mr. Smith ihn an, als hätte er einen Schlag erhalten. Wenn eine Moralpauke nötig war, war Mr. Smith es gewohnt, daß er sie erteilte. Darauf verstand er sich. Schottland ist von ›Saturnen‹ dicht bevölkert. Kein Grünschnabel aus Kanada konnte ihm etwas über religiöse Dinge erzählen.

»Ist Ihnen nicht wohl, Mr. Tolland?«

»Könnte ich ein Glas Wasser haben?«

Mr. Smith sah ihm zu, wie er trank. Endlich sagte er: »Wie sollten wir einen Priester herbekommen? Jeder Mensch weiß, daß es lange nicht genug Priester in Chile gibt. Man muß sie aus Spanien hierher verfrachten.«

Das hatte Ashley nicht bedacht. Zu seiner eignen Überraschung hörte er sich auf der Stelle sagen: »Vermutlich muß man dem Bischof schreiben. Vielleicht muß man ihm ein Geschenk machen. Man verspricht, während der ersten fünf Jahre das Gehalt des Priesters zu bezahlen – irgend etwas dergleichen.« Mr. Smith sah ihn finster an. Ashley setzte fort: »Verlangen Sie einen jungen. Geben Sie mir Erlaubnis, ihm eine Baracke zu bauen; und geben Sie mir Erlaubnis, die Kapelle zu vergrößern. Sie sieht aus wie ein Schweinekoben. Und ich glaube, es würde sich auf die Dauer als nützlich erweisen, wenn Sie mir Erlaubnis gäben, einen Tag länger in Antofagasta zu bleiben, so daß ich mir ein paar Kirchen ansehn und mit einigen Geistlichen sprechen könnte.«

Mr. Smith kämpfte mit sich. Als er dann antwortete, geschah es abermals mit betont schottischer Aussprache. »Ich gebe Ihnen diese Erlaubnis. Aber setzen Sie sich nicht zu viele ausgefallene Ideen in den Kopf, Mr. Tolland.«

An der Tür wendete sich Ashley, völlig erholt, zehn Jahre jünger, mit einem Lächeln um. »Rocas Verdes könnte innen so schön sein, wie es – außen ist.« Er warf die Hand in die Höhe, als wollte er eine Krone von Berggipfeln beschreiben.

Zwei Wochen nach seiner Rückkehr nach Rocas Verdes wurde bekanntgegeben, daß die Bergleute eine Erhöhung ihres Monatslohns erhalten würden. Die Neuigkeit wurde mit Zweifel und Mißtrauen aufgenommen. Die Männer erwarteten das Unheil, von dem das ganz gewiß begleitet wäre. Nach der zweiten Auszahlung kamen sie einzeln und zu zweien und dankten Ashley. Sie brachten die Sache in Zusammenhang mit seinem Besuch im Tiefland.

Ashley sagte sich: »Das ist für Coaltown!«

Er war jetzt ein Baumeister. Die Dorfbewohner sahen der Vergrößerung der Kapelle mit ehrfürchtig staunenden Augen zu. Es wurde viel freiwillige Arbeit nachts beim blendenden Schein von Azetylenlampen geleistet. Frauen und Kinder ließen sich nicht überreden, zu Bett zu gehn. Sie standen in der Kälte umher und sahen zu, wie ihre Männer und Väter und Söhne eine Kuppel formten – es war nur eine kleine, aber unbezweifelbar war es eine. In Antofagasta hatte sich Ashley mit der Geistlichkeit beraten und hatte aus seiner eignen Tasche ein Kruzifix, einige Altardecken und sechshundert Kerzen gekauft. Als der Wanderpriester das nächste Mal kam, wurde er mit Bitten um Trauungen und Taufen überhäuft. Das Kerzenlicht fiel auf beseligte Gesichter, und nach den Zeremonien gab es viel Paradieren in den Gäßchen – jüngst im Ehestand vereinte Paare und Personen jedes Alters, deren Recht, ihren Namen zu tragen, nun in des Himmels eigenstem Register verzeichnet war. Dieses Einhalten der Sakramente war nicht durchaus das Ergebnis höherer Löhne oder dessen, was eine Kuppel versprach. Ein Gerücht hatte die Dorfbewohner erreicht, daß sie bald einen eignen Pfarrer bekämen – der unter ihnen leben, sie mit Namen kennen, sich ihrer von einer Beichte zur andern erinnern und (so hofften sie) sehr streng mit ihnen sein würde; einen, der auch die Seelenstärke und innere Befugnis besäße, ihnen

Vergebung zu gewähren, – kurzum, einen Padre. Ihm zuliebe wünschten sie, in einem geregelten Stand zu sein, getauft und getraut.

Vier Monate später kam Don Felipe an.

Ashley ließ sich nicht blicken. Er hatte Dr. MacKenzie nahegelegt, daß es sehr gut aufgenommen werden würde, wenn der Leitende Direktor selbst der erste wäre, den Padre willkommen zu heißen und ihn in dessen Haus zu führen. Dr. MacKenzie zuckte die Achseln – Christen, Mohammedaner und Buddhisten waren ihm alles eins, krochen vor Idolen im Staub, suchten unverdiente Belohnung zu erlangen. Ashley saß beim Abendessen neben Don Felipe. Er konnte kaum die Gabel zum Mund führen. Es war Roger – kein einziger Gesichtszug der gleiche, keine Ähnlichkeit in der Stimme, aber dennoch Roger – vielleicht um sechs Jahre älter, so wie er ein wenig steif, ohne zu lächeln, schweigsam, mit sehr wachem Aug und Ohr, äußerst gesammelt; vor allem – innerlich unabhängig. Gleich Roger brauchte er keine Ratschläge, brauchte er keinen Beistand, brauchte er keine Freundschaft. (Freundschaft schien auch eins von den Dingen zu sein, ohne die man auskommt, wenn man etwas Besseres findet, um sie damit zu ersetzen.) Gleich Roger war er von einer beispielhaften Höflichkeit.

Der Priester musterte die Ingenieure, die an den Tischen rings um ihn saßen. Er spürte ihre Verachtung. Er war um mindestens elf Jahre der jüngste von allen.

Dr. MacKenzies Herablassung äußerte sich in der Form, daß er an »das Kind« eine Menge persönlicher Fragen richtete, die kein gut erzogener Spanier einem andern bei der ersten oder auch fünften Begegnung gestellt hätte. Don Felipe beantwortete sie alle, wie Roger es getan hätte, schlicht und mit einer nur Leuten guter Herkunft wahrnehmbaren Spur von Widerwillen. Er sei seit acht Monaten in Südamerika; habe bisher in La Paz sein Amt versehen; habe dort mit dem Studium der Indianersprachen begonnen. Er sei vor siebenundzwanzig Jahren geboren worden, als jüngstes von sechs Kindern, in Sevilla.

»Sie werden finden, daß unsre Bergarbeiter recht rauhbeinige Gesellen sind«, sagte Dr. MacKenzie, der stolz auf sein idiomatisches Spanisch war und ein Wort gebrauchte, das sowohl auf »zügellos« als auch auf »tölpelhaft« deutete. Ashley erhaschte den Gesichtsausdruck, mit dem der Priester sich dem Direktor zuwendete; er enthielt ein leises Lächeln und schien zu besagen: »Oh, Sir, nicht so tölpelhaft wie ihr Protestanten.«

Zu Ashley sagte er: »Pedro Quiñones sagte mir, Don Diego, daß Sie viel dafür getan haben, die Kirche hier zu vergrößern.«

Ashley blieb die Antwort fast im Hals stecken. »Die Männer verwendeten ihre Freizeit dafür, Padre.«

Don Felipe richtete seine schwarzen Augen auf ihn und antwortete nichts darauf.

Ein paar Minuten später fragte er: »Diese Herren hier sind aus verschiedenen Ländern?«

»Ja, Padre. Unser Direktor ist aus Schottland. Unser Arzt aus Holland. Von den andern sind vier Deutsche und drei Schweizer. Die Mehrzahl ist aus England und den Vereinigten Staaten.«

»Und Sie, Señor?«

»Aus Gründen, die ich Ihnen jetzt nicht erzählen kann, sage ich, daß ich Kanadier bin.«

Don Felipe nahm diese Antwort so auf, als wäre er an solche eigenartige Ausdrucksweisen gewöhnt.

Don Felipe war jung, aber er litt nicht an einem Gefühl der Unsicherheit. Er richtete es am nächsten Tag so ein, daß er seine Mahlzeiten in der Küche einnahm, wo er die denkbar besten Beziehungen zu dem chinesischen Koch anknüpfte. Gleich Roger gab er sich ganz der Aufgabe hin, die ihm gestellt worden war. Seine Soutane wippte durch die Gäßchen, als wären sechs Priester angekommen. Er besaß eine schöne Singstimme, die andre zum Erklingen brachte. Es gab in Prozession gesungene Litaneien in der bittern Kälte – brennende Kerzen unter dem Sternenhimmel. Die Kirche erwies sich als zu klein. Seine Predigten waren wie Reisen in ein fernes Land, wie Träume, aus denen man benommen und mit dem Gefühl erwachte, eine freundliche Hand sehr nötig zu haben. Er war ein unerbittlicher Feind der Sünde; der Sünde wurde keine Ritze gelassen, in der sie sich verbergen konnte, und doch hieß es, daß, wenn er den Bußfertigen Absolution erteilte, starke Männer ohnmächtig wurden. Seine größte Neuerung, und die Gemeinde begriff sie nur schwer, war Ehrerbietung den Frauen gegenüber. Nach wenigen Monaten wurde die Wirkung in ihrer Haltung offenbar. Es wurde sprichwörtlich, daß seine Pfarrkinder wie die Andalusierinnen einherschritten. Eine Anzahl meiner Leser wird erkannt haben, daß wir von dem künftigen Erzbischof Felipe Ochoa sprechen, dem »Hirten der Indianer«, dem Verfasser von *Rectas Facite in Solitudine (Semitas Dei Nostri)*.

Ashley hatte viele kurze Begegnungen mit dem Padre, aber keine langen Gespräche. Wie Rogers Gesicht war auch das des Priesters von vorn gesehen ausdruckslos; aber sein Profil und sein Hinterkopf waren verletzlich, wie das bei jungen Menschen so ist. Ashley erhaschte Andeutungen seines Heimwehs nach Sevilla (dem geliebten, dem schönen) und nach seinem Vater und seiner Mutter, seiner Sehnsucht nach seinen Professoren und Studiengenossen im Seminar, nach den Gottesdiensten und der Musik in der Kathedrale seiner Kindheit, nach der Gesellschaft andrer, die auch die große Entscheidung getroffen hatten. Ashley erriet allmählich, daß er nur den unbestimmtesten Begriff davon hatte, wo Schottland, die Schweiz und Kanada lagen. Seine Ausbildung hatte in seinem Kopf viel wichtigere Kenntnisse als diese gespeichert. Ashley vermochte kaum zu fassen, wie groß sein völlig vernunftwidriger Abscheu vor Protestanten war. Er hatte bisher sehr wenige in seinem Leben gesehen, Touristen, die, den Reiseführer in der Hand, unfromm in seiner Kathedrale umherschlenderten, als befänden sie sich in einer Bahnhofshalle. Er nahm an, die Protestanten seien eine verachtete Minderheit auf dem Angesicht der Erde, verschämt umherkriechend, ihrer Niedrigkeit bewußt, aber zu satanisch stolz, um ihren Irrtum einzugestehn.

Die Zeit enteilte. Die nächsten acht Monate wären bald um; Ashley müßte für seinen nächsten Urlaub aus dem Hochgebirge hinunter. Er erhielt einen Brief vom Vorsitzenden des Direktionsrats, der ihm mitteilte, daß er befördert worden sei. Er werde dasselbe Salär erhalten, als hätte er bereits zwölf Jahre für das Bergwerk gearbeitet. Die Kinnairdie Company wünschte, sich seiner weiteren Dienste zu versichern. Die Beförderung sollte als ein administratives Geheimnis behandelt werden. Die Projekte, mit denen er beschäftigt war, die Neubauten und die Elektrifizierung, waren in vollem Gang. Ihn schauderte vor dem Urlaub. Er unterzog sich einer Untersuchung durch Dr. van Domelen und durfte noch zwei Monate in Rocas Verdes bleiben. Aber es kam der Mai 1905, und er mußte hinunter.

Er hatte durchaus die Absicht, nach diesem Urlaub auf seinen Posten zurückzukehren – und doch! Er sehnte sich danach, die Berge für immer zu verlassen. Er hatte Freude an seiner Arbeit, er liebte seine Chilenen und Indianer, aber er war ausgehungert nach wirklichen Gefährten – vor allem nach Frau und Kindern, aber daran ließ sich nicht einmal denken. Er war in letzter Zeit im Wachen wie im Schlafen von einem immer wiederkehrenden Traum gequält worden: In einer dunkeln Nacht, schon näher dem Morgen als der Mitternacht, stand er unter den Ulmen... dem Zimmer an der Südostecke gegenüber... und er warf ein wenig kleinen Kies in das Fenster. Sie erwachte; sie kam die Treppe herunter und öffnete die Haustür. Aber dies war Wahnsinn! Solche Unüberlegtheit konnte sie alle nur in noch mehr Elend stürzen. Sieben Jahre, hatte Mrs. Hodge gesagt – das wäre der Juli 1909. Ashley hatte die Absicht, nach Rocas Verdes zurückzukommen, doch er packte seine Tragsäcke wie für eine endgültige Abreise. Er nähte sein Papiergeld in das Futter seines Anzugs; die Gehaltsschecks könnte er in jeder größern Stadt einwechseln. Zum erstenmal in seinem Leben schwelgte er im Anblick von Geld.

Sein Abschiednehmen spielte sich ganz so ab wie das erste Mal. Wieder suchte er Dr. MacKenzie auf.

»Diesmal müssen Sie sich in Manantiales aufhalten – wenigstens für eine Woche. Sie müssen Mrs. Wickershams Hotel kennenlernen. Ich habe ihr telegraphiert, Sie kommen, und hier ist ein Empfehlungsbrief. Sie haben die Männer über sie reden gehört, nicht wahr?«

»Ein wenig.«

»Heidrich, den will sie nicht mehr aufnehmen, und auch nicht van Domelen oder Platt. Sie sagt, sie kann unfrohe Männer nicht ausstehn. Es gibt zwei andre leidliche Hotels in Manantiales, aber nichts auf der Welt läßt sich mit ihrer Fonda vergleichen. Die Betten, Tolland, – das Essen, die verkupferten Badewannen, die Dienerschaft! Und natürlich sie selbst! Ich kenne sie seit etwas mehr als dreißig Jahren. Tatsächlich hat sie mir meinen ersten Arbeitsplatz verschafft. In den frühen Zeiten war sie das Postamt und der Bankier der Montaningenieure und sogar ihr Stellenvermittlungsbureau. Sie war mehr als das – sie wachte über die Einhaltung eines gewissen Standards des Benehmens. Damals gab's hier eine deutsche Grube – sie ist jetzt in andern Händen – hieß die ›Suevia Eterna‹. Lebensbedingungen waren schlecht; die Leitung war anmaßend gegen ihre nichtdeutschen Ingenieure, unpünktlich mit den Salärschecks – und lauter so Sachen; aber sie hielt sich für die beste Grube in den Bergen. Mrs. Wickersham riet jungen Männern, sich von ihr fernzuhalten. Sie unterstützte andre Betriebe, die tüchtigen Leute von dort wegzuangeln. Na, also die alte ›Suevia‹ schickte eine Abordnung zu ihr. Sie sengte ihnen das Haar vom Schädel; machte ihnen klar, wie man eine Grube leitet. Aber ich möchte nicht um die Welt in einem von ihr geleiteten Bergwerk arbeiten – wenn sie 's so täte, wie sie ihr Hotel führt. Eines Abends in der Fonda belehrte uns ein amerikanischer Geschäftsmann, daß der Weiße das Meisterwerk Gottes sei und daß alle diese Neger, Indianer und Rassenmischungen auf die Welt kamen, um seine Diener zu sein. Sie zwang ihn, sein Abendessen oben in seinem Zimmer zu beenden. Er mußte am nächsten Morgen aus dem Haus, und sie ließ ihn nicht einmal seine Rechnung bezahlen.«

»Ist sie Engländerin?«

»Ja, Ende der dreißiger Jahre geboren, nehme ich an. Kam als Jungverheiratete hier heraus. Der Mann war einer von diesen Smaragdsuchern. Sie erzählte einmal eine Geschichte davon, wie sie für eine Menge Männer drüben im peruanischen *oriente* gekocht hatte, wo es nie aufhört zu regnen, – in einer strohgedeckten Hütte, während sie einen Schirm über das Tapirragout hielt; und daß sie in irgendwelchen noch höher gelegenen Unterkünften als diese hier gewesen war, wo man ganz von neuem lernen mußte, wie man ein Ei kocht. Der Mann starb, und sie stand mit einer kleinen Tochter allein da; eröffnete die Fonda. Drei Dinge interessieren sie: ihr Krankenhaus und ihr Waisenheim; angenehme Gesellschaft und anregende Gespräche an ihrer Abendtafel; und der Ruf, den sie hat, alles zu wissen, was in den Anden vorgeht. – Übrigens, besitzen Sie eine Krawatte?«

»Nein, Sir.«

»Na, nehmen Sie diese hier! Mrs. Wickersham besteht darauf, daß die Männer beim Abendessen eine Krawatte tragen.«

»Danke sehr. – Welchen von den Göttinnen Griechenlands ähnelt sie, Dr. MacKenzie?«

»Ah, Sie erinnern sich unsrer kleinen Diskussion, was? Na, ich trug ihr einmal diese ganze Theorie vor.« Dr. MacKenzie verfiel in seine lautlose Art zu lachen. »Sie sagte mir, ich sei ein alter Narr. Sie sagte mir, jeder Mann gehöre ein und demselben Typus an; darum seien wir so langweilig. Aber die meisten Frauen seien eine Mischung aus allen fünf oder sechs Göttinnen. Sie sagte, jede Frau wolle eine Aphrodite sein, müsse sich aber damit zufriedengeben, was für sie zu haben sei. Sie sagte, sie sei eine jede von ihnen gewesen – alle sechs. Sie sagte, die sei eine glückliche Frau, die aus einer Artemis zu einer Aphrodite aufsteige und weiter zu einer Hera und als eine Athene ende. Es sei traurig, wenn sie in einem dieser Ebenbilder steckenbleibe. – Kommen Sie, sobald Sie zurück sind, und sagen Sie mir, was Sie davon halten.«

Am späten Abend vor seiner Abreise ging Ashley durch die Gäßchen der Dörfer. Es war bitter kalt. Er kam zu der Kirche und stieß die Tür auf. Alles war dunkel bis auf einen brennenden Docht in seiner Schale von rotem Glas. Er warf einen schwachen Schein in die kleine Kuppel darüber. Don Felipe kniete davor – in regungsloser Entrücktheit. Ashley ging auf den Dorfplatz zurück. Er lächelte.

Im stillen sagte er sich: »Das war für Roger.«

Er war von etwas wie Ehrfurcht erfüllt – von dankbarer Verwunderung – daß das Leben uns erlaubt, alte Schulden zu bezahlen, alte Blindheiten wiedergutzumachen, alte Verständnislosigkeiten. Seine Großmutter hatte ihm das versprochen.

Ashley hatte nicht die Absicht, in der Fonda zu wohnen. Er sagte sich, er werde kein solcher Narr sein. Als er in Manantiales ankam, war die Sonne schon am Hinabtauchen in den Pazifischen Ozean. Er schritt unter Bäumen und schwirrenden Vögeln dahin. Das schnelle Herunterkommen aus der großen Höhe hatte ihm eine Benommenheit hinterlassen. Fast verstohlen näherte er sich langsam dem Hotel und betrat den Garten. Er ließ sich auf eine

Bank sinken. Ein Springbrunnen stieg aus einem kleinen Teich zu seinen Füßen auf. Alles war still in dem Haus. Die ersten Lichter erschienen in den Fenstern. Er dachte an die *sala* in Weiß und tiefem Meerblau. Er dachte an das Kruzifix an der Wand. Am meisten dachte er an Mrs. Wickersham. Er sehnte sich nach jemand, mit dem er sprechen könnte. Er sehnte sich nach Freundschaft.

»Also gut«, sagte er sich und stand auf. »Ich will mein Leben dafür riskieren.«

Er straffte die Schultern und betrat die Eingangshalle. Mrs. Wickersham saß bei einer Lampe in ihrem kleinen Kontor über ihre Geschäftsbücher gebeugt. Sie sah auf und erblickte ihn. Abermals fragte sie ihn im Ton eines Feldwebels: »Wer sind Sie?«

»James Tolland, Ma'am, aus Rocas Verdes. Ich habe einen Brief für Sie von Dr. MacKenzie.«

»Kommen Sie hier herein, bitte!« Sie nahm den grünen Schirm von der Lampe, so daß das Licht voll auf ihn fiel. Sie musterte ihn von oben bis unten. »Habe ich Sie nicht schon einmal gesehn?«

»Nein, Ma'am.«

Sie sah ihn scharf an. Sie runzelte für einen Augenblick die Stirn. Dann ging sie in die Halle hinaus, klatschte in die Hände und rief: »Tomás! Tomás!« Ein Indianerjunge kam auf sie zugelaufen. Sie gab ihm ihre Weisungen im Dialekt der *sierra*. »Übersiedle Doktor Pfeffer-und-Salz auf Nummer Zehn, ganz fix-fix. Sag Teresita, sie soll Nummer Vier vollkommen machen wie den Himmel und die Engel. Wenn Nummer Vier fertig ist, trag heißes Wasser ins Bad und komm zu mir! – Mr. Tolland, Ihr Zimmer und Ihr Bad werden in fünfzehn Minuten bereit sein. Ihr Zimmer ist Nummer Vier am oberen Ende dieser Treppe. Hier haben Sie ein paar Zeitungen aus San Franzisko zu lesen, während Sie warten. Gegessen wird um neun. Sie können sich vorher ruhig schlafen legen. Tomás wird ein Viertel vor neun an Ihre Tür klopfen. Wenn Sie vor dem Essen was trinken wollen, achten Sie darauf, daß es nur von halber Stärke ist. Die ersten vierundzwanzig Stunden nach dem Herunterkommen haben ihre Tücken.«

»Danke sehr, Mrs. Wickersham.«

Er drehte sich um und ging auf die *sala* zu. In der Tür wandte er den Kopf nach rechts. Das Kruzifix hing nicht mehr an der

Wand. Erstaunt, bestürzt ließ Ashley die Zeitungen aus der Hand gleiten. Mrs. Wickersham war ihm mit den Augen gefolgt. Sie wußte sehr gut, warum sie ihm vor drei Minuten in der Fonda ein Zimmer frei gemacht hatte. Es war nichts besonders Einnehmendes an John Ashley; Dr. MacKenzies Telegramm und Brief hatten wenig Gewicht für sie. Sie nahm ihn auf, weil er sie angelogen hatte. Sie erinnerte sich genau, daß sie einander schon einmal gesehen hatten. Sie erinnerte sich nicht, welche Worte sie beide damals gewechselt hatten, aber der Tatsache war sie ganz sicher. Es war nicht nur seine Lüge, die jetzt ihr Interesse erregt hatte, es war die Unverblümtheit der Lüge, ihre ›Aufrichtigkeit‹. Mrs. Wickersham war, wie Dr. MacKenzie einmal gesagt hatte, »randvoll« von Neugier. Sie wußte, daß Ashley kein Lügner war und daß er sie doch angelogen hatte. Darüber wollte sie mehr erfahren.

Zu Mittag aß sie nie mit ihren Gästen. Sie kam um neun Uhr abends herunter, in langem schwarzem Schleppkleid aus Seide oder Spitzen, längst nicht mehr neu und mit Jettropfen und roten Samtschleifen geziert. An den ersten drei Abenden setzte sie Ashley weit weg von sich ans untere Ende der Tafel. Sie beobachtete ihn, und es tat ihr leid, ihn ins Haus aufgenommen zu haben. Er sprach sehr wenig. Er hörte Schweizer Botanikern und schwedischen Archäologen zu, Baptistenmissionaren und Geschäftsleuten und Ingenieuren (einschließlich eines Landsmanns aus Kanada) und diesen ewigen berufsmäßigen Weltreisenden, die bereits im Geist ihr Kapitel über »Das Land des Kondors« verfaßten. Sie setzte ihn neben den chilenischen Chefarzt ihres Krankenhauses und den Bürgermeister von Manantiales. Er war nicht für Männergesellschaft geschaffen. Männer versuchten bloß, ihm mit ihrem Reichtum oder ihrer Stellung Eindruck zu machen. Frauen mochten ihn, aber Frauen mögen jeden Mann, der ihnen seine ganze Aufmerksamkeit widmet. Sie würde ihn noch bis zum Ende der Woche beherbergen. Am vierten Abend setzte sie ihn auf den Platz an ihrer Linken, und da blieb er.

»Mr. Tolland, was haben Sie heute in meiner Küche gemacht?«

»Sie war in Brand geraten, Ma'am.«

»Und was haben Sie da getan?«

»Das Feuer gelöscht. Ich möchte Ihre Erlaubnis haben, jeden Tag in die Küche und die Wäscherei zu gehn, bis sie in Ordnung sind. Diese Erdbeben haben die Rohrleitungen und die Abzüge und Kessel erschüttert. Ich habe einige Stellen gesehn, die gefährlich werden könnten.«

»In Chile beschmutzen sich Herren ihre Hände nicht, Mr. Tolland. Ich habe meine eignen Arbeiter und Klempner für Reparaturen.«

Er sah ihr in die Augen. »Ja, ich hab' gesehn, was die leisten... Ich bin ein Bastler, Mrs. Wickersham. Und ich fühle mich elend, wenn ich nichts zu tun habe. Ich möchte, daß Sie mir Ihr Waisenhaus und Ihr Krankenhaus – alle die Teile, die Besucher nicht zu sehen bekommen – zeigen. Bevor die Kessel explodieren und die Ablaufrohre sich verstopfen.«

»Ogottogott!«

Er zog sich seine Arbeitskleidung an und suchte sich ein paar Gehilfen und Werkzeuge zusammen. Er wurde den Schwestern und den Lehrern und den Köchen und den Ärzten vorgestellt. Als die Woche zu Ende ging, wurde überall gesägt und gehämmert, gelötet und gegraben. Am Ende der zweiten Woche waren Trennungswände entfernt und Trennungswände aufgestellt worden. Die Schwestern waren besonders entzückt, als er ihnen Regale anfertigte, Dutzende von Regalen. Er reinigte offene Kamine und Brunnen und Latrinen.

Er sang *»Nita, Juanita«* und *»No gottee tickee, No gettee shirtee, At the Chinee laundryman's.«*

Im stillen sagte er sich: »Das ist für Sophia.«

Mit jedem Tag sah er jünger aus. Er wurde mit Lachen und Erröten begrüßt, wenn er am Morgen erschien. *»Don Jaime, el Canadiense.«* In den Krankensälen kannte man ihn. Die Schulkinder kannten ihn. Die blinden Mädchen wurden geheißen, aufzustehn und ihm vorzusingen. Das Staunen wurde noch größer, weil ein so unverkennbar bedeutender Mann ihre Sprache so gut sprach und sich herabließ, eigenhändig zu arbeiten. In den Krankensälen und auf den Liegeterrassen blieb er stehn und sprach mit den jungen Amputierten und den Hochbetagten. Er schien eine besondere Begabung dafür zu haben, sich Namen zu merken. Gleich am Morgen, bevor seine Hände und sein Arbeitskittel schmutzig wurden, hob er die kleinsten Waisenkinder in seine Arme, als hätte er schon früher einmal Kinder so gehalten. Er gehörte zu jener Gattung von Menschen, von der Hoffnung und Zuversicht ausstrahlen. Was der Mutter Oberin besonders auffiel, war seine Ehrerbietung Mädchen und Frauen gegenüber, eine undefinierbare Huldigung, die wie etwas aus alten Legenden und Balladen Erinnertes war.

Mrs. Wickersham verteidigte ihr Herz, so gut sie konnte. Alte Menschen glauben nur zögernd, daß junge eine wirkliche Freundschaft für sie empfinden können. Im besten Fall können die jungen höflich sein, aber sie haben es eilig, wieder zu ihren Altersgenossen zu kommen. Außerdem weichen alte Menschen vor den Anforderungen zurück, die eine neue Freundschaft an sie stellen könnte; sie haben so viele verblassen gesehen, haben diejenigen, die sie schätzten, zu vergessen begonnen. Es mag sein, daß Freundschaft kaum mehr ist als ein erschöpftes und erschöpfendes Wort. Was war dann also die Energie in dem Blick, den Ashley ihr zuwandte? War die wirklich Freundschaft?

Überdies war Ashley grade zu der Zeit in die Fonda gekommen, als Mrs. Wickersham die Herrschaft über das Steuer ihres Lebens zu verlieren begonnen hatte. Sie war es müde geworden, Gutes zu tun. Alle diese Mädchen, die sie da zusammengelesen und geschult und verheiratet hatte – die blinden, die sie das Weben und Spitzenklöppeln gelehrt hatte. Aïe, aïe, aïe! Die vielen Male, die sie um vier Uhr früh aus dem einen oder andern Grund geweckt worden war – um einen Jungen vor der Brutalität der Polizei zu retten oder einen Polizisten vor der grollenden Wut der Arbeiter! Sie war chilenische Staatsbürgerin und hatte Bändchen der Anerkennung von einer dankbaren Republik empfangen. Sie hatte an den Präsidenten persönlich appelliert, Milde walten zu lassen gegenüber einem halb verrückten Arbeiter, der eine Kirche entweiht, oder einem verzweifelten Mädchen, das ihr Neugeborenes in eine Zisterne geworfen hatte. Gutes Tuende haben ihre Zeiten der Schwäche. Sie wissen, daß es keine seelische Schäbigkeit gibt, die der gleichkommt, Dankbarkeit und Bewunderung zu erwarten, aber sie lassen sich von den süßen Phantasien des Selbstbedauerns verführen. »Niemand hat je spontan etwas für mich getan.« Sie verspürte jetzt kaum noch etwas von dem Gefühl, das sie ursprünglich zu all diesen guten Werken bewogen hatte. Am betrüblichsten von allem war, daß sie Weiber und Weibergerede sattbekommen hatte, daß sie es überdrüssig war, wie die sich auf alles Hoffnungsvolle oder Beunruhigende stürzten – und beides übertrieben – und wie hilflos sie waren, wenn sie sich vor die Wahl zwischen zwei Übeln gestellt sahen. Und gleich allen Menschen von resolutem Wesen und langer Erfahrung war sie unduldsam geworden gegen das Vorhandensein von Unabhängigkeit in andern. Sie war für sich selbst schlechte Gesellschaft geworden. Sie hatte Zynismus in ihr Denken eingelassen; hatte eine maliziöse Zunge bekommen. Sie hatte beschlossen, die wenigen Jahre, die noch vor ihr lagen, dazu zu verwenden, sich Freuden vom Leben zu holen – die einzigen Freuden, die ihr geblieben waren: zu versuchen, das Leben andrer Menschen zu beherrschen und aus sich ein »Original« zu machen. Sie war dabei, sich eine Maske für ihr Gesicht zu modeln – die amüsante Mrs. Wickersham, zwar ein wenig einschüchternd, aber immer hatte sie recht und war so weise und bewundernswert. Manche gehn vorwärts, manche gehn rückwärts. Eine Art unverschämter Herausforderung der Meinungen andrer drückte sich darin aus, daß sie abends ein Dekolleté trug, das seit einem halben Jahrhundert aus der Mode war, und sehr freien Gebrauch von Hasenpfote und Rouge machte.

Und dann erschien John Ashley in der Fonda und bot seine Freundschaft an.

»Spielen Sie Karten, Mr. Tolland?«

»Ja, Ma'am.«

»Einmal in der Zeit spielen wir Karten im Rauchzimmer. Wir spielen um Geld. Ich will nicht, daß die Fonda in den Ruf einer Spielhölle kommt, darum habe ich eine Regel aufgestellt: Niemand kann mehr als zwanzig Dollar gewinnen. Jeder Gewinn darüber hinaus muß in die Sammelbüchse für mein Krankenhaus. Spielen Sie *dos pícaros?*«

»Ja.«

»Wir spielen heute abend um Mitternacht.«

Endlich konnte Ashley spielen, ohne seine Geschicklichkeit zu verleugnen. Es saßen einige reiche Männer mit am Spieltisch

– Weltreisende, Großgrundbesitzer aus dem Tal und Salpeter- und Kupfermagnaten. Er nahm ihnen ihr Geld ab. Er nahm Mrs. Wickersham Geld ab. An der Wand hing eine Schiefertafel. Am Ende des Abends schrieb sie die Summe darauf, die für das Krankenhaus zusammengekommen war. Ihre Augen funkelten. Hundertundachtzig Dollar! Ein Röntgenapparat kostete sechshundert Dollar.

Ein paar Tage später:

»Mr. Tolland, nehmen Sie Ihr Frühstück auf dem Dachgarten ein?«

»Ja, Ma'am.«

»Kommen Sie nach dem Abendessen aufs Dach hinauf. Ich habe einen recht guten Rum. Dort können wir reden.«

So begannen die nächtlichen Gespräche unter dem Sternenhimmel. Sie saßen, das Gesicht den Bergen zugewendet, den Krug auf einem niedrigen Tischchen zwischen sich. Die Hochgipfel – blicklos, edel und ausharrend – schienen das nächste Ereignis ihres Schicksals zu erwarten: eingeebnet oder zerspalten und gefaltet zu werden. Es war schon Spätherbst. Manchmal war von fern ein Rauschen, ein schwaches Donnern und ein Plumps zu hören – eine Lawine von einigen zehntausend Tonnen. Wenn der Mond aufging, übergoß Herrlichkeit Himmel und Erde. Die Gipfel erwachten zum Leben; sie schienen zu schwanken und zu singen, heitere Gefilde zwischen schwarzen Zinken. (»Beata sollte das sehn! Die Kinder sollten das sehn!«) Die Gespräche drehten sich um Chile, um die frühen Zeiten des Bergbaus, um Krankenhäuser und Schulen, um Männer und Frauen. Ashley, von einem schweren Arbeitstag ermüdet, gab sich dem Gefühl dankbarer Freundschaft hin, Mrs. Wickersham aber fühlte sich elend und erzürnt. Neugier verzehrte alle andern Gefühle. Wer war er? Was war seine Geschichte? Je mehr sie ihn liebgewann, desto mehr nahm sie seine Unwilligkeit übel, von sich selbst zu sprechen. Sie war während seiner Abwesenheit in sein Zimmer gegangen und hatte seine Habseligkeiten durchsucht. Sie war an ein paar verblaßte bläuliche Photographien geraten – auf der einen stand eine schlanke junge Frau neben einem Teich und hielt ein kleines Kind in den Armen; drei ältere Kinder saßen zu ihren Füßen. Sogar aus diesem abgegriffenen Bildchen konnte sie Gesundheit, Schönheit und Harmonie ablesen. Sie betrachtete es lange mit etwas wie Bitterkeit. Jedem andern Menschen auf der Welt hätte sie – der ›Drache‹, der ›Dragoner‹ – unumwundene Fragen gestellt (»Was tun Sie hier unten im Süden ohne Ihre Familie?« »Warum haben Sie mich angelogen?«), aber sie fürchtete sich ein wenig vor Ashley. Es gab Augenblicke, wo sie so von erboster Enttäuschung erfüllt war, daß sie daran dachte, ihn aus dem Hotel zu weisen. Sie hatte eine lange Erfahrung mit Männern, die auf der Flucht waren; es kam ihr nie der Gedanke, daß er zu diesen gehören könnte. Am fünfzehnten Abend seines Aufenthalts gab es an der Tafel eine lange Diskussion über die ›Rattenliste‹ – deren gegenwärtige und frühere Berühmtheiten, die Geldsummen, die beim Rattenfang zu gewinnen waren, und die für diese Jagd nötige unablässige Wachsamkeit.

Gegen sieben Uhr abends an diesem Tag war auf den Korridoren der Fonda ungewöhnliche Geschäftigkeit und Lärm zu hören gewesen, Gelächter der Hausdiener und unterdrücktes Quieken der Mädchen. Ein Lieblingsgast des Hauses war angekommen, der berühmte Mr. Wellington Bristow, ein Geschäftsmann, Inhaber einer Import-Exportfirma in Santiago de Chile. Er war nach seiner Aussage amerikanischer Staatsbürger, in Rom geboren, das Kind eines englischen Vaters und einer griechischen Mutter, aber man hatte ihn seine Abstammung auch anders beschreiben gehört. Er trug in seinen Rocktaschen ein Dutzend Geschäftskarten, die ihn als Alleinvertreter in Chile gewisser amerikanischer pharmazeutischer Produkte bezeichneten, schottischer Wollwaren, eines französischen Parfüms, einer bayrischen Biersorte und so weiter. Er war allgemein beliebt und ein Lügner, Schwindler und Betrüger. Sein kleiner Kopf war von kurzen Lokken bedeckt und saß auf den breiten Schultern eines Athleten. Am Spieltisch, um Mitternacht, sah er wie dreißig aus, beim Abendessen wie vierzig, aber zu Mittag hätte man ihn ganz gut für sechzig halten können, denn sein Gesicht war dann abgespannt und müde, von unzähligen Fältchen durchzogen, die nicht alle ein Geschenk des Lachens waren. Er war nach der höchsten Londoner Mode von vor dreißig Jahren gekleidet, bevorzugte grellfarbene Westen und karierte Hosen. Seine ruhelosen, mit Ringen bedeckten Hände schienen eine Anziehungskraft auf Asse auszuüben. Seine Wäsche war nicht immer schneeweiß, seine Manschetten waren ein wenig ausgefranst. Unablässig damit beschäftigt, Geld zu verdienen, blieb er dabei oft hungrig. Er war der denkbar beste Gesellschafter.

Wellington Bristow war jeder Zoll ein Geschäftsmann und als solcher ein Genie, aber er liebte Verhandeln mehr als Verdienen; er war von großzügigem Wesen und eine Frohnatur. Daher hatte er drei Punkte gegen sich. Er mußte jede Transaktion komplizieren, dritte Personen in sie hineinziehen und sie mit Vorbehalten und Zusätzen bespicken. Er liebte es, eine Verhandlung durch die Andeutung einer Bestechung zu beschleunigen oder den sich Sträubenden mit einer Anspielung auf Erpressung zu bedrohen. Versprechungen aufzublähen und Risiken zu verheimlichen, war ihm ein wahres Vergnügen. Er opferte sogar manchmal seine Provision, um einen Abschluß aufregender zu gestalten. Er liebte Geschäfte um ihrer selbst willen. Das wenige Geld, das er verdiente, hielt sich nicht lange bei ihm. Er teilte beständig Geschenke aus, die er sich nicht leisten konnte, was der Inbegriff der Freigebigkeit ist. Bei jedem seiner Besuche in der Fonda brachte er Mrs. Wickersham etwas Neues und Entzückendes aus der großen Welt mit – die erste Schreibmaschine, die Manantiales zu sehen bekam, die erste Füllfeder, den ersten Kaviar, einen Abendmantel von Worth. Diesmal kam er mit zehn Flaschen Champagner angerückt. Seine Schuhe und Socken wiesen Löcher auf. Niemand hat je einen erfolgreichen Geschäftsmann gesehen, der freudvoll ist, denn Freude ist Lob des Ganzen und kann nicht bestehn, wo Nebenabsichten vorhanden sind. Sein Frohsinn war von der reinsten Art, stahl sich seine Heiterkeit aus Bedrücktheit und Gefahr. Wie er reden konnte, wie er überreden konnte! Aller Anschein nahm die Färbung an, die er ihm gab. Die großen Überreder sind diejenigen ohne moralische Grundsätze; Aufrichtigkeit stammelt.

Das erste, was Ashley von Mr. Bristows Anwesenheit im Hotel merkte, war Mrs. Wickershams entrüstet erhobene Stimme, die aus der Halle heraufdrang: »Nein, Mr. Bristow, ich will keinen Sarg! Ist mir egal, ob aus Ebenholz oder nicht, ich will ihn nicht im Haus haben!«

Aber das war bloß einer von Mr. Bristows Späßen. Die zehn Flaschen Champagner waren in einer langen schmalen Kiste ins Haus getragen worden, doch . . . es war nicht durchaus ein Spaß. Mr. Bristows Gedanken beschäftigten sich unaufhörlich mit Sterbebetten, Särgen und Begräbnissen. In diesen Dingen war er nicht nur ernst, sondern von äußerster beruhigender Feierlichkeit. Er suchte die Wohnungen im Sterben Liegender auf. Er erleichterte ihnen das Hinübergehn und erweckte in ihnen eine Sehnsucht nach dem andern Ufer. Er trat beiseite, um das Viaticum vorbeizulassen, und tappte dabei ungeduldig mit dem Fuß, aber in manchen erlöschenden Augen war das letzte Bild das eines schönen Jünglings, der sie durch blühende Gärten geleitete. Die Einwohner von Santiago, solche jeder Klasse, klopften zu allen Stunden an seine Tür und baten ihn, Worte für sie zu schreiben, die sie mit der Anzeige eines Todesfalls in die Zeitung einrücken lassen könnten. Einige von diesen sind in den Sprichwortschatz eingegangen: »Ihr Fremden, nur jene von euch, die große Freude gekannt haben, können unsern Schmerz kennen. Familie Casilda Romero Valdés«, »Fremdling, halt inne: Der Tod erscheint denen nicht bitter, die ihr Kind leiden gesehen haben. Familie Mendo Cásares y Castro.«

Wellington Bristow kam drei- oder viermal des Jahrs nach Manantiales. Manantiales war ein »kleines Amsterdam« der Anden, ein Markt und Umschlagplatz, ein zumeist geheimer, für Smaragde, die ihren Weg nach Westen über die Pässe fanden. Ein untergründiger Weg in die Hauptstädte der Welt führte durch eine Anzahl verwahrloster Hütten am Rande der Stadt. Mr. Bristow schnappte Smaragde in Manantiales auf, bevor er höher hinaufstieg, um Chinchillafelle aufzustöbern. Mrs. Wickersham freute sich stets auf seine Besuche; er brachte den Klatsch der Küste mit; er belebte das Spiel an den Kartentischen; und er reizte ihre ihn selbst betreffende überquellende Neugier und ließ sie unbefriedigt. Wer war er? Wer war er wirklich? Er veröffentlichte seine für sie bestimmten Neuigkeiten am ersten Abend bei Tisch. Sie wies ihm seinen Platz in einiger Entfernung von ihr selbst an, damit die ganze Gesellschaft seine Chronik genießen könnte: Prozesse, Bankrotte, Todesfälle und Begräbnisse (»Von Begräbnissen will ich nichts hören, Mr. Bristow«), Verhaftungen und überstürzte

Trauungen (»Orangenknospen blühen vorzeitig auf, Mrs. Wickersham, wenn man ein Feuer unter ihnen anzündet.« »Das weiß ich, Mr. Bristow«), in Schlafzimmern abgefeuerte Revolver, gefälschte Testamente, Lotteriegewinn eines Leprakranken, Todesfälle und Begräbnisse (»Von Begräbnissen will ich nichts hören, Mr. Bristow!«), wunderbare Heilungen vor vorstädtischen Altären, Inkaprinzessin als Miss Beatrice Campbell aus Newark, New Jersey, entlarvt, die neuesten Moden (Wagenradhüte und knöchellange Ärmel), Todesfälle und Begräbnisse (»Jetzt hören Sie aber damit auf!)«. Kein Wunder, daß sie ihm bloß einen Dollar täglich berechnete.

»Haben Sie in letzter Zeit irgendwelche Ratten erwischt, Mr. Bristow?«

»Nein, Ma'am, aber ein Freund von mir fing vor ein paar Monaten eine große, fette in Lima.«

»Mr. Tolland, wissen Sie, was die ›Rattenliste‹ ist?«

»Ja, Ma'am.«

»Wie war das mit dieser Sache in Lima, Mr. Bristow?«

»Ausgerechnet mein Pech, Mrs. Wickersham! Der Mann wäre bald weiter nach Süden gekommen. Ich hatte seit zwei Jahren Ausschau nach ihm gehalten. Er war Vizepräsident einer Bank in Kansas City – blaue Augen, rundes, rosiges Gesicht, so um die vierzig. Er war mit mehreren hunderttausend Dollar und einer Sechzehnjährigen durchgegangen.«

»Wie groß ist der Blumenkohl?«

»Es werden vier- oder fünftausend von der Bank sein und noch einmal soviel von der Familie des Mädchens. Es waren die Furunkelnarben auf seinem Nacken, die ihn verrieten. Mein Freund tat ein paar Pillen in seinen Whisky und zog ihm dann das Halstuch weg. – Übrigens hat man den Bischof gefunden.«

»Was für einen Bischof?«

»Man hat ihn in Alaska entdeckt, wo er in einem Hotel Koch war. Munter und froh wie der Mops im Paletot – so hat man sich erzählt. Er hätte schon immer gern gekocht. Seine Frau wollte den Blumenkohl nicht bezahlen. Sie hat ihren Mann nicht zurückhaben wollen. Sie habe schon eine Köchin, sagte sie.«

»Wie viele Namen stehn jetzt auf Ihrer Liste?«

»Oh, hunderte, Mrs. Wickersham. Manche von ihnen schon seit dreißig Jahren. Wir interessieren uns nur für die fetten Brocken; hält einen auf dem Quivive. Wie der Mann, der Anno neunundneunzig Mrs. Beecham entführte. Er war damals dreißig Jahre alt und sah Peter Dondrue, dem Jockey, ähnlich, so hieß es.«

»Irgendwelche besondere Kennzeichen?«

»Nur eine kleine Eigentümlichkeit, die ich hier nicht erwähnen kann, Mrs. Wickersham.«

»Na, behalten Sie nur hübsch die Augen offen! Sie werden schon noch einmal einen Blumenkohl pflücken.«

Mr. Bristow fühlte sich am glücklichsten am Kartentisch und hätte jeden Abend seine zwanzig Dollar gewonnen, aber er spielte weder des Geldes noch des Gewinnens wegen, sondern um die Spielregeln zu umgehn. Ashley überließ es den andern, sein Schwindeln bloßzustellen. Wurde Bristow erwischt, so lachte er nur – »Ich wollte gern wissen, ob Sie das merken würden.« Alle Gesichter wandten sich Mrs. Wickersham, dem Drachen, zu, die jeden andern Gast mit Schwung aus dem Haus befördert hätte.

»Oh, er ist ein Gauner! Das weiß ich seit Jahren. Spielen Sie korrekt, Mr. Bristow, oder 'raus mit Ihnen!«

Mr. Bristow fand einen entschiedenen Gefallen an Ashley, der ihn auf die behutsame und geschmeichelte Weise leiden mochte, wie wir oft Menschen leiden mögen, die den unsern entgegengesetzte Eigenschaften besitzen.

Vier Tage später reiste Wellington Bristow zu einem kurzen Abstecher in die Berge ab. Er hoffe, ein paar Chinchillafelle einzuhandeln. Er freue sich darauf, einen Abend mit seinem alten Freund Dr. MacKenzie in Rocas Verdes zu verbringen. Eine Abreise ist ein Vorwand für eine kleine Abschiedsfeier, und nachdem Mrs. Wickersham zu Bett gegangen war, wurde an der Bar noch fleißig getrunken und erzählt. Ashley hatte noch nie solches Geschichtenerzählen gehört. Es waren wahre Geschichten – alle waren sie Mr. Bristow in verschiedenen Weltteilen widerfahren. Während der ersten Stunde hatten sie alle mit haaresbreitem Entkommen aus Todesgefahr zu tun. Sie drehten sich um Wunder und seltsame Zusammentreffen. Er war dem Ertrinken entgangen und hatte sich aus brennenden Häusern gerettet; er war im letzten

Augenblick davor bewahrt worden, von Räubern ermordet zu werden. Ashley war bald der einzige Zuhörer, denn die andern waren eingeschlafen – der Salpeterhändler, der Botaniker und Mrs. Hobbes-Jones (Verfasserin von *Klein Kitty reist durch Asien*, *Klein Kitty reist durch Afrika* und so weiter).

Schließlich fragte ihn Mr. Bristow mit gedämpfter Stimme: »Waren Sie je dem Tod nahe, Mr. Tolland?«

»Nein«, sagte Ashley, »das könnte ich nicht sagen.«

Bristow ging dann auf Geschichten von Todesfällen über, deren Zeuge er geworden war, wo der Tod sehr gelegen kam, grade im richtigen Augenblick – wunderschön eine Unternehmung gekrönt oder eine Schmach abgewendet oder eine unerträgliche Last abgenommen hatte. Seine Augen glühten, er sah verjüngt aus.

»Jeder Tod ist ein richtiger Tod. Wir haben den Tag unsrer Geburt nicht gewählt; wir dürfen den Tag unsres Abschieds nicht wählen. Sie sind vorbestimmt.«

Ashley hatte wenig über den Tod nachgedacht. Er hörte mit voller Aufmerksamkeit zu – wie seine Kinder ihm zugehört hatten, wenn er ihnen Geschichten von den Abenteuern des jungen Ib auf dem Nordpol und der Mondfahrt der kleinen Susanna erzählt hatte, – und wie seine Kinder schlief er dabei ein.

Am nächsten Morgen, als Bristow die Fonda soeben verlassen wollte, hielt ihn Mrs. Wickersham an der Haustür an.

»Was haben Sie gestern nachmittag in Mr. Tollands Zimmer getan, Mr. Bristow?«

»Ich? Ich? – Ich weiß nicht einmal, wo sein Zimmer ist!«

»Ich habe Sie gefragt, was Sie in seinem Zimmer getan haben.«

»Ach, jetzt erinnere ich mich. War das Tollands Zimmer? Ich wollte mir bloß ein wenig Tinte ausborgen.«

»Was haben Sie aus seinem Zimmer genommen?«

»Nichts.«

»Man hat mir gesagt, Sie waren zwanzig Minuten drin.«

»Zwanzig Minuten! Ich war nicht ’mal eine Sekunde dort.«

»Ich habe es nicht gern, wenn meine Gäste belästigt werden. – Wie viele Tage werden Sie weg sein?«

»Fünf – höchstens sechs.«

Sie wendete sich ab, ohne ihm Lebewohl zu sagen. Sobald er weg war, rief sie Tomás. »Hat Mr. Bristow Gepäck im Aufbewahrungsraum gelassen?«

»Ja, Padrona.«

»Ich möchte, daß es unbedingt in Sicherheit ist. Trag es hinauf in mein Zimmer!«

Es war nicht das erste Mal, daß Mrs. Wickersham das Gepäck Mr. Bristows durchsuchte. Sie fand eine Abschrift der Rattenliste. Auf der letzten Seite war eine Eintragung mit Rotstift unterstrichen.

»ASHLEY, JOHN B. Geboren Pulley's Falls, New York, um 1862. Größe 1.73 m. Gewicht 78 kg. Haarfarbe braun. Augen blau. Senkrechte Narbe auf rechter Wange. Besitzt Bildung; östliche Aussprache. Bergingenieur, Coaltown, Ill. Frau und 4 K. Schoß Breckenridge Lansing, seinen Arbeitgeber, in den Hinterkopf, Mai 1902. Verurteilt. – Entkam am 22. Juli seinen Wächtern auf der Fahrt nach Joliet zur Hinrichtung. Gefährlicher Charakter; in Verbindung mit kriminellen Gefährten. Belohnung: Staatsanwaltschaft Springfield, Illinois, 3000. Zusätzliche Belohnung 2000, J. B. Levitt, Brockhurt, Levitt & Levitt, Postfach 64, Springfield, Ill.«

Mrs. Wickersham saß lange über diese Zeilen gebeugt. Sie schloß die Augen, wie von einer großen Müdigkeit überkommen. Es war nicht das erste Mal, daß sie sich die Frage stellte, auf die sie mehrere Antworten zu geben vermochte: »Warum sind gute Menschen dümmer als schlechte?« Während dieser Stunde tilgte sie aus ihrem Gedächtnis und ihrem Herzen eine Rede, die sie vorbereitet hatte. Sie legte sie beiseite, wie ein junges Mädchen – wenn es hört, daß ihr Zukünftiger getötet worden ist – ein Brautkleid auf den Dachboden tragen würde. Die Rede war während vieler Proben gefeilt und ausgeschmückt worden. Sie hatte beabsichtigt, sie in dieser Nacht neben dem Rumkrug auf dem Dachgarten ihres Hotels zu halten.

»*Mr. Tolland, verlassen Sie Rocas Verdes und kommen Sie nach Manantiales, um für mich zu arbeiten. Helfen Sie mir mit der Fonda und bei meinen Anliegen in der Stadt. Sie sind schon jetzt ein Segen für die Schulen und das Krankenhaus. Wir wissen nicht, wie wir ohne Sie weiter-*

kommen werden. Übrigens könnte ich mit Ihnen eine Menge fertigbringen, was allein zu tun, ich weder die Zeit noch den Verstand hatte. Das Wasser aus der Santa-Catalina-Quelle hat ganz außerordentliche Eigenschaften. Wir könnten es in Flaschen abfüllen und waggonweise verkaufen, ganze Züge davon. Überdies könnten wir ein großes Sanatorium bauen. Leute sollten kommen und hier baden. Manantiales könnte ein Kurort und eine Stätte glücklicher Geschäftigkeit werden.«

Die Rede ging bei jeder Probe noch überschwenglicher, noch visionärer weiter.

»Seit ich hier bin, haben wir mehr als tausend Kinder unterrichtet. Sie heiraten; sie haben Kinder; sie eröffnen Kaufläden und Gasthäuser und Stallungen in der ganzen Provinz. Sie betreiben Landwirtschaften. Aber das alles ist nicht genug. Was wir hier brauchen, ist eine Lehrerbildungsanstalt. Die Mischung von spanischem und indianischem Blut ergibt einen sehr guten Menschenschlag. Für sich allein sind die Indianer niedergedrückt, resigniert und argwöhnisch, aber sie besitzen einen scharfen intuitiven Verstand und eine große Bereitwilligkeit, einander zu helfen. Die Nachkommen der Kolonisten sind tatkräftig, aber sie sind eingebildet und nicht zur Zusammenarbeit bereit. Beide zeigen ihre besten Seiten als Mischlinge in diesem Klima und in dieser Höhenlage. Kommen Sie, Mr. Tolland, wir wollen miteinander eine Hochschule, eine medizinische Fakultät und eine Stätte der Genesung aufbauen. Wir wollen für die Zukunft bauen, in der Manantiales ein Beispiel und Vorbild für alle Provinzen in Chile und in den Anden sein wird.«

Das war die Rede, die sie nie hielt.

Alsbald stand sie auf, legte die Rattenliste wieder in Mr. Bristows Gepäck, befahl, daß ihr Reitpferd vors Tor geführt werde, setzte ihren schwarzen spanischen Hut auf und nadelte eine rote Rose ins Knopfloch. Sie ritt in die Stadt und hatte eine einstündige Unterredung unter vier Augen mit Dr. Martínez, dem Chefarzt des Krankenhauses. Sie wies ihn an, einen nicht zu knapp bemessenen Sarg für einen Mann von einem Meter dreiundsiebzig anfertigen und ihn in die weitest entfernte, die Isolierbaracke stellen zu lassen. Sie hatte ihr übermüdetes Aussehen abgeschüttelt. Etwas Hartes und Entschlossenes war in ihre Stimme und in ihr Benehmen gekommen. Aus dem Zimmer des Chefarztes ging sie in das der Mutter Direktorin. Von dort aus erblickte sie Ashley und seine Mannschaft beim Bauen an der neuen Wäscherei, aber sie hielt sich außerhalb seines Gesichtsfelds. Sie hatte ihm für den Augenblick nichts zu sagen. Schwester Geronima begann ihr zu beschreiben, wie Don Jaime die Waschtröge höher anbringen ließ, »damit die Mädchen keine Rückenschmerzen mehr bekommen. Und, Padrona, er hat die Arbeitstische der Spitzenklöpplerinnen niedriger gemacht. Er hat so viel Gefühl für die richtige Höhe!« Aber Mrs. Wickersham schnitt diese Lobreden ab und sprach von wichtigeren Dingen.

In der Fonda wurde den Gästen mitgeteilt, daß das Abendessen erst um neun Uhr dreißig aufgetragen würde. Mrs. Wickersham kleidete sich mit mehr als ihrer gewohnten Sorgfalt an. Sie trug ihre Opalohrringe und ein Kleid, das wenige ihrer Gäste schon gesehen hatten. Es war weiß. Sie hatte es damals getragen, als der Präsident ihres Landes ihr einen Orden daran heftete. Auch den Orden trug sie. Ihre nahen Freunde (aber welche nahen Freunde hatte sie? Sie waren tot; ihre Tochter war in Indien) hätten gewußt, daß diese unnötige ›große Aufmachung‹ ein Zeichen von Niedergeschlagenheit war – daß, den Orden zu tragen, auf Verzweiflung deutete. Sie wies Ashley den Platz ihr gegenüber am Fuß der Tafel an, zwischen einem finnischen Botaniker und dessen Frau. Ihre Augen ruhten von Zeit zu Zeit wie aus großer Ferne auf ihm. Zum Dessert wurde den Gästen Mr. Bristows Champagner serviert. Sie lieh ihre Aufmerksamkeit bisweilen einem hervorragenden deutschen Geographen zu ihrer Rechten. Das Gespräch an der Tafel belebte sich allmählich. Ashley und seine finnischen Tischnachbarn unterhielten sich prächtig.

»Wovon redet ihr jungen Leute dort unten?« rief sie ihnen zu.

»Mrs. Wickersham«, sagte Ashley, »Dr. und Mrs. Tihonen haben ein paar glänzende Ideen, welche Bäume wir hier das ganze Tal entlang pflanzen sollten. Sie wollen mir eine Liste und eine Planskizze dafür geben.«

Die Tischgesellschaft verstummte bei diesen Jubellauten.

»Ja, ja«, rief der deutsche Geograph und klatschte in die Hände. »Es gibt weniges, was so große Befriedigung gewährt, wie Bäume zu pflanzen.«

Die Tihonens klatschten in die Hände. Jedermann klatschte, ausgenommen Mrs. Wickersham. Dr. von Strelow sprach weiter:

»Was den Menschen vom Tier unterscheidet, ist das Aussäen von Nutzpflanzen. Das Tier weiß nicht, daß es eine Zukunft gibt; es weiß nicht, daß es sterben wird. Wir sterben, aber unsre Obstgärten überleben uns. Das Pflanzen von Bäumen ist das Uneigennützigste von allem, was wir tun. Es ist ein reiner Glaubensakt, mehr noch, als Kinder in die Welt zu setzen. Kommen Sie morgen mit uns, Dr. Tihonen, und zeigen Sie uns die Haine und Forste, die wir nie sehen werden!«

Abermals applaudierte die ganze Tischrunde.

»Aber, Mrs. Wickersham, Sie sollten mehr tun, als in diesem herrlichen Tal Bäume zu pflanzen. Sie sollten eine Stadt gründen.«

»Was soll ich?«

»Ein paar Kilometer weiter unten im Tal – eine neue Stadt. Mein lebenslanges Studium, gnädige Frau, sind die für den Menschen günstigen Lebensbedingungen – für seinen Körper, für seinen Geist und seine Betriebsamkeit. Sie haben zwar sehr wenig Regen hier, aber dafür alle diese heißen und kalten Quellen. Es kann sich hier nie eine große Stadt entwickeln; der Ackerbau hier wird immer beschränkt sein; aber Sie haben hier eine unübertreffliche Umgebung für alles Geistige. Ich kann hier eine Universität voraussehen und einen Kranz von Kliniken und medizinischen Instituten und Kurhäusern. Ich kann einen Konzertsaal und ein Theater sehen. Die Leute aus den Küstenstädten werden hier heraufkommen, um sich geistig zu erfrischen und zu kräftigen. Dort – ein paar Kilometer weiter das Tal hinunter. Ich werde Ihnen morgen die Stelle zeigen. Sie haben hier in Manantiales Bewundernswertes geleistet, Mrs. Wickersham. Jetzt müssen Sie *dort* noch viel Bemerkenswerteres leisten.«

Die Gäste erhoben ihre Gläser unter lauten Zurufen.

»Wie sollen wir diese Stadt des Lichts und des Heilens nennen? Ich fürchte, Mrs. Wickersham ist zu bescheiden, um sie uns mit ihrem Namen benennen zu lassen. Also wollen wir sie Athen nennen – Atenas. Ich werde meine Bibliothek der Universität hinterlassen.«

»Ich werde ihr meine Sammlung von Pflanzen aus den Anden schenken«, rief Dr. Tihonen.

»Ich will hier auf der Stelle fünftausend Dollar für sie spenden«, sagte der Montaningenieur, der links von Mrs. Wickersham saß.

Während dieser Rhapsodie hatten Mrs. Wickershams Finger die Tischkante umklammert. Sie stand auf und sagte, ohne zu lächeln: »Wir werden den Kaffee im Gesellschaftszimmer einnehmen, meine Damen und Herren.«

Die Kälte in ihrer Stimme ließ der Begeisterung der Anwesenden die Luft ausgehn. Sie sahen einander ins Gesicht wie Kinder, die einen Verweis erhalten haben. Mrs. Wickersham verließ den Speisesaal mit hocherhobenem Kopf und gesenkten Augen. Als der Kaffee herumgereicht wurde, sagte sie zu Ashley: »Ich muß Sie um Mitternacht auf dem Dachgarten sprechen. Ich habe Ihnen etwas mitzuteilen.« Nach einigem Ringen mit sich selbst wandte sie sich an ihre Gäste:

»Ich möchte Dr. von Strelow und Dr. Tihonen für die wunderschönen Pläne danken, die sie für das Tal entworfen haben. Und ich möchte Ihnen allen für den guten Willen danken, den Sie bezeigt haben.«

Sie hätte noch einiges zu sagen gehabt, aber war nicht imstande, ihre Ansprache zu vervollständigen.

Auf dem Dachgarten, neben dem Rumkrug, schwiegen beide eine Zeitlang. Ashley ahnte, daß etwas Gewichtiges in der Luft lag.

»Mr. Tolland, sind Sie jemand, auf den die Polizei Jagd macht?«

»Ja.«

»Stehn Sie auf Mr. Bristows Rattenliste?«

»Vermutlich. Ich hab' sie nie gesehn.«

»Sie fühlen sich ziemlich sicher, daß man Sie nicht erwischen wird?«

»Nein. Ich nehme die Gefahr auf mich. Das zu wagen, ist mir lieber, als mein Leben lang davonzulaufen. Ich laufe nicht vor mir selbst davon. Ich bin unschuldig an dem, weswegen man mich angeklagt hat.«

»Mr. Tolland, haben Sie in letzter Zeit etwas aus Ihrem Zimmer vermißt?«

»Tja, Tatsache ist, ich bin sicher, daß jemand ein paar Photographien, die mir sehr viel bedeuten, gestohlen hat.«

»Ist irgend etwas andres Ungewöhnliches geschehn, das damit in Zusammenhang stehn könnte?«

»Ja, ich habe mich schon gefragt, ob ich Ihnen davon erzählen soll. Vor ein paar Abenden, an der Bar, hat jemand irgendwas Betäubendes in mein Getränk getan. Ich habe einen sehr leichten Schlaf, aber in jener Nacht – mehrere Stunden später – wurde ich von jemand in meinem Zimmer geweckt und konnte mich kaum aus dem Schlaf raffen. Jemand zog mich am Bart. Es brannte ein Licht – ein Mann bewegte sich umher, vielleicht zwei Männer. Ich weiß nur, daß ich mich mühte, die Hand dieses Mannes von meinem Kinn wegzustoßen. Der Mann – oder die Männer – lachten. Man könnte sagen, sie kicherten. Ich schlug nach ihm, aber in meinem Arm war keine Kraft. Dann gingen sie. Zuerst dachte ich, es sei ein Albtraum gewesen. Ich konnte kaum aus dem Bett steigen und die Lampe anzünden. Es war kein Albtraum. Möbel waren verschoben worden.«

»Wie erklären Sie es sich?«

»Oh, ich glaube, es war ein handgreiflicher Scherz von Mr. Bristow.«

»Wenn Sie auf der Rattenliste stehn, Mr. Tolland, ist vielleicht eine Narbe vorhanden, an der Sie zu erkennen sind?«

Ashley hob die Hand an seine rechte Wange. »Die ist vorhanden.« Er rieb sich das Kinn. »Also das war's!«

»Er möchte das Geld, das auf Ihren Kopf gesetzt ist, einstreichen, Mr. Tolland.«

»Wie würde er das tun?«

»Er trägt eine Art von Dokument mit sich herum. Er ist ehrenamtlicher Sheriff-Stellvertreter irgendeiner Stadt in den Vereinigten Staaten. Es hat wahrscheinlich gar keinen amtlichen Wert, aber es genügt, um auf die Polizei hier unten Eindruck zu machen. Es ist voller Bänder und Siegel und Flaggen und Adler.«

»Was wird er jetzt tun?«

»Er ist nach Rocas Verdes hinauf, um mit Dr. MacKenzie über Sie zu sprechen.«

»Dr. MacKenzie ist mein Freund.«

»Mr. Tolland, Dr. MacKenzie würde seinen besten Freund verraten, rein des Vergnügens halber, das er daran fände. – Wie spät ist es?«

Ashley strich ein Zündholz an. »Ein Viertel nach eins.«

»Bitte zünden Sie die Lampe an... Ich fand die Rattenliste in Mr. Bristows Gepäck. Ich habe Ihre Beschreibung daraus abgeschrieben. Lesen Sie sie!« Er tat das. »Warum haben Sie mir nicht früher von der Sache erzählt? Sie halten sich für ein Glückskind. Sie glauben, eine besondere Vorsehung wacht über Sie. Es gibt keine besondere Vorsehung, Mr. Tolland; es gibt nur eins: unsre fünf Sinne beisammen zu haben. Warum haben Sie mir nicht getraut? Freundschaft ist für die, die sie sich verdienen. Sie sind in sehr großer Gefahr. Da Sie entdeckt wurden, läßt sich nur noch eins tun: James Tolland muß sterben. John Ashley und James Tolland müssen einen ordentlichen und einwandfrei bescheinigten Tod sterben. Die ganze Welt muß davon überzeugt sein, so daß diese Suche nach Ihnen ein Ende hat. Wir werden ein paar Dokumente für Sie fälschen. Wir werden Sie hinwegeskamotieren über die Wüste in einen kleinen Hafen, der Tiburones heißt, oben, nahe der peruanischen Grenze. Einige kleine Salpeterschiffe legen dort an. Eins von ihnen wird Sie nach Mittelamerika bringen. Sie werden ein Chilene sein, der eine deutsche Mutter hatte. Besitzen Sie Geld?«

»Mehr, als daß ich wüßte, was damit anfangen.«

»Sie werden heute nacht erkranken. An einer seltenen und sehr schrecklichen Krankheit. Ich habe eine gewählt, die nicht ansteckend ist. Sonst müßte ich jeden Gast hier in Quarantäne halten. Sie haben gewiß von Giftsumach gehört. Also wir haben etwas zehnmal Schlimmeres hier. Sie werden an dem Ausschlag durch *Tachaxa espinosa* sterben, und zwar äußerst qualvoll, Mr. Tolland. Dr. Martínez wird Ihren Totenschein ausstellen. Der Bürgermeister und Ihre Freundin, Mutter Laurencia, und ich selbst werden ihn als Zeugen unterschreiben. Das Konsulat in der Hauptstadt wird ihn registrieren. Zeitungen in der ganzen Welt werden es veröffentlichen: Dieser entsprungene, zum Tod verurteilte John Ashley – der Schrecken aller anständigen Menschen – ist tot. Sie werden ein herrliches Begräbnis haben. Sie werden in meiner Nähe in fast geweihter Erde begraben werden. Dann werden Sie wiedergeboren werden. Trinken Sie Ihren Rum aus!«

»Ich bin mit dem Bau der Wäscherei noch nicht fertig.«

Mrs. Wickersham schnaubte. »Sie haben mir auch nicht geholfen, das neue Atenas zu bauen. Das Leben ist eine Reihe von Enttäuschungen, Mr. Tolland. Das Leben ist eine Reihe von Versprechungen, aus denen nichts wird. – Ich bin müde vom Reden. Meine Stimme ist müde. Ich möchte, daß Sie mir diese Geschichte erzählen, wie Sie einen Mann getötet haben, und diese andre, wie Sie Ihren Wächtern entkommen sind.«

Er sprach eine halbe Stunde lang. Er beendete seine Geschichte und verstummte.

»Nun ja«, sagte sie, »ja! – Jemand anders hat ihn erschossen.«

»Es war niemand sonst in der Nähe. Und auch wenn jemand dagewesen wäre, hätte er ihn nicht in genau derselben Sekunde erschießen können. Es wurde nur ein einziger Schuß gehört.«

»Sie haben keine Ahnung, wer Ihre Retter waren?«

»Nein.«

»Bergleute, die sich Ihnen verpflichtet fühlten...«

»Oh, Mrs. Wickersham, Bergleute verbringen ihr Leben unter der Erde. Sie sind nicht schnellfüßig. Sie sind auch nicht schnelldenkend. Sie könnten so etwas nicht planen und ausführen – wie Zirkusakrobaten.«

»Mr. Tolland, es ist sehr verwunderlich. Es gibt mir das Gefühl, zwanzig Jahre jünger zu sein. Ich glaube nicht an Wunder, aber ich könnte nicht existieren, wenn ich nicht das Gefühl hätte, daß solche Dinge wie Wunder rings um mich geschehn. Selbstverständlich gibt es eine Erklärung für das, was Sie mir erzählt haben, – aber Erklärungen sind für Leute, die ein dumpfes Hirn durch ein dumpfes Leben schleppen. Ich fühle mich dreißig Jahre jünger. Aber während des Abendessens war ich sehr unglücklich – all diesen Unsinn anhören zu müssen über das Erbauen einer Universität hier und eine medizinische Fakultät – und gar einen Konzertsaal und ein Theater! In allen meinen Träumereien bin ich nie so weit gekommen! – und daß wir hier eine Stadt gründen müssen! Und wer soll das alles tun – eine Frau von siebzig Jahren und Sie, ein Mann, der sein Gesicht nicht in der Öffentlichkeit zeigen kann?

Dieser alte Narr von einem Professor will sein Atenas hier in diesem Tal errichten, wo wir zweihundert Erdbeben im Jahr haben. Erdbeben verursachen Brände. Saaldecken stürzen ein. Die Kirchen fallen so oft in Trümmer, daß gar nicht mehr versucht wird, Kuppeln zu bauen... Opern! In dieser großen Höhe könnten die Sänger gar nicht zu Atem kommen. Warum sind Idealisten solche Kindsköpfe?«

Mrs. Wickersham verlor mehrmals den Faden ihrer Gedanken und fand ihn dann wieder.

»Wissen Sie, warum wir hier so viele Erdbeben haben? Weil die Anden höher werden; sie werden bald höher als der Himalaja sein. Sie werden die höchsten je gesehnen Berge sein. Aber Sonne und Eis werden sie wieder niedriger machen. Es heißt, daß die Alpen sich schon zerkrümeln. Es wird hier so flach wie der Teller Ihrer Hand sein, bevor Sie sie umdrehn können. Ein paar kleine Atenas werden, wie das ursprüngliche Athen, ihre Blütezeit hinter sich haben. Städte entstehn und vergehn, Mr. Tolland, wie die Sandburgen, die Kinder am Strand bauen. Das Menschengeschlecht wird nicht besser. Die Menschen sind lasterhaft, träge, streitsüchtig und selbstsüchtig. Wäre ich jünger und Sie wären ein freier Mann, könnten wir etwas leisten – hier und da. Sie und ich besitzen eine Eigenschaft, die so selten ist wie Zähne bei einem Huhn. Wir sind arbeitsam. Und wir vergessen uns selbst in unsrer Arbeit. Die meisten Menschen glauben, sie arbeiten; sie können sich umbringen mit ihrem Fleiß. Sie glauben, sie bauen Atenas, aber sie putzen nur ihre eignen Schuhe. Als ich jung war, wunderte ich mich immer, wie wenig Fortschritt in der Welt gemacht wird, – alle diese schönen Worte, alle diese edeln, redseligen Männer und Frauen, dieses Pläneschmieden, diese Grundsteine, diese für ideale Republiken entworfenen Konstitutionen! Sie machen nicht den geringsten Eindruck auf den Durchschnittsmenschen, ob Mann oder Frau. Die Frau schert wie Delila ihrem Mann das Haar; der Vater läßt seinen Kindern kaum Luft zum Atmen. Von Zeit zu Zeit gerät jedermann in Ekstase über den glorreichen Fortschritt der Zivilisation – das Wunder der Impfung, die Wunder der Eisenbahn. Aber die Aufregung legt sich, und da sind wir dann wieder – Wölfe und Hyänen – Wölfe und Pfauen. – Wie spät ist es?«

Sie schämte sich ihrer selbst. Sie weinte. Seit dreißig, vielleicht vierzig Jahren hatte sie keine Tränen mehr vergossen. Doch sie lachte gleichzeitig, das lange, fast lautlose glucksende Lachen, das ihre Gedanken so oft begleitete, wenn sie allein war.

»Ja«, setzte sie fort, »alles ist hoffnungslos, aber wir sind die Sklaven der Hoffnung. – Na, der Abend ist vorbei, und ich bin betrunken. Mr. Tolland, Sie müssen jetzt schlafen gehn. Sie werden als ein sehr kranker Mann aufwachen. Um ungefähr sieben Uhr dreißig werden Sie auf einer Tragbahre durch die Stadt getragen werden, so daß alle Welt sehen kann, daß Sie am Sterben sind. Hier ist ein Fläschchen rote Tinte. Reiben Sie sich mit ihr die Brust ein und besonders die Halsgrube. Sie werden große Beulen in den Achselhöhlen und in den Lenden haben. Malen Sie sie rot an. Und hier ist ein wenig schwarze Tinte. Ihr Mund muß innen ganz schwarz werden. Wenn Sie auf der Tragbahre liegen, halten Sie den Mund weit offen. Wir alle müssen Sie begraben sehen, bevor Mr. Bristow zurückkommt. Ich werde Sie morgen nachmittag besuchen kommen, nachdem Sie gestorben sind, und Ihnen sagen, was als nächstes mit Ihnen geschieht. Gute Nacht, Mr. Ashley!«

Er stellte sein Glas ab und lächelte noch immer. »Ich werde zurückkommen. Wir werden miteinander an Atenas arbeiten.«

»Nein! Es wird andre Narren geben – eine andre Ada Wickersham, einen andern John Ashley und natürlich einen andern Wellington Bristow.«

Bald nach vier Uhr morgens wurde Mrs. Wickersham von einem lauten Klopfen an ihrer Tür geweckt. Es war Tomás.

»Padrona, die Polizei will Don Jaime wegführen.«

»Wer von der Polizei?«

»Hauptmann Rui und Ibáñez und Pancho.«

»Sag Hauptmann Rui, er soll hierbleiben, bis ich komme. Wer sonst noch ist da?«

»Don Velantón.« (»Velantón« für Wellington)

»Don Velantón ist gestern früh abgereist.«

»Er ist hier.«

»Sag Hauptmann Rui, er soll mit dem Verhafteten in der *sala* warten, bis ich komme. Sag ihm, ich lasse ihm sagen ›Erinnern Sie sich an Fernán‹.«

Fernán war der Sohn des Hauptmanns. Mrs. Wickersham hatte ihn aus einer argen Klemme herausgeholt. Jetzt ließ sie den Vater warten. Sie kleidete sich langsam an. Zwanzig Minuten später betrat sie die *sala*. Ashley saß mit Handschellen zwischen zwei Wächtern. Wellington Bristow kam fast schluchzend auf sie zu.

»Mrs. Wickersham, Mr. Tolland ist ein berüchtigter Verbrecher. Er hat seinen besten Freund erschossen – «

»Ich dachte, Sie haben Manantiales gestern früh verlassen.«

» – in den Hinterkopf. Er ist ein äußerst gefährlicher Mensch.«

»Knöpfen Sie sich zu!« Diese von Knaben bei ihren derben Spielen häufig gebrauchte Redensart wird von Erwachsenen als ein Ausdruck höchster Verachtung angewendet.

»Mrs. Wickersham!«

»Hauptmann Rui!«

»Ja, Padrona?«

»Wie geht es Ihrer Frau?«

»Gut, Padrona.«

»Wie geht es Serafina und Luz?«

»Gut, Padrona.«

»Und wie geht's Fernán?«

Der Hauptmann antwortete leiser: »Gut, Padrona.«

»Guten Morgen, Pancho. Guten Morgen, Ibáñez.«

»Guten Morgen, Padrona.«

Schweigen.

»Ich hab' gestern deine Mutter gesehn, Pancho. Ich glaub', es geht ihr viel besser. Ich glaube, sie erholt sich.«

»Ja, Padrona. Ich danke Ihnen, Padrona. Ich danke Ihnen.«

Sie setzte sich und blickte gedankenschwer vor sich hin. Ihre Augen vermieden die Blicke Ashleys und Bristows.

»Hauptmann Rui, ich führe seit vielen Jahren ein Hotel in Manantiales. Es war nicht immer leicht. Ich bin eine Frau – allein – eine hilflose Frau. Ich hätte es nicht tun können ohne die Hilfe von starken, ehrenhaften Männern – wie Sie selbst, Hauptmann Rui.« (»O Padrona!«) »Ich bin eine Mutter und habe ein mütterliches Herz. Verzeihen Sie meine Gemütsbewegung! – Hauptmann Rui, haben Sie je gehört, daß etwas Skandalöses oder Ungehöriges in meinem Hotel geschehen ist?« (»*No*, Padrona!«)

»Eine wehrlose alte Frau – mit Gottes Hilfe habe ich ein achtbares Haus geführt.«

Wieder eine lange Pause, während der sie ihren Schal an die Augen drückte.

»Gestern aber ist etwas Empörendes und Schmähliches geschehen. Ich dachte, dieser Mann – Don Velantón Bristó – sei mein Freund. Ich dachte, er sei ein ehrenwerter Mann. Er ist eine Viper!«

»Mrs. Wickersham, ich kann Ihnen *beweisen* – «

»Er drang in das Zimmer eines meiner Gäste ein und hat einen Gegenstand von großem Wert *gestohlen!* Ich kann kaum davon sprechen... so sehr schäme ich mich. – Wer ist *dieser* Mann, Hauptmann Rui?«

»Padrona... Don Jaime Tolán.«

»Ja. Der ohne Entgelt – ohne einen Cent von mir – von Sonnenaufgang bis Sonnenuntergang gearbeitet hat aus Liebe zu den Einwohnern von Manantiales. Er hat das Krankenhaus hergerichtet, daß es eines Königs würdig ist – das Krankenhaus, in dem sich in diesem Augenblick deine liebe Mutter befindet, Pancho.«

»Das weiß ich, Padrona.«

»Wißt ihr, was Mutter Laurencia Don Jaime Tolán genannt hat? Mit ihren eignen heiligmäßigen Lippen hat sie ihn einen Engel genannt.«

Wellington Bristow glitt auf die Knie. »Mrs. Wickersham, der dort ist *Ashley* – der Mörder. Ich kann's beweisen.«

»Hauptmann Rui, dieser Mann da auf dem Boden, diese Viper, hat aus seinem schwarzen, schwarzen Herzen diesen *Engel* beschuldigt, Verbrechen begangen zu haben, die zu schrecklich sind, als daß man sie erwähnen könnte. – Nehmen Sie diese Handschellen ab und legen Sie sie diesem *Lügner* und *Dieb* an, und möge Gott ihm gnädig sein.«

So geschah es.

»Mrs. Wickersham, haben Sie doch Erbarmen mit mir! Ich gebe Ihnen den halben Blumenkohl.«

»Hauptmann Rui, wenn Sie ihn ins Gefängnis führen, tun Sie ihm nichts zuleide. Behandeln Sie ihn auf eine christliche Weise. Aber reden Sie nicht mit ihm. Und lassen Sie ihn mit niemand reden. Ich werde heute den Bürgermeister aufsuchen und ihm von dieser Niedertracht erzählen. Sperren Sie Don Velantón in die ›Kaffeebüchse‹! Die ersten drei Tage ein wenig Suppe und Brot zu Mittag. Behandeln Sie ihn nicht unfreundlich, aber sorgen Sie dafür, daß er *mit niemand spricht*, auch nicht mit Ihnen und den Wächtern. – Es ist zu spät zum Weinen, Mr. Bristow! – Don Jaime, Sie sehen gar nicht gesund aus.«

Ashley konnte nicht sprechen. Er wies auf seine Kehle. Er knöpfte seinen Kragen auf.

»Öffnen Sie den Mund, Don Jaime!«

Mrs. Wickersham blickte ihm in den Mund, gab ein Stöhnen von sich und wich entsetzt zurück. »Alle Heiligen im Himmel, beschützt uns!« Sie flüsterte Hauptmann Rui zwei Wörter zu, und der erblaßte und bekreuzte sich. Sie rief in die Halle hinaus: »Tomás, lauf sogleich zu Dr. Martínez! Sag ihm, er soll herkommen. – Stehn Sie auf, Mr. Bristow! Sie werden Zeit genug zum Knien haben, wenn Sie in der Kaffeebüchse sind!«

Ashley wurde durch die Straßen und in die Baracke für hoffnungslose Fälle getragen. Zu Mittag war alles vorbei. Die Glocke in der Krankenhauskapelle läutete; die blinden Mädchen baten, daß ihnen vorgebetet werde; die Schwestern konnten kaum zwischen den Betten hindurchfinden.

Zu Mittag suchte Mrs. Wickersham die Baracke auf. Er mußte für sein neues Leben irgendwelche Dokumente haben. Sie brachte eine ganze Sammlung alter und neuer Geburtszeugnisse, Heimatscheine und Pässe mit. Die kamen von Leichenbestattern, Gastwirten und sogar von Pfandleihern. In ihnen waren Männer jedes Alters und jeder Sorte beschrieben – solche, denen zwölf Zähne fehlten, andre mit Narben auf dem Rücken und Muttermalen auf der Brust, Männer mit Hämorrhoiden und Leistenbrüchen und Hasenscharten. Sie brachte auch einige Taschenmesser und Fläschchen mit Tinte und Säure. Ashley war in seinem Element. Beide experimentierten sie mit verschiedenen Arten von Rasuren, Änderungen und amtlichen Schönschriften. Schließlich brachten sie ein Ausweispapier zustande – ein von Wetter und Schweiß geflecktes und kaum leserliches – für Carlos Céspedes Rojas, geboren in Santiago de Chile am 7. oder 9. März 1862, Augen blau, Haarfarbe braun, mittelgroß, Zähne gesund, Narbe auf der rechten Wange, Junggeselle, Landarbeiter.

Um Mitternacht kam sie mit einem alten Mann namens Esteban und fünf Maultieren wieder. Die Reise ging nach Tiburones. Die Straße war mehr als dreihundert Kilometer lang – hundertachtzig waren es in der Luftlinie, wenn man sie in der Luft hätte zurücklegen können. Nur wenige Regentropfen fielen in einem Jahrhundert auf sie. Sie führte an alten Salpetergruben vorbei, die seit dem Bau der Eisenbahn aufgelassen waren. Es hieß, die Seelen der vielen Flüchtlinge, die auf ihr gestorben waren, geisterten dort. Wassersäcke hingen wie große Wespennester an den Maultieren; Heubündel waren ihnen auf den Rücken gebunden. Es war Brot, Obst und Wein für die beiden Männer vorhanden. Esteban hielt einen zweiten breitkrempigen Hut, dem seinen gleich, in der Hand.

»Also, vorwärts mit euch!« sagte Mrs. Wickersham.

Ashley stand schweigend da und blickte in die grauen Augen in dem geröteten Gesicht, prägte dessen Züge seinem Gedächtnis ein. Sie zog einen Seidenschal aus ihrer Handtasche hervor. »Der ist angefeuchtet. Binden Sie sich ihn um die Stirn.«

Er reichte ihr einen Briefumschlag. »Tun Sie das für den Röntgenapparat in die Sammelbüchse.«

Schweigen.

»Ich werde Mr. Bristow für ein paar Stunden freilassen. Er hat solche Freude an Begräbnissen. – Mr. Tolland, haben Sie je von dem englischen Dichter John Keats gehört?«

»Ja, ich weiß von ihm.«

»Er sagte, das Leben ist ein ›Tal des Seelenreifens‹. Er hätte hinzufügen können, daß es auch ein ›Tal des Seelenwelkens‹ ist. Wir gehn aufwärts oder abwärts – vorwärts oder rückwärts. Ich war im Zurückgleiten. Vielleicht bleiben mir noch ein paar Jahre. Ein paar Steine für ein kleines Atenas. Schreiben Sie mir! Ich werde Ihnen schreiben und Sie wissen lassen, wie wir hier weiterkommen. – Vorwärts, Esteban!«

Ashley ergriff ihre Hand und küßte sie ihr lange. Das Abschiednehmen zwischen den Kindern des Glaubens gleicht einem ersten Erkennen. Die Zeit stellt sich ihnen nicht als eine unendliche Folge von Enden dar.

Zwölf Tage später kam Esteban auf der neuen Straße nach Manantiales zurück. Er brachte Mrs. Wickersham einen Brief von Carlos Céspedes. Das Heu und das Wasser für die Maultiere hatten knapp ausgereicht. Mehrere Wochen später erhielt sie, mit der langsamen Küstenpost, noch einen Brief. Er werde Tiburones am nächsten Tag nordwärts verlassen. Danach erhielt sie keinen mehr.

Er war auf See ertrunken.

Es erschien nie eine Bekanntmachung, daß John Ashley aus Coaltown eingefangen wurde oder gestorben und begraben worden war. Wellington Bristow gelang es, den Konsularagenten zu überzeugen, daß etwas »faul« sein müsse an Mrs. Wickershams Behauptung, den notorischen Flüchtling begraben zu haben. Mr. Bristow setzte seine Suche nach ihm noch jahrelang fort.

III

CHIKAGO

1902–1905

Als gegen 1911 überall im Land sich Leute Fragen über die Ashleys zu stellen begannen, war es Roger, der ihnen am rätselhaftesten vorkam. Sie waren nicht imstande, irgendeine Haupttriebfeder zu entdecken, die seine Energie auslöste und lenkte. Er zeigte keine Anzeichen von Ehrgeiz; er hielt sich, allerdings vergeblich, im Hintergrund. Nach seinem einundzwanzigsten Jahr signierte er nie mehr einen Leitartikel in den verschiedenen Zeitungen, die er beständig aufkaufte und, nachdem er sie umgestaltet hatte, dann andern überließ. Er hegte sehr entschiedene Ansichten, war aber nicht streitsüchtig. Die Leser erkannten immer seine Stimme – was er schrieb, war vernünftig, ohne rechthaberisch, und ernst, ohne schwerfällig zu sein, und stets knapp. Es war die Stimme ethischer Überredung. Schließlich machten sich seine Bewunderer und seine Feinde mit der Formel Luft, er sei »altmodisch«. Er schien für das Amerika der Großeltern zu sprechen – jener Zeit vor dem Aufkommen der Riesenstädte. Es war auch altmodisch von ihm, die Kunst der Rednertribüne wiederzubeleben. Bis zum Beginn dieses Jahrhunderts hatten die Amerikaner in einer Leidenschaft für Rhetorik geschwelgt und hingerissen stundenlang unter Zeltplanen und in Hallen und Kirchen gelauscht. Roger und Constance besaßen nebst der schönen Sprechstimme, die sie von ihrer Mutter geerbt, jene seltenere Art der Beredsamkeit, die einem Fehlen von Selbstgefühl entspringt. Roger willigte nur ein, bei bedeutenden Anlässen und über ernste Fragen zu sprechen, doch niemals länger als dreißig Minuten. Der Erste Weltkrieg drohte bereits. Rogers Ansichten liefen oft denen seiner Leser und Zuhörer zuwider. Die

Hausfronten seiner Zeitungsredaktionen wurden gelegentlich besudelt und die Fenster eingeschlagen; er wurde an manchen Orten *in effigie* verbrannt; aber – im Unterschied zu seiner Schwester Constance – wurde er selten von Leuten aus seiner Zuhörerschaft beleidigt und beschimpft. Er war altmodisch, kleinstädtisch, ein wenig lächerlich und bezwingend.

Roger Ashley war siebzehneinhalb Jahre alt, als er – zu Fuß – in Chikago einzog. Er war hungrig, müde, ungepflegt, grimmig ernst und entschlossen. Er sah sehr wie ein Jokel vom Land aus und wurde für einen Sechzehnjährigen gehalten, aber das wußte er nicht. Sein blauer Anzug, der ihm zu klein geworden war, glänzte stellenweise wie ein Spiegel. Die kleine Reisetasche mit dem bißchen Wäsche war sein ganzes Gepäck. Wie vor ihm sein Vater, war er der junge Lord einer Kleinstadt gewesen, stets Klassenerster und Kapitän aller Sportmannschaften seiner Schule. Er hatte nie Furcht oder Befangenheit gekannt. Er war durchgehenden Pferden in die Zügel gesprungen, hatte raufende Hunde voneinander getrennt und war in brennende Häuser gestürzt, als wäre er dazu ausersehen gewesen. Er hatte seit seinem elften Jahr jeden Sommer auf Mr. Bells Farm gearbeitet und war äußerst kräftig. Chikago war in schnellem Wachstum begriffen. Es ließ sich unschwer Arbeit finden, wenngleich kümmerlich bezahlte. Er hatte freie Wahl und wechselte seine Stellungen ziemlich oft.

Zunächst einmal mußte er essen. Das Wohnen war weniger wichtig; im Sommer kann ein Mann in öffentlichen Gärten und unter Brücken schlafen. Zweitens mußte er Geld verdienen und es seiner Mutter schicken. Vor allem aber mußte er sich einen Lebensberuf wählen. Manchmal nahm er absichtlich weniger einträgliche Arbeitsposten an, obzwar das die Beträge, die er nach Coaltown sandte, verringerte und er bisweilen so gut wie nichts aß. Aber er hörte nie auf, nach einer Laufbahn für sein Leben zu suchen – Berufe zu erforschen, zu beobachten, zu erwägen und auszuschalten. Er wollte auch nicht ein einziges Jahr auf eine falsche Wahl vergeuden, sondern sich so bald als möglich auf die richtige vorbereiten.

Zwei andre wichtige Aufgaben lagen vor ihm, aber er war sich ihrer nicht bewußt. Er mußte sich Bildung aneignen, und er mußte sich mit der menschlichen Gesellschaft aussöhnen. Er glaubte, daß Bildung sich mit ein wenig Fleiß von selbst einstelle. Er glaubte, daß der finstere Groll, der ihm Sinn und Herz füllte, die übliche Rüstung eines Mannes sei, der der Sorglosigkeit des Knabenalters entwachsen ist.

Viele Jahre später sagte Dr. Gillies: »Roger Ashley betrat Chikago als ein krasser Ignorant. Fünfzehn Jahre später war er, ohne den Fuß in einen Hörsaal gesetzt zu haben, der gebildetste Mann im Land. Natürlich genoß er gewisse Vorteile vor uns übrigen. Gesellschaftlich war er ein Paria. Was seine Lebensphilosophie betraf, so hatte er soeben die Erfahrung machen müssen, daß seine Familie von einer zivilisierten christlichen Gemeinschaft in Fetzen gerissen wurde. In materieller Hinsicht besaß er gar nichts – nicht einmal ein zweites Paar Schuhe, das er etwa versetzen konnte. Und was seine Bildung betraf, so hatte er nie einem Professor gegenübergesessen.«

Es gab noch eine Anzahl andrer Vorteile, die aber Dr. Gillies entgingen.

Roger besaß wenig Sinn für Humor. Es wohnte kein zweiter Roger in seinem Kopf. Ein Sinn für Humor beurteilt die eignen Handlungen und die andrer in einem größern Bezugsrahmen und aus weiterer Sicht und findet sie inkongruent. Er dämpft Begeisterung, spottet der Hoffnung; er verzeiht Mängel; tröstet über Mißerfolge hinweg; empfiehlt Mäßigung. Dieser größere Bezugsrahmen und diese weitere Sicht sind nicht Geschenke einer außerordentlichen Weisheit; sie sind bloß die verdichteten Meinungen einer bestimmten Gemeinschaft in einem bestimmten Augenblick. Roger war ein sehr ernster junger Mann. Noch mehr dadurch begründete Vorteile und Nachteile werden uns im Lauf dieser Geschichte auffallen.

Da er die große Stadt hungrig betrat, suchte er sogleich Arbeit in Restaurants. Er begann seinen Lebensunterhalt auf der untersten Stufe aller Lohnarbeit zu verdienen: mit Tellerwaschen. Es hat etwas Komisches, wenn niederste Arbeiten nicht nur den Anforderungen entsprechend, sondern auf vollendete Weise ausgeführt werden. Roger wußte sich nichts Besseres, weil er keinen

Sinn für Humor besaß. Die Ashleys gaben sich immer ganz jeder Aufgabe hin, die ihnen gestellt wurde. Er war schweigsam, ohne verdrossen zu sein, fleißig, ohne sich vorzudrängen, und gleich seinem Vater war er erfinderisch. Er führte allmählich Arbeitsweisen ein, die schneller, wirksamer und sparsamer waren. Das erste, was er tat, war, Holzkisten in die Abwaschtröge zu stellen. Alle Tellerwäscher bekamen krumme Rücken, steife Nakken, Brustschmerzen und eine mörderische Wut davon, zehn Stunden im Tag gebückt stehn zu müssen. Man wurde auf ihn aufmerksam. Er wurde in die Küche gerufen, damit er die Methode des Ablieferns und Abholens der Teller überwache. Das Restaurant war ebenso wie ganz Chikago zu schnell gewachsen. Binnen kürzester Zeit betätigte er sich überall darin. Unaufhörlich wurde sein Name gerufen: »Trent! Trent! Wo steckt der verfluchte Kerl wieder?« »Trent, wie soll ich was zubereiten, wenn der verdammte Fisch nicht da ist?« Er wurde für alles getadelt, was schiefging, aber er wirkte beruhigend auf die Reizbarkeit der Köche und Kellner. Sie beschimpften ihn während dieser schrecklichen Stunden von mittags bis drei und von sechs bis neun, aber wenn sie selbst sich zum Essen setzten, häuften sie seinen Teller voll. Es kam vor, daß Not am Mann war, und das brachte ihn in die Speisesäle. Er reorganisierte die Serviertischchen und die Anrichten. Sein Lohn wurde einmal erhöht, aber solche Erhöhungen werden den Schweigsamen, sie nicht Fordernden nicht aus freien Stücken gegeben. Nach drei Monaten verließ er das Restaurant. ›Nahm er seinen Abschied‹ ist ein zu großartiges Wort für diejenigen, die siebzig Cent im Tag erhalten. Das Publikum zu füttern, war ihm widerlich geworden. Er hatte das Gefühl, es sei etwas Infantiles daran. Überdies hielt er Ausschau nach einer Nachtarbeit, weil sie ihm Gelegenheit böte, Chikago bei Tag zu erforschen. Sie würde ihm außerdem ermöglichen, nach einer kurzen Ruhepause auch einen Tagposten zu versehen. ›The Elms‹ benötigten Geld, und er benötigte eine neue Hose. Schlaf ist etwas für Faulenzer. Seine Arbeitskollegen in dem Restaurant waren sprachlos, und es kamen ihnen sogar die Tränen, aber er verließ es ohne Bedauern. Jedermann hatte ihn gern, er aber hatte niemand gern.

Er bewarb sich um die Stelle eines Nachtportiers in einem Hotel. Die bessern Hotels wiesen ihn seines jugendlichen Aussehens und seines provinzlerischen Benehmens wegen ab. Schließlich bekam er die Nachtschicht im Carr-Bingham. Er verdiente weniger, aber er durfte im Kofferraum unter dem Dach schlafen. Bei Sonnenaufgang machte er sich Tee. Er aß einmal im Tag, und zwar stehend. In jeder von einem Dutzend deutscher Trinkstuben in der Nachbarschaft konnte er sich um den Preis eines Biers zu den Bergen von Pumpernickel, kalten Fleischschnitten, Käse und Essigfrüchten verhelfen, die auf der Theke standen. Das Carr-Bingham war ein viertklassiges Hotel. In sechstklassigen Hotels gibt es nur Elend und Laster; in viertklassigen finden sich ein Körnchen Bemühen und ein Strähnchen Hoffnung. Die Schweigsamen, die Unaufdringlichen und Aufmerksamen, sie werden oft die Empfänger vertraulicher Mitteilungen. Er hörte viele Lebensbeichten zwischen zehn Uhr abends und acht Uhr morgens. Und allerseits prägte sich ihm etwas ein, das nie seine Aufmerksamkeit erregt hatte, ausgenommen, soweit es Goshen betraf: die Wichtigkeit des Gelds für Selbstachtung und vor allem für Unabhängigkeit. Es geschah während seiner ersten Woche im Carr-Bingham, daß er den Brief von Sophia erhielt, worin sie ihm von der Eröffnung der Pension in ›The Elms‹ berichtete und von Mrs. Guilfoyle, Bruder Jorgenson und der Lehrerin. Er ging sogleich aus und suchte sich einen Tagposten. Fast jede Nacht versuchte der eine oder andre der Hotelgäste, sich Geld von ihm zu leihen. »Nur fünfzig Cent, Trent, – seien Sie ein guter Junge!« »Ich zahl's Ihnen morgen zurück, auf Ehrenwort.« Er war kein Geldverleiher; er kannte keine größere Not als die seine. Er eignete sich ein Paar Schuhe aus dem hinterlassenen Gepäck eines verdufteten Gasts an. Es fiel ihm oft zu, Betrunkene ins Bett zu bugsieren. Bei zwei Gelegenheiten steckte er die Dollarscheine und das Kleingeld ein, die diese späten Bummler hinter sich auf der Treppe verstreut ließen. Geld, so empfand er, war für die, die es nötig hatten. Ein schlapper Sohn und Brotverdiener, der sich nicht seine eignen Moralvorschriften gibt! Er dachte weiter über diese Sache nach, als ihm zwei von seinen drei Hemden und dann einiges Geld gestohlen wurden. Lange bevor er das Carr-Bingham verließ, entschied er, daß das Hotelgewerbe nicht das Richtige für ihn sei. Er hatte ein wirkliches Heim gekannt. Hier war er sich Nacht für Nacht der Gäste bewußt – des beschwerlichen Atmens, des jähen Aufwachens, des keine Erholung bringenden Schlafs derer, die kein Heim haben.

Dr. Gillies' Empfehlungsschreiben erwies sich als nützlich. Er verkaufte den ganzen Tag Kurzwaren hinter einem schmalen Ladentisch. Nach drei Wochen gab er diesen Posten auf, um Schlaf nachzuholen. Als er kündigte, wurde ihm ein besserer angetragen, den er jedoch ausschlug. Er saß dann den ganzen Tag in einer Bankfiliale an einem Tisch und sortierte Schecks. Er wurde in einer großen Rechtsanwaltskanzlei Laufbursche – »Indianer«, wie das genannt wurde. Er machte sich nützlicher, als von ihm verlangt wurde, ja er erfand sogar Gelegenheiten dafür. Überall stellte er seine Beobachtungen, Erwägungen und Erforschungen an und schaltete alle diese Berufe aus. Er achtete auf die Chefs – ihre Hände und Augen, ihr Verhältnis zu den Untergebenen, die Art, wie sie beim Kommen und Weggehn grüßten. Roger war nie bei einer Theatervorstellung gewesen, aber er hatte den König Herodes und Ahasver bei den Aufführungen biblischer Szenen in der Sonntagsschule dargestellt, und er wußte, daß es das Wichtigste beim Theaterspielen ist, sich nicht natürlich zu benehmen. Nun wurde ihm offenbar, daß, je bedeutender ein Geschäftsmann wurde, er desto mehr ›schauspielerte‹. Diese Männer grüßten am Morgen ihre Geschäftspartner nicht; sie ›spielten‹ das allmorgendliche Grüßen ihrer Geschäftspartner. Schon ihr Lächeln und Stirnrunzeln und Sichräuspern waren darauf berechnet, den Eindruck zu vermitteln, daß sie Männer von Bedeutung, äußerst beschäftigt und von reizbarem Temperament waren. Es war offenkundig, daß sie sich einigermaßen fürchteten – sich vor einem Wort oder einer Geste, die nicht gespielt waren, fürchteten. Überdies wurde sich Roger der entstellenden und verderblichen Wirkungen einer sitzenden Lebensweise bewußt – der Auflehnung des Körpers gegen den langen Tag im Drehstuhl: der Hängebacken, des Schmerbauchs, der nachmittags zunehmenden Ermüdung, des angestrengten Atmens, der steigenden Gereiztheit, der Natrontabletten, des Spucknapfs. Roger dachte selten an seinen Vater, aber sein Vater diente ihm als Maßstab dafür, was ein Mann war. Er hatte es nie erlebt, daß sein Vater sich auch nur für einen Augenblick bloßen Schauspielerns schuldig machte. Diese Kaufleute und Bankiers und Rechtsanwälte, so fragte er sich, boten sie ihren Frauen und Kindern ein andres Ich dar? ›Spielten‹ sie Ehemann- und Vatersein? Selbstverständlich spielten sie das. Er hatte es oft in Coaltown gesehen – an Joel Millers Vater und George Lansings Vater, dem großen weiland Breckenridge Lansing. John Ashley hatte seinen Tag damit begonnen, daß er laut vor seinem Rasierspiegel sang. Er erweckte einen Freudensturm im Haus. »Badezimmer frei, ihr Fröschlein! Wer zuletzt zum Frühstück kommt, ist ein Leimsieder!« Sein Sohn war überzeugt, daß diese Männer hier morgens nicht sangen. John Ashley war stets freudig in die Bergwerkskanzlei weggefahren und hatte, auf die Höhe hinaufgelangt, seine Zeit zwischen Schreibtisch und Werkstatt, Gerätelager, Krankenrevier und den Schächten aufgeteilt. Roger beschloß, nie einen Beruf zu ergreifen, bei dem er den ganzen Tag sitzen müßte. Überdies erriet er dunkel, daß ein großer Teil all dieses Schauspielerns ein Versuch war, die geschäftlichen Transaktionen schwieriger erscheinen zu lassen, als sie waren.

Mannigfaltige Erfahrung ist an sich noch keine Bildung, obgleich das Prahlen mit ihr oft genug zu hören ist. Mit den Leiden andrer in Berührung zu kommen, ist an sich noch kein erweitertes Verständnis. Das Glück muß dabei seine Rolle spielen.

Roger war überwältigt von den Menschenmassen in Chikago. Er fühlte sich bedrückt von dieser Unzahl. Auf dem Weg zur Arbeit blieb er oft stehn und betrachtete das Gedränge in der La Salle Street. (Während der ersten Tage glaubte er, er sehe dieselben Personen immer wieder hin- und hergehn.) Alle diese Männer und Frauen hatten eine Seele, ein Ich. Alle waren sie sich selbst so wichtig, wie er sich. Nach siebzig Jahren würden alle, die er da sah – und er selbst – tot sein, ausgenommen ein paar tatterige Naturphänomene. Eine ganze neue Million würde hier einhereilen und sich sorgen und lachen und reden. »Geh mir aus dem Weg! Ich kenne dich nicht. Ich bin damit beschäftigt, zu leben.«

»Mr. Joch behauptete, daß Peking in China achtmal so groß sei wie Chikago. Menschenmengen lassen einen an den Tod denken; der Tod läßt einen an Menschenmengen denken ... Niemand fragte mich, ob ich geboren werden wollte. Wie in eine Falle ins Leben getreten ... Friedhöfe müssen schrecklich überfüllt sein: ›Hast du dich auf deinem Ausflug gut unterhalten, mein Sohn?‹ ›War's ein netter Besuch, Ma'am?‹ ... Chikago ist wie ein riesiger Uhrenladen – alle diese unaufhörlich tickenden Teilchen. Auf der Straße setzen die Leute ein Gesicht auf, damit Fremde nicht in ihrer Seele lesen können. Eine Menschenmenge ist ein strengerer Richter als ein Verwandter oder ein Freund. Die Menge ist Gott. Die LaSalle Street gleicht der Hölle – du wirst die ganze Zeit abgeurteilt ... Selbstmord erscheint einem als etwas sehr Logisches.

Im Teich beim alten Steinbruch gab's Tausende von Pfrillen. Mr. Marden sagte, Fische fressen ihren eignen Laich, wenn's zuviel davon gibt. Krieg – weil nicht genug Nahrung für alle da ist.

Menschenmassen bringen einen auf den Gedanken an Geld. Jedermann hat etwas Geld in der Tasche, Münzen und Scheine. Stellt ein gewisses Maß von Arbeit und die Qualität dieser Arbeit dar. Größte Lüge unter der Sonne. Wie mir Mr. Joch von dem Pullman-Streik von vor neun Jahren erzählt hat ...

Menschenmassen bringen einen zum Nachdenken darüber, wie die Geschlechter einander anziehen. Auf der Straße bleiben die Augen der Männer nie still. Immer auf der Suche nach einem hübschen Weibsbild. Frauen binden sich Scheuklappen um; blikken geradeaus. Tun so, als sähen sie niemand. Läuft auf dasselbe hinaus. Anziehung der Geschlechter ist wie eine gelbe Rübe vor der Nase eines Esels. Hält sein Interesse wach. Wie Shakespeare sagt: ›Leuchtet Toren in den dunkeln Tod.‹

Solche Massen von Menschen bewirken, daß man an Religion denkt. Was beabsichtigte Gott damit, daß er so viele machte? Ich will nicht früher als in fünf Jahren über Religion nachdenken; ich weiß nicht, wo beginnen. Wahrscheinlich einfach eine gelbe Rübe vor unsrer Nase. Gibt den Menschen ein Gefühl von Wichtigkeit. Vielleicht ist Papa tot. Aber er ist nicht tot für Sophia und für mich. Er lebt in uns, auch wenn wir gar nicht an ihn denken.

Vorstellungsgabe besitzen, heißt durch Mauern hindurchsehen. Und durch Schädeldecken. Eugene V. Debs, der Gewerkschaftsgründer, im Gefängnis, kaum zwei Kilometer weit weg. Ich wollte, ich könnte eine Fliege an der Wand sein und mir vorstellen, was er über Menschen und Friedhöfe und eine Menge andrer Dinge denkt.«

Bisweilen fühlte er sich zu einem Schemen zusammenschrumpfen, zu einem Niemand – kalt, bedeutungslos, einsam. Um sich zu erwärmen, dachte er sich Sophia an seine Seite. »Sieh doch, Sophia! Sieh nur!«

Er beschloß, ein der Medizin geweihtes Leben zu erwägen. Ohne Dr. Gillies' Brief vorzuweisen, bewarb er sich in einem Krankenhaus um Arbeit als Wärter und wurde sogleich aufgenommen. Die Bezahlung war so schlecht wie die eines Tellerwäschers, aber er bekam seine Mahlzeiten und ein Militärbett in einem Schlafsaal. Er schrubbte Operationssäle und trug Eimer voll menschlichen Fleisches hinaus. Einmal wurde er ohnmächtig, ebenso wie die Krankenschwester neben ihm. Er wusch die Sterbenden und hielt die Hochbetagten und Gebrechlichen in den Armen, während die Pflegerinnen die Leintücher unter ihnen wechselten. Er war nie krank gewesen, und bevor er ins Carr-Bingham kam, hatte er sehr wenig Krankheit gesehen. Die Beispiele, die er dort sah, waren offenbar selbstverschuldet und überhaupt die Folge eines unvernünftigen Lebenswandels gewesen. Es dauerte einige Zeit, bis er sich von dieser Annahme befreien konnte. Auch hier war er schweigsam, willig und unermüdlich. Die Krankenpflegerinnen nahmen es bald für selbstverständlich, daß er immer im Dienst war. Es ist, wie der Leser sich erinnern wird, etwas Komisches daran, daß eine niedere Arbeit perfekt verrichtet wird. Dieser Wärter hatte keinen Sinn für das richtige Maß. Er kam nach »Licht aus« mehrere Male während der Nacht in die Krankensäle zurück, um nach Mr. Kegans Fistel oder des unglücklichen Barry Hotchkiss' eingeklemmtem Bruch zu sehen. Seine Hingabe an seine Pflichten wurde irrtümlich für Mitgefühl gehalten. Er vernachlässigte nichts; er vergaß nichts. Bei frühern Aufgaben hatte er Freundschaft erweckt; hier wurde sein Kommen und Gehn mit Liebe wahrgenommen. Er aber liebte niemand. Wenn er eilig und lautlos um drei Uhr morgens zwischen den Betten dahinschritt, erhob sich ein flehendes Flüstern – wie auf einem Schlachtfeld nach einer mörderischen Niederlage: »Trent! Trent!« Es herrschte große Nachfrage nach ihm als Briefeschreiber. (»Ich habe nur Zeit für etwa zwanzig Wörter, Mr. Watson.« »Sie schulden mir bereits das Geld für drei Briefmarken, Richter.«) Er wurde gelegentlich auch in die Frauensäle gerufen. Mrs. Rosenzweig umklammerte seine Hand und sagte leise: »Sie sind ein guter Junge. Gott wird es Ihnen lohnen.« Roger wollte keinen Gotteslohn. Er wollte zwanzig Dollar, um sie seiner Mutter zu senden.

Jeder Monat, der verging, sah eine Verringerung der Zahl von Dingen, die ihn in Erstaunen versetzen konnten. Seine Kontakte mit den andern Wärtern erweiterten seine Erfahrung. Dr. Gillies hatte ihm verschwiegen, daß sie sich aus den sonst fast Unverwendbaren rekrutierten – Männern, die eben erst aus dem Gefängnis gekommen waren oder ihren Urlaub vom Militär überschritten hatten, entkleideten Priestern, Epileptikern, Pyromanen unter Beobachtung, Leuten, die nach Kryptogrammen in Shakespeares Stücken suchten, Sammlern von Puppenkleidern, Gewichtstemmern und Weltverbesserern. In dem riesigen Schlafraum herrschte selten Stille, denn die Wärter arbeiteten in mehreren Schichten. Roger schlief mit Watte in den Ohren, nur dem Anschein nach wegen des Lärms – Kanonendonner und Orkane hätten seinen Schlaf nicht gestört – sondern wegen der Gespräche der andern. Der Schlafsaal war die ganze Zeit von Gedanken an das weibliche Geschlecht besessen; sie lagerten darin wie ein Mückenschwarm, herbeigelockt durch lange fieberhafte Erzählungen, und dann aufgescheucht durch Gekicher, Gepruste, Gejohle.

Die Gewohnheit, sich die Ohren mit Watte zu verstopfen, übernahm er von Clem, dem ältesten der Krankenwärter. Clem verbrachte den größten Teil seiner Freizeit mit Lesen; er hätte die ganze damit verbracht, wenn seine Sehkraft nicht im Nachlassen gewesen wäre. Für jede halbe Stunde, die er las, saß er dann eine halbe Stunde, die Augen mit den Händen bedeckt, in einer Haltung, die an Beten oder Verzweiflung gemahnte. Er war ein

Philosoph. In dem ihm zur Verfügung stehenden engbegrenzten Raum in einem Winkel des Schlafsaals hatte er sich eine Einsiedlerzelle um sein Bett gebaut, Wände und Bücherregale aus Kisten, welche die Markennamen von Desinfektionsmitteln trugen. Viele der Bücher waren in lateinischer Sprache oder in einem für Roger wie Latein so undurchdringlichen Englisch; auch einige französische und deutsche waren darunter. SPINOZA ... DESCARTES ... PLOTINUS. Darum die Watte in seinen Ohren. Rogers Augen ruhten oft nachdenklich auf Clems gesenktem schalldichtem Kopf.

Die meisten Patienten verließen das Krankenhaus geschwächt, aber geheilt. Roger erhielt viele Geschenke – Zigarren, religiöse Medaillen, Ansichtskarten von Chikagos Seeufer, Hosenträger, Taschenkämme, Firmenkalender. (»Leben Sie wohl, Trent, danke Ihnen tausendmal«; »Adieu, Trent, Sie waren riesig gut zu meinem Mann. Und vergessen Sie nicht, was ich Ihnen sagte: Wir haben ein Zimmer für Sie bereit in unserm Haus, wann immer Sie eins brauchen.«) Er wurde geliebt und liebte niemand. Aber er hatte viel mit dem Tod zu tun. Er hatte den Entschluß gefaßt, sich keine der Fragen vorzulegen, die sich unvermeidlich aus einem häufigen Kontakt mit dem Tod ergeben, aber gewissen Entschlüssen läßt sich nicht leicht treubleiben.

Wenn es mit einem Patienten an ein schweres oder langes Sterben ging, wurde er auf ein Fahrbett gehoben und in einen den Sterbenden vorbehaltenen Raum geschoben. Die Wärter hatten für diesen Raum einen häßlichen Namen, den Roger nie anwendete. Geistliche gingen da ein und aus. Verwandten war es gestattet, einen Augenblick in der Tür zu stehn. Einige Wärter hatten die Gewohnheit, sich kurze Zeit darin aufzuhalten und sich eine Pfeife anzuzünden. Gespräche zu führen war nicht leicht bei all dem Keuchen und Röcheln. Mehr als die Hälfte dieser Patienten rief nach ihrer Mutter – sogar Männer, die nahe an hundert Jahre alt zu sein schienen. (Eines Menschen erstes und letztes Wort läßt sich leicht aussprechen; dieses M erscheint in allen Sprachen.) Auf einem Wandbrett stand ein Schüsselchen mit dünngefeilten kupfernen Ein-Cent-Stücken. Roger erwarb sich einen ziemlich guten Blick dafür, den Eintritt des Todes zu erkennen. Er beobachtete ihn mit stets neuer Verwunderung. Ihm gefielen die Worte: »den Geist aufgeben.« (Frage: wo geht der hin?) Er vermochte seinen ältern Patienten mit stetem Blick in die Augen zu sehen. Von den jungen Männern wandte er die Augen ab. Von Zeit zu Zeit drückte das Gewicht dieser Erfahrungen schwer auf ihn, der grade erst achtzehn war. Er wartete, auf klares Wetter hoffend, bis es Nacht wurde. Bei klarem Wetter trug er dann einen Armvoll Wolldecken auf das Dach des Krankenhauses hinauf, fegte den Schnee weg und legte sich, das Gesicht dem Himmel zugewendet, hin. Aus dem engen Tal von Coaltown hatte man nur einen schmalen Streifen Himmel gesehen. Es gab ihm ein beruhigendes Gefühl, sich zu denken, daß Gott, der so viele Menschen geschaffen, auch so viele Sterne geschaffen hatte. Es bestand da wahrscheinlich ein Zusammenhang. Sie schienen auf ›The Elms‹ hernieder und vielleicht auf seinen Vater – Millionen von ihnen. Die Entdeckung der Unmenge von Menschen, die ihn so verstört hatte, erhielt allmählich etwas Versöhnliches für ihn.

Gegen seinen Willen kehrten seine Gedanken oft zu dem wunderlichen Zeug zurück, das er von einem der Wärter erzählt bekommen hatte. Peter Bogardus war Barbier gewesen, aber hatte diesen Beruf aufgeben müssen, weil er nervös war; er konnte Messer nicht fest in der Hand halten. Er war blatternarbig und völlig kahlköpfig. Er trank zwar nicht, aber hatte schlechte Gewohnheiten. Er war ein besserer Wärter als die meisten, ein viel besserer als Roger, weil er mehr wußte. (»Flink wie ein Wiesel bei einer Krise«, sagte Oberschwester Bergström. »Er rettet im Lauf des Jahrs zwanzig Leuten das Leben.«) Er gehörte einem Verein an, der sich mit dem Studium von Geistern und dem Leben nach dem Tod befaßte. Er lud Roger ein, an einer solchen Sitzung teilzunehmen, aber Roger schlug es aus, weil er befürchtete, man könnte Eintrittsgeld von ihm verlangen. Überdies erfuhr er, was er wissen wollte, gratis von Peter Bogardus.

Am späten Vormittag waren sie einmal beide müßig in dem Raum für die Sterbenden. Roger kam oft auf einen Sprung dort hinein, um zu sehen, wie die Dinge standen. Er hatte so manchen Patienten auf diesem letzten Wegstück begleitet. Die andern Wärter hatten bemerkt, daß er eine Art von Begabung dafür hatte, die Patienten zu beruhigen, grade bevor sie »abkratzten«.

(»Trent, warum halten Sie den alten Scheißern immer die Hand?« »Ich weiß nicht. Tu' ich das? Ich glaub', vielleicht haben sie's gern.«)

An diesem Tag hatte Bogardus dort Dienst. Er schritt hin und her und rauchte selbstgerollte Zigaretten aus fast schwarzem Tabak. Von Zeit zu Zeit streifte er die Asche in das Schüsselchen mit den Kupfermünzen ab.

»Trent«, sagte er, »alle Menschen leben so viele Leben, wie es Sandkörner im Ganges gibt.«

Roger wartete. Endlich mußte er fragen: »Was meinen Sie damit, Peter?«

»Wir werden immer wieder geboren. Diese drei Männer hier – sieh sie dir an!« Roger brauchte sich nicht anzusehen, was er so oft gesehen hatte – die halb geöffneten flehenden Augen, das zitternde Kinn, die zuckenden Wangen. »In ein paar Stunden werden sie tot sein. Aber neunundvierzig Tage von jetzt an – sieben mal sieben! – werden sie wiedergeboren werden. Und sie werden noch hunderttausende Male wiedergeboren werden.«

Roger erinnerte sich, schon früher einmal von dieser lächerlichen Idee gehört zu haben. In Coaltown hatte sein Vater Geld auf den Sammelteller in der Kirche gelegt, damit Missionare über die Weltmeere gesandt werden konnten, um unwissenden Menschen grade solche Vorstellungen auszureden. Aber Roger war jetzt bereitwilliger, als er damals gewesen war, sich alte und neue Ideen anzuhören; Coaltown hatte ein paar ganz eigne und recht lächerliche gehabt.

»Es gibt eine mächtig große Leiter, Jungchen. In jedem neuen Leben kann ein Mensch sich Verdienste erwerben, die ihm gestatten, eine Sprosse oder zwei höher zu steigen, oder er kann in Irrtum verfallen und zurückgleiten. Durch das Verdienst Gautama Buddhas und derer, die seiner Lehre folgten, streben alle Menschen danach, aufzusteigen. Zuletzt, wenn sie so viele Leben gelebt haben, wie es Sandkörner im Ganges gibt, gelangen sie an die Schwelle der höchsten Glückseligkeit. Aber – und jetzt merk auf meine Worte! – wenn sie an jene Schwelle gelangen, überschreiten diese Menschen sie nicht. Sie werden sich die höchste Glückseligkeit versagen. Sie werden weiterhin wiedergeboren werden. Sie werden lieber warten, bis alle Menschen diese Schwelle erreicht haben – Menschen, so zahlreich wie die Sandkörner des Ganges, – manche von ihnen grausame und böse Menschen. Sie gehn jetzt verkleidet unter uns umher, helfen uns, diese riesige Leiter hinaufzusteigen. Aber auch wenn alle Menschen dieser Erde, ihrer so viele, wie Sandkörner im Ganges sind, jene Schwelle erreicht haben, wird keiner in die höchste Glückseligkeit hinüberschreiten, denn es gibt andre bewohnte Sterne, so viele wie Sandkörner im Ganges. Wir müssen warten, bis alle Menschen auf allen Sternen sich geläutert haben. Keiner könnte wünschen, glücklich zu sein, bevor nicht auch jeder andre im Weltall glücklich ist.«

Roger starrte ihn verständnislos an. Seine Familie war glücklich gewesen in ›The Elms‹. Peter redete weiter:

»Du kannst doch diese große Treppe sehn, nicht wahr, Trent, – diese mächtige Treppe? Kannst du alle diese Menschen auf ihr zählen? Manchmal kann man eine kleine Bewegung sehn – jemand ist vier Stufen höhergestiegen – Sokrates oder Mrs. Besant oder Tom Paine oder Abraham Lincoln. Manchmal gibt's einen Augenblick der Verwirrung – sieht aus wie eine Lawine in den Rockies – ein Mann – ein Nero oder ein Millionär – ist hinuntergestürzt und hat fünfzig oder tausend seiner Leben verloren. Keiner steht je still.« Er schritt weiter hin und her und rauchte eine seiner dunkeln Zigaretten. Plötzlich wandte er sich Roger zu und rief: »Befrei dich von allen Bindungen! Weib und Kind – eine Illusion! Dein Ruf bei deinen Mitmenschen, deine Ehre, deine Würde – alles eitel! Sieh dir diese Männer hier an! Einigen Menschen wird im Augenblick des Todes für eine halbe Sekunde ein Erinnern an ihre frühern Existenzen zuteil – und ein kurzer Blick auf ihre künftigen. Jungchen, ich sag' dir, die da neigen sich für eine halbe Sekunde über den riesigen Abgrund der Zeit und sehn das lange Elend aller ihrer frühern Leben. Andre blicken hinauf und sehn die Schwelle in der Ferne über sich. Sie können sehn, daß eines Tags das Leben in dieser kummervollen Welt ein Ende haben wird, in diesem Tal der Tränen.«

Roger durchzuckte es. Er hatte oft diese blitzartige Rückkehr des Bewußtseins gesehen – diesen Ausdruck unermeßlichen Entsetzens oder der Vision einer völligen Tröstung. Bogardus kam zu ihm herüber, beugte sich zu ihm und dämpfte die Stimme. »Trent, merk dir eines: es gibt sogar eine Grenze für die Zahl der Sandkörner im Ganges. Wir werden Buddhas sein, sobald der letzte erdgebundene Mensch und der letzte sterngebundene Mensch den Sprung in die Freiheit getan hat.«

Peters Erregung hatte sich zweien der Patienten mitgeteilt. ›Richter‹ Bartletts Augen rollten hilfesuchend von einer Seite zur andern. Roger konnte die Mitteilung seiner sich heftig bewegenden Finger auf der Bettdecke lesen; er verstand die Geräusche, die aus seiner Kehle drangen. Er ging durchs Zimmer und wischte dem Patienten mit einem Handtuch den Mund ab. Er schrie beinahe: »Ich kann jetzt keinen Brief schreiben, Richter. Ich hab' keinen Bleistift bei mir. Ich werd's morgen tun. Schlafen Sie jetzt. Ja, schlafen Sie! Ruhen Sie sich aus!« Es folgte die Andeutung eines Händedrucks.

Auf einem andern Fahrbett stammelte ein Patient: »*Hab' kei' Geld . . . Mutti . . . hilf . . . Lu – – – u – – – ft.*«

»*Is scho' gut, Herr Metzger!*« rief Roger. »*Schlaf a bißl! Ja?*«

Peter Bogardus redete weiter:

»Ihr Christen könnt nicht so lange warten – nein, mein Lieber. Ihr wollt eure höchste Seligkeit schon nächsten Dienstag. Ihr könnt nicht Millionen mal Millionen Jahre warten – daran ist Christus schuld – er war zu ungeduldig; immer das Ende der Welt angekündigt, für nächste Woche, für nächsten Monat. Und das Christentum hat seine Ungeduld geerbt – töte, foltere, verbrenne, vierteile! Tauft sie oder verbrennt sie! Glaub an ihn, oder in die Hölle mit dir! Das ist's, was die Hölle ist – Ungeduld.« Er wischte sich den Schweiß von der Stirn. »Sieh mich an – wie ich mich aufrege! Sieh mich an – ganz verkrampft in den Versuch, dir das Verständnis für etwas beizubringen. Warum sollte mir was daran liegen, ob eine kleine Erdnuß wie du in Chikago, Illinois, etwas lernt? Das kommt von dieser verdammenswerten Ungeduld, die ich mir aneignete, als ich noch ein Christ war. Sieh mich an – ich zittere sogar!«

Er setzte sich mit untergeschlagenen Beinen auf den Fußboden. »Ich muß meine Atemübungen machen und mich beruhigen. Nein! Ich sollt' lieber Kopfstand machen. Das ist am besten.«

Peter schwang seine Sohlen gegen die Zimmerdecke. Roger war daran gewöhnt. Er dachte noch immer über die Leiter der Wiedergeburt nach.

»Sie glauben das doch nicht wirklich, nicht wahr nein, Peter?«

Peter, den Kopf nach unten, wendete seine blassen, wässerigen Augen Roger zu und ließ ihn warten. »Frag nie einen Mann, was er glaubt! Paß darauf auf, wovon er Gebrauch macht! ›Glauben‹ ist ein totes Wort und bringt den Tod mit sich.«

Ein neuer Patient, blaurot im Gesicht, wurde hereingerollt.

»Hallo, Trent. Hallo, Peter«, sagte der Wärter.

»Hallo, Herb.«

»Kennt ihr den?«

»Ja«, sagte Roger. »Vorname ist Nick. Nachtwächter im Fletchergebäude.«

Er hatte Nick gut kennengelernt, da er ihn wochenlang bedient und gewaschen hatte. Wenn etwas an dieser Idee von der großen Leiter war, dann befand sich Nick hoch oben, sehr hoch. Roger hatte nie einen Patienten gesehen, der es darin weiter gebracht hatte, sich im Krankenhaus und in seinen Schmerzen sozusagen daheim zu fühlen. Obgleich er von andern abhängig war, demütigende Hilfeleistungen zu erhalten, obgleich sein Bett zwischen diesen lärmenden, schimpfenden, oft in Wut geratenden Leidenden stand, blickte er still zur Zimmerdecke. Ein Hirsch würde so sterben. Er verlangte nach nichts. Als Roger sich erbötig machte, einen Brief für ihn zu schreiben, diktierte er ein paar Worte an seine Tochter in Boston und bat nur, daß der Brief erst eine Woche nach seinem Begräbnis zur Post gegeben werde. Er ließ sie darin wissen, daß seine Mormonenbrüder seinen Leib unter die Erde tun würden, sobald er von ihm befreit wäre. Roger wendete seinen Sessel und saß mit dem Rücken gegen den alten Mann. Nick würde nicht wünschen, daß ein Freund Zeuge seines tierhaften Ringens wäre; das war nichts Wichtiges. Und plötzlich fiel es Roger ein, daß auch sein Vater hoch, sehr hoch oben stand.

Während des langen Prozesses in Coaltown – des ›Hyänenschmauses‹ – hatte sein Vater sich genau so verhalten: unerreichbar für Neugier und Bosheit und allem Anschein nach daheim im Gerichtssaal und in seiner äußersten Notlage.

Roger ging zur Tür hinaus und aus dem Gebäude. Er stand im Sonnenschein vor dem hintern Eingang des Krankenhauses, und ihn fröstelte in seiner weißen Wärterkleidung. Er hatte keine Fragen an seinen Vater zu richten. Er hatte nicht den Wunsch, sich an einen Tisch zu setzen und mit ihm zu sprechen; aber er hätte viel von dem wenigen, das er besaß, darum gegeben, ihn auf der Straße vorbeigehn zu sehen. Er wäre ihm mehrere Häuserblöcke weit gefolgt, einfach nur um seine Augen auf jemand ruhen zu lassen, der so hoch oben war.

Er hätte ihn auch gern genau beobachtet, weil eines Tags er selbst Kinder haben würde. Er müßte sie zurücklassen. Er würde sterben.

Er wurde zur menschlichen Gemeinschaft durch Gedanken an die Sterbenden, die Verbannten und die Ungeborenen hingezogen.

Die seiner Familie eigentümliche Langsamkeit des Reifwerdens bewirkte in andrer Hinsicht, daß Roger an erdrückendem Heimweh litt. Der flüchtige Anblick einer Frau in der Ferne vermochte ihm das Bild seiner Mutter heraufzurufen, ein Gegenstand, eine Mädchenstimme, ein Geruch ihn an ›The Elms‹ zu erinnern. Da wurde ihm dann schwarz vor den Augen. Er war gezwungen, seine Hand zu einem Laternenpfahl oder einer Mauer hinzustrecken und zu warten, bis der Schmerz verebbte. Von Zeit zu Zeit – um noch intensiver zu leiden – das heißt, ›The Elms‹ leidenschaftlicher zu umarmen – ging er auf den Bahnhof, von dem die Züge nach Coaltown abfuhren. Der Bahnhof befand sich in der Nähe des Sees. Er hatte nie zuvor ein stehendes Gewässer gesehen, das größer war als ein Teich. Der Anblick dieser unzähligen Wellen beruhigte ihn. »Wenn man an alle die Menschen in der Welt und an alle die Tausende von Jahren, die vergangen sind, denkt, so muß es, möcht' ich wetten, eine Menge junger Kerle meines Alters gegeben haben, die aus dem einen oder andern Grund ihr Heim verlassen mußten – zum Beispiel, um in den Krieg zu ziehn.«

Fragen. Die Qual der vielen Fragen.

Es gibt keine wahre Bildung, sie sei denn Antwort auf dringendes Fragen. Unbehagen und Entbehrung erwecken den jungen Geist zum Forschen. Roger war sich nicht bewußt, daß er und seine Schwestern diese geistige Gewohnheit schon in frühesten Jahren erworben hatten. Sie hatten darum gerungen, am Leben zu bleiben. Wie Pflanzen in ausgedörrtem Boden hatten sie Wurzeln tief hinabgesandt. Seit frühester Kindheit hatten sie sich hierhin und dahin getastet, »Was?« und »Warum?« und »Wie?« gefragt. Beata Ashley war eine bewundernswerte Mutter; sie gab ihren Kindern viel; sie gab ihnen alles außer dem Wesentlichen. Wie wir gesehen haben (und weil sie als Kind hatte darben müssen), vermochte sie nur einen einzigen Menschen zu lieben. John Ashley konnte seinen Kindern das Wesentliche – und vieles außerdem – geben, aber er reifte spät; seine Vorstellungsgabe mußte erst noch aufblühen. Seine Kinder kehrten sich nicht nach innen. Sie blieben von fruchtloser Introspektion durch die Freude bewahrt, die ihr Vater an ihnen hatte. Lily wurde zu der in der Dornenlaube schlafenden Prinzessin; Sophia trat ihr Helferamt als Betreuerin von Tieren an. Constance, die nie die Liebe einer Mutter kannte, bereitete sich auf dieses außerordentliche Leben vor, darin sie sich dann als die Mutter von Millionen sah, von denen gut die Hälfte älter war als sie selbst. Roger entging mit knapper Not einem seelischen Schiffbruch. Etwas Rätselhaftes ereignete sich im Sommer 1891. Er war damals sechseinhalb Jahre alt. In Coaltown galt er als ein Musterknabe – so aufgeweckt, so artig. Seine Eltern waren nicht zu Hause. Er packte das Stühlchen seiner jüngsten Schwester und zerschlug damit fünf Fensterscheiben im Wohnzimmer. Dann lief er, schluchzend wie vor unermeßlicher Verlassenheit, aus dem Haus. Er blieb nur stehn, um Sophias Kätzchen auf den Arm zu nehmen, als Trost auf seiner langen Wanderung nach China. Von seinen Eltern bekam er kaum ein einziges Wort der Zurechtweisung zu hören. Er machte nie wieder seinen gehemmten Gefühlen Luft. Eine Verwandlung kam über ihn. Der kleine Abenteurer und Schwätzer wurde schweigsam. Er wurde ein Zuhörer. (»Wie?«, »Warum?«) Sein Gesichtsausdruck veränderte sich nur wenig. In der Schule wurde er der beste Schüler und Turner. Jedermann in der Stadt hatte ihn gern, und er ließ das unbeachtet. Er hatte einen einzigen Freund – Porky. Er ließ sich die Liebe eines einzigen Menschen gefallen – Sophias. Gestärkt durch das Vertrauen zu seinem Vater, vereinsamte er durch die leidenschaftliche Liebe zu seiner Mutter.

Fragen. Immer neue Fragen. Aber er besaß – wie, Tausende von Meilen weit weg, sein Vater – keinen Wortschatz und keine Grammatik fürs Nachdenken. Welche Einheit ließ sich in der zunehmenden Mannigfaltigkeit seiner Erlebnisse finden: der Katastrophe in Coaltown; wie seine Mutter, ohne sich aus der Fassung bringen zu lassen, neben ihm zum Gerichtsgebäude gegangen war; dem Geheimnis der Errettung seines Vaters; den Menschenmassen um die Mittagsstunde in der LaSalle Street; dem vielen Sterben, dessen Zeuge er täglich war; Gottes Verantwortlichkeit für die Leiden von Kindern, Pferden, Hunden, Katzen; Eugene V. Debs im Gefängnis, kaum eine Viertelstunde weit weg; seinem Glücksgefühl, wenn er die Wellen oder die Sterne betrachtete; den Ansichten der andern Wärter über Frauen; seinem Entschluß, ein großes Lebenswerk zustande zu bringen? Und die Welt der Arbeit? – Überall Ungerechtigkeit: Arbeitgeber betrogen die Arbeitnehmer; Arbeitnehmer betrogen die Arbeitgeber und einander. Auch er hatte einige Betrügereien begangen.

Eines Tags blieb er bei der Zelle des alten Clem stehn.

»Clem, diese Bücher, die Sie da lesen – studieren die Studenten die auf der Universität?«

»Ja, einige von ihnen.«

»Sind Sie auf eine Universität gegangen?«

»Ja.«

»Was kann einem eine solche Ausbildung geben?«

»Sie verknüpft das, was man sieht.«

Roger zuckte zusammen, als hätte er einen Schlag erhalten.

»Kann ein Mensch sich selbst bilden, Clem?«

»Einer in einer Million vielleicht.«

»Kommt die meiste Bildung aus Büchern?«

»Ein Mensch, der versuchen würde, irgend etwas zu verstehn, ohne *diese Bücher* zu kennen, wäre bloß ein Känguruh mit Federn. Wie Peter Bogardus. Du stiehlst mir meine Zeit.«

»Danke schön, Clem.«

Er hatte nicht den Wunsch, eine dieser Universitäten zu besuchen oder – zumindest noch eine Zeitlang – eins von diesen berühmten Büchern zu lesen. Er war zu allen Stunden in den Straßen Chikagos umhergegangen. Er hatte Dutzende von Lebensgeschichten angehört. Der Mensch war grausam gegen den Menschen, und sogar diejenigen, die gut zu ihren Allernächsten waren, waren unmenschlich gegen andre. Wichtig war nicht Güte, sondern Gerechtigkeit. Güte war die gestammelte Selbstverteidigung der Ungerechten. Mit der ganzen Welt war etwas nicht richtig, das sah er. Im Innersten der Welt war etwas nicht richtig, und er wollte das aufspüren. Viele dieser Bücher und Universitäten gab es seit Hunderten von Jahren – und ihre Wirkung war sehr gering.

Die wenigen ernsten Bücher, in die er einen Blick getan, schienen windiges oder zähflüssiges, mit Füllseln ausgestopftes Zeug zu sein – wie politische Ansprachen und Predigten. Gleich allen Ashleys wollte er keine Hilfe. Wir werden später sehen, wie sein Vater Ehe und Vaterschaft ›erfand‹. Roger wollte die Erklärung für das Dasein erfinden und die Regeln, nach welchen die Menschen vernünftig nebeneinander leben konnten, – er wollte der erste Philosoph, der erste Planer einer gerechten Gemeinschaft sein. Geistige Unabhängigkeit (mit der die meisten Menschen sich brüsten) vermag nicht zu rasten. Roger hatte bereits mit dieser großen Aufgabe begonnen. Sein Kopf war voller Ideen, und er fühlte sich getrieben, sie niederzuschreiben. Im Carr-Bingham-Hotel hatte er weggeworfene Rechnungen, Prospekte, Kalender und dergleichen aus den Papierkörben gesammelt und auf die Rückseiten während der langen Nächte dort und später im Krankenhaus Tausende und Tausende von Wörtern geschrieben. Er hatte nie einen gleichaltrigen Freund besessen außer Porky, und der war noch schweigsamer als er. Er hatte nie, gleich andern jungen Männern, in endlosen Gesprächen Gott, die Gesellschaft und das Sittengesetz aufgebaut und niedergerissen. Nun versuchte er eine Erklärung der Natur der Dinge; er leitete ethische Grundsätze aus der Weltordnung ab; er umriß die Verfassung eines Idealstaats. Dann war es eines Tags mit seiner fieberhaften Zuflucht zum Schreiben zu Ende, und zwar ebenso plötzlich, wie sie begonnen hatte. Er trug die Arme voll beschriebenen Papiers zum Abfallverbrenner. Er war in eine Sackgasse geraten, nicht aus Entmutigung, sondern als Ergebnis einer Einsicht: er entdeckte, daß er unwissend und zum Lernen schlecht ausgerüstet war; daß es ihm aber möglich sei zu lernen. Er war reif fürs Lesen. Wir werden sehen, wie er durch die Hintertür zum Lesen gelangte.

Nach drei Monaten des Krankenwärterlebens kehrte Roger, zum Tagportier befördert, ins Carr-Bingham zurück. Er war darauf aus, mehr Geld zu verdienen, und er war zu einem Schluß über den Arztberuf gelangt. Er war sich jener – vom Anbeginn bis ans Ende aller Zeit – nie endenden Reihe vor der Tür wartender Patienten bewußt geworden. Kein Bett blieb länger als drei Stunden leer. Seinen Augen erschien die Medizin als eine Sache des Ausflickens und Verstärkens und Kalfaterns auf die Dauer doch nicht mehr seetüchtig zu machender Schiffe. Er war ein unwissender Junge vom Land; er hatte keine Ahnung, daß die ärztliche Kunst eine andre Ansicht von sich selbst haben könnte.

Wieder zurück in dem Hotel, kam Roger in engere Berührung mit einer Gruppe von Zeitungsreportern, die sich in eine Reihe zellenähnlicher Schlafzimmer in der Nähe des seinen im obersten Stockwerk teilten. Dieser Korridor hatte längst seine ursprünglich gleichmäßige Einteilung und Einrichtung verloren. Die meisten der Türen waren bei Wutanfällen oder handgreiflichen Späßen zertrümmert und dann entfernt worden. Die Direktion hatte klüglich die Stühle durch Bänke und Packkisten ersetzt. Für Männer ohne Frauen genügt auch eine Höhle.

Ein Geruch von Gin, Zitronenschalen, Maiswhisky, Kubebenzigaretten, Eukalyptus und Medikamenten erfüllte die Luft. Diese Männer aßen, schliefen, wuschen sich und schwiegen nur selten. Sie waren schlecht bezahlt und nur zeitweilig ehrgeizig, aber sie waren überzeugt, dem großartigsten Beruf der Welt anzugehören. Sie wußten alles; alle Menschen, ausgenommen sie selbst, waren vom äußern Schein Getäuschte. Sie wußten Bescheid über die Korruption in öffentlichen Ämtern, die Posse der Philanthropie, die Heuchelei der Geistlichkeit, die wölfischen Raubzüge des Großunternehmertums und der Finanzwelt – besonders der Eisenbahnen und der Schlachthöfe. Sie waren reich an all den Kenntnissen, die sie nicht drucken lassen durften. Wissen, ebenso wie Mut und Tugend, isoliert einen Menschen; sie waren auf die Gesellschaft von ihresgleichen angewiesen. Verhindert zu veröffentlichen, was sie wußten, waren sie genötigt, eine andre Ausdrucksmöglichkeit zu finden: sie waren groß im Gesprächeführen. Konversation war ihre hellbeleuchtete Bühne und ihr Schlachtfeld. Da erlebten sie ihre Triumphe und ihre Massaker. Tag für Tag und Nacht für Nacht rangen sie um die Palme unüberbietbarer Witzigkeit, höchster verbaler Akrobatik. Unter dem Anschein der Kameradschaft zogen sie einander die Haut ab. Sie plünderten die Lexika auf der Suche nach Wörtern und Wortbildern im Bemühen um berauschende Treffsicherheit; es verlangte sie nach immer stärkern Graden von Blasphemie und Obszönität. Sie waren unbegabte Reporter, denn ihr Ehrgeiz ging auf andres; sie lebten sich im Gespräch aus. Roger hörte ihnen zu. Ihr Geist arbeitete schnell; sie beherrschten ein weites Gebiet der verschiedensten Kenntnisse. Vor allem aber hatten sie eine Weltanschauung: die Lage des Menschen war jämmerlich und jede Anstrengung, sie zu verbessern, vergeblich. Sahen sie sich Tapferkeit, Heroismus, Frömmigkeit oder auch nur Würde gegenüber, verursachte ihnen das Unbehagen. Sie waren stolz darauf, sich von nichts imponieren zu lassen. Jede Regung von Bewunderung oder Mitleid verwandelten sie prompt in Zotigkeit und Verspottung. Mehrere von ihnen waren bei dem Prozeß in Coaltown gewesen und erkannten den Hotelportier. Eine Zeitlang setzten sie ihm deswegen grob zu, und dann vergaßen sie die ganze Sache. Sie konnten ihn nicht ernstnehmen. Er war ein Landjokel, ein Rübenschädel. Er war noch nicht trocken hinter den Ohren.

Roger besaß jedoch zwei Eigenschaften, die ihn diesen Männern empfahlen. Er war ein aufmerksamer, wenn auch nur selten lächelnder Zuhörer, und er war verläßlich. Virtuosen benötigen immer neue Zuhörerschaften. »Dieser Trent hört mit Augen und Ohren und Nase zu – verdammt nochmal, er hört sogar mit dem Kinn zu.« Verlotterte Männer benötigen wenigstens *einen* vertrauenswürdigen Freund. Er wurde ihr Bankier und ihre Nachrichtenzentrale. »Heben Sie mir dieses Geld bis morgen auf, Trent. Ich weiß nicht, was mir heute abend möglicherweise passiert.« »Sagen Sie Herb, er soll sich nicht blicken lassen. Gretchen sucht ihn.« »Sagen Sie Spider, die Wahlversammlung ist um zehn in St. Stephen's Hall.«

Wenn Journalist zu sein der großartigste Beruf auf der Welt war, wollte Roger nähern Einblick in ihn gewinnen. Er konnte nicht begreifen, warum Reporter jede Handlung und alle Menschen, ausgenommen sie selbst, verachteten. Er konnte nicht begreifen, warum sie, die überall Verderbtheit sahen, sich nicht bewogen fühlten, über ihr ganzes Ausmaß Bericht zu erstatten. Eines Nachmittags legte Spider, als er ins Hotel zurückkam, einen großen Briefumschlag vor Roger hin. Er enthielt Dutzende von Berichten und Leitartikeln über den Fall Ashley-Lansing. Während des Prozesses hatten die Ashleys keine Zeitungen gelesen. Roger las diese Spalten nun mehrere Male. Er war erstaunt zu sehen, wie genau sie das Verfahren im Gerichtssaal berichteten und wie schwächlich und verschwommen dennoch die redaktionelle Kommentierung war, auch wenn sie das Urteil und die Art, wie der Prozeß geführt wurde, angriff. Während eines feierlich ernsten Mitternachtsspaziergangs am Ufer des Michigansees faßte Roger den Entschluß, Journalist zu werden.

Erst nach Jahren vermochte Roger zu ermessen, wieviel er der Gruppe von Reportern im obersten Stockwerk des Carr-Bingham verdankte: sein Bekanntwerden mit der Journalistik, mit der Oper, mit einem dieser Advokaten des Teufels, die für jede Erziehung so wichtig sind, – das heißt, mit T. G. Speidel – und mit dem Lesen.

Die Reporter waren große Leser, soweit ihre Zeit es erlaubte. Es waren viele Bücher im obersten Stockwerk des Carr-Bingham zu finden – unter den Betten, auf den Kleiderschränken, in der Toilette und im Besenkasten und neben der Mausefalle. Die meisten von ihnen hatten Taschenformat – das der Tasche eines Kindes. Ihre Einbände waren aus schwammigem blauem Papier oder Kunstleder. Sie trugen Titel wie *Witz und Weisheit des Obersten Robert G. Ingersoll*, *Große Gedanken aus Plato*, *Die besten Seiten aus Casanova*, *Nietzsche über Aberglauben*, *Tolstoj über Kunst*, *Goldkörner aus Goethe*, *Goldkörner aus Voltaire*, *Konfuzius und sein Mittelweg*. Roger las sie. Er kam durch die Hintertür ins Lesen. Einmal suchte er die öffentliche Bibliothek auf, aber sie gefiel ihm nicht. Er begann sich in Antiquariatsbuchhandlungen herumzutreiben. Das Lesen wurde zu einem großen Abenteuer. Er erzählte niemand von seinen Eroberungen und seinen Niederlagen dabei.

Sogar noch bevor er zu dem Entschluß gelangte, Journalist zu werden, erfuhr er, daß dieser Beruf sich eines unschätzbaren Vorrechts erfreut: Zeitungsleute können gelegentlich unentgeltlichen Eintritt ins Theater erhalten. Eines Abends gab ihm einer der Reporter eine Freikarte für die Oper. Er wohnte einer Aufführung von *Fidelio* bei. Es war ein überwältigendes Erlebnis.

Er hatte viel erduldet. Er war zwar niemals einem Zusammenbruch nahe gewesen, aber er war ausgehungert nach seelischer Nahrung. Es war an der Zeit, daß er auf erhabenere Bilder der Ausdauer und Seelenstärke blickte. Ein Mann kann Tapferkeit aus seinem eignen Innern hervorbringen, aber die wahre Nahrung der Tapferkeit ist das Vorbild. Bevor die Helden der Kangaheela in den Kampf zogen, lauschten sie – die Augen in die Ferne gerichtet – den Gesängen, die die Taten ihrer Vorfahren feierten. Es war vielleicht kein Zufall, daß Roger nun der Geschichte von einer Frau folgte, die in einen Kerker hinabstieg, um ihren ungerecht zum Tod verurteilten Gemahl zu retten. Eine Woche später bot ihm eine andre Oper das Schauspiel eines jungen Mannes, der Erprobung durch Feuer und Wasser besteht, um die Hand des geliebten Mädchens zu gewinnen, und am Ende in die Gemeinschaft der Weisen und Gerechten aufgenommen wird. Wenn Opern so waren – wenn sie sich mit Dingen befaßten, auf die es wirklich ankam (und durch solch wundervolles *Geräusch* fast unerträglich überzeugend gemacht wurden) – dann müßte er sein Leben so einrichten, daß er möglichst oft bei Aufführungen anwesend sein könnte.

Er überredete seine Freunde im obersten Stockwerk des Hotels, ihm Arbeit bei einer Zeitung zu verschaffen. Er wurde ein Botenjunge – oder »Laufkuli«, wie dieser Posten dort genannt wurde. Seine Hände, sein Gesicht und seine Schürze waren mit Druckerschwärze beschmiert. Seine Ohren waren taub vom Lärm der Pressen. In einem Labyrinth von Eisentreppen raste er mit Manuskripten von den Reportern zu den Redakteuren. Er raste mit

Manuskripten von den Redakteuren zu den Setzern. Er lernte bald, bevor danach gerufen wurde, was benötigt war; er sah Stockungen voraus; er sorgte dafür, daß die sich immer wiederholenden Krisen nicht zu schlimm wurden. Die Säle der Druckerei widerhallten von seinem Namen. »Trent! Trent! Wo steckt dieser verdammte Trent?« »Trent, tragen Sie dieses Zeug hinunter, und zwar schleunigst.« Es kam vor, daß ein Reporter, dem zwischen zwei andern Berichten zu wenig Zeit blieb, seine Notizen Roger zuwarf: »Machen Sie was draus! Und vergessen Sie nicht: was, wer, wo, wann!« Er wartete auf seine Chance, und seine Chance kam. Alle Reporter hatten schon ihre Zuweisungen und waren außer Haus. Da wurde gemeldet, daß hinter Heffermans Mietstall ein Mann eine Frau erwürgt hatte. »Schnappen Sie diese Geschichte, Trent, aber richtig! Galopp!« Abermals ergab sich eine solche Gelegenheit und danach abermals eine. Ende August 1903 wurde er Reporter. Er war zu dieser Zeit dreizehn Monate in Chikago gewesen. Er war achtzehn Jahre und acht Monate alt.

Endlich tat er nicht nur seine Pflicht und stillte seine Wißbegier – er schuf etwas. Dank seinem jugendlichen, provinzlerischen Aussehen vermochte er, bei Gelegenheiten anwesend zu sein, wo ein älterer und erfahrenerer Mann hinausgeworfen worden wäre. Er stand unauffällig an die Wand gelehnt in geschlossenen politischen Versammlungen; er schlüpfte dort, wo die Preisboxer trainierten, an den Wächtern vorbei; er betrat das ihm altvertraute Krankenhaus durch den Angestellteneingang und erlangte das Geständnis eines Sterbenden. Er traf früher als die Polizei ein und richtete Fragen an Frauen, die noch nicht wußten, daß sie Witwe geworden waren. Er machte sich Notizen bei einem patriotischen Bankett von Griechen im Olympia-Restaurant, während die Gäste, von Speisenvergiftung hingestreckt, wie bunte Häufchen von der Stange gefallener Kleider auf dem Boden umherlagen. Im Dezember 1903 schrieb er Sophia: »Ich wette, ich kenne mindestens vierhundert Leute in Chikago mit Namen und vom Sehen.« Bald legte er dem Redakteur Geschichtchen mit Lokalkolorit vor; solche Artikel wurden ›Puddings‹ genannt. Sie waren mit TRENT gezeichnet: »Bürger von Chikago, rettet euer Seeufer!« »Lernt eure polnischen Nachbarn kennen!« »Der Tauschmarkt in der

Wisconsin Avenue«, »Kennen Sie Ihre chinesischen Nachbarn?« Er sandte sie Sophia. Auf dem Zuweisungsbrett erschienen Anschläge wie etwa der folgende: »T. F. – 500 Wörter – Freitag – für Frauenseite.« Der Redakteur war verblüfft von Rogers Beiträgen und lehnte gut die Hälfte ab, weil sie die Leser nicht interessieren würden oder Anstoß erregen könnten. Als ein neuer Lokalredakteur kam, legte Roger sie nochmals vor. Er war dabei, eine neue Art von Journalismus zu erfinden. Leser begannen diese Artikel in Sammelbücher einzukleben; die Administration wurde um Nachlieferung früherer Nummern bestürmt. Er erhielt ein Extrahonorar von fünfundzwanzig Cent für jeden solchen Artikel.

Hier mögen weitere Titel folgen. Mitgefühl regte sich in ihm; er begann durch Mauern und durch Schädeldecken hindurchzusehen.

»Ein Tag im Volksbildungshaus.«

»Ein Kind geht in die Schlachthöfe« (zweimal abgelehnt).

»Ein viertklassiges Hotel.«

»Die Denkmäler in unsern Parks.«

»Dank dir, Bettina!« (›Trent‹ interviewte das letzte Pferd, das in Chikago einen Straßenbahnwagen zog. Der Schlußsatz lautete: »Sobald diese Worte gesetzt sind, werden Bettinas Hufe als Leim in Flaschen gefüllt sein.«)

»Abenteuerliche Seereise.« (Das Nachtschiff nach Milwaukee.)

»Wir sollten unsre ungarischen Nachbarn kennen.« (Die Vereinigung ›Hungaria Aeterna‹ sandte ihm prompt eine Einladung zu einem Bankett ihm zu Ehren, die er höflich ausschlug.)

»Zwinger für Babys.« (Zweimal abgelehnt. Empörte Leser kündigten ihr Abonnement.)

»Pat Quiggan und *Il Trovatore*.« (Ein Kulissenschieber gibt der Zuhörerschaft seine Schilderung der Vorgänge in der berühmten Oper. Roger besaß wenig Sinn für Humor, aber ein unfehlbares Ohr. Wahrheit ist komischer als Dichtung. Ebenso wie eine Anzahl der andern ›Puddings‹ wurde dieser, sehr ausgeschmückt, vom Atlantik bis zum Pazifik nachgedruckt.)

»Wünsche Ihnen einen angenehmen Abend, meine Herren.« (Ein Besuch in dem neueröffneten St.-Kasimir-Altersheim. Roger erhielt ein Anerkennungsschreiben vom Erzbischof.)

»Milly in der Tretmühle.« (Ein Besuch in einer ihre Näherinnen ausbeutenden Konfektionsfabrik. Zwei Dutzend Leser sandten dem Verfasser ein Gedicht, das er nie gelesen hatte: »Das Lied vom Hemde« von Thomas Hood.)

»Wer sind die besten sieben Prediger von Chikago?« (Drei Artikel. Roger hatte nichtsahnend in ein Wespennest von sektiererischem Enthusiasmus und Streit gestochen. Durch Wochen erhielt er täglich an die fünfzig bis hundert Briefe.)

»Ein Häubchen für Florence Nightingale.« (Oktober 1905. Dies wurde in großer Seelennot geschrieben, um Sophia eine Freude zu machen. Roger hatte soeben von Porky gehört, daß sie zu einer Ruhekur auf die Bell Farm gebracht worden war. Er schrieb ihr jeden Tag, legte zuletzt diesen ›Pudding‹ bei und teilte ihr mit, daß er über Weihnachten nach Coaltown kommen werde. Der Redakteur lehnte das Geschichtchen als zu einfältig ab, worauf Roger kündigte und erklärte, er werde es einem andern Blatt einreichen. Der Redakteur gab nach. Trent hatte die Gedanken eines Vaters wiedergegeben, der zusieht, wie seine Tochter bei der Diplomierung an einer Pflegerinnenschule in Chikago ihr Häubchen erhält. Das Mädchen hieß Sophia und hatte im südlichen Illinois, in einem ›The Elms‹ genannten Haus, gewohnt. Der Vater erinnerte sich der Liebe seiner Tochter für Tiere und, wie sie Eichhörnchen und Hündchen geschient und aus dem Nest gefallene Vogeljunge mit einer Pipette für Augentropfen gefüttert hatte. Der Verfasser schien hübsch viel über die Pflichten, die Plagen und die Freuden des Pflegerinnenberufs zu wissen. Das Geschichtchen wurde weitherum nachgedruckt und brachte viele Briefe. Ein großer Kuchen wurde in der Redaktion abgeliefert; er war von den Schwestern im Misericordia-Krankenhaus gebacken worden, die, so sagten die Überbringerinnen, schon seit langem für ihn beteten.)

Roger hatte einen wackeligen, tintenfleckigen Schreibtisch im Lokalnachrichten-Zimmer, war aber selten dort zu finden. Es ging ein Gerücht in der Stadt um, er sei der Sohn eines notorischen Verbrechers; das wurde aber neidischem Klatsch zugeschrieben. Gerüchtweise hieß es auch, er sei noch keine zwanzig Jahre alt, was einfach unglaubhaft war. Es wurde allgemein angenommen, er stamme aus einer alten Chikagoer Familie und sei gut über fünfzig; er wohne in einem sehr schönen Haus in Winnetka oder Evanston, umgeben von einer großen Kinderschar und vielen Tieren. Roger hatte hingegen eine beträchtliche Bekanntschaft unter Leuten, die ›arbeiteten‹, und die kannten ihn als »den jungen Kerl, der diese Sachen in der Zeitung schreibt«. Er hatte sich auch eine Anzahl von Feinden gemacht, besonders in sportlichen und politischen Kreisen, und hatte Gelegenheit gehabt, sich gegen Tätlichkeiten zu verteidigen. Das alles hatte jedoch für ihn wenig Ähnlichkeit mit dem Lebenswerk eines Journalisten, wie es sich in seinem Geist formte. Er hoffte, eine Art von Journalismus zu erfinden, die es noch nie gegeben hatte. Er war nicht ungeduldig. Er nahm diese ›Puddings‹ nicht sehr ernst. Übrigens waren ihre Rechtschreibung und Grammatik erbärmlich. Er war so vorsichtig, sie dem alten Mr. Brant mit dem grünen Augenschirm vorzulegen, der sie für den Satz herrichtete, und er studierte und beherzigte Mr. Brants Verbesserungen. In Chikago begann ›Trent‹ berühmt zu werden, aber Menschen, die in früher Jugend nie den Wunsch nach Ruhm gehabt haben, erkennen ihn, wenn er kommt, nur allmählich und wissen kaum, was mit ihm anfangen. Was Roger betraf, so schrieb er einzig des Geldes wegen.

Während des Frühjahrs 1904 wurde sein Gesicht schmäler, seine Stimme eine halbe Oktave tiefer, sein Blick schärfer, sein inneres Wetter weniger stürmisch. Vielleicht lernte er das Lachen von Demetria, Lauradel und Izumi – von denen wir noch hören werden; vielleicht entsprang es der Freude, die er an seiner Arbeit fand. Er hatte charakteristische schnelle Bewegungen; er eilte kreuz und quer durch die Stadt, als hätte er Flügel an den Fersen. Zu Weihnachten sandte er seiner Mutter ein Bündel seiner ›Puddings‹ und nannte ihr zum erstenmal eine Adresse, an die sie antworten könnte. Er entschuldigte sich nicht dafür, sie ihr so lange vorenthalten zu haben – dem Anschein nach, um von der Polizei nicht belästigt zu werden, – und sie spielte nicht darauf an: aus jeder Entfernung vermochten diese Mutter und ihr Sohn eins die Gedanken des andern zu lesen. Sie drückte ihr Gefallen an seinen Artikeln aus, dankte ihm für seine Geldsendungen und beteuerte ihm, sie seien nicht mehr nötig. Sie gab ihm einen Bericht über den Erfolg der Pension und betonte besonders, wie hilfreich Sophia sei. Sie ließ ihn wissen, daß Lily Coaltown verlassen hatte, um sich in Chikago zur Sängerin auszubilden. Lily sende ihr regelmäßig Geld, aber sie wisse nicht, welchen Namen sie angenommen habe, noch kenne sie ihre Adresse. (Die Ashleys waren wunderliche Leute.) Sie hoffe, Roger werde sie bald in Coaltown besuchen. Sein Zimmer sei an viele Gäste vermietet gewesen, aber es werde für ihn bereit sein. Sie erwähnte mit keinem Wort die schweren Prüfungen, die sie alle vor zweieinhalb Jahren durchgemacht hatten. Sie schloß ihren Brief auf deutsch: sie bat ihn um eine Photographie von ihm.

Beide hatten viele Entwürfe für diese Weihnachtsbriefe geschrieben; alles Gefühlvolle war dem Papierkorb überantwortet worden.

Die Reporter verbrachten einen großen Teil ihrer Tage und Nächte im Krauss, einem deutschen Bierlokal in der Wells Street, ziemlich gleich weit entfernt von ihren verschiedenen Redaktionen. Hier schrieben sie ihre längeren Berichte und spielten ihre wochenlangen, monatelangen Kartenpartien, und hier rangen sie auch um die Meisterschaft im Gespräch. Roger brauchte ihr Gespräch, wenngleich er ihm bald entwuchs. Die Ausbeute an Wissenswertem oder Einblicken war nur manchmal lohnend, aber der Wortschatz war üppig. Was da geredet wurde, drehte sich großenteils um Alkohol (die Nachwirkungen des Konsums in der vergangenen Nacht), Weiber (ihre Habgier, ihre erschütternde Selbstüberschätzung, Schopenhauers unvergleichliche Schrift über sie), Politik (Gorgonzola im Rathaus, die Bevölkerung an der Nase herumgeführt), ihre Redakteure (Bloßstellung und Sturz vorausgesagt), Literatur (Omar Khajjam, größter Dichter, der je gelebt), Philosophie (Oberst Robert G. Ingersoll, überragender Intellekt des) die Krösusse von Chikago (Hände und Füße, nicht nur den Rüssel im Trog), Religion (possenhafter Charakter der, Opium fürs Volk) und Geschlechtskrankheiten (Wunderkuren eines Arzts aus Gary, Indiana, berichtet). Roger hatte viele Einschüchterungsversuche von ihnen zu ertragen. Eine Zeitlang vermochten sie seinen raschen Aufstieg unbeachtet zu lassen. Seine Jugend, seine Unwissenheit und Unbildung und provinzlerische Art machten den unglaubhaft. Sie alle nahmen an, daß eine oder mehrere geheimbleibende Personen seine Sachen für ihn schrieben. Nach dem Juli 1904 jedoch konnte es keine Zweifel mehr geben. Ihre Herablassung verwandelte sich in heftige Abneigung. Zweimal drängte er einen seiner Quälgeister gegen die Wand, hielt ihn fest und verlangte eine Zurücknahme. Er wurde bei Krauss nicht mehr gern gesehen. Bevor ihm jedoch ein Platz unter ihnen verweigert wurde, hatte er dort einen nützlichen Freund gewonnen. Der Dekan und Nestor der Tischrunden, Thomas Garrison Speidel, ›T. G.‹, hatte ihn als Zuhörerschaft, Schüler und Fußmatte adoptiert.

T. G. war Nihilist. Eine Zeitlang hatte er sowohl anarchistischen als auch nihilistischen Vereinen angehört und hatte dort Reden gehalten – die zuerst mit Bewunderung, dann mit zunehmender Verblüffung und Wut aufgenommen wurden. Prompt wurde er aus beiden hinausgeworfen. Einerseits sprach er sehr beredsam über die Notwendigkeit, alle politischen und sozialen Institutionen abzuschaffen, andrerseits ließ er so manche höhnische Bemerkung über die Begeisterung für den Traum von der Revolution einfließen. Seine hervorragende Stellung unter den Reportern beruhte auf der Unbedingtheit, mit der er ›alles‹ haßte, und darauf, daß er nur selten sprach. Er war mit fünfundvierzig ein Dekan ihrer Fakultät und ein ausgewachsener Bullenbeißer unter Welpen. Er hatte einen Charakterkopf mit vielen Fältchen und Runzeln, besprenkelt mit hellblauen Pünktchen wie von Schießpulver. Der Sohn von Zirkusleuten, die ihn, als er fünf Jahre alt war, für die Ausbildung zum Akrobaten ungeeignet gefunden hatten, war er bei einer Reihe von Zieheltern untergebracht, geprügelt, verbrüht, in finstere Verschläge gesperrt worden und hatte nie genug zu essen bekommen. Es war eine einzige lange Geschichte des Davonlaufens, des Stehlens für Landstreicherunterschlupfe, von Zeiten in Besserungsanstalten und bei gutherzigen und bösartigen Farmern und neuerlichem Davonlaufen. Seinen Unterhalt hatte er sich auf vielerlei Weise verschafft. Er war mit Marktfahrern umhergezogen und Mesmerist in einer Schaubude gewesen. Er hatte sich sogar als Quacksalber versucht. Bei einem Sektentreffen auf einer Wiese in Kentucky hatte er drei so bemerkenswerte Kuren bewirkt, daß ein frommer Furor die Gläubigen ergriff; er entkam ihrer Begeisterung nur knapp mit dem Leben. Nie wieder ließ er sich aufs Gesundbeten ein. Zuletzt fand er einen Ankerplatz als Reporter: diese Beschäftigung verlangte keine sitzende Lebensweise; sie ließ das Trinken zu allen Stunden zu; sie erforderte nur zeitweilig angestrengtes Denken; sie schmeichelte seiner Selbsttäuschung, allwissend zu sein. Er war viermal oder nur dreimal verheiratet gewesen. Manchmal warteten ein oder zwei Kinder auf ihn beim Eingang zur Redaktion oder zur Bierstube Krauss. Sie waren wohlerzogen und aufgeweckt – alle Ehehälften T. G.'s waren, als was sich dann auch seine Töchter erwiesen, außergewöhnliche Frauen. Es gibt eine Grenze für die Anzahl von Zehn-Cent-Stücken, die ein das Trinken gewohnter Mann von zwölf Dollar Wochengehalt austeilen kann. Er sprach zu seinen Kindern würdevoll und bezaubernd. (Seine Verachtung sparte er für Leute auf, die er gut kannte.) Die Kinder gingen dann stets hocherfreut weg; sie hatten sich bloß wieder einmal ihren Vater ansehen wollen.

T. G. hegte ein quälendes Geheimnis. Er war der Verfasser einiger Versdramen. Während jener ganzen stürmischen Kindheit und Jugend hatte er Bücher gelesen. Unglücklicherweise nicht sosehr sie gelesen wie sein Ich in sie hineingelesen. Er war einer längeren Selbstvergessenheit unfähig. Er hatte es nie vermocht, Rousseaus *Bekenntnisse* oder auch nur *Anna Karenina* zu Ende zu lesen – so groß war der Aufruhr, den sie in ihm erregten. Auf ähnliche Weise war er ein Opfer der Musik. Das Konzert einer Blaskapelle konnte ihn rührselig machen. Schon als kleiner Junge hatte er unter den Fenstern von Zimmern gehorcht, in denen gesungen oder ein Instrument gespielt wurde. Er schlich sich sogar in Kirchen. Er machte keinen Unterschied zwischen guter und schlechter Musik, aber minderwertige wirkte schneller auf ihn. Seine Dramen trugen Titel wie *Abelard* oder *Lancelot* oder, selbstverständlich, *Lucifer*. Er hatte nie eins beendet und nie irgendwem eine Zeile aus ihnen vorgelesen.

Die Freundschaft zwischen T. G. und Roger ähnelte einem kampfbereiten Waffenstillstand. Ein jeder bedurfte des andern.

T. G. benötigte ein neues Ohr für seine Lehren und einen Teilhaber an seiner völligen Desillusion. Er war ein Proselytenmacher. Roger bedurfte des Gesprächs mit dem ältern Mann; es brachte seine halbgeformte Menschenfeindlichkeit an die Oberfläche, durchlüftete sie. In der ersten Zeit ihrer Bekanntschaft glitt das Bild, das T. G. von der Gesellschaft als einer Fassade entwarf, hinter der sich Bestie, Faultier, Pfau, Blindschleiche und Viper verbargen, wie Balsam in Rogers Gemüt. Wenn Roger vieles zu lernen hatte, so hatte er auch vieles zu verlernen. Die beiden waren einander auch in praktischer Hinsicht nützlich. Sie arbeiteten nicht bei derselben Zeitung. Wenn nur einer von ihnen einem Prozeß, einem Boxmatch oder einer politischen Versammlung beigewohnt hatte, gab er seine Notizen dem andern weiter. Wenn T. G. zuviel getrunken hatte, schrieb Roger zwei verschiedene Berichte über das Ereignis und gab den einen seinem Freund. Es war weder der zotige noch der ikonoklastische Inhalt von T. G.'s Gespräch, was eine beständige Spannung in die Beziehungen der beiden brachte; es war die Last von Beleidigung und Verachtung, die zu ertragen Roger zugemutet wurde. T. G. konnte zur Raserei getrieben werden durch jede Antwort, die sich auf sittliche Werte berief oder einen Schimmer von Idealismus enthielt. »Du Dreckspatz! Du sabbernder Esel! Du Hosenscheißer! Du hast überhaupt keine Ideen! Was du im Kopf hast, sind bloß ein paar Schlackenreste aus Coaltown und Fischbeinstäbe aus dem Korsett deiner Großmutter!« Daraufhin sprang Roger gewöhnlich auf, starrte ihn einen Augenblick an, stieß mit dem Fuß einen Sessel um und ging auf die Tür zu. Da rief T. G. ihn dann zurück, murmelte eine säuerliche Entschuldigung, und der Waffenstillstand war wiederhergestellt.

Es war nicht leicht, die Ashleys zu demütigen oder zu beleidigen. Ihre Aufmerksamkeit wurde nie von der eignen Person gefesselt, sondern galt dem Versuch, den Ursprung der Bosheit und Feindseligkeit ihrer Gegner zu verstehn. Am Anfang ihrer Laufbahn wurde Lily in den Opernhäusern Europas oft ausgezischt oder ausgepfiffen; sie wartete ruhig während des Tumults, daß die Meinung der Mehrzahl sich kundgebe und sie selbst sich später über die Gründe der Feindseligkeit klar werde. Viele Hotels weigerten sich, Constance aufzunehmen, und in sehr vielen Familien wollte man sie nicht empfangen. Sie sagte: »Nachdem die Leute das Vergnügen gehabt haben, schockiert zu sein, beginnen sie nachzudenken. Die mich am meisten unterstützen, waren zuerst meine schlimmsten Feinde. Aber warum muß das so sein?« Einer der Gründe für Rogers Geduld war nun der, daß er nach einer Antwort auf die Frage suchte: Warum handelt jeder von uns so, wie er handelt – der Geringe, der Bevorrechtete, der Aggressive, der Sanftmütige? Immer lauerte in einem die Furcht, daß die eigne Ansicht von der Wahrheit bloß ein winziges Fenster in einem winzigen Haus sei. Gegenüber einer Frage von solcher Wichtigkeit war jegliche Verachtung, mit der man überschüttet wurde, nebensächlich.

Juni 1904:

»Du weißt doch, warum dein Vater ein so schafsmäßiger Idiot war? Du weißt, daß der ganze Prozeß eine Posse war, das weißt du doch? Weil Coaltown und jedermann dort betäubt war von den Giftschwaden, die aus der Erde hervorkamen. Du weißt doch, daß die Bergarbeiter in Coaltown die schlechtestbezahlten im ganzen Land sind?«

»Nein.«

»Daß sogar die Bergarbeiter in Kentucky und Westvirginia ihren Göttern danken, daß sie nicht in Coaltown arbeiten?«

»Nein.«

»Na, dein Vater hat's gewußt.«

»Das glaub' ich nicht.«

»Erzähl mir doch nichts! Was war denn mit ihm – hat er geschlafen? Die Tatsachen sprechen doch für sich. Es gab sehr wenige Bergarbeiter mit weniger als fünf Kindern. Ein Bergmann mit wenigen Kindern konnte wegziehn und sich einen bessern Arbeitsplatz finden. Und tat's auch. Männer mit sieben, acht Kindern können sich nicht rühren. Besonders dann nicht, wenn sie knietief in den Schulden stecken, die sie im Kaufhaus der Bergwerksgesellschaft haben. Die Emma-Goldman-Kommission hatte dieses Bergwerk als das schlechteste im ganzen Land auf ihrer Liste. Keine Leibeigenschaft auf der Welt läßt sich mit dem Würgegriff vergleichen, in dem das Unternehmen, bei dem dein Vater war, die Bergarbeiter hielt.«

»Mein Vater hatte gar nichts zu tun mit den Methoden des – «

»Halt die Schnauze! Niemand hat etwas mit etwas zu tun. Achtzehn Millionen Dollar wurden jährlich aus Coaltown herausgewirtschaftet und aus Dohenus und aus den Black-Valley-Bergen. Wohin kamen die? Sie gingen nach Pittsburgh und nach New York. Sie kauften Jachten. Sie behängten Schauspielerinnen mit Diamanten. Sie kauften auf Lebenszeit Logen in

Opernhäusern. Sie kauften auf Lebenszeit Plätze in Kirchenbänken. Und wie war's in Coaltown? Joe begann zu husten. ›Tut uns leid, Joe, aber wir können dich nicht länger brauchen; du wirst bald sterben.‹ Und in Dohenus: dreiundsechzig Männer durch Grubengas verunglückt. Einundfünfzig Witwen. Fast dreihundert kleine Waisen. ›Tut uns leid! Einer von diesen Unglücksfällen, wie sie sich eben manchmal ereignen, Jungens! Tut uns wirklich leid! Höhere Gewalt! Nächstesmal mehr Glück!‹ – Ist dir aufgefallen, wie wenige Leute sich meldeten, um ein gutes Wort für deinen Vater zu sprechen? Ich ging in Coaltown umher und versuchte jemand zu finden, der seine Meinung über den Prozeß äußern würde. ›Welchen Prozeß?‹ ›Wo?‹ ›Wer?‹ – Wo Ungerechtigkeit herrscht, da herrscht Furcht. Wo Furcht herrscht, da herrscht Feigheit. Aber die Kette beginnt weiter hinten: wo Geld ist, da herrscht Ungerechtigkeit.«

»Es gab keine Reichen in Coaltown, T. G. Mein Vater war kein reicher Mann.«

»Klapp dein verdammtes Freßwerkzeug zu! Die Reichen hatten ihn an der Leine. Du kommst aus dem Mittelstand, nicht wahr? Das heißt, aus dem Kriecherstand. Du weißt Wörter wie ›reich‹ und ›arm‹ nicht zu gebrauchen. Ihr wart sechs in deiner Familie? Ein jedes von euch hatte zwei Paar Schuhe, nicht wahr?«

»Ja.«

»Und ihr habt jeden Tag der Woche Fleisch zu essen gehabt, nicht wahr? Ihr hattet täglich zweimal Fleisch. Kotzblöde Sturheit! Alles, was du über Armut sagen könntst, wär' wie wenn ein stockblinder Chinese die Niagarafälle beschreibt. Merk dir: es gibt nur eine einzige Eignung dafür, über Armut zu reden, und die ist, selber arm gewesen zu sein!«

»Mein Vater hat es durchgesetzt, daß die Gesellschaft ein Freizeithaus für die Bergleute baute.«

»Natürlich hat er's durchgesetzt. Das hätt' ich dir sagen können. Hör mir gut zu: Philanthropie ist die Straßensperre auf dem Weg der sozialen Gerechtigkeit. Philanthropie gleicht einem infizierten Regen vom Himmel; sie vergiftet den, der gibt, und den, der nimmt.«

»Was meinst du damit, T. G.?«

»Du bist vorige Woche im Zirkus gewesen, nicht? Na, geh nochmals hin! Verlang von dem Wärter, daß er dich zur Fütterungszeit in den Löwenkäfig einläßt. Und wenn der Löwe seinen Klumpen Pferdefleisch zwischen den Zähnen hat, dann nimm ihm den weg. Das kannst du. Ja, gewiß, das kannst du, aber du mußt den Löwen zuerst töten. So ist das mit den Reichen und ihrem Besitz. Merk dir das! Kein Reicher hat je einen Cent verschenkt, für den er eine nützlichere Verwendung finden konnte. Hat's nie getan und wird's nie tun. Indem sie sich von ein wenig Geld trennen, fühlen sich die Reichen gerechtfertigt, einen ganzen Haufen mehr zu scheffeln. Spinnen ziehen grade nur genug Seide aus ihren Eingeweiden, um dieses halbe Dutzend Fliegen zu fangen, das sie brauchen, um sich selbst und ihre lieben Kleinen zu ernähren; die Reichen aber spinnen Seide, Seide und noch mehr Seide. Nichts vermag sie zu hindern. Ihre Häuser sind vollgestopft damit. Ihre Banken sind vollgestopft damit. Und sie spinnen sie nicht aus ihren eignen Eingeweiden hervor, sondern aus den Eingeweiden und Lungen und Augäpfeln andrer. Die kleinen Münzen, die von ihrem Tisch fallen, bauen Kirchen und Bibliotheken, nicht wahr? Kirchen! Die sind der Ort, wo der sänftigende Sirup gespeichert wird. Kein Ehebund ist enger als der zwischen Bankier und Bischof. Die Armen sollen sich zufriedengeben mit dem Platz, den Gott in seiner Güte ihnen angewiesen hat. Es ist Gottes Wille, daß sie ihr Leben lang an einer Nähmaschine oder in einem Bergwerk arbeiten. Trent! Kapier das endlich: Diebstahl ist Pflicht der Armen! Über der Stadt Chikago hängt eine giftgeschwellte Wolke. Jedermann kann sie sehn. Sie wird von der ungleichen Verteilung des Besitzes genährt. Sie vergiftet das Kindlein in der Wiege. Sie besudelt das Heim. Sie verdunkelt den Gerichtssaal so sehr, daß du eine Wahrheit auf einen halben Meter Entfernung nicht sehn kannst. Das Geheiligtste auf der Welt ist das Eigentum. Es ist heiliger als das Gewissen. Es ist unantastbarer als der gute Ruf einer Frau. Und so wichtig es ist, hat niemand, niemand jemals versucht, ihm einen qualitativen Wert beizumessen. Eigentum kann unerarbeitet sein, unverdient, erpreßt, mißbraucht, vergeudet, ohne auch nur ein Jota seines geheiligten Charakters zu verlieren – seines religiösen Charakters. Seinerzeit hängte man einen Menschen dafür, daß er einen Laib Brot gestohlen hatte. Wir tun das heute nicht mehr: wir verbiegen sein Leben und lähmen seine Kinder. Ich wurde einmal zu acht Monaten verurteilt, weil ich ein Fahrrad gestohlen hatte – das Spielzeug eines reichen Jungen. Aber es gelang mir, zu entspringen und ein andres zu stehlen. Ich *benötigte* ein Fahrrad. – Hör auf mich: es wird ein Erdbeben kommen. Nicht nur so ein kleines Wackeln, wonach Frau Dingsda berichtet, daß ein Bild von der Wand gefallen ist. Nicht nur ein kleines Stößchen oder zwei, sondern ein wirklicher Knockout-Schlag. Die Erde wird gebeutelt werden wie eine Ratte. Denn nicht nur Coaltown sitzt auf explosivem Gas, sondern die ganze Welt. Die Lüge vom Eigentum dauert schon viel zu lange. Sogar die Schulkinder fangen an, sie zu durchschauen. Es wird zu einer –«

Seine Hände zitterten. Er stand auf und blickte verstört um sich. »Meine Nerven gehn mir durch. Ich muß wieder mal zu Madame Coralie.«

Juli 1904:

»Hast du das geschrieben? – Es steht in deinem Blatt.«

»Was?«

»Es heißt hier, sechs Männer arbeiteten auf einem Gerüst im Chikagoer Hafen. ›Infolge eines Fehlers in der Apparatur fing das Gerüst Feuer.‹ Hast du das geschrieben?«

»Ja.«

»›Drei der Männer fanden den Tod in den Flammen. Die andern drei ertranken. Die Magilvaney Construction Company hat sich generös bereit erklärt, für die Bestattungskosten der Opfer aufzukommen.‹ Generös! Was hast du dir beim Hinschreiben dieses Worts gedacht? Ach, ich vergesse – du denkst ja nicht. Nachdem du dieses ›generös‹ geschrieben hattest, hätt'st du rausgehn und dich aufhängen sollen. Du bist dem großen Chikagoer Singverein beigetreten, der sich darauf verlegt, das Lob der Reichen zu singen. Die Baugesellschaft gibt ihren Leuten ein miserables Stück Ausrüstung. Sechs Männer kommen dadurch um. ›Tut uns leid, Leute. Unglücksfälle geschehen eben. Höhere Gewalt. Nächstesmal mehr Glück!‹«

Juli 1904:

T. G. war oft imstande, Rogers Gedanken zu lesen und diejenigen, die Roger nicht weiter zu verfolgen wagte, ans Licht zu zerren.

»Hinterwäldler, nicht wahr, du warst baff, wie viele Leute es in Chikago gibt? Du hast dir gedacht, daß zu viele Menschen auf der Welt sind. Du hast dir gedacht, für die meisten wär's besser, sie wären tot. Also da muß ich mich ja deiner schämen – ein netter amerikanischer Junge wie du und geht umher und möcht' seine Mitmenschen umbringen! Lüg nicht! Und laß dir etwas sagen. Jeder von uns möchte das. Freust du dich nicht jedesmal, wenn du von einem Eisenbahnunglück, einer Überschwemmung oder einem Erdbeben liest? Selbstverständlich freust du dich. Da wird mehr Platz sein für uns übrige. Da wird's mehr zu fressen geben für uns übrige. Darum lesen die Leute unsre Zeitungen. ›Extraausgabe! Extraausgabe! Ausflüglerschiff mit Mann und Maus untergegangen. Extraausgabe! Drei Cent. Hier können Sie alles darüber lesen!‹ Und die Leute lesen alles darüber. Sie sind von Entsetzen erfüllt. Wie gräßlich! Aber ein leises Stimmchen in ihnen sagt: ›Es wurde ein bißchen zu groß, das Gedränge am Futtertrog!‹ Ihre Augen funkeln. ›Bin ich froh, daß ich nicht auf dem Schiff war!‹ Mehr Tote. Mehr Tote! Das lieben sie. Und wenn diese Automo-bi-le erst richtig in Schwang kommen, was für schöne Zeiten wir da haben werden! Es wird großartig sein! Besonders an Feiertagen... Aber selbstverständlich, Krieg ist am besten. Während des Kriegs mit Spanien las jeder Amerikaner beim Frühstück seine Zeitung und hoffte, daß jeder gottverdammte Spanier auf der Welt am Vortag gekillt worden war. Jeder Amerikaner verspeiste Spanier zum Frühstück. Das Großartige am Krieg ist, daß er das Morden zu etwas Rechtmäßigem macht. Er erlaubt Mr. und Mrs. Jones und dem kleinen Jones und der lieben kleinen Arabella Jones, aus dem Gebüsch hervorzuspringen und ›Bringt sie alle um!‹ zu schreien. Das wird Patriotismus genannt. Alle Leute waren beim Zubettgehn einfach erschöpft von den edeln Anstrengungen des Patriotismus. Damals, im Gerichtssaal in Coaltown, hättest du da nicht am liebsten das ganze Pack umgebracht?«

»Ja, das ist wahr.«

»Danke. – Und sie wieder wollten deinen Vater umbringen. Warum? Aus Gerechtigkeitsgefühl? Aus Rachsucht? Nein! Es lag ihnen kein zerbrochenes Hufeisen an weiland Breckenridge Lansing. Das hab' ich herausgefunden. Sie wollten unter dem Deckmantel der Legalität deinen Vater aus dem Weg räumen. Die Fähigkeit der Menschen, ihren Nächsten den Tod zu wünschen, ist unbegrenzt. Aber – wohlgemerkt! – ich sage nicht, jedermann möchte jedermann lieber tot als lebendig sehn. Wir alle gehören kleinen Vereinen an; wir wünschen, die Mitglieder andrer Vereine wären tot; die Mitglieder unsres eignen, die möchten wir nur verkümmern sehn. Ein Ehemann möchte, seine Ehefrau soll sich nicht voll entwickeln, und umgekehrt; ein Vater möchte, sein Sohn soll sich nicht voll entwickeln, und umgekehrt.

Na, nimm zum Beispiel Väter! Du warst siebzehn, als dein Vater die Flucht ergriff. Oh, du weißt gar nicht, wieviel Glück du hast! Laß dir etwas sagen! Alle Väter hassen ihre Söhne. Sie hassen sie – erstens – weil sie wissen, daß ihre Söhne pfeifend im Sonnenschein spazierengehn werden, wenn sie selbst schon unter der Erde verfaulen. Sie wissen, die Matratzenfedern werden ächzen, wenn die Söhne ihr Mädel in den Armen halten, und der alte Herr wird im Rollstuhl ächzen. Das ist ein bitterer Gedanke. Zweitens! Sie befürchten, die Söhne könnten ihr Leben weniger verpfuschen, als sie selbst das ihre verpfuscht haben. Es ist ein schrecklicher Gedanke, daß ausgerechnet der Mann, den du als einen kleinen Stinker in der Wiege gekannt hast, als eine blöde Kaulquappe, als einen unfugtreibenden, pusteligen Bengel – daß der es einmal im Leben weiter bringen wird als du selbst. Schrecklich! Und da kein Mann je in seinem Innersten erfolgreich oder glücklich war – im Innersten, wo sein wahres Urteil über ihn gefällt wird – gilt das von jedem Vater. Kein Vater, seit Anbeginn der Welt, hat je seinem Sohn einen Rat oder eine Ermutigung zuteil werden lassen, die dazu hätten führen können, daß sein Sohn sich mit großen Gedanken oder großen Plänen trage. Nein, mein Lieber! Papi schwitzt und ringt die Hände und rät zu Vorsicht und Bedachtsamkeit und dem sichern Mittelweg. Und das gilt allgemein als väterliche Liebe. Jeder Mensch weiß, daß das Familienleben eine Hölle ist, aber wenn du ein Familienleben sehn willst, das wirklich schön ist, geh in den Zoo! Sieh dir die Löwen an und die Tiger und Bären! Die lieben ihre Jungen. Ja, sie lieben sie wirklich. Die Löwenkinder unter Papas Kinn spielen zu sehn, ist der schönste Anblick auf der Welt; und Mama tut so, als läge sie im Halbschlaf, und sieht mit einem Aug auf ihre Jungen und mit dem andern auf die ekelhaften Geschöpfe auf der andern Seite der Gitterstäbe. Das einzige Mal, daß Menscheneltern ihr Junges wirklich lieben, zu dem kommt es, wenn das Kind auf einer Tragbahre heimgebracht wird. Da wird ein atavistisches animalisches Band lebendig. Müttern zerreißt es das Herz, aber was ihnen das Herz zerreißt, ist nur der Gedanke, daß sie nicht fähig waren, den kleinen Schnipfern das Gefühl zu geben, von ihnen geliebt zu sein. Siehst du, als den Menschen Verstand verliehen wurde, hat der das ganze schöne Bild versaut. Der Verstand ließ sie begreifen, daß es eine Zukunft gibt und daß jedes Menschen Zukunft der Tod ist. Der Mensch ist das Tier, das für künftige Ernten sät, für die Zukunft spart, das von Greisenalter und Tod weiß.

Ja, es gibt zu viele Menschen auf der Welt. Die Natur hat nur ein einziges Interesse – die Erde mit einer möglichst dicken Protoplasmaschicht zu überziehn: mit Pflanzen, Fischen, Insekten und Säugetieren. Hast du je eine Wiese gesehn, die ganz bedeckt war von Ameisenhaufen? Millionen von Ameisen. Hast du je einen Heuschreckenschwarm gesehn? Die Natur ist nicht sehr weitblickend. Es ist ihr schnuppe, ob genug Nahrung für uns alle dasein wird. Sie bringt uns einfach in immer riesigerer Zahl auf die Bühne. Darum sterben wir. Sobald wir nicht länger Kinder machen können, müssen wir abtreten. ›Bringen Sie noch eine Schüssel Kartoffeln herein, Mrs. Casey!‹ Die Natur scheint ununterbrochen in einer Panik zu sein, daß ihr sinnloses Walten vielleicht aufhören könnte. Also kommen sie immerzu in Schwärmen daher: kleine Fischchen und kleine Bäumchen und Ziesel und Flöhe und Ashleys. ›Bringen Sie noch eine Schüssel Kartoffeln herein, Mrs. Casey!‹

Wie? Was sagst du da? Hör mir zu: es steckt kein Sinn im Weltall. Es gibt keinen Grund dafür, daß Menschen auf die Welt kommen. Da ist kein Plan vorhanden. Gras wächst; Kinder werden geboren. Das sind Tatsachen. Seit Jahrtausenden haben die Menschen Ausdeutungen fabriziert: das Leben eine Prüfung unsres Charakters; Belohnungen und Bestrafungen nach dem Tod; Gott hat es alles geplant; Allahs Paradies, voller schöner Mädchen für jeden Mann; Buddhas Nirwana – zu dem gelangen wir sowieso, es bedeutet ›sieh nichts, fühle nichts‹; Evolution, höhere Lebensform, sozialer Fortschritt, Utopia, Flugmaschinen, verbesserte Schuhsenkel – alles nur Distelflaum! Wirst du das endlich in deinem windigen Schädel behalten?«

Milliarden glaubten, wir stehn unter den verschiedenen Einflüssen der Sonne, des Monds und der Planeten. Millionen haben über diese Vorstellung gespottet. Millionen glaubten, die Himmelskörper haben sich gewisse Menschen zu eigen erkoren – oft willkürlich, stückhaft, sogar grotesk – aber unbezweifelbar. Die Kinder der Sonne spiegeln die Merkmale Apollos, der die Musen anführt, der heilt, mit Licht läutert, die Nebel zerteilt, prophezeit: Thomas Garrison Speidel.

Auch die Kinder Saturns strahlen ihren Einfluß auf den heranwachsenden Menschen aus:

Roger verbrachte den größten Teil des Tags damit, in Chikago und der Umgebung unterwegs zu sein. Von Zeit zu Zeit kam er an seinen Tisch in dem tumultuarischen Raum der Lokalreporter zurück, wo er Besuche von Personen zu empfangen gewohnt war, die eine Notiz über eine Wohltätigkeitsveranstaltung wollten, einen Nachruf auf einen Verwandten (in Nachrufen war Roger besonders gut), ein paar Zeilen über einen verlaufenen Schoßhund. Einige kamen, um ihrer Zustimmung oder Entrüstung Ausdruck zu geben. Eines Vormittags, als er soeben seinen Tisch verlassen wollte, näherte sich ihm ein gravitätischer bärtiger Mann, in dem er den prominenten Anwalt Abraham Bittner erkannte.

»Mr. Frazier?«

»Ja, der bin ich, Mr. Bittner. Wollen Sie sich nicht setzen?« Mr. Bittner setzte sich, zog langsam seine Handschuhe ab und sah Roger schweigend an. »Was kann ich für Sie tun, Mr. Bittner?«

Mr. Bittners Hand spielte mit einem Achatanhänger an seiner kurzen Uhrkette. Rogers Augen kehrten immer wieder zu einigen Schriftzeichen zurück, die auf beiden Seiten des Steins eingraviert waren. Mr. Bittner gewahrte seine Neugier, zog die Uhr samt Anhänger hervor und legte sie auf den Tisch. Er schwieg auch, während Roger den Stein näher besah.

»Ist das Griechisch, Mr. Bittner?«

»Es ist Hebräisch.«

Roger hob fragend die Augen.

»Diese Worte sind das Motto einer Gesellschaft, der ich angehöre. Ich suche Sie heute als Abgesandter dieser Gesellschaft auf.«

»Was besagen die Worte, Sir?«

»Haben Sie eine Bibel in dieser Redaktion?«

»Wir hatten eine. Jemand ließ sie mitgehn.«

»In *Ihrer* Bibel finden sich die Worte im Buch des Propheten Jesaja, Kapitel vierzig, Vers drei: ›Bereitet in der Wüste einen Weg unserm Gott‹.«

»Darf ich den Stein in die Hand nehmen, Mr. Bittner?«

»Sie dürfen. Ich repräsentiere diese Gesellschaft und insbesondere deren Vorstand von zwölf Männern. Dieser Vorstand möchte Ihnen gern – als ein Zeichen der Hochschätzung dessen, was Sie für die Stadt Chikago tun – eine Annehmlichkeit zur Verfügung stellen.« Er machte eine Pause. »Sie wohnen im Thurston House, Zimmer 441. Die Straße unter Ihren Fenstern ist lärmend bis spät in die Nacht und besonders am frühen Morgen. Die Aussicht aus Ihren zwei Fenstern geht auf die Feuermauer von Cowans Lagerhaus. Stimmt das alles?«

»Ja, Mr. Bittner.«

»Unser Vorstand möchte Ihnen auf drei Jahre für einen Mietzins von einem Dollar im Jahr eine Wohnung im dritten Stock von Nummer 16 in der Bowen Street vermieten. Vier der Fenster gehn auf den See. An dieses Angebot sind absolut keine Bedingungen geknüpft. Es wird Ihnen nur im Interesse Ihres Wohlbefindens und Ihrer fortgesetzten Produktivität gemacht. Die Wohnung steht von diesem Augenblick an für Sie bereit. Hier sind die Schlüssel. Sie brauchen bloß diesen Empfangsschein zu unterschreiben.«

Roger starrte ihn noch immer an. Endlich versuchte er zu sprechen, aber Mr. Bittner hinderte ihn mit erhobenen Händen daran.

»Sie werden die Namen der Vorstandsmitglieder nicht erfahren; sie wollen nicht bedankt sein. Alle bis auf zwei sind wohlhabende Leute – sehr wohlhabende. Sie sind hier in Chikago beheimatet. Sie lieben diese Stadt. Sie sind entschlossen, alles in ihrer Macht zu tun, um Chikago zur größten, zur zivilisiertesten, zur humansten, zur schönsten Stadt der Welt zu machen. Sie haben bereits Gartenanlagen vergrößert, Brunnen gebaut und Straßen verbreitert. Sie leisten große Beiträge an die Universität, die Krankenhäuser, die Waisenhäuser und für die Rehabilitierung entlassener Sträflinge. Mr. Frazier, Sie haben etwas geschrieben, woraus Ihr Interesse für das Pflanzen von Bäumen ersichtlich ist. Der Ausschuß hat Eichenhaine in den Parks pflanzen lassen und es verhindert, daß andre gefällt wurden.« Er senkte die Stimme. Ein Lächeln schwebte um seine Lippen – das Lächeln eines Menschen, der einem andern ein Geheimnis mitteilt, dessen Bedeutsamkeit der verstehn wird. »Diese Männer denken an ein künftiges Jerusalem hier – ein freies Jerusalem. Sie denken an ein Athen... Sie, Mr. Frazier, leisten eine Arbeit, die nur Sie allein leisten können. Sie haben mit Mitgefühl über die aus dem Ausland stammenden Gemeinschaften in dieser Stadt geschrieben. Sie haben ältlichen Männern und Frauen in den Augen ihrer Kinder ein gewisses Maß an Würde wiedergegeben. Sie haben die Aufmerksamkeit Ihrer Leserschaft auf bedauerliche Dinge gelenkt, die zu ändern sie die Macht hat, – und das alles auf Ihre besondere Art. Der Vorstand hegt nur die Befürchtung, daß Sie Chikago verlassen und Ihre wertvolle Tätigkeit nach New York oder in eine andre Stadt verlegen könnten.«

Er steckte langsam die Uhr mit dem Achatanhänger in seine Tasche zurück.

Die Tür zum Zimmer des Redakteurs öffnete sich. Der alte Hickson erschien, ein paar gelbe Blätter in der Hand. Ärgerlich rief er:

»Trent! Trent! Dieses verdammte Spülicht können wir doch nicht drucken. Wer zum Teufel interessiert sich schon für einen alten Tramwaygaul? Sie sind nicht alert und vif genug! Tun Sie sich eine Biene untern Bopsch!«

Plötzlich sah der Redakteur, daß Roger einen würdevollen Besucher hatte. Er wandte sich und schmiß die Tür hinter sich zu.

Roger ergriff die Schlüssel. »Ich danke Ihnen vielmals, Mr. Bittner, für alles, was Sie mir gesagt haben. Und ich lasse den Vorstandsmitgliedern danken. Aber ich... ich... ich fühle mich unbehaglich, wenn mir Geschenke gemacht werden. Es tut mir leid, Mr. Bittner, aber so bin ich nun einmal.« Er legte die Schlüssel geräuschlos auf Mr. Bittners Seite des Tisches. »Ich danke Ihnen. Verzeihen Sie!«

Mr. Bittner stand auf. Er lächelte und streckte Roger die Hand hin. »Ich werde Sie im November wieder aufsuchen.«

Zwei Abende später ging Roger zu dem Haus in der Bowen Street. Die Fenster im dritten Stock waren dunkel. Er stellte sich den Grundriß der Wohnung nach der entsprechenden im Erdgeschoß vor, deren Fenster erleuchtet waren und offen standen. Es wäre ein Zimmer für Sophia vorhanden; seine Mutter könnte auf Besuch bei ihm wohnen. Er blickte lange auf den See. Aber er war grade erst neunzehn. Diese Wohnung dort oben war für einen voll erwachsenen Mann. Er wollte noch nicht ein voll erwachsener Mann sein. Mr. Bittner erneuerte sein Anerbieten im November und erhielt abermals eine Absage. Ashleys nehmen keine Geschenke an. Aber die Sache gab ihm ein seltsames Gefühl, ein scheues Gefühl: er wurde von den Guten und Weisen beobachtet. Leute, die ihre Namen nicht nannten, hatten die Handschellen seines Vaters aufgeschlossen, hatten seinem Vater ein Pferd gegeben.

Er versuchte, sich der in den Achat eingravierten Worte zu erinnern... etwas von einem Weg... etwas von Wüsten.

Der Erzbischof von Chikago hatte Mr. Frazier einen Brief geschrieben, worin er sich anerkennend über »Trents« Schilderung der Einweihung des St.-Kasimir-Heims aussprach. Und er habe einen Ausschnitt des »Häubchens für Florence Nightingale« seiner Schwester gesandt, die ein Krankenhaus in Thüringen leite. Nach dem

Erscheinen eines ›Puddings‹ Rogers über die Mitternachtsprozession um eine Kirche am Vorabend ihres Schutzpatronstags (»Tausend Kerzen, tausend Stimmen«) schrieb er abermals und lud den Verfasser zum Mittagessen ein. Roger hütete sich, Einladungen einflußreicher oder wohlhabender Persönlichkeiten anzunehmen (wie er es im stillen ausdrückte, konnte er »Heuchelschmeichel« nicht ausstehn), aber der Erzbischof hatte erwähnt, daß er der einzige Gast sein werde. Diesmal nahm Roger die Einladung an.

Die Tür wurde ihm von einem jungen Geistlichen geöffnet, der ihn höchst erstaunt ansah. Die beiden waren einander häufig in dem Krankenhaus begegnet.

»Hallo!«

»Hallo, Pater Betz.«

Sie schüttelten einander die Hand.

»Hm... kommen Sie vom South Side Hospital wegen irgend etwas?«

»Nein. Erzbischof Krüger hat mich zum Mittagessen eingeladen.«

»Oh! Kommen Sie herein... Aber sind Sie sicher, es war für heute? Er erwartet jemand, der bei einer Zeitung arbeitet.«

»Der bin ich.«

»Einen Mr. Frazier.«

»Ja.«

Roger war an so etwas gewöhnt.

Dem Erzbischof war gesagt worden, »Trent« sei jung. Er erwartete einen Mann von höchstens vierzig. Roger erwartete, einen imposanten Prälaten kennenzulernen. Beide erlebten eine Überraschung. Der Erzbischof war sehr alt und ging sehr gebückt; er sprach mit einer von Roger im stillen so genannten »Heimchenstimme«, denn er war am Kehlkopf operiert worden. Beide hatten sehr gute Manieren – Roger besonders gegenüber alten Leuten, der Erzbischof besonders gegenüber jungen. Letzterer war entzückt, belustigt und gerührt; Roger war entzückt und gerührt.

»Sie kennen Pater Betz von früher? Habe ich recht gehört, daß er Sie als alten Bekannten begrüßte, Mr. Frazier?«

»Ja, Vater. Ich bin ihm oft im South Side Hospital begegnet. Ich war dort Krankenwärter.«

»Ah, wirklich?« Der Erzbischof warf – wenn er erfreut war – viele kaum halblaute Ausrufe ins Gespräch ein, wie »tja ja« und »wahrhaftig« und »was Sie nicht sagen!«

Unter leisem Gemurmel, das Gesicht fast tiefer als auf Schulterhöhe gesunken, führte er seinen Gast ins Eßzimmer. Er sprach ein paar Worte auf lateinisch, bekreuzte sich und wies mit beiden Händen auf den für Roger bestimmten Sessel.

»Es ist sehr gütig von Ihnen... hm... ja... mitten aus Ihrem vielbeschäftigten Dasein mir diese Gelegenheit zu geben, meine Freude auszudrücken... oh, eine große Freude... über Ihre höchst einfühlsamen, höchst verständnisvollen Berichte... Die guten Schwestern von Sankt Elisabeth waren entzückt... waren wirklich entzückt... o ja, o ja... von Ihrer Geschichte über die Häubchenverleihung an junge Pflegerinnen. Sie, mein Lieber, sehen die Dinge... Sie *sehen* die Dinge auf eine Weise, wie andre sie nicht sehen. Sie belehren uns nicht nur, Sie erweitern unsre Sicht... Ja, das kann ich wohl sagen.«

Roger lachte. Er lachte selten und nur, wenn es nichts zu lachen gab. Er lachte jetzt, weil immer wieder eine funkelnde Heiterkeit im Gesicht seines Gastgebers erschien. Der Gedanke kam ihm, daß es eine große Freude sein müsse, etwas zu haben, was er nie gekannt hatte: einen Großvater.

Es war ein Freitag am Anfang der Fastenzeit. Es wurde ihnen eine kleine Tasse Gemüsesuppe serviert, eine Forelle und Kartoffeln, ein Glas Wein und ein Brotpudding.

Noch etwas Ungewohntes ging in Roger vor. Auf die Fragen seines Gastgebers antwortete er ausführlich. Er redete drauflos. Er wurde nach seinen Knabenjahren gefragt.

»Mein wirklicher Name ist Roger Ashley. Ich bin in Coaltown, im Süden des Staats, geboren.«

Er wartete. Der Erzbischof zog hörbar den Atem ein. Schweigend blickte er Roger in die Augen.

»Haben Sie je von dem Mordprozeß gegen meinen Vater und von seinem Entkommen gehört?«

»Allerdings... Aber würden Sie vielleicht mein Gedächtnis ein wenig auffrischen wollen?«

Roger redete zehn Minuten lang. Der Erzbischof unterbrach

ihn nur ein einzigesmal. Er läutete eine kleine Handglocke. »Mrs. Kegan, seien Sie so freundlich, Mr. Frazier noch diese andre Forelle zu servieren... Junge Männer haben einen guten Appetit. Daran erinnere ich mich. Und essen Sie doch bitte diese Rahmkartoffeln auf.«

»Danke, Ma'am«, sagte Roger.

»Erzählen Sie bitte weiter, Mr. Frazier.«

Als Roger mit seiner Geschichte zu Ende war, blickte sein Gastgeber sekundenlang auf ein Bild an der Wand hinter seinem Gast. Die gemurmelten Ausrufe hatten längst aufgehört. Schließlich sagte er leise: »Das sind sehr ungewöhnliche Ereignisse, Mr. Frazier. – Und Sie wissen nicht, wer die Befreier Ihres Vaters waren?«

»Nein, Vater.«

»Sie haben keine Ahnung, wer sie gewesen sein können?«

»Nein, Vater.«

»Was tut Ihre liebe Mutter gegenwärtig?«

»Sie führt eine Pension in Coaltown.«

Schweigen.

»Sie haben keine Nachrichten von Ihrem Vater erhalten... keinerlei Nachricht... in... fast zwei Jahren?«

»Nein, Vater.«

Wiederum Schweigen.

»Ihr Vater und Ihre Mutter sind beide Protestanten?«

»Ja. Mein Vater hat uns jeden Sonntag in die Methodistenkirche geführt. Wir gingen auch in die Sonntagsschule.«

»Gab es...? Verzeihen Sie, aber wurde bei Ihnen zu Hause gebetet?«

»Nein, Vater. Meine Eltern sprachen nie über dergleichen.«

»Sie haben die Absicht, Schriftsteller zu werden? Wollen Sie Ihr Leben lang Schriftsteller sein?«

»Nein, Vater. Ich schreibe diese Sachen nur, um Geld zu verdienen.«

»Was wird Ihr eigentliches Lebenswerk sein, Mr. Frazier?«

»Ich kann das noch nicht sehr klar sehn.« Langsam hob Roger seine Augen zu denen des alten Mannes. Mit gedämpfter Stimme sagte er: »Vater, ich glaube, Sie haben mir etwas über das, was in Coaltown geschah, zu sagen.«

»So? Glauben Sie?... Mr. Frazier, jene Ereignisse sind ungewöhnlich. Ihre Art, sie zu erzählen, ist ungewöhnlich. Das Benehmen Ihres Vaters war ungewöhnlich. Lassen Sie mich sagen, daß in meinen Augen es da einige ungewöhnliche Aspekte gibt, die Sie vielleicht nicht sehen.«

Roger wartete.

»Ich glaube, ich werde Ihnen klarmachen können, was ich meine, indem ich Ihnen eine Geschichte erzähle. Eine Geschichte. Vor einer Reihe von Jahren kam es in einer der südlichen Provinzen Chinas zu einer Haßwelle gegen alle Fremden. Eine beträchtliche Zahl wurde getötet. Alle Mitglieder einer unsrer Missionen wurden gefangengenommen – ein Bischof, vier Priester, sechs Schwestern und zwei chinesische Diener. Alle außer den Dienern waren Deutsche. Jeder und jede von ihnen wurden in eine kleine Zelle gesteckt, in einem langen niedrigen Gebäude aus Lehm und Kieseln. Es war ihnen nicht erlaubt, miteinander zu sprechen oder einander zu schreiben. Von Zeit zu Zeit wurde eins oder das andre von ihnen hinausgeführt, um gefoltert zu werden. Sie erwarteten jeden Augenblick, geköpft zu werden. Ihre Hinrichtung wurde jedoch immer wieder aufgeschoben, und nach ein paar Jahren wurden sie freigelassen. Können Sie mich hören?«

»Ja, Vater.«

»Der Bischof hatte die mittlere der dreizehn Zellen. Was glauben Sie, was er tat, Mr. Frazier?«

Roger überlegte einen Augenblick. »Er... er begann an die Wände zu klopfen. Je nachdem, der wievielte Buchstabe im Alphabet es war.«

Der Erzbischof war entzückt. Er stand auf und ging zur Wand. Sehr schnell klopfte er fünfmal, dann nochmals fünfmal, dann zweimal.

Wieder überlegte Roger einen Augenblick. »L«, sagte er dann.

»Im Deutschen zählen wir I und J als einen einzigen Buchstaben.«

»M«, sagte Roger.

Der Erzbischof setzte sich wieder.

»Das ließ sich nur sehr spät in der Nacht tun, und das Klopfen war immer nur durch eine der Wände zu hören. So wurden mitten in der Nacht Botschaften der Liebe und Ermutigung und des Glaubens hin- und hergesandt. Die Gefängnisaufseher aber hatten die zwei chinesischen Diener in die zwei Endzellen gesteckt. Sie waren von den Wächtern geblendet worden, damit sie nicht etwa versuchten, aus diesen äußersten Zellen zu entkommen. Sie waren Christen, und sie konnten Deutsch, aber sie konnten weder lesen noch schreiben. Die chinesische Sprache läßt sich in kein Klopfsystem bringen. Wie setzte sich der Bischof mit ihnen in Verbindung?«

»Ich sehe nicht, wie er das tun konnte, Vater.«

»Chinesen sind sehr musikalisch. Er wies seine Nachbarn an, den Rhythmus der Kirchenlieder zu klopfen, die sie kannten, und den Rhythmus eines gesprochenen Gebets – des Gebets, das auf deutsch *das Vaterunser* heißt. Freudig klopften sie immer den Rhythmus der nächsten Worte als Antwort. Sie waren aus ihrer Verlassenheit errettet worden. Nun starben aber mit der Zeit einige dieser Gefangenen. Ihre Zellen standen leer, und die Mitteilungskette war gerissen, nicht wahr? Aber die Chinesen steckten andre Gefangene in diese Zellen – einen englischen Seidenhändler und einen amerikanischen Geschäftsmann und dessen Frau. Die konnten nicht Deutsch. Der Bischof konnte ein wenig Französisch und ein wenig Englisch. Er sandte Botschaften in diesen Sprachen von Zelle zu Zelle und erhielt endlich, auf Englisch, eine Antwort. Er bat diese Gefangenen, so gut zu sein und Botschaften in deutscher Sprache an die Zellen nächst den ihren weiterzugeben, und erklärte ihnen, es seien Worte religiöser Tröstung. Den neu hinzugekommenen Gefangenen wurde Zeit gelassen. Die Amerikaner machten es klar, daß sie nicht den Wunsch hatten, selber an irgendwelchen religiösen Botschaften teilzuhaben, aber durch acht Zellen hindurch trösteten der Mann seine Frau und die Frau ihren Mann. Wie viele gaben nun Mitteilungen weiter, die ihnen selbst unverständlich waren?«

»Alle außer dem Bischof.«

»Nach den ersten Monaten hatten die Deutschen – weil sie halb verhungert waren oder manchmal das Bewußtsein verloren oder aus andern Gründen – den Kalender nicht mehr im Kopf. Erst von dem englischen Kaufmann erfuhren sie Datum, Wochentag und Monat. So erhielten sie ihre Sonntage, ihr Osterfest und ihre Feiertage wieder, diesen andern Kalender, der unsre Schritte kräftigt und unsre Freude bestärkt. Dann wurde noch eine Zelle leer. Sie wurde mit einem Portugiesen gefüllt, einem Ladeninhaber aus Macao. Er konnte nur Portugiesisch, Spanisch und den Dialekt von Kanton. Er war offenbar ein intelligenter und wohlwollender Mensch. Die ganze Nacht hindurch klopfte er Botschaften von der rechten Wand zur linken und von der linken Wand zur rechten. Vielleicht dachte er, seine Mitgefangenen planten eine Flucht – einen Versuch, die Wächter zu ermorden und das Wächterhaus in Brand zu stecken. Meinen Sie nicht?«

Roger dachte nach. »Ich meine, wenn er das geglaubt hätte, würde er es nach ein paar Wochen sattbekommen haben.«

»Warum habe ich Ihnen diese Geschichte erzählt, Mr. Frazier?«

»Sie wollten mir mit ihr sagen, daß mein Vater und meine Mutter diesem Portugiesen glichen.«

»Wir alle gleichen ihm. Sie auch, Mr. Frazier. Ich hoffe, auch ich. Das Leben ist von Geheimnissen umgeben, die das Begriffsvermögen unsres begrenzten Geistes übersteigen. Ihre lieben Eltern haben sie gesehn; Sie und ich haben sie gesehn. Wir geben, so hoffen wir, Schöneres weiter, als wir voll erfassen können.«

Schweigen.

»Ist diese Geschichte wahr, Vater?«

»O ja. Ich habe mit einer der Schwestern gesprochen.«

»Wie war sie, Vater?«

»Wie sie war?... Tja... Die größten Freuden sind diejenigen, die uns durch eine Bestätigung unsres Glaubens zuteil werden – sogar kleiner Bruchstücke des Glaubens, des Glaubens an das St.-Kasimir-Heim, an eine Freundschaft, an das Weiterbestehn einer Familie. Schwester Benedikta war freudvoll.«

Im stillen sagte sich Roger: »Ich hoffe, Papa ist freudvoll.«

An der Tür, beim Abschiednehmen, erbat und erhielt Roger die Erlaubnis, die Geschichte für seine Leser drucken zu lassen. Sie erschien vier Wochen später unter dem Titel »Ein Klopfen an Ihrer Wand«. Am Schluß stand ein Muster aus senkrechten Strichen, das einigermaßen einem lückenhaften Lattenzaun ähnlich sah. Tausende in Chikago mühten sich damit. Sie fanden: »OELE

STRN NN LLN.« Die Geschichte wurde weit und breit nachgedruckt. Sie überquerte die Meere.

Die Schichten von Eis um Rogers Herz begannen zu schmelzen – oder sollen wir sagen, die Platten des Panzers fielen ab? Seine Befreiung aus Vereinsamung wurde durch seine Begegnungen mit einer Anzahl junger Frauen beschleunigt.

Die Ashleykinder wurden fast allgemein für ›frühreif‹ gehalten. Drei von ihnen hatten, kaum vierundzwanzigjährig, schon eine gewisse Berühmtheit erlangt. Die Wahrheit ist, daß sie geistig und körperlich nur langsam reiften; sie wurden jedoch den Anforderungen des Erwachsenseins vollauf, wenn auch spät, gerecht.

Rogers Tätigkeit erforderte es, daß er Chikago täglich in verschiedenen Richtungen durchquerte – »wie ein Wasserfloh auf einem Teich«, sagte T. G. Bei Banketten, Unterhaltungsabenden, Sportereignissen lernte er allmählich eine große Zahl junger Frauen vom Sehen und auch persönlich kennen. Er interessierte sich besonders für solche von andrer Nationalität und Hautfarbe und aus andrer Umwelt. Diese waren alle ein wenig älter als er, erhielten sich selbst oder waren selber Arbeitgeberinnen. Es gab nicht viele dieser letzten Kategorie zu Beginn des Jahrhunderts. Sie waren Bahnbrecherinnen und wurden von reputierlichen Frauen über die Achsel angesehen. Roger zog, wann immer er konnte, seine Gespräche mit ihnen in die Länge. Zumeist besorgten sie das Reden, aber er war ein so aufmerksamer Zuhörer, daß sie den Eindruck erhielten, eine ganze Menge von ihm erfahren zu haben. Sie waren nicht so wie andre junge Frauen; er war nicht so wie andre junge Männer. Erst mehrere Jahre später wurde sich Roger alles dessen bewußt, was er von Demetria, von Ruby und den übrigen gelernt hatte. Auch erst später begriff er, daß ihn diese Bekanntschaften aus einer gefährlichen Verkrampfung erlösten. Geheimnisvoll ist der Vorgang der geschlechtlichen Wahl. Alle diese jungen Frauen waren lebhaft, unternehmungslustig und vor allem unabhängig; nur eine einzige war hochgewachsen, nur eine einzige war blond. Er tilgte aus seiner Vorstellung – von zwingender Notwendigkeit getrieben – die sich aufdrängende Erscheinung der Frau, die er so leidenschaftlich lieb gehabt hatte, und deren Unterlassung, seine

Gefühle zu erwidern, ihn beinahe überzeugt hatte, daß ihn nie jemand lieben werde und er selbst nicht lieben könne. Keine dieser Frauen ähnelte seiner Mutter.

Demetria war eine Griechin mit türkischem und libanesischem Einschlag, sechsundzwanzig, breithüftig, fröhlich, leicht erregbar und in Geschäften völlig rücksichtslos. Wie Roger, so machte auch sie in Chikago schnell Karriere. Als Vierzehnjährige hatte sie ihren Fuß auf die erste Sprosse der Leiter gesetzt, indem sie täglich zwölf Stunden in einer ausbeuterischen Konfektionswerkstatt Blumen auf Hüte nähte, – mit sechzehn war sie Vorarbeiterin, mit zwanzig Materialeinkäuferin und Auskundschafterin neuer Absatzmöglichkeiten gewesen. Mit einundzwanzig besaß sie eine eigne solche Werkstatt. Es gab damals einen sich stets vergrößernden Markt für unschöne Hauskleider. Jeden Sonntag besuchte sie ihr Kind auf einer Farm in der Nähe von Joliet. Roger traf sie zum erstenmal auf dieser Farm. (Daher Trents »Zwinger für Babys«.)

Madame Anne-Marie Blanc, aus der Provinz Quebec, ganz Rosa und Gold, klein und rundlich, eingestandenermaßen neunundzwanzig, war die Inhaberin eines Unternehmens, das Festmähler und Buffets für Hochzeiten, Leichenfeiern, Vereine und Tagungen lieferte. Am Ende eines solchen Abendessens ging dann Roger – dieser im Restaurantgewerbe Erfahrene – in die Küche und half zusammenzupacken und die großen Tragtaschen mit Geschirr und Besteck zu füllen. Er sah zu, wie Madame Blanc ihrer kleinen Armee von Köchen und Kellnern den Sold zahlte. Er erkannte mit geübtem Blick ein Genie für Organisation, und sie erkannte, daß er diesen Blick hatte. Sie forderte ihn auf, noch zu bleiben und eine Tasse Kaffee mit ihr zu trinken; dabei konnte sie die Schuhe abstreifen und sich ausruhen. Sie litt an Schlaflosigkeit, und es graute ihr vor der Rückkehr in ihre Wohnung. Er erlaubte sich, ihr zu sagen, daß die Speisen, die sie servieren ließ, alles eher als appetitlich seien. Sie brach in ein Gelächter aus. »Ja, ja – aber den Leuten schmecken sie. Ich will nichts weiter, Mr. Frazier, als Geld verdienen. Wenn Sie sich fünf Minuten Zeit nehmen, um nachzudenken – nur fünf Minuten, Mr. Frazier, – und über das Leben einer Frau nachdenken, dann werden Sie begreifen, daß das erste, was sie haben will, Geld ist. Gleichgültig ob Mädchen, Ehefrau oder

Witwe. Ich meine natürlich eine vernünftige Frau.« Sie wußte, daß Roger ›der Zeitungsschreiber Trent‹ war; sie sammelte seine Artikel. Sie litt an Schlaflosigkeit und dem verzweifelten Bedürfnis, jemand ihre Lebensgeschichte zu erzählen, aber kein Mensch auf dieser Welt hört zu. Anfangs langsam, dann mit beunruhigender Schnelligkeit erfuhr Roger, daß es zwei Anne-Maries gab – die resche, tüchtige Geschäftsfrau, ganz Rosa und Gold, die stets ein kurzes Auflachen bereit hatte, und ein furchtsames, kaum siebzehnjähriges Mädchen, das eine Heidenangst vor Tod und Hölle hatte, von Erinnerungen an ihre Kindheit verfolgt war und nach einem menschlichen Ohr, einem menschlichen Wort, einem menschlichen Kontakt schmachtete. Er entdeckte, daß sie sich abends mit Crème de Menthe stärkte, die sie viertelliterweise trank. Es dauerte nicht lange, und sie warf sich ihm in einem Sturm von Angst, Abhängigkeitsbedürfnis und Dankbarkeit an den Hals. Roger war zu unerfahren, um da etwas zu befürchten. Überdies kamen wir auf diese Welt, um zu lernen und uns nützlich zu machen.

Lauradel, eine Negerin, war siebenundzwanzig, Sängerin und Teilhaberin des »Old Dixie Ballroom«, eines ›eleganten Treffpunkts von Damen und Herren‹. Von Zeit zu Zeit suchte Roger dieses Etablissement gegen zwei Uhr morgens auf, um Lauradel singen zu hören, etwa »*Jaybird, don't you sing that song at me*« oder »*I walk on the water and I'm not afraid*«.

Ruby Morris war japanischer und hawaiischer Abstammung und sechsundzwanzig Jahre alt. Sie war von Missionaren auf der Inselgruppe adoptiert und in die Staaten gebracht worden, wo sie so viel Nutzen aus dem öffentlichen Unterrichtswesen zog, daß sie bald ihren Zieheltern, Lehrern und all den sentimental-zärtlichen Wohltätern über den Kopf wuchs, die sie stets als eine hübsche Puppe behandelt und als gütige Geister über ihren Fortschritten gewacht hatten. Sie sagte sich vom Christentum los, erlernte von neuem das Japanische, wurde Buddhistin und ging ihren eignen Weg. Mit Hilfe der kleinen Japanergemeinde in Chikago eröffnete sie einen Laden für Raritäten, Kimonos und Geschenkartikel und wurde dabei wohlhabend.

Er stürzte sich in jedes dieser Verhältnisse mit einer Heftigkeit, die an Gewalttätigkeit grenzte. Er unterhielt mehrere gleichzeitig, bis er nahe daran war, sogar die den Ashleys zugemessene robuste Gesundheit zu untergraben. Diese Phase lockeren Lebenswandels endete jedoch fast ebenso plötzlich, wie sie begonnen hatte, ohne irgendwelchen Groll zu hinterlassen. Alles spielte sich im Zeichen völliger Unabhängigkeit ab. Er hatte keine Versprechungen gemacht und keine Ansprüche gestellt. Demetria und Ruby wollten ihm seine Wäsche waschen; Anne-Marie und Lauradel wollten ihm Hemden und Schuhe kaufen; Ruby und Anne-Marie boten ihm jede ein Zimmer an, in dem er wohnen könnte; er aber vermied auch den leisesten Schatten eines Abhängigseins.

Diese jungen Frauen errieten, daß da etwas nicht stimmte, daß es ihm um etwas mehr als Sinnlichkeit und Eitelkeit ging. Sie erkannten auch, daß er aufrichtig war und auf eine unklare Weise ›in Nöten‹. Ohne es zu wissen, appellierte er an ihr Verständnis; ohne es zu wissen, bot er ihnen eine Gelegenheit zu dienen. Und er hingegen brachte ihnen ein außerordentliches Geschenk dar – seine Liebesglut enthielt viel Staunen und Wißbegier und Entdekkerfreude. Sie waren es gewohnt, begehrt zu werden; es war etwas Neues für sie, daß ihnen jemand zuhörte.

Lauradel:

»Ich hab' dich immer hereinkommen sehn und in demselben dunkeln Winkel sitzen. Du hast dich nicht vor mir versteckt, Kleiner. Ich hab' gewußt, du hörst zu. Und nachher bist du gekommen und hast irgendwas sehr Höfliches gesagt und zwanzig Cents in die Untertasse getan. Ich vergesse nie etwas. Und dann hast du über unser Tanzlokal in der Zeitung geschrieben und über mein Singen, und die Weißen begannen hinzukommen, und wir mußten acht Tische mehr aufstellen. – Bist du wieder einmal eingeschlafen, Großohriger?«

»Nein, ich hör' alles, was du sagst, Lauradel.«

»Meinetwegen schlaf ein, wenn du willst... Diese Männer!... Aber was du da in der Zeitung geschrieben hast, ich wär' eine so gute Sängerin, daß ich's gar nicht nötig hätt', geschmacklose Sachen zu singen, – darüber war ich wütend! Geschmacklos! Ich war nicht sicher, was damit gemeint war. Ich fragte Leute – einige sagten, es bedeutet ordinär oder gemein oder unanständig. Oh, war ich wütend! Du und dein Katzendreckgeschmack! Am nächsten Abend, wie du hereinkommst, wollt' ich schon zu deinem Tisch hin und dir sagen, du sollst dich nach Haus scheren mitsamt deinem Geschmack. Daß wir dich dort nicht brauchen, dich und deinen pitzli-kitzli Geschmack. Du!... Du!...«

»Hör auf, mich zu schlagen, Lauradel!«

»Weil es nur zwei Dinge gibt, von denen ich gern singe: von meiner Religion und von der Liebe im Bett. Und dazu brauch' ich dich nicht um Erlaubnis zu fragen, Mister Feingeschmack. Tut mir leid, dich geschlagen zu haben, Zeitungsjunge. Hoffentlich hab' ich dir keinen von deinen Knochen gebrochen. Schämst du dich nicht, hier zu liegen und auszusehn wie ein halbgeschälter Rettich? – O ihr Leute, die ihr mitten in den Vereinigten Staaten lebt und überhaupt nichts vom Meer wißt! Weißt du, wo ich herstamme?«

»Ja.«

»Na, ich werd's dir nochmals sagen. Ich komm' von den Inseln vor der Küste von Georgia, wo nur die gesottenen Garnelen dieselbe Farbe haben wie du. In der Sonne kann's auch in Chikago hübsch heiß sein, aber das ist keine wirkliche Sonne, keine wirkliche. Sie hat kein Salz in sich. Du bist bloß ein armseliges Süßwassernichts.«

»Ich kann kaum noch atmen, Lauradel...«

»Geschmack! – Denk einmal eine Minute darüber nach. Wenn hundert Tage lang es niemand mehr mit niemand tun würde! Denkst du darüber nach? – nur um deiner dicken Lauradel eine Freude zu machen? Die Leute würden in den Straßen umherkriechen, als wär' ihnen das Rückgrat zu Gelee geworden. Die Kinder würden sogar aufhören, Schnur zu springen. Man ginge in einen Laden und verlangte ein Paar Schuhe, und der Mann würde sagen: ›Schuhe, Ma'am? Ach ja, Schuhe. Wollen mal sehn, ob wir welche haben.‹ Stell dir nur vor, wie die Augen der Leute aussehn würden – wie in die Tapete gebrannte Löcher. Die Vögel würden aus den Bäumen fallen; ihre Flügel hätten keinen Schwung mehr in sich. Die Bäume würden schlaff werden wie alte Witwen mit einem Frauenleiden. Und Gott würde aufstehn und hinunterschauen. Er würde sagen: ›Was geht denn dort vor? Das muß aufhören. Ich kann das nicht brauchen, daß sich dort überall Mr. Trents Katzendreckgeschmack verbreitet.‹«

Roger glitt aus dem Bett, schlang kniend die Arme um sie. Sie stieß ihn weg und schüttelte sich vor Lachen – eine Königin.

»Fangt endlich an, richtig zu lieben, ihr verflixten Mannskerle, oder die Welt wird auskühlen! Das ist's, wovon meine Lieder handeln, verstehst du das endlich?«

»Lauradel, du bist großartig!«

»Na, mach mich nur nicht wirr in meinem Kopf mit dem, was ordinär und was nicht ordinär ist, denn davon verstehst du nichts, aber ich ja.«

Noch immer lachend, drückte sie ihm mit dem Fuß den Kopf auf den Boden. »Geh mir vom Leib, du kleiner Papierbeschmierer du! Ich weiß wirklich nicht, warum ich mit so einem rosa Dings wie du gehe.«

»Du kannst mich schlagen, soviel du willst, Lauradel.«

»Schau, daß du zurück ins Bett kommst, und hör auf, da auf meinem Vorleger herumzualbern. Du wirst dir einen Span einreißen. – Ich hab' dir doch erzählt, was ich in meinem Leben alles durchgemacht hab', nicht?«

»Ja, das hast du.«

»Wenn ein Mensch durch alles das durch ist und lebendig herauskommt – dann kennt sich dieser Mensch aus.«

»Erzähl mir noch mehr von deinem Großvater Demus.«

»Nein, zuerst hab' ich noch ein andres Hühnchen mit dir zu rupfen.«

»Was noch hab' ich falsch gemacht, Lauradel?«

»Mr. Trent – ich meine Mr. Frazier – Sie haben meine Gefühle so sehr verletzt – ich glaube, ich werde nie darüber hinwegkommen. Und wissen Sie, womit Sie das getan haben?« Roger schwieg. »Sie haben mir den Wintermantel zurückgeschickt, den ich Ihnen geschickt hatte. Das war weder ehrenhaft noch anständig.«

»Lauradel!«

»Du sagst immer wieder ›Lauradel‹, aber du liebst mich nicht.«

»Lauradel, so bin ich eben.«

»Wenn Leute einander lieben, dann spielt Geld keine Rolle.

Liebe tötet das Geld. Ich liebe es, Geschenke zu machen, Mr. Trent. Ich wollte, ich hätte eine Million Dollar. Dann würd' ich dir was andres schenken ... ein Schuhband. Du hast mir den Mantel zurückgeschickt, den ich dir geschenkt hab'. Du kleidest dich schlecht. Du kleidest dich nicht besser als eine alte Vogelscheuche.«

»Wein' doch nicht, Lauradel! Nicht weinen!«

»Du hast mir ein Geschenk gemacht: eine wirkliche, echte Einladung zur Gedächtnisfeier für Abraham Lincoln.«

»Die hab' ich nicht gekauft. Eine Dame hat sie mir gegeben. Eine alte Dame hat sie mir gegeben, weil ich etwas in der Zeitung geschrieben hab'.«

»Aber du hast sie mir geschenkt – in deinem Herzen hast du sie mir geschenkt.«

»Wein' nicht, Lauradel, – wir alle müssen so sein, wie wir geschaffen sind.«

»Ja, aber ...«

»Lauradel, ich muß ein wenig schlafen. Ich muß morgen zeitig im Rathaus sein. Sing mich in Schlaf, willst du?«

»Was soll ich dir singen, Bubi? Vielleicht ›Manchmal da fühl' ich mich wie ein mutterloses Kind‹?«

»Nein, nicht das.«

»Ich werd' dir eins singen, das ich dir noch nie gesungen hab'. Das ist im Dialekt, den die Leute daheim auf Sea Island, Georgia, sprechen. Es erzählt, warum Gott die Muscheln gemacht hat.«

Und Ruby:

»Was murmelst du da vor dich hin, Ruby?«

»Schlaf ein, Trent! Ich rezitiere das Lotusbuch.«

»Ich will nicht einschlafen. Ich will deine Hand halten und dich sprechen hören.«

»Sch ... sch ...!«

»Was für ein neues Schild ist das, das du unten über der Tür anbringen läßt, Ruby?«

»Ich ändere meinen Namen und den Namen des Ladens. Seit zwei Jahren will ich das tun, aber ich mußte warten, bis das Geschäft gut ging. Morgen ist ein wichtiger Tag für mich,

Trent. Bitte, bitte, nenn mich nie wieder Ruby! Mein Name ist Izumi.«

Er küßte ihr die Fingerspitzen und sagte: »Izumi, Izumi.«

Schwerelos, ihr hauchdünnes Negligé nachziehend, verließ sie das Bett und kniete sich auf den Boden. Sie senkte die Stirn, als nähme sie ein Kompliment zur Kenntnis. »Du bist der erste Mensch, der mich bei meinem Namen nennt.«

»Was bedeutet der Name, Izumi?«

»Trent, hast du je davon gehört, daß manche Leute glauben, die Menschen werden viele Male wiedergeboren?«

»So viele Male, wie es Sandkörner im Ganges gibt.«

»Trent!«

»Und daß wir entweder eine hohe Treppe zur Schwelle der wirklichen Glückseligkeit hinaufsteigen oder daß wir hinuntersinken und andre mit uns hinabziehn.«

»Trent!«

»Wir werden fast Buddhas. Ich hab' vergessen, wie wir dann genannt werden.«

Sie legte ihm zwei Finger auf die Lippen. »Die Dame Izumi war eine Dichterin. Weil ihre Dichtungen so schön waren und weil sie das heilige Lotusbuch liebte, wurde sie ein Bodhisattva.«

»Glaubst du daran, Izumi, – daß Menschen immer wieder geboren werden?«

Abermals legte sie ihm den Finger auf den Mund. »Wir nennen die Welt ›das brennende Haus‹.«

»Warum?«

»Wir werden immer wieder von neuem geboren und hoffen, daß wir dereinst aus diesem brennenden Haus entkommen werden.«

»Du bist sehr hoch oben auf der Leiter, Izumi.«

Sie richtete sich kerzengerade auf, als wäre sie gekränkt. Dann legte sie den Kopf wieder auf das Kissen und wandte sich ab.

»Wie kann man wissen, ob ein Mensch hoch oben oder tief unten ist? Je nachdem, ob der Mensch gut ist?«

»Gebrauch nicht das Wort ›gut‹! Sag ›frei‹! Ich bin sehr tief unten auf der Leiter, Trent.«

»Du?«

»Ja. In mir sind sehr viele Gewichte, die mich niederhalten.«

»Nein! – Nenn mir auch nur eins davon, Izumi.«

Sie klopfte mit den Knöcheln der linken Hand zwischen ihre Brüste. »Hier! Ich hab' ein großes Geschwür – hier.«

»Ruby! Ruby! Izumi!«

»Gewichte. Gewichte. Von Zorn. Von Trotz. Ich kann den Menschen nicht verzeihen, die sich bemühten, gütig zu mir zu sein. Sie haben mir ihre Gewichte angehängt. Aber warum sollte ich zornig auf sie sein? Sie waren unwissend. Sie waren Christen! Oh, wenn ich an *ihr* brennendes Haus denke! Um ihnen einen Gefallen zu tun, war ich ein abscheuliches, unnatürliches, verlogenes kleines Mädchen. Sie raubten mir meine Kindheit und meine Mädchenzeit. Siehst du, wie zornig ich bin? Schlaf ein, Trent! Ich muß das Lotusbuch hersagen.«

»Nenn mir noch ein Gewicht, Izumi!«

Wieder wandte sie ihr Gesicht auf dem Kissen weg. Sie flüsterte: »Du.«

»Nein.« Er ergriff ihre Hand. »Sag nein!«

Sie stützte sich auf den Ellbogen auf und sagte: »Du stehst sehr hoch auf der Treppe, Trent.«

»Ich! Du weißt nicht, was du sprichst!«

»Du hängst nicht an Dingen. Du willst weder Ruhm noch Reichtum. Du willst niemand mit deiner Macht erdrücken. Du beneidest andre nicht. Du bist nicht stolz. Du kennst keinen Haß. Du befreist dich von allem, was schlecht ist in deinem Karma. Als ich dich kennenlernte, dachte ich, du seist vielleicht ein Bodhisattva. Aber als ich dich ein bißchen besser kannte, vermochte ich zu sehn, daß noch ein wenig Gewaltsamkeit in dir war, ein Überbleibsel von Gewaltsamkeit in deinem Karma.«

»Was ist Karma, Izumi?«

»Die Last des Schicksals, das wir für uns geschaffen haben während aller unsrer Tausende von früheren Leben.«

Er stand auf und ging um das Bett herum auf ihre Seite und kniete vor ihrem Gesicht nieder. »Ich bin ein Gewicht in deinem Leben. Ich helfe dir nicht dabei, die große Leiter hinaufzusteigen.«

»Sei nicht ungeduldig, Trent! Ungeduld hat noch nie einen Menschen aus dem brennenden Haus befreit. Ich glaube, du hilfst mir, den Leuten zu verzeihn, die so gütig zu mir waren. Wirst du jetzt endlich einschlafen?«

»Ja.«

Sie begann abermals den heiligen Text zu murmeln.

»Übersetz mir die Worte, die du eben jetzt gesagt hast, Izumi!«

»Ich war bei der Stelle von den wiedergeborenen Pflanzen.«

»Pflanzen kommen auch in den Himmel?«

»Trent! Trent! Jedes Lebewesen ist ein Teil der Natur des Einen. Und du weißt das. Darum schreibst du so gut über Tiere und Eichensetzlinge. Wir sind alle in dem Einen.«

Der wirre Ungestüm dieser Freundschaften legte sich. Als er mit der Zeit mehr Geld in der Tasche hatte, führte er die eine oder andre zum Abendessen aus. Wie sie da zu ihm und seinen großen Ohren sprachen! Er lachte häufiger – mit ihnen und über sie und über sich selbst.

Rogers Interesse für die Oper hatte nachgelassen. Das Lesen – seine neue Entdeckung – stillte nun seinen Hunger nach dem Edlen und Heroischen. Er ging jedoch noch manchmal hin, wenn eine seiner Lieblingsopern aufgeführt wurde.

Im Jahre 1905 gab es im Spätfrühling noch eine Opernsaison. Nach dem Schluß einer Vorstellung stand Roger in der Nähe des Haupteingangs und betrachtete die sich zerstreuende Zuhörermenge. Seine Aufmerksamkeit wurde von einer sehr schönen jungen Frau angezogen, die so wie er bei einer der Marmorsäulen verweilte. Er hatte sie bei mehreren Gelegenheiten bemerkt, wo sie stets mit einem stattlichen ältlichen Paar in einer Loge saß; er nahm an, sie sei die Tochter. An diesem Abend war die Mutter nicht mit. Der Vater war von einigen Freunden im Gespräch zurückgehalten worden. Die junge Dame hatte soeben ihren riesigen Hut wieder aufgesetzt. Sie war elegant gekleidet, eng geschnürt, eine auffallende Erscheinung, offenbar gewohnt, alle Blicke auf sich zu ziehen, und ganz unbefangen während dieses kurzen Alleinseins. Sie hatte die Kunst erlernt, durch die Gesichter, die sich ihr bewundernd zuwendeten, hindurchzusehen. Mit der einen behandschuhten Hand glättete sie nachdenklich den übers Kinn gezogenen Schleier, die andre spielte mit einer um ihre Schultern geworfenen Federnboa. Dies war nicht die Sorte von Frau, die Roger anziehend fand. Was ihn an ihr schon lange interessierte, war, daß sie immer aussah, als würde sie von einer Woge höchster Selbstsicherheit getragen.

Plötzlich wurde er sich bewußt, daß es seine Schwester Lily war.

Ihr Begleiter trat wieder zu ihr, und sie verließen miteinander das Theater. Roger folgte ihnen. Offenbar hatten sie nur eine kurze Strecke zu gehn. Sie sprachen Italienisch. Er hörte das Lachen seiner Schwester – ein Lachen, wie er es nie zuvor von ihr gehört hatte. Die beiden kamen zu einem grauen Sandsteinhaus, das neben der Tür ein Messingschild trug: *The Josepha Carrington Jones Club for Young Ladies.* Lily, den Hausschlüssel in der Hand, wandte sich um und dankte ihrem Begleiter herzlich. Der ging, vor sich hinsummend, die Straße weiter. Als sie die Tür aufschloß, rief Roger leise ihren Namen.

»Was sagen Sie da?«

»Lily, ich bin Roger.«

Sie kam die Stufen auf den Flügeln ihres weiten Abendmantels herabgeflogen und warf ihm die Arme um den Hals. »Roger, Roger! Liebster Roger! – Oh, wie groß du geworden bist! Und wie du Papa ähnlich siehst! – Ich möchte, daß dich Maestro Lauri, mein Gesangslehrer, kennenlernt. Er hat mich soeben hier an der Tür verlassen.«

Wie lange sei er schon in Chikago? Was treibe er? Oh, wie er Papa ähnlich sehe, dem lieben, wundervollen Papa!

»Können wir irgendwohin auf eine Tasse Kaffee gehn? Nach sechs Uhr abends darf kein Mann in dieses Haus. Warte hier auf mich, bis ich mich umgezogen habe... Ich muß dir noch einen Kuß geben. Roger, was bedeutet das alles – was ist mit uns geschehn?« Sie begann die Treppe hinaufzugehn und wandte sich dann um. »Roger, ich hab' einen kleinen Buben – er ist wundervoll, wundervoll. Roger, wie hat Mama mein Davonlaufen aufgenommen? Ich hab's einfach tun müssen, Roger. Ich hab' wegmüssen aus Coaltown. Ich werde nie dahin zurückkehren – nie, nie! Ich sende Mama jeden Monat Geld.«

»Das weiß ich.«

»Bald werd' ich imstande sein, ihr eine ganze Menge zu senden.«

Zwanzig Minuten später saßen sie in einem deutschen Restaurant einander gegenüber. Lily sah ihrer Mutter und Constance ähnlich; Roger ähnelte seinem Vater und Sophia. Eine Zeitlang waren sie fast mehr in ihren Anblick als in ihr Gespräch vertieft – zwischen Lilys Kaskaden von Lachen.

»Ich hab' das schönste Baby auf der Welt, und ich bin gar nicht verheiratet.« Wieder lachte sie. Sie hob die Hand und zeigte ihm den goldenen Reif. »Ich kaufte ihn mir bei einem Pfandleiher! Ich bin Mrs. Helena Temple. Der Bub heißt John Temple. Er ist bei einer italienischen Familie in Pflege, die ihn fast umbringt vor Liebe. Ich weiß nicht, wann er lernen wird, englisch zu sprechen.«

Es war Roger nichts Neues, daß, wer keine Fragen stellt, die ausführlichsten Antworten erhält.

»Gestern bin ich auf der Straße an seinem Vater vorübergegangen. Er haßt mich.« Lachen. »Er haßt mich, weil er mich geschlagen hat.«

»Was?«

»Tatsächlich, zweimal. Er hat mich geschlagen, weil ich ihn auslachte. Männer lassen sich nicht gern auslachen. Er versuchte immer wieder, mir solche stupide Musik beizubringen. Er wollte, daß ich mit ihm auf Vaudevillebühnen auftrete. Er wollte, ich solle mich darin üben, ihm mit dem Fuß einen Zylinder vom Kopf zu stoßen. Stell dir das vor!« Lachen. »Aber – auf seine Weise – ist er ein durchaus netter Mensch. Ich werde ihm immer dankbar dafür sein, daß er mich zu Maestro Lauri gebracht hat. Ich sang zwei von den Liedern vor, die ich immer in Coaltown gesungen hab', und der Maestro sagte, ich sei die Schülerin, nach der er sein Leben lang auf der Jagd war. Jeden Monat gebe ich ihm eine Quittung über die Unterrichtsstunden, die ich gehabt hab', und sobald ich genug verdiene, werde ich beginnen, sie abzuzahlen. Ich singe bei Begräbnissen und Hochzeiten, und ich singe an Sonntagvormittagen in der Episkopalkirche und an den Abenden in einer presbyterianischen. Die Bestattungsunternehmen lassen mich fünf- oder sechsmal in der Woche holen – Schuberts ›Ave Maria‹. Fünfzehn Dollar – nimm's oder laß es bleiben! Aber ›Ich weiß einen Garten, wo Rosen blühn'‹, das sing' ich einfach nicht. Ich bin ein Starrkopf, Roger. Hochzeiten – Händels ›Wohin immer du gehst‹ – fünfzehn Dollar. Aber

›Oh, versprich mir‹, das sing' ich nicht. Eine Menge Leute sind wütend auf mich, aber ich kriege genug Aufträge. – Was treibst denn du, Roger?«

»Das sag' ich dir später. Wie ist denn die Sache mit dem Vater deines Buben zu Ende gegangen?«

»Na ja, er hat mich ein zweites Mal geschlagen. Damals waren wir in so einem heißen Hotelzimmer, und er hat versucht, mir ein Lied und einen Tanz beizubringen mit dem Titel ›So tanzt man in Kentucky den Cancan‹. Stell dir das nur vor! Ich sagte, ich mache keinen Augenblick länger mit, und lachte ihm ins Gesicht. Er gab mir eine Tüchtige. Und dann weinte er. Auf eine gewisse Weise liebte er mich wirklich. Als er das Zimmer verließ, hab' ich seinen Amethystring gestohlen und bin in ein Heim für arbeitende Mädchen gegangen. Eine Zeitlang hab' ich Teller gewaschen und beim Kochen geholfen. Ich zeigte denen dort, daß ich mich im Pensionsbetrieb auskannte. Man wollte mich sogar zur Haushälterin machen. Dann hatte ich mein wundervolles Baby in einer katholischen Klinik. Ich fand alles herrlich dort. Ich sang für die andern Mädchen. Ich sang sogar, während ich das Kind bekam. Der Arzt und die Schwestern lachten. Giovannino wurde unter Lachen und meinen Schreien und Mozarts ›Halleluja‹ geboren. Er war ein Siebenmonatskind, aber er ist so kräftig wie ich. Ich werd' noch hundert Buben und Mädel haben – alle so schön und stark wie Gianni.«

Roger vermochte die Augen nicht vom Gesicht seiner Schwester abzuwenden. Seine Mutter, die ein so schönes Lächeln hatte, lachte selten oder eigentlich nie.

»Aber das ist genug über mich. Sag mir, was deine Arbeit ist.«

»Ich schreibe für Zeitungen.«

»Oh, tu das, tu das! Eines Tags wirst du so gut schreiben wie ›Trent‹. Liest du jemals seine Sachen?«

»Ja.«

»Ich sammle sie. Manche schicke ich Mama. Der Maestro hält sie für sehr gut, und Signora Lauri hat sie alle aufbewahrt.«

»Lily, ich bin Trent.«

»Du bist ›Trent‹? Du bist ›Trent‹! Ach, Roger, wie stolz Papa auf dich wäre!«

Der Maestro hatte eine Anzahl von Freunden für den nächsten

Abend zu einem kleinen Konzert zu sich geladen. Er wollte ihnen drei seiner Schüler vorstellen, darunter Lily. Roger hatte immer gewußt, daß die verträumte, geistesabwesende Lily wunderschön singen konnte. Was ihn nun in Erstaunen versetzte, war die edle Vortragsweise, das Volumen ihrer Stimme. Die Fensterscheiben klirrten bei ihren leidenschaftlichen Verkündungen von Freude und Schmerz. Er dachte: »Wie stolz Mama sein wird!«

Roger wurde ein Lieblingsgast in der Wohnung des Maestro. Signora Lauri nahm ihn unter ihre Söhne auf – die drei lebenden und die zwei, die gestorben waren. Sein Platz war neben dem ihren bei den gewaltigen Milaneser Festmählern von neun Gängen – an den Geburtstagen der Familie und der Gäste, den Geburtstagen Garibaldis und Verdis und Manzonis.

Der Maestro war ein hoher Sechziger. Vor langer Zeit war er in New York gestrandet nach dem Bankrott einer Operntruppe, bei der er zweiter Dirigent, Chormeister und gelegentlicher Bariton gewesen war. Von da wurde er nach Chikago an ein Konservatorium engagiert, das dann auch zugrunde ging. Er aber blieb und begann sehr gut zu verdienen. Alle fünf Jahre fuhr die ganze Familie nach Mailand zurück, um die Verwandtschaft zu besuchen. Er war hochgewachsen und mager und hielt sich so aufrecht wie ein Rekrutenausbilder. Er kleidete sich mit der größten Sorgfalt und trug ein Toupet. Sein prächtiger Schnurrbart war gefärbt und parfümiert. Seine Miene war die eines Löwenbändigers, dessen Tiere beständig revoltieren; Blitze flackerten in seinen Augen. Signora Lauri hatte kein leichtes Leben. Auf sie entlud sich sein Groll über alles, was im Dasein schiefging. Sie war seine untalentierten Schüler, seine schlechte Verdauung; sie brachte den drei Tage währenden Schneefall, und sie trieb das Thermometer auf vierzig Grad im Schatten hinauf. Und doch war er grenzenlos abhängig von ihr. Wenn sie stürbe, würde er zu einem jähzornigen, posierenden alten Mann zusammenschrumpfen – einem vergreisten und ausgehöhlten. Gelegentlich brach seine ohnmächtige Wut gegen die Lebensumstände hervor. Er häufte Sarkasmen auf ihr Haupt; er warf ihr vor, sie habe sein Leben ruiniert – sie und ihre Wagenladung respektloser Kinder. Sie hielt den Nacken steif; ihr Blick hätte einen Weinstock verdorren lassen. Diese Zänkereien waren notwendig und opernhaft, die Versöhnungen tränenreich und großartig. Signora Lauri hatte für das alles Verständnis. So war eben die Ehe. Sie hatte ihren Ring und ein Heim, und sie hatte ihm zehn Kinder geboren. Am schwersten ertrug sie seine Seitensprünge und ihre ungeheure Leibesfülle. Einmal zeigte sie ihrem Sohn Roger die Photographie eines von einem modernen Meister gemalten Porträts. Das Original hänge in einer öffentlichen Galerie in Rom, sagte sie. Es stellte ein wunderschönes Mädchen von sechzehn Jahren dar, das an eine Steinbalustrade am Comersee gelehnt stand. Roger blickte fragend zu ihr auf. Sie errötete und nickte leicht. »*La vita, la vita.*«

Der Maestro beherrschte mehrere Sprachen und sprach sie mit der Genauigkeit eines Gesangslehrers und dem Genuß eines Mannes, für den Sprachen an und für sich künstlerische Schöpfungen sind. Es wurde ihm zur Gewohnheit, Roger nach dem Abendessen in sein Arbeitszimmer zu führen. Da war er in der Stimmung für ernste Konversation. Lily und seine Töchter baten darum, sich ihnen anzuschließen, aber es wurde ihnen streng bedeutet, daß nun die Zeit für ›Männergespräche‹ gekommen sei.

Roger hatte einen zweiten Saturn gefunden.

Kunstwerke – Bilder, Skulpturen, was seien die?

Roger hatte eine sehr geringe Meinung von Kunst. Chikago war voll davon. Die Häuser der Reichen, in die er bei Hochzeiten und Selbstmorden, und die vornehmeren Bordelle, in die er bei Gewalttaten als Reporter eingedrungen war, quollen über von Kunst – bronzenen Mädchen, die Lampen hochhielten, gemalten Damen, die sich anschickten, ins Bad zu steigen. Es gab in der Kunst eine Menge Kühe und viele Mönche, die ein volles Weinglas gegens Licht hoben. In katholischen Kirchen gab es massenhaft Kunst. Die meiste Kunst allerdings befaßte sich mit hübschen Mädchen.

»Mr. Frazier, Kunstwerke sind die einzigen befriedigenden Erzeugnisse der Kultur. Geschichte als solche hat nichts dergleichen aufzuweisen. Die Geschichte zeichnet nur auf, wie oft es dem Menschen mißlang, sich seiner unverbesserlichen Natur zu entwinden. Leute, die in ihr einen Fortschritt sehn, täuschen sich ebenso wie diejenigen, die eine allmähliche Entartung sehn. Ein paar Schritte vorwärts, ein paar Schritte rückwärts. Die menschliche Natur ist wie das Meer: unveränderlich und unveränderbar. Die heutige Windstille ist der morgige Orkan – aber es ist immer dasselbe Meer. Der Mensch, wie er ist, wie er war und wie er immer sein wird. Aber was sind Kunstwerke?

Lassen Sie mich Ihnen eine Geschichte erzählen:

Meine Familie hat seit Jahrhunderten in Monza gelebt, einem Städtchen in der Nähe von Mailand. Eines Tags beschloß meine Mutter, uns Kinder in die Großstadt mitzunehmen und uns die Gemälde in der berühmten Breragalerie zu zeigen. Wohin immer meine Mutter ging, war sie von einem alten Familienfaktotum begleitet, das wir Kinder Tante Nannina nannten. Zia Nannina war nie in einer Gemäldegalerie gewesen, und es wäre ihr nie eingefallen, eine zu betreten. Solche Orte waren für die reichen Leute, die lesen und schreiben konnten und immerzu über *l'arte* redeten. Aber siehe da! Gütiger Himmel, plötzlich, in der Brera, mitten unter all diesen Madonnen und heiligen Familien fühlte sich Zia Nannina völlig daheim. Sie war unaufhörlich damit beschäftigt, sich zu bekreuzen und auf und nieder zu wippen und Gebete herzusagen. Hielt Zia Nannina diese Gemälde für schön? O ja, aber wir Italiener gebrauchen das Wort *bello* vierhundertmal im Tag. Für sie waren diese Gemälde voll von etwas viel Wichtigerem als Schönheit. Sie waren voller Macht.«

»Wie meinen Sie das, Maestro?«

»Da an der Wand war die Heilige Jungfrau. Einmal war unsre Familie – ihre Familie – in einem kleinen Boot über den Comersee gefahren. Ein fürchterlicher Sturm sprang auf. Wir würden sicherlich alle ertrinken. Wer betete da wie die Dynamo eines großen Ozeandampfers? Zia Nannina. Und die Gottesmutter zerteilte die Wolken und zog unser Boot mit ihren eignen heiligen Händen sicher ans Land. Welche Macht! Und hier an dieser Wand war der heilige Joseph. Eines Tags – ich war sieben Jahre alt – war mir eine Fischgräte im Hals steckengeblieben. Ich war am Erstikken. Ich wurde blaurot im Gesicht, aber der heilige Joseph zog die Fischgräte heraus. Zia Nannina war sich der Macht dieser erhabnen Personen jeden Tag ihres Lebens bewußt – ebenso wie meine Mutter und mein Onkel und, wie bis zum heutigen Tag, meine Frau und meine Töchter.

Ich glaube nicht an Gott. Ich glaube, daß diese vielgefeierten Persönlichkeiten – Maria von Nazareth und ihre Familie – eine jede nun ein Häufchen Staub sind wie alle die Milliarden von Menschen, die gestorben sind. Aber die Darstellungen solcher Wesen sind die größte Leistung des Menschen. – Sie waren schon öfters hier. Blicken Sie umher! Was sehen Sie?«

»Ihre Sammlung, Maestro. Skulpturen und Gemälde...«

»Ich glaube nicht an Gott, aber ich liebe die Götter. Alle diese Figuren und Bilder wurden geschaffen, um jene Macht darzustellen, ja noch mehr, um jene Macht zu übermitteln. Jedes Werk in diesem Zimmer war zu irgendeiner Zeit Objekt der Furcht oder Liebe oder flehentlicher Anrufung – in den meisten Fällen aller drei Gemütsbewegungen auf einmal. Keins war als bloßer Schmuck oder Verzierung gemeint. Dieses Ding da ist aus Mexiko... Und diese hier sind die Großen Zwillinge. Sie sind etwa dreitausend Jahre im Salzwasser gelegen, nach einem Schiffbruch. Seeleute haben ihre letzten Gebete an sie gerichtet... Das hier ist eine afrikanische Maske, die bei Tänzen getragen wurde, welche Sieg oder Regen erbitten sollten... Und das hier ist eine gravierte Gemme. Nehmen Sie sie und tragen Sie sie zum Licht! Sie zeigt Merkur – Hermes Psychopompos – der die Seele einer Toten in die Gefilde der Seligen geleitet. Schönheit?«

»Ja.«

»Macht?«

Roger betrachtete die Gemme eine Weile und sagte dann: »Ja.«

»Und dies... ein Khmer-Kopf aus Angkor-Vat – die halb geschlossenen Augen, das unermüdliche Lächeln.«

»Das ist ein Buddha«, sagte Roger unvermittelt.

»Wer kann alle die Gebete zählen, die zu nicht existierenden Göttern aufgestiegen sind? Die Menschheit selbst hat Hilfsquellen geschaffen, wo es keine Hilfe gibt, und Tröstungsquellen, wo es keinen Trost gibt. Und doch sind solche Werke wie diese die einzigen befriedigenden Kulturprodukte.

›Nur heilige Kunst
und heiliger Sang,
nichts außer ihnen
dauert lang.‹«

Ein Klopfen an der Tür. Der Maestro wurde zum Telephon gerufen. Roger wandte den Kunstwerken den Rücken und trat ans Fenster: die Lichter der Stadt. Er sagte sich: »Etwas ist ihm entgangen. Etwas hat er vergessen. Ich werde es finden. Ich muß es finden.«

An Sonntagen holte Roger seine Schwester von der Kirche ab, wo sie gesungen hatte. Sie aßen im Restaurant Alt-Heidelberg zu Mittag und verbrachten den Nachmittag auf dem Land bei dem kleinen Giovannino, der im Juli, mit neun Monaten, soeben zu laufen und, auf italienisch, zu sprechen begann. Er lebte in einem Haushalt ihn anbetender Frauen, und entwickelte mit lärmendem Entzücken eine Zuneigung zu seinem Onkel. Er schien sich einzubilden, daß nur ein Mann einem Mann das Gehen beibringen könne. Er krabbelte bereits zehn Kilometer im Tag und wurde dabei äußerst ungeduldig.

Sonntagmittage im Alt-Heidelberg (Juni 1905):

»Meine Kleider? Die verschaffe ich mir auf Piratenart. In unserem Klub wohnt eine, die ist Verkäuferin bei Towne & Carruther. Ich geh' in ihre Abteilung und probier' eine ganze Menge an. Sie tut, als kennte sie mich nicht, und sagt: ›Jawohl, Madam‹ oder ›Nein, Madam‹, und ich stehle die Ideen, und nach denen fertigen wir sie dann zu Hause an. Die Stoffe sind schrecklich teuer, aber wir wissen, wo wir Ballenreste herbekommen können. Es macht uns einen Riesenspaß. Wir verhelfen allen Mädchen im Klub zu Kleidern, und sie helfen dafür uns. Weißt du, Roger, ein alleinstehendes Mädchen muß unglaublich gerissen sein, einfach nur um leben zu können.« (Roger schrieb einen ›Pudding‹: »Nehmen Sie einen Brief auf, Miss Spencer!«)

»Manchmal, Roger, glaube ich, ich werde verrückt, weil ich überhaupt nichts weiß. Ich möchte am liebsten jede Sprache lernen, die es gibt. Ich möchte wissen, was Frauen vor tausend Jahren gedacht haben und was Elektrizität ist und wie das Telephon funktioniert, – und alles über Geld und Banken. Ich kann nicht begreifen, warum Papa nie daran gedacht hat, uns in bessere Schulen zu schicken. Alle möglichen Leute laden mich zum Tee und zum Abendessen ein, aber ich sage ihnen, ich habe einen rauhen Hals, und bleibe zu Hause und lese. Sogar wenn wir unsre Kleider machen, liest eine von uns vor. Gestern abend waren wir sieben und arbeiteten bis Mitternacht. Wir saßen alle in meinem winzigen Zimmer zusammengedrängt und lasen abwechselnd aus den *Briefen aus der Türkei* einer englischen Lady vor. Was liest denn du?«

Ein andrer Sonntag (Juli):

»O ja, ich werde auch Opernpartien singen, aber nicht wirklich gern. Die meisten Opernheldinnen sind solche dumme Gänse. In Wirklichkeit bin ich Konzert- und Oratoriensängerin. Aber ich werde auch in Opern singen, um Geld zu verdienen.«

»Du könntest genug Geld damit verdienen, daß du singst, was du wirklich singen willst. Warum noch mehr scheffeln?«

Lily blickte überrascht zu ihm auf. »Warum? Für meine Kinder.«

»Dein Mann würde deine Kinder erhalten, oder nicht?«

»Roger, Roger! Rede mir nicht von Ehemännern! Ich will ein Dutzend Kinder haben, und ich werde einen jeden ihrer Väter lieben, aber ich werde mich nie mit einem von ihnen verheiraten. Die Ehe ist ein abgenutzter, veralteter Brauch, wie Sklaven zu halten oder königliche Familien zu verehren. Ich glaube, in hundert Jahren wird es keine Ehe mehr geben. Überdies täte mir der Mann leid, der mit mir verheiratet wäre. Ich liebe mein Singen und meine Babys und, Neues zu lernen, und meine Pläne... Ich hab' jetzt ein flachsblondes polnisches, und dann will ich zwei amerikanische haben – Zwillinge. Und eine kleine Französin. Und einen spanischen Jungen... und noch eine Menge adoptieren!«

»Das also meinst du mit deinen Plänen?«

Sie hielt inne und sah ihn ernst an. Sie hatte eine große samtüberzogene Tasche für ihre Noten bei sich. Über die beugte sie sich jetzt und zog ein Bündel Blätter hervor, die Architektenzeichnungen zu sein schienen. Schweigend legte sie mehrere vor ihn hin.

»Was sind die?« fragte sie ihn dann leise.

Er betrachtete sie eingehend. »Ein Krankenhaus? Schulen?«

Sie zog ein Sammelbuch hervor. Auf den Deckel war der Kopf des Jesuskindes der Sixtinischen Madonna geklebt. Auf den ersten

Seiten fanden sich Abbildungen Friedrich Fröbels und Jean-Frédéric Oberlins. Auf diese folgten Ausschnitte aus Magazinen und Büchern – lauter Grundrisse und bauliche Einzelheiten von Krankenhäusern, Waisenhäusern, Hotels, Villen, Spielplätzen. Sie lachte über seine fragende Miene. Die Gäste in dem Restaurant lachten.

»Das ist meine Kinderstadt. Ich werde die ganze Welt abgrasen und diese albernen Isolden und Normas singen, um Geld dafür zu verdienen.« Sie lachte. »Isolde hat einen Ehemann und einen Liebhaber, und sie kann an nichts andres denken als an Liebe, aber über Kinder findet sich da kein Wort. Norma hat ein paar Kinder, und sie schleicht mit einem Dolch umher und will sie töten – nur um deren Vater einen Tort anzutun. Ich glaube, meine Stadt wird in der Schweiz liegen, an einem See, und rundherum Berge. Und ich werde einen Eichenhain pflanzen wie Papa. Ich werde alle Lehrer selber auswählen. Wird das nicht herrlich sein? Kannst du die Kinder von hier aus nicht schon hören? Also begreifst du jetzt, warum ich die ganze Zeit glücklich bin?«

»Deiner Pläne wegen.«

Bisweilen entstand bei diesen Gesprächen eine Spannung zwischen den beiden. Lily fühlte sich getrieben, ihre Kindheit zu überdenken und »alles das« in ›The Elms‹ einer Prüfung zu unterziehen. Ihre Urteile kannten keine Nachsicht. Roger war dafür noch nicht bereit.

»Lily, ich möchte über diese Dinge nicht sprechen.«

»Na schön, dann will ich's lassen, aber ich muß sie verstehn lernen. Ich weiß nicht, wie es bei euch Männern ist, aber wir Mädchen beginnen erst zu leben, wenn wir ein ziemlich klares Bild von unsern Vätern und Müttern im Kopf haben.«

»Bitte sprich von etwas anderm, Lily!«

Ihre Augen ruhten nachdenklich auf ihm. Im stillen sagte sie sich: »Daran ist Mama schuld.«

Ein andrer Sonntag (August):

Roger schlug vor, sie sollten sich am nächsten Sonntag nach dem Abendgottesdienst zum Essen treffen, nicht zu Mittag.

»Ich bin nicht frei nach dem Abendgottesdienst, Roger. Sobald er vorbei ist, fahre ich mit einem Freund von mir auf seiner Jacht weg. Meiner Verpflichtungen wegen kann ich das nicht übers Wochenende. Wir kommen Dienstag vormittag zurück. Am Montag erscheint er einfach nicht in seinem Bureau. Er ist ein guter Freund und ein ausgesprochen netter Mensch, und ich lerne eine Menge von ihm. Er besitzt eine berühmte Sammlung von Gemälden und Skulpturen, und jeden Sonntagabend bringt er welche auf die Jacht mit – und eine Menge schwerer Bücher.«

»Doch nicht der Maestro!«

»Nein, Roger, nein! Wahrhaftig nicht! Jemand jüngerer und gesünderer. Ein Amerikaner. Und sehr reich.«

Andere Sonntage (September):

»Roger, ich werde wohl nach New York gehn müssen.«

»Um dort zu leben?«

»Ja. Ich werde mir einen andern Gesangslehrer suchen müssen.« Sie lachte. »Siehst du, ich werde wieder ein Baby bekommen. Zwillinge, glaub' ich. Ich kann das denen vom Wohnklub nicht erklären und auch nicht meinen Kongregationen, also sollt' ich lieber verschwinden.«

Roger wartete.

»Er wird recht froh sein, mich los zu sein, glaub' ich. Die Männer kriegen mich satt – nicht weil ich scheußlich zu ihnen bin, sondern weil sie mich nicht verstehn können. Ich verursache ihnen ein unbehagliches Gefühl. Auf mich machen die meisten Dinge, mit denen Männer prahlen, keinen Eindruck. Er ist ganz verwirrt, er fühlt sich tief gedemütigt, weil ich nicht einmal eine kleine Perlenbrosche von ihm annehmen will. Anderthalb Jahre lang werde ich ihm erlauben, mir etwas Geld zu geben für die Babys – schließlich sind sie ja zum Teil seine.« Sie lachte. »Überdies hat er mich fast alles gelehrt, was er selber weiß. – Roger, hör zu: Kinderkriegen ist sehr gut für die Stimme. Ich singe gegenwärtig viel besser, als ich je in meinem Leben gesungen habe. Ich mache mir gradezu Angst.«

»Lily, ich habe eine Idee. Papa ist in Alaska oder Südamerika oder Australien. Er kann nicht nach Coaltown schreiben; er kann nicht an uns schreiben, weil er nicht weiß, wo wir sind. Du wirst bald sehr bekannt sein. Vielleicht auch ich. Wir wollen wieder unsern wirklichen Namen annehmen.«

»Ja! Ja!«

»Und um ganz sicherzugehn, nehmen wir unsre verrückten zweiten Vornamen dazu: die berühmte Sängerin Scolastica Ashley, der kommende große Zeitungsmann Berwyn Ashley.«

»Du bist ein Genie! Ein Genie!« Sie küßte ihn. Dann ging sie zweimal um den Tisch herum. »Mir war dieses ganze Versteckspiel mit den erfundenen Namen immer zuwider. Ich bin Scolastica Ashley, die Tochter des Verurteilten, und wenn sie mich aus ihren Kirchen rauswerfen wollen, sollen sie's tun. Morgen! Schon morgen. Morgen fange ich an damit. – Und dann bald ein Brief von Papa!«

»Ich glaube, du solltest bis nach deinem Konzert warten. Du würdest bei deinem ersten Konzert nicht wollen, daß alle diese Leute dich grade deswegen anglotzen. Wir wollen's erst nach deinem Konzert tun.«

Mrs. Temples Konzert wurde zehn Tage später von Miss Scolastica Ashley wiederholt, die dann auch in Milwaukee, Madison und Galena zu hören war. Trents Lesern wurde mitgeteilt, daß von nun an seine Artikel mit seinem wahren Namen gezeichnet sein würden. Diese erstaunliche Ankündigung kam zu spät, um das Titelblatt von Berwyn Ashleys Buch *Trents Chikago* zu ändern. Lily lud ihre Mutter nach Chikago ein. Sie erhielt darauf einen liebevollen Brief, der ihr viel Erfolg wünschte. Ihre Mutter bedauerte, es sei ihr unmöglich, grade zu dieser Zeit die Pension zu verlassen.

»Roger, darf ich von Coaltown sprechen?«

»Ja.«

»Papa hat Mr. Lansing nicht erschossen. Er hat ihn nicht einmal durch einen Zufall erschossen. Jemand anders hat's getan. Wer und wie, das weiß ich nicht, aber ich bin ganz überzeugt davon. Ich ging in die öffentliche Bibliothek und las die Zeitungen über den Fall – Tausende und Tausende von Wörtern. Ich suchte nach einem Anhaltspunkt, aber ich konnte überhaupt nichts finden. Du aber könntest's. Eines Tags wirst du's aufklären können. Eins hab' ich zwar in diesen Zeitungen gefunden. Sie waren voll davon, was für ein prächtiger Mensch Mr. Lansing war – er stand an der Spitze des Bergwerks, er war der Vorstand aller Klubs und Logen. Du weißt, daß das nicht wahr ist. Er war ein gräßlicher Prahlhans. Er war ein jämmerlicher Mensch, und ich möchte wetten, auch ein fauler. Wir alle taten so, als sähen wir das nicht, weil wir alle Mrs. Lansing so gernhatten. Roger, er muß Feinde gehabt haben. Vielleicht ist er hart mit den Bergleuten umgegangen, vielleicht sogar brutal.«

Roger hörte ihr ernst zu, dann sagte er bedächtig: »Porky wußte alles, was in der Stadt vorging. Er hätte es mir erzählt.«

»Also jetzt werde ich dir etwas sagen, was ich nur einem einzigen Menschen mitgeteilt habe – Miss Doubkov.«

Sie erzählte ihm von den anonymen Briefen. »Es ist alles abscheulicher Unsinn. Papa fuhr nicht öfter als einmal im Jahr nach Fort Barry und kam mit dem Nachmittagszug zurück. Aber ich denke mir jetzt, daß viele Leute in der Stadt das alles wirklich glaubten. Es ist mit eine Erklärung dafür, warum so wenige Leute zu Papa hielten und warum so wenige Mama besuchen kamen. Ich glaube, auch Mrs. Lansing muß einige solche Briefe bekommen haben. Sie waren so voller Haß gegen sie. Wer war der Mörder?«

»Und wer waren die Retter?«

Der erste Sonntag im November:

»Lily, du kannst sagen, was du nur willst, über die alten Zeiten in Coaltown.«

»Ich will's nicht, wenn's dir unangenehm ist.«

»Ich werde zuhören. Ich muß dir ja nicht beistimmen, aber ich werde dir zuhören. Nur los! – Was war das, was du da gesagt hast – ein bißchen höhnisch – darüber, daß Mama Papa anbetete? Das ist ein idiotischer Ausdruck.«

»Das ist er auch. Und ich hab's nicht höhnisch gesagt. Dafür ist es etwas zu Ernstes. Roger, ich bemühe mich, mir ein bißchen Bildung anzueignen. Ich glaube nicht, daß ein Mensch frei genug ist, irgend etwas zu begreifen, bevor er nicht begonnen hat, sich selbst zu verstehn. Und, wie ich dir zuvor sagte, dazu gehört es auch, seine Eltern zu verstehn. Mama betete Papa an, und daher kam es, daß sie ihr Wahrnehmungsvermögen verlor. Mama besitzt viele hervorragende Eigenschaften, aber sie ist eine sehr seltsame Frau.«

»Das bist auch du!«

Lily lachte anderthalb Oktaven hinauf und hinunter. »Ja, jeder an diesem Tisch ist seltsam.«

»Weiter mit dem, was du sagen wolltest.«

»Eines Tags, vor Monaten, hat der Maestro seine Jüngste, Adriana, von Tisch weggeschickt. Sie hatte bloß gesagt, daß sie ihre neuen Schuhe *anbete;* sie fand sie *himmlisch.* Er sagte, das seien religiöse Wörter, und die hätten nichts mit Schuhen zu tun. Er wandte sich an mich und sagte, sie hätten auch nichts mit Menschen zu tun. Er ermahnte mich, mich vor Ehemännern und Ehefrauen in acht zu nehmen, die einander anbeten. Solche Menschen sind nie erwachsen geworden, sagte er. Kein Mensch sei anbetungswürdig. Die Hebräer der Frühzeit hätten ganz recht gehabt, Götzendienst zu verurteilen. Frauen, die ihre Männer anbeten, schlingen tausend kleine Stricke um sie, berauben sie ihrer Freiheit. Sie lullen sie in Schlaf. Es sei wundervoll, *Eigentümerin* eines Gottes zu sein, ihn in die Tasche zu stecken. An jenem Tag machte meine Bildung einen kleinen Sprung vorwärts.«

Sie warf einen Blick auf das Gesicht ihres Bruders. Es war hart und starr. Seine Augen hatten etwas Zorniges und Verdrossenes, aber er schwieg weiter.

»Bist du dir klar, daß Mama keine Freundinnen hatte? Sie hegte keine Abneigung gegen Mrs. Lansing. Auch keine gegen Mrs. Gillies oder Miss Doubkov. Sie verbrachte Hunderte – vielleicht Tausende – von Stunden mit ihnen. Es lag ihr bloß nichts daran, ob sie existierten oder nicht. Mama lag nur an einer einzigen Person auf der Welt. Sie betete Papa an. – Einmal sagte ich dem Mâestro, ich hielte die meisten Opernheldinnen für dumme Gänse. Er antwortete: ›Ja, selbstverständlich. Opern handeln von besitzgieriger Leidenschaft. Diese Mädchen und Frauen machen einen Fehler nach dem andern. Sie sind kleine vernichtungbringende Stromwirbel. Erst bringen sie den Baritonen und

Bässen den Tod – ihren Vätern, Vormündern oder Brüdern; dann auch den Tenören. Dann, um halb zwölf, werden sie wahnsinnig oder erstechen sich oder springen in ein Feuer oder werden erwürgt. Oder sie hauchen einfach ihr Leben aus. Selbstsüchtige, besitzgierige Liebe. Die Frauen im Publikum weinen ein wenig, aber auf dem Heimweg planen sie schon das morgige Mittagessen!‹ Papa liebte Mama, aber er betete sie nicht an. Papa war glücklich, aber er entbehrte etwas. Als du weg warst und Mama die Pension eröffnete – «

»Sophia eröffnete die Pension!«

»Ja, Sophia. Ich hätte es tun sollen, aber ich war zu stupid dazu. Na ja! Sophia hat Mrs. Swenson bewogen, zurückzukommen und bei der Hausarbeit zu helfen. Ich saß oft stundenlang in der Küche beim Kartoffelschälen und beim Entfäden grüner Bohnen und dergleichen. Da war sie immer gesprächig. Ich erfuhr einiges über Papa. In all den Jahren, bevor das Unglück geschah – erinnerst du dich, um welche Zeit wir da in ›The Elms‹ zu Abend aßen? Am spätesten von allen Leuten in der Stadt – um halb sieben. Wir alle dachten, Papa müsse in der Bergwerkskanzlei noch einiges erledigen. Aber nein, Papa wurde im Bergwerk um fünf fertig, und dann fuhr er mit diesem alten Pferd überall umher. Er besuchte die Familien der Bergleute, und wenn er dann herunterkam, besuchte er noch andre Leute. Er unterhielt sich mit ihnen; er reparierte ihnen Sachen; er brachte Rohrleitungen und Rauchabzüge in Ordnung. Er ließ sich von den Leuten erzählen, was ihnen Sorgen machte. Er lieh ihnen Geld. Punkt halb sieben kam er immer in den Schuppen gefahren. Aber worauf ich kommen will: er hat Mama nie von allen diesen Freunden erzählt. Warum nicht? Papa neigte nicht zur Geheimtuerei. Er erzählte es ihr bloß deshalb nicht, weil sie sich nicht dafür interessiert hätte. Sie besaß kein Wahrnehmungsvermögen, und sie war keine... keine mitfühlende Frau.«

Roger antwortete nicht darauf. Er zahlte die Rechnung. Sie bestiegen die Straßenbahn zu der langen Fahrt nach Süden und dann Osten. Die Wagen waren überfüllt. Tschechische und ungarische und polnische Familien, die ihre Verwandten bei den Stahlwerken besuchen wollten; italienische Familien, die ihre Verwandten in den Marktgärtnereien in der Gegend um Codington besuchen wollten. Familien, die ihren letzten Herbstausflug in die Dünen von Indiana unternahmen. Roger stand auf der Plattform, und das Herz war ihm schwer. Eine Meile weit Sandsteinhäuser, Heimstätten. Dann Meilen von Holzhäusern, Heimstätten. Zuletzt Farmhäuser – Apfelbäume in den Gärten, Schaukeln für die Kinder – Heimstätten, Familien. Sie verließen die Straßenbahn in einem Italienerdorf und mußten noch fünfzehn Minuten weit gehn. Zwischen einer Farmacia Garibaldi und einem Campo Sportivo Vittorio Emmanuele bogen sie von der Hauptstraße ab. Rogers Bedrücktheit war gewichen. Er blickte mit einem leisen Lächeln um sich. Ob gute oder schlechte, er war auf Seite der Heimstätten. Er war erfüllt von dem Entschluß, ein eigenes Heim zu haben – und verdammt bald obendrein.

Diesmal hatte Gianni wenig Aufmerksamkeit für seine Besucher übrig. Er war ganz in Anspruch genommen. Das Gehen hatte er schon ziemlich gut erlernt; nun hatte er angefangen, sich mit Bauen zu befassen. Da er ein Ashley war, wollte er keine Hilfe. Seine Mutter und sein Onkel saßen in der Reblaube, Gläser mit Wein vor sich, schwiegen in dem geschenkten Nachsommer und blickten über die weite braune Ebene. Die Ernte war eingebracht. Das Erdreich war umgepflügt. Der Tag hatte mit einem leichten Frost begonnen; nun stieg in der einschläfernden Wärme ein kaum wahrnehmbarer Dunst von den Äckern auf – eine ebenso überzeugende Verheißung von Erneuerung wie jene der ersten Apriltage. Alsbald kletterte Gianni seiner Mutter auf den Schoß und schlief da ein.

Langsam begann Roger zu sprechen:

»Lily, das Wichtige ist, gerecht zu sein. Sogar im Alltäglichen war Mama eine bemerkenswerte Familienmutter. Papa hatte sehr wenig Geld. Aber wir spürten nie, daß wir arm waren. Sie arbeitete von früh bis spät, jeden Tag ihres Lebens. Sie war nie reizbar oder übellaunig. Sie war nie ungerecht. Auch wenn es wahr ist, daß sie keine besondere Freundschaft für jene Damen empfand, machte sie nie boshafte Bemerkungen über sie. Sie las uns aus den besten Büchern vor; sie spielte die beste Musik für uns. Aber das ist bei weitem nicht alles. Unlängst unterhielt sich der Maestro mit mir nach dem Essen in seinem Arbeitszimmer. Er sagte ungefähr folgendes: ›Mich interessieren eure Eltern – Ihre und Lilys – und eure Vorfahren. Mich interessiert, was für eine Kindheit ihr gehabt habt. Ich habe mehr als hundert junge Amerikaner und Amerikanerinnen mit schönen Stimmen unterrichtet. Sie haben alle gut gesungen. Manche von ihnen sind jetzt berühmt. Aber nur selten verstehn sie wirklich, was sie singen. Ihre Schwester kommt zu mir. Ich lehre sie alles mögliche übers Atmen und Ansetzen und so weiter, aber was Stil und Gefühl und Geschmack betrifft, brauche ich ihr kaum etwas zu sagen. Irgendwoanders hat sie offenbar gelernt, wie man auf edle Art singt. Sie kann Kummer ausdrücken, ohne sentimental zu werden. Sie kann Zorn ausdrücken, ohne daß es derb wirkt.‹ Er sagte noch mehr dergleichen – o ja, er sagte: ›Sie kann kokett sein, ohne ordinär zu werden.‹ Er wunderte sich, woher du das hast. An Mama war nichts Kleinliches. Denk daran, wie sie jeden Tag zu der Gerichtsverhandlung ging. Denk an sie an jenem Vormittag, als die Polizei in die Halle gestampft kam und sie fragte, wer Papa befreit habe. Mama hat Größe. Was du ihr verdankst, läßt sich gar nicht in Worte fassen. Du hast auch eine Menge gute Gaben von Papa, aber darüber wollen wir ein andermal reden...

Wir müssen alle so sein, wie wir geschaffen sind – wie die Würfel aus dem Becher fallen. Wir wissen nicht, was für eine Mädchenzeit Mama gehabt hat. Ich glaube, Papa hat sie aus einer schwierigen Lage gerettet. Ich glaube, was du ihre ›Anbetung‹ nennst, ist vielleicht eine Art von nie endender Dankbarkeit.«

»*Mammi!*«

»*Sì, caro. Che vuoi?*«

»*Mammi, canta.*«

»*Sì, tesoro.*«

Lily sang leise die Melodie, bei der er geboren worden war. Er schlief wieder ein.

Roger sprach weiter: »Auf eine gewisse Weise war Papa wie die Tiere. Siehst auch du das?«

»O ja.«

»Tiere wissen es nicht, daß sie sterben werden. Du hast ihn nicht jeden Tag im Gerichtssaal gesehn. Wie oft hast du ihn im Gefängnis besucht?«

»Dreimal.«

»Nicht bloß, daß er tapfer war – um Mamas und unsertwillen. Sondern er verhielt sich einfach ganz ruhig und schlicht gegenüber dem Tod – dem Leben und dem Tod.«

»Ich trachte, so zu singen.«

»Sieh doch – sieh die vielen Wildenten, die nach Süden ziehn!«

»Hunderte.« Pause. »Tausende!«

»Vor langer Zeit hörte ich Dr. Gillies eine Rede halten – gewissermaßen eine Rede. In der Illinois Tavern, am Neujahrsabend 1899. Er sagte damals, die Evolution dauert immer noch fort. Nach einer Weile – vielleicht nach Millionen Jahren – wird sich eine neue Art von Mensch entwickelt haben. Alles, was wir gegenwärtig sehn, ist nur ein Stadium, das die Menschheit durchläuft – Besitzgier und Furcht und Grausamkeit. Die Menschen werden alledem entwachsen.«

»Hältst du das für wahr?«

Er blickte über die Felder hin. Wie schön die Erde war! Er murmelte etwas. Er streckte die Hand aus und schloß sie um Giannis staubiges Füßchen.

»Ich hab' nicht gehört, was du gesagt hast, Roger.«

»Oh, man müßte zehntausend Jahre leben, um eine Veränderung zu merken. Man muß es in sich fühlen – das heißt, es glauben.«

Gianni wachte auf und wollte zu seinem Onkel. Roger warf ihn hoch bis zu dem Blätterdach der Laube und fing ihn wieder auf; er schwang ihn zwischen seinen Beinen; er hielt ihn kopfabwärts an den Fußgelenken. Gianni kreischte vor Angst und Wonne. Frauen spielen keine solchen Spiele mit Kindern. Er kletterte kleinlaut geworden auf den Schoß seiner Mutter zurück. Er wußte nicht recht – bis zum nächstenmal – ob er seinen Onkel Rodschi lieb hatte oder nicht.

Roger, der noch immer stand, blickte wie zuvor über die Felder hin. »Ich hab's irgendwo gelesen... vor fünfzig Jahren erwarben sich hunderttausend Bauern in Bengalen den bloßen Lebensunterhalt durch Baumwollweberei. Sehr bald verbot ihnen die britische Regierung den Anbau und das Weben; Manchester hatte begonnen, seine Baumwolle aus Amerika zu beziehn. Da ließen sich die

Inder auf alle viere nieder und gruben nach Wurzeln und Knollen, um etwas zu essen zu haben. Langsames Verhungern, verkrüppelte Kinder und ein großes Sterben. In Amerika bricht der Bürgerkrieg aus. Keine Baumwolle mehr für Manchester. Schreckliche Zeiten in Manchester. Langsames Verhungern, verkrüppelte Kinder und ein großes Sterben. Nach dem Krieg sind die Handelswege wieder offen, aber Verbesserungen der mechanischen Verfahren haben zwanzig Arbeiter überflüssig gemacht, wo nun ein einziger die Arbeit leisten kann. Die Neger kriechen auf allen vieren und wühlen nach Wurzeln und Knollen. Langsames Verhungern, verkrüppelte Kinder und ein großes Sterben ... Die Welt wird immer kleiner. Zu viele Menschen. Niemand vermag etwas dagegen.«

»*Mammi, canta!*«

Lily sah Roger wehmütig an. »Weißt du eine Lösung, Roger? Kann ich meine zehn Kinder nicht haben?«

Er setzte sich wieder auf die Bank. Seine Augen begegneten den ihren, ohne zu lächeln. Er sagte traurig: »Ich werde alle Ashleys am Leben lassen.«

Lily stellte ihren Sohn auf den Boden. Sie kniete vor Roger hin und umschlang seine Knie. »Denk für uns darüber nach, Roger! Finde alle diese Lösungen für uns. Ich bitte dich – in Papas Namen – in Giannis Namen – «

Etwas Seltsames geschah. Roger – Roger Ashley! – brach in Tränen aus. Er stand auf und schritt auf und ab.

»*Mammi, canta!*«

Lily sang. Die Gemütsbewegung, die sie an diesem Nachmittag empfand, sang sie dann viele Male – in Mailand, in Rio, in Barcelona ... in Manchester.

Roger kam lächelnd zu ihr zurück. »Ich werde über Weihnachten nach Coaltown fahren«, sagte er.

Roger verließ Chikago am Mittag des 23. Dezember. Er fühlte sich keineswegs gehobener Stimmung. Er bildete sich sogar ein, krank zu sein. Er hatte in dreieinhalb Jahren wenig Ausruhen und keine Ferien gekannt. Er schleppte eine Menge Gepäck mit, das auch seine und Lilys Weihnachtsgeschenke enthielt. Er verstaute alles auf den Gepäcknetzen über ihm und ließ sich auf einen Sitz ganz hinten im Waggon nieder. Er hatte stets ein Buch bei sich. Er schlug Bagehots *Lombard Street* auf und begann, Sätze zu unterstreichen, die schrittweise Darlegung durch schematische Randzeichnungen zu veranschaulichen, und las jeden Absatz zweimal. Darüber schlief er ein. Viele Stunden später wurde er durch Lärm und Bewegung in dem Waggon geweckt. Leute stiegen ein, und andre verließen den Zug in Fort Barry. Ein paar Minuten später fuhr der einige hundert Meter südwärts zu dem Kohlendepot und hielt hier für eine Weile. Dies war die Stelle, wo vor drei Jahren und fünf Monaten sein Vater von seinen Rettern befreit worden war. Die meisten Fahrgäste stiegen aus und schritten lebhaft auf dem Schlackenweg neben dem Wasserbehälter und den Kohlenschuppen hin und her. Es waren viele Studenten und Studentinnen in dem Zug, die über die Ferien heimkehrten; sie sangen. Die Dämmerung brach ein. Ein paar Schneeflocken schwebten durch die Luft. Roger lebte auf. Er musterte die Gesichter der ihm Entgegenkommenden. Seine Aufmerksamkeit wurde von einem hochgewachsenen, schlanken Mädchen ungefähr seines Alters erregt, das sich von den Gefährtinnen abgesondert hatte und mit schnellen Schritten auf und ab ging. Ihr Haar war schwarz, ihr Gesicht von einer matt bräunlichen Tönung. Sie trug eine Mütze aus Seehundsfell und hatte den Kragen aus demselben Pelzwerk bis über die Ohren hochgeschlagen. Auch der Muff, in dem ihre Hände staken, war aus Seehundsfell. Eine unbestimmbare Anmut und Vornehmheit zeichneten sie aus. Er blieb stehn und blickte über den Graben zu der Baumgruppe hin, wo, so war behauptet worden, die Befreier seines Vaters ihm ein Pferd gegeben hatten. Dann begann er wieder hin- und herzugehn. Das Mädchen in der Pelzmütze war zweimal an ihm vorbeigegangen, blieb dann vor ihm stehn und sagte:

»Roger, ich möchte mit dir über etwas sprechen.«

»Wie, bitte?«

»Nicht hier – sobald wir in Coaltown sind.«

»Verzeihung, aber ich weiß nicht, wer Sie sind.«

»Ich bin Félicité Lansing.«

»Félicité! Bist du aber gewachsen!«

»Ja.«

»Wie schön, dich wiederzusehn. Wie geht's deiner Mutter?«

»Danke, gut.«

»Wie geht's euch allen? Wie geht's George und Anne?«

»Gut, gut. Roger, ich muß mit dir über etwas sprechen.«

Ihr Benehmen hatte etwas Ernstes, Drängendes. Plötzlich erinnerte er sich, daß Sophia ihm geschrieben hatte, Félicité Lansing »bereite sich darauf vor, Nonne zu werden«. Es war etwas Nonnenhaftes an dem jungen Mädchen vor ihm; dieses Fehlen jedes Versuchs, irgendwelche Aufmerksamkeit auf sich zu ziehen.

»Was willst du mir denn sagen, Félicité?«

»Etwas sehr Wichtiges über... deinen Vater und meinen Vater.«

Sie blickte über seine Schulter weg, wie auf eine schmerzliche Prüfung, der man sich nicht entziehen kann, die bestanden werden muß.

»Ja, Félicité. Ich glaube, wir können jetzt im Waggon zwei Sitze nebeneinander finden.«

»Ich kann dir nicht jetzt davon erzählen. Ich bin noch nicht bereit dazu. Vielleicht ist, was ich dir zu sagen habe, etwas sehr Schreckliches. Ich wußte nicht, daß ich dir auf diese Weise begegnen würde – im Zug.«

»Ich werde morgen zu dir in euer Haus kommen. Oder du komm zu uns.«

Félicité blickte nachdenklich noch immer über ihn hinweg, aber nicht, als wiche sie seinem Blick aus; als sie ihn dann ansah, geschah das ohne Vorbehalt. Ein Wiedererkennen ließ Rogers Herz höher schlagen: ihre Augen, wie die ihrer Mutter, waren in der Färbung ein wenig verschieden; gleich ihrer Mutter hatte sie ein kleines Mal oben auf der rechten Wange.

Sie sagte: »Bevor ich nicht dessen sicher bin, was ich dir zu sagen habe, – sehr sicher – darf meine Mutter nichts davon wissen. Und auch nicht deine Mutter. George ist vor drei Tagen in der Nacht zurückgekommen. Er lief an dem Abend, bevor Vater getötet wurde, aus Coaltown davon. Er fuhr schwarz auf Güterzügen, wie Landstreicher das tun. Er ging nach Kalifornien und wurde Schauspieler. Er ist sehr krank gewesen. Es gibt vieles, was ich dir erzählen muß. Ich war nicht imstande, es irgend jemand anderm zu erzählen.«

Abermals blickte sie schweigend über seine Schulter weg. Im stillen sagte sich Roger: »Aber ich *kenne* sie doch. Wir müssen Tausende von Wörtern miteinander gesprochen haben.«

»Ich hab' einige der Artikel gelesen, die du für die Zeitung geschrieben hast. Miss Doubkov hat sie mir geliehen. Ich glaube, du wirst's verstehn. Ich meine, ich glaube, du wirst mir helfen, es zu begreifen.« Sie streckte ihm die Hand hin. »Vielleicht werden wir sehr, sehr stark und sehr tapfer sein müssen.«

Der Zug tat einen Ruck. Die Pfeife schrillte. Einige Mädchen kamen auf Félicité zugelaufen und riefen: »Filly, Filly! Der Zug fährt ab. Du wirst zurückbleiben.«

»Ich kann's dir nicht sagen, wenn alle diese Mädel um uns herum sind. Weil's was Geheimes ist, sehr geheim. – Hör zu! Miss Doubkov hat jetzt einen Modesalon in der Hauptstraße. Ich helfe ihr manchmal. Ich hab' einen Schlüssel. Sie sagte, sie wird am Tag vor Weihnachten dort nicht arbeiten. Kannst du morgen vormittag um halb elf hinkommen?«

»Filly! Filly! Du wirst zurückgelassen werden!«

»Ja, das kann ich.«

Das Haselnußbraun und das Blau ihrer Augen schienen dunkler zu werden. »Vielleicht ist's nicht wahr. Vielleicht ist's wahr und schrecklich. Aber wenn's wahr ist, müssen wir's erfahren. Die Hauptsache ist, allen Leuten zu beweisen, daß dein Vater unschuldig war.«

Sie legte schnell die Hand in die seine, murmelte: »Morgen um halb elf«, und stieg in den Waggon. Roger nahm seinen alten Platz ein. Er öffnete abermals das Buch, aber seine Augen kehrten immer wieder zu der Seehundsmütze am andern Ende des Waggons zurück. »Großartiges Mädel!« Félicité saß regungslos auf einem Sitz neben dem Mittelgang; ihre Gefährtinnen plapperten drauflos und flatterten wie Tauben um sie herum. Ihre Stimmen klangen schrill vor Aufregung über die kommenden Feiertage. Er vernahm ihr beharrliches »Filly, hör doch!« und »Filly, sieh doch!«

Roger sagte sich: »Die werde ich heiraten.«

IV

HOBOKEN, NEW JERSEY

1883

Hoboken, New Jersey, ist eine Stadt mit einem holländischen Namen, in der einmal großenteils Leute deutscher Herkunft wohnten. Die Mehrzahl der Häuser war aus roten Ziegeln gebaut und angenehm von Akazien und Linden beschattet. Bei schönem Wetter saßen die Bürger von Hoboken (wie noch heute) gern auf den Bänken des Kais und sahen den Schiffen zu, die in den Hafen von New York einliefen oder ihn verließen. Es wurde hübsch viel Bier in Hoboken gebraut und getrunken, aber in den verschiedenen Bierhallen ging es eher gesetzt und genießerisch als lebhaft und lärmend zu. Es gab hier eine Technische Hochschule. Die meisten Studenten kamen von auswärts und machten sich über das Städtchen und seine Bierbrauer lustig; wenn sie sich unterhalten wollten, bestiegen sie die Fähre nach New York, wo man, allem Vernehmen nach, ›das Leben‹ in seiner Fülle kennenlernen konnte.

An einem Sonntagmorgen im Frühling 1883 saß auf einer Bank der Kaipromenade John Ashley, einundzwanzig Jahre alt, mit Beata Kellerman, der neunzehnjährigen Tochter eines der wohlhabenderen Bierbrauer. Er trug den neuen Anzug, den er sich für Ostern gekauft hatte. Der war grün – fast ›flaschengrün‹. Sein steifer runder Hut war braun. Seine neuen Schuhe waren gelb und glänzten. Er trug einen hohen Stehkragen. Die Revers seines beigebraunen Überziehers waren aus pflaumenblauem Samt. Dies waren die Kleider eines Sohns aus reichem Haus, aber sie waren schlecht gewählt und ließen an einen Burschen vom Land denken. Zu keiner Zeit seines Lebens war etwas Bemerkenswertes an John Ashley außer seiner großen Nase, seinen aufmerksamen blauen Augen und seiner Schweigsamkeit. Er war weder dunkelhaarig noch blond, weder groß noch klein, nicht dick und nicht dünn, nicht hübsch und nicht häßlich. Seine Schweigsamkeit kam nicht von Schüchternheit; er war überhaupt nie befangen. Sie entsprang einem Verlangen, sich nichts entgehn zu lassen. Er war beständig von Verwunderung erfüllt: die Mathematik und die Gesetze der Physik waren wundervoll; ein Tag wie dieser Sonntagmorgen war wundervoll; wundervoll waren die Schiffe vor ihm, die Möwen, die Wolken am Himmel und die Gesetze der Verdampfung, denen sie gehorchten; es war wundervoll, jung zu sein und ein langes, inhaltsreiches Leben vor sich zu haben. Über alles wundervoll war das Mädchen neben ihm. Es würde seine Frau werden, und sie würden viele wundervolle Kinder haben. Auch Beatas Kleidung bezeugte einen wohlhabenden Vater – von den Knöpfelstiefeletten an ihren großen Füßen bis zu dem berüschten Parasol in ihren aus einem Halbhandschuh hervorsehenden Fingern. Beata selbst war jedoch eine auffallende Erscheinung. Sie war die deutsche Version einer griechischen Göttin – »junonisch« sagte ihr Zeichenlehrer – mit weit auseinander liegenden, ein wenig vorgewölbten blauen Augen, einer schön geformten Nase und einem wohlgerundeten Kinn. Auch Beata war schweigsam, aber aus andern Gründen. Sie war erst vor kurzem aus einem Leben hervorgetaucht, in dem nichts wundervoll war. Sie hatte John Ashley kennengelernt. Für sie war das Wunders genug.

An jenem Vormittag war es in Hoboken sehr still. Nicht einmal Kirchenglocken waren zu hören, denn einer Epidemie wegen hatte man die Kirchen geschlossen. Die Krankheit war seit vielen Jahren immer wieder ausgebrochen, mit wechselnden Symptomen und unter verschiedenen Namen. Im Jahre 1883 wurde sie ›Maryland-Pneumonie‹ genannt. Eine Haustür neben der andern trug den roten Infektionszettel und so manche einen Trauerflor.

Viele Studenten der Technischen Hochschule waren von ihren Eltern nach Hause gerufen worden. Auch John Ashley gehörte zu diesen, aber er hatte sich nicht darum gekümmert. Er war das einzige Kind ihn überschwenglich liebender Eltern im Norden des Staates New York. Vergötterte Söhne sind nicht grade für Dankbarkeit oder Gehorsam bekannt. Er wußte überdies kaum, was Furcht war. Er glaubte, Krankheit und Unglücksfälle träfen nur diejenigen, die sie verdient haben. Er wohnte in einem nun leeren Haus. Die Familie, bei der er Quartier genommen hatte, war aus der Stadt geflüchtet und hatte bei Verwandten auf einer Farm in Pennsylvanien Unterkunft gefunden. Beatas Eltern und Geschwister waren nach New York zur Kirche gefahren und kämen erst am Abend zurück. Beata und die Dienstboten hatten feierlich versprochen, das Haus den ganzen Tag nicht zu verlassen. Vermeintlich saß sie im Salon und übte eine Beethovensonate, ein Räuchergefäß mit brennendem Schwefel neben sich. Beata war stets eine ungewöhnlich folgsame Tochter gewesen. Sie hatte in einem Gefängnis aus alledem, was sie fürchtete, gelebt; daraus hatte ihre Liebe zu John Ashley sie vor kurzem befreit. Sie fürchtete ihre Mutter nicht mehr und auch nicht mehr den Spott ihrer Brüder und Schwestern oder die Meinungen der Freundinnen ihrer Mutter. Vor allem war sie von einer Furcht vor dem Leben selbst befreit worden – einer verworrenen Angst vor ›Männern‹ und ›Babys‹ und vor einer Ewigkeit in Hoboken verbrachter Tage. Binnen sechs Wochen hatte John Ashley alle diese Wolken verscheucht. Die Krone ihrer Liebe für ihn war Dankbarkeit.

John und Beata saßen auf der Bank in der verseuchten Stadt. Sie blickten auf das Sonnenlicht auf dem Wasser. Sie sprachen wenig. Alle Worte außer den alltäglichsten hätten die anschwellende Musik, die sie beide erfüllte, nur gestört.

»*...ein wundervoller Tag!*«

»*Ja. Ja, wundervoll.*«

Wir gestalten unser Leben, indem wir unsre Vorstellungsgabe betätigen, und – wie schon Goethe wußte – »Was man in der Jugend wünscht, hat man im Alter die Fülle.« John Ashleys Vorstellungsgabe war auf manchen Gebieten beschränkt, aber nicht auf diesem: er wollte ein Ehemann und der Vater vieler Kinder sein; er wollte schon mit zweiundzwanzig Jahren verheiratet sein, damit seine ältern Kinder ihre Jugend durchlebten, bevor er vierzig wäre; er wollte in einiger Entfernung von der atlantischen Küste leben, in einem großen, von Veranden umgebenen Haus – einem durch den Tumult des Lebens darin – alle diese Knaben und Mädchen – vielleicht ein wenig unordentlichen; er wollte beim Haus eine mit den richtigen Werkzeugen und Geräten versehene Werkstatt, wo er seine Experimente anstellen und seine nützlichen oder unnützen Erfindungen machen könnte. Es kam ihm nie in den Sinn, sich Reichtum zu wünschen (genügende Mittel, um eine Familie zu erhalten, fielen *von selbst* jedem ernst veranlagten und fleißigen jungen Mann zu) oder Ruhm (sehr bekannt zu sein, mußte einem eine Menge Zeit rauben), Wissen (er hatte nie viel, was ihn interessierte, in Büchern gefunden) oder Weisheit, eine ›Philosophie‹, geistige Einsicht (derlei kam *auch von selbst*, vermutlich, sobald man älter würde). Er hatte ein ziemlich deutliches Bild von seiner künftigen Frau vor Augen: sie würde sehr schön sein und beinahe vollkommen – nämlich ohne Eitelkeit, Neid und Bosheit, und nichts auf die Meinung andrer geben. Sie würde eine mustergültige Hausfrau und, gleich ihm selbst, nicht sehr gesprächig sein, aber mit einer melodischen Sprechstimme begabt, – die Stimme seiner ihn überschwenglich liebenden Mutter brachte es zuwege, sowohl näselnd als auch tonlos zu klingen.

Es gab noch andres in dem Bild, das sich Ashley von seiner Zukunft machte, was ihm weniger klar war, aber er war nicht im Zweifel über die ersten Schritte. Er würde der Beste seines Jahrgangs sein und daher, sobald er graduierte, den ihm am meisten zusagenden Posten wählen können. Er würde am Tag nach seiner Graduierung heiraten. Da er vier Jahre lang in Hoboken bliebe, beschloß er, hier unter den Einwohnern nach einer Frau zu suchen. Auf seinen kurzen Fahrten nach New York hielt er die Augen gut offen. Die Mädchen in der großen Stadt schienen ihm von einer ermüdenden Lebhaftigkeit zu sein; sie hörten nie auf zu reden; sie lachten zu laut in der Öffentlichkeit und gestikulierten zuviel. Selber ein Kleinstadtjunge, wünschte er, ein Kleinstadtmädchen zu heiraten.

»*... es ist so friedvoll!*«

»*Ja. Ja, friedvoll.*«

John Ashley war der Beste seines Jahrgangs in allen Fächern und war der Präses seiner Verbindung, aber er nahm nur ein geringes Interesse an seinen Kollegen. (Im letzten Studienjahr zog er aus dem Heim der Verbindung aus und in ein Privatquartier.) Er war von der Natur für mancherlei Sport begabt, betrieb aber keinen.

Es fehlte ihm an Wettbewerbsgeist und, wie es schien, auch an Ehrgeiz. Er war jedoch nie müßig; er erforschte die Gesetze der Mechanik und Elektrizität, und er suchte eine Frau.

Er schüchterte seine Professoren gradezu ein. Einige hatten begabte Schüler gehabt, aber keiner hatte je einen Studenten gesehen, der auf so spielerische Art an technische Aufgaben heranging und sie löste. Sie gaben ihm einen erweiterten Arbeitsplatz im Laboratorium und stellten ihm kostspielige Apparate zur Verfügung. Die Energie, die das entfesselte, brachte Glöckchen zum Läuten (sie spielten »Nita, Juanita«) und warf von einer Klaviatur Ziffern und Buchstaben auf einen Raster. Mehrmals war er nicht weit davon, tödlich zu verunglücken; er brachte Fenster zum Zerspringen, schwärzte die Zimmerdecke und äscherte das Laboratorium beinahe ein; aber schwere Unfälle widerfahren jungen Ashleys nicht. Die besondern Begünstigungen im Laboratorium wurden ihm allerdings mit Bedauern entzogen. Als der Tag der Graduierung herankam, erwogen der Dekan und eine Anzahl seiner Ratgeber, den jungen Mann aufzufordern, in die Fakultät einzutreten, aber es erhoben sich Stimmen dagegen. Erfinder waren verdächtig, und es war unverkennbar, daß Ashley zu dieser Sorte gehörte. Immerhin hängten sie seine technischen Zeichnungen in die Korridore – sie waren von beispielloser Klarheit und Schönheit und blieben dort jahrelang – und statteten ihn mit vorzüglichen Empfehlungsschreiben aus. Ashley gab sich auch in seinem Quartier mechanischen Spielereien hin. Sein Zimmer ähnelte der Bude eines exzentrischen Wissenschaftlers in einem Roman von Jules Verne. Sobald am Morgen die Zeiger seiner Wanduhr auf halb sechs wiesen, fiel ein Kissen von der Zimmerdecke auf sein Gesicht; bei kaltem Wetter schloß ein langer Stahlarm das Fenster; ein andrer zündete den Brenner unter einem Teekessel an. Er spielte mit Mathematik. Es waren stets gleichzeitig sechs bis zehn Kartenpartien im Haus seiner Verbindung in Gang. Er entwarf Tabellen zur Berechnung der Wahrscheinlichkeiten, die beim Whist, Jack Gallagher und Binokel herrschen. Da er weder Wettbewerbsgeist noch Bosheit besaß und kein Geld nötig hatte, beschränkte sich sein Interesse am Kartenspielen darauf, zu verhindern, daß einer seiner Mitspieler allzuviel gewann.

Zeigte sich in alledem bloß sein Spieltrieb, so nahm er dagegen seine Suche nach einer Ehefrau äußerst ernst. Er interessierte sich nur für streng erzogene Mädchen. Ein rechter Jäger kundschaftet das Gelände aus, beobachtet die Gewohnheiten, die Wechsel und Äsungsplätze des Wilds; er versieht sich mit der geeigneten Ausrüstung und wappnet sich mit Geduld. Bald nach seiner Ankunft in Hoboken begann Ashley, seine Pläne auszuführen. Er schrieb sich in einen deutschen Sprachkurs ein. Er besuchte regelmäßig die lutheranische Kirche. Es war bei den wohlhabenden deutschen Familien allgemein die Regel, daß ihre Töchter nichts mit den Studenten der Technischen Hochschule zu tun haben sollten, und an dieser war es allgemein bekannt, daß die Mädchen von Hoboken schwerfällige *Dutchies* und der Aufmerksamkeit eines vifen jungen Mannes nicht wert waren. John Ashley aber wartete nicht erst, sich seine Meinungen nach denen seiner Altersgenossen zu bilden; seine Absichten reichten über deren Gesichtskreis und seine Methoden über deren Geduld hinaus. Er folgte Mädchen auf der Straße und erkundete so ihre Adressen und Namen. In der Kirche wurde er willkommen geheißen. Auf das erste Vorgestelltwerden folgten bald andre, und er wurde zu sonntäglichen Mittagessen eingeladen. Er hinwieder lud Mädchen (und deren Mütter) zu Lichtbildervorträgen – »Unser Sternenhimmel im Dezember«, »Goethe und die Tiere« – und zu heiteren musikalischen Amateurdarbietungen ein. Am Schluß dieser Unterhaltungen gab es viel Händeschütteln im Mittelgang und noch mehr Vorgestelltwerden. In Hoboken wurden Tanzkränzchen und Bälle abgehalten, lange bevor anderswo in ähnlichen Gemeinschaften Tanzen als erlaubt und passend galt. Er warf ein weites Netz aus. Eine Mädchenbekanntschaft führte zur andern. Er pirschte sich an eine kostbare Beute heran, bevor er wußte, ob es sie gab. Ein fester Glaube leitete ihn dabei. Die Pirsch war zeitraubend, aber wir alle haben Zeit für das, was unserer Natur unentbehrlich ist. Erst spät – als er alle Hoffnung schon fast aufgegeben hatte, im zweiten Viertel seines letzten Studienjahrs – erblickte er schließlich Beata Kellerman. Einen Monat danach wurde er ihr vorgestellt. Drei Monate später ging er mit ihr durch.

Rätselhaft sind die Gesetze der geschlechtlichen Wahl. Ashley erwählte sich Beata zur Frau auf ganz ähnliche Weise, wie sein

Sohn Roger später sich seinen Lebensberuf wählte – durch Elimination. Er stand bei Müttern und jüngern Schwestern sehr in Gunst; die Väter und Brüder fanden ihn uninteressant. Natürlich hatte er eine Bewertungsliste angelegt. Trude Gruber und Lisl Grau mochten ihn sehr gut leiden, aber sie konnten sich nicht davon zurückhalten, über ihn zu lachen. Jedermann konnte sehen, daß Lisls Zwillingsschwester Heidi ein wenig in ihn verliebt war, aber sie ließ sich öfters vernehmen, daß Kochen und Nähen und »alle diese dummen hausfraulichen Beschäftigungen« ihr zuwider seien. Gretchen Hofer (er kannte vier Gretchen) vermochte sich nicht vorzustellen, ein Mädchen würde Hoboken verlassen wollen, um im Westen zu leben, wo es nichts andres als Indianer und Klapperschlangen gab. In seinem dritten Jahr glaubte er, gefunden zu haben, was er suchte, und zwar in Marianne Schmidt. An Sonntagnachmittagen saßen sie auf einer Bank der Kaipromenade und sahen zu, wie die Schiffe im Hafen von New York ein- und ausfuhren. Marianne war siebzehn, eine Schönheit, und sprach wenig und mit Bedacht. Sie besaß die ungewöhnliche Fähigkeit, Ashley zum Reden zu bringen. Sie wollte wissen, was er auf der Hochschule lerne. Schließlich vertraute sie ihm ihren Wunsch an, im Mount Holyoke College in Massachusetts Chemie zu studieren. Sie hatte die Absicht, Ärztin zu werden, um Kinder zu behandeln. Sie hatte gelesen, daß in Deutschland und Frankreich Frauen Arzt werden konnten – wirklich Ärzte wie die Männer. Ashley hörte sich das eine Weile an und äußerte sich dann dazu. Marianne vermochte anfangs nicht zu begreifen, was er sagte. Sie traute ihren Ohren nicht. Er schien zu denken, es sei nicht gesund, die ganze Zeit unter kranken Menschen zu arbeiten.

»Wer sollte es also tun?«

»Tja . . . Es gibt doch genug Ärzte, die dafür bezahlt werden. Jemand muß es tun, aber nicht grade Sie, Marianne.«

Marianne zog mit der Spitze ihres Sonnenschirms Kreise auf dem Boden. Alsbald stand sie auf. »Gehn wir nach Hause, John ... John, manchmal glaube ich, Sie sind einfach ein Ignorant – oder vielmehr, daß Sie etwas nicht mitbekommen haben. Sie besitzen gar keine – Vorstellungsgabe! Sie besitzen keine –!«

Das eliminierte Marianne Schmidt.

Lottchen Bauer hatte eine schöne Sprechstimme und war berühmt für ihr Kochen. Eines Tags nahm er sie zum Eislaufen auf den Platz des Turnvereins mit. Sie liefen so elegant miteinander, daß die Leute ihnen die Eisfläche überließen, um ihnen zuzusehn. Als er am Ende des Nachmittags ihr die Schlittschuhe abschnallte und zu ihr aufsah, merkte er, daß sie weinte.

»Aber Lottchen! Was ist denn los?«

»Nichts.«

»Sagen Sie's mir doch!«

»Das Leben ist gräßlich! Ich hatte heute morgen einen schrecklichen Streit mit Vater und Mutter, und heute abend wird's wieder einen geben. – John, Sie sagten doch, ich singe herrlich.«

»Ja, das ist wahr. Sie sind die beste Sängerin, die ich je in einem Haus singen hörte.«

»Also ich will Opernsängerin werden, und ich werde eine Opernsängerin sein, und nichts in der Welt wird mich davon abhalten!«

»Aber Lottchen!«

»Was?«

»Ich glaube, Sie würden kein sehr gutes Familienleben haben, wenn Sie Opernsängerin würden. Ich meine, Sie würden abends sehr oft nicht daheim sein können. Und ich nehme an, Opernsängerinnen müssen am Nachmittag vor der Vorstellung üben.«

Lottchen vergoß noch mehr Tränen, aber vor lauter Lachen. Das eliminierte Lottchen Bauer.

Er wurde in das jährliche Konzert mitgenommen, das die Schülerinnen der Mrs. Kessel, der besten Klavierlehrerin Hobokens, gaben. Musik, Fleiß und ruhige Nerven waren diesen Mädchen etwas ganz Natürliches. Eine Schülerin folgte der andern. Gegen Ende des Abends produzierten sich die fortgeschritteneren, und unter ihnen die drei Kellermanschwestern. Ashley hatte diese jungen Damen wohl schon gesehen, war aber nie mit ihnen bekannt geworden. Ihre Mutter, Clotilde Kellerman, geborene von Diehlen, dünkte sich etwas Besseres als die andern Matronen der Stadt und hielt ihre Töchter an kürzern Zügeln. Beata spielte als letzte. Ashley war nicht in der Lage zu erkennen, daß ihre Leistung die brillanteste, aber am wenigsten von angeborener Musikalität zeugende des Abends war. Es spiegelte sich in Beatas Spiel nicht ihre Schönheit, sondern die steinerne Art, wie sie ans Klavier getreten war und sich, gleichsam in sich gekehrt, vor dem Publikum verneigt hatte. Mitten im Spielen – *versagte ihr das Gedächtnis*. Das Publikum war wie elektrisiert. Es war ein Skandal und eine Schande und würde noch jahrelang besprochen werden. Ashley war mehr elektrisiert von dem, was dann folgte. Beata begann das Stück nicht von neuem; sie suchte nicht auf den Tasten nach einem Ausweg. Ruhig sah sie eine Weile mit leicht gehobenen Händen vor sich hin. Dann stand sie auf, verneigte sich gegen die Zuhörer, ohne die Fassung zu verlieren, und verließ das Podium in der Haltung einer weltberühmten Künstlerin, die alle Erwartungen übertroffen hat. Der Applaus war großmütig, übertönte aber nicht die entrüsteten Bemerkungen der Bekannten Ashleys.

»Sie hat's absichtlich getan!«

»Ihre Mutter wird das nicht überleben!«

»Sie ist ein schrecklich hochnäsiges Mädel; jedermann weiß das! Sie hat keine Freundinnen und will auch keine haben.«

»Sie hat's ihrer Mutter zum Trotz getan. Sie benimmt sich unmöglich gegen ihre Mutter.«

»Nein, sie hat's nicht mit Absicht getan. Als sie an Schillers Geburtstag rezitierte, hat sie auch nicht weitergewußt.«

Was war es, das Ashley schon in diesen ersten Augenblicken so stark zu Beata hinzog? War es ihre Tapferkeit und Unerschütterlichkeit? Besaß er genug Vorstellungsgabe, um in der Luft den Aufschrei einer Schiffbrüchigen und Ertrinkenden zu hören? Wurde sein Interesse für sie durch die Schadenfreude der Zuhörerschaft angefacht? (Er war geneigt, zu glauben, eine von einer Gemeinschaft gehegte Meinung sei *immer* falsch.) Sah er sich als einen Perseus oder Sankt Georg, dessen Sendung es war, eine schöne Maid aus Bedrängnis zu erretten? Oder lag es in seiner Natur, ein Mädchen zu suchen, das – aus Gründen in ihrer Natur – ganz in der Liebe zu ihm aufgehn würde, zu ihm allein?

Er pirschte sich an sie heran. Ihre Familie ging meist in New York zur Kirche und verbrachte den ganzen Sonntag dort; sie beehrte nur selten die Unterhaltungen in Hoboken mit ihrem Besuch. Er erfuhr, daß Beata in der Schule eine furchtbar gescheite Schülerin gewesen war; daß sie Bände voll deutscher Gedichte auswendig konnte; daß sie und ihre Schwestern fehlerloses Französisch sprachen (ihre Mutter hatte angeordnet, daß an Freitagen daheim nur französisch gesprochen werde – was den viel weniger wohlgeborenen Vater ausschloß). Sie war in weiten Kreisen unbeliebt. Sie wurde von ihren Brüdern und Schwestern grausam geneckt – mit ihrer Unnahbarkeit, mit ihrer Verachtung für junge Männer und mit ihren großen Füßen. Die Matronen senkten aus vorgeblichem Mitgefühl die Stimme, wenn sie erklärten, sie sei »unanbringlich«.

Einmal im Jahr gaben die deutschen Bierbrauer von Hoboken – so stramme Protestanten sie auch waren – vor der Fastenzeit, am Dienstag ihres ›Faschings‹, einen großen Ball zu Ehren des Königs Gambrinus. John Ashley, der Jäger, ging mit der Familie Gruber hin. Er unterließ es nie, aufmerksam zu den Müttern zu sein, und tatsächlich war es Mrs. Gruber, die ihn Beata vorstellte. Beata hatte bisher mit ihren Brüdern getanzt und schlug seine Aufforderung, mit ihm zu tanzen, aus. Eine Stunde später setzte er sich neben die formidable Mrs. Kellerman. Er sprach vom Wetter und über das Ballorchester. Wie sein Glück es wollte, erwähnte er, daß er vor kurzem über den Fluß gefahren sei, um sich eine Aufführung des *Freischütz* in der Musikakademie anzuhören. Die Kellermans hatten seit zwanzig Jahren ein Samstagnachmittagsabonnement für die Oper. Mrs. Kellerman taute auf. Sie lud ihn für den folgenden Donnerstag zum Abendessen ein. Sie wollte, er solle ihre Söhne kennenlernen, von denen einer gedenke, sich auf der Technischen Hochschule zu immatrikulieren. Ashley forderte Beata nochmals zum Tanzen auf und erhielt abermals einen Korb. (Später erzählte sie ihm, sie habe gemerkt, daß er ihr nachgehe, und habe ihn dafür »gehaßt«.) Am Donnerstagabend fühlte sich Beata nicht wohl und erschien nicht am Familientisch. Ihr Vater und ihre Brüder hielten Ashley für uninteressant; ihre Schwestern fanden ihn lächerlich. Mrs. Kellerman gefiel er sehr gut. Er hatte tadellose Manieren. Und er hinwieder fand Gefallen an ihr. Er hörte achtungsvoll zu, als sie von ihrer Kindheit daheim in Hamburg erzählte, von den großen Bällen, die sie mitgemacht hatte, den allerhöchsten Herrschaften, denen sie vorgestellt worden war. Zwei Tage später fuhr er nach New York und kaufte eine Geschenkausgabe von Heines *Buch der Lieder* in korallenrotem Samt mit eingepreßten Vergißmeinnicht. Er hatte in dieser wichtigen Angelegenheit seinen Deutschprofessor um Rat gefragt. Das Buch gab er dann persönlich an Beatas Haustür ab. Jäger legen Salzkuchen im Wald aus. Drei Wochen lang erhielt er keine Antwort. Verzweiflung verteidigt sich. Endlich wurde er zum Kaffee eingeladen. Dieses Dornendickicht, durch das sich hindurchzutasten Beata ihr Leben versäumte, verschwand in die leere Luft.

Warum? Wieso?

Er versuchte nicht, witzig zu sein. Er machte keine spöttischen Anspielungen. Er sprach von ihrem plötzlichen Gedächtnisschwund am Klavier. Er sagte, er verstehe den durchaus: Musik sei etwas Schönes, aber eine Schar von Leuten, die auf vergoldeten knarrenden Sesselchen ihren Verwandten beim Vorspielen zuhöre, sei etwas andres. Er könnte wetten, sie spiele tadellos, wenn sie allein sei oder nur eine oder zwei Personen zuhörten, denen sie traue. Ashley, der so selten redete, wurde gesprächig. Er erzählte ihr, er habe die Absicht, die Ostküste zu verlassen und einen Posten im Westen zu finden, wo er keinen Menschen kenne. Er senkte die Stimme, um zu gestehn, daß er zwar seinen Vater und seine Mutter liebe, daß sie aber nicht wirklich dieselben Ideen hätten wie er selbst.

Er verfiel ins Deutsche: »Ich komme hier ganz gut vorwärts. Ich komme überall, wo ich bin, ganz gut vorwärts. Aber ich habe das Gefühl, ich möchte von allem, was ich bisher kenne, wegkommen. Ich möchte ein ganz neues Leben beginnen. Haben nicht auch Sie manchmal so ein Gefühl?«

Beata war unfähig zu sprechen.

»Die Verfassung der Vereinigten Staaten besagt, daß wir ein Recht auf Glücklichsein haben. Ich war glücklich – sooft ich bei meiner Großmutter auf ihrer Farm im Norden des Staates New York war. Aber sie ist gestorben. Ich könnte mit Ihnen glücklich sein. Sie könnten mich glücklich machen, und ich könnte versuchen, Sie glücklich zu machen.«

Sie sah ihn an, ohne mit der Wimper zu zucken, – blaue Augen in blaue. Ihre schöne Sprechstimme klang plötzlich heiser. Sie sagte: »Ich könnte niemand glücklich machen.«

Langsam füllte ein Lächeln sein ganzes Gesicht, das so selten lächelte.

»Na«, sagte er, »wir können ja noch darüber nachdenken.«

Hier folgt ein Stückchen Lebensgeschichte der mütterlichen Großeltern der berühmten Ashleykinder.

Es gibt eine Theorie – die Volksweisheit vieler Länder hat die Beobachtung zu einem Sprichwort verdichtet – daß begabte Kinder von ihren Großeltern erben, daß Begabungen eine Generation überspringen. Manche Leute behaupten, das sei alles Unsinn; geistig-seelische Energie (zum Guten wie zum Schlechten) in Personen oder Nationen sei in erster Linie das Ergebnis einer Mischung aus gegensätzlichen Zügen in der Erbmasse – ein stürmischer Zusammenstoß. Die Ashleykinder und die Lansingkinder besaßen sicherlich diese Energie, aber die Ashleykinder besaßen noch etwas: etwas Abstraktes, etwas unpersönlich Leidenschaftliches. Woher hatten sie das – dieses Freisein von Selbstbezogenheit?

Friederich Kellerman und seine Clotilde, geborene von Diehlen, kamen als Neuvermählte, fünfundzwanzig Jahre vor diesem schönen, stillen Vormittag in Hoboken, aus Hamburg nach Amerika. Kellerman war vom Lehrling zum Gesellen und dann zum Meister in der Kunst und Wissenschaft des Bierbrauens aufgestiegen. Er war ein untersetzter, liebenswürdiger, kleinmütiger und musikalischer Mann.

Seine Frau war aus anderm Holz. Sie hielt sich steif wie ein Gardegrenadier. Ihre eingeschüchterten Nachbarn sagten, sie sehe aus wie die Galionsfigur eines Schiffs – eine Anspielung auf ihre lebhafte Gesichtsfarbe, ihre roten Wangen, ihre rötlichbraunen Augenbrauen und Haarflechten, ihre Augen gleich Saphiren *en cabochon*. Sie trat in der Öffentlichkeit auf wie ein Zeremonienmeister, der ein Staatsbegräbnis leitet. Sie war in einem Haushalt erzogen worden, wo Eltern und Kinder (und vorher die Großeltern) atemlos darin aufgingen, ihre gesellschaftliche Stellung zu verbessern. Ihr Vater hatte einen Posten an der Hamburger Seemannsschule bekleidet, ohne Professor oder auch nur Doktor zu sein; er war bloß Zahlmeister und Aufseher über Gebäude und Gelände gewesen. Irgendwann im achtzehnten Jahrhundert – als viele das taten – hatte sich seine Familie ein ›von‹ zugelegt, zu dem sie nicht berechtigt war. Die von Diehlens erhielten gelegentlich Eintrittskarten zu akademischen oder städtischen Bällen, bei denen ›höchste Herrschaften‹ anwesend waren. Die junge Clotilde hatte vor so manchen Personen königlichen Geblüts ihren Knicks gemacht. Sie und ihre Schwestern waren von ihrer Mutter mit einer Art von Verbissenheit gelehrt worden, diesen erhabenen Vorbildern nachzueifern. Sie wurden dazu angehalten, Stiegen mit Beethovens Sonaten oder einem Atlas auf dem Kopf hinauf- und hinunterzugehn, sich von einem Knicks ohne hörbares Knacken ihrer Knie aufzurichten und einen ganzen Abend ohne nach links zu drehen Walzer zu tanzen. Snobismus ist eine Leidenschaft. Eine edle Leidenschaft, die zwischen Äußerlichkeiten in die Irre gegangen ist. Er entspringt dem Verlangen, der Gewöhnlichkeit zu entfliehen und unter Leute aufgenommen zu werden, die keine kleinlichen Sorgen und langweiligen Augenblicke kennen, unter Leute, bei denen sogar Mißgeschicke etwas Vornehmes haben. In sternklaren Nächten hören die Gänse am Rand unsrer Dorfteiche hoch in den Lüften den Ruf ihrer ziehenden Verwandten. Sie bilden sich ein, daß deren Zerstreuungen alle zauberhaft sind; daß sie nie erfahren, was Selbstekel und Gelangweiltsein sind. Clotildes Heirat mit Friederich Kellerman war eine Enttäuschung für ihre Familie gewesen und wurde bald auch eine für sie. Sie konnte es sich nicht verzeihen, einen Bierbrauer geheiratet zu haben, ihm in einen fernen Kontinent gefolgt zu sein, wo ihre Vornehmheit selten gewürdigt wurde; von Verliebtheit dazu verleitet worden zu sein, ihr Leben mit dem eines hübschen jungen Arbeitsmanns zu vereinen, der eine volltönende Baritonstimme besaß und die ungezwungene Selbstsicherheit, er werde erfolgreich sein, – eines Mannes, der ein beklagenswertes Deutsch sprach und der nie, nie auf einem Pferderücken gute Figur machen würde. Clotilde Kellerman aber hielt den Kopf hoch und blickte geradeaus. Sie täuschte unablässig vor, sich dem Familienoberhaupt unterzuordnen. Ihre Kinder ließen sich jedoch nicht täuschen. Der Hauptgrund für

Beatas Auflehnung gegen ihre Mutter war vielleicht deren stumme, aber deutlich merkbare Geringschätzung des Mannes, den sie geheiratet hatte.

Clotilde Kellerman hatte noch andre Leidenschaften oder betete vor andern Altären. Sie liebte ihre Familie als Ganzes, während sie dauernd in einem Zustand erbitterter Gereiztheit gegenüber deren einzelnen Mitgliedern war. Sie gehörten *ihr*. Sie wäre für jedes von ihnen durchs Feuer gegangen. Einen Haushalt zu führen, war für sie – ebenso wie das Anstreben eines höhern gesellschaftlichen Rangs – mit moralischen Werten ausgestattet. Ihr Ziel war Vollkommenheit, und das forderte seinen Zoll von ihrer Umgebung. Beata erinnerte sich ihr Leben lang, wie ihre Mutter einmal ein paar Sekunden streng auf den Braten blickte, den das Stubenmädchen an einem Sonntagmittag vor sie auf den Tisch gestellt hatte, dann die Schüssel mit beiden Händen ergriff und sie auf den Boden schleuderte. Ihre Gebärde war kraftvoll, ihre Stimme beherrscht: »Sagen Sie Käthe, wir werden Rühreier essen.«

Die von Diehlens gaben eine dritte Leidenschaft von einer Generation an die andre weiter, doch die erreichte Clotilde in abgeschwächter Form. Ihnen war Musik, allabendlich daheim und mindestens zweimal wöchentlich im Konzertsaal, unentbehrlich für ihr Dasein. Aber weder Clotilde selbst noch ihre Tochter Beata waren musikalisch, was sie freilich nicht wußten. Sie glaubten, sie seien es. Viele farbenblinde Menschen sind sich nicht bewußt, daß die Welt, die sie sehen, sich von der, die ihre Mitmenschen sehen, unterscheidet. Den beiden kamen bei Adagio-Sätzen die Tränen; sie erkannten deutlich ausgeprägte Themen und freuten sich, wenn diese wiederkehrten. Beatas Vater jedoch besaß ein Ohr für Musik. In Hoboken war er lange Präsident des besten der vier Gesangvereine, bis er die Banalität der Programme nicht mehr ertragen konnte. Er bekam es satt, vierzig beleibte Männer die Freuden des Jägerlebens verkünden und vorüberfliegenden Vöglein auftragen zu hören, der Liebsten zu berichten, daß ihnen das Herz gebrochen sei. Er führte seine Familie nach New York in die Oper und schämte sich der Tränen nicht, die er bei den Werken Wagners vergoß. Seiner Frau gefiel es sehr, sich dort sehen zu lassen, doch den Aufführungen selbst schenkte sie wenig Aufmerksamkeit. Sie war eine stattliche Erscheinung und war sich dessen bewußt, und sie war wohlgeboren; sie empfand es als ihre Pflicht, anwesend zu sein und damit allen, die sie zu sehen bekamen, ein (fünfstündiges) Privileg zu verleihen.

Friederich Kellerman hing sehr an seinen Kindern, und besonders an Beata, aber seine Frau hegte sehr ausgeprägte Ansichten über die Beziehungen zwischen Eltern und Kindern. Sie war sehr schnell dabei, irgendwelche Zärtlichkeitsbezeigungen zu unterbinden; die machten Knaben unmännlich und Mädchen ordinär. Wenn zu Tisch gegangen wurde, blieben die Kinder hinter ihren Stühlen stehn, bis die Eltern sich gesetzt hatten; vor dem Zubettgehn küßten sie den Eltern die Hand. Im Innersten hatte Clotilde Kellerman eine geringe Meinung von Mädchen. Gott sandte sie in die Welt, damit das Menschengeschlecht nicht aussterbe, aber es ließ sich nicht mehr für sie tun, als ihnen ein stählernes Rückgrat einzupflanzen, eine königliche Haltung und gründliche Kenntnisse im Kochen, Aufbetten und Reinemachen beizubringen und ihnen einen Mann aus einer schätzenswerten Familie zu finden. Man sollte allerdings nicht vergessen, daß Clotilde auch die wirklichen oder eingebildeten Vorzüge der Aristokraten erworben hatte: niemals sagte sie in Gegenwart ihrer Kinder ein boshaftes Wort über ihre Bekannten. (Sie verfügte über andre Methoden, ihr Mißfallen zu vermitteln.) Zwar konnte sie eine Schüssel auf den Boden schmettern, aber sie hob nie die Stimme und erlaubte das auch ihren Kindern nicht. Sie ließ niemand im Zweifel, daß sie eher von ihren eignen Meinungen geleitet wurde als von denen ihrer Mitmenschen. Sie duldete kein Gerede über die verhältnismäßige Wohlhabenheit oder Armut der mit der Familie Befreundeten. Wäre ihr Mann eines Tags mit der Mitteilung nach Hause gekommen, er sei bankrott, hätte sie kein Wort der Klage geäußert. Sie wäre in ein Elendsviertel übergesiedelt und hätte den Ton der Nachbarschaft gehoben.

Beata war eine musterhafte Schülerin, interessierte sich jedoch nicht für Wissen als solches (von Diehlen und Kellerman); eine vollendete Klavierspielerin, eine hervorragende Köchin (von Diehlen). Sie widmete sich ganz jeder Aufgabe, die ihr gestellt wurde (Kellerman). Sie gab keinen Pfifferling auf ihre Schönheit, vielleicht, weil sie ihre ältern Schwestern für schöner hielt. Junge Männer kümmerten sich nicht um sie. Es gab niemand, dem sie Zuneigung entgegenbringen konnte; ihr Hund wurde überfahren, ihre Katze bekam Junge. Sie hatte sich behutsam der Möglichkeit genähert, dem Vater ihre Liebe deutlich zu machen und ein Zeichen, irgendein Zeichen zu erhalten, daß er die erkannte. Sie versuchte, ihm eine Art von Botschaft zu senden, – eine auf Treibsand Geratene, die mit ihrem Schal winkte; aber Friederich Kellerman war machtlos. Er schlug seiner Frau vor, Beata könnte vielleicht in eins dieser Colleges für Mädchen geschickt werden. »Unsinn! Ich weiß nicht, woher du solche Ideen hast, Fritz! Weißt du, was diese Mädchen tragen? *Pluderhosen!*« Beata wurde nicht mürrisch, sondern starr wie Stein.

Es wäre übereilt zu sagen, daß John Ashley grade noch zur rechten Zeit sie retten kam. Sie hätte vielleicht ein, zwei Jahre länger ausgehalten, ohne zu versteinern. Vielleicht kam er um ein oder zwei Jahre zu spät. Wir sollten uns nicht mit solchen Hypothesen foppen. Das gleiche lange Hungern, das den einen Menschen verkümmern läßt, stählt den andern.

Warum paßte Beata so unselig schlecht ins Gefüge ihrer Familie? Weil sie gemäß den besten Grundsätzen und Einsichten ihrer Eltern geformt worden war und ihre Eltern diese an ihr nicht wiedererkannten. Eltern werden alt. Was wir ihr Schöpferischsein nannten (es gibt ein ›Schöpferischsein‹ im Heimgründen, im Kinderaufziehen), verliert seine Schwungkraft. Die Federn sind ihnen im Getriebe des Lebens gerupft worden. Das Familienleben gleicht einem mit der besten Akustik ausgestatteten Saal. Heranwachsende Kinder hören nicht nur die Worte ihrer Eltern (und lassen sie in den meisten Fällen mit der Zeit unbeachtet), sie hören auch die Absichten und Ansichten hinter den Worten. Vor allem vernehmen sie, was ihre Eltern wirklich bewundern, wirklich verachten. John Ashley hatte ganz recht damit, daß er wünschte, noch unter vierzig zu sein, wenn seine Kinder heranreifen würden. Seine Eltern waren beide vierzig gewesen, als er zehn war, – das heißt, sie begannen sich mit der Erkenntnis zu bescheiden, das Leben sei enttäuschend und im Grunde sinnlos. Sie klammerten sich eifrig an seine zweitbesten Entschädigungen: an die Achtung und an den (erhofften) Neid ihrer Umgebung, soweit beides mit Geld erkauft werden kann und sich durch umsichtiges Benehmen, ein unablässiges Zurschautragen völliger Zufriedenheit und durch diesen Ton moralischer Überlegenheit erwerben läßt, der sie selbst und andre anödet, der aber so unerläßlich ist, wie bekleidet zu gehn.

Wie ich Gelegenheit haben werde zu sagen, sobald wir die Jugendjahre Eustacia Lansings betrachten werden: alle jungen Menschen bringen so unaufhörlich Idealismus hervor, wie die Raupe des *Bombyx mori* Seide. Es ist so notwendig wie das Essen für sie, daß das Leben voller Wunder sei – daß sie heroische Gestalten zum Vorbild haben. Sie müssen bewundern, müssen bewundern. Der Junge in der Besserungsanstalt (nach seiner dritten Verurteilung wegen Einbruchs mit tätlicher Bedrohung) bringt Idealismus hervor, wie die Seidenraupe den Seidenfaden. Die Fünfzehnjährige, durch brutale Behandlung in die Prostitution getrieben, bringt – für eine Weile – Idealismus hervor, wie die Seidenraupe den Seidenfaden. Neulingen stellt sich das Leben dar als eine hellerleuchtete Bühne, wo sie dazu aufgerufen werden, Rollen zu spielen, in denen sie tapfer, ehrenhaft, großmütig, weise und hilfreich zu sein haben. Voll Hoffnung und Bangen fühlen sie, daß sie schon fast bereit sind für diese an sie gestellten hohen Anforderungen.

In der feinen Akustik des Familienlebens hatte Beata von beiden Eltern eine Anzahl von Aufrufen zur Vollkommenheit vernommen – zum Verantwortungsgefühl und Dekorum der Aristokraten und zur Rechtschaffenheit und schnellen Bereitschaft der Arbeiterklasse, sich gegen Bedrückung aufzulehnen. Alle Tugenden (sogar Demut) rufen Unabhängigkeit hervor. Beatas Mutter verfiel, als sie älter wurde, wieder in die Laster der aristokratischen Lebensanschauung. Beatas Vater hatte, als er jung war, seiner Lieblingstochter die Tugenden übermittelt, die seine Familie seit Generationen ausgezeichnet hatten; alternd (mit vierundvierzig) war er steuerlos und unterwürfig geworden. Daß Beata sich nicht mit Versuchen befassen wollte, auf die Nachbarn Eindruck zu machen, erschöpfte die Geduld ihrer Mutter; daß sie sich nicht zwingen lassen wollte, enttäuschte ihren Vater. Sie fühlte sich vereinsamt und elend.

John und Beata saßen also auf der Bank am Hafen von New York und sahen zu, wie das Sonnenlicht auf dem Wasser spielte. Eine Brise sprang auf. Die Rüschen an Beatas ›Bertha‹ flatterten.

»*Ist dir kalt, Beata?*«

»*Nein. Nein, John.*«

Er sah sie an. Lächelnd blickte sie ihm in die Augen und senkte dann die ihren. Langsam hob sie sie wieder und sah stetig in die seinen. Wir erinnern uns der Warnungen seiner Großmutter, einem Kind oder einem Tier lange in die Augen zu sehen. Bisher hatten diese beiden jungen Leute schnelle, verstohlene Blicke – blaue Augen in blaue – von einer fast schmerzhaften Süße und Verwirrung getauscht. Im täglichen Leben ist ein gegenseitiges Anblicken von kurzer Dauer; ein wenig verlängert, ist es die Bestätigung reifen Vertrauens oder das Zeichen entschiedener Feindseligkeit. Knaben spielen ein Spiel, wer den Blick des andern länger aushält; das endet bald in fast hysterischem Gelächter und einem Entfesseln fohlenhafter Energie. Wir hören davon, daß Schauspieler eine sich steigernde Panik erleben, wenn sie eine Pose auf der Bühne oder vor der Kamera lange halten müssen. Es ist – wie die Photographen sagen – eine Exposition, ein Sichaussetzen. In der Liebe ist es ein Sichauflösen von Stolz und Gesondertsein; es ist ein Sichausliefern.

John und Beata blickten einander in die Augen. Eine Kraft, die sie nicht vorhergesehen hatten, bemächtigte sich ihrer; hob ihre Hände; vereinigte ihre Lippen; zog sie den Weg in die Stadt entlang.

Er hatte es nicht geplant. Sie empfand kein Mißtrauen. Wortlos fanden sie den Weg in das leerstehende Haus, in dem er wohnte. Zwei Monate später verließen sie Hoboken miteinander; danach waren sie neunzehn Jahre lang selten länger als für vierundzwanzig Stunden getrennt – bis man ihn ins Gefängnis brachte.

An dem Abend nach seiner Graduierung verließ Beata ihr Heim, während ihre Eltern im Vorderzimmer Freunde zu Gast hatten. Bei Einbruch der Dunkelheit hatte sie einen Mantel, einen Hut und eine Handtasche unter der Küchentreppe versteckt.

John und Beata wurden nie getraut. Damals blieb keine Zeit dafür, und später bot sich nie eine geeignete Gelegenheit. John hatte, wie es sich traf, eine Braut gefunden, die ebenso unabhängig von Stammesbräuchen war wie er selbst.

Rituale sind dazu eingesetzt, Menschen mit guten Absichten zu helfen und sie zu unterstützen. Beata hatte seit langem einen schmalen Goldring mit einem Granaten getragen. John entfernte den Stein und feilte die Fassung weg.

»Sollen wir jemand suchen gehn und heiraten, Beata?«

»Ich *bin* verheiratet.«

Ein paar Tage später trafen sie in Toledo, Ohio, ein. Sie hatten sich unterwegs aufgehalten, um die Niagarafälle zu besichtigen. Die Firma, die John angestellt hatte, war nicht davon unterrichtet worden, daß er verheiratet war, aber das junge Paar wurde herzlich willkommen geheißen, und als ein halbes Jahr später Lily geboren wurde, erhielt sie viele Geschenke in Gestalt von Wolldeckchen, Löffeln, Speisenschiebern und silbernen Bechern.

Während der Epidemie in Hoboken entwickelten die in ihren Häusern Bleibenden ein erhöhtes Interesse für alles, was von den Fenstern aus zu sehen war. Beatas Besuche in dem Haus, wo John wohnte, wurden beobachtet und besprochen. Aber lange wagte niemand, der formidablen Clotilde Kellerman eine Andeutung zu machen. Sie war die letzte, die von ihnen erfuhr. Hinfort durfte Beatas Name in ihrer Gegenwart nicht genannt werden.

Es wäre schwer, Johns Verhalten gegenüber seinen Eltern zu verteidigen. An dem Vormittag nach seiner Graduierung begleitete er sie nach New York und brachte sie an ihren Zug. Er werde ihnen schreiben. Zu Weihnachten sandte er dann eine Karte ohne Absenderadresse. Er schrieb ihnen nie, daß er verheiratet und Vater war.

John Ashley wollte alles neu haben. Er mußte der erste Mann sein, der sich sein Brot verdiente, der erste, der eine Frau nahm, der erste, der ein Kind zeugte. Alles ist voller Wunder – eine Braut, ein erster Gehaltscheck, das Neugeborene, das man in den Armen hält. Solche Dinge Leuten bekanntzugeben, die sie für alltägliche Ereignisse halten, heißt das eigne Gefühl für ihren strahlenden Wunderglanz gefährden.

Überdies hatte er genug von Ratschlägen und Warnungen, genug davon, dafür gelobt zu werden, was ein Tölpel tun konnte, und ausgelacht zu werden für Schwererrungenes; gedrängt zu werden, er solle bewundern, was er verachtete – seines Vaters ängstlich-kluge Vorsicht, und aufgefordert zu werden, er solle beklagen, was er bewunderte – die eigenwillige Unabhängigkeit seiner Großmutter. Er hatte es satt bekommen, ein Sohn zu sein. Sein erstes Ehejahr glich der Entdeckung eines neuen Kontinents. Seine Stimme wurde um eine halbe Oktave tiefer. Er durchschritt die anderthalb Kilometer zu seinem Arbeitsplatz, wie Adam an seine tägliche Aufgabe schritt, den Pflanzen und Tieren Namen zu geben. Auf der ersten Hälfte des Wegs war er erfüllt von einem Sturm von Zärtlichkeit für das, was er hinter sich ließ; während der zweiten von dem Ernst eines Mannes, der das Menschengeschlecht gegründet hat und es großziehen und verteidigen muß. Aber der Gedanke, daß sein Glücksgefühl ihn vielleicht auffallen machte, war ihm unbehaglich. Er hatte die Empfindung, er ›leuchte‹. Seine angeborene Schweigsamkeit nahm zu. (»Guten Morgen, John. Wie geht's?« »Gut, Bill, und Ihnen?«) Jene Befürchtung legte sich. Niemand bemerkte etwas.

Die einzige Enttäuschung in seinem neuen Leben war die Art seiner Arbeit. Es stellte sich heraus, daß, was er an Werkzeugmaschinen zu entwerfen hatte, bloß kleine Änderungen bestehender Modelle betraf. Er nannte diese Arbeit »Backwerkformen machen«. Es ergab sich keine Gelegenheit, etwas Neues zu gestalten oder seine Geschicklichkeit zu erproben. Durch Zufall (aber das Leben solcher Menschen ist voll von Zufällen) hörte er von dem zu besetzenden Posten in Coaltown. Die Bezahlung war schlecht, aber die Beschreibung dessen, was von ihm verlangt wurde, war verlockend. Er sollte einen ›Instandhaltungs-Ingenieur‹ ersetzen, der soeben mit Zweiundachtzig gestorben war. Der Brief war mit »Breckenridge Lansing« unterschrieben. So begaben sich denn, nach zwei Jahren und zwei Monaten in Ohio, die Ashleys ins südliche Illinois und begannen ein Leben, das sich als voller Wunder und Wonnen und vieler Zufälle erwies. Als sie im September 1885 auf dem Bahnhof von Coaltown dem Zug entstiegen, war John Ashley dreiundzwanzig; Lily war fast zwei Jahre und Roger neun Monate alt.

Jedes der Ashleykinder war – durch die eigenartigen Komponenten in einem Ashleysprößling – was Lily »sattsam bekannt« nannte; aber die besondere Berühmtheit jedes einzelnen von ihnen wurde »sattsam« durch die Tatsache gesteigert, daß sie Geschwister waren. Die Bewunderung oder die Feindseligkeit, die sie erregten, verdreifachte sich; die Neugier verhundertfachte sich. Einerseits brachten die Sonntagsbeilagen der Zeitungen sensationell aufgemachte Artikel (»Besitzen die Ashleys ein Geheimnis?« »Was haben die Ashleys für 1911 vor?«), und Humoristen überboten einander. Andrerseits erschienen populär gehaltene Lebensbeschreibungen von ihnen. Und schließlich gaben sich dilettantische und berufliche Genealogen außerordentliche Mühe, dem Stammbaum der Ashleys nachzugehn. Artikel und Broschüren erschienen in mehreren Sprachen. Widmungsexemplare wurden den in diesen Werkchen Behandelten, welche es grundsätzlich abgelehnt hatten, Auskünfte über sich zu erteilen, zugesendet. Anfangs warf Constance sie ungelesen in den Papierkorb; Lily und Roger beauftragten ihre Sekretärinnen, den Verfassern für ihr Interesse zu danken.

John Barrington Ashleys unmittelbare Vorfahren waren Farmer und kleine Kaufleute am Westufer des Hudson gewesen. Unter den Namen Ashley, Ashleigh, Coghill, Barrington, Barrow und so weiter hatten sie nach 1660 das Themsetal als Flüchtlinge vor religiöser Verfolgung verlassen und den Atlantik überquert. Für jedes Oberhaupt einer Familie ihres Glaubens und in ihrer Lage, das sich zu diesem Entschluß stählte, gab es zehn, die schwankten, es gern auch getan hätten und zurückschraken. (»Bruder Wilkins, wollt Ihr mit uns von hinnen ziehen?«) An die Gestade Neu-Englands gelangt, wandten sie sich in den Westen, fällten Bäume und bauten Bethaus und Schule; später drangen sie weiter vor. (Im siebzehnten Jahrhundert waren sie gewohnt zu sagen: »Wenn du den Rauch aus dem Schornstein deines Nachbars sehen kannst, bist du zu nahe.« Im achtzehnten bequemten sie sich nicht ohne einige Steifheit dazu, in einer Gemeinschaft zu leben.) Sie wurden am Tag des Herrn durch eine vierstündige Predigt gestärkt, die sich großenteils mit Sünde befaßte. (»O meine geliebten Brüder und Schwestern, bedenkt, wie schrecklich es ist, in die Hände eines erzürnten Gottes zu fallen!«) In den meisten Haushalten hatte es, ungerechnet die frühverstorbenen, ein Dutzend Kinder gegeben. (Der Patriarch schläft auf dem Friedhof, seine etlichen Frauen neben sich.) Einige des Ashley-Clans heirateten in die schottischen und holländischen Familien jenseits des Flusses. Die holländischen Familien kamen aus Amsterdam. Einer der Genealogen fand einen Espinosa im Stammbaum und behauptete eine Verwandtschaft mit dem Philosophen, aber es gab viele Espinosa-Spinozas unter den Sephardim, die der religiösen Verfolgung in Spanien entflohen waren. Die Eltern der Großmutter Ashleys väterlicherseits – der Marie-Scolastique Anne Dubois – waren aus einem Dorf bei Tours an der Loire nach Montreal gekommen. *(»Dis, cousin Jacques! Est-ce que tu viens avec nous à Québec – oui ou non?«)* Beatas Vorfahren waren Bauern, Handwerker und Bürger aus Norddeutschland. Eine Großmutter ihrer Mutter entstammte einer Familie hugenottischer Weber, die nach dem Widerruf des Edikts von Nantes aus Frankreich geflohen waren. Sie hatten in mehreren der stolzen, unabhängigen Hansestädte Zuflucht gefunden.

Namen, Hunderte von Namen, Namen aus Urkunden in Rathäusern, aus Taufregistern, aus Testamenten und auf Grabsteinen.

Lily sandte Roger eine solche Broschüre. »Ich wollte, diese Leute würden sich beeilen und meine italienischen Vorfahren aufspüren. Ich *weiß*, ich hab' italienisches Blut. Und ich *weiß*, ich hab' irisches Blut. Aber wozu überhaupt die viele Tinte?« Roger antwortete: »Ich wollte, ich könnte die Annalen Deiner Nachkommen lesen und Connies und meiner.« *Diese* Annalen enthalten haufenweise Gälen und Wops. (Das Wort ›Wop‹ stammt von dem neapolitanisch-spanischen *guapo:* stattlich, fesch.)

Die reichhaltige Dokumentation war in jeder großen Bibliothek zu finden und stand jedem zur Verfügung, der sie sich ausfolgen ließ. Bald wurde diesem Material aus einem neuen Grund Aufmerksamkeit geschenkt.

Es war sehr wenig geistiges Erbgut in den Ashleys aufgespürt worden. Wohl fanden sich einige Schulmeister und Geistliche in den Linien der Coghills, McPhaills und Van Dyke-Huysums, und eine Ururgroßmutter John Ashleys war die Tochter jenes Loris Vanderloo, des holländischen Seefahrers, dessen *Voyages to China and Japan* (1770) einst viel gelesen wurden. Es fand sich aber kein Beweis für adelige Herkunft. Clotilde von Diehlens Anmaßungen entbehrten jeder Stütze. Auch nach ererbter musikalischer Begabung wurde fleißig gesucht. Friederich Kellermans Präsidentschaft des Chorvereins in Hoboken wurde vermerkt. Es gab eine Überlieferung in der Familie von Diehlen, daß ein Vorfahr namens Kautz als Cellist im Orchester Friedrichs des Großen in Potsdam bedienstet gewesen war. Das bestätigte sich. Der unglückliche Kautz hatte an Melancholie gelitten und sich das Leben genommen.

Man entdeckte, daß die Ashleys aus einem bemerkenswerten Gesundheitsvorrat in ihren Vorfahren schöpften. Es herrschte bei diesen eine auffällige Neigung zur Langlebigkeit, besonders unter den Männern. Sie war jedoch im achtzehnten und neunzehnten Jahrhundert mit einer hohen Kindersterblichkeit verbunden gewesen, aber die hatte es damals in allen Familien gegeben. Nüchtern-ernste Farmer in allen Linien, gekreuzt mit den höchst soliden Holländern am Hudsonfluß – den Van Tuyls und Vanderloos (Mietstallungen und Gasthöfe) – ganz zu schweigen von dem den Familien aus Hannover und Schleswig-Holstein innewohnenden nüchternen Lebensernst.

Roger schrieb an Constance: »Sie arbeiteten von vor Sonnenaufgang bis nach Sonnenuntergang. Kaum einer von ihnen *setzte sich* bei Tageslicht. Keine Juristen, keine Kaufleute, keine Bankiers (nur ein einziger – Dein Großvater Ashley), keine Fabrikarbeiter. Sie waren alle, was man heutzutage ›selbständig Erwerbende‹ nennt.« Constance schrieb zurück: »Ja, selbständig, auf sich selbst eingestellt und sich selbst dienend. Alle so stolz auf ihre innere Unabhängigkeit. Unabhängig für nichtige Zwecke. Ich hasse sie alle. Es erklärt, warum unser lieber Papa so wenig Vorstellungsgabe besaß und Mama gar keine.«

Aber es gab auch eine Kehrseite der Medaille. Es fanden sich morbide Elemente in der Ashley-Linie und auch in der Kellerman-Linie. Nicht nur die willensstarken, unbezwingbaren Patriarchen wurden von der ›Freiheit‹ der Neuen Welt angezogen. Der Halunke, der Fanatiker, der Vagabund, der Abenteurer – ein jeder voll unbändigen Unabhängigkeitsdrangs und voll lebhafter Einbildungskraft, das will sagen, an die Verheißung einer goldenen Zukunft geklammert, – sie taten den Sprung über das große Wasser. Die Genealogen fanden Krankheit und Irrsinn. Grade die *bourgade* außerhalb von Tours, aus der die Boisgelins und Dubois nach der Neuen Welt ausgewandert waren, diente als Objekt einer bahnbrechenden Studie über Degenerationserscheinungen. Auch entdeckte man, daß John Ashleys eigner Großvater Ashley, der seiner Dubois-Frau durchging, im Klondike von einer über ihn empörten Gemeinschaft gehängt wurde. Zum Glück erreichte dieses auf krankhafte Züge deutende Material keinen großen Leserkreis. Es war schon ärgerlich genug, daß der Schatten des Falls Ashley über John Ashleys Kindern hing. Auch läßt sich nicht leugnen, daß viele Beobachter der Meinung waren, die Ashleys seien samt und sonders – um es offen zu sagen – ›amoralisch‹. »Sie haben keinen Schimmer von einem anständigen christlich-ethischen Lebenswandel.« »Sie haben nicht den geringsten Zweifel daran gelassen, daß sie keinen Fingerschnalzer darum geben, was rechtschaffene, sich selbst achtende Menschen von ihnen denken.« An dergleichen fehlte es nie.

Aber genug von diesen Dingen! Gesundheit, körperliche und geistige, ist stets etwas Gefährdetes und muß bezahlt werden. Wohlbefinden und Hausverstand erfinden nichts, entdecken nichts; sie fallen in den Humus zurück. Wie Dr. Gillies in der ersten Stunde des Jahrhunderts sagte (und nicht ein Wort davon glaubte): »Die Natur schläft nie, und sie steht auch nie still. Ihre Kinder befinden sich der Wachstumsschmerzen wegen in beständigem Unbehagen. Der Zustand, dem sie entwachsen, verursacht ihnen ebensovieles Leiden wie der, in den sie hineinwachsen.«

Wenige dieser Genealogen und Biographen behandelten – oder versuchten wenigstens zu beschreiben, was wir die »Abstraktheit« oder »Losgelöstheit« der Ashleys genannt haben. Vielleicht wurde das am deutlichsten von ihren Feinden gesehen. Insbesondere gab es ein Kapitel über sie – es war »Die Gracchen« überschrieben – in einem als Privatdruck erschienenen Buch, *Amerika durchs Fernrohr*, von einem Schriftsteller, der sich »Atticus« nannte. Dieser Atticus erklärte, er sei glücklich, Amerika mit den Ufern der Themse und der Seine vertauscht zu haben. Aus solch sicherer Entfernung, und nachdem er die britische Staatsbürgerschaft erworben hatte, ließ er die Greuel und Absonderlichkeiten seines Geburtslandes Revue passieren. Er griff die Ashleys mit erstaunlicher Heftigkeit an. Er scheint sie gut gekannt zu haben (besonders Constance Ashley-Nishimura) und bereicherte seine Porträts mit vielen Geschichtchen, die bis dahin nicht in Umlauf gewesen waren. Atticus betont ihren Hang, gesellschaftliche Fehltritte zu begehn. Es scheint ihn besonders geärgert zu haben, daß sie sich dieser uneleganten *faux pas* keineswegs schämten. Es ist wahr: ein gewisses Unterscheidungsvermögen mangelte den Ashleys. Sie waren nicht fähig, Abstufungen von Rang, Reichtum, Herkunft, Hautfarbe oder Dienstbarkeit wahrzunehmen. Dazu kam, so empfand Atticus, daß es ihnen an Selbstachtung gebrach. Sie gerieten nicht leicht in Zorn. Sie blieben heiter gelassen, wenn sie eine Abfuhr erhielten oder beleidigt wurden. Er konnte ihre Intelligenz nicht leugnen, aber schrieb, es fehle ihr an ›Geschmeidigkeit‹ und Charme. Seinen beißendsten Tadel sparte er sich für das Ende des Kapitels auf. Im letzten Absatz entwickelte er den Gedanken, die Ashleys seien unbezweifelbar (es widerstrebe ihm aufs äußerste, es zu sagen, aber die Wahrheit müsse ans Licht) – sie seien eben unbezweifelbar Amerikaner.

V

›ST. KITTS‹

1880–1905

»Warum hat Stacey diesen Breck geheiratet?«

Gleich vielen andern in Coaltown fragte sich Dr. Gillies oft, wie es möglich gewesen war, daß Eustacia Sims so sehr den Verstand verlor, Breckenridge Lansing zu heiraten. Wir werden später hören, wie Dr. Gillies es sich erklärte – gemäß einer ziemlich weit hergeholten und in einen Satz zusammengedrängten Theorie, welcher nie verfehlte, seine Frau zu der Bemerkung zu reizen, er verstoße gegen die Grammatik:

»Wir sagen immerzu, ›wir leben unser Leben‹. Quatsch! Das Leben lebt uns.«

Breckenridge Lansing wurde in Crystal Lake, Iowa, geboren. Als Knabe nahm er sich vor, in der Armee der Vereinigten Staaten ein berühmter General zu werden. Zusammen mit seinem Bruder Fisher ging er viel auf die Jagd. Gute Baptisten dürfen sonntags nicht töten oder sonst etwas Erfreuliches tun, aber an Samstagen und Feiertagen töteten die beiden lustig drauflos. Er war ein so guter Schütze, daß ihn der Ehrgeiz packte, in die Militärakademie von West Point einzutreten, und er war höchst unangenehm überrascht zu erfahren, daß von künftigen Offizieren des Heers beträchtliche Kenntnisse in der Mathematik gefordert wurden. Mehrmals fiel er bei der Aufnahmeprüfung durch. Während seiner Jahre im Brockett Baptist College begann er sich auf den geistlichen Beruf vorzubereiten, dann auf den ärztlichen und dann auf den juristischen. Zu guter Letzt wurde er ein unausgebildeter Gehilfe in der Apotheke und ›Drogerie‹ seines Vaters.

Der war mit seinem lauten Lachen eine führende Persönlichkeit in Klubs und Logen, ein tüchtiger Geschäftsmann, ein liebloser, verachtungsvoller Gatte und Vater. Die meisten dieser Eigenschaften hatte er von seinem Vater geerbt und vererbte sie seinen Söhnen. Er bekleidete in der Pharmazeutenvereinigung des Mittelwestens nacheinander mehrere Ämter – vom Bankettmeister bis zum Vizepräsidenten – und es machte ihm großes Vergnügen, an den Tagungen der Vereinigung teilzunehmen. Es war da seine Gewohnheit, Nacht für Nacht lange aufzubleiben und mit den andern Funktionären Karten zu spielen. Zu jener Zeit trachtete jeder unternehmende Drogist in das Geschäft mit Markenpräparaten, sogenannten Patentmedizinen (oder ›Schlangenölen‹), hineinzukommen. Mr. Lansing verachtete und fürchtete seinen älteren Sohn, Fisher (»Nennen Sie mich Fish«), der Advokat geworden war; Breckenridge verachtete er bloß, denn der machte sich im Laden und in der Stadt recht lästig. Breckenridge hatte sich am Anfang seines Medizinstudiums ein bißchen mit Chemie beschäftigt. Sein Vater stellte ihn dazu an, in einem Schuppen hinter dem Laden allerlei Mixturen zu verfertigen. Er träumte von einer ›Lansing-Salbe‹ oder etwas, das ›Mrs. Lansings Waldhonig-Elixier‹ heißen würde. Der junge Lansing gelangte nicht weiter als bis zur Herstellung einer stark alkoholischen Grundsubstanz und zum Entwerfen der Versprechungen, die auf das Etikett gedruckt werden sollten. Sein Laboratorium wurde eine Stätte geselliger Zusammenkünfte, und seine Experimente hielten ihn oft bis zum Morgengrauen beschäftigt.

Eines Abends, während einer Kartenpartie in St. Louis, bot ein Kollege Vater Lansing eine Gelegenheit an, sich an einer neuen Firma zu beteiligen, die Produkte aus dem Öl des westindischen Lorbeers herstellte. Der Extrakt, mit Rum, Orangenessenz und andern Ingredienzien gemischt, war für verschiedene medizinische und kosmetische Zwecke verwendbar. Er wurde angeblich auch in beträchtlichen Mengen von sich unglücklich fühlenden Damen konsumiert, die dem Alkohol abgeschworen hatten. Lansing verkaufte zwei Weidegründe und einen Eckbauplatz; er investierte einen beträchtlichen Betrag in dem Unternehmen. Wie bei allem hatte er jedoch mehr als einen Zweck im Auge. Er wollte Geld verdienen, und er wollte den jungen Breckenridge aus

Crystal Lake entfernen. Er nahm seinen Sohn nach New York mit und suchte das Bureau der Herstellerfirma auf, gab sogar ein Abendessen in ›Halloran's Steak and Lobster House‹. Der junge Mann machte einen günstigen ersten Eindruck. Das tat er immer. Er erhielt die Stellung eines Einkäufers von Rohmaterial. Das Lorbeeröl und der Rum kamen von den Leeward-Inseln. Breckenridge schiffte sich nach dem Karibischen Meer ein, und dort, auf der Insel St. Kitts, lernte er Eustacia Sims kennen.

Die junge Dame stammte aus einer englischen Familie, die seit dem frühen achtzehnten Jahrhundert auf den Inseln ansässig war. Generationenlang hatten die Sims in kreolische Familien der Antillen geheiratet. Es floß nur noch sehr wenig englisches Blut in den Adern von Eustacias Vater, Alexander Sims, aber er war jeder Zoll ein Engländer. Er beging nicht nur die Geburtstage der königlichen Familie, sondern hißte am 21. Oktober bei Sonnenaufgang die Flagge zum Gedächtnis des glorreichen Siegs von Trafalgar und holte sie später im Gedenken an den Tod Lord Nelsons auf halbmast herab.

Die weiblichen Mitglieder seines Haushalts – es waren ihrer eine ganze Menge; sowohl seine beiden Großmütter als auch mehrere Großtanten wurden mehr als hundert Jahre alt – wahrten eine andre Loyalität, die unablöslich Frankreich galt; nur der Staatsangehörigkeit nach waren sie britisch. Sie hatten Verwandte auf jeder Insel von Charlotte Amalie bis St. Lucia. Guadeloupe war ihr vorelterliches Paradies. Wie alle etwas auf sich haltenden Kreolen behaupteten sie, mit Joséphine, der Kaiserin von Frankreich, verwandt zu sein. Diese Damen saßen den ganzen Tag auf der Veranda von Alexander Sims' Haus, fächelten sich, hechelten die Nachbarn durch und warteten auf die nächste Mahlzeit. Marie-Madeleine Dutellier Sims war unförmig dick, geschwätzig und unglücklich. Sie schien eine geistlose Frau zu sein, die sich keinen Genuß versagen konnte. Ihr Aussehen war die Folge von Müßiggang, Demütigungen und Langweile. Zum großen Teil war sie selbst für ihren Müßiggang verantwortlich. Sie war eine so tüchtige *padronne*, daß die Familie – sie zählte elf, und einschließlich der abhängigen Verwandten sechzehn, Köpfe – bewundernswert von fünf Domestiken umsorgt wurde; fünf weitere wurden zur Wahrung des Ansehens gehalten. Dieser Dienerschaft gebührte zwar ein Monatslohn von je drei Schilling, aber sie hatte Geld kaum nötig. Ihre Mahlzeiten, ihre Kleidung, ihre ärztliche Betreuung, ihre Prügel und Vergnügungen wurden von der Herrschaft beigestellt. »Madame Sims« hatte sich nichts zu tun übrig gelassen als zu befehlen. Das Demütigende ihres Daseins hatte sie mit andern Matronen der dortigen Gesellschaft gemein. Alexander Sims besaß eine zweite Familie in Basseterre. Die wohnte in einem Dorf, dessen strohgedeckte Hütten kaum Schutz gegen die tropischen Regengüsse boten und oft von Sturmwinden weggerissen wurden. Eine solche zweite Familie war für jeden etwas auf sich haltenden Mann Pflicht oder zumindest Brauch. Sie war so zahlreich, daß die halbnackten Knaben und Mädchen nur zu zählen gewesen wären, wenn sie unwahrscheinlicherweise für einen Augenblick regungslos stillgestanden hätten. Oft erkannte er seine Nachkommenschaft nicht, wenn er einem oder einer von ihr auf der Prinz-Albert-Lände oder der Königin-Viktoria-Parade begegnete. Wenn ihr Vater – ein Weißer, ein reicher und bedeutender, leicht erzürnbarer Mann – ihr Heim aufsuchte, verschwanden sie in das umgebende Blätterdickicht. Langweile – besonders die der Mrs. Sims – sollte nicht mit Lethargie verwechselt werden. Langweile ist um ihren Auslaß gebrachte Energie. Sie war eine Frau von kraftvollem Charakter gewesen; von dem war wenig andres als ihre rasenden Zornausbrüche übriggeblieben. Ihre Vorfahren waren, bevor sie sich niederließen, um Zuckerrohr zu pflanzen, Seefahrer, Abenteurer und Bukanier gewesen. Sie glaubte von sogar noch romantischerer Herkunft zu sein.

Diese Inseln waren oft das erste gesichtete Land und der erste Hafen für die von Afrika kommenden Sklavenschiffe gewesen. Hier setzten sie die Kranken und Sterbenden an Land; hier entledigten sie sich der Unbotmäßigen – derer, die weder durch Schläge noch Hungernlassen zu bändigen waren. Diese Widerspenstigen waren gewöhnlich die kräftigsten der jungen Männer; auch ausgemergelt hätten sie einen hohen Preis auf dem Festland eingebracht. Die Kapitäne waren jedoch bereit, sie den Pflanzern auf der Insel mit Verlust zu verkaufen. Die Schiffe hatten noch eine wochenlange Reise vor sich. Sogar in Ketten waren diese Männer gefährlich; sie stifteten Unruhe. Einer der berühmtesten von ihnen war Bel-Amadé gewesen, ein Prinz der Aschanti, der längst in Balladen und Legenden eingegangen war. Er wurde ungefähr um 1759 in Guadeloupe versteigert. Hier wartete er seine Zeit ab; er wurde ein beispielhafter und fast Vertrauen genießender Vorarbeiter. Er war ein gewaltiger Sänger und war stets guter Laune. Er fand Entzücken an Kindern; Kinder waren von ihm entzückt. Sein Herr forderte ihn oft auf, für seine Gäste zu singen – während die Damen *chocoli-miel* aus Sèvres-Tassen nippten. Eine Ballade erzählt uns: »Sein Rücken glich der schlanksten Zeder; seine Augen waren wie ein Blitzen.« Die Ballade erzählt dann weiter, daß er ein Hundert Kinder hatte – alle von königlichem Geblüt.

Kam die Nacht von St. Joseph, dem neunzehnten März, die Nacht der zornigen Vergeltung, die Nacht der langen Machetes. Der Rauch, der von dreizehn großen Plantagen aufstieg, war bis nach Martinique zu sehen. Von so machtvollem Charakter war Bel-Amadé, daß sogar die treu gebliebene Dienerschaft – der bewährte Majordomus, der Koch, die Kammerzofe, die *mamée* der Kinder – kaum etwas taten, um das Massaker abzuwenden. Die St.-Josephs-Nacht! Man erinnerte sich ihrer natürlich mit Entsetzen, aber gegen Unterdrückung revoltierende Größe zieht uns immer auf ihre Seite – wie Leser der Dichtung Miltons wissen. Sklaverei versklavt den Sklavenhalter, und im Verlauf der Zeit wird der Stolze als ein Tor enthüllt. Bel-Amadé wurde eingefangen, kastriert und an einen Baum gehängt, wo er nach langer Qual starb. Er wurde zu einem Kinderschreck, aber die Phantasie eines Volks besteht nicht auf Folgerichtigkeit. Jedem hochgewachsenen jungen Mann und jedem strahlend schönen, kühn dreinblickenden jungen Frauenzimmer wurde flüsternd nachgesagt: »*Y a là une goutte du sang du beau diable!*«

Eines Abends, nachdem die Damen auf der Veranda wieder einmal von der St.-Josephs-Nacht und ihrem Anstifter gesprochen hatten, näherte sich die achtjährige Eustacia ihrer Mutter.

»*Maman, est-ce que nous ... est-ce que nous ...?*«

»*Quoi? Quoi, nous?*«

»*Est-ce que nous sommes descendues... de Lui?*«

»*Tais-toi, petite sotte. Nous sommes parentes de l'Impératrice. C'est assez, je crois.*«

»*Mais, maman, réponds.*«

Die Mutter wandte ihrer Tochter ein dunkles, dick bepudertes Gesicht zu. Ihre Augen sahen stolz und streng drein. Sie hielt Eustacias Blick fest. Ihre Miene sagte: »Selbstverständlich sind wir das!« Ihr Mund sagte: »*Tais-toi, petite idiote! – Et mouche-toi!*«

Eustacia Sims Lansing und ihre Kinder hatten irgendwoher das heftige Temperament, die Leidenschaft für Unabhängigkeit und – mit Ausnahme von Anne, die dem Vater nachgeriet – die interessante Hautfarbe geerbt.

Alexander Sims besaß und betrieb einen großen Kaufladen am Kai von Basseterre. Alle seine Töchter waren schön; eine von ihnen war auch intelligent. Sobald sie konnte, verließ Eustacia die Gesellschaft auf der Veranda und wurde Gehilfin ihres Vaters in dem Laden. Sie war siebzehn. Bald führte sie den Laden allein und führte ihn sehr gut, wenngleich unter schwierigen Umständen. Ihre Schönheit war eine beständige Plage und Prüfung für sie. Die jungen Männer der Insel und die Seeleute aller Nationen unterhielten eine unablässige Belagerung. Jeder Einkauf, den sie machten, wurde mit zögerndem Auswählen, geflüsterten Einladungen und Liebeserklärungen in die Länge gezogen. Sie kleidete sich mit strengster Einfachheit; sie zügelte ihren schlagfertigen Witz. Sie äußerte keine Verachtung und empfand auch keine; sie hielt bloß Abstand. Sie erwarb sich bald den Spitznamen »*La Cangueneuse*« – ein Wort, das von dem hohen Stehkragen abgeleitet war, den französische Offiziere im achtzehnten Jahrhundert trugen, und der so steif und hoch war, daß sein Träger das Kinn nicht zu senken vermochte. Von ihrer Tüchtigkeit war ihr Vater zuerst erstaunt, dann entzückt, denn die ermöglichte es ihm, einen alten Ehrgeiz zu befriedigen; er erhielt einen Posten im Zollamt, wo er den ganzen Tag lang eine Uniform tragen durfte. Er konnte nun seiner Landesherrin dienen.

Zweimal des Tags verloren Eustacias Augen ihren unliebenswürdig glasigen Blick; das eine Mal – wo nur wenige es sehen konnten – bei der Frühmesse; das andre Mal – spät nachts in eifersüchtig gehütetem Alleinsein – wenn sie sich an den schneeigen Wundern ihres Trousseaus weideten.

Sie wußte, wozu sie berufen war. Sie wußte, warum sie auf die Welt gekommen war. Um zu lieben; um Gattin und Mutter zu sein. Sie hatte keine Beispiele der Art von Ehe, die sie anstrebte, gesehen. Sie erfand diese Art. Sie errichtete einen Bau. Ein in einem dunkeln Zimmer ausgeschlüpfter Vogel vermag ein Nest zu bauen, ohne je eins gesehen zu haben. Sie fügte ihren Bau zusammen aus den Ermahnungen der Priester bei Trauungen; aus Stellen in den wenigen *romans roses*, die auf der Insel von Hand zu Hand gingen; sogar aus den Ehen selbst, die sie in ihrer Umgebung sah – müden, seelenlosen, herabgewürdigten, bestenfalls resignierten, – und aus Altarbildern. Einigen Menschen ist es gegeben, beständig und stark zu ›idealisieren‹, wie die Raupe des *Bombyx mori* Seide hervorbringt. Eustacia Sims gedachte, die ganze Fülle des Erdendaseins durch Liebe zu spenden und zu empfangen; sieben Fuß hoch zu wachsen durch Liebe; zehn Kinder – lauter Ritter Bayards, lauter Joséphines – zu haben durch Liebe; sich ihre Schönheit zu verdienen durch Liebe; unter den Kronen der Liebe gebeugt hundert Jahre alt zu werden. Sie wollte schlicht und demütig bleiben – ja, ihre zwei Dutzend Enkelkinder draußen vor der Kirche lassen und in der Seitenkapelle knien – wie eben jetzt – und nur darum beten, Gott als eine liebende Frau wohlgefällig zu sein. Sie hatte das Alter von neunzehn Jahren erreicht, ohne einen Mann, ob jung oder alt, erblickt zu haben, von dem sie sich vorstellen konnte, daß er ein solches Leben mit ihr teilen würde. Ihr Verstand war ebenso gesund wie ihr Körper. Sie verschmähte nicht leichthin, aber sie kannte alle heiratsfähigen jungen Männer dieser Inseln (sie waren alle mehr oder weniger mit ihr verwandt); sie kannte die Landschaft der Seele bei den guten und den schlechten. Für sie stand es fest, daß ihr Zukünftiger nicht von einer dieser Inseln käme. Ihr Interesse belebte sich, wenn sie eine fremde Sprache gesprochen hörte. Sie bezweifelte, daß es schönere Länder auf der Welt gab als ihre eigne Insel, aber sie vermochte gern zu glauben, daß es welche gebe, die weniger von Eitelkeit, Bosheit, Trägheit und Frauenverachtung durchtränkt waren. Sie warf forschende Blicke auf die deutschen, italienischen, russischen und skandinavischen Schiffsoffiziere, die an Land kamen, entzog sich aber ihren Annäherungsversuchen. Ihr Mann sollte nicht ein Seemann sein, der auf langen Fahrten dem Heim fern bliebe, das sie miteinander gründen würden.

Sie wartete. Ihre Mutter beobachtete von dem riesigen Bambuslehnstuhl aus Eustacias Entwicklung und begriff ihr Problem. Sie machte sich Sorgen über ihr eignes: sie hatte drei ältere Töchter zu verheiraten, aber die heiratsfähigen jungen Männer der Insel hatten bloß Augen für ihre jüngste. Immer wieder traten die ersten Bürger der Insel und die Pfarrer an sie heran – »*Chère madame* ... Jean-Baptistes Antoine ist ein vortrefflicher junger Mann... wird erben... guter Lebenswandel... sehr verliebt in Ihre Tochter Eustacia. Könnten Sie vielleicht mit Ihrer Tochter sprechen, Madame Marie-Madeleine?«

Eines Abends rief sie Eustacia zu sich in ihr Schlafzimmer.

»Also, mein Kind, seit zwei Jahren schlägst du jetzt jeden Antrag aus, der uns gemacht wird. Du weigerst dich zu heiraten, und du stehst der Verheiratung deiner Schwestern im Weg. Was willst du eigentlich?«

»*Maman*, bist du mir böse, weil ich im Laden arbeite?«

»Nein.«

»Warum bist du ungehalten mit mir? Ist es meine Schuld, daß Antoine und Mémé und *le petit à Beaurepaire* mich heiraten wollen? Sie sind nette Jungen. Ich kann sie gut leiden. Ich liebe sie nicht. Sie stehlen mir meine Zeit, wenn ich zu arbeiten habe.«

»So? – Also hör mich an, Eustachie!«

In Frankreich wurde offenbar ein junges Mädchen, wenn sie allein eine Reise unternehmen mußte, in der Postkutsche oder in einem dieser Eisenbahnzüge, oft belästigt. Junge und alte Männer, die keine Gottesfurcht kannten, schubsten sie und kniffen sie und gingen ihr nach. Was taten da die sittsamen Mädchen? Sie bestrichen sich Stirn und Wangen mit *le vert de houx*. Es schadete der Haut nicht. Man konnte es augenblicklich wegwaschen. Es benahm nur die Jugendfrische. Es verlieh der Haut eine graue Blässe – sogar einen Stich ins Grünliche. Die schamlosen Männer ließen dann die lieben Mädchen in Ruhe.

»Was hältst du davon, *ma fille?*«

»*Maman*, du Engel! *Maman*, hast du etwas von diesem *vert de houx?*«

»Hier auf der Insel gibt es keine Stechpalmen, aber wir haben etwas andres. Wir haben eine Wurzel, die *borqui* heißt oder *boraqui*, wie manche sie nennen. Schau!«

»Schnell! Schnell, Mama! Schnell, laß mich's versuchen.«

Die Leute begannen zu sagen, Eustacia arbeite zu schwer in dem Laden. Sie fange an, alt auszusehen; sie werde eine alte Jungfer werden. Ihren Schwestern wurden Ständchen dargebracht. Marjolaine verlobte sich und sollte vor Weihnachten heiraten.

Breckenridge Lansing war noch keine drei Tage auf St. Kitts, als Eustacia Sims plötzlich, von einem Dienstag auf einen Mittwoch, ihre ganze verlorene Schönheit wiedergewann.

Breckenridge Lansing bewährte sich stets gut am Anfang von allem, was er anfing. Er fuhr von einer Insel zur andern und organisierte die Lieferungen von Lorbeeröl und Rum. Überall hatte er Erfolg. Für ihn rollten Tonnen und Glasballons und Fäßchen aus den Lagerhäusern der Plantagen und erhielten einen Stempel mit der Adresse der Laboratorien seiner Firma in Jelinek, New Jersey. Unterhaltungsabende wurden für ihn improvisiert. Es gab Bälle bei Kerzenlicht in den Patios großer Besitzungen. Er wurde zu Jagden eingeladen. Mütter putzten ihre Töchter für ihn heraus. Männer wurden seiner Gesellschaft bald überdrüssig. Er besaß einige der ansprechenden Wesenszüge eines Halbwüchsigen, aber diese Männer waren das Reden von Halbwüchsigen nicht gewohnt. Bei der Weiblichkeit gewann er alle Herzen, einschließlich Eustacias.

Jahrelang fragte sich nachher Eustacia gequält immer wieder: »Wieso? Warum?«

An einem Dezembermorgen, viele Jahre vor Lansings Ankunft, schlugen die Bürger von Basseterre die Augen auf und sahen einen großen Viermaster in den Hafen hereingleiten. Auf jeder Rahe stand ein Dutzend weißgekleideter Jünglinge mit ausgestreckten Armen. Das war eine seltsame Erscheinung, aber was dann folgte, war nicht weniger erstaunlich. Das Schulschiff *Gustav Wasa* der schwedischen Marine machte eine Weltumsegelung. Es trug zweihundert Seekadetten im Alter zwischen dreizehn und sechzehn

Jahren. Angehörige eines Volks mit dunkeln Haaren und dunkeln Augen wie diese Inselbewohner nehmen an, daß ihre Haut- und Haarfarbe – mitsamt all den sie begleitenden Merkmalen – zur menschlichen Natur gehört, ja überhaupt den Menschen kennzeichnet. Das hat nichts Geheimnisvolles für sie. Sie haben sich damit abgefunden. Aber siehe da! Die zweihundert Seekadetten und ihre Offiziere kamen an Land und brachten das Wunder eines andersartigen Menschenschlags – die verwundbare Treuherzigkeit blauer Augen, die honigfarbenem Haar innewohnende Gewähr für Unschuld. Als Gregor der Große zum erstenmal englische Sklaven auf dem Marktplatz in Rom sah, rief er aus: »*Non angli sed angeli.*« Der Viermaster *Gustav Wasa* setzte seine Reise um die Welt fort, aber eine andre *Gustav Wasa* glitt mit eingerollten Segeln durch die Phantasie der Frauen und Mädchen auf der Insel; ein Schiff, bemannt von tugendfesten Rittern mit Rosenwangen und Goldhaar und himmelblauen Augen.

Dr. Gillies, der an Ideen nagte wie ein Hund an alten Knochen, pflegte zu sagen: »Die Natur trachtet, sich der Extreme zu entledigen. Während der letzten Million von Millionen Jahren kam es zu einer zu großen Aufspaltung. Ich lese in der Zeitung, daß es nicht mehr so viele Blondinen in Frankreich gibt; man läßt Girls aus England und Skandinavien kommen, um diese Pariser Monsterrevuen aufzufüllen. Wir werden bald alle braunhaarig sein. Die Kirchen in Rußland haben es schwer, noch Bässe zu finden, die die Kerzenständer zum Wackeln bringen können, und in Berlin herrscht schreckliche Not an Tenören. Von nun an werden wir alle Baritone sein. Niemand wird mehr hochgewachsen oder gedrungen, dunkelhaarig oder hellhaarig sein. Die Natur verträgt keine Extreme. Sie wirft Gegensätze einander in die Arme, um die Sache zu beschleunigen. Die Bibel sagt, daß zuletzt – sobald das Goldene Zeitalter kommt – der Löwe sich neben das Lamm legen wird. Ich sehe es kommen.«

»Charles, hör auf damit!«

»Der Heftige wird sich von der Sanften angezogen fühlen, die Eule sich dem Sturmvogel gesellen. Untätige, schläfrige Weisheit wird sich mit stürmischer Vitalität paaren. Eier – höchst interessante Eier. Sieh dir nur dich und mich an, Cora!«

»Ach, geh doch, du!«

»Darwin wurde es nie müde, uns zu zeigen, wie die Natur Typen für Anpassung und Überleben auswählt.«

»Ich will diesen Mann in meinem Haus nicht erwähnt hören, Charles!«

»Na ja, vielleicht hat die Natur nach Hunderten von Millionen Jahren angefangen, auf Intelligenz und Geist und Gemüt hin ihre Zuchtwahl zu treffen. Vielleicht tritt die Natur in eine neue Ära. Die Dummen hinauszüchten, die Gescheiten einzüchten. Vielleicht hat darum Stacey diesen Breckenridge geheiratet. Die Natur hatte es befohlen. Sie wollte ein paar interessante Neugeborene für ihre neue Idee haben. – Wir sagen noch immer: ›Wir leben unser Leben.‹ Quatsch; das Leben lebt uns.«

»Das ist grammatikalisch falsch.«

Breckenridge Lansing hatte das Alltagsgesicht eines Drogeriegehilfen aus Iowa, aber seine Augen waren von einem hellen Kornblumenblau und sein Haar von einem silberigen Goldton. Für die Geschäftsleute auf den Antillen verkörperte er ehrlichen Handel, für Eustacia Sims verkörperte er die Verheißung von Kindern gleich denen, die in den Wolken eines Altarbilds schweben.

Die Direktion in New York war erfreut über Lansings Leistung. Er kehrte, von Projekten und Ideen überquellend, in die Vereinigten Staaten zurück. Geschickt vereitelte er jede Absicht, ihn nochmals nach Westindien zu senden. Er wußte bereits, daß er ein Mensch war, der einen Erfolg nicht wiederholen konnte. Er wurde in die Laboratorien nach New Jersey geschickt. Dort beugte er sich über die dampfenden Zuber, schloß die Augen halb und gab ein kennerisch abwägendes »Hm« von sich. Er schnappte von den Männern, die hier arbeiteten, eine oberflächliche Kenntnis der Verfahrensgrundlagen auf. Er machte einige Vorschläge für Verbesserungen, aber die Begeisterung, mit der er anfangs aufgenommen worden war, hatte sich zu verflüchtigen begonnen. Es gibt gewisse Nebenprodukte des Kohlenteers, die mittels ähnlicher Verfahren zu ähnlichen Zwecken verwendet werden. Die Firma sandte ihn nach Pittsburgh, um die Möglichkeiten gemeinsamer Forschung und gemeinsamer Patente zu erkunden. Die Firma in

Pittsburgh wurde von Bewunderung für seine Intelligenz und Energie ergriffen (»Der beste junge Mann, den wir seit langem gesehn haben« . . . »ein heller Kopf«) und bot ihm eine Stellung an. Die akzeptierte er prompt. Er liebte Abwechslung. Es gab überall kartenspielende gute Kumpane; es gab überall Tiere zu schießen; die Sorte von Frauen, die er gern hatte, hatte ihn gern und war überall zu finden. Bevor er nach Pittsburgh ging, fuhr er nochmals nach Basseterre und heiratete Eustacia Sims. Das entzückende junge Paar verbrachte nur ein Jahr in Pittsburgh. Lansing wurde mit vielem beglückwünschenden Händeschütteln in das ›Invalidenhaus‹-Bergwerk bei Coaltown, Illinois, geschickt.

Eustacia Sims verbrachte noch auf der Insel einige Stunden der Seelenqual in ihrer Kirche. Sie war im Begriff, einen Andersgläubigen zu heiraten. Aber mehrere Ereignisse in der Stadt während dieser letzten Monate schienen sie in ihrem Entschluß bestärken zu wollen; sie erweiterten ihre Kenntnis dessen, was eine Frau zu erwarten hatte, die einen dunkelhaarigen, dunkeläugigen Mann heiratete. Eustacia verkaufte den größten Teil ihrer Brautausstattung; sie langte in die Geldlade des Warenhauses und nahm sich daraus, was ihrer Meinung nach ihr gebührte. Lansing erfuhr nie, daß sie mehr als tausend Dollar unter der Rückwand des Spiegels ihrer Großmutter und in den Säumen ihrer Kleider versteckt hatte. Man könnte einigermaßen zweifeln, ob Eustacia Sims jemals wirklich und wahrhaftig verheiratet war. Sie band sich durch Gelübde in drei Zeremonien – einer auf dem königlichen Standesamt, einer in einer Baptistenkirche und einer in einer Kirche ihres eignen Glaubens; sie waren alle in drei Tage zusammengedrängt, weil Lansing schnell auf seinen Posten in Pittsburgh zurück mußte. Die einzige dieser Zeremonien, die ihr etwas bedeutete, wurde in einer kleinen Kirche auf der andern Seite der Insel vollzogen. Hier wurde sie von einem Onkel, der sie sehr lieb hatte, getraut. Er streckte das Ritual, soweit es sich strecken ließ. (Lansing hatte fest versprochen, er werde im ersten möglichen Augenblick ›Unterweisung‹ erhalten.) Eustacia bemerkte gewisse Lücken in der Zeremonie nicht – oder wollte sie vielleicht nicht bemerken. Sie hörte sicherlich ein Segnen ihres Ehebunds. Lansing steckte ihr zweimal einen Ehering an den Finger. Er hatte ihn in

New York gekauft, aber unglückseligerweise hatte er an dem Abend, bevor er sich hier einschiffte, vierzig Dollar im Kartenspiel mit Fremden verloren. Eustacia – diese scharfäugige Warenkundige – erkannte sogleich, daß der Ring aus plattiertem Messing war. Sie griff ihre Ersparnisse an und ersetzte ihn durch einen aus purem Gold.

Beide waren sie sehr beliebt auf dem Schiff, das sie nach New York trug – er, weil er witzig, sie, weil sie schön war. (Ihre geistige Regsamkeit war ebenso bemerkenswert wie ihre Schönheit, aber sie verlor sich binnen drei Tagen; erst acht Jahre später kam sie wie ein ausgehungerter Hund zurück.) Am siebenten, dem letzten Tag der Überfahrt erhob der Kapitän sein Glas auf das charmanteste Paar, das als Passagiere an Bord zu haben ihm je zur Ehre gereichte. Die Mitreisenden tranken dem Paar unter lauten Zurufen zu.

Eustacia hatte die Empfindung, einen Berg der Verzweiflung nach dem andern zu erklimmen. Sie hätte sich vielleicht mit der Entdeckung abgefunden, daß ihr Mann unterwürfig gegenüber Reichtum und Würden war – ein Wesenszug, der sie an ihrem Vater abgestoßen hatte; daß er Dienstboten kujonierte – ein Wesenszug, der sie an ihrer Mutter abgestoßen hatte; daß er knauserig im kleinen und verschwenderisch im großen war. Was sie vielleicht am meisten anwiderte, war, daß seine Phantasie beständig mit dem Ermorden spielte. Auf Deck oder im Speisesaal zielte er mit eingebildeten Schußwaffen auf seine Mitreisenden: »Klick! Hab' ihn erwischt, wo das Kamel die Nadel hat!« »Muß höher zielen. So! Tut mir leid, Madam! Gute Nacht!« »Wart nur, bis die alte Giraffe wieder vorbeikommt.«

»Aber, Breckenridge, laß sie doch leben!«

»Schon recht, Stacey, wenn du's sagst, will ich's gern tun, Schatz. Bloß noch einen für die Haifische!«

Er schwieg nur im Schlaf. Es ist das Vorrecht eines Neuvermählten, ein bis dahin wohlbehütetes Mädchen mit einem Vorrat witziger Anekdoten bekannt zu machen, der ihr vordem verschlossen war. Es gibt eine kleine Zahl von Sexualwitzen, welche nicht – wie einen Knüppel in einem Blumenstrauß – eine aggressive Verachtung für das weibliche Geschlecht verbergen. Breckenridge Lansing hatte vielleicht einige von diesen gehört, aber sein Gedächtnis war nicht fähig gewesen, sie zu behalten.

Das anziehende junge Paar ging in New York am St.-Valentins-Tag 1878 von Bord. Eustacia hatte nie Schnee gesehen; sie hatte nie Kälte verspürt. Sobald sie konnte, stolperte sie durch die Schneewehen zu einer Kirche ihres Glaubens. Am Ende einer auf den Knien verbrachten Stunde nahm sie ihr Joch als Strafe für ihren Ungehorsam auf sich. Sie hatte einen Fehler begangen, aber sie vertraute darauf, daß das Sakrament der Ehe sie, auf eine unvorhersehbare Weise, stützen werde.

Sie fuhren nach Pittsburgh weiter und ein Jahr später dann nach Coaltown. Keiner der beiden Orte konnte sich eines besonders bekömmlichen Klimas rühmen, schon gar nicht für eine Tochter der Sonne und der See! Sie verloren drei Kinder. Wir haben gesehen, wie Lansing die Zügel der Bergwerksleitung bereitwillig zuerst Miss Thoms und dann Ashley überließ. Aber jeder Mann muß in seinem Leben sich ein Gebiet finden, auf dem er erfolgreich ist. Er war das in Vereinen und Logen; er war es besonders in jenen Lokalen an der River Road, wo sein Lachen, seine Geschichtchen und seine derben Späße eine Gesellschaft, die nicht immer lustig war, aufpulverten. Mehrere Male in der Woche kutschierte er seinen Wagen erst bei Sonnenaufgang heim. Stolpernd und schwankend spannte er die Pferde aus und gab ihnen den Krocketrasen frei. Er brauchte nicht erst die Treppe hinaufzusteigen; er konnte in einem nicht mehr benützten Spielzimmer zu ebener Erde ins Bett schlüpfen. Er ließ – ein fast unvorstellbares Beispiel schlechten Wirtschaftens – seine Pferde einfach auf dem Krocketrasen, nicht weil er betrunken, sondern weil er todmüde war. Er war erschöpft durch jene vervielfachte Ermüdung, die – über einem Grundbaß von Selbstzweifel und Verzweiflung – auf angestrengtes Trachten nach Genuß folgt. Eustacia erfuhr bald, daß ihr wenigstens eines erspart geblieben war – ihr Mann war kein Trinker. Alkohol bekam ihm schlecht. Für Breckenridge Lansing war das eine demütigende Enttäuschung, denn starkes Trinken hatte in dem als Kind empfangenen Bild davon, was ein rechter Mann sei, einen großen Platz eingenommen. Dennoch trank er und redete großsprecherisch von seiner Trinkfestigkeit. Er hatte alle Kniffe der Geheimhaltung erlernt. Er leerte sein Glas in Blumentöpfe und Spucknäpfe; er vertauschte sein volles mit einem der fast ausgetrunkenen, die auf dem Tisch standen. Er trug sogar eine Gänsefeder bei sich, mit der er abseits seinen Magen entleeren konnte.

Lansing war stolz auf seine Frau – ja mehr noch, er war auf eine unklare Art in sie verliebt; aber er fürchtete sie. Sie führte das Haus und verwaltete sein Einkommen auf vorbildliche Weise. Sie kam ohne Dienstmädchen zurecht und beschäftigte nur gelegentlich eine Putzfrau. Das erregte die Entrüstung ihres Mannes; ein etwas auf sich haltender Hausvater versorgte seine Frau mit einer ›Hilfe‹. Daß Eustacia keine wünschte, hatte seinen Grund darin, daß sie die oft stürmischen Szenen in ›St. Kitts‹ in Coaltown nicht bekannt werden lassen wollte. Sie legte sein Geld an; sie beriet ihn in vielen Dingen; sie verfaßte seine Reden für Logensitzungen und Feiern des 4. Juli. Er war der bedeutendste Mann der Stadt. Es war hart genug für ihn, daß Eustacia immer recht hatte; es war härter, daß sie nie auf ihre Befähigungen anspielte, nie triumphierte. Er liebte sie, aber er schrak davor zurück, sich in ihren Augen gespiegelt zu sehen. Sie ihrerseits hatte alles an ihm zu ertragen gelernt, ausgenommen die Schwächen ihres Vaters. Es gibt weniges, was so zur Verzweiflung treibt, wie solche Schwächen bei den einem Nahestehenden sich wiederholen zu sehen; das ermöglicht einem, die Zukunft zu lesen. Ihr Vater war arbeitsscheu und träge gewesen. Sie bat Breckenridge, zu der Firma in New York zurückzukehren; sie bot ihm den Kaufladen in Basseterre an. Sie ließ sich nie zu zänkischem Tadel herab. Die heftigen Streitereien begannen erst, als sie sah, auf welche Weise er den Sohn, George, zu erziehen für gut fand.

Die Ahsleys kamen 1885 nach Coaltown. John kaufte das Haus, von dem es hieß, daß ihm durch die lange Tragödie der MacGregors etwas Unheimliches anhafte.

Die Lansings wohnten mietefrei in dem für den Bergwerksdirektor zur Verfügung gestellten Haus. Es war aus schwarz gewordenen Ziegeln gebaut, ohne Veranden, und stand zwischen traurigen Eiben und Zedern. Dahinter führte eine breite, von großen Graunußbäumen eingefaßte Rasenfläche zu dem Teich hinunter. Bevor Lansing es ›St. Kitts‹ taufte, war es in der Stadt unter dem Namen seines Vorgängers als das ›Cayley-Debevoise-Haus‹ bekannt gewesen. Die Debevoises, fortpflanzungsfreudig und selber recht kindlich, lebten in dem fröhlichen Tumult ihrer elf Kinder – sechs eigner und fünf adoptierter Neffen und Nichten. Die Teppiche hatten Löcher, die Stühle wackelten; einige Fensterscheiben waren durch Packpapier ersetzt, denn an Regentagen wurde im Innern Fangball gespielt. Ein Eßzimmer war überhaupt nicht vorhanden. Da sie alle in der Küche aßen, wurde der große Eßtisch unaufhörlich für Spiele benützt und war ins Freie, unter die Weinlaube, gestellt worden. Die Uhren waren stehngeblieben. Die Geländer der Aufgänge zur Vorder- und Hintertür waren nicht ausgebessert worden. Warum sie ausbessern, wenn stets mindestens drei Kinder von neun bis zwölf Jahren da waren? Der kleine Nicholas und die kleine Philippina trugen Kleider, die nacheinander von wenigstens drei Brüdern oder Schwestern oder Adoptivgeschwistern getragen worden waren. Glückliche Debevoises, wo seid ihr nun?

Lansing bewunderte John Ashley von Anfang an und ahmte ihn ungeschickt nach. Er ging so weit, so zu tun, als wäre auch er ein glücklich verheirateter Mann. Die menschliche Gesellschaft hätte sich nie höher entwickelt ohne dieses Nachahmen von Ordnung und Anstand, das mit den Namen Snobismus und Heuchelei abgetan wird. Ashley machte aus seinem Regentagehaus ein Laboratorium für Experimente und Erfindungen. Lansing baute ein Regentagehaus hinter ›St. Kitts‹ und begann sich von neuem für ›Schlangenöle‹ zu interessieren. Vielleicht war es der Einfluß der Debevoises, vielleicht das Beispiel der Ashleys, was Eustacia befähigte, ein Kind zur Welt zu bringen, das am Leben blieb, dann noch eins und dann ein drittes. Die Lansings waren älter als die Ashleys, die Kinder aber waren fast alle dem Alter nach paarweise einander nahe: Félicité Marjolaine Dupuy Lansing (sie war am Tag des heiligen Felix geboren; die Namen der Iowa-Lansings waren von den früh verstorbenen Kindern in den Himmel getragen worden) und Lily Scolastica Ashley; George Sims Lansing und Roger Berwyn Ashley; dann Sophia allein;

dann Anne Lansing und Constance Ashley. Eustacia Lansing trug die Fackel der Heuchelei, oder was immer es war, mit großem Geschick. In der Öffentlichkeit – beim Picknick des Bürgermeisters, in der ersten Sitzreihe bei der Feier des Soldatengedenktags – spielte sie die stolze, liebend ergebene Gattin. Die Schönheit der Kreolinnen ist kurzlebig. Zur Zeit, als die Ashleys nach Coaltown kamen, hatte Eustacias teefarbener Teint schon eine weniger zarte Tönung; ihre Züge hatten viel von ihrer hindinnenhaften Weichheit verloren; sie war entschieden rundlich geworden. Dennoch wußte jedermann in Coaltown, angefangen von Dr. Gillies bis zu dem Burschen, der in der Tavern die Schuhe putzte, daß die Stadt sich zweier Frauen von ungewöhnlich eindrucksvoller Erscheinung rühmen konnte: Mrs. Ashleys, hochgewachsen und blond, Mrs. Lansings, klein und dunkelhaarig. Mrs. Ashley – als Germanin das Kind von Ohrenmenschen – hatte keine Begabung dafür, sich zu kleiden, aber eine bezaubernde Sprechstimme und bewegte sich wie eine Königin; Mrs. Lansing – als Romanin das Kind von Augenmenschen – besaß Feingefühl für Farben und Linien, doch ihre Stimme hatte etwas Schneidendes, und ihr Gang wenig Anmut. Mrs. Ashley blieb stets gelassen und sprach bedächtig, Mrs. Lansing war ungestüm und wortreich. Mrs. Ashley besaß wenig Humor und war nicht grade geistvoll; Mrs. Lansing plünderte zwei Sprachen und einen Dialekt, um brillante und prickelnde *mots* zu finden, und war eine verheerende Mimikerin. Fast zwanzig Jahre lang gingen diese Damen eine im Haus der andern ein und aus, ebenso wie ihre Kinder. Sie vertrugen sich, ohne die geringste Regung von Sympathie, gut miteinander. Beata Ashley fehlte es an Vorstellungsgabe oder unbeschäftigter Aufmerksamkeit, um des Elends der ältern Frau gewahr zu werden. (John Ashley merkte es wohl, aber sprach nicht davon.) Beide waren sie Meisterinnen in derselben Kunst: sie kochten unübertrefflich; beide befanden sie sich in derselben Lage: sie waren weit weg von der Umgebung, die sie in der Jugend geformt hatte.

Die ersten zehn Jahre vergingen für diese zwei Familien ohne bemerkenswerte Ereignisse: Schwangerschaften, Windeln und Diphtherie; Masern und Herunterfallen von Bäumen; Geburtstagsgesellschaften, Puppen, Markensammlungen und Keuchhusten.

George wurde dabei erwischt, wie er Rogers Drei-Sen-Marke stibitzte; Roger wurde der Mund mit Seifenwasser ausgewaschen, weil er »verdammt noch mal« gesagt hatte. Félicité, die Nonne zu werden wünschte, wurde entdeckt, wie sie auf dem bloßen Fußboden schlief, weil sie es irgendeiner Heiligen nachtun wollte; Constance weigerte sich eine Woche lang, mit ihrer besten Freundin, Anne, zu sprechen. Man kennt das alles.

In Coaltown wurde die Hauptmahlzeit an Wochentagen zu Mittag eingenommen. Das Abendessen war um sechs und bestand aus ›Überbleibseln‹. Niemand bat Freunde zu einer Mahlzeit – mit einer einzigen Ausnahme: Kirchenmitglieder luden reihum den Geistlichen und seine Familie sonntags zum Mittagessen ein. Verwandte von außerhalb der Stadt wurden kaum als Gäste betrachtet; die Frauen halfen, das Essen zuzubereiten und das Geschirr zu waschen. Beata Ashley setzte die Stadt in Erstaunen, indem sie Freunde zu einem späten Abendessen bei Kerzenlicht einlud, an dem die Kinder nicht teilnahmen. Die Lansings waren immer unter den Gästen, gelegentlich Dr. Gillies und seine Frau oder ein Richter im Ruhestand, der das Leben in einer großen Stadt gekannt hatte, und einige andre. Mrs. Lansing erwiderte die Einladungen. Zweimal im Jahr erschienen Mitglieder der Pittsburgher Generaldirektion, die auf einer Inspektionsreise waren, in Coaltown. Sie stiegen in der Illinois Tavern ab, wurden aber zum Essen nach ›St. Kitts‹ und ›The Elms‹ eingeladen. Sie erlebten da allerlei Überraschungen, die sich auch bei wiederholten Besuchen nicht abschwächten: Beata Ashleys ruhige Vornehmheit; Eustacias geistreiche Lebhaftigkeit und Schönheit samt ihrer farbenfrohen Kleidung und diesem *grain de beauté*, das die Natur mit höchst künstlerischer Berechnung auf ihre rechte Wange placiert hatte; die Vielfalt der Gesprächsthemen und die Güte und Ungewöhnlichkeit der Speisen. (Ihre Ehefrauen mußten das dann büßen: »Gibt es denn gar nichts andres auf der Welt zu essen als Roastbeef und Brathuhn?« »Müßt ihr die ganze Zeit über die Dienstboten reden?«) Bei diesen Abendessen sprach John Ashley wenig, und doch waren aller Augen beständig ihm zugewendet. Er war der Grund, daß die Männer überlegt, aber ungezwungen sprachen, die Frauen sich reizend gaben und Lansing sich beherrscht benahm. Die Besucher aus Pittsburgh drückten Ashley ihre Genugtuung über den verbesserten Ertrag des Bergwerks aus. Nebenhin und ganz unauffällig lenkte er ihr Lob auf Breckenridge Lansing.

Nur eines, das Erwähnung verdient, geschah während dieser ersten zehn Jahre. Eustacia Lansing verliebte sich restlos in John Ashley.

Wie wir bereits wissen, machte John Ashley keine Ersparnisse. Er hatte eine hervorragend tüchtige Hausfrau geheiratet und hatte einen Obstgarten, einen Küchengarten und einen Hühnerstall gekauft. Von Zeit zu Zeit unterdrückte er die in ihm aufsteigende Sorge, wie er seinen Kindern eine bessere Ausbildung bieten sollte. Er hatte eine unbestimmte Vorstellung, daß er imstande wäre, einigen geldlichen Nutzen aus den Erfindungen zu ziehen, die er im Regentagehaus ausarbeitete. Sein Interesse war ganz besonders von Sicherheitsschlössern gefesselt. Er kaufte alte Panzerschränke, die aus der Asche niedergebrannter Häuser hervorgezogen worden waren; er studierte die Konstruktion von Uhren und Schußwaffen. Lansing, der es ihm in seinem Regentagehaus geflissentlich nachtat, gab sein Interesse für Gesichtswässer und Schönheitsmittel auf und versuchte sich an mechanischen Vorrichtungen. Ashley eiferte ihn bei diesen neuen Beschäftigungen an. Der jüngere Mann verfolgte mit großer Besorgnis Lansings Zerstreuungen an der River Road, seine Trägheit und seine Vernachlässigung Eustacias. Gemeinsam machten sie sich an neue Projekte; Ashley hielt den Anschein aufrecht, daß Lansing ein unschätzbarer Mitarbeiter war. Lansing trug zu diesen Projekten seine Vision von deren Erfolg bei, von den enormen Geldbeträgen, die sie einbringen würden. Aber Jahr auf Jahr schob Ashley die Einreichung seiner Zeichnungen beim Patentamt hinaus; es kam ihm immer so vor, als wäre er eben daran, sie entscheidend zu verbessern. Um Lansings Begeisterung nicht abflauen zu lassen, schrieb er ihrer beider Namen in Schönschrift auf die verschiedenen Mappen, in welchen die technischen Zeichnungen lagen. Aber mit Drähten und Spiralfedern und Stahlstückchen herumzubasteln, genügte nicht, um Breckenridge Lansing lange von denjenigen Gebieten abzulenken, auf denen er niemand nachstand.

Breckenridge Lansings Vater hatte seine Frau und seine Kinder mit Geringschätzung behandelt; der Sohn versuchte dasselbe zu tun. Diese Einstellung war in jenen Teilen der Vereinigten Staaten nicht allgemein, aber häufig. Am Schluß des vorigen Jahrhunderts ging das patriarchalische Zeitalter zu Ende; seine Majestät wurde brüchig. Man darf annehmen, daß eine patriarchalische oder auch eine matriarchalische Gesellschaftsordnung auf ihrem Höhepunkt eine gewisse Großartigkeit besitzt. Sie trägt zum glatten Funktionieren der Gesellschaft und zur Harmonie im Heim bei. Jedermann weiß, wo sein Platz im Leben ist. Das Familienoberhaupt hat immer recht. Vaterschaft verleiht ihm eine überpersönliche Weisheit. Seine Stellung ähnelt der des Königs, der während Jahrtausenden unangezweifelter und sogar göttlicher Weihe schon in der Wiege die Eigenschaften besitzt, die ihn zum Regieren befähigen. Diese Lehre war dem Volk so tief eingefleischt, daß es die Irrtümer, Laster und Torheiten der Könige für den Ausdruck von Gottes Willen hielt: schlechte Könige waren von Gott zur Bestrafung, Belehrung und Ermahnung der Menschen gesandt. Ehefrauen und Untertanen sorgten für das Fortbestehn dieser Glaubenssätze. Erst wenn die patriarchalische Ordnung sich in einem Übergangsstadium befindet – das Pendel schwingt ewig zwischen dem männlichen und dem weiblichen Pol – da befällt Unheil Staat und Familie. Väter fühlen den Boden unter sich klaffen. Eine Zeitlang schreien, streiten und prahlen sie und überschütten die Gefährtin ihres Herzens und die Unterpfänder ihrer Liebe mit Hohn. Abraham hat nie zu schreien brauchen. Frauen wappnen sich in Übergangszeiten so gut sie können. Listen sind Schild und Speer der Unterdrückten. Sklaven können ohne Führer keinen Aufstand unternehmen, aber Sklaverei ist eine schlechte Schule für Führertum. Breckenridges Mutter war das Beispiel einer Frau in einem Zeitalter abbröckelnder Vaterherrschaft. Ihre Söhne kannten keine andre Ordnung als einen tyrannischen Vater und eine eingeschüchterte Mutter.

Eustacia Lansing war in einem Matriarchat auferzogen worden. Sie war nicht imstande, die stillschweigenden Voraussetzungen zu begreifen, die dem Familienleben in Coaltown seine Gestalt gaben. Was sie rettete, war ihr Humor. Ein in Verfall geratenes Patriarchat ist tragisch und auch sehr komisch.

Es sind die heranwachsenden Söhne, die in einem Übergangszeitalter am meisten leiden.

Sogar im allerbesten Heim und in den besten Zeiten ist ein Junge immer im Unrecht. Knaben sind voller aufreibender Energien; sie freuen sich an Lärm; sie sind (oder wo wären wir sonst?) abenteuerlustig und wißbegierig. Sie kriechen auf Felsbänder hinaus und fallen in Höhlen hinunter, und zweihundert Männer suchen nächtelang nach ihnen. Sie müssen Dinge schleudern. Besonders lieben sie kleine Tiere und wollen sie stets nahe bei sich haben. Die Gewohnheit reinlich zu sein ist ebenso langsam und mühsam zu erwerben wie Meisterschaft im Geigenspiel. Sie sind unaufhörlich hungrig, und es ist ihnen kaum beizubringen, mit Anstand zu essen (die Gabel erschien erst spät in der menschlichen Gesellschaft). Sie sind unfähig, länger als zehn Minuten stillzusitzen, wenn ihnen nicht eine Geschichte von blutigem Gemetzel und jähem Tod erzählt wird (oder wo wären wir?). Sie erhalten mehr als hundert Zurechtweisungen im Tag. Sie toben gegen das Erniedrigende, männlichen Geschlechts und noch kein Mann zu sein. Sie trachten den Kalender zu beschleunigen. Sie müssen rauchen und fluchen. Sie bekommen dunkle Warnungen zu hören vor ›Unkeuschheittreiben‹ und ›Ausschweifungen‹ – interessanten Beschäftigungen, die den Erwachsenen vorbehalten zu sein scheinen. Sie spähen im Spiegel nach den ersten Anzeichen eines Barts. Kein Wunder, daß sie sich nur unter ihren Altersgenossen glücklich fühlen; sie kommen von ihren endlosen Spielen (die Kriegführen ähneln) vielleicht von Triumphen aufgeblasen heim – verspätet, verschmutzt und blutverkrustet. Sehr wenig ist uns über die Knabenjahre eines Richard Löwenherz übermittelt; die Geschichte von George Washington und dem Kirschbaum findet nur in beschränktem Maß Glauben. Achilles und Jason hatten Erzieher, die halb Mann, halb Pferd waren. Ihre ganze Erziehung vollzog sich im Freien; sie muß hübsch viel Umherlaufen mit sich gebracht haben, und die natürlichen Funktionen können nur von sehr wenig Geheimnis umgeben gewesen sein.

Breckenridge Lansing erzog seinen Sohn nach einer damals vielfach empfohlenen Methode. Ihr Zweck war, »einen Mann aus ihm zu machen«. Sie bestand darin, das Kind in der Öffentlichkeit und daheim bei jeder Gelegenheit auszulachen, bei der es den Anforderungen männlicher Ertüchtigung nicht genügte. Mit fünf Jahren wurde George ins Wasser geworfen, und es wurde ihm befohlen zu schwimmen. Mit sechs Jahren wurde er aufgefordert, mit seinem Vater (»dem besten Vater auf der Welt«, aber alle Väter sind wundervoll) auf dem Rasen hinter dem Haus Fangball zu spielen. Die Koordination von Hand und Auge ist bei Sechsjährigen noch nicht voll entwickelt und wird ferner gestört durch die leidenschaftlichen und verzweifelten Anstrengungen des Knaben, sich zu bewähren. Das gutgemeinte Spiel endete in Tränen. Sobald er sieben war, wurde ihm ein Pony geschenkt; nachdem er zum drittenmal heruntergefallen war, verkaufte es sein Vater. Mit neun Jahren wurde er mit dem Gewehr bekannt gemacht. Bei jeder neuen Erprobung wurde er mit Hohn überschüttet, und seine Mißerfolge wurden Nachbarn, Briefträgern und Lieferjungen erzählt. Eustacia versuchte, sich für ihn einzusetzen, wurde aber nur selber mit ähnlichen Sarkasmen überhäuft. Klein Anne gewann das Herz ihres Vaters, indem sie »Zimperliese! Zimperliese!« quiekte. Es kam zu kläglichen Szenen. Félicité erblaßte, sagte aber nichts. Als George zum Vizekapitän der Baseballmannschaft seiner Schule gewählt wurde – nur zum Vizekapitän, während Roger Ashley überall Kapitän war, – sprach sein Vater drei Tage lang kein Wort mit ihm. Die Natur leistete George zu spät Hilfe. Mit sechzehn war er so groß wie sein Vater und viel kräftiger. Er war mörderischer Wutanfälle fähig. Der Tag kam, an dem er auf seinen Peiniger mit einem hochgeschwungenen Stuhl losging, den er dann langsam in der Luft in Stücke zerbrach. Von dieser Stunde an wollte sein Vater, wie er laut erklärte, nichts mehr mit ihm zu tun haben. George sei, was das Verzärteltwerden durch seine Mutter aus ihm gemacht habe. Er werde nie ein Lansing sein.

Sein Vater hatte recht. George war ein Sims und ein Dutellier und ein Creusot. Er hatte die bräunlich getönte Hautfarbe seiner Mutter. Seine Schulkameraden nannten ihn »Nigg«, bis er ihnen das ausprügelte. Miss Dobrey, die Lehrerin an der Mittelschule, sagte, er habe das »Gesicht eines zornigen Luchses«. Er sammelte eine Bande von Freunden um sich und nannte sie »die Mohikaner«. Sie wurden der Schrecken der Stadt. Sie vertauschten die Wegweiser auf den Straßen. Sie zerrten an den Seilen und brachten die Kirchenglocken zum Bimmeln. Sie stiegen sogar auf den Herkomer's Knob hinauf und versuchten, den Sonntagabendgottesdienst in der Kirche des Covenant zu bespähen. Sie mißbrauchten ausgiebig die am Vorabend von Allerheiligen gestatteten Freiheiten. Polizeichef Leyendecker mußte sich mehrere Male nach ›St. Kitts‹ begeben. George beendete die Mittelschule nicht. Er wurde in mehrere Vorbereitungsschulen und militärische Anstalten geschickt, wo seines Bleibens nie lange war.

Anne war der Liebling ihres Vaters und schritt mit der Selbstsicherheit einher, die solche Bevorzugung einem Kind verleiht. Das Leben bot wenige Hindernisse, die Widerspenstigkeit, Geschrei und Ungezogenheit nicht beseitigen konnten. Sie war eine echte Lansing – ein Engel mit himmelblauen Augen, maisblondem Haar und angeborenen Überzeugungen. Mit zehn war sie eine anspruchsvolle kleine Dame und mit dreizehn eine formidable Matrone. Ihre beste Freundin war Constance Ashley – Constance, die aus einem Heim kam, wo nie ein überlautes Wort fiel und nie Ansprüche auf bevorzugende Behandlung gestellt wurden. Kinder gelangen zu Vereinbarungen, um die Diplomaten sie beneiden könnten. Constance machte die Grenzen deutlich, über die hinaus sie sich nichts gefallen ließe, aber die Freundschaft war doch oft gefährdet.

Félicités Mutter hatte auf der Insel St. Kitts täglich zwei halbe Stunden der Glückseligkeit genossen: am frühen Morgen vor dem Altar und um Mitternacht inmitten ihrer schneeweißen Brautausstattung. Félicité träumte davon, diese beiden zu verbinden – sie hoffte, ins religiöse Leben einzutreten. Sie war in einer Klosterschule in Fort Barry, bis sie merkte, daß ihre Anwesenheit daheim notwendig war. Sie entsagte der Freude, die sie an dem Leben in St. Joseph empfunden hatte, und trat in die Mittelschule in Coaltown ein. Im Äußern ähnelte sie ihrer Mutter, war jedoch größer; sie besaß nichts von deren Lebhaftigkeit; sie war eine musterhafte Schülerin und hätte sich bei viel schwierigern Anforderungen ausgezeichnet. In einem Alter, in dem viele Mädchen Tagebücher führen und sie mit Schnappschloß und Schlüssel verschlossen halten, schrieb sie ihr Tagebuch lateinisch. Sie war eine meisterliche Näherin und kleidete sich mit einem Geschmack und einer

Vornehmheit, die sogar ihre Mutter in Erstaunen setzten. In der Familie galt die Regel, daß niemand Félicités Zimmer betrat, obgleich die Tür den ganzen Tag offen stand. Sie hätte das Zimmer gern weiß gehabt, aber das wäre in Coaltown verlorene Mühe gewesen. Es war in Blau gehalten, mit einigem Rot und Violett; es war zugleich schlicht und üppig. Ihre Geschicklichkeit im Stikken war überall erkennbar: an den Vorhängen, dem Bettüberwurf, den Tischläufern und Möbelschonern. Sie war von den Ikonen Miss Doubkovs fasziniert gewesen und hatte sie auf ihre Weise nachgeahmt. Religiöse Bilder – auf einen Hintergrund von Samt gespannt und mit Goldspitze und bunten Perlen umsäumt – leuchteten von den Wänden. Die seidenen Überwürfe auf ihrem Betschemel wurden je nach den Festen und Jahreszeiten gewechselt. Das Zimmer war weder eine Zelle noch eine Kapelle – es war ein Ort des Wartens und der Vorbereitung auf große Glückseligkeit. Von Zeit zu Zeit, im Lauf der Tagesarbeit, lehnte ihre Mutter, wenn Félicité abwesend war, am Türpfosten und blickte in das Zimmer. »Nein, die Kinder, die wir auf die Welt bringen!«

Wie ihre Schwester, so war auch Félicité ein Kind von stürmischem Temperament gewesen. Sie hatte ihren beherrschten Charakter Jahre hindurch in einem täglichen Ringen mit sich selbst gewonnen und dabei auch ein gewisses Losgelöstsein von der ›Welt‹. Sie näherte sich immer mehr der Abstraktheit. Sie liebte ihre Mutter, sie liebte ihren Bruder leidenschaftlich, aber diese Gefühle waren bereits von der Liebe zur *Kreatur* getränkt, die ihr aufgetragen war. Durch dieselbe Selbstzucht hatte sie dahin gefunden, auch ihren Vater und ihre jüngere Schwester zu lieben. Sie hatte keine Freundinnen. Félicité war geachtet, aber nicht beliebt. Während der stürmischen Szenen in ›St. Kitts‹ verließ sie das Zimmer nie – nicht, wenn Anne sich schreiend auf dem Kaminteppich wälzte (»Ich will noch nicht ins Bett!« »Ich mag das blaue Kleid nicht tragen!«), und auch nicht, wenn ihr Vater ein verletzendes Wort nach dem andern seiner Frau und seinem Sohn entgegenschleuderte. Sie sprach selten; sie stellte sich näher zu ihrer Mutter und ihrem Bruder und hörte ihrem Vater mit unerschütterlicher Miene zu. Die strengsten Richter eines Mannes sind seine Kinder – und er weiß das. Und sie sind am strengsten, wenn sie schweigen.

Félicité stand ihrer Mutter zur Seite, aber es war eine Schranke zwischen ihnen. Sie nähten miteinander; sie lasen miteinander die Klassiker der französischen Literatur; sie empfingen, nebeneinander kniend, die heilige Kommunion. Tiefe gegenseitige Bewunderung und gemeinsames Leid, aber kein Lachen vereinten Mutter und Tochter. Eustacia war mit der Gabe geboren, die komischen Inkongruitäten des Lebens wahrzunehmen, und trotz all ihren Prüfungen fand sie überall etwas Belustigendes. Das war ein Element ihres Wesens, das sie nicht mit ihrer älteren Tochter teilen konnte. (George erhaschte jeden witzigen Unterton, den seine Mutter, wenn auch immer seltener, ihren Worten gab, und vermochte ihn zu erwidern.) Jahr auf Jahr, vor und nach dem Tod ihres Vaters, schob Félicité ihre Entscheidung auf, um der Familie in ›St. Kitts‹ von Nutzen zu sein.

Mutter und Tochter hatten jedoch mehr gemein, als ihnen voll bewußt war. Beide waren unterwegs; beide warteten; beide bemühten sich, zu verstehn. Beide waren bei einem schmerzlichen Drama anwesend, aber sie zweifelten nie, daß ihre Gebete und ihre Geduld und Liebe zu einer Erleuchtung – für alle – führen würden. Wir kamen auf die Welt, um zu lernen. Sie hatten ihr Leben lang inmitten von Wundern gelebt. (Hatten sie nicht, zum Beispiel, ihre häßlichen, sinnlosen Temperamentsausbrüche bezwungen?) Sie zweifelten nie, daß sich etwas Wunderbares ereignen werde.

Zum Glück hatte George zwei Freunde: John Ashley und Olga Doubkov. Ashley ›deckte‹ Lansings Untüchtigkeit in der Leitung des Bergwerks, indem er allmählich die meisten Pflichten seines Vorgesetzten übernahm und sich bemühte, ihm eine gesunde Beschäftigung dadurch zu verschaffen, daß er ihn zu seinen Experimenten und Erfindungen heranzog. (Bei dem Prozeß wurden diese guten Dienste verschiedentlich gedeutet; es wurde ihm zur Last gelegt, er habe es darauf abgesehen gehabt, Lansings Stellung zu usurpieren, und habe für seine Erfindungen systematisch Lansings brillante Ideen gestohlen.) Es gab jedoch wenig, was Ashley zu tun vermochte, um Lansings Methode, aus George »einen Mann zu machen«, zu korrigieren. Er tat, was er konnte. Er brachte es dahin, daß der Knabe ihm jeweils anvertraute, was er sich als Lebensaufgabe vornahm – mit zwölf Jahren wollte er Flugmaschinen erfinden; mit dreizehn wollte er nach Afrika, um die Löwen vor Ausrottung zu bewahren; mit vierzehn wollte er sich einem Zirkus anschließen. Im Anfang von Georges fünfzehntem Jahr ergab sich eine Gelegenheit, die die Freundschaft der beiden beträchtlich förderte.

Die Lansingkinder waren häufig Krankheiten und Unfällen unterworfen. Im Frühherbst 1900 begann George an einer Reihe von Erkältungen und Halsentzündungen zu leiden. Es wurde beschlossen, daß ihm die Rachenmandeln geschält oder entfernt werden sollten. Lansing trug seiner Frau auf, mit dem Knaben zu Dr. Hunter nach Fort Barry zu fahren und vor und nach der Operation dort im Farmer's Hotel zu übernachten. Die Töchter fuhren mit, aber Félicité verbrachte die Nächte im Pensionat des Klosters.

John Ashley verließ Coaltown nur selten, doch an diesem Freitag hatte er – wie es sich traf – geschäftlich in Fort Barry zu tun. Die Verhandlungen zogen sich in die Länge und erforderten, daß er über Nacht blieb. Er ging auf den Bahnhof und bat Jerry Bilham, den Schaffner, dem Stationsvorsteher in Coaltown zu sagen, er möge Mrs. Ashley verständigen, daß er erst am nächsten Tag heimkommen werde. Das Farmer's Hotel war voll besetzt, aber Mr. Corrigan selbst ordnete an, daß ein Bett für Ashley in der Geschirrkammer aufgestellt werde. Ashley sah weder Mrs. Lansing noch deren Sohn während des Tags, aber unter dem Vordach des Hotels traf er auf Anne und hörte ihrer langen, wichtigtuerischen Erklärung zu, warum sie in Fort Barry sei. Ashley hatte nicht genug Bargeld bei sich, um ein Abendessen im Hotel zu bezahlen. Er ging in ein Speisehaus und ließ sich eine Terrine Suppe geben. Um zehn Uhr schlief im Hotel schon alles fest, bis auf Eustacia Lansing und ihren Sohn. George warf sich im Bett umher und stammelte im Schlaf. Seine Mutter stand auf, zündete das Gaslicht an und sprach zu ihm.

»George! George, lieber! Es ist ja nichts. Jeden Tag lassen sich Dutzende von Leuten die Mandeln nehmen. In einer Woche wirst du das Ganze vergessen haben. Und du wirst keine Halsschmerzen mehr haben.«

»Ist es schon Tag? Wie spät ist es, Mama?«

Sie sagte sich, es sei die Unterbrechung des gewohnten Lebens, was sie beide so ruhelos mache. George hatte nicht öfter als achtmal nicht in seinem eignen Bett geschlafen – er war Rogers Gast in ›The Elms‹ gewesen, und er hatte seinen Vater auf einigen Jagdausflügen begleitet. Sie selbst hatte seit ihrer Ankunft in ›St. Kitts‹ keine zehn Male anderswo geschlafen. Sie sprach von der Eiscreme, die der Arzt für nachher vorgeschrieben habe, und davon, um wieviel kräftiger er fürs Turnen und allen Sport sein werde.

Sie hatten ein Geheimnis miteinander. Sie erzählte ihm manchmal von der schönsten Insel auf der Welt: wie blau dort der Himmel und das Wasser waren, wie sie einen Laden geführt hatte, als sie nur ein paar Jahre älter als er gewesen war; sie erzählte ihm von ihrer stattlichen, immer lachenden Mutter, die sich auf der Veranda fächelte, von ihrem Vater in seiner schönen weißen Uniform, von den jungen Männern auf der Insel, die allezeit sangen und Serenaden darbrachten. Sie sprach von diesen Dingen mit niemand sonst. Es galt zwischen ihnen als ausgemacht, daß sie ihn eines Tags dorthin mitnehmen werde; daß tatsächlich *er* sie eines Tags hinbringen werde. George war fromm. Er wollte dort in die Kirche gehn; er wollte auf derselben Stelle knien, auf der sie gekniet hatte. Von Zeit zu Zeit sprach sie von jenem Besuch seines Vaters auf St. Kitts. Aber George bemerkte nichts dazu. Er erwähnte seinen Vater nie. Nun sang sie leise ein Lied in ihrem *patois*, und George schlief ein. Sie setzte sich in einen großen Rohrstuhl am Fenster und sah auf den Stadtplatz hinunter. Alles war dunkel.

»Dunkel wie mein Leben«, dachte sie, aber gebot sich Einhalt. »Nein! Nein! Mein Leben ist hart, aber nicht dunkel. Etwas ist im Kommen. Etwas entfaltet sich. Mein Fehler wird wiedergutgemacht werden.« Wie konnte sie wünschen, daß ihr Leben anders gewesen wäre, wenn das ihre Kinder daraus entfernen – sie auslöschen würde? »Wir *sind* unser Leben. Alles hängt zusammen. Nicht die geringste unsrer Handlungen läßt sich anders denken, als sie war.« Sie tastete unter den Begriffen von Notwendigkeit und freiem Willen umher. Alles war geheimnisvoll, aber wie unerträglich wäre das Leben ohne das Geheimnisvolle. Sie ließ sich auf die Knie gleiten und verbarg das Gesicht in den Armen auf dem Sitz des Rohrstuhls.

Der Mond ging auf.

Gegen Mitternacht stieß George einen lauten Schrei aus und schnellte im Bett hoch wie ein springender Fisch. »Nein! Nein!«

»Sch, George! Mama ist ja hier!«

»Wo bin ich?«

»Wir sind in Fort Barry. Es ist alles in Ordnung, Liebling.«

George begann zu schluchzen. Er wälzte den Kopf von einer Seite zur andern; er schlug mit ihm an das Bettgestell. Anne wachte auf und singsangte: »Heulbaby! Zimperliese!« Ein Glas Wasser wies er zurück. Er stieß die Hand seiner Mutter von seiner Stirn weg. Eine halbe Stunde später weinte er noch immer wie in bodenloser Verzweiflung. Seine Mutter ging verstört im Zimmer auf und ab. Sie dachte daran, Pater Dillon holen zu lassen. Plötzlich vernahm sie Stimmen draußen auf dem Gang – einige Gäste kamen in ihre Zimmer zurück, von Mr. Corrigan persönlich geleitet.

»Sprechen Sie nicht so laut, meine Herren! Es schlafen eine Menge Leute in diesem Haus... Joe! Joe!... Herb!... Das ist nicht Ihr Zimmer. Kommen Sie mit mir, hierher... Treten Sie leise auf, Joe, – so ist's recht!«

Eustacia Lansing kleidete sich an und weckte Anne. Sie sagte ihr, sie solle sich anziehen und hinuntergehn. »Sag Mr. Corrigan, daß dein Bruder einen Nervenanfall hat. Sag ihm, er soll Mr. Ashley wecken, und bitte Mr. Ashley, heraufzukommen und deinem Bruder zuzureden.«

Anne freute sich über ihren Auftrag und führte ihn mit Wonne aus. Ashley kam ins Zimmer herauf.

»Er hat schlechte Träume, John. Ich kann nichts mit ihm anfangen. Dr. Hunter soll ihm morgen die Mandeln herausnehmen. – Anne, sei still und geh in dein Bett zurück!«

Anne kniete auf dem Bett ihrer Mutter und zischte: »Zimperliese! Zimperliese!«

Ashley ging zu ihr hinüber und setzte sich neben sie. Er fragte vertraulich: »Warum sagst du das, Anne?«

»Jungen weinen nicht.«

»Ich weiß. Aber das ist nur, was Coaltown glaubt.«

»Jeder Mensch weiß das.«

»Coaltown ist ein sehr kleiner Ort, Anne. Es gibt Millionen von

Menschen, die nie von Coaltown gehört haben. Es gibt eine Unmenge von Dingen, von denen Coaltown nichts weiß. Ich möchte nicht gern glauben, daß du und Constance bloß kleine Coaltownmädchen seid, die nicht viel wissen – bloß kleine Mädchen vom Land, die nur denken, was Coaltown denkt.«

»Wie meinen Sie das, Mr. Ashley?«

»Hast du denn nie gehört, daß die größten und stärksten Männer manchmal weinen?«

»Nein... Papa weint nie. Papa sagt –«

»Abraham Lincoln weinte. Und König David weinte. Du weißt das. Und bei uns ist erst unlängst vorgelesen worden, wie Achilles weinte, – du könntest keinen tapferern Mann als Achilles finden. In dem Buch heißt's, daß große Tränen auf seine Hände fielen. Dein Bruder wird ein sehr starker Mann werden, und manchmal wird er weinen.«

Anne schwieg. George hielt den Atem an. Ashley setzte sich auf den Stuhl neben ihn und winkte seiner Mutter, sie solle sich so weit als möglich fernhalten. Er sprach mit leiser Stimme.

»Ich weiß, was böse Träume sind, George. Ich kenn' die sehr genau. – Du magst's nicht, daß dir morgen die Mandeln genommen werden, nicht wahr?«

»Nein. Das ist mir gleich. Es... es ist nicht das.«

»Alle Leute lachen über Träume, aber die können sehr schlimm sein. Und sehr wirklich. Ich hab' sie gehabt, nachdem ich diese Narbe da auf meiner Wange bekam. Kannst du sie sehn? Die hab' ich von einer Heugabel, als ich beim Heuen half. Ich war ungefähr grade in deinem Alter. – Kannst du dich an deinen Traum erinnern?«

»Nein... nicht an den ganzen.«

»Es kann uns niemand hören.«

»Er war hinter mir her.«

»Wer?«

»Es war wie ein Riese. Er hat ein großes krummes Messer gehabt, wie man Gras schneidet damit.«

»Eine Sichel oder eine Sense?«

»Es war wie eine Sichel.«

»Weißt du, wer es war, der dich verfolgt hat?«

»Nein, es war wie ein Riese. Er hat gelacht, als wär's nur ein Spiel, aber...«

»Du bist aber entkommen.«

»Ich will nicht wieder einschlafen. Ich hab' mich umgewendet, und ich hab' ihm etwas getan. Und er... ist zerplatzt. Es war gräßlich, Mr. Ashley. Es war alles matschig unter meinen Füßen, als hätt' ich ihn vielleicht getötet oder so was. Ich hab' ihn nur aufhalten wollen.«

Hier wandte George sein Gesicht der Wand zu und zitterte am ganzen Leib.

»Ach so, ach so! Ja, das ist ein böser Traum, den du gehabt hast. Kein Wunder, daß er dich erschüttert hat. Aber auf eine gewisse Weise war's auch ein guter Traum. Ein Mann muß sich verteidigen. Es war ein Traum vom Erwachsenwerden, George.«

»Wird er wieder dasein, wenn ich einschlafe?«

»Komm zum Fenster und schau hinaus! Schau, der Mond ist eben aufgegangen. Siehst du das Soldatendenkmal? Siehst du ihn dort mit vorgerecktem Kinn? Diese Männer mußten kämpfen. Sie wollten gar nicht kämpfen, sie wollten gar nicht töten. Kennst du einige Männer, die im Bürgerkrieg kämpften?«

»Ja, ich kenne eine Menge, Mr. Ashley: Mr. Killigrew auf dem Bahnhof und Dan Mays Großvater und, ich glaub', Mr. Corcoran.«

»Ja, er war ein Trommlerjunge. Denk nur, was die alle durchgemacht haben, George! Und sieh, wie ruhig es doch dort unten ist. Horch!... Tu ein paar tiefe Atemzüge von dieser Nachtluft, bevor du ins Bett zurückgehst. Sie ist besser als die Luft in Coaltown, das kann ich dir sagen! – Einer der Gründe, warum du einen bösen Traum hattest, ist der, daß dein Hals verstopft ist. Gut, daß Doktor Hunter dich morgen davon befreien wird. – George, warum arbeitest du nie im Sommer auf einer Farm, so wie mein Junge? Du bist schon hübsch kräftig, aber diese Art von Arbeit macht einen Mann richtig stark. Es ist harte Arbeit, weißt du, – hacken und heuen den ganzen Tag und melken und den Schweinen das Futter bringen. Aber jetzt solltest du lieber ins Bett zurück.«

»Papa will nicht, daß ich auf die Farm gehe. Er sagt, wir sind reich genug, daß ich nicht zu arbeiten brauche.«

»Dein Vater sagt das nur im Scherz. Geld hat nichts damit zu tun. Ich bin der beste Freund deines Vaters. Er wird mir glauben, daß es gut für dich ist. Mr. Bell sagt, im Sommer kann er jede Hilfe brauchen, die er kriegen kann. Du bist kein Drückeberger, George. Jeder Farmer, der dich anstellt, kann sich glücklich schätzen.«

»Danke, Mr. Ashley.«

»Dreht sich die Sonne um die Erde, George, oder dreht sich die Erde um die Sonne?«

»Die Erde dreht sich um die Sonne, Mr. Ashley.«

»Und sonst noch was?«

»Der Mond und... die Planeten, glaub' ich.«

»Und was tut die Sonne während dieser ganzen Zeit?«

»Sie bewegt sich sehr schnell.«

»Und bewegt uns mit?«

»Ja.«

»Es ist so, als wären wir auf einem großen Schiff, das durch den Himmelsraum fährt.« Pause. »Ich hab' oft dieses Gefühl, bevor ich einschlafe. Wir bewegen uns mit dieser großen Geschwindigkeit, und doch hast du gesehn, wie ruhig es dort unten auf dem Platz ist. Ist das nicht eine wundervolle Tatsache?«

»Ja, Sir.«

»Wundervolle Tatsache.«

Ashley ging zum Fenster und blickte hinaus; dann setzte er sich wieder auf den Stuhl neben dem Bett. »Was möchtest du sein, sobald du erwachsen bist, George?« George schwieg. »Willst du noch immer nach Afrika gehn und die Löwen retten?«

»Nein. Ich...«

»Hast du eine andre Idee?«

»Ich... Wenn Sie Ihr Ohr herneigen wollten, Mr. Ashley... ich möcht' nicht, daß irgend jemand es hört. – Haben Sie einmal eine Vorstellung in einem Theater gesehn, Mr. Ashley?«

»Ja. Ich hab' Edwin Booth als Hamlet gesehn.«

»Wirklich?... Mama, Félicité und ich haben *Hamlet* miteinander gelesen.«

»So?«

»Der Bruder von Edwin Booth hat den Präsidenten Lincoln erschossen, nicht wahr?«

»Vermutlich eine überempfindliche Familie, George. Nervös.«

»In einer der Schulen, in denen ich war, hat man uns zu einer Aufführung von *Onkel Toms Hütte* geführt... Ich möcht' einer von denen sein, Mr. Ashley.«

Wenn wir nüchtern zu jungen Menschen sprechen, bewegen wir uns in einer verschwimmenden Landschaft, in Korridoren von Träumen, Abgründe zu beiden Seiten. Ashley konnte nicht wissen, wer es war, zu dem er da sprach, – wer der, sobald die Zeit sich erfüllte, sein würde.

»Wenn du das Talent dazu hast, George, und den Willen dazu, kannst du werden, was du willst. Ich werde dir einmal von Edwin Booth erzählen. Aber wenn's das ist, was du werden willst, dann solltest du dir so bald als möglich die Mandeln herausnehmen lassen, um den Hals frei zu bekommen. Heute nacht sind keine Riesen im Farmer's Hotel, George. Gib mir die Hand! Und jetzt sag deiner Mutter, daß du schlafen wirst, damit auch sie ein bißchen schlafen kann.«

Eustacia folgte ihm zur Tür. Sie vermochte kaum Atem genug zu finden, um ein Wort des Danks hervorzubringen. Eine Stunde lang saß sie dann am Fenster, sehr des Schiffs bewußt, das sie und ihre Familie trug. Sie stützte die Wange in die Hand, ein schwaches, unwillkürliches Lächeln auf dem Gesicht. In dieser Stunde warf sie die letzten Reste eines Unglücklichseins von sich ab, das sie lange gequält hatte, – sie hörte auf, Beata Ashley um ihre Ehe zu beneiden.

Fast zwanzig Jahre früher – während ihrer Flitterwochen in New Yorks Eis und Schnee – hatte Eustacia in einem Schaufenster eine handgemalte Kopie von Millets *Das Abendläuten* gesehen. Es war ihr damals als das schönste Gemälde vorgekommen, das ein menschlicher Geist schaffen könnte, und sie hatte geglaubt, wenn sie es besäße, würde es einen unfehlbaren Segen in ihr Leben bringen. In einem benachbarten Schaufenster stand ein Alabastermodell des Tadsch-Mahal. Sie hatte nie von diesem Bauwerk gehört, aber eine gedruckte Karte daneben erzählte dessen Geschichte. Es war eine der ehelichen Liebe dargebrachte Huldigung. Wechselndes Licht spielte so darauf, daß es bald am Morgen, bald zu Mittag, bald im Mondlicht enthüllt zu werden schien. Sie dachte an die reichen

Leute, die sich einen solchen Schatz kaufen konnten. Langsam hatte sie seitdem gelernt, daß schöne Dinge nicht zum Besitzen, sondern zum Betrachten da sind. In ›St. Kitts‹ hatte sie ihr zorniges Temperament bemeistert. In Fort Barry entledigte sie sich der letzten quälenden Regungen des Neids.

George hatte noch jemand zum Freund: Olga Sergeievna Doubkov. Die Schneiderin war während seiner Kinderjahre ein häufiger Besuch in seinem Heim gewesen und blieb das bis zu dem Tag, an dem sie es entrüstet verließ, nachdem sie Breckenridge Lansing dafür, wie er seinen Sohn behandelte, abgekanzelt hatte. Sie hatte mit Eustacia und Félicité lange Stunden um eine Kleiderpuppe herum verbracht und mit den beiden fröhlich von Falten und Falbeln und *feuilletés* und *entrelacements* geplaudert. Gelegentlich, wenn es sicher war, daß der Herr des Hauses nicht vor Mitternacht zurückkäme, ließ sie sich überreden, zum Abendessen zu bleiben. Anfänglich nahmen die jüngern Kinder die Anwesenheit der ›Nähmamsell‹ übel, aber allmählich sahen sie ihr erwartungsvoll entgegen. Sie fanden alles, wovon sie erzählte, fesselnd. In ihrem Heim in Rußland waren die Komtessen Olga und Irena von französischen, deutschen und englischen Gouvernanten erzogen worden. Ihre Eltern hatten sie, bevor sie sich zum Abendessen umkleideten, am Ende des Tags im Kinderzimmer besucht. Zweimal im Monat jedoch waren die Mädchen in aller Förmlichkeit eingeladen worden, mit Vater und Mutter zu dinieren. Die Mädchen wußten sehr gut, daß die Konversation, wenn ihre Eltern einen Ball gaben, wenn Nachbarn zum Abendessen kamen, wenn Gäste im Hause wohnten, gewöhnlich französisch geführt wurde. Wenn sie mit den Kindern zu Abend aßen, wurde russisch gesprochen. Nie wurde über die Gouvernanten, die Nachbarn, das tägliche Leben geredet. Die Mutter sprach von fremden Ländern und von berühmten Malern und Musikern, der Vater von den Leistungen großer Männer – von James Watt und seiner Dampfmaschine, Dr. Jenner und seinen Impfungen und von Ballonaufstiegen. Er sprach von den Wundern der Natur – von Kometen und Vulkanen und Bienenschwärmen. Vor allem aber sprachen die Eltern von Rußland, seiner Geschichte, seiner Größe, seiner Heiligkeit, seiner Zukunft – einer Zukunft, die die Welt in Erstaunen setzen werde. Der Dinge, die in Rußland verbessert werden könnten, wurde nie Erwähnung getan. Von denen sprach ihr Vater erst später, nachdem sie die Grenze hinter sich gelassen hatten.

So kam es, daß Miss Doubkov beim Abendessen in ›St. Kitts‹ von fremden Ländern und großen Künstlern und Edisons Lampe und Sprechmaschinen und davon erzählte, was unter der Asche von Pompeji aufgedeckt worden war. Überdies gelang es Miss Doubkov, auf taktvolle Weise ihrer Bewunderung für Mrs. Lansing Ausdruck zu geben. Es machte George sehr stolz, seine Mutter gepriesen zu hören. Sein Blick glitt zu ihrem Gesicht, um sich zu vergewissern, daß sie diese Huldigungen gehört hatte. Miss Doubkov sprach sogar von Mr. Lansings Beliebtheit und seiner bedeutenden Stellung in der Stadt. Schließlich kam der Tag, an dem sie ihnen von Rußland erzählte, seiner Geschichte, seiner Größe, seiner Heiligkeit, seiner Zukunft – einer Zukunft, die die Welt in Erstaunen setzen werde. Sie erzählte ihnen von dem großen Zaren, der seine Hauptstadt auf ehemaligem Moorland gebaut hatte, von einem andern, der die Leibeigenen befreit hatte, von den Herrlichkeiten Puschkins, von der Unermeßlichkeit und Schönheit des Landes.

George fragte: »Miss Doubkov, was für eine Sprache wird in Rußland gesprochen?«

»Die russische Sprache.«

»Bitte, sagen Sie etwas auf russisch zu mir!«

Miss Doubkov hielt inne, sah ihm ernst ins Gesicht und sprach ihn auf russisch an. Er hörte gebannt zu.

»Was haben Sie gesagt, Miss Doubkov?«

»Ich sagte: ›George, Sohn des Breckenridge‹ – so sprechen Erwachsene einander an – ich sagte: ›Du bist jung. Du bist jetzt nicht glücklich, weil du die Arbeit, der du dein Leben widmen wirst, noch nicht entdeckt hast. Irgendwo in der Welt erwartet dich eine Aufgabe, zu der du Mut und Ehrgefühl und Treue mitbringen wirst. Für jeden Menschen gibt es eine große Aufgabe, die Gott ihm zu erfüllen gegeben hat. Ich glaube, daß die deine ein tapferes Herz und einiges Leiden verlangen wird; aber du wirst siegen.‹«

Es folgte ein Schweigen. George saß wie versteinert da. Anne sah auf ihren Bruder, als hätte sie ihn nie zuvor gesehen.

»Wieso wissen Sie das, Miss Doubkov?« fragte Anne.

»Weil George meinem Vater ähnlich ist.«

So begann die seltsame Freundschaft zwischen einem Jungen von noch nicht sechzehn Jahren, dem ›Schrecken der Stadt‹, und einer russischen alten Jungfer von nahezu fünfzig. Sie gewann schnell an Stärke – am Abendtisch und nachher im Wohnzimmer. Sie wuchs mit Unterbrechungen, weil Knaben, gleich jungen Tieren, zeitweilig sogar dessen müde werden, was sie am meisten anzieht, und weil George in eine Internatschule nach der andern weggeschickt wurde. Vielleicht legte er es darauf an, aus ihnen ausgestoßen zu werden, damit er zu diesen Gesprächen zurückkehren könne.

»Mein Vater entkam aus Rußland förmlich unter den Augen der Polizei, die auf ihn Jagd machte. Er rasierte sich Bart und Schnurrbart und die Augenbrauen ab. Er verkleidete sich als ein altes Weib, das auf einer Pilgerreise durchs Land zog. Wir sangen fromme Lieder und bettelten. Wir waren mit religiösen Gedenkmünzen bedeckt. Ich habe Félicité einige von ihnen gezeigt.«

»Ja.«

»Meine Mutter war krank. Wir kauften einen zweiräderigen Karren und zogen ihn hinter uns her. Wir hatten Geld in unsern Kleidern versteckt, aber um Verdacht zu vermeiden, bettelten wir und schliefen in Klöstern.«

»Was hatte Ihr Vater getan, das schlecht war?« fragte Anne.

»Er hatte eine geheime Druckerpresse in seinem Haus. Er druckte Pamphlete.«

»Was sind Pamphlete?«

»Sei still!« sagte George.

»Er glaubte, die einzige Hoffnung für Rußland sei es, die Regierung zu stürzen. Er hoffte, das Volk auf eine gewaltlose Revolution vorzubereiten. Es waren schon in jeder großen und mittleren Stadt Männer und Frauen mit derselben Absicht tätig. Schließlich jedoch vertraute mein Vater nicht mehr auf seine Druckerpresse und seine Pamphlete. Die Leute lasen sie und taten nichts. Mein Vater pflegte zu sagen, das russische Volk rede, um Entscheidungen zu vermeiden. Mein Vater faßte andre Pläne.«

Ihre Zuhörer warteten. Plötzlich machte Miss Doubkov eine

Handbewegung, als schleuderte sie einen Gegenstand kraftvoll durchs Zimmer.

»Warum haben Sie das getan, Miss Doubkov?« fragte Anne.

»Schweig doch!« rief George.

Eustacia sagte leise: »Aber es gibt doch gewiß bessere Methoden, zu einer guten Regierung zu gelangen, als das!«

»Als was, Mama?«

»Still, Liebling!«

»Ich werde dir eine Geschichte erzählen, Anne. Hast du je einen Maulkorb an einem Hund gesehn?«

»Nein. Was ist ein Maulkorb?«

»Ein Lederriemen auf der Nase mit einem Korb aus Draht oder Ledergeflecht um die Schnauze.«

»So daß er niemand beißen kann? Aber wie kann er fressen, Miss Doubkov?«

»Der Löwe ist der König aller Tiere, Anne. Er ist der Herr des Dschungels. Er kann unbeschränkt tun, was er will. Vor Zeiten lebte einmal in Afrika ein großer Löwenkönig, der allen andern Löwen Maulkörbe umband – und auch allen Tigern und Panthern. Er band allen Maulkörbe um, nur nicht seiner Familie und seinen zwanzig Vettern und Basen. Alle andern konnten das Maul nur ganz wenig öffnen. Wenn sie hungrig waren, konnten sie nur sehr kleine Tiere fressen. Aber der große Löwenkönig und seine Familie und seine zwanzig Vettern und Basen konnten alles Wild fressen, das sie wollten – alle die Antilopen und Gazellen. Und sie fraßen nach Herzenslust. Aber einigen der andern jungen Löwen gelang es, den Maulkorb zu lockern, und darum dachte sich der König etwas andres aus. Er band ihnen die Vorderpfoten mit Bändern und Riemen zusammen, so daß sie nicht mehr schnell laufen konnten. Im Königsplalast gab es jeden Abend ein Festmahl. Aber alle die andern Löwen schlichen hinkend herum, immer hinkend und mit diesem schmählichen Käfig um die Schnauze. Im Palast war jeden Abend große Freude. War anderswo Freude?«

»Nein!« riefen Anne und George.

»Gab es Freude, wenn ein Löwenjunges geboren wurde?«

»Nein! – Nein!«

»Kinder! Kinder! Ihr sollt euch nicht so aufregen!«

»Also kamen eines Tags die andern Löwen in einem fernen Teil des Dschungels zusammen und besprachen ihr elendes Leben. Was konnten sie tun? Es schien ihnen, daß sich da nur eines tun ließ.«

»Ich weiß, was«, sagte George und schlug an die Seiten seines Stuhls. Sein Gesicht war ganz blaß geworden. Miss Doubkov sprach weiter, als hätte sie ihn nicht gehört.

»Das Schlimmste an der ganzen Sache – erinnere dich, Anne! – war, daß der Löwe das vornehmste aller Tiere in dem großen Wald ist. Die russische Nation ist die größte, die je auf dem Angesicht der Erde gelebt hat. Keine andre Nation liebt das Land, in dem sie lebt, ebensosehr. Keine Nation ist so tapfer, wenn sie sich verteidigt, – wie Napoleon entdeckte und eine mächtige Armee verlor. Keine andre Nation ist so fleißig und so ausdauernd. Die Länder Europas sinken mit jedem Tag tiefer. Ich habe sie gesehn. Sie kennen nur den Wettlauf nach Reichtum und Genuß. Sie haben Gott vergessen. Aber das russische Volk trägt Gott in seinem Herzen, wie ein Mann in einer stürmischen Nacht eine Laterne unter seinem Mantel trägt.« Hier machte sie eine Pause und senkte die Stimme. »Rußland ist das Land, das Christus in sich trägt. Es ist die Arche, die die Menschheit retten wird, wenn die große Flut kommt. Hier in Amerika habt ihr nicht einmal eine Nation. Jeder Mensch denkt zuerst an sich selbst, bevor er an sein Land denkt. Darum war es eine Schmach, daß ein einziger Löwe und ein paar seiner Verwandten – eine Handvoll unwürdiger Löwen – alle andern Löwen auf die Stufe hungernder Hunde hinabdrücken konnten. Und mein Vater sah, daß sich da nur eines tun ließ.«

»Ihn töten! Ihn töten!« schrie George, sprang auf und hämmerte mit den Fäusten an die Wand.

»George!« rief seine Mutter.

»Töten! Töten!« schrie George, fiel auf die Knie und drosch auf den Fußboden los.

»George«, sagte seine Mutter, »komm und iß dein Nachtmahl auf und beherrsche dich!«

George stand auf, schleuderte ein paar Bomben durch das Fenster und stürzte aus dem Haus. Félicité eilte ihm nach.

»Meine Kinder sind so übermäßig erregbar, Olga. Das kommt von ihrem kreolischen Blut.« Sie ging zur Haustür, blickte hinaus und kam mit besorgter Miene zurück. »Meine Mutter hatte ein schreckliches Temperament. – Und erst ihr Vater! Niemand vermochte ihn zu beschwichtigen.«

»*Maman*, warum hat sich George so aufgeregt?«

»Sch, Kind! Wir alle regen uns ein wenig auf, wenn wir von Ungerechtigkeit hören.«

Félicité fand ihren Bruder mit dem Gesicht nach unten auf dem Krocketrasen liegen. Er keuchte und war ganz erschöpft. Sie sprachen lange im Flüsterton miteinander. Endlich kamen sie ins Eßzimmer zurück. George blieb an der Tür stehn.

»Miss Doubkov, wollen Sie mich lehren, russisch zu sprechen?«

Miss Doubkov sah Eustacia an, die von ihr zu George blickte und keine Worte fand.

»George«, sagte Anne, »du bist verrückt. Du könntest gar nichts lernen. Du warst der schlechteste Schüler in der ganzen Schule, und du bist schon aus drei andern Schulen nach Hause geschickt worden.«

»Ich kann alles lernen, wenn ich's lernen will.«

»Aber, George«, sagte seine Mutter, »du hättest doch gar keine Gelegenheit, russisch zu sprechen, außer mit Miss Doubkov.«

»Ich werde es sprechen müssen, wenn ich nach Rußland gehe.«

»Iß dein Nachtmahl auf, und wir wollen darüber nachdenken.«

»Ich hab' schon darüber nachgedacht.«

Breckenridge Lansing erfuhr nichts von diesen Russischstunden. Sie wurden in der Wäschekammer unter der Illinois Tavern oder im Regentagehaus erteilt. Eustacia bestand darauf, für sie zu bezahlen, und Miss Doubkov akzeptierte den halben ihr gebotenen Preis. Miss Doubkov hatte keine Erfahrung darin, Sprachen zu unterrichten, aber sie vermutete, daß ihr Schüler bemerkenswerte Fortschritte machte. Er selbst entwarf die Methode. Er betrat ein Hotel in St. Petersburg und mietete ein Zimmer; er bestellte eine Mahlzeit in einem Restaurant, und sich in den Kellner verwandelnd, servierte er sie dann. In Moskau kaufte er eine Pelzmütze, einen Hund, ein Pferd. Er ging ins Theater. Dann betrat er es nochmals, aber durch die Bühnentür. Er stellte den Hauptdarstellern Fragen. Er ging in die Kirche und lernte sogar Teile der altslawischen Liturgie. Er ging in Kneipen und geriet ins Gespräch mit jungen Männern seines Alters (dreiundzwanzig, vierundzwanzig!). Er diskutierte über gute und schlechte Regierungen mit ihnen. Er erinnerte sie daran, daß Rußland die größte Nation sei, die die Welt je gesehen habe. Seine Fortschritte zwischen den Lektionen verblüfften seine Lehrerin. (Auf russisch: »Nun ja, Olga Sergeievna, ich gehe spazieren, und dabei rede und tue ich so, als wäre ich in Rußland.«) Miss Doubkov gab ihm das Wörterbuch, das ihr Vater vor fünfunddreißig Jahren in Konstantinopel gekauft hatte. Sie lieh ihm ihr Neues Testament, das er zusammen mit der französischen, seiner Mutter gehörenden Ausgabe las. »Es ist ein andres Buch auf russisch, Mama. Mehr so wie ein Männerbuch.« Es kam der Tag, an dem er seine Lehrerin mit leiser Stimme bat, die Worte zu wiederholen, die sie damals auf russisch zu ihm gesprochen hatte.

»Welche Worte, George, Sohn des Breckenridge?«

»Die ersten russischen Worte, die ich je gehört hatte.«

Sie wiederholte sie langsam, so gut sie sich ihrer erinnern konnte. Er bedurfte keiner Übersetzung. Dem leidenschaftlichen Willen ist nichts unmöglich. Er fand allmählich seine Richtung im Leben. Seine Stimme wurde tiefer. Er machte sich im Haus nützlich. Er reinigte Dachrinnen, hängte Wäsche an die Leine, räucherte Hornissennester aus, trocknete Geschirr. Er erschien nicht nur pünktlich zu den Mahlzeiten, sondern hielt es auch für seine Aufgabe, den Vater während dessen häufigen Abwesendseins zu ersetzen. Er lobte die Speisen, die aufgetragen wurden. Er belebte das Tischgespräch. Er hatte von seiner Mutter die Begabung fürs Nachahmen geerbt und erzählte lange Geschichten über die Schulen, aus denen er ausgestoßen worden war. Besonders gelungen war seine Schilderung Dr. Koppings, eines protestantischen Geistlichen und Direktors des Erziehungs- und Erholungsheims für Knaben in Pines Point. Dr. Kopping, »selber einfach auch noch ein Junge im Herzen«, wie er sagte, beschloß jeden Tag mit einer kurzen Ansprache am Lagerfeuer, in der er die männlichen Tugenden einschärfte. Da lief Anne oft um den Tisch zu ihm und bestürmte ihn: »George, George! Mach die Hausmutter von St. Regis! Mach wieder den Dr. Kopping!« Die ätzende Schärfe dieser Karikaturen verursachte seiner Mutter Unbehagen. Und mit Grund. George ahmte seinen Vater weder in ihrer Gegenwart noch in Félicités nach. Wenn die beiden jedoch nicht im Zimmer waren, traktierte er Anne mit einigen erstaunlichen Porträts – wie ihr Vater Vögel und Kaninchen abschoß, wie ihr Vater nach einem Tag harter Arbeit im Bergwerk erschöpft heimkam, wie ihr Vater »fertig mit ihm war«, wie ihr Vater sich widerlich bei ihr, »Papas kleinem Engel«, einschmeichelte. Nach sehr kurzer Zeit hing Anne abgöttisch an ihrem Bruder; nach sehr kurzer Zeit entdeckte sie, daß ihr Vater lächerlich war. Anne ließ sich Georges Zurechtweisungen gefallen. Er schien zu wissen, daß kleine russische Prinzessinnen nicht schreien und mit dem Fuß aufstampfen, wenn es Zeit ist, zu Bett zu gehn. Bevor sie gehn, machen sie ihrer Mutter einen Knicks und sagen: »Dank dir, liebe Mutter, für alles, was du für mich getan hast.« Sie machen auch ihren ältern Schwestern einen Knicks. Und wenn sie sehr brav gewesen sind, trägt der eine oder andre der Prinzen, ihrer Brüder, sie in seinen Armen hinauf ins Bett und spricht über ihnen ein Gebet auf altslawisch. Wenn George beabsichtigte, Schauspieler zu werden, so wartete er nicht erst auf den Glanz der Rampenlichter; er spielte in ›St. Kitts‹ das Oberhaupt eines adeligen Hauses.

Alle Lansings führten leidenschaftlich gern Gespräche; Félicités Beiträge waren zwar selten, aber wohl überlegt. Es wurde viel vorgelesen; jede Szene aus Molière oder Shakespeare löste eine lange Diskussion aus. Abend für Abend verzweifelte Eustacia fast daran, die Kinder um halb elf zum Schlafengehn zu bewegen. Den größten Nutzen aus diesen Stunden vielerlei berührender Gespräche zog Anne. Es gab nun eine neue, schnell reifende Anne. In der Schule war sie bald Klassenerste. Sie erledigte die Hausaufgaben in unglaublich kurzer Zeit, um an dem abendlichen Symposium teilzunehmen. Manchmal kam Breckenridge Lansing schon um zehn von einem Logenabend heim. Sobald er die Haustür geöffnet hatte, verspürte er ein paar Sekunden lang die Wärme und geistige Energie dieses Familienlebens und merkte das durch seine Anwesenheit bewirkte plötzliche Verstummen. Eines Abends schloß er lautlos die Haustür auf und blieb dann horchend in der Eingangshalle stehn:

»*Maman*, Miss Doubkov sagt, die russischen Schriftsteller sind die größten der Welt. Und der größte von ihnen allen war ein Neger. Papa sagt, Neger sind nicht einmal Menschen, und es hat keinen Zweck, sie lesen und schreiben zu lehren.« (»*Chéri*, jeder Mensch ist berechtigt, seine eigne Meinung zu haben.«) »Na, Papas Meinungen sind meistens recht dumm.« (»George, ich will nicht, daß du so von deinem Vater sprichst. Dein Vater ist – «) »Seine Meinungen! Ist mir gleich, was er über *mich* sagt, aber wenn er über *dich* – « (»George! Sprich von etwas anderm!«) »Wenn er dir sagt, daß du nicht einmal so viel Hirn hast, wie Gott einer Zieselmaus gab – « (»Ach, das ist nur ein Scherz von ihm.«) »Ein sehr *schlechter* Scherz! Und als er diese Muschel auf dem Kaminsims zerbrach, die deine Mutter dir geschickt hatte – « (»George, es war doch nur eine Muschel!«) »Er stampfte auf ihr herum! Sie kam von dem Ort, wo du *geboren* bist!« (»Je älter wir werden, desto weniger hängen wir an Dingen, George.«) »Also ich hänge an meinem Stolz, *maman*, – und an deinem.«

Lansing wagte es kein zweitesmal, der Horcher an der Wand zu sein.

Einer der Gründe, daß Eustacia, was sie nur konnte, tat, um diese Abende fesselnd zu gestalten (sie schnitt Interessantes aus Zeitschriften aus; sie ließ Bücher und Reproduktionen von Gemälden aus Chikago kommen), war der, George von den Straßen der Stadt fernzuhalten. Innerhalb der Wände von ›St. Kitts‹ war George völlig verändert; außerhalb brachte er wie zuvor die Stadt in Wut. Da war er der Bürgerschreck und der Große Häuptling der Mohikaner. Auch noch so viele flehentliche Bitten seiner Mutter vermochten daran nichts zu ändern. Er hörte ihr mit stürmisch bewegtem Gesicht zu, die Arme verschränkt, den Blick über ihre Schulter auf die Wand gerichtet.

»*Maman*, ich muß ein bißchen Spaß haben. Tut mir leid, aber ich muß einfach meinen Spaß haben.«

Eustacia wußte sehr gut, daß diese Ausschreitungen zu einem einzigen Zweck erdacht und ausgeführt wurden – um seinen Vater in Raserei zu bringen. Er schwelgte darin, von seinem Vater verachtet zu werden. Auch er schien auf etwas zu warten – daß sein Vater ihn schlüge oder ihn für immer aus dem Haus wiese? Unter den auf ihn herabregnenden Verhöhnungen und Beschimpfungen stand er mit gesenkten Augen und regungslos da, ohne auch nur eine Spur von Unverschämtheit in seinem Gehaben.

»Begreifst du, daß du Schande über deine Mutter und mich bringst?«

»Jawohl, Sir.«

»Bist du dir klar, daß es nicht einen einzigen Menschen mit Selbstachtung in dieser Stadt gibt, der ein gutes Wort über dich zu sagen hat?«

»Jawohl, Sir.«

»Warum benimmst du dich so?«

»Ich weiß nicht, Sir.«

»Ich weiß nicht, Sir! Also im September schicke ich dich in eine neue Schule, von der ich gehört habe, wo kein Unfug geduldet wird.«

Die Mohikaner entwuchsen bald solchem Treiben, wie Wegweiser zu verdrehen oder die Zeiger der Turmuhr zu verstellen. Sie richteten an Gesundheit und Eigentum wenig Schaden an; sie verletzten bloß Anstand und rechtliche Denkungsart. Sie setzten komplizierte, gut geprobte handgreifliche Späße in Szene, die die Banken lächerlich machten oder Grundsteinlegungen oder Erweckungsversammlungen. Nur eine einzige Art von Zeitvertreib der Mohikaner brachte den Polizeichef zur Tür von ›St. Kitts‹. Sie entsetzte Eustacia. Die Jungen fanden besonderes Gefallen daran, ›Schmuggelpack‹ zu fahren. Vagabunden fuhren zu Hunderten und Tausenden auf Güterzügen im Land umher. Hielt ein langer solcher Zug in einem Güterbahnhof an, plumpsten oft zwanzig oder mehr dieser Schwarzfahrer herunter wie reife Beeren von einem Zweig. Wenn sie sich in leere Waggons einschleichen konnten oder auf den Dächern lagen oder auf den Puffern kauerten, hieß das ›Hockehuhn‹ fahren; wenn sie sich auf der Unterseite eines Güterwaggons an das Gestänge klammerten oder festbanden, so fuhren sie ›Schmuggelpack‹. Es war aufregend und gefährlich. George und seine Freunde fuhren auf diese Weise oft in einer einzigen Nacht bis Fort Barry oder Summerville und wieder zurück.

»George! Versprich mir, nie wieder auf diesen Güterzügen zu fahren.«

»*Maman*, du weißt doch, ich habe ein Gelübde getan, nie etwas zu versprechen.«

»George, *mir* zuliebe!«

»*Maman*, willst du mich nicht dir wöchentlich *eine* Russischstunde geben lassen?«

»Oh, *chéri*, ich könnte nicht Russisch lernen. Und wann sollte ich es verwenden?«

»Also, wenn ich einmal in Rußland sein und mich niedergelassen haben werde, wirst du mit den Mädchen zu mir kommen und bei mir leben.«

»George!! – Wer würde für deinen Vater sorgen?«

Sie bat ihn, doch in einer dieser Internatschulen zu bleiben – wenigstens ein halbes Jahr! »Ich möchte, daß du dir Bildung aneignest, George.«

»Ich bin gebildeter als die Kerle in diesen Schulen. Ich kann Algebra und Chemie und Geschichte. Ich mag nur einfach das *Geprüftwerden* nicht. Und ich mag nicht im selben Raum mit drei oder acht oder hundert andern schlafen. Sie stinken. Und alle sind sie so kindisch. – Von dir kann man sich Bildung aneignen, *maman*.«

»Ach, sag so etwas nicht!«

»Papa war auf der Universität, und er hat nicht mehr Bildung als ein Floh.«

»Also, George! Ich dulde nicht, daß du solche Sachen sagst. Ich dulde es einfach nicht.«

Eustacia hatte eine noch größere Sorge. War George ›Anfällen‹ unterworfen? War er am Ende ›verrückt‹? Sie hatte keine klare Vorstellung davon, was ›Anfälle‹ seien, auch wußte sie nicht, woran Wahnsinn zu erkennen wäre. Zu Beginn dieses Jahrhunderts waren solche Leiden und Befürchtungen zu beschämend, als daß man sie mit irgend jemand außer dem Hausarzt besprechen konnte, und dann nur in gedämpftem Ton. Aber der Hausarzt der Lansings war äußerst schwerhörig. Auch wenn Eustacia mehr von Dr. Gridley gehalten hätte, sie hätte sich nicht überwinden können, Einzelheiten darüber, wie George sich benahm, laut herauszuschreien. Vor Jahren hatte Breckenridge Lansing sich mit Dr. Gillies zerstritten. Dr. Gillies hatte ihm mit charakteristischer Endgültigkeit in einer Sache, die medizinische Kenntnisse betraf, widersprochen. Lansing ertrug Widerspruch nicht leicht. Er hatte in seiner Jugend ein Jahr medizinischer Vorbereitungskurse absolviert. Sein Vater war der beste Apotheker im Staat Iowa, und Breckenridge war länger als zwei Jahre sein Gehilfe in der altererbten ›Drogerie‹ der Familie gewesen. Er wußte »im kleinen Finger« mehr von Medizin als dieser alte »Pferdedoktor« nach einer lebenslangen Praxis. Lansing weigerte sich, Dr. Gillies auf der Straße zu grüßen. Er wies Eustacia an, in Hinkunft nur noch Dr. Jabez Gridley, der den ärztlichen Dienst im Bergwerkslazarett versah, zu konsultieren. Dr. Gridley war ein überalterter ›Invalidenhäusler‹ wie so viele Angestellte der Bergwerksgesellschaft. Nicht nur, daß er fast stocktaub war, verlor er auch allmählich seine Sehkraft. Wenn man ihm die Verletzung, Brandwunde, Eiterbeule oder den Ausschlag genau beschrieb, konnte er einem gelegentlich von Nutzen sein. Eustacia befragte verschiedene ihrer ›Ratgeber fürs Haus‹ – *Erste Hilfe im Heim* und *Bis der Arzt kommt* – und erfuhr aus ihnen, daß ihr Sohn nicht die klassischen Merkmale der Epilepsie zeigte. Überdies wußte sie, er war so durch und durch Schauspieler, daß es schwierig zu unterscheiden wäre, ob er sich Phantasien hingab oder nicht bei Sinnen war. Er hämmerte etwa mit den Fäusten auf den Fußboden los und heulte wie ein ausgehungerter Wolf; oder er raste im Zimmer rundum und dann treppauf und treppab und schrie dabei »Mahagoni« oder »Begonie«. Waghalsig balancierte er im Mondschein auf dem Dach und den Giebeln von ›St. Kitts‹ oder erkletterte um drei Uhr morgens die höhern Nußbäume und schwang sich von einem Wipfel zum andern. Er überquerte den Teich beim alten Steinbruch mit Seilen, wenn das Eis schon Sprünge bekam und fast musikalische Töne von sich gab. Die Stadtbewohner und sogar seine ergebenen Mohikaner waren nicht im Zweifel, daß er ein ›verrücktes Huhn‹ sei. Eustacia hatte eine hohe Meinung von Dr. Gillies (dessen Frau völlig überzeugt war, daß er Mrs. Lansing ›sklavisch‹ bewunderte) und hatte ihn wiederholt ohne Wissen ihres Mannes zu Rat gezogen. Sie honorierte seine Behandlungen – von Félicités Blutarmut und Annes Ohrenschmerzen – aus ihrer eignen Tasche. Sie suchte ihn auch jetzt auf. Dr. Gillies willigte ein, eine gründliche Aussprache mit George zu haben. George legte bei der eine bemerkenswerte Probe von Intelligenz, Ausgeglichenheit, Witz und guten Manieren ab. Dr. Gillies ließ sich nicht täuschen.

»Mrs. Lansing, trachten Sie, daß der Junge aus Coaltown wegkommt, oder Sie werden unangenehme Dinge erleben.«

»Aber *wie*, Doktor?«

»Geben Sie ihm vierzig Dollar und sagen Sie ihm, er soll nach San Franzisko gehn und sich seinen Lebensunterhalt verdienen. Er wird sehr gut imstande sein, für sich selbst zu sorgen. Er ist nicht verrückt, Mrs. Lansing; er ist einfach wie in einem Käfig. Man läuft eine große Gefahr, wenn man einen lebendigen Menschen in einem Käfig hält. Diese Konsultation ist honorarfrei, Mrs. Lansing. Ich hatte ein äußerst interessantes Gespräch« – worauf Dr. Gillies ein langes leises Lachen ausstieß.

Eustacia schrak davor zurück, den Rat des Arztes zu befolgen, aber hielt eine Börse mit vierzig Dollar in Bereitschaft.

Wie unglücklich sich Breckenridge selbst fühlte, ließ sich an dem Ausmaß seines Prahlens ermessen. Er sei der glücklichste Mann in den Vereinigten Staaten. Es habe ihn zwanzig Jahre harter Arbeit und sorgfältiger Betriebsführung gekostet, aber – weiß Gott – die Gruben seien nun so produktiv wie nie zuvor. Ein gutgeführtes, liebevolles amerikanisches Heim – das sei das Wahre! Es gebe nichts, was sich damit vergleichen lasse, am Tagesende zu seiner Familie zurückzukommen. Wer ihm zuhörte, senkte die Augen.

Er war nicht nur unglücklich, sondern auch voller Furcht. Er liebte seine Klubs und Logen, aber er wurde, obwohl der bedeutendste Bürger der Stadt, nicht mehr für die obersten Ehrenstellen gewählt. Die Männer in Coaltown zerfielen in zwei Klassen – jene, die auch bei heißestem Wetter hohe gestärkte Kragen trugen, und solche, die das nicht taten. Erstere Gruppe frequentierte die Lokale an der River Road nicht. Sie wurde in ›Hattie's Hitching Post‹ nicht mit dem Vornamen angeredet. Sie kam nicht beim Morgengrauen aus Jemmys Bretterbude, wo zwischen Kartenpartien ganze Nächte mit Versuchen verbracht wurden, Hähne, Hunde, Katzen, Füchse, Schlangen und betrunkene Landarbeiter zu blutigen Kämpfen aufeinander zu hetzen. Wenn ein respektabler Familienvater den Drang zu ein wenig Zerstreuung und Ausschweifung empfand, unternahm er eine Geschäftsreise nach St. Louis oder Springfield oder Chikago. Lansing verstand anfänglich die Warnungen nicht, die ihm von den Obmännern seiner Klubs durch die Blume erteilt wurden. Seit Menschengedenken war kein Mitglied aus diesen erlesenen Vereinigungen ausgestoßen worden, aber es ließ sich eine Grenze ihrer Langmut voraussehen.

Lansing hatte es unternommen, diese großartigste aller Institutionen zu gründen: ein gottesfürchtiges amerikanisches Heim. Er war der Überzeugung, ein Ehemann und Vater solle geliebt, gefürchtet, geehrt und es solle ihm in allem gehorcht werden. Was war schiefgegangen? Sein Betragen war nicht über jeden Vorwurf erhaben – das wußte er; so war das eben bei jedem Mann, der rotes Blut in den Adern hatte. Bei seinem Vater war es auch nicht anders gewesen. In der Führung der Geschäfte kannte er sich als intelligent, gewissenhaft und fleißig. Er räumte ein, keine Begabung für Einzelheiten zu haben. Seine Stärke lag in Weitblick und Planungsvermögen; die Ausarbeitung der Einzelheiten konnte man immer geistlosen Arbeitstieren überlassen. Lansing fühlte sich elend, verängstigt und verwirrt.

Aus dem Prozeß ging Breckenridge Lansings Charakter als makellos hervor. Die Menschen stellen sich schützend vor andre, deren Schwächen ihr Eigentum nicht bedrohen und deren Tugenden ihre eignen nicht entwerten. Ashley hingegen war dieser Fremdkörper aus einer andern Sphäre – vielleicht aus der Zukunft – der immer und überall ausgestoßen wird.

In der von Lansings aus Iowa und Coaltown bewohnten Welt galt es als selbstverständlich, daß ein Mann nie krank ist. Kranksein unter den männlichen Angehörigen endete mit fünfzehn und begann, unter den weniger abgehärteten, wieder mit siebzig. Das verlieh den täglichen Begrüßungen eine feine Ironie – »Na, Joe, wie geht's?« »Grade noch erträglich, Herb; bin grade noch imstande, umherzukrabbeln.« Daher denn, als im Februar 1902 Breckenridge Lansing seiner Frau gestand, er fühle sich nicht wohl, das Essen wolle nicht recht aus dem Magen; er verspüre »eine Art von Brennen, eine Art von Zwicken«, Eustacia sogleich den Ernst seines Leidens begriff. Er weigerte sich zuerst, Dr. Gillies kommen zu lassen, und verlangte nach Dr. Gridley. Als Eustacia ihn darauf hinwies, daß er gezwungen wäre, die Einzelheiten seiner Beschwerden so laut zu schreien, daß halb Coaltown sie hören würde, willigte er ein, Dr. Gillies zu empfangen, »diesen alten Pferdedoktor«. Nach der Visite erwartete Eustacia Dr. Gillies auf den Eingangsstufen vor dem Haus.

»Mrs. Lansing, er will mir überhaupt nichts sagen. Glauben Sie, daß er wirklich Schmerzen hat?«

»Ja, bestimmt.«

»Er hat sich von mir kaum eine Minute lang untersuchen lassen. Sagte mir, ich tappe in der falschen Gegend herum. Gab mir genaue Anweisungen, wo ich ihn abtasten solle. Ich sagte ihm, es bestehe eine Möglichkeit, daß er sehr krank sei. Riet ihm, Dr. Hunter in Fort Barry aufzusuchen oder sogar nach Chikago zu fahren. Er sagte, er denke nicht daran, den Fuß vor die Haustür zu setzen. Wo ist ein Schreibtisch? Ich möchte einige Instruktionen aufschreiben.«

Der Arzt setzte sich und überlegte. Dann wandte er sich um und sah Eustacia in die Augen. »Ich schreibe eine Liste von Fragen nach seinen Symptomen auf. Senden Sie eins der Kinder jeden Mittag mit einem Bulletin zu mir. – Mrs. Lansing, die ganze Stadt weiß, daß Ihr Mann mich seit sechs Jahren auf der Straße nicht mehr kennt. Das schließt mich davon aus, ihn zu behandeln oder ihm sonstwie viel zu nützen. Sie sollten Dr. Hunter bitten, herzukommen und ihn zu untersuchen. Je eher, je besser. Verträgt er sich mit Dr. Hunter?«

Eustacia zog die Augenbrauen hoch.

»Sie haben eine schwere Zeit vor sich, Mrs. Lansing. Ich werde tun, was ich kann.«

Lansing bestand darauf, daß sein Bett im Erdgeschoß, im sogenannten Wintergarten, in den man durch das Eßzimmer gelangte, aufgestellt werde. Das Wort ›Schmerzen‹ wurde im Haus nie erwähnt; es wurde nur viel davon gesprochen, ob ihm behaglich sei oder nicht. Er ernährte sich von Gerstenbrei und Fleischbrühe, doch gelegentlich brüllte er, er wolle ein Steak. Wenn ihm ›unbehaglich‹ war, erhielt er ein paar Tropfen Laudanum. Immer wieder, während einer Reihe von Tagen, schien er sich zu erholen. Beim ersten Anzeichen von Wohlsein kleidete er sich an und durchschritt, hin und zurück, die ganze Hauptstraße. John Ashley kam jeden Tag und brachte einen großen Stoß von Fortschrittsberichten aus der Bergkanzlei zur Unterschrift und ermöglichte es ihm so, seine Pflichten als Betriebsleiter bewundernswert weiter zu erfüllen.

Die Stadt verfolgte Lansings Krankheit mit großem Interesse. Während des Prozesses hegten der Richter und die Geschworenen den Hintergedanken, daß Ashley und Eustacia Lansing seit Monaten versucht hatten, Lansing zu vergiften.

Eine Nacht nach der andern saß Eustacia bei ihm oder streckte sich auf dem Diwan aus. Er bestand darauf, daß die Petroleumlampe mit ihrem weiten, das Licht beruhigend grün durchlassenden Schirm bis zum Sonnenaufgang brennen blieb. Er gab alles Verlangen nach Schlaf auf; er schlief tagsüber. Er wollte reden. Stille bedrückte ihn. Es bestand immer die Hoffnung, mit Reden, Reden, Reden die Vergangenheit ändern, die Zukunft beschwören und der Gegenwart ein achtbares Bild seiner selbst aufprägen zu können. Anfangs wurden einige Versuche gemacht, Dame oder Puff zu spielen oder aus *Ben Hur* vorzulesen, aber der Kranke war zu sehr mit seinen eignen Gedanken beschäftigt, um für andres Interesse aufzubringen. Draußen, vor der Glastür, die sich auf den Rasen öffnete, tuteten die Eulen, Verkünder des Frühlings; in stillen Nächten konnten die beiden die jungen Frösche im Teich quaken hören. Unter dem grünen Lampenschirm saß Eustacia mit einer Näharbeit, oder sie lag auf dem Diwan und blickte zur Zimmerdecke hinauf. Oftmals ließ sie die Kugeln des Rosenkranzes unter ihrem langen Schal durch die Finger gleiten.

Auch ein gesunder Mensch, zufällig um drei Uhr morgens wach geworden, merkt, daß sein Herz der endgültigen Erschöpfung zu weiterschlägt, daß seine Lunge, wie eine Lokomotive ihre Last durch eine einsame Landschaft entschlossen zum Pazifik zieht, ihn einer letzten Ausladestation zuträgt. Breckenridge Lansing aber, bereits in Furcht versetzt, mußte seine Gedanken von jenem »Brennen und Zwicken« ablenken. Endlich lichtete sich der Himmel. Es gibt wenige menschliche Übel, denen das Kommen des Tags nicht Erleichterung zu bringen scheint.

Nacht für Nacht verbrachten die beiden im Gespräch. Zuweilen begann er, weinerlich zu werden, aber Eustacia ließ das nicht zu. Sie vermochte seine Selbstachtung mit rauhem Griff wiederherzustellen. Sie ließ Strenge mit Balsam abwechseln. Es liegt etwas Tröstliches darin, berechtigten Verweis zu erhalten – aber nur dann und wann und in Grenzen. Er schien sehr eifrig bereit zu sein, alle seine Unzulänglichkeiten, soweit sie nicht wesentlich waren, einzubekennen.

Drei Uhr morgens (Ostern, 30. März 1902):

»Stacey!«

»Was, mein Lieber?«

»Mußt du denn die ganze Zeit mit dieser verdammten Näherei zubringen?«

»Ach, du weißt doch, wie wir Frauen sind. Nähen nimmt nicht unsre ganze Aufmerksamkeit in Anspruch. Wir können dabei alles hören und sehen, was um uns vorgeht. Was wolltest du sagen?«

Keine Antwort.

»Stacey, manchmal habe ich Sachen zu dir gesagt, die ich nicht meinte. Ich hab' sie wirklich nicht gemeint.«

Schweigen.

»Na, sag doch etwas! Sitz nicht da wie eine Kleiderpuppe!«

»Ja, Breckenridge, manchmal bist du ein sehr dummer Mensch.«

»Was meinst du mit – *dumm?*«

»Also, ich will dir kein großes Beispiel dafür geben, nur ein kleines. Erinnerst du dich, daß du mir vor zwei Nächten gesagt hast: ›Du weißt nicht, was ich fühle, Stacey. Du bist nie krank gewesen‹ – erinnerst du dich?«

»Ja. Was ist da dumm daran?«

»Du vergißt, Breckenridge, daß ich drei Kinder verloren habe. Ich war dabei, wie du es nennst, in ›Unbehagen‹ – großem Unbehagen – zwanzig und sogar vierzig Stunden lang.«

Schweigen.

»Ich sehe, was du meinst... Es tut mir leid, Stacey. Verzeihst du mir?«

»Ja, ich verzeihe dir.«

»*Sag* nicht bloß, du verzeihst mir. Verzeih mir *wirklich.*«

»Das tu ich, Breckenridge. Wirklich.«

»Stacey, willst du mich nicht wenigstens *einmal* Breck nennen?«

»Du weißt, ich mag Spitznamen nicht.«

»Aber ich bin krank. Tu mir den Gefallen, nenn mich Breck! Wenn ich wieder gesund sein werde, kannst du mich nennen, wie du willst.«

Eustacia spielte ein Spiel um einen hohen Einsatz. Gemäß ihrer Einsicht und mit den Mitteln, die ihr zu Gebot standen (*faute de mieux*, wie sie sich bitter sagte), bereitete sie ihren Mann auf den Tod vor. Sie versuchte, einer Seele beim Geborenwerden zu helfen – damit sie zu Selbsterkenntnis, Zerknirschung und Hoffnung erwache. Dieser Vorsatz wurde unter besondern Schwierigkeiten ausgeführt. Jedes auch nur schwach nach Erbauung schmeckende Wort versetzte Lansing in Wut – in eine lästerliche Wut. Er hatte als Student sich eine kurze Zeit für den geistlichen Beruf vorbereitet; er vermochte Erbauung schon von fern zu riechen und verfügte über einen üppigen Wortschatz, sie zu verhöhnen. Überdies wurden diese Gespräche oft auch von einer dritten Person gehört. Seit mehreren Jahren hatte George das Haus selten durch eine der Türen des Erdgeschosses betreten oder verlassen. Er kam und ging durch das Fenster seines Zimmers – über die Äste eines Baums oder mittels in die Mauer getriebener Stifte, oder indem er die Hinterveranda erkletterte und sich an der Dachrinne entlanghangelte. Es wurde nun seine Gewohnheit, das Haus zu umschleichen. Seine Mutter konnte seine Schritte auf dem von einer späten Schneeschmelze erweichten Erdboden hören. Von George ist schon gesagt worden, daß er »das Gesicht eines zornigen Luchses« hatte; er hatte auch dessen leise Sohlen. Eustacia besaß das feine Gehör der katzenartigen Raubtiere und wußte es, wenn ihr Sohn an dem halbgeöffneten Fenster lauschte. Lansings Stimme erhob sich oft im Zorn; er schleuderte Dinge umher. George war zur Stelle, um seine Mutter zu beschützen.

Eustacias Vorhaben war nicht nur schwierig, es war vielleicht unmöglich.

Drei Uhr morgens (Dienstag, 8. April):

Lansing erwachte jäh aus einem Dösen. »Stacey!«

»Ja, Lieber?«

»Was tust du da?«

»Ich bete für dich, Breck.«

Schweigen.

»Worum betest du – daß ich gesund werde?«

»Ja. Und in eurer Bibel steht ein Satz, der mir gefällt. Ich bete, daß du ›ganzgemacht werdest‹.«

Schweigen.

»Ich wette, du glaubst, ich werde sterben.«

»Du weißt sehr gut, daß ich nichts von solchen Dingen verstehe. Aber ich glaube, Breck, daß du wirklich krank bist. Ich glaube, du solltest irgendwohin gehn, wo du besser gepflegt würdest.«

»Ich gehe nicht weg, Stacey. Ich gehe nicht. Es gibt keine bessern Pflegerinnen als dich. Ich würde anderswo verrückt werden.«

»Aber ich wäre auch dort.«

»Die hätten dort eine alte Henne, eine grau und weiß gestreifte. Die würden dich nie so wie jetzt bei mir sitzen lassen.«

»Ich wollte, ich wäre eine alte Henne, eine grau und weiß gestreifte. Ich habe die ganze Zeit diese Furcht, daß ich mich nicht gut genug darauf *verstehe*.«

»Stacey, ich liebe dich. Kannst du das nicht in deinen Dickkopf hineinbekommen – daß ich dich liebe? Ich will nicht irgendwo in einem verdammten Hospital liegen, wo man dich täglich nur eine halbe Stunde zu mir lassen würde. Stacey, willst du mir zuhören – nur dies eine Mal? Ich möchte lieber sterben, wenn du mir nahe bist, als für immer ohne dich leben.«

Eustacia grub die Fingernägel in die Armlehnen ihres Stuhls. Wir kamen auf die Welt, um zu lernen.

Lansing verbot seinen Kindern, das Zimmer zu betreten. Es war ihnen nicht einmal gestattet, ihn von der Tür aus zu begrüßen. Er war nur vorübergehend »indisponiert«. Er würde sie wiedersehen, sobald er sich erholt hätte. Er verbot Eustacia, seinem Vater von seiner Krankheit zu berichten, seiner Schwester, seinem Bruder. Seine Mutter war schon gestorben. Er ließ Ashley wissen, daß es genügen würde, wenn er nur jeden zweiten Tag käme. Eines Spätnachmittags wurde Eustacia zur Haustür gerufen. Beata hatte in einer Kasserolle ihr berühmtes Huhn mit Nudeln ›nach deutscher Art‹ gebracht. Lansing war wütend. Geschenke von Speisen wurden nur in ein Haus gebracht, wo es jemand Kränkelnden gab.

Ein Tag nach dem andern, eine Nacht nach der andern. Eustacia verließ das Zimmer nur selten. Sie bemerkte, daß die Träume, die er tagsüber hatte, sich von denen, die ihn in seinem oft unterbrochenen nächtlichen Schlaf beschäftigten, unterschieden. Bei Tag träumte er von der Jagd. Er schoß Tiere. Er bildete sich sogar ein, mit großem Erfolg Truppen im Krieg gegen Spanien zu kommandieren. Er schoß Spanier. Die Ermordung Präsident McKinleys im vergangenen Jahr ließ seinem Geist keine Ruhe – er war abwechselnd Mörder und Opfer. Nachts wanderte er verloren in fremden Gegenden, Treppen hinauf und hinunter, durch endlose Stollen von Bergwerken. Er rief nach seiner Mutter.

Niemand mehr in ›St. Kitts‹ hatte einen ruhigen Schlaf. George strich umher. Eustacia entdeckte ihre Töchter, wie sie im Gastzimmer schliefen, im Nähzimmer, auf Sofas, in Lehnstühlen. In den frühen Morgenstunden wurde viel Kakao gekocht.

Zwei Uhr morgens (Mittwoch, 16. April):

»Mädels, bringt eure Tassen ins Wohnzimmer! Ich möchte mit euch über etwas sprechen. Ich habe George überall gesucht. Ich weiß nicht, wo er sein kann.«

Félicité und Anne setzten sich ihr zu Füßen auf den Boden.

George erschien plötzlich in der Tür und blieb dort zuhörend stehn.

»*Mes très chers*, es wird vielleicht einige Zeit dauern, bevor euer Vater seine volle Gesundheit wiedergewinnt. Wir werden alles tun, was wir können, um es ihm erträglich zu machen, aber wir müssen auch an uns selbst denken. Ihr kennt doch das leere Geschäftslokal an der Hauptstraße, wo Mr. Hicks seine Eisenhandlung hatte? Das werde ich mieten. Wir werden einen eigenen Laden dort eröffnen. Wir werden abwechselnd die Kunden bedienen.«

»*Maman!*«

»Das Schaufenster wird Félicité arrangieren, die den denkbar besten Geschmack hat. Es wird oft geändert werden. Ihr habt doch nicht vergessen, daß ich ganz allein einen Laden führte, als ich siebzehn war? Anne hat das von mir geerbt. Sie hat einen sehr guten Kopf dafür und für Einzelheiten. Sie wird unsere beste Verkäuferin und Kassiererin sein.«

»*Maman!... Ange!*«

»Auch für George wird es verschiedenes zu tun geben. Darauf komme ich gleich. – Was tun junge Leute heutzutage nach dem Abendessen? Sie gehn auf der Hauptstraße auf und ab, nur um sich die Zeit zu vertreiben. Aber die Schaufenster sind alle dunkel. Überdies weiß jeder Mensch, was in ihnen zu sehen ist. Félicités wunderbares Fenster wird bis neun Uhr beleuchtet sein. Die eine Woche wird es für Mädchen und Frauen hergerichtet sein. Ich kann schon sehn, wie Félicité Samt über den Boden breitet, vielleicht in Wellen. Es werden kleine, in rotes Leder gebundene Tagebücher da sein, mit kleinen Schlössern daran, und Albums und Schals und Tüchlein aus Seide und Wolle. Und Hochzeitsgeschenke und Geburtstagsgeschenke – Etuis für Visitenkarten, Nähzeuge und tausenderlei andres. Und Bücher wie die, die ich aus Chikago kommen ließ – *Kenn deine Katze!* und *Daisys Ferienreise nach Paris* und *Der Goldene Schatz der Poesie*.«

»*Maman!*«

»Aber wenn die Leute glauben werden, unser Laden ist nur einer für Damen, werden sie eine große Überraschung erleben. Es wird auch Wochen für Knaben und Männer geben, und für die kann George uns helfen. Angelruten und künstliche Fliegen; einen Geologenhammer und die amtlichen Karten der Landkreise Grimble und Kangaheela. George wird uns seine Mineraliensammlung leihen, und Félicité wird sie so anordnen, daß man eine Stunde damit verbringen könnte, sie zu betrachten. Bücher werden auch dasein – *Schlangen der Vereinigten Staaten*, *Die Indianerstämme des Mississippitals*, *Eßbare und giftige Pilze*, Bücher über Hundepflege und *Mit Clive in Indien* und alle Bücher von Henty. Und Roger wird uns seine Sammlung indianischer Pfeilspitzen leihen. Glaubt ihr nicht, die jungen Leute werden stehnbleiben und sich dieses Fenster ansehn – und Sachen kaufen?«

Anne schlang ihrer Mutter die Arme um die Knie. »Ach, *maman*, wann können wir anfangen?«

»Wir würden natürlich auch eine Leihbibliothek führen und

eine Menge Dinge, die mit Kunst zu tun haben – Pastellstifte, Wasserfarben und so weiter und Anleitungen zum Zeichnen und Malen. Und wenn wir einigen Profit gemacht haben, werden wir, hoffe ich, noch einen Laden eröffnen und – was glaubt ihr, wen? – Miss Doubkov hineinsetzen. Dann wäre also noch ein Schaufenster abends beleuchtet. Und sie könnte Lily und Sophia auffordern, ihr zu helfen. Aber das ist noch nicht alles.«

»O *maman*, ich kann kaum noch atmen!«

»Eine Menge Leute in der Stadt halten Tanzen für etwas Sündhaftes. Unsinn! Coaltown ist dreißig Jahre hinter der Zeit zurück. Ich würde die Odd Fellows Hall mieten und zweimal im Monat Tanzkurse veranstalten.«

»*Maman!* Niemand würde kommen!«

»Mrs. Ashley würde die Lehrerin sein. Wir würden die Rollgardinen oben lassen, so daß man hereinsehn könnte. Für den Anfang hätten wir vier Ashleys und drei Lansings. Ich würde Mrs. Bergström und Mrs. Coxe auffordern, als *chaperonnes* zu kommen, und ihre Kinder könnten die Tanzstunden umsonst haben. Später hätten wir dann Vorträge für die jungen Leute. Miss Doubkov könnte von Rußland und ihren Reisen erzählen. Ich würde über die sechs Regeln der französischen Küche sprechen. Lily Ashley würde singen. Vielleicht könnten wir auch ein Stück aufführen oder Szenen aus Shakespeare. George könnte seine Monologe aus *Hamlet* und dem *Kaufmann von Venedig* sprechen. Auch Lily rezitiert sehr schön. Coaltown braucht nicht so engstirnig und muffig und langweilig zu sein.«

Durch die Halle und das Eßzimmer her ertönte Lansings Stimme: »Stacey! Stacey!«

»Ja, Breck, ich komme gleich.«

»Was treibt ihr dort drin? Summ, summ, summ, plapp, plapp, plapp!«

»Ich komme schon. Nur eine Minute. Also, Kinder, ich will, daß ihr jetzt zu Bett geht und schlaft. Ihr könnt morgen mir sagen, wie ihr über unsre Pläne denkt.«

Ganz erschöpft von diesen Zukunftsbildern, fanden die Mädchen endlich in ihre Betten. George blieb an der Tür stehn und sah seine Mutter mit brennenden Augen eindringlich an.

»George, was ist denn?... Antworte mir! Warum siehst du mich so an?«

»Er hat dich geschlagen!«

»Was sagst du da? Mich geschlagen? Dein Vater mich geschlagen? Aber was fällt dir nur ein!«

»Er hat dich geschlagen!«

»George, wann soll er mich denn geschlagen haben?«

»Gestern nacht. Um diese Zeit.«

»Gestern nacht?... Du bildest dir immer alles mögliche ein. Gestern nacht hat sich dein Vater nicht wohl gefühlt. Er war ein bißchen gereizt. Er hat ungeduldig die Arme bewegt und dabei die Wasserkaraffe vom Tisch gestoßen.«

»STACEY! STACEY!«

»Ich komme schon, Breck. – *Mon cher petit*, du darfst nicht anfangen, die Dinge zu übertreiben, grade wenn wir alle einen kühlen Kopf und unsre ganze Geduld brauchen. Und, George, ich möchte dir noch etwas sagen.« Sie ergriff seine Hand. »Es ist unrecht, Gespräche zu belauschen. Das tut kein erwachsener Mensch, und es ist nicht ehrenhaft. Ich möchte, daß du das nie wieder tust.«

George entzog ihr heftig seine Hand und stürmte durch die Küchentür aus dem Haus. Danach war Eustacia nie sicher, ob die Gespräche im Krankenzimmer belauscht wurden oder nicht. Sie wußte, daß die Mohikaner stolz darauf waren, sich lautlos durch den dunkelsten Wald, über das dürrste Laub fortbewegen zu können.

»Stacey! Was hast du denn dort getan?«

»Nur die Kinder zurechtgewiesen, Breck. Es scheint, daß niemand hier in diesem Haus Schlaf finden kann. Es wäre eine große Hilfe, wenn du dich erinnern würdest, nicht zu laut zu sprechen. Und versuche, nichts umzuwerfen!«

»Ich hab' auch Georges Stimme gehört.«

»Ja, ich hab' ihm eine Strafpredigt gehalten.«

»Das kann doch nicht eine ganze Stunde gedauert haben. Summ, summ, summ. – Ich glaube, ich weiß, wovon ihr gesprochen habt.«

Eine Nacht nach der andern, wenn das Wetter nicht gar zu schlecht war, wickelte sie sich in ihren Schal, ging durch die Glastür auf den Kiesweg hinaus und stand dann einen Augenblick in der Hauptstraße.

Sein Gerede wurde immer streitsüchtiger. Sein Verlangen, umsorgt zu werden, verwandelte sich in Versuche, Eustacia zu verwunden.

»Das Leben ist nichts als ein einziger großer Eselstritt. Lassen Sie sich das gesagt sein, Miss Sims! Und das gilt auch für die Kinder, die ein Mann hat... Du kannst nicht behaupten, ich hatte etwas damit zu tun, sie zu verziehn. Filly ist so hochnäsig wie die Königin von Saba. George wird über kurz oder lang erwischt werden und sein restliches Leben im Gefängnis verbringen. Anne hatte früher Respekt vor ihrem Vater, aber irgend etwas ist da geschehn... Du und dein katholischer Hokuspokus! Nichts als abergläubischer Kram, den du von deinen Niggerinseln mitgebracht hast.«

»Nur weiter, Breck! Ich höre dich gern solche Sachen sagen. Du weißt, sie sind nicht wahr. Du wirst nur irgendein altes Gift in dir los. Nur weiter! Wir haben ein Sprichwort: ›Der Teufel spuckt am heftigsten, grade bevor er weichen muß.‹ Es geht dir schon besser.«

»John Ashley! Du lieber Gott! Er ist wie ein junger Hund, der die Augen noch nicht offen hat. Er ist einfach ein Schlappschwanz. Und seine großartigen Erfindungen! Er hat nicht Grips genug, einen Konservenöffner zu erfinden. – Wo gehst du denn jetzt wieder hin?«

Er fürchtete sich vor dem Alleinsein; er fürchtete Stille.

»Ich will nur ein bißchen im Freien auf und ab gehn.«

Sie kam zurück.

»Was hast du denn getrieben?«

»Ach nichts, Breck. Zu den Sternen hinaufgesehn. Nachgedacht.«

Schweigen.

»Das hat dich doch nicht eine Stunde kosten müssen.«

Schweigen.

»Woran denkst du, wenn du nachdenkst?«

»Alle die vielen Jahre, die ich schon in diesem Land bin, habe ich das Meer vermißt. Es ist wie ein schwaches Zahnweh, das nie ganz vergeht. Das Meer ist wie die Sterne. Die Sterne sind wie das Meer. Ich hab' gar keine originellen Gedanken, Breck. Ich hab' einfach die gleichen Gedanken wie Millionen von Leuten, wenn sie aufs Meer oder auf die Sterne schauen.«

Er hätte sie gar zu gern gefragt, was für Gedanken das seien. Ihn fröstelte. Er wollte ihre Gedanken von diesen vielen Sternen zurückholen, auf ihn selbst zurückbringen, und wie so oft, wurde er zornig. Er fuchtelte mit den Armen, und wie so oft, stieß er alles, was auf dem Tischchen neben dem Bett stand, hinunter. Seine Handglocke fiel mit einem lauten Scheppern zu Boden. Eustacia ging zum Fenster und spähte hinaus.

Im Nähzimmer stand ein großer, langer Tisch. George und Félicité spielten da Karten, aber George konnte seine Gedanken nicht auf das Spiel gerichtet halten; es war ihm egal, ob er gewann oder verlor. Er bestand darauf, daß die Tür offen bleibe. Von weit her konnten sie das ewige Gerede im Krankenzimmer hören – dem frühern Kinderspielzimmer im Erdgeschoß. (›Glückliche Debevoises, wo seid ihr nun?‹) Wenn die zornig laute Stimme des Vaters zu ihnen drang oder der Lärm fallender Gegenstände, legte Félicité dem Bruder beschwichtigend die Hand auf den Arm. (Er hatte ›Anfälle‹. Vielleicht war er verrückt.) Er aber stürmte aus dem Zimmer, ließ sich außen an der Mauer des Hauses hinab und begann es zu umschleichen.

Oft saßen sie stundenlang schweigend dort.

»Wenn er *maman* schlägt, bring' ich ihn um.«

»Jordi! *Père* würde *maman* nie schlagen. Er ist krank. Vielleicht hat er Schmerzen. Er ist sehr leicht gereizt. Aber er weiß, wie notwendig sie ihm ist. Er würde sie nie schlagen.«

»Was weißt denn du!«

»Ich weiß es. Auch wenn... auch wenn er außer sich geraten würde, würde *maman* das verstehn. Und ihm verzeihn. Jordi, du übertreibst alles so.« Nach einem langen Schweigen sagte George:

»Wenn ich glauben könnte, *maman* wird nichts geschehn, ginge ich für eine Weile weg.«

»Ich würde dich vermissen, aber ich glaube, es wäre gut, wenn du für *kurze* Zeit weggingst.«

»Ich hab' kein Geld.«

»Ich habe sechzehn Dollar gespart. Ich kann sie dir sogleich geben.«

»Ich würd' sie nicht nehmen. – Ich habe heute versucht, mein Gewehr zu verkaufen. Mr. Callihan wollte mir nur zwölf Dollar dafür geben.«

»*Maman* wird dir Geld geben. Ich werde sie bitten.«

Wir haben gesehen, wie John Ashley, in der südlichen Hemisphäre, sich einbildete, ›die Mauern seines Heims vor dem Einstürzen zu bewahren‹. Wir haben gesehen, wie Sophia und Eustacia Mauern und Dachbalken stützten. Jahr auf Jahr verschob Félicité ihre Vorbereitungen, ins Klosterleben einzutreten, um, was sie konnte, für ›St. Kitts‹ zu tun. George war vielleicht doch ein bißchen verrückt. Jedenfalls war er in großer Seelennot. Félicité kannte drei Möglichkeiten, ihn, wenn auch für noch so kurze Zeit, von seinen düstern Gedanken abzulenken. Sie wußte, sie konnte von diesen Möglichkeiten nur selten Gebrauch machen; sie durften durch Wiederholung nicht schal werden. Sie konnte das Gespräch auf Rußland lenken; sie konnte von der ruhmreichen, glänzenden Karriere sprechen, die vor ihm lag; sie konnte ihn überreden, Gedichte zu deklamieren und Szenen aus Dramen zu spielen. Er hatte nur zu einem einzigen Menschen von seinem Vorhaben gesprochen, Schauspieler zu werden. Er hatte zu niemand von seinem Ehrgeiz gesprochen, Schauspieler in Rußland zu sein – dieser Ehrgeiz war zu geheim, zu innerlich, zu unerhört, zu sehr von Wunder, Hoffnung und Verzweiflung umgeben. Er ließ seine Schwester in dem Glauben, er sei noch immer darauf aus, die Löwen, Tiger und Panther Afrikas vor dem Ausgerottetwerden zu bewahren und unter ihnen in einem Zirkus zu leben und ihre Schönheit und Kraft einer Zuschauerschaft vorzuführen. Félicité hatte nie ein Theaterstück gesehen – nicht einmal *Onkel Toms Hütte*. Aber Miss Doubkov, die Lily Ashley darin unterwiesen hatte, wie sie sich in einem Konzertsaal benehmen solle, hatte Félicité und George auch das formvollendete Lesen der *Fabeln* von La Fontaine beigebracht. Sie hatte beide hellhörig dafür gemacht, wie schwer es ist, auch nur einen einzigen Vers richtig zu deklamieren. Als sie mit ihren Eltern auf der Flucht nach der Neuen Welt durch Paris kam, hatte sie die größte aller Diseusen gehört; sie hatte einen Blick auf Schlichtheit getan – den Leitstern und Quälgeist aller großen Kunst. Nun, im Nähzimmer, ungefähr jeden vierten Abend, vermochte Félicité ihren Bruder dazu zu überreden, sich in einigen Vortragsstücken zu vervollkommnen. Sie sprachen Szenen aus *Athalie* und *Britannicus* (George war sehr gut als Nero), aus *Hamlet* und dem *Kaufmann von Venedig.* George konnte auch sehr komisch sein: als Molières Geiziger mit seiner Kassette oder als Falstaff mit seiner Ehre. Dabei vergaß er sich und hob die Stimme. Das weckte Anne – eine hingerissene und anbetende Zuhörerin (»Sprich das eine russische, George, – bitte!«), die jedoch die Augen nicht lange offenhalten konnte. Gewöhnlich erschien dann Eustacia in der Tür und hörte zu, bis die Stelle zu Ende war.

»Aber Kinder, Kinder! Wollt ihr denn gar nicht schlafen gehn? Jetzt hört zu: Jedes von euch rezitiert für mich noch etwas Schönes, und ihr versprecht mir, dann zu Bett zu gehn.«

Das war ein Fehler. Eustacia, die unter den schwersten Prüfungen niemals weinte, wurde, wenn sie etwas Schönes sah oder hörte, »eine komplette Närrin«, wie sie es nannte.

Ihr Sohn mißdeutete die Ursache ihrer Tränen.

Nacht auf Nacht:

Während der letzten Aprilwoche kam eine Veränderung in die Atmosphäre des Krankenzimmers. Lansings Befinden schien sich zu bessern. Er machte weniger oft von Laudanum Gebrauch. Der Patient hatte jedoch nicht den Wunsch, das Bett zu verlassen. Die ganze Nacht Gespräche zu führen, war zu einer Gewohnheit und zu einem grausamen Spiel geworden. Er wurde überheblich und, schlimmer als das, verschlagen.

Weinerlich: Er liebe sie. Liebe sie ihn? Liebe sie ihn wirklich? Wann habe sie ihn zuletzt am wenigsten geliebt? Wann habe sie ihn am meisten geliebt? Als er damals jene Kleine auf St. Kitts kennenlernte, habe er vorausgesehn, daß sie das beste Frauchen auf der Welt sein werde. O ja, das habe er gesehn. Er sei kein Narr.

Angreiferisch: Habe sie einen andern geliebt seit dem Verlassen ihrer Heimat? Er meine nicht, sich vergangen – bloß geliebt? Sie solle ehrlich antworten. Könne sie es beschwören? Es klinge nicht so, als meine sie es auch. Er wette, es sei da jemand. Sie verheimliche etwas vor ihm. Jener Kerl in Pittsburgh – wie habe er nur geheißen? Leonard Irgendwie. Der habe sie für sehr niedlich und nett gehalten. Der Kerl mit dem großen Hängeschnurrbart. Sei der es gewesen?

Listig (als einlullende Abschweifungen, von denen her er plötzlich einen Überraschungsangriff inszenieren konnte): die Art, wie sie das Kaufhaus in Basseterre geführt habe! Gerissener als ein Holländer! Das beste Köpfchen in ganz Westindien. Und ein richtiger kleiner Shylock!... Alle die Offiziere von diesen ausländischen Schiffen. Eine Uniform tue es den Mädchen immer an... Er wäre nicht überrascht... Wo's so viele verschwiegene Hinterzimmer... Er müsse ja blind gewesen sein. Er wette, sie habe ihn sein Leben lang belogen. Sie sei immer nach Fort Barry in die Kirche – wen habe sie dort getroffen?

»Also, Breckenridge, das kann ich wirklich nicht mehr viel länger aushalten. Ich bin müde. Ich hab' kaum *eine* ordentliche Nachtruhe gehabt seit fünf Wochen. Ich werde Dr. Gillies bitten, Mrs. Hauserman herzusenden, damit sie bei dir sitzt. Du versuchst einfach, mich zu quälen. Das ist schlecht für *dich.* Du quälst nicht mich, Breckenridge. Du verwundest nur dich selbst.«

»Dann gib mir eine einzige ehrliche Antwort, und wir wollen nicht mehr davon reden.«

»Wenn du nicht glaubst, was ich sage, bin ich dir zu nichts nütze. Wenn du vierundzwanzig Jahre Verheiratetsein nicht respektierst, dann schick mich aus dem Zimmer!«

»Wohin willst du denn?«

»Breckenridge, ich werde mich im Wohnzimmer hinlegen. Wenn du mich wirklich brauchst, läute die Glocke. Aber ruf mich nicht hier herein, um mir Unsinn vorzureden. Um vier Uhr werde ich dir deinen Gerstenbrei bringen.«

Aber es waren eben diese vierundzwanzig Jahre Verheiratetsein, die eine solche Geste der Unabhängigkeit nicht erlaubten. Das Zimmer zu verlassen, war die einzige Vergeltung, die in ihrer

Macht lag; die einzige Bestrafung; aber sie war nicht dazu da, ihn zu bestrafen. Er läutete wütend die Glocke. Sie ergab sich. Sie setzte sich wieder auf den Stuhl unter dem grünen durchscheinenden Lampenschirm. Das Schmerzlichste an dieser Phase war das Fehlen sogar des leisesten Lauts aus dem Bereich der Seele; aber da lag auch das Interessanteste an ihr. Sie zweifelte nie, daß hinter seinen Äußerungen die Seele rang. Grausamkeit und Heuchelei sind interessant. Sie fühlte – sie *wußte*, daß diese beharrlichen Angriffe eine Maske waren, die sein Bedauern verbarg, sie vernachlässigt zu haben, seine Reue über seine zahlreichen freudlosen Seitensprünge. Er versuchte sie dazu anzustacheln, ihn anzuklagen und ihm Vorwürfe zu machen; aber das war zu leicht. Er mußte dem Richter in ihm selbst gegenübertreten. »Der Teufel spuckt am heftigsten, grade bevor er weichen muß.« Wenn Selbstrechtfertigung so leidenschaftlich war, folgte dann Zerknirschung?

Dr. Hunter hatte angeordnet, daß er alle vier Stunden etwas Nahrhaftes bekommen solle.

Sie brachte ihm um vier Uhr seinen Gerstenbrei. Vor dieser Phase hatte es beim Auslöffeln Augenblicke der Eintracht gegeben. Es war ein Spiel gewesen. Sie streute ein wenig Zimt oder geriebene Zitronenschale auf den Brei. Sie versteckte ein paar Rosinen darin, tat drei Tropfen Sherry hinein. Die Aufmerksamkeiten, die das Ernähren begleiten, beleben sowohl Zuneigung als auch Abneigung. Dieses Spiel war nun vorbei.

»Wie kann ich wissen, ob du in Fort Barry wirklich in die Kirche gingst? Wie soll ich wissen, ob du nicht zum Gesprächsstoff für den ganzen Landkreis geworden bist – du und Dr. Hunter?«

Ihre Augen wandten sich immer wieder der Glastür zum Garten zu. Sie stand auf und ging schnell in die Eingangshalle. Félicité saß auf der Treppe.

»Geh schlafen, Félicité! Ich will nicht, daß du jemals hörst, was dein Vater sagt, wenn er sich nicht wohl fühlt.«

»Ich hab' nicht zugehört, *maman*. Ich sitze hier, damit George nicht zuhört. Manchmal sitzt er stundenlang hier.«

Eustacia brach in Lachen aus. Ihre Augen glitten verzweifelt über die Zimmerdecke. *»Va te coucher, chérie.«*

Sie ging ins Krankenzimmer zurück und streckte sich auf dem Diwan aus, bedeckte die Augen mit der Hand. Ihr Mann redete eintönig fort. Sie machte die kleinen Zwischenbemerkungen, die ihm so nötig waren. »So?« – »Nein, nein.« – »Ach, sprich doch von was Neuem!«

Ja, sie hatte einen andern geliebt. Ihr Gewissen drückte sie nicht. Sie hatte die Sehnsucht und die Qual überwunden. Jene Liebe war eine Krone, die sie trug, eine Medaille. Sie konnte nicht ohne ein Lächeln an sie denken. Sie kam ihr oft zu Hilfe, wie eben jetzt. In frühern Zeiten hatte sie selbstquälerisch sich und den Nachthimmel gefragt, ob ihre Liebe erwidert werde. Darauf kam es nicht mehr an. Sein Blick war tausende Male dem ihren begegnet. Liebe umgibt uns auf vielerlei Weise: er liebte sie.

Mitternacht (Samstag zum Sonntag, 3. und 4. Mai):

»Hier ist dein Gerstenbrei.«

»Ich will ihn nicht.«

»Ich werd' ihn aufwärmen, sobald du hungrig wirst.«

Schweigen. Anhaltendes Schweigen. Eustacia wußte schon, daß es ›des Effekts wegen‹ geschah, wenn er eine Weile schwieg. Er bereitete eine Szene vor. In ihm steckte ein gut Teil Schauspieler. Während des Jahrs in Pittsburgh war Eustacia regelmäßig zu Nachmittagsvorstellungen ins Theater gegangen. Für fünfzehn Cent konnte sie im obersten Rang einen Sitz finden und hatte das monatelang getan, bis ihre Schwangerschaft ihre Erscheinung auf der Straße ›undelikat‹ machte. Sie liebte das Theater und verachtete es auch. Es berechnete seine Effekte; ganz so, wie Breckenridge das nun tat. Der Anblick, wie er da versuchte, sie zu überlisten, sie im Denken zu überspielen, machte ihn in ihren Augen sogar noch bedauernswerter.

Sie liebte ihn. Ja, dahin hatte die Ehe sie gebracht. Sie liebte ihn als ein *Geschöpf*. Wie die meisten völlig Zweisprachigen dachte sie in beiden Sprachen. An das mehr oberflächliche Getriebe des Lebens dachte sie auf englisch. Ihr Innenleben bot sich ihr auf französisch dar. In beiden Sprachen hat das Wort für »Kreatur« zwei Aspekte; im französischen *créature* sind die zwei drastischer kontrastiert. Ihre französischen Lieblingsautoren, Pascal und

Bossuet, riefen beständig den Doppelsinn hervor: eine *créature* war ein ganz niederes Lebewesen; sie war auch ein Lebewesen – zumeist ein Mensch – das Gott geschaffen hatte. Ihr lieber Onkel, der sie traute, hatte vorausgesagt, sie und ihr Mann würden ein Fleisch werden; er hatte recht gehabt. Sie liebte diese *créature*. Sie konnte sich ihn nicht wegdenken. Wie sie ebenso mit Entsetzen vor jedem Verlangen zurückschrak, sich ihr Leben anders gewünscht zu haben. Es waren *diese* – und keine andern vorstellbaren – Kinder, in denen ihr grenzenloser, unaussprechlicher Dank an Gott bestand. Das war es, was Bestimmung hieß. Unser Leben war ein nahtloses Gewand. Alles war verordnet, *ordained*, wie es im Englischen hieß. Sie gelangte zu einem Standpunkt, der dem von Dr. Gillies sehr ähnlich war. Nicht wir leben unser Leben: Gott lebt uns.

Grade in dieser Woche durchfuhr ihre Liebe zu ihm sie gleich einem Stich, wenn sie ihn ansah, wie er hier lag – unrasiert, in Qualen – und darauf sann, wie er sie verwunden könnte, erbärmlich abhängig von ihr, sie verzweifelt liebend.

»Stacey!«

»Ja, Breck?«

»Hast du bemerkt, daß ich still war?«

»Ja, Liebster. Woran hast du gedacht?«

»Den Gerstenbrei.«

Die Luft war erfüllt von Theatralik. Fünfzehn Cent wert.

Plötzlich beugte er sich vor und wies mit dem Finger auf sie. »Jetzt hab' ich's.«

»Was hast du?«

»Den Mann.«

»Ja, Lieber, welchen Mann?«

»Den, mit dem du dich in Fort Barry getroffen hast – John Ashley!«

Sie starrte ihn einen Augenblick an. Dann brach sie in Lachen aus – in ein kurzes, schmerzliches Lachen. Es sollte ihr nichts erspart bleiben.

»Daß ich das nicht sehn konnte – alle diese Jahre! So deutlich wie die Nase in deinem Gesicht. Ich hab' gesehn, wie ihr einander Schafsaugen gemacht habt. Und euch weggestohlen habt nach Fort Barry ins Farmer's Hotel! Ach, Stacey! Ich hab' dich hunderte Male bei Tisch neben ihm sitzen gesehn, eure Füße umeinander gehakt. – Was tust du?«

»Ich schließe die Tür. Nur weiter, Breck! Nur weiter!«

»Warum schließt du die Tür? Es ist heiß.«

Eustacia zitterte. »Ich glaube, jemand könnte zuhören. Ich denke mir, einige von deinen Klubfreunden könnten herkommen und im Gras liegen, nur um dich reden zu hören, – Mr. Bostwick von den Odd Fellows oder Mr. Dobbs von den Freimaurern. Oder einige von den Damen aus den Lokalen an der River Road – Hattie oder Beryl. Ich wäre auch nicht überrascht, wenn dieser Leyendecker-Junge – «

»Na, sie würden nichts erfahren, was sie nicht schon wissen. Du laß diese Tür nur offen, Stacey!«

Sie schloß sie fest. Dann durchschritt sie das Eßzimmer und blickte in die Halle und das Wohnzimmer. Lansing ergriff etwas und dann noch etwas und zerschmiß die Glasscheiben der Tür. Sie hörte das Klirren. Es schien ihr, halb Coaltown müsse es gehört haben. Sie stand in der Halle und blickte die Treppe hinauf. Etwas wie Jubel erfüllte sie. Ja, das Ganze mußte einmal zum Platzen kommen. Erst mußte etwas schlechter werden, bevor es besser werden konnte. Sie ging in das Krankenzimmer zurück und sah ihn lange und nachdenklich an.

»Du und John, ihr habt mich seit langem betrogen. – Was tust du jetzt wieder?«

»Ich werde mich aufs Sofa legen und lesen. Ich werde mir Watte in die Ohren stecken. Sprich nur weiter, Breck! Ich mag's nicht hören, wenn du so Häßliches sagst.«

Er starrte sie an. Langsam steckte sie sich die Watte in die Ohren, entzündete das Gaslicht über dem Sofa, legte sich hin und schlug ein Buch auf.

Fast sogleich wußte sie, daß sie es nicht tun könne. Es war zu grausam. Man konnte dies Zwei-in-einem nicht trennen. Überdies war es wie eine Vergeltung. Sie warf einen Blick auf ihn. Er starrte sie noch immer aus zornigen, blutunterlaufenen Augen an. Er sah aus wie ein gezüchtigter Hund. Während seine Augen noch auf ihr verweilten, nahm sie langsam die Watte aus den Ohren.

»Du und John, ihr habt mich seit Jahren betrogen.«

»Warte! Warte nur eine Minute, Breck! Vor ein paar Wochen hast du gesagt, du liebst mich.«

»Das stimmt! Aber ich wußte damals nicht, was ich jetzt weiß. Ich war blind. Ich wette, auch Beata weiß es. Ich wette, sie haßt dich.«

»Aber Breck! Du hast doch gesagt, du liebst mich.«

»*Er* liebt dich. Tröste dich damit: John liebt dich.«

Ihr Blick kehrte immer wieder zu der Glastür zurück. Abermals verstummte er. Der Schauspieler bereitete eine andre wirkungsvolle Szene vor.

Er sagte ganz ruhig: »Ich werde ihn umbringen.«

»Was? Was sagst du da?«

»Ich werde John Ashley umbringen, und wenn's das Letzte ist, was ich tue.«

»Lieber Breck, sag doch nicht solche Sachen!«

»Jede Geschworenenbank im Land würde mich freisprechen. Und weißt du warum? Weißt du's? . . . Weißt du's? . . . Weißt du's? . . . Weil du und er mich vergiftet habt. Ich bin nicht krank. Einfach vergiftet!«

»Ach, Breck!«

»Zimt! Muskat und Rosinen! – Wohin gehst du jetzt?«

»Ich gehe George rufen.«

»Warum George rufen?«

»Ich werde ihn zu Mrs. Hauserman schicken. Sie wird von jetzt an die ganze Nacht bei dir sitzen. Sag ihr alles. Sie wird den Brei für dich zubereiten; dann brauchst du dich nicht zu fürchten, ihn zu essen. Ich kann dir nichts mehr nützen.«

Sie verließ das Zimmer. Während sie die Treppe hinaufging, hörte sie ihn ihren Namen rufen. Sie klopfte an Georges Tür. Es kam keine Antwort. Sie öffnete. Es war niemand im Zimmer. Sie ging über den Flur ins Badezimmer und kühlte sich Stirn und Handgelenke mit kaltem Wasser und murmelte dabei: »Es ist alles vorüber. Ich werde Ruhe finden.« Sie sank auf dem Boden zusammen und drückte die Stirn auf das Linoleum. »*Dieu! Dieu! Nous sommes de pauvres créatures. Aide-nous!*«

Sie ging die Treppe hinunter. George stand in der Eingangshalle.

»George! Hast du gehorcht und gehört, was dein Vater sagte?«

Er gab keine Antwort. Er blickte über ihre Schulter.

»Antworte mir!«

»Er hat die Scheiben zerbrochen. Was hat er nach dir geworfen?«

»Stacey! Mit wem sprichst du dort?«

»Er hat nicht nach mir geworfen. Ich war gar nicht im Zimmer. Er ist sehr krank. Gib nicht acht darauf, was er sagt!«

»Stacey! Antworte mir!«

»Ich spreche mit George, Breck!«

»Daß du mir ihn nicht Mrs. Hauserman holen schickst!«

Sie sprach leise und hastig. »George, Félicité sagt mir, du möchtest für kurze Zeit weg von hier. Ich glaube, das solltest du.« Sie zog eine kleine Brokatbörse aus der Tasche und drückte sie ihm in die Hand. »Hier hast du vierzig Dollar. Geh schon morgen! Aber schreib mir, lieber George, schreib mir! Laß mich genau wissen, wie es dir geht.« Sie küßte ihn. »Mein lieber Junge! Mein lieber Junge!«

Die Handglocke läutete wie rasend. »Stacey! Ich will jetzt essen. Komm her! Ich will essen. George!«

Schweigen.

»George!«

»Ja, Papa.«

»Komm hierher!«

George und Eustacia betraten das Krankenzimmer.

»Daß du mir nicht gehst und Mrs. Hauserman holst! Hast du mich gehört?«

»Ja, Papa.«

»Aber ich hab' einen andern Botengang für dich. Morgen, zeitig, lauf hinüber zu den Ashleys und bitte Mr. Ashley, zum Übungsschießen am Sonntagnachmittag zu kommen – *heute* nachmittag. Sag ihm, es geht mir besser. Sag ihm, ich möchte sehr, daß er kommt und die ganze Familie mitbringt.«

»Die Kinder könnten nicht kommen, Papa. Um fünf beginnt im Park das Fest der Jugendgruppe der Methodistenkirche.«

»Na, dann sag ihm, er soll Mrs. Ashley mitbringen.«

»Ja, Papa.«

»Geht auch ihr zu dem Fest, du und die Mädchen?«

»Ja.«

»Ihr seid doch katholisch.«

»Roger ist Präsident der Jugendgruppe. Er und Lily haben uns eingeladen. Mama und Félicité haben eine Menge belegte Brötchen und Kuchen gemacht.«

»Gut. Geh jetzt!«

George rührte sich nicht.

»Was ist denn mit dir? Ich sagte doch, du kannst gehn.«

George hatte seinen Vater mit verschlossener, abwesender Miene beobachtet. Er schob sich langsam an das Tischchen neben dem Bett heran, packte die Zinnschüssel und schüttete sich den Brei in die Kehle hinunter. Er verließ das Zimmer, ohne den Blick wieder zu heben. Lansing starrte ihm betroffen nach. Eustacia bezwang eine wilde Regung zu lachen – stundenlang zu lachen. Mittwochnachmittags-Vorstellung – zwei zu fünfzehn Cent.

»Warum hat er das getan? Antworte mir, Stacey! Was hat er damit gemeint?«

»Du hast eine Menge törichtes und grausames Zeug geredet heute nacht, Breck. Ich will nicht noch mehr hören. Ich möchte deine Erlaubnis, mir Watte in die Ohren zu stecken. Ich werde hier sitzen und lesen.«

»Aber warum hat der Junge das getan?«

»Wer intelligente Kinder hat, sollte sich lieber intelligent benehmen, Breckenridge Lansing.«

»Was willst du damit sagen?«

Sie wartete einen Augenblick und wies dann auf die zerbrochenen Scheiben.

»Du meinst, er hat gehört, was wir sprachen?«

»Ich glaube, er hörte dich mich beschuldigen, eine Ehebrecherin und Giftmischerin zu sein. Glaubst du nicht auch? Glaubst du nicht, das war's, was er meinte?«

Er sah sie verdrossen an.

»Er hörte deine Drohung, John Ashley umzubringen. John Ashley war George ein sehr guter Freund, als er einen nötig hatte. Breck, warum kannst du nicht wenigstens eine kurze Zeit schweigen? Es ist dieses unaufhörliche Gerede von dir, was dich in Schwierigkeiten bringt. Ich möchte deine Erlaubnis haben, mir auf fünfzehn Minuten Watte in die Ohren zu tun. Darf ich?«

Er brummelte: »...einen zu belauschen... verdammte Unverschämtheit... ein paar Tüchtige mit der Reitpeitsche...«

»Darf ich, Breck?«

Er knurrte ein ungeduldiges: »Ja... Ja, mach, was du willst.«

Sie tat die Watte in die Ohren und legte sich mit ihrem Buch auf den Diwan. O gesegnete Stille! Wellchen, die ans Ufer gleiten! Sonnenschein auf der Nelsonbucht!

Zehn Minuten vergingen. Sie hörte nicht, daß er mehrmals leise ihren Namen rief. Er stieg aus dem Bett, kam durchs Zimmer und berührte sie leicht an der Schulter. Sie wandte sich her und sah ihn an. Er sank auf die Knie und legte die Stirn auf ihre Hand. Sie nahm die Watte aus den Ohren.

»Ich hab' Hunger«, sagte er.

Sie hatte vergessen, ihm einen frischen Gerstenbrei zuzubereiten! Sie wollte aufstehn, aber er hielt sie zurück. »Ich werde Félicité rufen«, sagte sie. Da merkte sie, daß er weinte.

»Verzeih mir, Stacey! Ich bin krank. Behandle mich nicht auf diese Weise, Stacey! Sei gut zu mir... Ich meine das alles nicht so. Du bist das Beste, das ich je im Leben gehabt habe... Kranksein ist mir verhaßt, und das macht mich zornig bei allem.« Wieder versuchte sie aufzustehn, aber seine Stirn klemmte ihre Hand an die Kante des Diwans. »Ich glaub', ich bin falsch erzogen worden. Aus allem, was ich tue, wird ein Wirrwarr. Sag etwas Liebes zu mir, Stacey!«

Sie blickte hinunter auf das noch immer honigblonde Haar. Die Augen, die kornblumenblauen, nun blutunterlaufenen, konnte sie nicht sehen. Sie hob seine Hand und küßte sie. »Geh jetzt ins Bett zurück! Du wirst dich besser fühlen, wenn du gegessen hast.«

»Bleib noch eine Minute. Neig dein Ohr her, Stacey! Vielleicht ist's am besten, daß alles zu einem Ende kommt. Es wär' mir nicht sehr schrecklich. Es ist bloß wie ein Einschlafen. Aber ich möchte, daß du für mich betest, Stacey. Ich könnt' wetten, die meisten deiner Gebete werden erhört. Willst du darum beten, daß ich ohne allzuviel Unbehagen sterbe?« (»Du tust mir an der Hand weh, Breck!«) »Und willst du beten – Stacey, hör mich an! – daß alles, was ich falsch gemacht hab', mit der Zeit vergessen sein wird?

Daß die Kinder mich... in besserer Erinnerung haben?« (»Breck, lieber, du tust mir wirklich an der Hand weh!«) »Und, Stacey, Stacey, wirst du mich... wirst du mir eine gute Erinnerung bewahren?«

Er ließ ihre Hand los. Sie streichelte ihm den Kopf. Leise sagte sie: »Das alles ist unnötig, Breck. Selbstverständlich bete ich für dich. Selbstverständlich denke ich immer mit Liebe an dich. Geh jetzt ins Bett zurück! Der Doktor sagte, du sollst alle vier Stunden was essen, und jetzt ist's schon fast zwei Uhr. Die letzten Tage ist's dir besser gegangen, und ich möchte, daß du morgen besonders wohlauf bist, damit wir alle hier ein paar nette Stunden haben, bevor die Kinder zu dem Fest gehn.«

Ihr Herz klopfte laut. Sie zog ihm die Bettdecke herauf und küßte ihn auf die Stirn. In der Küche rührte sie langsam mit dem Löffel in dem Brei. Sie kam mit der Zinnschüssel ins Krankenzimmer zurück.

»Dank dir, Stacey«, sagte er zum erstenmal. Sie hatte eine kleine Untertasse voll Brei für sich selbst mitgebracht.

»Ißt du auch von diesem Zeug?«

»Ach, ich stehle mir oft ein wenig davon. Es ist für jeden gut.«

Sie aßen langsam und schweigend. »Bist du manchmal glücklich, Stacey?«

»Ja, oft.«

»Worüber bist du glücklich?«

»Einfach eine Ehefrau und Mutter zu sein.«

Sie fing seinen Blick auf und lachte. Sie hielt seinen Blick fest, bis er mit einem leisen Lachen erwiderte.

»Stacey, Stacey, du bist – «

Sie unterbrach ihn, indem sie ihre Hand auf die seine legte. Sie sagte: »Ach, Breck, du hast etwas, worauf du so stolz sein kannst, und du weißt es nicht.«

»Was?«

»Die Kinder.«

Sein Gesicht verdüsterte sich. Sein Blick kehrte zu der Schüssel zurück.

»Ja, die Kinder. Weißt du, daß Anne seit zwei Jahren in allen Fächern die Beste ist? Und daß Mutter Veronika sagte, Félicité ist die von Natur zum Studieren Begabteste, die sie je kannte? Ihr lateinischer Aufsatz hat in Chikago beim Vier-Staaten-Wettbewerb den ersten Preis erhalten.«

»Du bist so gescheit, Stacey. Von *dir* – «

»Weißt du, was Kinder sind, Breck? Sie sind die Fortsetzung von uns selbst. Sie führen das aus, was wir sein wollten.« Schweigen. »Du bist in ihnen wie die Maserung im Holz. Sie besitzen eine ganze Reihe bewundernswerter Eigenschaften, die nicht von meinen Inselleuten kommen. Sie kommen von deinen Vorfahren in Iowa. Manchmal muß ich glatt herauslachen, weil sie mir so fremd sind. Zum Beispiel haben wir Leute von den Inseln keine Ausdauer. Wir können uns auf nichts für länger als zwanzig Minuten konzentrieren. Ich bin manchmal gescheit, aber eben immer nur zeitweise. Aber wenn Félicité sich etwas vornimmt, können keine zehn Pferde sie abhalten. Das ist Iowa! Das sind *deine* Leute! Vor kurzem hast du gesagt, Félicité ist eingebildet. Du könntest dich gar nicht gründlicher täuschen... Aber eines gibt's, was sie nicht besitzt. Es fehlt ihr nur noch etwas zu vollem Selbstvertrauen und zur Lebensfreude, und das könnte die Liebe eines Vaters ihr geben. Ich selbst kann nichts für Félicité tun. Ich kann ihr nicht helfen. Sie braucht *dich!*«

Lansing war entgeistert. Eustacia hatte ihr Taschentuch aus dem Ärmel hervorgezogen. Eustacia weinte! Er legte den Löffel hin. Fast scheu umgriff er ihre Hand. »Oh, du irrst dich, Stacey. Du irrst dich sehr. Du bist die beste Mutter auf der Welt... Ich werde mich bessern. Ich verspreche es dir.«

Plötzlich brach Eustacia in ein Lachen aus. »Schau, was ich aus meinem Brei gemacht hab'. Das gibt man Sträflingen zu essen – Grütze und Wasser!... Und George – du hast recht. Er hat uns sehr viel Sorge und Demütigung bereitet, nicht wahr? Kein Wunder, daß du oft zornig mit ihm warst. Aber, Breck, ich erinnere mich an etwas, das du einmal gesagt hast. Du hast gesagt, ihr Freimaurer ›stellt euch hinter jeden von euch‹.«

»Das tun wir.«

»Glaubst du nicht, ein Vater sollte dasselbe bei seinem Sohn tun? Wenn ein Freimaurer einen Fehler begeht, dann gebt ihr ihm zu verstehn, daß es ein Fehler war. Aber ihr redet nicht überall davon. Ihr reitet nicht darauf herum. Ihr stellt euch geschlossen hinter ihn und laßt die Welt sehn, daß ihr Vertrauen zu ihm habt. In siebzehn Jahren hast du selten etwas Ermutigendes zu George gesagt. George ist sehr empfindlich und leicht erregbar.« Sie neigte sich vor, senkte die Stimme und sagte sehr deutlich: »Wenn du von nun an dich hinter ihn stellen würdest, würde er dich als seinen *besten Freund* lieb haben.«

Lansing hielt den Atem an.

»Und Anne! Ich kann's verstehn, daß du ihre Zuneigung nicht mehr so spürst wie früher. Weißt du, warum das so ist? Weil du sie immer noch wie eine kleine Puppe behandelst. Du siehst nicht, daß sie sehr schnell heranwächst. Sie wird einmal ein sehr intelligentes Wesen sein, und sie will schon jetzt entsprechend behandelt werden. Mein Vater machte den gleichen Fehler bei mir. Auch ich war die jüngste. Er nannte mich sein kleines Vöglein und traktierte mich die ganze Zeit mit Koselauten. Es machte mich sehr zornig, und ich wich ihm aus. Er änderte sich grade noch zur rechten Zeit – als er sah, was ich in dem Kaufladen zu leisten vermochte. Jetzt sind wir die besten Freunde. Du hast seine Briefe gelesen. Er vermißt mich, und ich vermisse ihn.«

»Stacey!«

»Du hast mich gefragt, ob ich manchmal glücklich bin. Oh, ich bin oft glücklich, weil ich einen Mann und diese drei Kinder habe. Und ich möchte, daß du auf die gleiche Weise glücklich bist.«

Lansing blickte verwirrt um sich. Er neigte den Kopf auf seine hochgezogenen Knie. »O Stacey, ich will gesund werden! Ich will gesund werden!«

Sie stand auf und küßte ihn auf die Stirn. »Es geht dir wirklich besser. Also laß mich jetzt die Lampe hinüber auf die Anrichte stellen. Ein sicheres Zeichen, daß du wirklich gesund wirst, wird es sein, wenn du nachts schlafen kannst. Versuch's, ob du nicht jetzt eine Stunde oder zwei schlafen kannst. Ich bleib' hier bei dir.«

Er schlief bis fünf Uhr, und als er erwachte, aß er seinen Vieruhrbrei und schlief dann weiter bis halb acht. Er erwachte mit neuer Zuversicht.

»War George bei den Ashleys drüben?«

»Breck, ich habe heute morgen einen Zettel auf meinem Ankleidetisch gefunden. George ist für ein paar Tage auf einen Ausflug weg.«

»Es fährt kein Zug vor acht Uhr fünfzehn.«

»Ich fürchte, er ist wieder einmal auf so einem Güterzug schwarz gefahren.«

»Wo sind die Mädchen?«

»Sie machen sich fertig, damit sie um acht Uhr fünfzehn nach Fort Barry zum Kirchgang fahren können.«

»Sag ihnen, sie sollen, bevor sie weggehn, für einen Augenblick zur Tür kommen.«

Ein paar Minuten vor acht erschienen Félicité und Anne, zwei junge Damen, zum Kirchgang gekleidet, in der Tür. Er sah sie an, als hätte er sie nie zuvor gesehen. Er wußte nicht, was er sagen sollte. Sie wußten nicht, was sie sagen sollten. Sie standen und warteten mit großen Augen. Sie ähnelten den Rehen, die er so oft getötet hatte.

Schließlich sagte er: »Also unterhaltet euch gut.«

»Ja, Papa.«

»Auf der Anrichte dort liegt ein Dollarschein. Tut ihn für mich auf den Sammelteller.«

»Ja, Papa.«

»Werdet ihr auf dem Weg zum Bahnhof Zeit haben, euch bei den Ashleys aufzuhalten?« Die Mädchen nickten. »Bittet John und Mrs. Ashley, heute nachmittag gegen halb fünf zu uns herüberzukommen.«

»Ja, Papa.«

»Ihr seid brave Mädchen. Euer Papa ist stolz auf euch.«

Auf die Zeugenaussage der Mädchen wurde vom Staatsanwalt großes Gewicht gelegt. Sie hatten die Einladung John Ashley überbracht, aber nichts von Schußwaffen erwähnt. Der Angeklagte sagte ganz ruhig aus, er habe angenommen, er sei zu der gewohnten Sonntagnachmittagsschießübung aufgefordert worden. Ob das die ursprüngliche Absicht gewesen war oder nicht, Breckenridge Lansing hatte, als er das Gewehr in der Hand seines Gastes sah, Eustacia ins Haus gesandt, sein eignes Gewehr zu holen. Die Männer warfen eine Münze, und Ashley gewann die Vorhand und gab den ersten Schuß ab. Sogar im Mai fällt die Dämmerung in dem engen Tal von Coaltown sehr schnell ein. Lansing war müde und das Licht schon recht schwach geworden, als er bei der dritten Runde getötet wurde.

Zur gleichen Stunde am nächsten Nachmittag traf Breckenridges Bruder, Fisher, der beste Rechtsanwalt im nördlichen Iowa, ein, um die Anordnungen für das Begräbnis zu treffen, und das wurde dann auch sehr eindrucksvoll. Die Vereine und Brüderschaften marschierten mit allen Insignien und Emblemen in die Baptistenkirche. Vor dieser, auf der Straße, hatte die Musikkapelle der Odd Fellows Aufstellung genommen und spielte den Trauermarsch aus *Saul*. John Ashley konnte ihn in seiner Zelle hören. Abgesandte der Generaldirektion kamen im Zylinderhut aus Pittsburgh und nahmen an der Trauerfeier teil. Zwei Bankreihen waren für die Steiger und Obersteiger aus der ›Bluebell‹ und der ›Henrietta B. MacGregor‹ reserviert. Die Lobreden hätten ein Herz von Stein erweichen können, machten aber keinen Eindruck auf Wilhelmina Thoms. Coaltown hatte noch nie solch ein Begräbnis gesehen.

Fisher Lansing hatte mehrere wichtige Prozesse in Iowa zu führen, kam aber jede zweite Woche wieder nach Coaltown, um seinen Einfluß im Fall Ashley geltend zu machen. Während der ersten Wochen des Prozesses nahm die Mehrzahl der Bürger an, es werde sich herausstellen, daß Lansings Tod ein durch einen fehlerhaften Mechanismus verursachter Unfall gewesen war. Eine tiefe Feindseligkeit gegen den Angeklagten trat erst allmählich zutage. Fisher machte Besuch bei den angesehensten Bürgern der Stadt. Allabendlich schwang er im Extrazimmer der Illinois Tavern große Reden. »Ich werde dafür sorgen, daß dieser Hurensohn kriegt, was ihm gebührt, und wenn's das Letzte ist, was ich tue… Fünfzehn Jahre lang hat er versucht, meinen Bruder aus seinem Posten hinauszudrängen, und zuletzt hat er ihn abschießen müssen, der verdammte Schweinehund… Jess Wilbraham und – wie heißt euer Doktor? – die reden noch immer von einem mechanischen Defekt. Stuß und Stumpfsinn! Bei uns in Iowa werden keine solchen Dummheiten geredet. Nein, meine Herren, bei uns nicht!«

Während der Auslosung der Geschworenen fand Eustacia auf der Schwelle ihrer Haustür den ersten einer Reihe anonymer Briefe. Sie war dankbar für sie. Sie bereiteten sie auf ihre Vernehmung im Gerichtssaal vor. Sie sagte klar, aber ohne Nachdruck aus, daß ihr Mann niemals ein Gefühl geäußert habe, John Ashley hege irgendein Übelwollen gegen ihn. (»Danke, Mrs. Lansing.«) Am Nachmittag des Unglücksfalls habe Mr. Ashley, als er sah, daß ihr Mann sich von einer Unpäßlichkeit noch kaum erholt hatte, die Schießübung verschieben wollen. Ihr Mann jedoch habe darauf bestanden, sie sollten ein paarmal um die Wette schießen. (»Danke, Mrs. Lansing.«)

Als Testamentsvollstrecker seines Bruders stapfte Fisher Lansing mit dem Blick eines Schätzmeisters durch alle Räume von ›St. Kitts‹. Die Bergwerksgeneraldirektion hatte Eustacias Anrecht, mietefrei in dem Haus zu wohnen, auf fünf Jahre verlängert. Viele von den Möbeln gehörten ihr. In dem Regentagehaus stieß Fisher auf einige technische Zeichnungen: »Das Ashley-Lansing Sicherheitsschloß«, »Der Ashley-Lansing Zündstift«, »Das Ashley-Lansing Sechseckzelt«.

»Was für Zeichnungen sind das, Stacey?«

»Sie arbeiteten miteinander an Erfindungen.«

»Taugen sie was?«

»Ich weiß es nicht, Fisher. Wenn ja, ist's zumeist John Ashleys Werk.«

»Es sind verdammt gute Zeichnungen. Breck hätte so was nicht gekonnt. – Sind einige davon patentiert?«

»Nein. Sie haben's immer wieder aufgeschoben, sie dem Patentamt einzusenden.«

»Ich werde sie mitnehmen und sie einem Freund von mir zeigen.«

»Aber, Fisher, es sind John Ashleys Erfindungen.«

»Hör mal, Schwägerin, das brauchst du mir nicht zu sagen. Breck hat nicht genug Hirn gehabt, um einen Konservenöffner zu erfinden. Diese Zeichnungen sehen sehr raffiniert aus. Ich werd' sie mitnehmen. Vielleicht sind sie ein Aktivum. – Verstehst du, was ich meine?«

»Fisher, sie gehören Mr. Ashley.«

»Stacey! Wenn wir mit John Ashley fertig sind, wird er tot sein. Verurteilte sind keine Bürger mehr. Lebendig oder tot, sie haben einfach keine Rechte.«

Fisher kam oft auf Eustacias »Aktiven« zurück. Sie waren beträchtlich. Im Lauf der Jahre hatte sie ihren Mann dazu bewogen, hier eine Liegenschaft in der Stadt, dort eine Wiese auf den Anhöhen zu kaufen. Das erforderte einen scharfen Geschäftsverstand, denn Coaltown war eine schrumpfende Gemeinde, und Eustacia wußte das. Überdies hatte sie Breckenridge dazu überredet, ein zweites Konto bei einer Bank in Fort Barry zu eröffnen, außerhalb des Bereichs der verzehrenden Neugier von Coaltown. Dieses Vorgehn, zusammen mit ihrer eleganten Garderobe, nährte die Annahme, daß sie wahrhaftig eine sehr reiche Frau sei. Nun hatte sie auch noch die Versicherungssumme und eine Pension.

»Also, Stacey, es ist genug Geld für dich und die Mädchen vorhanden, um sehr gut davon zu leben. Ein bißchen mehr aus diesen Erfindungen da würde euch nicht weh tun. Warum ziehst du nicht, so bald du kannst, aus Coaltown weg und genießt das Leben?«

»Ich gehe nicht von Coaltown weg.«

»Du willst hier bleiben? Hier? In dieser gottverlassenen Kleinstadt?«

»Ich gehe nicht von Coaltown weg, Fisher, und ich will kein weiteres Wort von dir darüber hören.«

»Wo ist George?«

»Ich weiß nicht, wo George ist. Es war immer so seine Art, manchmal für eine Woche oder zwei zu verschwinden.«

»George war immer ein bißchen verrückt, wenn du mich fragst.«

Eustacia sah ihn an – mit einem langen stetigen Blick. Ein leises Lächeln spielte um ihre Lippen.

Eustacia war bei dem Prozeß nur das eine Mal zugegen, als sie zur Zeugenaussage aufgerufen wurde. Olga Sergeievna suchte sie mehrmals in der Woche auf, um ihr vom Fortgang der Verhandlungen zu berichten. An dem Nachmittag, an dem das Urteil gesprochen wurde, erschien Olga Sergeievna mit einer Rose in der Hand in ›St. Kitts‹. Eustacia ging ihr zur Haustür entgegen. Kein Wort wurde gesprochen. Olga Sergeievna bekreuzte sich, legte die Rose auf den Tisch in der Halle und ging in die Stadt zurück. Am Morgen des Dienstags, des 22. Juni, kamen Eustacia und ihre Töchter auf den Bahnhof, um den Zug nach Fort Barry zu nehmen und dort zur Kirche zu gehn. Mr. Killigrew winkte sie in seinen Amtsraum, wo der Telegraphenapparat stand.

»Mrs. Lansing, ich weiß nicht, ob Sie schon die Neuigkeit gehört haben.« Er sagte sie ihr.

»Ist jemand verwundet worden, Mr. Killigrew?«

»Nein, Ma'am. Die Wälder werden abgesucht. Ich dachte mir, es würde Sie interessieren, es zu erfahren.«

»Ich danke Ihnen, Mr. Killigrew.«

Sie bestiegen den Zug.

Auch Eustacia erhielt Besuche von der Polizei. Sie wußte aus den anonymen Briefen, daß sie verdächtigt wurde, viele tausend Dollar für die Rettung ihres Geliebten gezahlt zu haben. Die Eindringlinge waren anfangs respektvoll, setzten ihr aber immer härter zu. Sie war ihnen gewachsen. Sie genoß diese Besuche gradezu. Sie waren ein Beweis, daß die große Sache noch lebendig war. Es stand noch mehr bevor. Es würde zu einer Enthüllung kommen. So war das Leben – ein Sichentfalten.

Sie wurde auch weiterhin täglich auf der Straße gesehen, in die tiefe Trauer gekleidet, die ihr so gut stand. Sie pflegte das Grab ihres Mannes, suchte es aber vorzugsweise zu den Stunden auf, wenn nur wenige Leute sie beobachten konnten. Sie erfuhr von Olga Sergeievna, daß Sophia Limonade auf dem Bahnhof verkaufte, und auch, daß die Pension eröffnet worden war. Sie sandte ihre Gaben durch Porky. Sie erwartete, jeden Augenblick Beata zu begegnen, bis ihr aufdämmerte, Beata habe offenbar beschlossen, nicht mehr in der Stadt zu erscheinen. Sophia begegnete sie fast täglich und begrüßte sie stets herzlich. Sie forderte sie zum Abendessen nach ›St. Kitts‹ auf. Sophia dankte ihr und sagte, sie müsse daheim bleiben, um ihrer Mutter an die Hand zu gehn. Den Gedanken an den Geschenkartikelladen und die Leihbücherei gab Eustacia auf, aber sie kaufte die Räumlichkeiten der ehemaligen Eisenwarenhandlung und richtete Miss Doubkov dort einen ›Salon für feine Damenmoden‹ ein. Miss Doubkov wurde aufgetragen, Lily Ashley als ihre Gehilfin anzustellen, aber Mrs. Ashley antwortete, daß Lily in der Pension benötigt werde.

Fast zwei Jahre nach Georges Verschwinden – im Januar 1904 – erhielt Eustacia eine Ansichtskarte von ihm. Sie war in San Franzisko aufgegeben worden und zeigte eine im Pazifischen Ozean versinkende Sonne aus Marienglas. »Liebe Mutter, war krank, bin wieder ganz gesund. Werde bald schreiben. Habe einen guten Posten. Chinesische Küche ist sehr gut und billig. Alles Liebe Dir und den Mädchen, Jordi (Leonid). P. S. Alles, was Du uns vom Meer erzählt hast, ist wahr. Es ist großartig. *Je t'embrasse mille fois.*«

Diesen Mittag kam Miss Doubkov nach ›St. Kitts‹ geeilt. Auch sie hatte eine Postkarte erhalten. Sie war auf russisch abgefaßt: »Geehrte Dame, ich war krank. Jetzt bin ich wieder ganz gesund. Ich habe hier eine russische Familie kennengelernt, und wir sprechen die Sprache die ganze Zeit – das Russisch der Arbeiterklasse. Ich danke Ihnen für alle Ihre große Güte. In aufrichtiger Ergebenheit – Leonid.« Es stand keine Absenderadresse auf der Karte. Zu Ostern erhielt Eustacia einen aus Walroßzähnen geschnitzten Rosenkranz, Félicité ein grellbuntes Plakat: »Das Ensemble Florella Thompson – Culloden Barnes beehrt sich, die Aufführung von *Die Sheriffin von Salmon Leap Falls* mit Leonid Tellier als Jack Beverly anzuzeigen.« Miss Doubkov und Anne erhielten Knöpfe aus Jade.

Endlich empfing Eustacia einen Brief. Es gehe ihm gut. Alles gehe gut. Er habe einem Theaterdirektor auf englisch, französisch und russisch vorgesprochen und sei sogleich engagiert worden. Die Stücke seien gräßlich. Sie hätten Titel wie *Der König des Opiumrings* und *Madge vom Klondike*. Er sei sehr gut in ihnen. Er habe ein Stück geschrieben, und der Direktor habe es angesetzt. Es heiße *Der Sträflingsjunge von La Guyenne*. Ein gräßliches Stück, aber die besten Szenen seien aus *Les Misérables* gestohlen. Er werde seine Adresse senden, sobald er eine ständige habe. Er bat seine Mutter, das Fenster seines Schlafzimmers immer zwei Finger breit offen zu lassen, weil er eines Nachts vielleicht zurückkommen und sie alle überraschen werde. Er sende ihnen einen ganzen Pazifik von Liebe. Der Brief war mit »Jordi (Leonid Tellier)« unterschrieben.

»PS. Bitte übermittle Mr. Ashley und allen Ashleys meine respektvollen Grüße.« Eustacia fand mehr Beunruhigendes als Erfreuliches in dem Brief, aber sie ließ sich das nicht anmerken. Wir sind so, wie die Vorsehung uns gemacht hat.

Gegen Ende November 1904 wurde Félicité auf der Straße von Joel Miller gegrüßt, Georges stellvertretendem Häuptling des edlen Stammes der Mohikaner. Die Begegnung spielte sich im Flüsterton und mit großem Heimlichtun ab.

»Filly, ich hab' einen Brief für dich. Tu so, als würden wir von ganz gewöhnlichen Dingen reden.«

»Was für einen Brief, Joel?«

»Von George. Er schreibt, ich soll ihn dir so geben, daß deine Mutter es nicht erfährt.«

»Dank dir, Joel, dank dir!«

»Sag niemandem, ich hab' ihn dir gegeben.«

»Gewiß nicht, gewiß nicht, Joel.«

Sie steckte den Brief in den Muff. Sie beschleunigte ihre Schritte durch die Schneewehen nicht. Sie ging in feierlich ernster Stimmung weiter, und das Herz war ihr schwer. Sie sah voraus, daß eine harte Prüfung vor ihr lag.

George an Félicité (San Franzisko, November 1904 bis Februar 1905):

»*Chère* Zozo, ich werde Dir von nun an eine Menge Briefe schreiben. Ich werde sie durch Joel senden. Ich habe ihm Geld geschickt, damit er ein Fach im Postamt mietet. Er kann seinen Leuten sagen, es ist für Briefe, die er seiner Markensammlung wegen bekommt. Sag *Maman* nicht, daß ich Dir schreibe. Wenn Du ihr oder Miss Doubkov oder irgend jemand sonst das sagst, was ich Dir schreiben werde, schreibe ich Dir nie wieder ein Wort. *Ich werde Dich aus meinem Gedächtnis auslöschen.*

Ich habe recht harte Zeiten hinter mir, *aber von nun an wird mit mir alles in Ordnung sein.* Ich muß einfach mit jemand sprechen, und ich muß jemand zu mir sprechen hören – und das bist Du! Ich werde Dir fast alles erzählen – Gutes, Schlechtes und noch Schlimmeres. *Maman* hat schon genug Sorgen. Das wissen wir. Sobald Du dies erhältst, setz Dich hin und schreib mir *alles.* Wie geht's *Maman?* Woran denkt sie? Beschreib genau, was Ihr an den Abenden tut. Seid Ihr manchmal auch vergnügt? Du brauchst mir nichts davon zu schreiben, daß *Père* tot ist. Das hab' ich in einer Zeitung gelesen. *Père* hat immer von seiner Lebensversicherung geredet. Wurde die schnell gezahlt? Wie geht's Mr. Ashley? Schreib mir gleich, weil die Truppe, in der ich spiele, vielleicht bald nach Sacramento oder Portland, Oregon, geht. *Je t'embrasse fort.* Leonid Tellier, Gibbs Hotel, San Franzisko. PS. Ich sage allen Leuten, ich hatte eine russische Mutter und einen französischen Vater.«

(Später):

»Das also ist mir zugestoßen. Ich fuhr von Coaltown ›Schmuggelpack‹ weg. Im Güterbahnhof außerhalb St. Louis hielt der Zug mit einem plötzlichen Ruck. Ich muß halb eingeschlafen gewesen sein, denn ich fiel herunter und verletzte mir den Kopf. Ich wurde verhaftet, aber weiter weiß ich nichts mehr, bis ich in einer Irrenanstalt aufwachte. Es war nicht so schlimm. Es gab dort Rasenflächen und Blumen. Ich sagte nicht, wer ich bin, weil ich nicht wußte, wer ich war. Eines Tags kam eine Dame, um für uns Übergeschnappte zu singen. Und sie sang das Lied, das Lily immer gesungen hat: *Home sweet home*. Plötzlich erinnerte ich mich an alles. Es war ein Priester dort, der uns besuchen kam. Ich bat ihn, mir zu helfen, von dort herauszukommen. Ich wollte meine Kleider und das Geld zurückhaben, das in den Taschen war. Eine Menge Ärzte redeten mit mir. Ich bewies ihnen, daß ich nicht verrückt war, sondern nur ein bißchen blöde. Ich sagte ihnen, ich sei ein russisches Waisenkind aus Chikago. Nach ein paar Wochen ließen sie mich frei und gaben mir mein Geld zurück. Das war im September. In St. Louis ging ich zu jedem Theater und lernte die Schauspieler kennen. Ich versuchte, als Schauspieler engagiert zu werden. Sie sagten, sie hätten keine Rollen, für die ich der Typ wäre. Um mein Geld zu sparen, verschaffte ich mir Posten als Kellner in Schanklokalen. Drei Uhr nachmittag bis drei Uhr früh (kein Lohn, bloß Trinkgelder. Und die bestanden meist aus Kupfermünzen.) Wie ich auch *Maman* schreiben werde, trinke ich nicht und rauche nicht und fluche auch nicht. In dieser Hinsicht brauchst Du Dir keine Sorgen zu machen. Ich habe eine schlimmere Schwäche. Erinnerst Du Dich, wie *Maman* davon träumte, nach San Franzisko zu fahren, um das Meer wiederzusehen? Die ganze Zeit hatte ich den Gedanken, nach San Franzisko zu gehn. Überdies sagten die Schauspieler, es sei eine sehr gute Theaterstadt. Das ist es auch. Vielleicht bekomme ich morgen einen Brief von Dir. Vielleicht werde ich nie wieder einen glücklichen Tag in meinem Leben haben, aber es ist mir gleich. Andre Menschen werden glücklich sein.«

(Während der nächsten Wochen):

»Du hast mir den großartigsten Brief geschrieben, den jemals ein Mensch bekommen hat... Ich war sehr überrascht davon, was Du mir über Mr. Ashley geschrieben hast. Ich verstehe das überhaupt nicht. Sogar ein Baby hätte begriffen, daß er's nicht getan hat. Wo, glauben die Leute, ist er? Vielleicht grade hier in San Franzisko.«

»... Ich will Dir sagen, was meine Schwäche ist. Ich gerate in Raufereien. Ich kann nicht dagegen an. So bin ich eben. Wenn ein Mann mir irgendwas Sarkastisches sagt, als wär' ich bloß Dreck, dann koche ich über. Ich beleidige ihn. Ich frage ihn: ›Habe ich Sie sagen gehört, Ihre Mutter ist eine Sau (oder Ärgeres)?‹ Und ich trete ihm auf die Zehen. Dann gibt's eine schreckliche Rauferei. Ich kann mich nicht zurückhalten. Ich gewinne dabei nie, denn wenn ich zu raufen anfange, bekomme ich einen meiner Schwindelanfälle. Die andern verdreschen mich und werfen mich auf die Straße hinaus. Ich bin dreimal im Arrest gewesen. Einmal wachte ich in einem Krankenhaus auf. Ich muß auf russisch phantasiert haben. Denn eine der Krankenschwestern kannte einige Russen, und eine russische Familie hat mich bei sich aufgenommen. Miss Doubkov hat recht. Die Russen sind das großartigste Volk auf der Welt.«

»... Daß ich Dir so lange Briefe schreibe, kommt daher, daß ich nachts nicht schlafen kann, bis ich die Sonne ins Fenster scheinen sehe. Wenn ich nachts schlafe, habe ich Albträume; fast nie tagsüber... Männer mit weißen Masken kommen durchs Schlüsselloch herein. Ich springe aus dem Fenster, und sie verfolgen mich über schneebedeckte Berge. Das ist Sibirien. Ich mache mit Kreide Kreuze an die Wände und über der Tür. Vermutlich gibt's keine Hoffnung für mich. Ich werd' mich dran gewöhnen müssen. Solange andre Menschen glücklich sind – ist's mir schnuppegal.

Ich weiß, daß ich dazu geboren wurde, ein sehr glücklicher Mensch zu sein, aber dann geschah allerlei. Manchmal bin ich so glücklich, ich könnte das ganze Weltall vor lauter Liebe in meinen Armen erdrücken. Das dauert nicht. Du und *Maman* und Anne – seid glücklich statt meiner! Man selbst zählt nicht.

Ich hasse den Direktor unsrer Truppe, Culloden Barnes, und er haßt mich. Er ist ein alter Mann, aber bis ich kam, spielte er alle jugendlichen Helden und Liebhaber, und er spielt auch jetzt noch die Hälfte von ihnen. Er färbt sich die Haare und trägt sogar auf der Straße Rouge. Er ist ein miserabler Schauspieler. Ich spreche alle meine Rollen natürlich, und das läßt ihn albern wirken, wenn er drauflosbrüllt und mit den Armen fuchtelt. Meine jugendlichen Rollen sind alle idiotisch, aber ich studiere sie in meinem Hotelzimmer, bis sie natürlich klingen. Ich liebe meine Arbeit. Florella Thompson ist seine Frau. Ich habe sie sehr gern. Sie ist eine schlechte Schauspielerin, aber sie bemüht sich. In einigen unsrer Szenen sind wir sehr gut, und das Publikum merkt es. Auch sie arbeitet gern. Sie ist nie zu müde, um mittags ins Theater zu kommen, und da proben wir. Dann lassen wir uns Corned Beef und Kohl bringen. Sie ist immer hungrig. Frauen sehe ich gern essen, Männer nicht. Sie erzählt mir eine Menge aus ihrem Leben. Nun hör zu! Einige Schauspieler, die im Hotel neben dem Zimmer der beiden wohnen, behaupten, er behandelt sie schrecklich. Wie ich immer sage: Es gibt sehr viele Verbrechen, gegen die es kein Gesetz gibt...«

»...Ich habe jetzt großen Erfolg, aber es bringt mir nicht viel ein, weil ich dann und wann Vorstellungen versäume und jemand für mich einspringen muß...«

»Letzten Samstagabend wurde ich entlassen. Du weißt warum. Er haßt mich. Ich nahm wieder einen Posten in einem Schanklokal an. Aber er kam hin und hat mich zurückgeholt. Er konnte mich nicht entbehren. Ich bin zu beliebt...«

»Nein, ich habe nicht die Absicht, mein Leben lang Schauspieler zu sein. Ich spiele nur, um Geld zu verdienen. Theaterspielen ist nichts Ernstes. Vielleicht werde ich Detektiv werden oder ein wandernder Geschichtenerzähler oder ein Gefängnissprenger. Kannst Du Dir vorstellen, daß ich Menschen kurieren kann? Als ich in dem Irrenhaus in St. Louis war, habe ich so viele Patienten kuriert, daß man ganz froh war, mich 'rauszulassen. Ich kurierte sogar ein Mädchen. Der Garten der Männer oder ihre Wiese oder, wie man's nennen will, war von dem der Frauen durch ein hohes Drahtgitter getrennt. Ein Mädchen saß jeden Vormittag neben dem Gitter unter einem Baum. Eine Wärterin sagte, das Mädchen wolle nicht sprechen, weil es sich für einen Stein halte. Ich sprach dann gewöhnlich mit leiser Stimme, ohne sie unmittelbar anzusehen. Ich sagte ihr, sie sei kein Stein, sie sei ein Baum. Drei Tage später sagte sie mir, sie sei ein Baum, und sie ließ die Finger in der Luft spielen. Ich tat, als hörte ich sie nicht. Ich sagte ihr, sie sei ein schönes Tier, vielleicht ein Reh oder eine Hindin. Und nach ein paar Tagen sagte sie mir, sie sei ein Reh, und sie ging, als wäre sie eins, auf der ganzen Wiese umher. Endlich wurde sie ein Mädchen. Die männlichen Patienten kamen oft zu mir und fragten: ›Wann gibt's für uns wieder ein Gloria Halleluja?‹ Das ist die richtige Art, Menschen zu kurieren, mit Tanzen und Singen. Aber ich habe nicht die Absicht, Heilkünstler zu werden. Es macht mir schreckliche Kopfschmerzen. Gefängnissprenger ist ein Beruf, den ich erfunden habe. Das ist einer, der in Gefängnissen und Zuchthäusern solche Verwirrung stiftet, daß alle Gefangenen herauskönnen. Ich habe mir eine ganze Menge Methoden dafür ausgedacht.

Für jeden Menschen, der genug zu essen hat, gibt es zehn (vielleicht hundert), die hungern. Für jedes Mädchen und jede Dame, die die Straße entlanggehn und denen ihre Freunde hübsche Komplimente sagen, gibt es ein Dutzend Mädchen und Frauen, die nie eine Chance im Leben gehabt haben. Für jede gute Stunde, die eine Familie abends daheim hat, muß jemand bezahlen, jemand, den sie nicht einmal kennt. Ich meine nicht bloß, daß es eine Unmenge armer Leute auf der Welt gibt. Es geht tiefer als das. Sieh Dir nur alle die Kranken und Krüppel und Häßlichen und Verdammten an. So hat Gott eben die Welt gemacht. Er kann sie jetzt nicht mehr aufhalten oder sie ändern. Manche Menschen sind verdammt, bevor sie geboren werden. Das wird Dir nicht gefallen, ich weiß es. Gott haßt die Verdammten nicht. Er braucht sie. Sie zahlen für die übrigen. Parias müssen den Boden stützen, auf dem die glücklichen Familienheime stehn. Genug davon!«

Félicité an George (Januar 1905):

»Jordi, laß mich Dich nochmals bitten, mir zu erlauben, Deine Briefe *Maman* zu zeigen. Du hast vergessen, wie *Maman* ist. Sie ist stark. Du sagst, Du willst, sie soll glücklich sein. Wie dumm Du bist, Jordi! Niemand will glücklich sein, weil er die Wahrheit nicht weiß. Je mehr *Maman* von etwas Wirklichem und Ernstem und Wahrem weiß, desto glücklicher ist sie. Ich bitte Dich, erlaube es mir...

Was meinst Du damit, ein Sündenbock und ein Paria zu sein? Gehst du zur Beichte und zur Messe? Ach, Jordi, bist Du *aufrichtig?* Was meinst Du damit, daß Du nie mehr glücklich sein kannst? Wie weißt Du das? Versuchst Du, eine interessante tragische Gestalt aus Dir zu machen? Es ist schwer, Dir zu schreiben, wenn ich nicht sicher sein kann, daß Du aufrichtig bist. Erinnerst Du Dich an die Predigten, die Du mir gehalten hast darüber, Aufrichtigkeit sei eine Gewohnheit? Du sagtest, der Grund, daß Shakespeare und Puschkin große Dichter waren, ist der, daß sie seit ihrer Knabenzeit wie Polizisten über ihre Gedanken wachten und nicht der kleinsten Unaufrichtigkeit erlaubten, sich einzuschleichen. Du sagtest oft von einem gewissen Jemand, er posiere die ganze Zeit. Erinnerst Du Dich, wie Du dieses Wort gehaßt hast? Geh in die Kirche! Christen können nicht posieren.«

George an seine Mutter (Portland, Oregon, Februar):

»Vielen Dank für Deinen Brief. Ich las in der Zeitung, was mit *Père* geschehen ist, aber das über Mr. Ashley hab' ich nicht gewußt. Wie wundervoll, daß jemand ihn rettete... Mit mir steht alles gut. Ja, mir geht's fein. Ja, ich esse gut und schlafe gut. *Chère maman*, kommt Mr. Wills, der Photograph, noch immer einmal im Monat nach Coaltown? Mehr als alles in der Welt wünsche ich mir ein Bild von Dir und den Mädchen. Und ein großes von Dir allein und eins von Miss Doubkov. Ich lege einen Fünfdollarschein in diesen Umschlag... Vorige Woche hab' ich Dir nicht geschrieben, weil es nichts Neues gab. Alles ist in Butter. Vielleicht werde ich den Shylock spielen und Richard III. Unsre Truppe hat nie Shakespearestücke aufgeführt, aber eine Shakespearetruppe ist vor zehn Jahren hier in Portland zusammengebrochen. Die Kostüme und die Dekorationen sind in einem Lagerhaus, und unser Direktor kann sie billig bekommen. Sie sind wahrscheinlich voller Löcher. Ich habe diese Rollen studiert, und ich weiß, was ich in jeder Minute tun würde.«

Eustacia an George (4. März):

»Deine Schwester und ich nähen Kostüme für Deinen Shylock und Richard. Wir haben uns alle Abbildungen angesehn, die wir finden konnten. Auch Miss Doubkov ist eine große Hilfe. Gib uns eine Idee von den Maßen und der Gesichtsfarbe Miss Thompsons... Ja, lieber Junge, Du solltest uns lachen hören... Gib mir die Gewißheit, daß Du getreulich Deine Pflichten als Christ erfüllst!«

Florella Thompson an Eustacia (Seattle, Washington, 1. Mai):

»Liebe Mrs. Lansing. Die Kostüme sind die schönsten, die ich je getragen habe. Ich bin in diesem Frühjahr etwas stärker geworden. Sie haben klugerweise diese Falten und Einschläge für Änderungen gelassen. Alles paßt mir jetzt vollkommen. Die Einnahmen waren nicht sehr gut hier im Norden, und mein lieber Mann hat die Shakespeare-Aufführungen aufschieben müssen bis zum Herbst. Ihr Sohn Leo ist ein bemerkenswert guter Schauspieler. Sie können sicher sein, daß er es weit bringen wird. Überdies ist er ein so echter Mensch. Ich kann mir vorstellen, was für ein Trost er für Sie sein muß. Mit vielem Dank, aus tiefstem Herzen, für die schönen Kostüme und dafür, daß

Sie einen so begabten und verständnisvollen Sohn haben. – Florella Thompson. PS. Ich lege eine Photographie von mir bei in einem von den Porzia-Kostümen, das ich in *Beryls Geheimnis* trage. Erkennen Sie Ihren Sohn? An meiner linken Seite das ist mein Mann.«

George an Félicité (Seattle, 4. Mai):

»Heute vor drei Jahren ist es geschehn. Wie ein andrer Schauspieler sagte: ›*Sic semper tyrannis*‹... Ich habe ein Zimmer sehr weit weg vom Theater. Es liegt oberhalb von Klippen am Meer. Wenn ich in der Nähe des Meers schlafe, habe ich keine bösen Träume. Ich wollte, ich könnte das *Maman* schreiben. Nach der Vorstellung brauche ich zu Fuß zwei Stunden bis zu meinem Zimmer. Ich singe und schreie dabei... Ich hasse Kunst. Ich hasse Malerei und Musik. Ich wollte, ich könnte *meine* Kunst und Musik malen und komponieren. Weil die Welt tausendmal schöner und gewaltiger ist, als die meisten Menschen sehen können. Was sie Kunst nennen, ist keine Bohne wert, wenn es nicht das betrifft, wovon ich singe, wenn ich auf das Meer zugehe. Ich weiß das, weil ich außerhalb bin. Ich bin ein Ausgeschlossener. Und auch Mr. Ashley weiß es – wo immer er ist.«

Eustacia an George (4. Mai):

»Ich bin soeben vom Grab Deines Vaters zurückgekommen. Uns ist es, wenn wir älter werden, gegeben, gründlicher zu verstehn und mit klarerem Blick zu lieben.

Mein lieber Jordi, ich habe seit langem bemerkt, daß Menschen, die mit den ihnen Nächststehenden nur darüber reden, was sie essen, was sie tragen, wieviel Geld sie verdienen, den Ausflug, den sie nächste Woche machen oder nicht machen werden – daß solche Menschen von zweierlei Art sind. Sie haben entweder kein Innenleben, oder ihr Innenleben ist ihnen peinlich, ist von Reue oder Furcht bedrängt. Bossuet glaubte, es gebe nicht zweierlei Menschen, sondern nur einerlei – daß weltliche Menschen sich mit äußern Dingen befassen, um den Gedanken an Tod, Krankheit und Einsamkeit und ihren Selbstvorwürfen zu entkommen.

Deine Briefe sind mir kostbar, aber ich vermisse in ihnen jede Spiegelung jenes inneren Lebens, das immer so intensiv und lebhaft und reich in Dir war. Wie Du Dich immer ereifert hast – mit Deiner ganzen Seele in den Augen und in der Stimme – über Gott und die Schöpfung und Gutsein und das Böse und Gerechtigkeit und Erbarmen und Bestimmung und Zufall! Du hast das gewiß noch gut in Erinnerung. Um elf Uhr hab' ich dann meist gerufen: ›Kinder, ihr müßt schlafengehn! Wir können diese Dinge heute abend nicht zu Ende denken.‹

Jetzt kann ich nur annehmen, daß Du eine Last trägst, die Dir die Lippen verschließt. Und ich nehme an, daß diese Last mit alledem zu tun hat, was sich im Frühling vor drei Jahren ereignete.

Dein Vater war oft ungerecht gegen Dich. Sein Vater war ungerecht gegen ihn und gegen seine Mutter. Ich halte es für sehr wahrscheinlich, daß sein

Großvater ungerecht gegen *seinen* Sohn war. Und jeder dieser Söhne gegen seinen Vater. Füge doch dieser unglückseligen Kette keine neuen Glieder hinzu! Eines Tags wirst du Söhne haben. Kein Mann kann ein guter Vater sein, bevor er nicht seinen eigenen Vater verstanden hat.

Versuch's, mein lieber Junge, und sei gerecht gegen Deinen Vater.

Gerechtigkeit beruht darauf, *alle* Tatsachen zu verstehn. Gott, der alles sieht, ist Gerechtigkeit – Gerechtigkeit und Liebe.

Wenn dieser glückliche Tag kommt, an dem ich Dich wiedersehen werde (jeden Abend vergewissere ich mich, daß das Fenster in Deinem Zimmer ein wenig offen steht), werde ich Dir vieles über Deinen Vater erzählen. Jetzt aber möchte ich Dir sagen, daß er während der letzten Wochen seines Lebens – während jener Nächte, die Du so sehr mißverstanden hast, als Du glaubtest, er wolle mir etwas zuleide tun, – sein Leben mit neuen Augen sah. Er sah seine Ungerechtigkeit gegen Dich und gegen uns alle ein. In völliger Aufrichtigkeit und tiefer Gemütsbewegung sah er einem neuen und von seinem bisherigen verschiedenen Leben entgegen.

Dann kam der tödliche Unglücksfall.

Die letzten Worte Deines Vaters – und vor allem sein letzter *Blick* – wären einem Fremden als nicht von Bedeutung erschienen. Aber sie zeigten deutlich die Veränderung, die in ihm vorging.

Du hattest Coaltown in der vorangegangenen Nacht verlassen. An diesem Sonntagnachmittag, heute vor drei Jahren, kamen Mr. und Mrs. Ashley zu uns, wie ich Dir schon geschrieben habe. Du hast wahrscheinlich vergessen, daß die Jugendgruppe der Methodistenkirche ein Fest im Gedächtnispark abhielt. Die Ashleykinder hatten Dich und Deine Schwestern als ihre Gäste dazu eingeladen. Grade bevor der Schuß, der Deinen Vater tötete, abgefeuert wurde, begannen die um das Lagerfeuer gescharten Kinder zu singen. Wir alle hoben den Kopf und horchten einen Augenblick.

Dein Vater sagte: ›John, willst du bitte deinen Kindern dafür danken, daß sie die unsern zu dem Fest eingeladen haben? Ihr Ashleys seid uns immer mächtig gute Freunde gewesen.‹

Mrs. Ashley warf mir einen schnellen Blick zu, und Mr. Ashley sah erstaunt drein. Es war nicht die Gewohnheit Deines Vaters, irgend jemands Freundschaftlichkeit anzuerkennen.

Mr. Ashley sagte: ›Na, weißt du, Breck, wenn jemand solche Kinder hat wie du, braucht er sich nicht dafür zu bedanken, daß sie eingeladen werden.‹

Während Mr. Ashley zielte – Du erinnerst Dich doch, wie ernst er das nahm und wie er sich dabei Zeit ließ, – sah Dein Vater über den Rasen zu mir her. Er hatte Tränen in den Augen, Tränen des Stolzes auf euch.

Verzeih, George, verzeih und trachte zu verstehn!

Du wirst bald den Shylock spielen. Denk an Deinen Vater, wenn Du Porzia zu Dir sagen hörst:

›Wir beten alle um Gnade,
Und dies Gebet muß uns der Gnade Taten
Auch üben lehren.‹

Dein Vater starb in dem Augenblick, als sein wahres Ich Ausdruck zu finden begann. Aber dieses wahre Ich ist von Geburt an in uns allen. Es war dieses wahre Ich in Deinem Vater, dessen ich mir während unsres langen gemeinsamen Lebens bewußt war – das ich liebte und in alle Ewigkeit lieben werde.

Wie ich Dich liebe und lieben werde.«

George an Félicité (Seattle, 10. Mai):

»Erwarte für einige Zeit keine Briefe von mir. Morgen nehme ich vielleicht ein Schiff nach Alaska. Aber Du schreib mir! Ich habe Vorsorge getroffen, daß Deine Briefe mir nachgesendet werden. Erinnerst Du Dich an das Feuerwerk an jedem 4. Juli? Also gestern ging alles hier mit Flammen und Funken in die Luft. Ich wurde 'rausgeschmissen. Ich wurde verhaftet. Ich bekam den Befehl, Seattle zu verlassen. Das einzige, warum es mir leid tut, ist Florella Thompson. Ich vermute, sie ist ziemlich unglücklich darüber. Ich geriet in eine Rauferei auf der Bühne, vor den Augen des Publikums. Die Rauferei kommt in dem Stück vor. Mr. Culloden Barnes ist im Krankenhaus, aber er ist nicht wirklich verletzt. Ich habe eines gelernt: Bei einem Kampf in einem Bühnenstück wird mir nicht schwindlig; da gewinne ich. Der Bürgermeister und seine Frau kamen oft in die Vorstellungen. Sie schätzten mich. Er sorgte dafür, daß ich morgen aus der Haft entlassen werde. Wenn ich nicht morgen das Schiff nach Alaska nehme, kann ich zwei Tage später eins nach San Franzisko nehmen. Es hat sein müssen. Ich bedaure nichts, nur, daß Florella so unglücklich ist. Ja, ich bedaure es doch, denn was ich ihm antat, hat gar nichts geändert.«

Félicité an George (18. Mai):

»Ich bitte Dich, Jordi, bei allem, was Dir teuer ist, bei *Maman*, bei allem, was Gott ›St. Kitts‹ beschieden hat, bei Shakespeare und Puschkin: Unterlaß es nicht, einmal in der Woche zu schreiben. Bedecke Deine Augen mit den Händen und stelle Dir vor, wie unglücklich ich wäre, nicht regelmäßig von Dir zu hören. Jordi, mein Bruder, ich werde *Maman* um hundert Dollar bitten und nach Kalifornien kommen. Ich werde an alle die Orte reisen, wo Du gewesen bist. Ich werde überall nach Dir suchen. Zwing mich nicht dazu, wenn es nicht notwendig ist. Ich müßte *Maman* sagen, daß ich mich sehr um Dich ängstige. Sie würde darauf bestehn, mit mir zu kommen. Schon ein einziger wöchentlicher Brief wird uns von dieser verzweifelten Suche abhalten. Du und Gott seid alles, was wir haben.«

George an seine Mutter (San Franzisko, 4., 11., 18., 25. Juni und so weiter, den Juli hindurch bis in den August):

»Alles geht gut... Ich arbeite... Ich habe ein Zimmer ziemlich weit draußen bei den sogenannten Robbenfelsen. Die Robben bellen die ganze Nacht... Ich habe mir einen neuen Anzug gekauft... Ich war zweimal im chinesischen Theater. Ich gehe mit einem chinesischen Freund hin, und er erklärt mir alles. Ich lerne Neues... Ich tue etwas sehr Interessantes, wovon ich Dir bald erzählen werde... Ja, ich schlafe sehr gut...«

George an Félicité (San Franzisko, 10. September):

»Jetzt werde ich Dir erzählen, was ich getrieben habe. Ich bin wieder Kellner geworden. Es gibt hier die Kais entlang etwa vierzig solche Lokale wie das, wo ich arbeite. Unsres ist ein fünftklassiges. In andern gibt's Vorstellungen von Tänzerinnen oder singenden Kellnern oder irischen oder jüdischen Komikern. Zu uns kommen bloß alte Seeleute und alte Bergleute, die an den Tischen einschlafen und kein Trinkgeld hinterlassen. Es gibt hier einen alten Komiker namens Lew. Er ist ein Grieche und sehr gut. Er ist auch so etwas wie ein Heiliger. Seine Gesundheit wird nur von einer Stecknadel zusammengehalten. Ich bezahlte für seine Getränke. Also wir haben miteinander eine Art von Varietényummer einstudiert. Bei einem Pfandleiher fand ich einen dieser hohen Zylinderhüte und einen schäbigen alten Überrock mit Pelzkragen. Er kommt als reicher Gast herein, und ich bediene ihn. Wir streiten schrecklich miteinander. Anfangs glaubten die Gäste (und auch der Geschäftsführer!), wir stritten im Ernst; dann waren wir schnell beliebt. Er redet griechisch, ich russisch. Bald waren fünfzig Leute im Lokal um ein Uhr, um zwei Uhr nachts, und dann immer mehr, und sie standen sogar an den Wänden entlang. Manchmal bin ich ein trauriger Kellner und erzähle ihm von meinen Schwierigkeiten, manchmal bin ich ein verträumter Kellner oder ein wütender Kellner. Wir proben vormittags in einem Lagerhaus. Wir proben furchtbar gern. Wir sind großartig. Wir sind wundervoll. Der Geschäftsführer eines andern, größern Lokals bot uns zehn Dollar für jeden Abend mit viermaligem Auftreten. Auf den Plakaten steht: LEO UND LEW, DIE GRÖSSTEN KOMIKER DER STADT. Jetzt kommen auch Leute aus der Gesellschaft. Der Grund, daß es so komisch wirkt, ist der, daß wir jede kleinste Bewegung und jede Pause einstudieren und die Leute die Worte nicht verstehn. Lew ist großartig. Jetzt weiß ich, was ich sein will. Ich will Komiker werden. (29. Oktober): Lew ist gestorben. Ich hielt ihm die Hand. Alles, was ich tue, geht mir in Stücke, aber es ist mir gleich. Ich lebe nicht. Ich lebe nicht wirklich. Und werd's nie. Es liegt mir nichts daran, solange andre Menschen leben. Lew hat mir gesagt, ich schenkte ihm drei glückliche Monate. Ich hörte, daß in Indien die Straßenfeger Kennzeichen tragen müssen. Ich bin stolz auf meins. Mach Dir keine Sorgen um mich!«

Félicité an George (10. November):

»Du hast mir viele Male geschrieben, ich soll mir keine Sorgen um Dich machen, aber es ist mir immer deutlicher geworden, daß Du *willst*, ich soll mir welche machen. Darum schreibst Du mir – Du willst, ich soll teilnehmen an etwas, das Dich tief verstört. Ich mache Dir nicht den Vorwurf, mich angelogen zu haben; ich sage bloß, Du bist so unglücklich über etwas, daß Du nicht mehr klar denken kannst. Gestern abend um zehn setzte ich mich hin und las langsam alle Deine Briefe. Dabei wurde es fast drei Uhr.

In allen diesen Briefen erwähnst Du *Père* nur fünfmal. (Seine Lebensversicherung, sein Prahlen, sein Töten von Tieren – zweimal – und seine ›schlechte Erziehung‹.) Unser Vater wurde ermordet. Das erwähnst Du nicht ein einzigesmal. Wie Du zu sagen pflegtest: ›Das ist ein sehr lautes Schweigen.‹

Jordi, Du hast eine sehr schwere Last auf dem Herzen. Ich glaube, es ist ein Selbstvorwurf – irgendeine Reue. Es ist ein Geheimnis. Du möchtest es mir sagen, aber Du sagst es nicht. Du sagst es mir schon beinahe, und dann läufst Du weg. Ich weiß, daß Du nicht zur Beichte und zur Messe gehst, denn sonst hättest Du mir geschrieben, daß Du gehst. Wenn ich die einzige Person bin, der Du dieses Geheimnis zu enthüllen gedenkst, bin ich bereit, es zu hören. Es gibt zwar viele weisere Menschen als ich, aber nur einen, der Dich so sehr liebt. Laß mich Dir fünfzig Dollar senden. Komm! Erinnerst Du Dich, wie Du manchmal wolltest, ich soll Dir aus *Macbeth* vorlesen? Du hast doch gewiß diese Verse nicht vergessen:

Die Brust entled'gen jener gift'gen Last,
Die schwer das Herz bedrückt.

Dein Unglücklichsein hat etwas mit *Père* zu tun. Auf irgendeine Weise fühlst Du Dich verantwortlich für seinen Tod. Das ist unmöglich. Als Du an dieser Gehirnerschütterung gelitten hast in St. Louis, muß sich irgendeine verworrene Einbildung bei Dir festgesetzt haben. Bitte schreib mir! Am besten, Du kommst und sagst mir alles.

Vor fast sechs Jahren bist Du von dem Neujahrsabend in der Illinois Tavern nach Hause gekommen. Du hast gewartet, bis *Maman* ihre Lampe löschte, und dann hast Du mich geweckt. Du hast mir damals erzählt, was Dr. Gillies über die Geschichte des Weltalls sagte: daß eine neue Art von Mensch geboren werden würde, die Kinder des achten Tags. Du sagtest, Du seist EIN KIND DES ACHTEN TAGS. Das hab' ich verstanden. Viele Leute in der Stadt hielten Dich für etwas ganz andres, aber *Maman* und Miss Doubkov und ich wußten es. Wir wußten, auf welchem Weg du dahin gelangt warst.

Was mir jetzt Angst macht, ist, daß Du eine Wahnvorstellung Dir vier Jahre Deines Lebens hast rauben lassen, und daß sie Dich verbogen und verkümmert hat. Du wirst zurückgleiten in den sechsten Tag oder einen noch frühern.

Jordi, glaube, was Unser Herr sagte: ›Die Wahrheit wird euch frei machen.‹

Aber Du mußt sie aussprechen.

Tu den Sprung in die Freiheit!

Ich kann mir nicht vorstellen, mit welchem Verbrechen Du Dich abquälst, aber Gott verzeiht uns alles, wenn wir unsre Schwäche eingestehn. Er sieht Milliarden von Menschen. Er kennt den Weg eines jeden einzelnen.

Du weißt, was der innigste Wunsch meines Lebens ist. Ich kann nicht verlangen, meine Gelübde abzulegen, bevor mein lieber Bruder nicht – wie die Bibel sagt – ›gesund gemacht ist‹. Komm nach Coaltown!«

George an Félicité (11. November):

»Du wirst für eine Weile nicht von mir hören. Ich glaube, ich werde bald nach China gehn und von China nach Rußland. Also sei keine Idiotin und komm nicht und versuche, mich in Kalifornien zu finden, denn ich werde nicht dort sein.«

Anfang November 1905 ging Eustacia zur Haustür, als der Postbote die Glocke läutete. Es war ein Brief von ihrem Schwager. Sie öffnete ihn nicht sogleich; alles, was Fisher Lansing betraf, war ihr zuwider. Eine Stunde später hörte Félicité, die den obern Flur fegte, ihre Mutter einen Ausruf der Bestürzung tun. Sie eilte die Treppe hinunter.

»*Maman! Qu'est-ce que tu as?*«

Ihre Mutter sah sie mit einer flehenden Miene an und wies auf einen Brief und einen Scheck, die von ihrem Schoß zu Boden geglitten waren. Félicité hob beide auf und las sie. Fisher hatte eine der Ashley-Lansing-Erfindungen einem Sachverständigen vorgelegt. Er hatte sie patentieren lassen. Einer Uhrenfabrik war eine Lizenz für die Herstellung und Verwendung gegeben worden. Er lege einen Scheck über zweitausend Dollar bei – als Anzahlung; Tantiemen würden folgen. Was die andern Erfindungen betreffe, so gehe er langsam vor. Er wahre Eustacias Interessen, dessen könne sie sicher sein. »Es steckt vielleicht eine Menge Geld in diesen Sachen, Stacey. Fang an, an Dein Automobil zu denken!«

Sie tauschten einen langen Blick. Félicité reichte den Scheck ihrer Mutter, die den Kopf wegwandte. »Behalt ihn, versteck ihn, ich will ihn nicht sehn!«

Nach dem Abendessen ging Anne hinauf, um ihre Aufgaben für die Schule zu machen. Um acht käme sie zu der allabendlichen Vorlesung herunter. Félicité hatte ihre Mutter nie so ruhelos gesehen – nicht während der Krankheit ihres Vaters und auch nicht, wenn sie einen Brief von George erhalten hatte. Eustacia schritt hin und her.

»*Maman!*«

»Es gehört nicht mir. Es gehört nicht uns.«

»*Maman*, wir werden uns ausdenken, auf welche Weise wir's ihnen geben.«

»Beata Ashley würde es nie nehmen – nie, nie.«

Anne erschien.

»Holt eure Mäntel und Hüte! Wir wollen einen Spaziergang machen.«

Die Lichter erloschen in den Häusern. In der Luft lag eine frühe Ankündigung des Winters. Von Zeit zu Zeit schlossen sich Eustacias Finger eng um Félicités Handgelenk. Einen Augenblick blieb sie in tiefem Nachdenken vor Dr. Gillies' Haus stehn, dann ging sie langsam weiter. Sie kamen zu ›The Elms‹. Das Schild schimmerte schwach im Sternenlicht. Eustacia stand eine ganze Weile still, die Hand auf dem geöffneten Gartentor.

Félicité flüsterte: »Ich komme mit dir hinein.«

Anne sagte: »Tun wir's doch, *maman!*«

Ihre Mutter wandte sich mit gequälter Miene, aber trockenen Augen einer jeden von ihnen zu. »Aber wie – wie?« sagte sie mit rauher Stimme.

Eustacia stieß das Gartentor auf. Sie stiegen leise die Stufen hinauf. Sie gingen die Veranda entlang und blickten lange in das Wohnzimmer. Beata las vor. Constance flickte Leintücher. Sophia lag auf dem Boden und addierte Kolonnen in ihren Haushaltbüchern. Ein alter Mann saß schlafend an der Wand. Zwei andre spielten Dame. Eine alte Frau wiegte eine Katze auf dem Schoß. Jäh ergriff Eustacia ihre Töchter am Ellbogen und zog sie mit sich auf die Straße hinaus. Schweigend gingen sie nach ›St. Kitts‹ zurück.

VI

COALTOWN, ILLINOIS

Weihnachten 1905

Dies ist ein Stück Geschichte.

Aber Geschichte ist ein Ganzes. Sie begann mit der Erschaffung des Menschen und wird erst zu Ende sein, wenn das letzte menschliche Bewußtsein erloschen ist. Alle andern Anfänge und Enden sind willkürliche Konventionen – Notbehelfe, die sich für selbstgenügsame Ganzheiten ausgeben und geringfügigen Trost oder geringfügige Verzweiflung verbreiten. Die plumpe Schere des Historikers schneidet ein paar Gestalten und einen kurzen Zeitraum aus diesem riesigen Bildteppich heraus. Über und unter dem Ausschnitt und rechts und links von ihm protestieren die durchgeschnittenen Fäden gegen diese Ungerechtigkeit, gegen diesen Betrug.

Nur dem Anschein nach ist die Zeit ein Fluß. Sie ist eher eine grenzenlose Landschaft, und was sich bewegt, ist das Auge des Betrachters.

Sieh nach allen Richtungen umher – erhebe dich höher und höher – und du gewahrst Berge hinter Bergen; und Ebenen und Flüsse.

Unser Stück Geschichte gab vor, einen Anfang zu haben: »*Im Frühsommer 1902 stand John Barrington Ashley aus Coaltown, einem Bergwerksstädtchen im südlichen Illinois, wegen Mordes an Breckenridge Lansing, auch aus Coaltown, vor Gericht.*« Der Leser hat längst bemerkt, wie irreführend – als der Anfang von irgend etwas betrachtet – diese Worte waren.

Berge hinter Bergen: *dort* eine psychisch labile Familie vom Ufer der Loire; *da* ein Massaker in Westindien; *hier* eine religiöse Sekte in Kentucky, die westwärts wandert...

Siehst du bei einem Schiffbruch vor der Küste von Costa Rica einen Mann ertrinken? Einen großen russischen Schauspieler in einem Getümmel getötet werden, in dem niemand viel darauf achtete, wer dabei umkam? Ein Leichenbegängnis 1930 in Washington, mit Militärkapellen und Staatsmännern in Zylinderhüten? Und hinter der Witwe und den Kindern kannst du da zwei Frauen mittleren Alters sehen – eine große Opernsängerin und eine querulantische Sozialreformerin? (Aber Leichenbegängnisse sind nur dem Anschein nach das Ende von etwas.) Siehst du zwei alte Damen, die sich in Los Angeles, im Copper Kettle, zum Mittagessen setzen und sich das Menü zu fünfundsechzig Cent schmekken lassen? (»Bestell dir das Kalbsschnitzel, Beata. Du erinnerst dich doch, du warst so zufrieden damit.« »Also laß mich in Ruhe wählen, Eustacia!«) Und die Kinder, die unzähligen Kinder...?

Geschichte ist ein einziger riesiger Bildteppich. Kein Auge kann sich unterfangen, auch nur eine Handbreit davon zu umfassen. Einst lebte eine Million Menschen in Babylon.

Dann blick wieder auf ein Fehlurteil in einem unbedeutenden Fall in einer Kleinstadt des Mittelwestens!

Der dreiundzwanzigste Dezember.

Der Zug hatte Verspätung. Es dunkelte schon. Zwischen den Talwänden von Coaltown fielen die Schneeflocken sacht durch die windstille Luft.

Eine große Menschenmenge hatte sich auf dem Bahnhof versammelt. Manche waren gekommen, um Verwandte abzuholen. Manche waren da, weil es ihre Gewohnheit war, jeden Spätnachmittag des Jahrs sich hier einzufinden. Der größere Teil war anwesend, weil ein Gerücht wissen wollte, Lily und Roger Ashley würden zurückkommen, um die Feiertage bei ihrer Mutter und den Schwestern zu verbringen. Es gab nicht wenige stupsende Ellbogen und ausgestreckte Zeigefinger. Constance und Sophia standen ganz hinten auf dem Bahnsteig. Aufregende und einander widersprechende Gerüchte waren seit Monaten in Umlauf gewesen. Einige von ihnen besagten, Lily Ashley sei mit einem Handelsvertreter durchgebrannt und in der großen Stadt sitzengelassen worden (aber die Leute glauben einfach alles!), und sie tanze und singe nun – mit kurzem Röckchen – in sehr minderen Lokalen. Einige behaupteten, Roger verkehre mit Preisboxern und Rennsportlern und Italienern, Griechen und solcherlei Leuten; er lasse sich in Schlägereien in Schankstuben ein und schreibe in den Zeitungen Artikel über Dinge, an die anständige Menschen nicht einmal denken. Und wieder andre sagten, daß Lily – erst als Mrs. Temple und später als Miss Scolastica Ashley – bei Hochzeiten und Begräbnissen der vornehmsten Chikagoer Gesellschaft singe und daß Roger Ehrungen und Auszeichnungen von bedeutenden Persönlichkeiten und Organisationen erhalten habe. Roger war nicht umsonst ein Zeitungsmann; Gerüchte zu manipulieren, war ihm nichts Fremdes. Er hatte Ausschnitte an Miss Doubkov und Dr. Gillies gesandt – beide waren rührige Anwälte; sie hatten auch Bürstenabzüge seines kommenden Buchs erhalten. Er war sich seiner als Oberhaupt der Familie und Verteidiger ihrer beschädigten Ehre sehr bewußt. Unter solchen Umständen bringt man sogar seine Bescheidenheit zum Opfer. Die lebhaftesten Gerüchte sind die einander widersprechenden. Die bedauernswerten Bürger von Coaltown wußten nicht mehr, was sie glauben und wen sie verurteilen sollten.

Roger war wie ein wohlhabender Mann gekleidet. Lily hatte ihn einkaufen geführt. Sein Stehkragen rieb ihm fast das Kinn wund; sein Winterrock war eindrucksvoll, seine Reisetasche neu; seine Schuhe glänzten. Er trug eine Anzahl bunt eingewickelter Pakete. Als er aus dem Zug stieg, hatte sein Gesicht einen strengen Ausdruck. Er bemühte sich, eine Beklemmung in seiner Kehle und ein ungewohnt starkes Herzklopfen zu bemeistern. Er war noch nicht bereit, ›The Elms‹ zu betreten.

Coaltown!

Er blickte in dem Gedränge umher. Seine Schwestern erkannten ihn zuerst nicht. Porky konnte er nirgends erblicken, weil der unter den Bäumen außerhalb des Bahnsteigs stand. Er bezwang seine Beklemmung und begann sogleich, die beabsichtigte Vorstellung zu geben. Er ging entschlossen auf den Stationsvorsteher zu, stellte seine Pakete auf den Boden und streckte ihm die Hand entgegen.

»Wie geht's Ihnen, Mr. Killigrew? Ich freue mich, Sie wiederzusehn.«

»Nein, das ist ja Roger! Freut mich riesig, dich zu sehn! Willkommen daheim! Deine Schwestern sind hier – hab' sie vor kaum einer Minute gesehn.«

Ketten hinter Ketten von Bergen – und Ebenen und Flüsse ...

Vor dreieinhalb Jahren hatte sein Vater – in Handschellen – Erlaubnis von seinen Wächtern erhalten, mit Mr. Killigrew zu sprechen. »Horace, wollen Sie dafür sorgen, daß mein Sohn diese Uhr erhält?« »Ja, Mr. Ashley, das will ich gewiß tun.« Vier Wochen später stellte Sophia hier ihren Tisch auf und verkaufte Limonade zu drei Cent das Glas. Hier hatte Mrs. Gillies stumm den Kopf geneigt, als ihr Mann mit dem Sarg des Sohns zurückkam, der bei einem Schlittenunfall in Massachusetts tödlich verunglückt war. Hier war das junge Ehepaar Ashley dem Zug entstiegen und hatte, ganz glückliche Erwartung, umhergeblickt. Bahnsteige! Von diesem hier wird eines Tags Olga Sergeievna Coaltown für immer verlassen, hocherhobenen Haupts, stattlich für die Rückkehr in ihr Vaterland gekleidet; Beata wird hier zum erstenmal in achtundzwanzig Jahren einen Zug besteigen, um einen kurzen Urlaub bei ihrem Sohn und ihren Enkelkindern in New York zu verbringen. Derselbe Bahnsteig wird um ein paar hundert Schritte verfehlen, Zeuge der Abreise George Lansings zu sein, der seiner verblüffenden Laufbahn achttausend Kilometer weit entgegenfährt (einer verstohlenen Abreise; er sprang von einem Kohlenhaufen im Rangierbahnhof auf den fahrenden Zug auf). Von hier fuhren dann junge Männer in den Ersten Weltkrieg, und hierher kamen sie aus ihm zurück. Vor dem Zweiten Weltkrieg wurden eine neue Landstraße und ein neuer Schienenweg achtzehn Kilometer weiter westlich von Coaltown gebaut. Das Bahnhofsgebäude verfiel langsam. Verfallen ist schon eine Art von Verbrennen, und schließlich ging es in einer frostigen Novembernacht in Flammen auf. Es wurde zu Asche, wie alles im Lauf der Geschichte zu Asche wird.

Roger blickte umher. Er sah Mrs. Lansing auf sich zukommen. »Roger! Mein lieber Roger!« rief sie und küßte ihn, wie sie ihn jedes Jahr hunderte Male während seiner Kindheit geküßt hatte. Ein Bericht über diese unpassende Begrüßung wurde tagelang von Haus zu Haus weitergegeben. Roger reichte den beiden Lansingmädchen die Hand. »Fröhliche Weihnachten euch allen«, sagte Eustacia. »Ich hoffe, du wirst uns besuchen kommen, während du hier bist.«

»Das werd' ich, Mrs. Lansing. Ich werde Sie morgen abend aufsuchen.«

Bevor er sich wegwandte, tauschte er einen Blick des Einverständnisses und der Mitwisserschaft mit Félicité. Der Blick sagte: »Morgen vormittag um halb elf in Miss Doubkovs Werkstatt.«

Schüchtern näherten sich Sophia und Constance.

Mehrere Honoratioren aber waren herbeigekommen und schüttelten ihm die Hand. »Na, Roger, wie geht's Ihnen? Sie sehen ja glänzend aus, wahrhaftig.«

»Das ist ja Roger! Willkommen daheim! Wie ist's Ihnen ergangen?« Einige von ihnen hatten sich schuftig benommen bei dem Prozeß, aber egal! Es gab eine Menge solcher auf der Welt. Kein Anlaß, sich zu erhitzen.

Er schüttelte ihnen die Hand und blickte in ihre verlegenen Gesichter. Seine Augen suchten nach seinen Schwestern; vielleicht war sogar seine Mutter hier.

»Roger!« sagte Sophia leise.

Wie die beiden gewachsen waren! Zum erstenmal in seinem Leben küßte er sie. »Sophia! Connie! Mein Gott, was für schöne Mädchen ihr geworden seid!«

»Sind wir?« fragte Constance eifrig. »Einige der Pensionsgäste sagen das auch.«

»Ist Mama hier?«

»Nein«, antwortete Constance. »Sie ist daheim. Sie kommt nie auf die Straße heraus und ich fast nie.« Sie fanden nichts weiter zu sagen, bis Constance plötzlich ausrief: »Du siehst genauso aus wie Papa! Sophia, sieht er nicht genau wie Papa aus?« Sie warf ihm die Arme um den Hals in der Ekstase, alle beide zu umarmen.

Der frühere Bürgermeister, Mr. Wilkins (auch ein Schuft), trat auf Roger zu und schüttelte ihm die Hand. »Freut mich, Sie zu sehen, Roger. Willkommen daheim!«

»Danke sehr, Mr. Wilkins.«

Er flüsterte Sophia zu: »Wo hast du die Limonade und die Bücher verkauft?«

Sie wies lächelnd hin.

»Du bist großartig, Sophia. Mehr kann ich nicht sagen ... Wo ist Porky?«

»Hier bin ich.«

Sie drückten einander die Hand. »Porky, ich möchte ausführlich mit dir sprechen. Nach dem Abendessen werd' ich eine Aussprache mit meiner Mutter haben, und dann will ich mit Sophia einen Spaziergang machen. Gehst du heute abend ins Haus deines Großvaters hinauf?«

»Nein, ich werde in meiner Werkstatt arbeiten.«

Nur ein Teil der Menge war nach Hause gegangen. Eine Anzahl von Leuten stand, nun regungslos und schweigend, umher und starrte die Ashleys an – »als wären wir zweiköpfige Hühner«, dachte Constance. Roger brachte sie leicht zum Auseinandergehn: »Guten Abend, Mrs. Folsom. Wie geht's Bert und Della? ... Guten Abend, Mrs. Stubbs! ... Hallo, Frank!«

Sie kamen ans obere Ende der Hauptstraße. Roger konnte ein Licht in der Ecke, im Eßzimmer, sehen. Aber er war noch immer nicht bereit, ›The Elms‹ zu betreten. »Porky, willst du so gut sein, diese Sachen zu nehmen und sie neben die Haustür zu legen? Ich werde gegen ein Viertel vor neun bei dir sein. – Kommt, Mädels, gehn wir ein Stück die Straße entlang!«

Vor dem Postamt sagte Constance: »Die haben Papas Bild von der Wand genommen.«

»Ich hab' eins. Ein Freund von mir hat's aus einem Polizeirevier in Chikago geklaut. Ich hab' das Bild ausgeschnitten und in einen Rahmen getan, als Weihnachtsgeschenk für Mama.«

»O Roger! Da können wir jetzt eins ganz für uns im Haus haben!«

Während der letzten Wochen hatte es in Chikago geschneit; Regen, Graupeln und Schneeflocken waren vom See her wütend durch die Stadt getrieben worden. Dies war der erste echte Schneefall, den er dieses Jahr gesehen hatte. Der Schneefall seiner Kindheit. Er erinnerte sich, daß Beatrice, eine der Töchter des Maestro, einmal ihrem Vater eine Frage gestellt hatte, die ihm selbst oft aufgestiegen war: »*Papà Benè* (für Benedetto), warum ist der erste Schnee im Winter immer so schön? ... Wie Musik.«

»So? Tja, *Bice*, hör deinem Vater zu! Die ersten Monate unsres Lebens sind wir in Weiß gehüllt, wir werden in Weiß gewiegt und eingeschläfert. Später wird uns gesagt, der Himmel – diese Erinnerung an die Kindheit – ist weiß. Wir werden hochgehoben und umhergetragen; wir schweben. Darum wird uns gesagt, die Engel fliegen. Der erste Schnee erinnert uns immer an die einzige Zeit in unserm Leben, in der wir ohne Furcht waren. Ein Friedhof im Regen ist der traurigste Anblick auf der Welt, weil der Regen uns an Tränen erinnert. Aber ein Friedhof unterm Schnee hat etwas Einladendes. Wir erinnern uns jener Welt. Im Winter liegen die Toten in der Wiege.«

»Sì, Papà. Grazie, Papà Benè.«

Sie waren schon an der Tavern und Mr. Bostwicks Lebensmittelladen vorbei. »Hier ist Miss Doubkovs Modesalon. Er gehört Mrs. Lansing, und Félicité arbeitet manchmal hier. Und da ist Porkys Werkstatt. Schau, er vergrößert sie! Und das war Mrs. Cavanaughs Haus – die nach Goshen gebracht wurde.«

Bevor sie ›St. Kitts‹ erreichten, kehrte Roger um. »Ich glaube, Mama wartet sicherlich sehr auf uns«, sagte er.

Constance war nun schon eine junge Dame von fast dreizehn Jahren und hochgewachsen für ihr Alter, aber in der Gemütserregung über ihres Bruders (und Vaters) Rückkehr zeigte sie – auf diesem kurzen Spaziergang, für ein paar Minuten – eine überraschende Rückentwicklung. Sie zupfte immer wieder Roger am Ärmel, an der Manteltasche, am Ellbogen. Ihm wurde klar, sie wünschte aufgehoben und auf der Schulter getragen zu werden, wie ihr Vater sie jeden Abend, sobald er von der Arbeit zurück war, getragen hatte.

Roger blieb stehn und blickte mit einem Lächeln auf sie hinunter. »Aber, Connie, du bist schon zu groß, um noch auf die Schulter gehoben zu werden.«

Ein Ausdruck der Verwirrung lief über ihr Gesicht. »Dann laß mich deine Hand halten!«

Berge hinter Bergen . . .

Während ihres ganzen Lebens sagten ihre Freunde wie ihre Feinde: »Sie hat etwas Kleinmädchenhaftes, diese Constance Ashley-Nishimura«

oder »Eine Seite von Constances Charakter ist wirklich nie erwachsen geworden; die ist ein bißchen albern geblieben.« Bei allen ihren Werbefeldzügen verließ sie sich auf ältere Männer, als wären die ihr Vater oder ein Bruder von ihr, und sie besaß einen unfehlbaren Instinkt dafür, sie sich zu wählen – zwei Vizekönige von Indien, den letzten Khedive, mehrere Präsidenten und Ministerpräsidenten (»Regeln für Hausherren«, »Wahlrecht für Frauen«, »Rechte der Ehefrau«, »Überwachung der Prostitution« – sie befürwortete eine Art von Gewerkschaft, »Augenkliniken für Kinder« – sie war eine Bahnbrecherin für vorbeugende Gesundheitspflege), Millionäre (all das viele Geld, das sie sammelte, und dabei wußte sie selbst oft nicht, woher sie ihre Hotelrechnung bezahlen sollte). Dieses Kleinmädchenhafte an ihr war es, was ihr über schwierige Zeiten hinweghalf – die Brutalität der Polizei, die Beschimpfungen und Unflätigkeiten, mit denen man sie überhäufte. Sie besaß die Furchtlosigkeit eines kleinen Mädchens, nicht die einer reifen Frau. Diese ganze Unumwundenheit, dieses ganze Selbstvertrauen waren Geschenke ihres Vaters und ihres Bruders. Die schönsten – und oft verderbenbringendsten – Geschenke sind diejenigen, deren sich der Schenkende nicht bewußt ist; sie werden im Lauf der Jahre bei unzähligen Gelegenheiten im täglichen Leben übermittelt – in einem Blick, einem Innehalten, einem Scherz, einem Schweigen, einem Lächeln, in Ausdrücken der Bewunderung oder Mißbilligung. Constance fand andre Väter und andre Brüder. Ihnen ging oft die Geduld aus, manchmal gerieten sie in Wut; aber sie ließen sie selten im Stich…

Endlich näherten sie sich dem Haus. Roger blickte lange auf das Schild: THE ELMS – ZIMMER MIT VERPFLEGUNG. Er erinnerte sich der Briefe Sophias während seines ersten Jahrs in Chikago, des Tags, an dem die Steuern gezahlt wurden. Er drückte Sophias Ellbogen an sich.

Sie betraten das Haus.

»Mama! Roger ist hier!«

Beata kam aus der Küche in die Eingangshalle. Sie sah ihn an – einen Fremden! Sie erinnerte sich plötzlich, daß sie eine Schürze umhatte – was nicht ihre Absicht gewesen war – und begann eilig und verwirrt, sie loszubinden. Rogers Hemmungen, sein fast körperliches Unbehagen, seine Befürchtungen – alles fiel von ihm ab. Er schien größer zu werden. Es war nichts von

Gebrechlichkeit an Beata Ashley, aber in seinen Augen war sie zum erstenmal verwundbar und abhängig, bedurfte seiner. Solange sein Vater in Coaltown gewesen war, hatte sie ihm keine Gelegenheit geboten, ihr nützlich zu sein. Sie trug – wie stets im Winter – ein dunkelblaues Wollkleid, ein kunstlos geschneidertes und wenig anmutiges; aber es gab keinen Zweifel für ihn, daß sie die schönste Frau der Welt war. Er ging auf sie zu, umarmte und küßte sie – und die zwei Zentimeter, um die er sie überragte, schienen ihm dabei vierzig zu sein. Er war dazu da, sie zu verteidigen und ihr beizustehn. Er war erwachsen geworden.

»Willkommen daheim, Roger.«

»Du siehst gut aus, Mama.«

»Mama«, sagte Constance, »auf dem Bahnhof hat Mrs. Lansing Roger einen Kuß gegeben. Die ganze Stadt war dort.«

»Dein altes Zimmer ist für dich bereit«, sagte Beata.

»Laß mich erst mich umsehn!«

Das Wohnzimmer mit den Möbeln, die Sophia eins nach dem andern zusammengebracht hatte, alle ein wenig abgenutzt und verkratzt, aber blankgeputzt; das Eßzimmer mit dem langen Tisch und den zwei Anrichten, die – von Essig-und-Öl-Ständern und Zuckerstreuern und Terrinen starrend – sehr nach ›Pension‹ aussahen. Sophia zündete eine Laterne an, und sie besichtigten das Hühnerhaus mit dem Brutofen, die zwei Kühe, den kleinen Verschlag, den Porky für die Enten gezimmert hatte. Sie suchten das Regentagehaus auf und betrachteten die Kerben, mit denen der Vater alljährlich vermerkt hatte, wieviel sie gewachsen waren: Lily, 1886 zwei Jahre alt, bis 1902, ihrem achtzehnten Jahr; Roger, 1886 ein Jahr alt, bis 1902, seinem siebzehnten; und so weiter. Sie gingen zu den Eichen, die ihr Vater 1888 gepflanzt hatte, und betrachteten sie mit scheuer Verwunderung. Alle Ashleys bis auf eine interessierten sich für Wachstum und Fortschritt und Planung.

Beata hatte, wie so oft, Porky gedrängt, mit ihnen zu Abend zu essen. Er hatte sich nicht ein einziges Mal in den vordern Zimmern zur Familie gesetzt. Es war seine Gewohnheit, in der Küche zu essen. Heute abend war er gar nicht im Haus. Das Gespräch bei Tisch vermied alle ernsteren Themen. Alle schienen sie auf die unvermeidliche Aussprache zu warten, die Roger mit seiner Mutter – nur sie und er – später im Wohnzimmer hätten, über jenes nie Erwähnte: die Zukunft. Würden die Mädchen je ihre Schulbildung fortsetzen? Würde ihre Mutter je wieder das Gartentor von ›The Elms‹ durchschreiten? Würden sie je wieder Freunde und Freundinnen haben? Roger zeigte ein paar neue Aufnahmen von Lily und ihrem wundervollen Baby. Er sagte, wie leid es ihr tue, nicht hier bei ihnen sein zu können. Sie reise am achtundzwanzigsten nach New York, nachdem sie in vier Aufführungen des *Messias* gesungen hätte, zweimal in Chikago und zweimal in Milwaukee. Er erzählte von seiner eignen Tätigkeit. Nur Constances Fragen verhinderten, daß das Gespräch versandete. Sophia sprach kein Wort. Als sie alle von Tisch aufstanden, wandten sich die Mädchen der Küche zu.

Roger fragte: »Mama, kann das Geschirr eine halbe Stunde warten?«

»Ja, gewiß. Was willst du denn?«

»Nachher komm' ich zu dir ins Wohnzimmer, aber jetzt möchte ich mit Sophia einen kleinen Spaziergang machen, bevor es spät und zu kalt wird. Mit dir, Connie, werd' ich morgen abend einen Spaziergang machen. Die Ältere zuerst!«

»Ja, selbstverständlich, Roger. Sophia, zieh dich warm genug an!«

Die beiden gingen Hand in Hand, was bei den Ashleys nicht üblich war. Sie vermieden die Hauptstraße und folgten dem alten Schleppweg am Fluß. Der Kangaheela strömte lautlos unter dem dicker werdenden Eis an ihnen vorbei.

»Sophia, ich hab' dir etwas zu sagen. Ich wollte damit bis zum Weihnachtsmorgen warten, aber nun möchte ich es dir gleich jetzt sagen. Du und Porky, ihr kommt zu Ostern mich in Chikago besuchen. Ich werde Porky in eine Werkstatt führen, wo man ihm eine Stütze für seinen Knöchel anpassen wird, aber mit dir hab' ich etwas noch Interessanteres vor. Ich kenne eine Dame, die eine Schule für Krankenpflegerinnen leitet. Ihr gefiel der Artikel, den ich über dich in der Zeitung schrieb. Sie forderte mich zu einer Unterredung auf, und ich erzählte ihr alles über dich. Ich zeigte ihr einige Stellen in deinen Briefen, an denen du davon schreibst, worin Mama dich und Connie daheim unterrichtet hat. Sie sagte, sie wird dich für das Semester einschreiben, in dem du siebzehneinhalb sein wirst – das ist ein Jahr und drei Wochen von heute. Sie hat mir ein paar Bücher mitgegeben, in denen du dann und wann studieren kannst, um dich vorzubereiten.«

Sophia schwieg.

»Gefällt dir die Idee nicht?«

»Roger...«

»Was?«

»Ich könnt' nicht hingehn.«

»Warum nicht?«

»Die... der Pension wegen.«

»Du hast sie angefangen. Das ist die größte Leistung, die eine Vierzehnjährige je fertiggebracht hat. Aber du hast mir geschrieben, daß sie jetzt sehr gut geht. Mama und Mrs. Swenson können sie jetzt führen, und sie können noch eine Hilfe aufnehmen, sobald du und Connie im Herbst wieder in die Schule gehn werdet.«

Sophia schwieg und hob den Blick nicht.

»Du meinst wegen des ganzen Einkaufens und so weiter? Und weil du die Rechnungsbücher führen mußt? – Also weißt du, was einer der Gründe war, warum ich nach Coaltown gekommen bin? Um Mama zu überreden, wieder auszugehn. Du kannst ihr zeigen, wie du alles gemacht hast. Mama ist klug und eine sehr gute Wirtschafterin. – Außerdem möchte ich dir noch etwas sagen. Die Pension wird nur noch ein Jahr lang zu führen sein. Lily und ich werden genug Geld verdienen, daß du und Mama nicht mehr zu arbeiten brauchen. Also hör jetzt, Sophia, was ich dir sage! Du wirst in Miss Whites Pflegerinnenschule im Januar 1906 eintreten, oder ich will ein Chinese sein. Und die Pension wird wahrscheinlich sechs Monate später ihre Pforten schließen.«

Sophia murmelte: »Aber die Hühner und die Enten und – «

»Ich werd' Porky nach einem Burschen fragen, dem du vertrauen kannst. Ich werd' ihn dafür bezahlen, daß er für die Hühner und alles sorgt.«

Dann sprach er zu ihr von der »großen Idee«. Nach Lily sei sie die erste, der er seine Überzeugung mitteile, daß der Vater, wo immer er sein mochte, etwas über Scolastica Ashley oder Berwyn Ashley lesen oder hören werde. Sie würden einen Brief erhalten, einen in doppelsinnigen Ausdrücken abgefaßten, die nur sie zu deuten wüßten. In dem Brief würde es etwa heißen: »Bitte schreibt mir über meine liebe Freundin, die für alle kranken Tiere sorgt.« Oder: »Wenn Ihr jemand kennt mit einem Namen, der auf griechisch Weisheit bedeutet, dann grüßt ihn herzlich von mir.« Er würde eine Adresse angeben, an die sie ihm schreiben könnten. Sie würden alle zu einem Photographen gehn und die Bilder Papa schicken.

Roger bemerkte, daß sie ihm kaum zuhörte. Er konnte nicht wissen, daß in Sophia die Fähigkeit zu hoffen – wie eine Uhr, die sich in stetem Dienst ausgewerkelt hat – zusammengebrochen war. Sie war nicht mehr fähig zu glauben, daß es mit der Pension jemals ein Ende haben könnte, daß sie ihren Vater jemals wiedersehen, jemals Kranke pflegen oder jemandem, den sie wirklich liebhatte, tagtäglich nahe sein werde.

Schon bald auf dem Spaziergang hatte Sophia ihm ihre Hand entzogen. Er merkte nun, daß sie am ganzen Körper zitterte.

»Roger«, flüsterte sie.

»Ja, Sophia?«

»Ich glaube... ich sollte ins Haus zurück.«

»Bist du müde?«

»Nur ein bißchen.«

Plötzlich erinnerte er sich, daß sie vor sechs Monaten krank gewesen – zwei Wochen auf der Bell Farm gewesen war und Dr. Gillies verboten hatte, daß sie außer Porky Besuche empfange. Er machte sich Vorwürfe, den Bericht darüber nicht genug beachtet zu haben. Junge Menschen neigen zu der Annahme, daß junge Menschen immer gesund sind – höchstens manchmal eine Erkältung, einen verstauchten Knöchel haben. Eine unbestimmte Angst erwachte nun in ihm.

»Ißt du genug, Sophia?«

»Ja.«

»Und schläfst du gut?«

»O ja... Aber ich werde mehr essen... und besser schlafen... jetzt, wo du da bist... in deinem Zimmer.«

»Wir wollen durch die Hintertür hineingehn. In der Küche ist's am wärmsten.«

Seine Angst wurde noch gesteigert durch die Erinnerung an etwas, das ihm vor ein paar Wochen der Maestro gesagt hatte.

Von den sechs begabten Kindern des Maestro waren alle, außer seiner Lieblingstochter Bice, anspruchsvoll und geltungssüchtig. Sie half ihrer Mutter, den Haushalt zu führen; sie diente ihrem Vater als Sekretärin; sie verlangte nichts für sich selbst. Sie war unermüdlich, wachsam, beschützerisch. Das Familienleben der Italiener erreicht – wie das der Irländer, obgleich mit geringerer Heftigkeit – gewisse Höhepunkte, indem es dann und wann in einen großartigen befreienden Streit ausbricht, in ein das Blut erwärmendes Bad von Rhetorik, komplett mit Beschuldigungen, Türenzuschlagen, letzten Worten fortissimo. *Darauf folgen dann Versöhnungen von opernhafter Schönheit mit Tränen, Umarmungen, Kniefällen und Beteuerungen von Reue, bußfertiger Demut und nie ersterbender Liebe. Diese Stürme wurden von allen sehr genossen, ausgenommen Bice, die jedesmal glaubte, sie seien etwas Wirkliches. Sie litt unter ihnen. Sie allein von der Familie war blaß und Anfällen von Migräne unterworfen. Während des Sommers 1905 war sie nicht mehr imstande, vor ihren Eltern zu verheimlichen, daß sie Blut hustete. Ihr Vater brachte sie nach Minnesota in ein Sanatorium. Sein Charakter änderte sich.*

Eines Abends nach dem Essen saß er allein mit Roger in seinem Arbeitszimmer, umgeben von jenen Werken der Kunst (das heißt, der zu Schönheit verminderten Macht), die ihm keinen Trost zu bieten vermochten, und sagte:

»Mr. Frazier, das Familienleben gleicht dem Leben der Nationen. Jedes Mitglied kämpft um sein Maß von Luft und Licht, von Nahrung und Territorium und besonders um jenes Maß von Bewunderung und Aufmerksamkeit, das ›Ruhm‹ genannt wird. Es ist wie in einem Wald: jeder Baum muß um sein Sonnenlicht kämpfen; unter der Erde sind die Wurzeln in ein tödliches Ringen um Feuchtigkeit verstrickt. Es scheint sogar, daß manche eine Säure ausschwitzen, die allen außer ihnen selbst schädlich ist. In jeder lebensvollen, gesunden Familie, Mr. Frazier, findet sich ein Mitglied, das für die andern bezahlen muß.«

Sophia überlebte sie alle. Wenn im Lauf der Jahre Roger oder ihre Schwestern sie besuchen kamen, erkannte sie sie nicht. Lily sang ihr leise ihre Lieblingslieder vor. »Ich hatte eine Schwester, die sang dieses Lied.« Sie lebte in der Einbildung, in Goshen zu sein. Wenn Roger sie besuchte, erklärte sie ihm, daß viele Leute Goshen mit Furcht und sogar Scham betrachteten, daß er aber selber sehen könne, wie herrlich es hier sei – es gebe Bäume und Rasenflächen und Vögel und Eichhörnchen. Sie empfing diese Besucher mit ernster Höflichkeit, aber nach einer halben Stunde ließ sie sie wissen, daß sie zu tun habe, daß sie sich ihren Patienten widmen müsse. Sie wies auf ein Dutzend Puppen, alle bettlägerig, aber auf dem Wege der Besserung. Von ihren Wärterinnen erfuhren sie, daß sie sich jeden Morgen mit großer Sorgfalt ankleide, weil sie den Besuch ihres Vaters erwarte, und jeden Abend ihnen das Versprechen abnehme, sie aus einem bestimmten Grund zeitig am Morgen zu wecken. Es gab einen Besuch, vor dem sie flüchtete, und der nicht ermutigt wurde, wiederzukommen. Sophia verabscheute den Geruch von Lavendel.

Roger ließ Sophia in der Küche, nachdem er ihr empfohlen hatte, ein Glas heiße Milch zu trinken, und ging zu seiner Mutter ins Wohnzimmer.

»Mama, ich werde noch ein Jahr in Chikago bleiben, und dann gehe ich nach New York. Könntest du die Pension noch ein Jahr führen – oder noch eineinhalb Jahre – und dann nach New York kommen?«

»Ach, Roger, ich werde ›The Elms‹ nie verlassen. O nein, nein, Roger.«

»Aber die Pension – «

»Ich habe die Pension *gern.*«

»Nächsten Herbst sollte Sophia in eine Internatschule.«

»Oh, ich werde nicht von Coaltown weggehn.«

»Ich glaube, bis dahin werden Lily oder ich einen Brief von Papa bekommen haben.«

Sie schwieg einen Augenblick und sagte dann leise: »Wenn das so wäre, würde ich natürlich tun, was dein Vater für das Beste hält. – Ich habe die Pension gern. Sie bringt etwas Geld ein. Ich stelle mir oft vor, daß dieses Geld eines Tags deinem Vater von Nutzen sein wird.«

Roger neigte sich vor, die Ellbogen auf die Knie gestützt. »Mama, willst du am Weihnachtstag mit mir kommen und Mrs. Lansing besuchen?«

Sie hob die Augen von ihrer Näharbeit und sah ihm ins Gesicht.

»Roger, bis dein Vater zurückkommt, werde ich ›The Elms‹ nicht verlassen.«

»Du haßt Coaltown, nicht wahr?«

»O nein.«

»Warum dann also?«

»Ich habe diesen Leuten nichts zu sagen. Sie haben mir nichts zu sagen, was mich interessieren würde. Das Beste in meinem Leben habe ich hier, innerhalb dieser Mauern, gehabt.«

»Und das Schlimmste in deinem Leben, Mama.«

»Daran erinnere ich mich nicht. – Ein Glück, wie ich es kannte, dauert fort. Es ist jeden Tag um mich. Ich will nicht, daß etwas in dieses Glück einbricht – es stört.«

Sieben Jahre später las Mrs. Wickersham auf ihrer Terrasse in Manantiales – oder ließ sich vielmehr, weil ihre Augen schwach wurden, vorlesen – die amerikanische Diva Madame Scolastica Ashley, die derzeit in Covent Garden singe, sei die Tochter des zu Unrecht verurteilten John Ashley aus Coaltown, Illinois. Die Notiz in der San-Franziskoer Zeitung erinnerte anschließend die Leser, daß der wirkliche Mörder das Verbrechen eingestanden hatte, daß aber nie etwas über den Aufenthalt des Flüchtlings ans Licht gekommen war. Nach einiger Überlegung diktierte Mrs. Wickersham einen langen Brief – er nahm den größern Teil von vier Vormittagen in Anspruch – an Madame Ashley in London. Er schloß: »Ich bin sicher, daß Ihr lieber Vater, wenn er nach dem Jahre 1905 noch am Leben gewesen wäre, mir geschrieben hätte!« Der Brief war in zitteriger Schrift mit »Ada Wickersham« unterschrieben.

Nicht lange nachdem Beata diesen Brief gelesen hatte, schloß sie ›The Elms‹ und zog nach Los Angeles. Sie kaufte eine in Verfall geratene große Villa auf einer niedrigen, aber ziemlich steilen Anhöhe unweit der Stadtmitte und ließ sie instand setzen. Sie ließ ein Schild anbringen: BUENA VISTA – ZIMMER MIT VERPFLEGUNG. *Sogar das Terrain, auf dem das Haus stand, bröckelte in kleinen Erdrutschen ab; die nächste Umgebung verwahrloste immer mehr. Was sich an Pensionsgästen einfand, war eine gemischte Gesellschaft – einige Stenotypistinnen, rheumatische Witwen, asthmatische Witwer, irgendwie Gestrandete. Das Essen, das sie ihnen vorsetzte, erwarb sich einen gewissen Ruf; einige Geschäftsleute gründeten einen Mittagsklub und stiegen fünfmal in der Woche die zwei langen Fluchten un-*

gleicher Betonstufen hinauf. Beata wollte keine öffentliche Gaststätte führen, und nur die Pensionsgäste setzten sich an ihrer Tafel zum Abendessen. Drei ihrer Kinder taten sich zusammen, um ihr eine Rente und ein Haus in Pasadena als Geschenk anzubieten, aber Beata war fest entschlossen, unabhängig zu bleiben, und nahm weder das eine noch das andre an. Auf sechs Monate ließen Constance und ihr Mann den kleinen halb japanischen Sohn bei ihr, während sie selbst auf einem ihrer Werbefeldzüge die südliche Halbkugel bereisten. Beatas Glückseligkeit war unbeschreiblich. Als der Knabe wegmußte, war die Trennung für beide Teile schmerzlich. Es kam vor, daß einer oder der andre ihrer Pensionsgäste verschwand, manchmal samt einiger Bettwäsche und einigem Silberbesteck. Von einem verdufteten Paar hinterblieben ein geborstener Koffer und ein dreijähriger Knabe. Beata ließ das Kind die Taubstummenschule absolvieren und lernte selber die Zeichensprache und adoptierte es. Es scheint, daß Beata in diese Welt kam, um eine Großmutter zu sein. Jamie half ihr im Haus und blieb bei ihr, bis sie starb. Er und seine Kinder erbten ihre bescheidenen Ersparnisse.

Mehrmals im Jahr drang ein oder der andre Reporter bis in die Eingangshalle von ›Buena Vista‹ vor. »Ist es wahr, Mrs. Ashley, daß Sie die Mutter Scolastica Ashleys und Berwyn Ashleys sind?« »Vielen Dank für Ihren Besuch, aber ich bin heute sehr beschäftigt.« »Und auch von Constance Ashley-Nishimura?« »Leben Sie wohl. Danke, daß Sie sich herbemüht haben.« »Haben Sie irgendeine Nachricht von Ihrem Mann, Mrs. Ashley?« »Wir sind heute vormittag beim Großreinemachen der untern Zimmer. Tut mir leid, aber ich muß Sie ersuchen, das Haus zu verlassen.« »Aber, Mrs. Ashley, ich muß einfach eine Geschichte zurückbringen, oder man wird mich hinauswerfen.« »Tut mir wirklich leid – guten Tag, guten Tag!«

Sie war großmütterlich auf eine mehr deutsch-patrizische als auf amerikanische Art. Alle ihre Pensionsgäste fühlten sich von ihr umsorgt. Das Haus war makellos sauber, und sie erzwang von allen, die darin wohnten, ein hohes Maß von Anstand. Sie führte lange Gespräche mit den dem Tabak oder dem Alkohol Verfallenen, mit den Verzweifelten und den Leichtsinnigen. Unter dem Anschein von Strenge ›adoptierte‹ sie ihre Pensionäre gradezu; sie lieh ihnen Geld, sie schenkte ihnen Kleidungsstücke und Eindollaruhren. Ihre Tage waren ausgefüllt. Ihr goldblondes Haar bekam die Farbe matten Strohs; sie bewahrte sich lange ihre aufrechte Haltung. Sie trug nichts Farbiges. Gleich vielen deutschen Frauen gelangte sie im Alter dahin, sich mit bemerkenswerter Vornehmheit zu kleiden. Auf der Straße blieben Ent-

gegenkommende oft plötzlich stehn, voll Bewunderung für die zarten weißen Rüschen um die Handgelenke und das schneeige Fichu auf dem Schwarz des Seiden- oder Tuchkleids, die lange Goldkette mit dem Bergkristallanhänger, der eine Locke ihres Enkels enthielt. Wenn Lily nach Los Angeles kam, um ein Konzert zu geben, oder Roger oder Constance, um einen Vortrag zu halten, ließ sie sie wissen, daß sie ganz hinten im Saal zu sitzen wünsche. Sie weigerte sich, mit ihnen in einem Hotel zu essen; sie lud sie zum Kaffee zu sich in das Wohnzimmer der ›Buena Vista‹ ein. Die Gespräche dabei wären vielleicht ein wenig mühsam verlaufen, wenn Beata nicht ziemlich viel auf den Gebieten gewußt hätte, für die ihre Kinder sich interessierten. Aber es gab da noch etwas andres.

»Mama«, fragte Constance eines Tags, »du bist doch glücklich, nicht wahr?«

»Erinnerst du dich an die Beschreibung, die Mrs. Wickersham vom Leben deines Vaters in Chile gab?«

»Ja, Mama.«

»Wir Ashleys sind alle glücklich, weil wir arbeiten. Ich würde mich schämen, wenn wir's nicht wären.«

Spät im Leben hatte sie sich ein gewisses Maß von Humor erworben. Eines Tags erklomm Roger die unebenen Stufen, um mit seiner Mutter Kaffee zu trinken. Sie erzählte ihm, daß sie und sein Vater nie geheiratet hatten.

Beide lachten sie.

»Mama!« rief er aus.

»Ich bin stolz darauf.«

Beata erwähnte ihren Kindern gegenüber nie, daß sie einer Kirche beigetreten war – einer dieser unabhängigen Kongregationen, die in Südkalifornien so zahlreich sind und Spiritismus mit indischer Philosophie und Heilpraktik verbinden; diese schien ihr Anklänge an viele der Ideen und Überzeugungen zu enthalten, die sie – zeitlebens eine Leserin Goethes – sich zu eigen gemacht hatte.

Um halb zehn gab Roger das Signal – das Tuten einer Eule – vor Porkys Werkstatt und wurde eingelassen. Porky nahm seine Arbeit neben dem warmen Ofen wieder auf.

»Sophia geht es nicht gut, Porky.«

Porky verschwendete keine Worte, wenn ein Blick besser vermitteln konnte, was er meinte.

»Du und sie, ihr werdet mich zu Ostern in Chikago besuchen kommen.« Roger legte einige Prospekte auf den Tisch, in denen Schienen und Stützen für Fuß und Schienbein abgebildet waren. »Du bleibst vier Tage, und sie wird eine Woche bleiben. Wenn Connie wieder in die Schule ginge, was glaubst du, würden die Kinder sich schlecht gegen sie benehmen?«

»Einige wenige. Connie würde sich schon zurechtfinden.«

»Mußt du alle diese Arbeit über Weihnachten fertigmachen?«

»Meine meiste Arbeit bekomme ich jetzt mit der Post. Handlungsreisende senden mir die Schuhe ihrer Familie. Sophia sollte wieder auf die Bell Farm – gleich jetzt – den Tag nach Weihnachten.«

»Wenn du's sagst – ich werd' sie selber hinbringen.«

Päng! Päng!

»Ich traf Félicité Lansing im Zug. Ich glaube, sie hat eine Ahnung, wer ihren Vater tötete. Könnte sie's wissen?«

Päng! »Könnt' sein.«

»Hast du eine Idee, Porky?« Porkys Blick besagte nichts. »Ich möchte lieber wissen, wer meinen Vater rettete.«

Es war beruhigend, hier bei Porky zu sein und seinem Hämmern und seinem Schweigen. »Ich habe das Gefühl, ich sollte schon daheim sein und noch ein Wort mit Sophia sprechen. Was ist diese Zeichnung dort an der Wand?«

»Mein Vetter baut mir zwei Räume an die Werkstatt hier an.« *Päng! Päng!* »Ich heirate im März.«

»Oh, gut!« Roger erinnerte sich plötzlich, daß Porky ihm ganz im Vertrauen gesagt hatte, die jungen Männer der Covenanter auf dem Herkomer's Knob heirateten mit fünfundzwanzig. »Kenne ich deine Zukünftige?«

»Christiana Rawley.«

Rogers Gesicht leuchtete auf. Er erinnerte sich Christianas von der Schule her. »Fein!« sagte er. Sie reichten einander feierlich die Hand.

»Ich nehme ihren Bruder Standfast in die Lehre; er wird mir hier helfen. Sag deiner Mutter, wenn ich aus ›The Elms‹ ausziehe, würde er gern mein Zimmer dort haben und alle schwere Arbeit verrichten.«

»Ich werd's ihr sagen.«

Sie wechselten einen Blick. Freundschaft ist etwas Großes; sie denkt an alles, besitzt Vorstellungsgabe.

»Mein Großvater möchte dich sprechen.«

»Ja. Wo?«

»In seinem Haus.«

Niemand in Coaltown wurde je aufgefordert, jemand auf dem Herkomer's Knob zu besuchen.

Etwas Gewichtiges lag in der Luft.

»Ja, gewiß, Porky. Wann?«

»Könntest du mich morgen nachmittag um vier hier treffen? Ich werde Pferde haben.« Porkys Lahmheit! Ein gesunder junger Mann konnte den Aufstieg auf die Anhöhe in vierzig Minuten bewältigen.

»Ich werde hiersein. Wie heißt dein Großvater?«

»O'Hara. Sprich ihn mit ›Diakon‹ an. Und wenn er etwas über mich sagt – kennst du meinen Namen?«

»Harry O'Hara.«

»Mein Name ist Aristides.«

»Der steht in Plutarchs *Lebensbeschreibungen*.«

»In der Schule nannten mich die Lehrer Harry. Sie dachten, die Kinder würden über Aristides lachen.«

»Also morgen um vier. – Ich sollte jetzt lieber nach Hause gehn und mit Sophia sprechen.«

Sie sagten einander nicht Gute Nacht. Einfach ein Blick wie ein Pfeil, um dreieinhalb Jahre schärfer geworden.

Roger öffnete das Gartentor von ›The Elms‹ und ging ums Haus herum zur Rückseite. Durchs Fenster sah er seine Mutter am Küchentisch sitzen, eine Tasse Milchkaffee vor sich, in Gedanken versunken. Er kehrte zur Vordertür zurück und ging verstohlen in den Oberstock hinauf. Sophias Tür stand ein paar Fingerbreit offen. Er blieb stehn und lauschte. »Sophia!« flüsterte er.

»Ja! Ja, Roger?«

»Willst du am Weihnachtsmorgen mit mir zur Kirche gehn?«

»Ja.«

»Wie wir's immer taten, als Papa hier war? Du und Connie. Ich werde dir ein Geheimnis anvertrauen. Lily hat mir einige wunderschöne Kleider für euch beide mitgegeben. Mama hat ihr eure Maße geschrieben. Am nächsten Tag gehn wir dann auf die Bell Farm, um alle dort zu besuchen. – Also wirst du jetzt mir zuliebe heute nacht neun Stunden schlafen?«

»Ja, Roger.«

»Ich werde meine Tür ein bißchen offen lassen, wie's Papa immer getan hat. Erinnerst du dich?«

»Ja.«

Am Morgen stand eine Kupferkanne mit heißem Wasser vor seiner Tür. Als er mit dem Rasieren fertig war, blickte er angespannt in den Spiegel, der so oft seines Vaters Gesicht zurückgeworfen hatte. Spiegel halten nichts fest. Sie wissen nicht, daß wir da sind. »T. G.« sagte immer, das Weltall sei wie ein Spiegel. Leer. Der Geruch von Kaffee und bratendem Speck füllte die Luft. Er hörte seine Schwestern sich rühren. Er trat auf den Flur hinaus und rief: »Badezimmer ist frei! Wer zuletzt zum Frühstück kommt, ist ein Leimsieder!«

Constance kam auf ihn losgestürmt mit dem Schrei: »Papa ist wieder daheim – ich meine, Roger ist daheim.«

Sophia versteckte sich hinter ihrer Tür.

Seine Mutter hatte schon gefrühstückt. Sie brachte ihm eine Tasse Kaffee und setzte sich neben ihn. Sie zögerte zu sprechen. Sie wußte, daß ihre Heiserkeit wiedergekehrt war. Überdies fiel ihr nichts zu sagen ein. Aber sie war von Stolz erfüllt auf diesen Besucher, diesen fremden jungen Mann.

»Ich möchte heute einige Leute aufsuchen«, sagte er. »Lily hat mir ein paar Geschenke für Miss Doubkov und für die Gillies mitgegeben.«

»Ich hab' die drei für heute zum Abendessen eingeladen.«

»Fein. Ich werde mich vielleicht ein bißchen verspäten. Ich bin heute nachmittag auf dem Herkomer's Knob. Porkys Großvater will mich sprechen. – Nach dem Abendessen will ich dann zu Mrs. Lansing gehn. Hast du etwas Eßbares, was ich als Weihnachtsgeschenk mitbringen könnte?«

»Ich werde ein paar Stücke Marzipan und einige Ingwerküchlein einpacken.«

Seine beiden Schwestern kamen herein. Constance hatte eine Menge zu sagen.

Um halb elf hatte Félicité bereits den Ofen in Miss Doubkovs Werkstatt angezündet. Roger klopfte und trat ein. Sie saß sehr aufrecht hinter dem Zuschneidetisch, beherrscht und ernst wie eine Lehrerin – nein, wie eine Nonne. Sie hatte Anne mitgebracht. (Es war nicht nötig, ihm zu erklären, daß den Augen Coaltowns nichts entging außer der Wahrheit.) Wie mit ihr vereinbart, verstopfte sich Anne die Ohren mit Watte und setzte sich mit einem Buch neben den Ofen.

Roger und Félicité sahen einander eine Sekunde in die Augen, über etwas hinweg, das immer gewichtiger wurde; was es auch sein mochte, sie waren beide darein verwickelt. Félicité begann mit gedämpfter Stimme zu sprechen.

»Ich hab' dir zweierlei zu sagen.« Sie erzählte ihm von dem Geld, das ihre Mutter für die Erfindungen seines Vaters erhalten hatte. »Es machte sie sehr unglücklich. Sie möchte es keinen Tag länger behalten. Sie hat es nicht einmal in die Bank eingelegt. Sie hat den Scheck eingelöst und hält das Geld in ihrem Zimmer versteckt. Sie wollte zu deiner Mutter gehn und es ihr geben. Aber sie hatte das sichere Gefühl, daß deine Mutter es nicht nehmen würde, daß deine Mutter sehr zornig wäre.« Sie hielt inne und sah ihn ein wenig fragend an.

»Ja. Ich glaube, sie hatte recht.«

»Als sie hörte, daß du nach Coaltown kommst, fühlte sie sich sehr erleichtert. Sie war in einem Tag wie verwandelt. Sie will die ganze Sache in deine Hände legen, wenn du heute abend zu uns kommst. Ich dachte mir, ich sollte es dir vorher sagen, damit du vorbereitet bist. Du wirst es nehmen, nicht wahr?«

»Dein Vater hat doch gewiß an den Erfindungen mitgearbeitet?«

»Mutter sagt, nur sehr wenig, sie weiß das.« Félicité lächelte schwach. »Sie sagt, sie wird zehn Prozent dafür verlangen und sie Waisenkindern geben.«

Roger vermochte nicht länger stillzusitzen. Er stand auf und ging ein paar Schritte umher. »Papas Erfindungen! Sie haben

Geld eingebracht!... Er hat immer gewußt, daß Geld in ihnen steckt, aber er wollte nie etwas mit ihnen tun.«

»Wirst du es heute abend von *maman* annehmen?«

»Ich werde es in die Bank legen. Du und ich, wir werden es verwalten. Wir wollen es für die Ausbildung unsrer Schwestern verwenden. Wenn Papa hier wäre, würde er es zu gleichen Teilen teilen wollen. Das werde ich deiner Mutter sagen... Worüber wolltest du sonst noch mit mir sprechen?«

Félicités Miene veränderte sich. Sie preßte die Lippen aufeinander und sah ihn flehend an. Sie verschränkte krampfhaft die Hände auf dem Tisch. »Roger, ich habe dir etwas Schreckliches zu sagen. Ich war der Sache nicht sicher, als ich dich im Zug traf. Jetzt bin ich sicher. – Roger, was hat dein Vater jedesmal getan, sooft er sein Gewehr abfeuerte?«

»Was? Was meinst du, Félicité?«

»Versuche, dich zu erinnern! Was hat er dich gelehrt, weil, wie er sagte, es einem helfe, sich zu konzentrieren?«

»Er hat gezählt.«

»Und mit der Spitze seines linken Schuhs hat er auf den Boden getappt. Immer mit der gleichen Geschwindigkeit.« Roger wartete. »Er sagte vier Wörter: ›Eins, zwei, drei, Feuer!‹«

»Ja, und?«

Félicité schwieg. Das Blut war aus ihrem Gesicht gewichen. Wieder sah sie ihn mit einem eindringlich flehenden Blick an. »Hilf mir!« flüsterte sie.

Plötzlich verstand er, was sie meinte. »Jemand andrer konnte genau in derselben Sekunde schießen!«

»Aus dem Haus. Von einem Fenster oben im Haus.«

»Aber wer? Wer, Félicité?«

»Jemand, der von diesem Zählen wußte.«

»Ich? Du? Wir waren alle bei dem Fest im Gedächtnispark... bis auf George, der in der vorherigen Nacht weggefahren war.«

Sie begann hastig, aber deutlich zu sprechen. »Vater war wochenlang sehr krank gewesen. Mutter saß jede Nacht neben seinem Bett und wachte. Manchmal hat er Schmerzen gehabt, und da hat er geschrien und Sachen vom Tisch hinuntergeworfen. George glaubte, er schlage Mutter. George wanderte gewöhnlich die ganze Nacht ums Haus herum wie ein Tier – wie ein verrückt werdendes Tier. Mein Vater hätte *maman* nie etwas zuleide getan. Aber er hat Schmerzen gelitten. Manchmal hat er sehr grausam zu ihr gesprochen. *Maman* hat das verstehn können, aber George nicht. Dann hat mein Vater sich sogar eingebildet, er muß deinen Vater erschießen. George hat mir das erzählt. George behauptete, er hörte ihn das sagen. Mein Vater hat das gewiß nicht so gemeint. Er hat einfach Schmerzen gelitten. Verstehst du es jetzt? George hat meinen Vater erschossen, um *maman* zu schützen und das Leben deines Vaters zu retten.«

Roger stand langsam auf. Er sagte: »Ja, so muß das gewesen sein.«

»Warte! Warte! George hätte deinen Vater nicht den Prozeß durchmachen lassen. Er wußte nichts von dem Prozeß. Er fuhr damals die ganze Nacht mit einem dieser Güterzüge. Er fiel herunter und verletzte sich den Kopf. Monatelang war er in einer Irrenanstalt. Ach, Roger, Roger, hilf mir!«

Roger ging schnell zum Ofen und tappte Anne auf die Schulter. Sie zog die Watte aus den Ohren. »Hol ein Glas Wasser!«

Roger und Anne standen schweigend daneben, während Félicité in kleinen Schlucken trank. Anne hatte nie gesehen, daß ihrer Schwester die Hände zitterten. Schließlich flüsterte Roger: »Tu dir die Watte wieder in die Ohren, Anne!«

Dann fragte er: »Wo ist George jetzt?«

»Er kam vor vier Nächten zurück. Er stieg durchs Fenster in sein Zimmer. Niemand wußte bis zum Morgen, daß er da war. Niemand kann je einen Menschen so unglücklich gesehn haben. Nicht einmal mein Vater war so unglücklich. Wir haben immer befürchtet, George werde wahnsinnig werden. Und jetzt... *Ich* kann jetzt sehn, daß er versucht, uns etwas zu sagen; aber er kann es nicht aussprechen.«

»Weiß deine Mutter...?«

Félicité hatte keine Tränen vergossen. Sie hielt sich jetzt die Hand vor den Mund, um ein lautes Aufschluchzen zu ersticken. »Gestern abend... George will nicht schlafen gehn. Er möchte, daß wir mit ihm die ganze Nacht aufbleiben. Wir lesen Szenen aus Shakespeare und französischen Stücken. Und wir reden. Vielmehr

George redet. Das sonderbarste sinnlose Zeug, absichtlichen Unsinn. Und ich sah, daß *maman* versuchte, ihm zu helfen, es ihr zu sagen, was immer es war. Denn wenn er es *ihr* sagen würde... verstehst du?« Sie wartete.

»Nein, ich versteh's nicht, Félicité.«

»Dann ginge er zu einem Priester. Sie könnte ihn dazu überreden, zur Beichte zu gehn.«

»Ach so.«

»Ich glaube aber nicht, daß er es jemals *maman* sagen könnte! Er will es mir sagen, aber bisher hat er es immer so eingerichtet, daß wir nie miteinander allein sind. Jetzt, nachdem ich es dir gesagt habe, Roger, sehe ich, was ich tun kann: Ich kann ihm sagen, daß ich es weiß, daß ich es verstehe. Ja. Ja.« Sie flüsterte: »*Maman* weiß es auch – ich bin jetzt sicher, daß sie's weiß.«

»Félicité, hör zu, was du tun kannst: Nimm das Geld von Papas Erfindungen, gib es George und sag ihm, er soll weg, ins Ausland – nach China, nach Afrika. Aber vorher bring ihn dazu, ein volles Geständnis niederzuschreiben. Nachdem er mehrere Monate weg sein wird, werden wir das Geständnis dem Staatsanwalt senden.«

Félicité ergriff seine Hände. »Ja, Roger, ja! Dann kann dein Vater zurückkommen.«

Jetzt weinte sie. »Ich muß schnell nach Hause. Ich habe solche Angst, daß er ebenso plötzlich wieder verschwinden wird, wie er gekommen ist. Hilf mir das Feuer im Ofen löschen. – Anne! Anne! Wir gehn schon. Dank dir, Roger!«

Zur selben Zeit, zur selben Stunde, lag George Lansing längelang, das Gesicht nach unten, auf dem Fußboden in Miss Doubkovs Wohnzimmer, den Kopf den Ikonen zugewendet. Miss Doubkov stand neben ihm und las ihm auf altslawisch das Gebet der Reue und Bußfertigkeit vor.

Er hatte ihr alles erzählt. Als sein Ringen nach Atem ihn am Weitersprechen hinderte, hatte ihm Miss Doubkov ein feuchtes Handtuch um die Stirn gewunden. Nun war er so erschöpft, daß er ihr die Worte kaum nachsprechen konnte. Als sie zu Ende war, beugte sie sich hinunter und hielt ihm ein Kruzifix vor. Er küßte es.

Dann stand er auf. Sie führte ihn zu dem Schreibtisch beim

Fenster und legte ein Blatt Papier und eine Feder vor ihn hin neben das Tintenfaß. »Schreib, was ich dir diktiere: ›*Ich, George Sims Lansing, habe am 4. Mai 1902 meinen Vater Breckenridge Lansing auf dem Rasen hinter unserm Haus durch einen Schuß getötet. Ich hatte Coaltown am vorhergehenden Abend verlassen, war aber am nächsten Mittag, unter einem Güterwaggon versteckt, zurückgekommen. Ich verbarg mich im Wald...*‹«

Während sie diktierte, ging sie in ihren vier kleinen Zimmern umher und holte Geld aus verschiedenen Verstecken.

»Jetzt schreib die Anschrift auf den Umschlag: ›*An die Staatsanwaltschaft des Staates Illinois...*‹ Und jetzt geh ins Badezimmer und wasch dir das Gesicht! Setz dich in mein Schlafzimmer, bis ich dich rufe!«

Sie schrieb einen Brief und rief ihn dann.

»Du nimmst jetzt, um zwölf Uhr zwanzig, den Zug nach Chikago. Geh über die Hintertreppe von hier weg. Geh dann den Weg hinter dem Gerichtsgebäude. Steig nicht auf dem Bahnhof in den Zug. Spring hinauf, sobald er über die Brücke beim Wasserbehälter zu fahren beginnt. Fahr ohne Unterbrechung weiter nach Kanada – nach Halifax. Nimm dort ein Schiff nach St. Petersburg. Als mein Vater aus Paris nach Amerika kam, landeten wir in Halifax. Es gab dort eine Art von russischem Verein, der sich ankommender Russen annahm und ihnen weiterhalf. Kauf dir, sobald du kannst, Arbeiterkleidung und wälz dich im Schmutz darin. Du kommst aus einer Kleinstadt in Alberta, wo dein Vater eine Zeitlang arbeitete. Bis du nach Rußland gelangst, mußt du die Rolle eines blöden, unwissenden Hinterwäldlerjungen spielen, der aus jener kleinen russischen Kolonie in Alberta kommt. Du kannst kaum etwas Englisch, und dein Russisch ist schlecht, weil du geistig beschränkt bist... Du darfst mit niemand zornig werden. Laß dich mit niemand in einen Streit ein. Spiel den Idioten! Ich habe dir hier ein Zeugnis geschrieben. Es besagt, daß du eine Waise bist... ehrlich und fleißig... ein guter Christ. Du hattest als Kind ein Fieber, von dem dir eine Geistesschwäche zurückblieb. Der Brief ist englisch abgefaßt, aber er ist von dem Popen jener Kleinstadt in Alberta unterschrieben. Sobald du in Halifax bist, trachte, mit Russen in Verbindung zu kommen. Sag jedermann, du mußt nach Rußland, um deine Großmutter wiederzufinden. Sie lebt in Moskau. Aber du weißt ihre Adresse nicht. Hier steht ihr Name... Ich weiß nicht, wie du das alles bewerkstelligen wirst. Ich weiß nicht, wo du dir Ausweispapiere beschaffen kannst, aber wir müssen einiges Gott anheimstellen. Hier hast du zweihundert Dollar... Nun hast du nur noch Zeit, ein paar Zeilen an deine Mutter und deine Schwestern zu schreiben. Ich werde deine Mutter heute nachmittag aufsuchen, werde ihr alles erzählen. Kann ich ihr dein Versprechen geben, daß du sehr bald zur Beichte gehn wirst?«

»Ja, Olga Sergeievna.«

»Sobald du nach Rußland kommst, schreib mir! Schreib auf russisch! Deiner Mutter darfst du mehrere Jahre lang nicht schreiben.« Dann fuhr sie auf russisch fort: »Gott segne dich, lieber Georgij. Möge Gott dein Herz und deine Seele mit aufrichtiger Reue füllen und dich von der schweren Last der Todsünde befreien! Du hast ein Leben genommen, und du schuldest es zweifach – Gott und Seiner Schöpfung. Die Muttergottes ist ein Quell des Trostes für alle – besonders für uns, die wir Wanderer und Verbannte sind. Möge Sie sich dir zu erkennen geben! Geh jetzt, geh, lieber Junge...«

Er neigte sich tief über ihre Hand. Ohne ein Wort verließ er das Haus.

Nur wenig später war Olga Sergeievna schon in ›St. Kitts‹. Eustacia erkannte sogleich an ihrer Miene, daß etwas sehr Ernstes sie hergeführt hatte. Sie rief Félicité, die während der nächsten halben Stunde neben ihrem Stuhl stand.

Olga Sergeievna erzählte ihnen alles. Sie legte seine Abschiedszeilen auf den Tisch. Sie berichtete von seinem feierlichen Versprechen.

»*Chère Eustachie*, sobald mir George von dort drüben Nachricht gibt, werde ich sein Geständnis nach Springfield senden.«

Eustacia umklammerte Félicités Hand. Sehr leise fragte sie: »Solltest du es jetzt nicht Beata wissen lassen?«

»Das mußt *du* entscheiden. Ich würde lieber warten.«

Plötzlich leuchtete Eustacias trauriges, aber nicht gramverstörtes Gesicht auf. »Ich werde alles heute abend Roger erzählen.«

»*Maman*«, sagte Félicité, »Roger weiß schon so gut wie alles. Ich sprach heute vormittag mit ihm darüber.«

Eustacia sah sie verwundert an. »Olga«, fragte sie dann, »hat er Geld bei sich?«

»Er hat Geld. Und er hat Hoffnung. Er hat Mut. Er hat Religion. Er hat Intelligenz. Geh und leg dich hin, Eustachie! Du solltest dich ausruhen.«

Eustacia küßte sie und murmelte: »Und beten.«

Ausblicke, immer weitere Ausblicke... Bergketten hinter Bergketten.

Der größte russische Schauspieler zu Anfang des Jahrhunderts erregte zuerst dadurch Aufmerksamkeit, daß er in den verschiedenen Lokalen, wo er als Kellner angestellt war, bisweilen den komischen Tölpel spielte. Er entdeckte einen alten, herabgekommenen Schauspieler und arbeitete mit ihm zusammen – wobei George französisch, sein Partner deutsch sprach. George spielte einen verträumten Kellner, einen begeisterten Kellner, einen verbitterten Kellner gegenüber seinem anspruchsvollen Gast. Er war besonders gut als zorniger Kellner, und man sagte von ihm, er habe das Gesicht eines zornigen Raubtiers. George verschüttete Suppe über seinen Gast, trat ihm auf die Zehen, zog ihm Messer und Gabeln aus den Taschen. Der Radau war gewaltig; das Lokal füllte sich von Tag zu Tag mehr. Sie wurden aufgefordert, in kostspieligeren Restaurants verheerenden Krach zu machen und Verblüffung hervorzurufen. Sie wurden für einen Vergnügungspark am Stadtrand als Groteskkomiker engagiert. Plakate, die ›GEORGIJ‹ *ankündigten, erschienen. Der Schritt zum Theater erfolgte dann sehr rasch. George wurde zunächst für derb-komische Rollen engagiert und besonders bewundert, wenn er alte Männer spielte. Es dauerte nicht lange, bis er sich eine Stellung errungen hatte, in der er sich seine Rollen selber wählen konnte. Alle Aufforderungen, außerhalb Rußlands aufzutreten, lehnte er ab. Besucher aus dem Ausland berichteten, daß er – in seinen eignen Übersetzungen – der beste Hamlet, Lear, Macbeth, Falstaff, Eingebildete Kranke und Tartüff sei, den sie je gesehen. Olga Sergeievna schrieb 1911 aus Moskau an Eustacia, sie habe große Freude am Beisammensein mit einem Freund gehabt, einem bemerkenswerten jungen »Opernsänger«. Sie hätten viel über ihr früheres Leben in Frankreich – in Charbonville – gesprochen und sich der alten Zeiten unter viel Lachen und Tränen und mit großer Liebe erinnert. Endlich schrieb er selbst. Er sandte Photographien seiner Kinder. Die letzten Briefe beider waren von 1917 datiert. Sie scheinen beide seit jener wildbewegten Zeit verschollen zu sein.*

Als sich Roger um vier Uhr vor Porkys Werkstatt einfand, stand Porkys Vetter Stan (Standfast Rawley) auf der Straße und hielt zwei gesattelte Pferde am Zügel. Stan war ein alter Freund, sogar noch wortkarger als sein Vetter. Er arbeitete in Bilbows Mietstall. Die jungen Männer tauschten einen Händedruck. Stan verschwand. Porky und Roger saßen auf und ritten hügelan.

Die Mitglieder der Covenant Church auf dem Herkomer's Knob wohnten in ganz gleichen Holzhäusern, die ihr Tabernakel umgaben. Diese war eine der vielen Gemeinden, die sich aus den Zeiten der Großen Wildnis wie Inseln erhalten haben – Spuren ihres Trecks aus Virginia westwärts nach Kentucky, Tennessee und noch weiter. Ihre Abgeschlossenheit war nicht nur die Folge ihrer religiösen Überzeugungen, sondern auch des großen Anteils indianischen Bluts in ihren Adern. Da an der alten Grenze es die weißen Männer waren, die Indianerinnen heirateten oder mit ihnen lebten – kein Vollblutindianer heiratete je eine Weiße – waren es die Namen der Männer, die weitervererbt wurden, und zwar so geschrieben, wie sie gehört wurden. Die meisten der Familien auf der Kuppe hießen Gorum, Rawley, Cobb, O'Hara und Ratliff. Seit Generationen befaßten sie sich mit der Jagd und Fallenstellerei, aber als das Wild selten zu werden begann, stiegen ihre jungen Männer nach Coaltown hinab, anfangs, um bei der Eisenbahn oder in Mietstallungen zu arbeiten. Sie waren durch Tradition und Erziehung ernst und gesetzt und waren als äußerst vertrauenswürdig und fleißig bekannt. Sie versahen den Posten eines Türhüters in der Bank, im Gefängnis, Gerichtsgebäude und dem Hotel. Als Menschen, die an frische Luft und Bewegungsfreiheit gewöhnt waren, konnten sie sich nicht der Arbeit in Ladengeschäften oder unter der Erde als Bergleute anpassen. In der Schule freundeten sich ihre Knaben und Mädchen – einzig Porky ausgenommen – mit keinen Kindern außerhalb ihrer Gruppe an. Sie lächelten selten, sie zeigten nie Freude und immer Beharrlichkeit. Die ältern Männer kamen, das Geld abgezählt in der Hand, nur um ihre Steuern zu zahlen, in die Stadt. Ihre Gemeinde war dafür bekannt, arm zu sein. Wie einer dieser hervorragenden Volkswirtschaftler im Extrazimmer der Illinois Tavern es ausdrückte, waren sie »arm wie die Kirchenmäuse«. Die Frauen strickten Kleidungsstücke und woben Bettüberwürfe aus hausgesponnener Wolle. Die Männer verfertigten Gebrauchsgegenstände aus Pferde- und Wildleder. Sie verkauften ihre Erzeugnisse nicht in Coaltown (es war manchen Leuten deutlich geworden, daß sie Coaltown verabscheuten), sondern trugen sie über beträchtliche Entfernungen anderswohin zu Markt. Einige ihrer Frauen in mittleren Jahren kamen ins Tal und arbeiteten als ›häusliche Hilfe‹ bei Bürgerfamilien, aber immer unter der Bedingung, daß sie bis sieben Uhr abends wieder auf dem Herkomer's Knob zurück sein würden. Dort oben gab es viele Bienenstöcke und viel Klee. Der Honig wurde anderswo verkauft; die Ashleys und das Ehepaar Gillies schätzten ihn als Geschenk. Die Kinder besuchten die Schulen der Stadt bis zur achten Klasse; in ihrem Betragen glichen sie feierlich ernsten kleinen Männern und Frauen. Ihre Kleider aus hausgewebtem Stoff waren fleckenlos sauber und rochen nach Lauge. Ihre Taufnamen waren eine Quelle vieler Belustigung. Einige waren der Bibel entnommen, aber sehr viele den beiden Werken, die stets die frühesten Wagemutigen aus Virginia in den ›Wilden Westen‹ begleitet hatten: Bunyans *Pilgerreise* und Plutarchs *Vergleichende Lebensbeschreibungen*. Es fanden sich unter ihnen so mancher Christian und so manche Gutewerke und nicht weniger oft ein Lykurgus, ein Epaminondas, ein Solon, ein Aristides. Die Plantagenbesitzer im Osten hatten sich aus dem Plutarch die Tyrannenmörder und Kriegshelden herausgesucht – Cassius, Cincinnatus, Horatius, Brutus; die Männer der Covenanterkirche erwählten sich die Klugen und Weisen. Alle Knaben waren außerordentlich gute Turner und Leichtathleten, aber es war ihnen von ihren Eltern nicht erlaubt, an den Samstagsnachmittags-Wettspielen der Mittelschule teilzunehmen, die von Begriffen wie Vergeltung, Haß und Abschlachten beherrscht waren.

Während der siebziger und achtziger Jahre wurden die Mitglieder der Gemeinschaft als »Kreischer«, »Hüpfer« und »Heiligroller« viel bespöttelt, aber allmählich begannen ihre Ehrlichkeit und die strenge Schlichtheit ihrer Lebensführung eine verdutzte Achtung zu gebieten. Seit Jahren hatten die jungen Männer nur Mädchen aus ihrer eignen Gemeinde geheiratet, und jeder Mensch auf dem Herkomer's Knob war bald vielmals mit sich selbst verwandt. Auf die aus dieser Gewohnheit entstehenden Gefahren wurden sie in der Mitte der sechziger Jahre aufmerksam gemacht. Dr. Gillies' Vorgänger – der ebenso wie später Dr. Gillies selbst zum Gemeindearzt gewählt worden war – erklärte ihnen die schädlichen Folgen der Ehen zwischen Blutsverwandten. Die Ältesten hörten ihm zuerst unbewegt, dann aber betroffen zu, denn zum Glück wußte Dr. Winsted höchst eindrucksvoll zu sprechen. Hernach wurde es zur Gewohnheit, daß einige der Gemeindeältesten ostwärts reisten und die mit der ihren verbundenen Kirchengemeinden aufsuchten. Von diesen Reisen brachten sie Bräute und Bräutigame für ihre jungen Leute mit, ließen jedoch keine Angehörigen ihrer eignen Gemeinde dort zurück. Dr. Gillies nahm, ohne es genau zu wissen, an, daß bei diesen Verhandlungen Geldsummen den Besitzer wechselten.

Es hielten sich jedoch Gerüchte, daß es mit dem nüchternen Ernst der Kongregation auf dem Herkomer's Knob nicht ganz so bestellt war, wie es den Anschein hatte. Es hieß, ihr Sonntagabendgottesdienst finde seinen Höhepunkt in Hüpfen und Schreien und ›Mit-Zungen-Reden‹ – »wahrhaftigen Orrrgien«, wie die hervorragenden Moralphilosophen im Extrazimmer der Illinois Tavern sagten. Da kein Nichtzugehöriger sich jemals für länger als drei Minuten dem Tabernakel bis auf fünfzig Schritte genähert hatte, war diese Behauptung nicht überprüfbar.

Porky brachte Roger bis vor das Haus seines Großvaters und führte die Pferde weg.

Der Diakon saß auf einem Schaukelstuhl in seiner schmalen Vorderveranda. Eine Wolldecke war über seine Knie gebreitet. Seine Haut war tief braun, seine Augen waren, wie die seines Enkels, von einem glanzlosen Schwarz. Die Gesichter der Indianer verändern sich zwischen dreißig und siebzig nur sehr wenig.

»Verzeihen Sie, wenn ich nicht aufstehe, Mr. Ashley«, sagte er mit einer Geste, die andeutete, Roger solle sich auf den hochlehnigen Sessel neben ihm setzen.

Er wandte sich seinem Besucher zu und sah ihn lange an. Roger empfand eine Regung ehrfürchtiger Scheu, dann einer herzlichen Zuneigung. Er hatte nie einen Großvater gekannt. Endlich sprach der Diakon.

»Wußten Sie, daß Ihr Vater unsrer Covenantkirche zu Hilfe kam, als sie Hilfe brauchte?«

»Nein, Diakon«, antwortete Roger überrascht.

Es trat eine jener langen indianischen Pausen ein, an die Roger gewöhnt war. Sie glichen einem wohltuenden Atemholen.

»Sie müssen damals ungefähr elf Jahre alt gewesen sein. Unsre Kirche stand zu jener Zeit dort drüben auf dem steilen Abhang. Im Frühling regnete es eine Woche ununterbrochen. Überall auf den Hängen geriet das aufgeweichte Erdreich ins Rutschen. Mitten in einer Nacht stürzte dann die Kirche ins Tal hinunter. Sie überschlug sich mehrmals und zersplitterte wie dürres Spanholz.« Neuerlich eine lange Pause. »In der nächsten Woche, sobald die Straßen wieder benützbar waren, kam Ihr Vater hier heraufgefahren. Er übergab den Ältesten der Gemeinde hundertundfünfzig Dollar.« Pause. »Es war ein Schüppel mehr, als er sich leisten konnte. Sie wissen ja, daß Ihr Vater kein reicher Mann war?«

»Ich habe das erst in diesen letzten Jahren zu begreifen begonnen, Diakon. Daheim sprach Vater nie von Geld.«

»Wir zahlten ihm langsam zurück, nun ein wenig, und dann ein wenig; aber jeden Cent des Geldes, das wir ihm zurückgaben, verwendete er darauf, unsern Kindern auf verschiedene Weise zu helfen. Ihr Vater hielt die Augen gut offen, Mr. Ashley. Wußten Sie, daß es Ihr Vater war, der Aristides nach Springfield schickte, damit er dort das Schuhmacherhandwerk erlerne?«

»Nein, Diakon.«

»Der Mund Ihres Vaters war nicht weit offen, wie seine Augen es waren.«

Lange Pause.

»Bis zu dem Tag, an dem er uns jene Geldsumme brachte, hatte keiner von uns ältern Leuten auch nur ein einziges Wort mit ihm gewechselt. Aber er kannte alle unsre jungen Leute. Ihr Vater hatte ein Gefühl für junge Menschen. Die wissen das zu schätzen, wenn es jemand nicht aus ihrer eignen Familie ist. Wir hatten ihn beobachtet, und als er uns das Geld brachte, wußten wir, daß auch er uns beobachtet hatte.« Pause. »Können Sie mir sagen, welches die religiösen Anschauungen Ihres Vaters waren?«

Roger zögerte. »Er führte uns jeden Sonntag in die Methodistenkirche. Daheim sprach er nicht über solche Dinge. Er las abends mit uns abwechselnd vor, und es gab einige Teile der Bibel, die ihm gefielen, aber er fügte ihnen keine eignen Worte hinzu. Ich weiß nicht, was er im Innern empfand. Als er im Gefängnis war, ersuchte er Pfarrer Benson, nicht wieder zu kommen. Vermutlich hörten Sie davon. Ich wollte, ich könnte Ihre Frage beantworten, Diakon. Ich wollte, ich wüßte es.«

Der Diakon neigte sich, seinen Stock umgreifend, vor. »Wir hatten das Gefühl, daß sein Wunsch, uns Geld für unsre Kirche zu geben, eine besondere Bedeutung hatte. Wir fühlten, daß er nicht nur ein gütiger Mensch war, sondern daß er uns als ein religiöser Mensch begegnete... Und wir hatten recht.«

Das wurde mit solcher Feierlichkeit gesagt, daß Roger mit leiser Stimme fragte: »Wie wußten Sie das, Diakon?«

Der Diakon stand langsam und mühevoll auf. »In ein paar Minuten werde ich Ihnen das sagen. Zuerst möchte ich Ihnen die Kirche zeigen, die Ihr Vater uns bauen half.«

Auf seinen Stock gestützt, führte er Roger einen ebenen, breiten Weg entlang, der der Kontur des Hügels folgte. Er war beiderseits von gleichartigen Häusern besäumt, und man sah auf ihm keine Radspuren. Die Ställe waren weiter unten sichtbar. Einige Männer, Frauen und Kinder begegneten ihnen. Sie neigten grüßend ein wenig den Kopf, aber kein Wort wurde gesprochen, und niemand warf einen Blick auf Roger. Die Kirche war einst braun gestrichen gewesen. Über der Vordertür erhob sich ein Glockentürmchen, wie es auf Dorfschulen üblich ist. Die Kirche stand auf einem ebenen Stück Grund, aber vor und neben und hinter ihr war ein Stück des lehmigen Abhangs von einem weißen Lattenzaun eingefaßt. Der Diakon blieb, die Hand auf der Zauntür, stehn und blickte auf die Wiese.

»Das ist unser Friedhof.«

Es waren keine Grabsteine oder irgendwelche Kennzeichen zu sehen. Roger äußerte keine Frage.

»Die Toten erhalten neue Namen im Himmel, Mr. Ashley. Hier verwesen unsre Namen und Leiber bald und sind bald vergessen. Mein Name ist Samuel O'Hara; es liegen mindestens zehn Samuel O'Haras in dieser Wiese.« Seine Stimme nahm einen trockenen Ton an. »Warum sollte ich wünschen, hier kenntlich zu sein, sobald ich vor Gottes Angesicht stehe?«

Schweigen.

»Wie viele Milliarden von Milliarden sind gestorben? Kein Mensch kann sie zählen. Nur eines einzigen Namens aus einer riesigen Zahl erinnert man sich nach hundert Jahren noch. Alle sind der Humus, aus dem die Zedern des Libanon sich erheben werden.«

Sie betraten die Kirche. Es waren keine Weihnachtsdekorationen vorhanden. Ein Tisch und viele Bänke. Der Raum glich einem Schulzimmer. Der Boden war zerkratzt und stellenweise abgescheuert, als wären ungestüme Spiele darauf gespielt worden. Es war sehr kalt hier innen. Roger zitterte vor Kälte und einem unbestimmten Vorgefühl. Der Diakon hob die Hand und wies auf eine Tafel an der Wand neben dem Eingang. Auf ihr stand: »Dieses Gebäude wurde gestiftet von John Barrington Ashley am 12. April 1896.« Roger fühlte sich von einem Stich der Sehnsucht durchdrungen: einen Blick auf seinen Vater zu tun wie auf einen Fremden, den man höchlichst gepriesen gehört hat.

»War mein Vater jemals hier, Diakon?«

»Nein... Sie sind der erste nicht zu unserer Gemeinde Gehörende, der diese Kirche betreten hat.«

Eine Tür am andern Ende des Raums öffnete sich, und drei Männer kamen mit Petroleumlampen herein. Als sie den Diakon sahen, wandten sie sich und wollten hinausgehn. Der Diakon erhob die Stimme und sagte: »Ihr könnt eure Arbeit weitertun.«

Die Männer begannen die Lampen in die von der Decke herabreichenden Haken einzuhängen. Die Lampen waren geputzt worden; die Zylinder schimmerten wie Kristall.

Der Diakon und Roger gingen ins Haus zurück und betraten das Vorderzimmer. Ein Feuer brannte in einem kleinen offenen Kamin. Ein starker Geruch nach Lauge lag in der Luft.

»Ich werde Ihnen den Grund zeigen, warum ich glaube, daß Ihr Vater als ein religiöser Mensch mit uns zu tun hatte.« Er zog einen alten Briefumschlag aus der Tasche. »Wir erhielten diesen Brief von ihm vier Tage, bevor er jene Fahrt antrat, die ihn, wie er glaubte, dem Tod zuführte. Wußte Ihre Mutter etwas von diesem Brief?«

»Ich glaube nicht, Diakon. Ich glaube, ich kann mit Sicherheit sagen, daß sie nichts davon wußte.«

»Sie werden diesen Brief vielleicht, während Sie allein sind, lesen wollen. Ich denke mir, Sie werden lieber in die Veranda gehn und den Brief dort lesen. Bringen Sie ihn mir dann wieder.«

Roger hatte sich nicht so schwindlig gefühlt, seit er damals mit leerem Magen nach Chikago gefahren war. Eine Vorahnung von etwas für menschliche Erfahrung Bedeutungsvollem und Seltsamem hatte sich in ihm verdichtet. Er hatte die Empfindung, sein ganzes Leben lang in Unkenntnis von Abgründen und Wundern dahingeschritten zu sein, von Hinterhalten und von Augen, die ihn beobachteten, von etwas in den Wolken geschrieben Stehendem. Der Gedanke kam ihm, daß das Leben sicherlich unermeßlicher, tiefer und gefährlicher sei, als wir annehmen. Der Briefumschlag entfiel ihm, und er bückte sich, um ihn aufzuheben. Es erfüllte ihn plötzlich die Furcht, er werde unwissend durchs Leben gehn – in stumpfer Unkenntnis der Mächte des Lichts und der Mächte der Finsternis, die hinter dem Schleier der Erscheinungen in einem gewaltigen Kampf miteinander lagen, – die Furcht, daß er dumpf wie ein Sklave dahinleben werde oder wie ein Ding mit vier Füßen und gesenktem Kopf.

Er ging in die Veranda hinaus. Er griff in den Briefumschlag. Brennende Tränen kamen ihm in die Augen. Er atmete tief ein wie für einen Wettlauf und begann zu lesen:

»An die Ältesten der Covenant-Kirche.

Hochgeschätzte Freunde!

Abgesehen von den Angehörigen meiner Familie, sind Sie die einzigen, denen ich in diesem Augenblick ein Wort zu sagen wünsche.

Am Nachmittag des vierten Mai feuerte ich ein Gewehr auf eine Scheibe ab. Ein Mann, der mehrere Schritte zur Linken meiner Visierlinie stand, fiel tot um. Ich kann keine Erklärung dafür finden. Ich bin nach Tat und Absicht unschuldig eines Mordes.

Sie werden sich erinnern, daß ich innige Anteilnahme für die Kirche und Gemeinde auf dem Herkomer's Knob fühlte. Als Knabe besuchte ich mit meiner Großmutter regelmäßig eine Kirche, die, glaube ich, der Ihren ähnelte. Jene Stunden des Schweigens, der Entselbstung und der Zuversicht sind zu einem Teil meines Lebens geworden. Und diese Merkmale habe ich in den Mitgliedern Ihrer Gemeinschaft gespiegelt gefunden. Jeden Sonntagvormittag in Coaltown, während ich einem ganz andern Gottesdienst beiwohnte, stiegen meine Gedanken zum Herkomer's Knob auf.

Ich hinterlasse einen Sohn. Ich kenne keine älteren Männer, die ihn beraten, ermutigen oder zurechtweisen könnten. Mit einundzwanzig wünscht kein Mann mehr, geführt und geleitet zu werden. Wenn, bevor mein Sohn Roger dieses Alter erreicht, es Ihnen scheint, daß er in Mutlosigkeit, Gedankenlosigkeit oder unehrenhaften Lebenswandel verfällt, wäre es mein Wunsch, Sie würden ihm diesen Brief zeigen.

Ich fahre nach Joliet in Gedanken an das Gebet meiner Großmutter. Sie betete darum, unser Leben möge genutzt werden in der Entfaltung von Gottes Plan für die Welt. Ich muß darauf vertrauen, daß ich darin nicht völlig versagt habe.

Mit tiefempfundener Wertschätzung

John Ashley«

Roger ließ den Brief auf seine Knie sinken. Er blickte auf den gefrorenen Abhang vor ihm. Der Diakon wollte ihn wissen lassen, daß es die Männer der Covenant-Kirche gewesen waren, die seinen Vater gerettet hatten. Sie arbeiteten im Gefängnis und bei der Eisenbahn. Sie verstanden sich auf Schlösser und Handschellen und den Fahrplan der Züge. Sie gingen stets unbewaffnet; sie waren schweigsam, behend und sehr kräftig. Indem sie das Gesetz brachen, hatten sie ihr Leben aufs Spiel gesetzt und – was für sie wahrscheinlich wichtiger war – die Ehre und Würde ihrer Kirche. Sie gehorchten älteren Gesetzen. Ihm war ein schwerwiegendes Geheimnis anvertraut worden. Was er ihnen schuldete, war über jeden Dank erhaben.

Er ging ins Haus zurück und legte den Brief neben dem Diakon auf den Tisch und setzte sich. Der Diakon richtete seinen Blick auf einen hausgewirkten Teppich zu seinen Füßen, und Rogers Augen folgten den seinen. Der Teppich war sehr alt, aber eine komplizierte, labyrinthische Zeichnung in Braun und Schwarz war noch erkennbar.

»Mr. Ashley, heben Sie freundlichst den Teppich hoch und schlagen Sie ihn um.«

Roger tat das. Keine Zeichnung ließ sich auf der Rückseite verfolgen. Sie zeigte eine Unmenge von Knoten und zerfransten, lose hängenden Fadenenden. Mit einer Handbewegung wies der Diakon Roger an, den Teppich wieder hinzubreiten.

»Sie sind Journalist in Chikago. Ihre Schwester ist dort Sängerin. Ihre Mutter führt eine Pension in Coaltown. Ihr Vater weilt in einem fernen Land. Das sind die Fäden und Knoten des menschlichen Lebens. Die vorbestimmte Zeichnung vermögen wir nicht zu sehen.«

Schweigen.

»Haben Sie je vom Hause Jesse gehört, Mr. Ashley?«

»Ich... ich glaube, Jesse war der Vater König Davids.«

Der Diakon schlug eine vor ihm auf dem Tisch liegende Bibel von riesigem Format auf. Die Seite zeigte den Holzschnitt eines hohen, schmalen Baums, an dessen Zweigen wie Äpfel Scheiben hingen, in denen Namen gedruckt standen.

»Das ist der Stammbaum des Hauses Jesse. Hier sind die Nachkommen Jesses durch David bis zu Christus. Es ist gut, daß ein Mensch sich auf das Haus besinnt, dem er angehört. Hat Aristides Ihnen erzählt, daß wir aus dem Haus stammen, dem Abraham Lincoln angehörte?«

»Nein, Diakon.«

»Es ist so. Unsre Vorväter kamen aus seinem Landkreis in Kentucky.«

Schweigen.

»Auch Sie stammen aus einem solchen Haus. Sie tragen ein Zeichen. Es steht auf Ihrer Stirn. Es gibt Milliarden von Geburten. Als eine dieser Geburten wird ein Messias geboren. Es war ein Irrtum der Juden und Christen, zu glauben, es gebe nur einen einzigen Messias. Jeder Mann und jede Frau ist Träger eines Messias, aber einige sind auf dem Baum einem Messias näher als andre. Haben Sie je das Meer gesehn?«

»Nein, Diakon.«

»Es heißt, daß auf dem Meer jede neunte Welle größer ist als die andern. Ich weiß nicht, ob das wahr ist. So ist es auch mit dem Meer der menschlichen Leben. Da erhebt sich eine Welle von vielen Hunderttausenden, sammelt die Kraft – die Macht – vieler Seelen in sich, um einen Messias zu tragen. Zu solchen Zeiten stöhnt die Erde; ihre Stunde naht. Jahrhundertelang bereitet ein Haus die Geburt vor. Sehn Sie dieses Bild an! Christus stammte durch mehr als dreißig Generationen von König David ab. Denken Sie an diese – alle diese Männer und Frauen, die Voreltern Christi. Ich hörte einmal einen gelehrten Prediger sagen, es sei wahrscheinlich, daß Christi Mutter weder lesen noch schreiben konnte und auch nicht ihre Mutter vor ihr. Aber ihnen allen war gesagt worden: ›Bereitet in der Wüste einen Weg unserm Gott.‹«

Er legte seinen Finger auf die Buchseite und senkte die Stimme. »Es gibt hier einige Namen, von denen die Bibel uns schmähliche Dinge berichtet. Ist das nicht seltsam? Sie und ich, in unserer Unwissenheit, würden sagen, daß Männer und Frauen, die so nahe daran waren, einen Messias hervorzubringen, rein und ohne Fehl sein mußten. Aber nein! Gott baut nach seiner eignen Weise. Er kann den Stein verwenden, den die Bauleute verwarfen. Es gibt einen alten Spruch: ›Geheimnisvoll sind Gottes Wege, zu wirken Seine Wunder.‹ Haben Sie ihn je gehört?«

»Ja, Diakon.«

»Das Kennzeichen der Wege Gottes ist, daß sie seltsam sind. Gott ist seltsam. Es gibt nichts Kindischeres, als an Gott als einen Menschen zu denken.« Er schwenkte die Hand gegen Coaltown. »Wie die dort das tun. Seine Wege sind für unsre Augen oft grausam und lächerlich.« Er blätterte in der Bibel eine Seite zurück. »Hier ist der Stammbaum Christi von Adam bis zu Jesse. Als Sara – hier! – hörte, sie werde einen Sohn gebären, lachte sie. Sie war eine alte Frau. Sie gebar Isaak – das bedeutet ›Lachen‹. Die Bibel ist die Geschichte einer einen Messias in sich tragenden Familie. Aber sie ist nur eine einzige Bibel. Es gibt viele solche Familien, deren Bibeln nicht geschrieben worden sind.«

Schweigen. Er senkte die Augen. Mit seinem Stock wendete er langsam und nur für Sekunden eine Ecke des Teppichs zu seinen Füßen um – so daß der Wirrwarr von Knoten und losen Fäden wieder sichtbar wurde.

»Ist es möglich, daß Ihre Familie gekennzeichnet wurde? Ist es möglich, daß Ihre Nachkommen einen Messias hervorbringen werden, morgen oder in hundert Jahren? Daß etwas sich vorbereitet? Ihr Vater feuerte ein Gewehr ab; ein Mann in seiner Nähe fiel tot um, aber Ihr Vater hatte ihn nicht getötet. Das ist seltsam. Ihr Vater rührte keinen Finger, um sich zu retten, aber er wurde gerettet. Auch das ist seltsam. Ihr Vater hatte keine Freunde, so sagte er. Aber Freunde retteten ihn. Ihre Mutter verließ ihr Haus nicht mehr; sie hatte kein Geld; sie war wie betäubt. Aber ein Kind, das nie einen Dollar in der Hand gehabt hatte, erhielt alle in dem Haus am Leben. Ist das nicht seltsam? Einer Urgroßmutter Stimme drang aus dem Grab bis zu Ihnen, Mr. Ashley. Ihr Vater hat recht in diesem Brief: es gibt keine Glückseligkeit, die dem Bewußtsein gleichkäme, an der Entfaltung eines Plans teilzuhaben.« Wieder wies er nach Coaltown hinunter. »Dort schreiten sie in Verzweiflung. Wenn wir beschreiben sollten, was die Hölle ist, wäre sie der Ort, wo eine Veränderung nicht zu erhoffen und nicht möglich ist: Geburt, Ernährung, Ausscheidung, Fortpflanzung und Tod – alle auf einem mächtigen Rad der Wiederholung. Die Eintagsfliege lebt und legt ihre Eier und stirbt – alles an einem einzigen Tag – und ist für immer dahin.«

Er hob den Blick und sah bedeutungsvoll Roger in die Augen.

»Ist es möglich, daß dieses Land zu einer so hohen Bestimmung auserwählt ist – dieses Land, das meinen Vorfahren so großes Unrecht getan hat? Gottes Wege sind geheimnisvoll. Ich kann diese Fragen nicht beantworten.«

Er ergriff John Ashleys Brief und legte ihn zwischen die Blätter der Bibel.

»Es mag sein, daß ich mich in diesen Dingen täusche. Es mag sein, daß ich mich der Sünde der Ungeduld schuldig mache. Ich habe gelesen, daß Menschen, die in der Wüste vor Hunger und Durst am Sterben sind, Visionen von Brunnen und Obstbäumen haben. Haben Sie davon gelesen?«

»Ja, Diakon.«

»Kennen Sie den Namen dieser falschen Hoffnungen?«

»Trugbilder, Diakon.«

»Es kann sein, daß diese Familie und dieses Amerika Trugbilder meiner alten Augen sind, meiner Ungeduld. Es gibt andre Länder und andre ›Bäume‹, von denen ich nichts weiß. Vier oder fünf in fünftausend Jahren genügen, um Hoffnung zu nähren... Ich habe Ihnen den Brief Ihres Vaters nicht gezeigt, Mr. Ashley, um Sie zu beraten, zu ermutigen oder zu verweisen. Sondern um mit Ihnen in dieser feierlich-festlichen Zeit des Jahrs eine ehrfurchtsvolle Freude zu teilen. Ich danke Ihnen für Ihren Besuch.«

Die Dunkelheit war eingebrochen. Als Roger an dem letzten Haus vorbei war, begann er den Abhang hinabzulaufen. Er stolperte oft; er fiel hin; er sang. Am Abendtisch forschte er in den Gesichtern seiner Familie und der Gäste. Er hatte vor kurzer Zeit Lukrez gelesen; wer außer ihm hier ahnte etwas von den »flammenden Wänden der Welt«? Miss Doubkov, dachte er, und Sophia – sie hat sie gesehen und aus den Augen verloren – und vielleicht auch Dr. Gillies.

Nach beendetem Abendessen erinnerte er seine Mutter, daß er mit Constance einen Spaziergang machen wolle und versprochen habe, die Lansings zu besuchen.

»Warte!« sagte seine Mutter. Sie kam dann aus der Küche mit einem Päckchen zurück, das Marzipan und ihre berühmten Ingwerküchlein enthielt.

»Wohin möchtest du gehn, Connie?«

»Ach, mir ist die Hauptstraße am liebsten.«

Sie durchschritten viermal ihre ganze Länge. Sie erzählte ihm, daß ihr erlaubt worden sei, Beeren pflücken zu gehn, daß sie aber das Versprechen gegeben habe, sich nicht auf der Hauptstraße zu zeigen. Sie erzählte ihm von allen den Leuten, die sie auf den Farmen und in den Häuschen auf den Hügeln kennengelernt hatte. »Ich sage Mama nicht, daß ich diese Leute kenne. Eine Menge von ihnen sind alt und krank. Eine Menge sind nicht sehr glücklich. Sie sind nicht sehr nett zu ihren Kindern.«

»Die Bells sind glücklich.«

»Dorthin gehe ich nicht. Es wachsen keine Beeren dort. Und mir scheint, ich interessiere mich mehr für die, die nicht so glücklich sind – und nicht so nett.« Der Blick ihrer Augen glitt zu denen ihres Bruders; es war etwas Schuldbewußtes und doch Belustigtes in ihrem Lächeln.

»Bist du selbst glücklich, Connie?«

»Glücklich genug.«

»Welches sind die drei Dinge, die du dir von allen auf der Welt am meisten wünschst?«

Sie dachte nach. »Darf ich mir vier wünschen?«

»Ja.«

»Daß Papa zurückkommt. Dort zu leben, wo du lebst. In die Schule zu gehn. Und Leute zu kennen... Hunderte und Tausende von Leuten überall.«

»Also ich werde dir ein Geheimnis sagen.« Roger erinnerte sich, daß Puppen und Geheimnisse eine große Rolle im Leben junger Mädchen spielen. Er erzählte ihr von dem Geld für die Erfindungen ihres Vaters. Dieses Geld würde dazu verwendet werden, sie und Anne Lansing auf ein College zu schicken. Er wolle es so einrichten, daß das College in der Nähe des Ortes läge, wo er selbst wohnen würde. Er sagte ihr, daß diese berühmten Namen, Scolastica und Berwyn Ashley, sicherlich ein Wort von ihrem Vater brächten. »Warum willst du so viele Menschen kennen?«

»Ich führe eine Liste der Menschen, die ich kenne. Ich kenne hundertundvier. Da sind nicht alle unsre Pensionäre drin. Für sie habe ich eine andre Liste – für die, denen ich nur Guten Morgen sage, wenn ich bei Tisch serviere und ihre Zimmer reinige. Ich denke über Menschen nach – du nicht? – und je mehr man kennt, desto besser kann man über sie nachdenken. Roger, darf ich dich einiges fragen?«

»Ja, Connie. Nur los!«

Diese Fragen! Seien mehr Menschen in einer großen Stadt wie Chikago glücklich als in Coaltown? Seien die meisten Männer glücklicher als die Frauen? Seien Mädchen, die sich nicht verheiraten, jemals glücklich? Tue es sehr, sehr weh, wenn ein Mensch stirbt? Sei es unrecht – nein, sei es etwas Schlechtes, als Mädchen geboren zu werden?

»Hör mal, Connie! Du schreib mir jeden Donnerstag und stell mir fünf Fragen in dem Brief. Und am Sonntag werde ich sie beantworten.«

»Darf ich dir jetzt noch eine stellen?«

»Ja.«

»Ändern sich Menschen überhaupt – während sie erwachsen werden?«

»Ja! Ich habe mich geändert – oder nicht? Und Lily hat sich geändert. Du erinnerst dich doch, daß sie nie Dinge bemerkte. Und heute habe ich erfahren, daß deine beste Freundin, Anne Lansing, sich geändert hat.«

»So?«

»Ich gehe dann die Lansings besuchen. Möchtest du gleich mit mir kommen?«

»Ach, Roger, ja.«

»Gut. Unterhalte dich irgendwo abseits mit Anne! Ich habe mit ihrer Mutter zu sprechen. Und ich will dir noch ein Geheimnis sagen. Ich glaube, sie haben eine schlechte Nachricht erhalten – eine fast so schlechte wie wir damals, als Papa – du weißt schon!«

Sie gingen bis zur Haustür von ›St. Kitts‹. Plötzlich schlang Constance ihrem Bruder die Arme um den Hals und rief: »Ich hab' dich so lieb, so lieb!«

Roger hob sie hoch und sagte: »Wir werden einander noch lange liebhaben.«

Aus dem Schatten der Eiben trat Félicité auf sie zu. Sie küßte Constance und sagte flüsternd zu Roger: »George ist fort. Er hat Miss Doubkov alles erzählt. Er hat es alles niedergeschrieben.«

»Und deine Mutter?«

»Jetzt weiß ich, daß sie es schon lange wußte.«

Sie gingen ins Haus.

»Connie«, sagte Roger, »gib Mrs. Lansing die Kuchen!«

Eustacia kam ihnen wie von einer Woge außerordentlicher Glückseligkeit getragen entgegen. »Lieber Roger! Liebe Constance!«

Constance sagte: »Mama schickt diese da und hofft, ihr werdet recht fröhliche Weihnachten haben.«

Roger saß alsbald bei Eustacia. Sie erklärte ihm die Sache mit dem Geld für die Erfindungen seines Vaters. Sie beteuerte ihm, daß ihr Sohn George nie davongelaufen wäre, wenn er von dem Prozeß gewußt hätte...

Berge hinter Bergen – und Ebenen und Flüsse.

Eustacia übersiedelte nach Los Angeles. Sie verschaffte sich eine Stelle als Haushälterin in einer Besserungsanstalt für Mädchen. Sie hatte keine rechte Freude an der Arbeit, und man sah von dort das Meer nicht. Sie erfuhr von einem in Privatbesitz befindlichen Heim für schwer erziehbare Knaben in San Pedro – damals ein kleiner Hafen für den Thunfischfang. Hier wurde sie Hausmutter.

Berge und Wolken. Erhebe dich höher, noch höher.

Rogers und Félicités Johnny ist zum drittenmal aus der Wohnung seiner Eltern in Washington davongelaufen. Es ist Anfang 1917. Ein Krieg steht bevor, und sein Vater ist mit Arbeit überlastet. Félicité liegt in einer Klinik, weil die Geburt schwierig zu werden droht. Die Polizei von fünf Staaten ist alarmiert worden, nach dem Kind zu suchen. Man hat seine beste Freundin, seine Großmutter Lansing, kommen lassen. Eine Woche verging. Schließlich wurde Johnny in Baltimore gefunden, wo er zusammen mit zwei andern Knaben seines Alters in einem Bett schlief. Die Familie, die ihn aufgenommen hatte, las keine Zeitungen; sie glaubte, er sei ein umherirrendes Waisenkind ihres eignen Volks. Um ein Uhr nachts klopfte Eustacia an die Tür und bat um eine Tasse Tee. Johnny hörte die Stimme seiner Großmutter und kletterte ihr auf den Schoß. Er war ihr nun das Liebste auf der Welt. Sie wagte kaum, ihn zu berühren. Sie sagte sich: »Wir haben nur, was wir nicht halten.« Sein späteres Leben war eine lange, beklagenswerte Selbstzerstörung.

Geschichte ist ein einziger Bildteppich. Kein Auge vermag mehr als eine Handbreit davon zu umfassen...

Constance erlitt um die Mitte der Vierzig mehrere Schlaganfälle. Sie saß auf der Terrasse ihres Hauses, von der man den Hafen von Nagasaki überblickte. Die Mitglieder ihrer Familie lösten einander ab, um ihr vorzulesen. Abordnungen aus fernen Orten suchten sie auf. Besucher, die nur kamen, um ihr schmeichelnde Lobreden zu halten, wurden nach fünf Minuten verabschiedet; sie gab vor, müde zu sein. Andre aber, die ihr erzählen konnten, wie ›das Werk‹ vorwärtsging, wurden gebeten, eine Stunde zu bleiben. An ihrem Geburtstag sandte der Kaiser ihr immer eine Blume und ein Gedicht.

Es wird viel von einer vorbestimmten Zeichnung in dem Bildteppich gesprochen. Manche sind sicher, sie sehen sie. Manche sehen, was zu sehen ihnen gesagt worden ist. Manche erinnern sich, daß sie sie einst sahen, aber haben sie aus den Augen verloren. Manche fühlen sich dadurch gestärkt, daß sie ein Muster sehen, nach welchem die Bedrückten und Ausgebeuteten der Erde allmählich aus ihrer Knechtschaft frei werden. Manche finden Kraft in der Überzeugung, daß da nichts zu sehen ist. Manche